Carina

ullstein

Das Buch

Mo ist Fotografin mit dem ganz besonderen Blick. Sie fotografiert das, was unter der Oberfläche steckt. Die Zwischentöne und kleinen Gesten. Nur die eigenen Zwischentöne machen ihr Probleme. Sie hofft, dass ihr neuer Freund Leon ihr helfen kann, endlich Teil einer glücklichen Familie zu werden. Als sie seine Familie zum ersten Mal trifft, kommt es allerdings zum Eklat. Und plötzlich ist Mo auf der Flucht – vor Leon, vor der Vergangenheit, vor allem aber vor sich selbst.

Doch sie ist dabei nicht allein. Nicht ganz freiwillig nimmt sie Aino mit, Leons Großmutter. Anfangs ist Mo genervt von der Gesellschaft. Dann dirigiert die kauzige Alte sie auch noch Richtung Norden und verlangt von ihr, die Fähre nach Finnland zu nehmen. Was soll Mo in diesem eigenartigen Land, von dessen Sprache sie kein einziges Wort versteht? Erst auf dem Meer gelingt es Mo langsam, sich auf das ihr so fremde Land einzulassen. Sie entdeckt die Schönheit und Melancholie des finnischen Tangos, der ihr beibringt, loszulassen und sich ihrer Vergangenheit zu stellen. Auch Aino öffnet sich ihr allmählich. Beide Frauen erkennen: Manchmal muss man auf eine Reise gehen, um anzukommen.

Die Autorin

Nina Blazon, geboren 1969, studierte Slawistik und Germanistik in Würzburg und lebt inzwischen in Stuttgart, wo sie als freie Journalistin, Autorin und Texterin arbeitet. Nina Blazon ist Autorin zahlreicher Jugend- und Fantasyromane. Sie wurde mit dem Deutschen Phantastikpreis und dem Wolfgang-Hohlbein-Preis ausgezeichnet.

Nina Blazon

Liebten wir

Roman

Ullstein

Besuchen Sie uns im Internet:
www.ullstein-taschenbuch.de

MIX
Papier aus verantwortungsvollen Quellen
FSC www.fsc.org
FSC® C083411

Originalausgabe im Ullstein Taschenbuch
1. Auflage Juni 2015
3. Auflage 2015

Umschlaggestaltung: FAVORITBUERO, München
Titelabbildung: © rtguest, A Raspopova/Shutterstock.com
Satz: Pinkuin Satz und Datentechnik, Berlin
Gesetzt aus der Sabon
Papier: Pamo Super von Arctic Paper Mochenwangen GmbH
Druck und Bindearbeiten: CPI books GmbH, Leck
Printed in Germany
ISBN 978-3-548-28577-1

WASSER

So sollte mein Leben nicht enden: Sinken durch Schichten von Dunkelheit, kein Herzschlag mehr, nur die Armbanduhr tickt so laut, dass der See zu beben scheint. Meine Füße berühren die Wasserpflanzen. Nixenkraut – eine ganze Wiese davon am Grunde des Sees. Dumpfer, schlammweicher Laut des Auftreffens. Es ist wahr, was man über die letzten Sekunden sagt. Man sieht tatsächlich die Bilder seines Lebens. Was niemand sagt, ist, dass auch alles andere zurückkehrt: die Geräusche und Düfte, der Geschmack von Zimt auf der Zunge, das Klappern der aufeinandertreffenden Plastiktabletts im Restaurant, der Chlorgeruch der Schwimmbäder. Der bittere Geruch von fremdem Parfüm in meinem – unserem – Bett. Duft der anderen Frau – der anderen Frauen. Was bleibt, sind Geheimnisse – Gräber, auf denen nie die richtigen Namen stehen werden, Gesichter, die nur noch auf Schwarzweißfotografien existieren, vorwurfsvolle Schatten. Musste ich ihretwegen sterben? Oder für sie?

Und dann andere Bilder – Schnappschüsse, die im Wasser wirbeln und davontreiben, dem Grund entgegensinken. Sogar Bilder, die nie gemacht wurden, und solche, die ich vernichtet habe, finden sich hier: das Foto meiner blauen Flecken, das in der Spüle verbrannt ist, und das Bild eines rotweißen Kleides, ein Riss mitten durch den Ärmel.

Am langsamsten sinkt das Bild meiner Töchter: meine Danae mit den Augen einer trotzigen Undine – und Moira. Ihr Bild trudelt im Wasser, dreht sich, und als es mir wieder die Vorderseite zuwendet, ist nur noch sein *Gesicht darauf zu sehen. Das ist der Moment, in dem ich die Augen aufreiße, um den Bildern zu entkommen. Auch wenn das alles nun der Vergangenheit angehört, weiß ich doch: Es hätte nicht sein dürfen. Nicht dieses Leben und nicht dieser Tod.*

Die Uhr bleibt stehen.

Das letzte Bild löst sich auf.

Und alles Geheime stirbt.

SCHÄRFENTIEFE

Der Braut hängt diese Hochzeit zum Hals raus. Die Art, wie sie lächelt und ihre Finger knetet, die Häufigkeit, mit der sie nach ihren Freundinnen Ausschau hält, verrät sie. Sie ist zierlich und trägt ihre Locken zu einer romantischen Frisur hochgetürmt. Das Hochzeitskleid hat sie sicher nicht allein ausgesucht. Sie ertrinkt im Tüll. Es wirkt, als hätte jemand versucht, sie unter einem Berg süßer Sahne verschwinden zu lassen. Als sie sich hinsetzt – vorsichtig, um die Seidenblumen nicht zu zerdrücken –, kann ich nicht anders, als sie anzustarren in der heimlichen Erwartung, dass sie sinkt und sinkt, dass die Stoffschichten sich um sie türmen wie Wellen und schließlich über ihr zusammenschlagen. Das Letzte, was von der Braut übrig sein wird: eine Stoffrose, einsam dahintreibend auf einem weißen Meer. Der Bräutigam wird ihr sicher nicht nachspringen, er ist viel zu sehr damit beschäftigt, vor den Geschäftsfreunden seines Vaters eine gute Figur zu machen.

Ich mag Hochzeiten. Nicht nur, weil sie am meisten einbringen und spannender sind als die Nachmittage, an denen ich weinende Kinder vor der Linse zum Lächeln bringe. Mich interessieren vor allem die Leichen im Keller. Alle Hochzeiten bergen ihre Geheimnisse: die, zu denen die Verwandten aus dem Allgäu in Reisebussen angekarrt werden, die Multikulti-Hochzeiten, bei denen mindestens eins der Elternpaare nur mühsam und verzerrt in die Kamera lächelt, und auch die Veranstaltungen, bei denen Romeo und Julia vor den Altar treten, während die Schmidt-Capulets und die Müller-Montagues in den Jackentaschen verstohlen die Giftringe polieren.

Die heutige Hochzeit ist altehrwürdig, ohne Leidenschaften, sachlich wie ein Firmenmeeting. Und wahrscheinlich ist es auch genau das. Der Sohn des Hauses – groß, durchtrainiert und mit einem straffen Gesicht, in dem sich schon der künftige Konzernchef zeigt – geht an den Start für Phase drei: Nach erfolgreich absolvierter Kindheit und einer erstklassigen Ausbildung plus Karrierebeginn bekommt er nun die Approbation zur Familiengründung. Vor zwei Stunden hat er dafür unterschrieben. *Bis dass der Tod …* Selbst diese altmodische Formel hat nicht gefehlt.

Zeit für einen Blick hinter die Fassade. Ich hebe meine Kamera und nehme Braut und Bräutigam ins Visier.

»Frau Vankanten?« Ich zucke zusammen. Der Zeremonienmeister, ein geleckter braunhaariger Mann in einem taubenblauen Anzug, hat sich wieder herangeschlichen. Er bewegt sich lautlos und flink wie ein Frettchen. Es macht ihn sichtlich nervös, dass er zu mir hochschauen muss. »Der Tanz beginnt um siebzehn Uhr, nach der Kaffeepause und dem Kabarett. Ich zeige Ihnen, wo Sie sich postieren sollen.«

»Selbstverständlich.« Ich nicke ihm beruhigend zu. Irgendwie habe ich das Gefühl, er braucht das. Er schwitzt, der Erfolg des Festes hängt von ihm ab.

Ich schultere meine Fototasche und folge ihm in den geschmückten Garten mit der noch verwaisten Bühne. Lampions hängen in den Bäumen, neben der Tür gibt der Küchenchef die letzten Anweisungen an die Catering-Leute. Sie tragen alle die gleiche Uniform in Pastellbraun und Lindgrün. Die Schwiegermutter der Braut trägt Schmuck in ähnlichen Farben und lindgrüne Nylonstrümpfe zum schmalen Rock.

»Das hier ist Ihr Platz.« Frettchenmann deutet auf eine mit Gaffertape abgeklebte Arena neben den Drums. »Da haben Sie den besten Blick auf die Tanzfläche. Frau Schauber will ein Foto, auf dem alle tanzenden Gäste zu sehen sind.« Zweifelsfrei ist mit Frau Schauber die Mutter des Bräutigams gemeint, nicht die neue Frau im Haus. »Ich stelle mir ein Bild mit einem besonderen Effekt aus Bewegung und Dynamik vor, einige unscharfe Stellen«, fährt er fort. »Verstehen Sie, was ich damit meine?«

Ich spare mir ein müdes Lächeln und steige auf die Bühne. Die Hand, die er mir hinstreckt, ignoriere ich. Er trägt keinen Ehering. Um meinen guten Willen zu zeigen, stelle ich mich auf die ausgesparte Fläche und fixiere durch das Objektiv die Terrassentür. Zoom. Hinter dem Glas führt Frau Schauber ein Theater aus anmutigen, fein abgezirkelten Gesten vor einer Gruppe von Frauen auf. Gerade legt sie die rechte Hand auf ihr Herz, wirft ihr kastanienbraun getöntes Haar zurück und lacht ein vermutlich perlendes Lachen. Selbst durch die Scheibe kann ich erkennen, wie mehrere Herren sich verstohlen nach ihr umsehen.

»Ich habe den Platz hier selbst ausgesucht«, erklärt Frettchenmann fachmännisch. »Das ist die beste Perspektive für ein Panoramafoto.«

Er irrt sich. Die Perspektive ist Schrott. Alle Gäste werden aussehen wie flachgetretene Kreisel. Aber für den Augenblick nicke ich nur höflich und klettere wieder von der Bühne. Frettchenmann starrt auf meinen Mund, der genau auf Höhe seiner Augen ist. Dann wandert der Blick tiefer. Pech für ihn. Hier gibt es keine Haut zu sehen – nur Rollkragenshirt und Jackett. Ich bin die Frau, die die Hochzeitsbilder macht, keine der Auslagen am Stand hier. Aber ich könnte auch klein und unscheinbar sein, was zählt, ist, dass ich hier allein unterwegs bin. Unverpaart sozusagen. Auf manchen Hochzeiten reicht das. Als ich mich nach meiner Fototasche bücke und das zweite Objektiv raushole, spüre ich seinen Blick wie eine heiße, verschwitzte Hand auf meinem Po.

»Ich habe es mit meiner eigenen Kamera ausprobiert«, fährt er fort. »Ich fotografiere auch viel, wissen Sie? Und wenn ich die Zeit hätte, würde ich die Fotos ja selbst machen. Na ja, jedenfalls ... jetzt haben Sie ja schon mal ein paar Tipps, wie die Bilder am besten ...«

»Ich glaube, Frau Schauber möchte Sie sprechen.« Ich deute auf die Terrassentür. Die Mutter des Bräutigams steht schon seit einigen Sekunden hinter dem Fenster und winkt ungeduldig. Frettchenmann rückt seine Krawatte zurecht, sagt etwas von »später noch erklären« und wieselt über den Rasen. Die Kerzen in den Lampions werden entzündet, die Caterer nehmen ihren Marathon auf. Silberne Kaffeekannen blitzen. Ein helles Klingeln, als wieder ein Löffel gegen ein Glas schlägt. Der Vater des Bräutigams hält im Würgegriff seiner Seidenkrawatte seine Rede. Alle Achtung, er hat sich Mühe gegeben. Er zitiert Schiller. Die Braut sieht sich wieder verstohlen nach ihrer besten Freundin um. Zeit für ein »Zwischenbild«.

Wären die offiziellen Bilder die großen Worte, dann könnte man meine Zwischenbilder als die bedeutungsschweren Pausen bezeichnen:

Der Trauzeuge spielt nervös an seinem silbernen Manschettenknopf herum. Zwischendurch streicht er sich das blonde Haar aus der Stirn. Das Display ist auf Zoom eingestellt. Ich kneife die Augen zusammen und finde das, was ich sehen wollte. Das heißt, zu sehen ist es noch nicht, es ist eher eine Ahnung. Aber auf diese Ahnungen bin ich spezialisiert. Eine kleine Veränderung des Blickwinkels genügt, und ich habe den Trauzeugen im Visier. Und werde gleich darauf belohnt: mit dem beiläufigen Moment, in dem *sie* seinen Blick erwidert, über den Tisch hinweg.

SPUREN

Als ich nach Mitternacht in den Flur trete, stolpere ich über Schuhe. Ich bremse den Fall mit der Schulter an der Wand ab. Es gibt ein großes Getöse, als der Schirm umfällt und eine Kettenreaktion bis zur Kommode auslöst.

»Mo?«, kommt Leons Stimme prompt aus der winzigen Küche. Durch den Spalt der halboffenen Tür fällt Monitorlicht. Die Geräusche eines Computerspiels vermischen sich mit dem Scharren der Stuhlbeine auf den rauen Holzdielen, dann erscheint Leon in der Tür. Fantasy-Krieger, die um Punkte kämpfen, liefern sich im Halbdunkel der Küche eine Schlacht. Sicher gibt es in diesem Augenblick Tote, doch ihr Sterben spielt sich nur als Flackern im Hintergrund ab. Leon grinst.

»Kamera noch heil?« Er macht sich gerne darüber lustig, dass ich mir lieber den Schädel einschlage, als der Nikon einen Kratzer zuzufügen.

»Willst du mich umbringen? Warum lässt du Schuhe herumliegen!« Ich schlage mit der flachen Hand auf die Wand im Flur und verfehle den Lichtschalter beim ersten Versuch. Noch immer habe ich die Koordinaten dieser Wohnung nicht verinnerlicht. Leon blinzelt wie ein Nachttier im Licht der Scheinwerfer. Sein Haar ist zerwühlt, das T-Shirt hängt ihm aus der Trainingshose, als hätte er bis vor kurzem noch seine Spätschicht im Café aus den Knochen geschlafen. Er könnte seinem Avatar, einem Elbenkrieger namens Nido, nicht unähnlicher sein. Normalerweise kämpft er an der

Seite von Kanga, der Amazonenkönigin, und Notsch, dem Zwergenkrieger. Ich frage mich, wie diese beiden wohl in Wirklichkeit aussehen. *Kanga, die Königin der Augenringe, mit Bartstoppeln und in Jogginghose? Und Notsch mit Chipskrümeln im Bauchnabel?*

»Du bringst dich selber um«, sagt Leon und gähnt. Er hat recht. Als ich die Tasche abstelle, sehe ich, dass es meine eigenen Schuhe sind, die mich fast zu Fall gebracht haben.

Leon lässt sein sterbendes Computervolk endgültig im Stich und kommt auf mich zu. Er sieht immer aus, als würde er sich unter Türstöcken und Decken ducken. Trotz seiner Körpergröße lässt ihn das manchmal zerbrechlich wirken. Ich schließe die Augen, als er die Arme ausbreitet – Leon umarmt mich nicht einfach nur, er umarmt alles um sich herum gleich mit. In seinen Armen findet alles Platz.

Meine Nase versinkt in dem zerknitterten T-Shirt, das ganz und gar nach ihm riecht – und ein bisschen nach Aftershave. Schlüsselbein an Wangenknochen geschmiegt stehen wir da. Er tastet nach meinem Genick, seine Hand ist warm und drückt zu. Mir wird schwindelig.

»Bretthart«, murmelt Leon und gähnt wieder. »Anstrengender Termin?«

»Hochzeit«, sage ich zu dem Schlüsselbein. »Großveranstaltung in der Villengegend. Ein Leiterplattenhersteller. Der Termin war in Ordnung, nur die Rückfahrt hat ewig gedauert. Gleisstörung, die S-Bahn fuhr nicht mehr weiter, also musste ich den Nachtbus nehmen.«

»Oh«, sagt Leon. »Blöd. Und? Schöne Hochzeit?«

Die Müdigkeit ist wie ausgeknipst. Ich wühle mich aus Leons Umarmung und streife den Businesskokon ab. Schuhe und Jackett fliegen in die Ecke, den Pullover ziehe ich im Gehen aus und lasse ihn einfach fallen, die Hose landet neben dem Telefon. Und dann, endlich, aufatmen, das Haar auf den Schultern fühlen, Luft auf dem Bauch. Gänsehaut.

»Absacker?«, ruft Leon. Ich gurgle Zustimmung, schon halb unter der Dusche, mit Schaum auf dem Kinn und der Zahnbürste im Mund. Jetzt geht es mir nicht schnell genug. Die Fotos. Ich muss die Fotos ansehen. Bevor ich keine Gewissheit habe, kann ich nicht schlafen.

Erst als das heiße Wasser mich berührt, werde ich ruhig. Ich warte, bis jede Spannung aus meinen Muskeln herausgewärmt ist, dann beginne ich mein Ritual: Ich spüle den Zahnpastaschaum aus dem Mund, dann drehe ich langsam am Wasserhahn. Stelle mir vor, wie es ist, wenn man durch kälter werdende Schichten auf den Grund sinkt. Ich beginne an einem Sommertag und sinke durch den Herbst in die Tiefe. Und wenn der Regler am blauen Anschlag ist, bin ich ganz unten angelangt – am winterkalten Grund des Sees, im stillsten Wasser. Und wie immer fühle ich mich in diesen Augenblicken geborgen und betrogen zugleich.

*

Wir sitzen im Bett, der Laptop thront auf meinen Schenkeln. Leons Kinn bohrt sich in meine Schulter.

»Stopp! Nicht so schnell! Lass mich noch mal die Trauzeugin sehen. Trägt die etwa keinen BH?«

Typisch. »Ich muss erst noch sortieren.«

Leon rutscht in die Kissen. Seine Hand schiebt sich zwischen Laptop und Decke, wandert an meinen Knien nach oben.

»Nicht jetzt!«

»Ist ja schon gut!« Er lässt die Hand auf dem Oberschenkel liegen. Reglos verharrt sie dort und wird schon während der nächsten Atemzüge schwerer. Für Leon ist Schlaf keine Angelegenheit von Stunden. Ich beneide ihn darum, dass er sich jede freie Minute nehmen kann wie ein Kissen, auf dem er sich ausruht.

Ich klicke die Bilder durch. Das Walzerfoto, das ich von meinem gewählten Platz von der Bühne herunter geschossen habe, ist gut geworden. Kleider schwingen leicht verwaschen, doch das Brautpaar ist scharf. Sie lächeln sich zu und sehen aus wie die Werbung für ein Sissi-Musical. Auf einem der Walzerbilder ist nur das Gesicht des Bräutigams zu erkennen, von der Braut sieht man nur den Hinterkopf. Ich habe den Verdacht, dass es genau dieses Foto sein wird, das es in Frau Schaubers Fotoalbum schaffen wird.

Langsam taste ich mich in den schauberschen Backstage-Bereich vor, während Leons tiefe Atemzüge zu einem leisen Schnarchen werden.

Ich klicke und klicke, und das Puzzle fügt sich zusammen, bekommt Sinn und Tragik. Ich vergrößere und kombiniere, sortiere und speichere, ganz von allein fliegen die Finger über die Tasten, bis ich schließlich im Hintergrund finde, was ich suche.

Bingo.

»Leon!« Die Hand zuckt nur einmal, dann blinzelt Leon.

»Komm, leg den Laptop weg.« Seine Lippen tasten sich zu meinem Hals vor, seine Hand schiebt sich zu meiner Scham.

»Später. Erst die Fotos.«

Leon seufzt und richtet sich umständlich auf. »Du und deine Fotos.«

»Sieh dir die Braut an!« Ich öffne das erste Bild.

Leon pfeift durch die Zähne. »Nicht schlecht. Und wer ist die Mumie daneben?«

»Ihr Vater. Und hier ist das Brautpaar.«

»Der Typ sieht aus wie eine Kartoffel. Wie kommt der an so eine Frau?«

»Konzentrier dich!«

Großaufnahme: die verkrampften Hände der Braut während der Zeremonie, als wollte sie ihr Taschentuch erwürgen. Weiße Knöchel. Viele weiße Knöchel. Aber dann: das Foto mit Braut und Bräutigam, ein Blick über ein Händeschütteln hinweg, ein Aufblitzen von Vertrautheit, von Komplizenschaft. Und ein paar Klicks später: die Braut im Flur mit ihrer Freundin, rauchend an einem halb angelehnten Fenster. Sie ist schon umgezogen und trägt nun ein Cocktailkleid in Rot. Es passt viel besser zu ihr als der Sahneberg, sie wird sie selbst: der Schwung ihrer Hüfte, die halb geöffnete Hand, in der die Zigarette ruht. Und dann eine Männerhand auf ihrer Taille, der Ehering gehört ihrem Mann. Ihn selbst sehe ich nicht, nur den Rauch einer zweiten Zigarette, der sich im Gegenlicht kräuselt. Heimlich rauchen sie in Mutters Garten hinaus wie Schulkinder während der großen Pause. Hier sind sie echt. Ich bin nicht mehr so sicher, ob Papas Sohn die Firma übernehmen wird. Vielleicht haben sich die Schaubers verrechnet. Die beiden planen den Coup eines eigenen Lebens. Vielleicht. Nur der Trauzeuge fehlt auch hier – wie auf so vielen Bildern.

»Wow, sie rauchen also.« Leon gähnt.

Erst als ich weiterklicke, fühle ich an der Spannung in seiner Schulter, dass er aufmerksamer wird. Gemeinsam nehmen wir die Spur auf:

Die gutgelaunte Tante kaschiert mit Armbändern erst halbverblasste Schnittnarben. Die Vergrößerung zeigt die Narben zwischen zwei Schlingen des Schmucks – eingefasst in Rubine und Gold.

Die junge Cousine lacht so verzerrt, dass man es auch für ein Weinen halten könnte, und wirft dabei den Kopf zurück, als hätte ihr jemand einen Herzschuss verpasst. Auf einer gestochen scharfen Nahaufnahme erkennt man dunkle Säureläsuren auf den Rückseiten ihrer Zähne. Man muss ziemlich oft kotzen, um sich die Zähne so zu ruinieren. Die Familie des Bräutigams steht beiläufig stets so, dass sie ausgegrenzt ist. Sogar auf dem Gemeinschaftsfoto schaffen es die Schaubers, sie auszustoßen. Niemand legt ihr die Hand auf die

Schulter, niemand sieht sie an, nicht einmal verstohlen über den Tisch hinweg, geschweige denn mit einem Lächeln. Sie ist das einsamste Mädchen auf der Party.

Ich habe schon meinen Grund, Familien zu misstrauen.

Jetzt kommen nur noch Bilder, die das Fotostudio nie sehen werden:

– Der verheiratete Bruder des Bräutigams speichert die Handynummer eines Catering-Girls. Lippenstift klebt an seinem Mundwinkel.

– Verschränkte Hände, durch einen Türspalt fotografiert, zwei unterschiedliche Eheringe.

– Ein Geschäftspartner am Tisch hat deutlich geweitete Pupillen und verschneite Nasenhaare.

Schließlich nähern wir uns dem Kreuz auf der Schatzkarte.

»Jetzt schau genau hin.«

Die Mutter mit Blick auf ihre neue Tochter. Der Blick ist nicht feindselig, das nicht, eher verloren, als würde der Blick auf die junge Frau Erinnerungen an ein ganz anderes Fest wachrufen – es ist der Blick in eine Vergangenheit, die nur sie kennt. Und eine Leidenschaft, die ich der kühlen, amazonenhaften Frau nie zugetraut hätte. Ich mag sie. Irgendwie.

»Achte auf die Blicke.«

Leon beugt sich über das Foto, das ich während der Rede gemacht habe. Der Brautvater formt das Wort »Liebe«, als würde Zitronensaft ihm die Gaumenschleimhaut zusammenziehen. Doch für zwei Menschen am Tisch ist das Wort eine Art Code. Und es sind nicht die Braut und der Bräutigam.

»Und?«

Leon blinzelt verständnislos. »Was und?«

»Na, der Trauzeuge und die Art, wie er die Mutter des Bräutigams ansieht. Und sie ihn.«

Leon schnaubt. »Wenn du jeden Blick analysierst, den ich

zufällig über den Tisch werfe, dann kannst du mich gleich verlassen.«

»Gut, dann schau dir die nächsten Bilder an. Wo ist die Schwiegermutter?«

Er kneift die Augen zusammen und sucht. »Weg.«

»Noch nicht, aber gleich – da oben an der Treppe, die lindgrünen Seidenstrümpfe. Und hinter ihr geht der Trauzeuge.«

»Er trägt zwei Koffer die Treppen hoch. Na und? Oben sind wahrscheinlich die Gästezimmer.«

Ich führe den Mauszeiger zum Lupensymbol. Zoom auf ein Bein, Frau Schaubers wohlgeformtes Bein, ihre grüne Strumpfhose. Die Laufmasche an der Außenseite der rechten Wade fällt kaum auf, aber ich habe sie deutlich erwischt. Nächstes Bild: Der Trauzeuge verschwindet ebenfalls. Die letzte Spur von ihm: ein Schuh und ein Stück Hosenbein auf der obersten Treppenstufe.

Dreiunddreißig Fotos und sechsundvierzig sektselige Gesichter weiter: Der Trauzeuge kommt allein die Treppe herunter. Ein verstohlener Blick in meine Richtung, während er sich eine blonde Strähne aus der Stirn streicht. Aber ich weiß mich zu tarnen. Ich fotografiere gerade ein Paar, das mit dem Rücken zur Treppe steht und sich zuprostet. Sie lächeln in die Kamera und sehen nicht, dass ich zwei Bilder mache – eines, das ihnen gilt, und eines, das nur auf den Hintergrund scharf gestellt ist.

Nun klicke ich auf die Lupe und vergrößere so lange, bis Leon die verschwitzte Strähne sieht, die dem Trauzeugen an der Stirn klebt. Digitaltechnik ist gnadenlos.

Gleich darauf kommt auch die Herrin des Hauses wieder die Treppe herunter. Frischer Puder, nachgeschminkte Lippen. Unter dem Vorwand, die Kamera zu prüfen, hatte ich mich neben die Treppe gestellt. Frau Schauber sieht korrekt aus, sehr korrekt – bis auf eine verräterische Knitterfalte im

Rock und die Laufmasche, die sich nun über die linke Wade spannt. Mit dem Fingernagel tippe ich auf den Monitor.

»Ach du Scheiße«, murmelt Leon. Und dann ist er so verblüfft, dass er eine ganze Weile nichts sagt.

Fotos verraten alles. Sie zeigen das, was gezeigt werden soll – aber darüber hinaus zeigen sie die Lücken in den Familien, die schadhaften Stellen am Haus. Den Schimmel, halb versteckt hinter Girlanden von lächelnden Mündern. Sie zeigen Gesten und Berührungen, halb unbewusst ausgeführt. Gutachten für Fotoalben, das wäre eine Geschäftsidee.

Leon nimmt die Hand von meinem Bein, lässt sich in die Kissen zurücksinken und zieht sich die Decke über die Brust. Sein blondes Haar wirkt fahl im kalten Monitorlicht. Er nutzt die Verlagerung seines Gewichts, um ein wenig von mir abzurücken.

»Hör auf mit so was.«

Ich klappe hastig den Laptop zu und frage mich, ob ich diesmal zu weit gegangen bin, ihn auf meine geheimen Pfade mitzunehmen.

»Was ist los?« Ich schiebe den Laptop weg und versuche, locker zu klingen, setze ein Lächeln auf. »Das sind doch nur Bilder fremder Leute. Und ein bisschen Spekulation.«

»Eben, Mo. Fremde Leute. Und du benimmst dich wie ein Spanner. Warum machst du nicht einfach nur deine Arbeit?«

Ich schmiege mich an ihn. Spüre die Haut an seinem Bauch und den hellen Flaum an seinen Beinen. Und zum Glück vergräbt er die Hand in meinem Haar, wickelt sich eine Locke um den Finger.

»Versprich mir was«, sagt er. »Wenn wir am Wochenende bei meiner Familie sind, mach keine Bilder. Lass die blöde Kamera einfach mal zu Hause.«

Ich schlucke. Der kalte Stich in meinem Magen und der Wunsch, mich aus der Umarmung loszumachen. Er sollte mich besser kennen. Aber es stimmt nicht. Ich bin es, die ihn besser kennen sollte. Ich bin es, die ihm nur die offiziellen Fotos hätte zeigen sollen.

»Ich suche nicht nach Problemen, wenn du das meinst. Schon gar nicht bei deiner Familie.«

»Versprich es.«

Ich zögere. Es kostet mich viel, dieses Zugeständnis zu machen. »Okay.«

»Gut.« Leon drückt mich fester an sich. Sein Bein drängt sich zwischen meine Knie. »Am Samstag wirst du so viel trinken, dass du gar nicht mehr auf die Idee kommst, irgendetwas zu knipsen. Wir werden feiern, verstanden?«

Sein Kuss ist so ungestüm, dass sein Eckzahn schmerzhaft gegen meine Lippe drückt. Und ich gebe ihm nach, vor Erleichterung, dass er das Thema ruhenlässt. Aber dann katapultiert mich Leon wieder aufs Glatteis.

»Hast du deine Schwester schon angerufen?«

Danae. Ausgerechnet jetzt. Und hier, wo ich mich am sichersten fühle.

»Nein.« Ausnahmsweise lüge ich einmal nicht, wenn es um meine Familie geht. »Aber ich mache es morgen.«

»Wirklich?«

»Du lernst sie schon noch früh genug kennen, keine Sorge.« Und dann küsse ich ihn, ersticke die nächste Frage.

Ich habe Leon viele Dinge nicht gesagt. Auch nicht, dass ich die Geheimnisse seiner Familie längst aufgespürt habe. Zumindest die, auf die es mir ankommt. Genau genommen war es für mich in Bezug auf seine Familie eine Liebe auf den ersten Blick. Vor drei Monaten, als er mich zum ersten Mal in seine Wohnung mitnahm. Er holte Pizza und ließ mich eine Viertelstunde allein. Das genügte mir. Leon verbirgt nichts – das Fotoalbum stand im Regal. Achtziger Jahre, die Kindheit.

Manche Fotos zeigen Schnee und dick vermummte Miniyetis, die in die Kamera feixen. »Leonid und Inna, 1986«

steht darunter. Einmal in lateinischer Schrift. Und daneben noch einmal auf Kyrillisch.

Die Kuznetsows sparen nichts aus, sie sortieren nicht – auch die verwackelten Fotos finden den Weg ins Album. Sogar die, auf denen Leons Mutter erschöpft am Türrahmen lehnt und ihr im neuen Land kein Lächeln gelingt, und das Foto von Leonids Schwester Inna, die weint. Und auch das einzige Foto, das nicht eingeklebt ist, sondern lose zwischen den Seiten liegt. Das Bild einer finster dreinblickenden alten Hexe mit verschränkten Armen. Ihr Haar ist zerzaust und weiß, die Falten so scharf wie mit dem Messer gezogen. »Baba Anuschka, 1999« steht auf der Rückseite. Baba ist kein schmeichelhafter Ausdruck für Großmutter. Sie sieht aus wie hundert. Leon hat erzählt, dass seine Oma in Wirklichkeit Ano (oder Ainu?) heißt. Finnisch.

Die Fotos im Album sind anders als die wenigen Bilder, die ich von meiner Familie besitze. Da gibt es nur ein Kabuki-Masken-Lächeln für alle Gelegenheiten. Die Kuznetsows dagegen sind lebendig, selbst auf den Fotos.

Das Geheimnis sind die unzähligen Details: die Art, wie Leons Mutter und Leon sich nahekommen. Nur die kleinen Finger verhaken sich ineinander. Die angedeutete Umarmung seines Vaters, und auch die Geschwister berühren sich verstohlen, als wollten sie ihre Zuneigung vor der Kamera nicht offen zeigen, könnten sie aber trotzdem nicht verbergen. Und irgendeiner tanzt immer aus der Reihe mit einem Seitenblick, einem Schielen, einem Grinsen. Manchmal ist ein Lächeln nur angedeutet, aber es ist da. Die Berührungen sind nicht spürbar, aber als ich das Bild meiner Vorgängerin auf dem Sofa von Leons Eltern sah, musste ich schlucken.

Das Bild habe ich abfotografiert und verwahre es wie einen Schatz: Weihnachtsdekoration im Hintergrund. Alle sitzen halb versunken zwischen Sofakissen. Leon neben seiner damaligen Freundin auf der Lehne. Sie hat stark getuschte Wimpern, trägt eine schwarze Fleecekapuzenjacke und ein tief ausgeschnittenes graues Shirt. Ich weiß, dass sie Katharina heißt. Ich mag keine Wimperntusche und kleide mich nicht wie ein Schwarzweißfoto, aber mit dem lockigen dunklen Haar sieht sie mir dennoch ein wenig ähnlich. Wenn ich den Blick unscharf stelle, kann ich mir einbilden, dass ich selbst dort sitze: zwischen all den blonden Kuznetsows wie ein schwarzhaariger Kuckucksmensch. Aber dennoch: Sieht man genau hin, ist es nicht nur Leon, der meine Hand hält. Es ist Leons Mutter, deren Finger wie selbstverständlich mein Handgelenk berühren, als wollte sie mich näher zu sich heranziehen. Es ist Leons Vater, dessen Arm hinter mir auf der Sofalehne liegt, und es ist das angedeutete Lächeln seiner Schwester Inna, das mir gilt.

Die Frau auf dem Foto ist ein Teil der Berührungen und Vernetzungen – Leons Familie nimmt auf und stößt nicht aus. Fast fühle ich mich schon als Teil von ihnen. Augen können sich täuschen, doch Kameras lügen nicht. Leons Familienfotos sind der Grund, warum ich mit Leon zusammen bin. So einfach ist es. Und so kompliziert.

NARBEN

»Gothic, S./NB«. Den Auftrag hat Nyagi an mich weitergegeben, den Zettel finde ich auf dem Fototisch. Was »S« bedeuten soll, weiß ich nicht, aber NB heißt »Nacktbild«. Mein Chef hält nichts von ästhetischen Umschreibungen wie »Aktfoto«, und er drückt sich vor nackter Haut, wo er kann. Unverhülltes gefällt ihm nicht, wäre es anders, könnte er sich auch Tom Naumann nennen. So heißt er in Wirklichkeit, aber er sagt, Nyagi klinge für einen Fotografen besser, internationaler. Andererseits habe ich es vermutlich diesem Faible für Verschleierung zu verdanken, dass er mich an zwei Wochentagen gegen Bargeld in seinem Studio beschäftigt.

Nyagis Terminliste ist wie immer kryptisch geführt, Abkürzungen fließen ineinander, ohne dass ich mir auch nur auf die Hälfte einen Reim machen kann. An jedem anderen Morgen hätte ich ihn damit aufgezogen, aber heute bin ich so nervös, dass ich nicht einmal eine Schulmädchenschrift entziffern könnte.

»Nyagi!«, rufe ich dem schwarzen Vorhang zu, hinter dem vier Ventilatoren auf Hochtouren laufen. »Hier auf dem Zettel steht Gothic – und was heißt das S?«

»Schminke!«, ruft er. »Frag mich nicht, warum, aber das Mädel will auf dem Foto aussehen wie die Queen of Darkness.«

Blitzlicht-Wetterleuchten unter dem Vorhang.

»Und ›Z-Sep Frmey‹?«, brülle ich gegen die Ventilatoren

an. Nyagi schießt aus der Kammer. Klein, aber kräftig wie ein Ringer, schwarzes Rollkragenshirt, das auch das letzte bisschen Hals verschwinden lässt. Aus der Kammer zieht er kalte Luft wie einen Kometenschweif hinter sich her.

»Gib her.« Er reißt mir die Liste aus der Hand. »Da: Zwillinge, Sepia, Frau Meyer. Dann eine Frau Tiese von der Agentur Look zurückrufen. Nummer auf dem AB. Das da heißt: Herr und Frau Kouloubatou. Paarfoto mit Baby. Und vergiss nicht den Kindergarten. Halb elf. Alles klar, Vankanten?«

Er blitzt sein Bulldoggenlächeln zu mir hoch, stets schief, stets etwas zu grimmig – wie sein Gesicht, die Falten zu scharf für seine fünfzig Jahre. Ich mag Nyagi. Dafür, dass er die paar Stunden Arbeit in der Woche wenigstens anständig bezahlt. Dafür, dass er mich so zackig »Vankanten« nennt und dabei schon längst wieder beim nächsten Gedanken ist. Und dafür, dass ich bei ihm Schlüssel- und Narrenfreiheit habe und abends kostenlos sein Studio nutzen kann.

»Ach so, und Frau Schauber hat angerufen«, ruft er mir zu, während er schon wieder hinter dem Vorhang verschwindet. »Du weißt schon, Leiterplattenhochzeit. Sie will die Abzüge zur Auswahl heute um fünf.«

Nach der Nachmittagsvögelei mit dem Trauzeugen?, setze ich in Gedanken hinzu.

»Wenn du fertig bist, komm hoch und hilf mir«, redet Nyagi weiter. »Bis heute Abend müssen die Handtücher und Bademäntel fertig sein.«

Wieder einmal frage ich mich, warum Nyagi die Porträtfotos nicht aufgibt und stattdessen ganz auf Werbefotografie umstellt. Gib ihm einen Packen Waschlappen, vier Lampen und einen Mac, und Nyagi ist glücklich, während er schon beim Anblick von heulenden Kindern Ausschlag bekommt – zum Glück für Vankantens Miete.

Durch den Spalt im Vorhang erhasche ich einen Blick

auf die Hauptdarsteller des aktuellen Werbeauftrags: Nikoläuse. Glitzersilberrot, festlich drapiert stehen sie auf einer Pyramide aus Watte und weißem Seidenstoff. Trotz der Ventilatoren sieht der dritte Nikolaus von links so aus, als wäre er schwer angetrunken.

Außerhalb der Kältewand hinter den schwarzen Vorhängen steht die aufgeheizte Luft: Dachgeschoss, Heizungsrohre, Lampen. Nyagis wabernde Ausstrahlung eines Wasserkochers. Und meine Nervosität.

Erst im unteren Raum im Erdgeschoss komme ich ein wenig zur Ruhe. Hier in der »Wohnung« ist es kühler. Sessel stehen hier, Spiegel, Requisiten wie in einem Theaterraum. Sogar ein großer Schrank mit Kostümversatzstücken aus verschiedenen Epochen fehlt nicht. Der große »My Fair Lady«-Hut hat schon bessere Zeiten gesehen. Es duftet nach Puder und Synthetikstoffen. Nur die Kameras, Computer und die Leinwand im Hintergrund deuten darauf hin, dass hier das Futter für die Fotoalben entsteht. Meine rote Lederjacke hängt noch über dem Stuhl, zwischen Requisiten stehen meine Ausgehschuhe. Unbemerkt habe ich mich hier breitgemacht, einige der Möbel verrückt, eigene Kleidung zwischen die Requisiten an die Bügel gehängt, den Tisch näher zur Tür geschoben.

Als ich die Tasche auf den Tisch stelle und das große Licht anmache, fühle ich mich zum ersten Mal seit dem Gespräch mit Leon etwas ruhiger. Für ein paar Minuten, bevor das Fotostudio aufmacht, gehört dieses Zimmer der Hüllen und alternativen Identitäten nur mir.

Jetzt gibt es keine Ausreden mehr.

Alles, was bleibt: das rote Handy und ich.

Ich kippe die Tasche auf dem Tisch aus. Mein blaues Handy schlittert über den Tisch. Das rote ist dasselbe Fabrikat, allerdings ist es auf Vibration eingestellt. Und im Telefonbuch sind nur zwei Nummern eingespeichert. Von denen ich eine in den vergangenen fünf Jahren kein einziges Mal gewählt habe.

*

Es gibt viele wissenschaftliche Studien über Geschwister. Aber die Statistiken von Judy Dunn und Robert Plomin finde ich am faszinierendsten: Geschwister, die von denselben Eltern abstammen, so Dunn & Plomin, haben 50 Prozent ihrer Gene gemeinsam. Würde die Persönlichkeit nur von den Genen bestimmt, wären sich solche Geschwister also zu 50 Prozent ähnlich. Oder, umgekehrt betrachtet: Sie wären zu 50 Prozent verschieden. Aber so rechnet man hier nicht, denn Gene funktionieren nicht nach dem Prinzip 1 plus 1 gibt 2. Manchmal ergibt 1 plus 1 hier 4, oft genug auch 0. Das statistische Risiko, dass 100-Prozent-Geschwister dieselbe Krankheit bekommen liegt bei Magengeschwüren bei 15 Prozent, bei Heuschnupfen bei 14 Prozent (was genau der Wahrscheinlichkeit zweier völlig Fremder entspricht). Statistisch gesehen unterscheiden sich selbst Geschwister, die gemeinsam aufgewachsen sind, bei weitem mehr, als sie sich ähneln.

Ich hoffe, Leon weiß zu schätzen, was ich hier tue.

Meine Hand zittert. Jedes Tuten kostet mich einen Herzschlag zu viel und vermutlich je zwei Minuten meines Lebens.

»Mátai?«, meldet sich die resolute, ungeduldige Stimme meiner Schwester.

»Dani, ich bin's.«

»Was ist passiert?«

Wir rufen uns nicht an, um hallo zu sagen und um zu erfahren, wie es der anderen geht. Hören wir nichts voneinander, heißt das, es geht uns gut. Klare Regeln, klare Antworten.

»Nichts. Aber ich ... muss mit dir sprechen.«

»Wir sprechen doch.«

»Nein, wir müssen uns treffen.«

»Warum?« Ihre Stimme ist leise, abwartend, auf die schlimmste aller Nachrichten gefasst. Aber was wäre für Danae die schlimmste aller Nachrichten?

»Es ist etwas, was ich dir nur persönlich sagen kann ...«

Du musst zu einem Treffen mitkommen. Mit meinem Freund, dem Familie über alles geht und der dich kennenlernen möchte. Diesmal zählt es, denn diesmal wird es vielleicht gut. Ach ja, richtig – ich habe einen Freund, aber du weißt noch nichts von ihm. Du weißt nicht, dass ich bei ihm eingezogen bin und die WG-Wohnung nur noch ein Postfach bei meinem Nachmieter ist ...

»Mo?«

»Ja.«

»Sag schon, was los ist! Hast du nicht mehr lange zu leben?«

Ich wäre schön blöd, am Telefon die Katze aus dem Sack zu lassen. Dann kann sie nein sagen und auflegen.

»Ich bin um sieben im Casablanca, bei dir um die Ecke.«

Das ist ein Zugeständnis, genauer gesagt sind es sogar drei. Zum einen muss ich einen Termin im Jugendhaus sausenlassen, der mir zwanzig Euro eingebracht hätte, zum anderen heißt es, dass ich eine Stunde Bahnfahrt samt Kosten in Kauf nehme, während Danae sich nur ins Auto zu schwingen braucht und in fünf Minuten da ist. Und außerdem ist das Casablanca das letzte Rauchercafé ihrer Stadt.

»Spinnst du? Das geht nicht, Mo.«

»Doch, das geht.«

Eine Weile atmen wir uns nur an. Dann knackt etwas im Hörer. Im ersten Augenblick befürchte ich, Danae hat aufgelegt, aber es ist wohl nur ihr Ohrring, der gegen den Hörer stößt, als sie ihn mit der Schulter ans Ohr presst. Vielleicht sortiert sie nebenbei ihre Akten – ein Panoptikum zerbrechender Ehen.

»Tja, dann bin ich wohl gezwungen, einen Babysitter zu bezahlen«, sagt sie frostig.

»Bring Max doch mit. Tante Mo beißt nicht.«

Augenblicklich ärgere ich mich, dass ich es immer noch tue: Ich versuche so zu sein wie Danae. Wie die bessere Danae.

»Mal sehen, ob ich es schaffe.« Sie legt auf, und ich stehe da wie ein Idiot, das Handy am Ohr.

»Vankanten!«, brüllt Nyagi von oben. »Bist du taub?«

Erst da höre ich, dass es an der Ladentür im Erdgeschoss Sturm klingelt.

*

Nyagi hat nicht zu viel versprochen. Das Mädchen, das den Raum betritt, sieht aus, als würde es aus einem von Leons Computerspielen stammen. Eines, in dem Vampire gegen Werwölfe kämpfen. Als sie durch den staubigen Sonnenstrahl geht, erwarte ich fast, einen Schmerzensschrei zu hören und ihr weißgeschminktes Gesicht zu Staub zerfallen zu sehen.

»Hi«, sagt sie mit der selbstbewussten, leicht trägen Stimme einer viel älteren Frau. Unter der Schminke ist sie höchstens siebzehn Jahre alt. In meinem Zimmer wirkt sie fehl am Platz. Der Alptraum jeder Mutter, die ihre Tochter im weißen Kommunionskleid durch die Tür des Studios schiebt.

Sie sieht mich zweifelnd an, als ich meine Begrüßungslitanei anstimme und ihr den abgeteilten Bereich zeige, wo ich die Fotos aufnehmen werde. Schwarzer Hintergrund, ein Vorhang, ein mit einem schwarzen Tuch verhülltes Podest. Reflexlicht für das Haar, weitere Lichter für sanfte Akzente auf Rücken, Nackenlinie oder Brust. Erst kurz bevor sie sich in die Umkleidekammer neben dem Schrank zurückzieht, schimmert ein wenig Unsicherheit durch die Fassade. Sie beißt sich auf die Unterlippe.

»Aber du bist schon *die* Moira, oder? Die vom Jugendhaus?«

Ich nicke. Jetzt ist sie offenbar erleichtert, denn sie lächelt, schwarzer Lippenstift hängt an ihrem Vorderzahn. »Meike hat mir deine Fotos gezeigt.« Meike, die Jugendhausleiterin. Und ihre wunderschönen schmalen Hände mit den Brandnarben, die sie seit dem Autounfall immer so geschickt in zu langen Ärmeln und Armstulpen versteckt. Mir wird klar, dass die Vampirin hier keine Kundin von Nyagi ist. Sondern eines von Meikes Mädchen. Sie ist am Telefon nur bei Nyagi gelandet. »Ja, ich habe Bilder von Meikes Händen gemacht. Gefallen sie dir?«

Ein betont gleichgültiges Schulterzucken. »Ich brauche auch solche Fotos. Ich bezahl sie.«

Jetzt muss ich mich umdrehen und so tun, als würde ich auf dem Tisch herumsuchen, damit sie mein Lächeln nicht sieht. Für diese Art Fotos nehme ich kein Geld.

»Da ist die Umkleidekabine.«

Sie verschwindet lautlos hinter dem Vorhang und ist nun tatsächlich unsichtbar, denn sie riecht wie das Zimmer – nach Puder und Lippenstift.

Das Mädchen heißt Kim und braucht ganze zehn Minuten, um die Jacke, in die sie gehüllt ist, abzulegen. Dann sitzt sie nackt auf dem Podest, in der Haltung, die sie sich ausgesucht hat: die Beine angezogen bis zum Kinn, der Rücken gerade, der Blick über die Schulter ernst und stolz. Ihr geschminktes Gesicht hebt sich vom Rest des Körpers so stark ab, dass es aussieht, als trüge sie eine schwarzweiße Maske. Das Haar ist hochgesteckt und gibt den Blick auf den Rücken frei.

Ich betrachte zwei alte dünne Narben und neue blaue Flecke. Außerdem prangt ein Bluterguss unter dem Schulterblatt. Kim schnaubt, und ich sehe in ihren Augen ein bisschen was von der alten Mo aufleuchten.

»Was ist los? Kommst du damit nicht klar?«

Ich würde ihr nur zu gern sagen, womit ich nicht klarkomme.

»Wer war das?«

»Geht dich nichts an.«

»Hast du mit Meike darüber gesprochen?«

»Machst du jetzt Fotos davon oder nicht?«

»Ja, aber die Polizei macht auch gute Fotos von solchen Verletzungen, nur als Tipp.«

Jetzt versteift sie sich. Ein Muskel unter dem Rippenbogen zeichnet sich unter der Haut ab. Jeden Augenblick wird sie aufspringen und verschwinden. Ich richte das Licht neu aus und stelle auf den Rücken scharf. Hartes Führungslicht, dunkle Schatten. Solche Blessuren haben keinen Weichzeichner verdient.

»Die dünnen Narben hast du schon, seit du klein warst. Von einer Gürtelschnalle, wie es aussieht. Die Risse wurden nicht genäht.« Gleichzeitig drücke ich auf den Auslöser. »Aber die neueren Verletzungen sehen aus, als hätte jemand mit der Faust zugeschlagen. Dein Freund? Beziehungsweise Exfreund, wie ich hoffe.«

Ich tue es schon wieder. Ich mische mich in anderer Leute Leben ein.

Kim schluckt, und die Maske verrutscht ein wenig. Jetzt würde ich sie am liebsten in den Arm nehmen, so schutzlos erscheint sie mir. Doch schon im nächsten Augenblick lerne ich wieder einmal etwas über die Mädchen: Was für Mo galt, gilt noch lange nicht für Kim. Und ganz sicher muss jemand wie ich ihr nicht sagen, was richtig und was falsch ist.

»Hör zu, Moira«, sagt sie sehr deutlich. »Wenn du es genau wissen willst: Ja, die Narben hab ich, seit ich acht bin. Und die Prügel, das war mein Ex. Und ich habe Polizeifotos machen lassen, aber auf denen sehe ich aus wie 'ne Leiche ohne Kopf – wie ein Stück Fleisch. Und das bin ich nicht. Ich brauche richtige Fotos. Damit ich draufschauen und mir sagen kann: Das war das allerletzte Mal, dass irgendein Scheißpenner mich geschlagen hat.«

*

Der Regionalexpress hat Verspätung, trotzdem schaffe ich es mit einem Sprint vom Bahnhof rechtzeitig zum Café. Nieselregen verwandelt meine Locken in schwarzes Gestrüpp. Doch das Frieren tut gut, das Rennen auch, mein Herzschlag ist ohnehin auf zweihundert, als ich das Café betrete. Ich muss mich nicht umschauen, um meine Schwester zu finden, nur lauschen.

Es gibt Kinder, die brüllen vom ersten Tag an bis zum dritten Monat. Dann haben sie gelernt, dass Bauchschmerzen sie nicht umbringen, und hören damit auf. Es gibt Kinder, die brüllen ab und zu vor Wut und beruhigen sich wieder. Und es gibt Max.

Brüllen ist allerdings das falsche Wort. Max beherrscht nur einen einzigen Ton, Kopfstimme, ganz oben auf der Skala, ein Ton, der dir den Schädelknochen in zwei Teile sägt. Nicht umsonst nenne ich ihn Matzerath. Nur dass er keine Gläser zersingt. Max Matzerath zersingt Babysitter, Tagesmütter, Passanten und Danaes Nerven. Zwischendurch tankt er Kraft, meistens in Form von Keksen, was nicht heißt, dass er nicht zur Not auch mit vollem Mund schreien kann. Am Tisch neben dem Fenster drehen sich zwei Damen um und werfen vorwurfsvolle Blicke in die Richtung der Nische. Ich weiß nicht, worüber sie sich mehr aufregen: dass Max brüllt – oder dass seine Mama ihn in eine Raucherlounge mitgenommen hat. Er verstummt abrupt, als ich an den Tisch trete, was wohl eher an meiner roten Jacke als an mir liegt. Im Rücken fühle ich die dankbaren Blicke der Damen.

Und da ist Danae.

Jedes Mal, wenn ich sie sehe, gibt es diesen einen Moment.

Noch vor dem ersten Blick, vor dem ersten Wort wird die Mauer zwischen uns transparent. In diesem Augenblick lächeln wir uns an, und ich will sie einfach nur umarmen. Dann ist sie nur meine Schwester, und ich möchte meine Nase in ihrem Haar vergraben und Apfelshampoo und Haut riechen. Dann bin ich wieder kleiner als sie und sitze neben ihr auf dem Balkon. Es ist ein zu kalter Mai, aber wir tragen trotzdem Sonnenbrillen. Danae hat ihren Zauberwürfel zur Seite gelegt, und wir bewerfen die Passanten, die auf der Lilienallee entlanggehen, mit zerkauten Papierkugeln. Den Wäscheständer haben wir an die Wand gestellt, die Handtücher, die unsere Mutter aufgehängt hat, riechen immer noch leicht nach dem Chlor der Schwimmbäder. Zwei Badeanzüge hängen auch dort – zusammengeschnurrte Häute eines neuen Lebens, das Danae und ich immer noch mit Misstrauen beäugen. Unsere Mutter schwimmt neuerdings, als ginge es um Leben und Tod. Und in diesem Moment wissen wir nicht, dass unser Leben zu dritt nur noch achtundfünfzig Minuten dauern wird.

Der Vorhang fällt, Danaes Lächeln verliert alles Vergangene. Sie schlägt die Augen nieder.

»Hi«, sagt sie und fummelt eine Zigarette aus der Packung. Sie ist zierlich und einen ganzen Kopf kleiner als ich, neben ihr wirke ich wie Pinocchio neben einer Barbie. Sie trägt noch ihren Kanzlei-Look. Der schmale Rock sitzt perfekt, der graue Businessdress bringt ihr straff zurückgekämmtes blassblondes Haar zum Leuchten. Keine Strähne verirrt sich in das makellos geschminkte Gesicht.

Aber im launischen Schwalbenschwung der Brauen sehe ich unsere Mutter.

Max grinst, als ich mich neben ihn setze und die Jacke ausziehe. Ich lege sie ihm um und greife nach der Fototasche.

»Hör auf mit dem Scheiß«, sagt Danae. Sie hat mir die letzten Fotos noch nicht verziehen: Max, viel kleiner und noch kahl, schreit, und sie hat die Zigarette zwischen den Fingern und im Blick den Wunsch, aus dem Foto und ihrem Leben zu springen. Aber ich brauche heute noch mindestens ein Gutwetterfoto für Leon und seine Familie. Am besten eines mit Neffe, lächelnder Danae und mir. Doch die Chancen, Danae zum Lächeln zu bringen, stehen schlecht.

»Ich muss gleich wieder los, Alex ist schon zu Hause. Und ich will Max nicht so lange in dem verrauchten Schuppen sitzen lassen.«

So, wie sie es sagt, bin ich es, die sie dazu zwingt, im Qualm auszuharren. Die Uhr zeigt fünf nach halb sieben. Der Countdown läuft. Mein Mund wird trocken.

»Ich ... bin wieder mit jemandem zusammen. Seit ein paar Monaten.«

Danae zwinkert ein paarmal zu oft und nimmt noch einen Zug. Sie kann vieles verbergen, doch ihre Enttäuschung nie. »Aha. Erfahre ich es wieder mal als Letzte.«

Dazu könnte ich viel sagen. Zum Beispiel darüber, dass ich Alex' Namen zum ersten Mal auf der Einladung zu ihrer Hochzeit gelesen habe. Oder darüber, dass sie sich nach dem Ringtausch sieben Monate lang nicht gemeldet hat, um dann in einem Nebensatz zu verkünden, dass sie in zwei Wochen einen Geburtstermin hat. Informationen sind die Währung unserer Familie. Wer sie besitzt, hat die Macht. Danae ist der Meinung, sie stehe ihr zu, nicht mir.

»Wie heißt er?«

»Leon.«

Sie runzelt die Stirn. »Leon der Profi? Hast du nach der

Schwäche für Loser jetzt eine Schwäche für Auftragskiller entwickelt?«

Ruhig bleiben, Mo.

»Leonid ... Kuznetsow.«

»Russe?« Sie sagt es, als würde sie beim Blick auf eine geschmacklose Jacke »Sonderangebot?« fragen.

»Längere Geschichte. Sein Vater hat russisch-deutsche Vorfahren und ...«

»Was macht dein Freund beruflich?«

Irgendwie bin ich wohl in ein Vorstellungsgespräch geraten.

»Programmiert ... für verschiedene Firmen. Meistens Texturen für Computerspiele.«

Hätte ich gesagt, er putzt Bahnhofstoiletten, hätte ich keinen besseren Effekt erzielen können. Dabei habe ich schon übertrieben. Die Wahrheit ist: Die Game-Branche ist ein schwieriger Markt. Leon wartet noch auf seine Chance. Im Moment programmiert er hier und da eine Homepage für Bekannte und hält sich ansonsten mit ein paar Stunden als Bedienung im Café eines Kumpels über Wasser.

»Interessant«, meint Danae so vielsagend neutral, wie nur sie es kann. »Na, herzlichen Glückwunsch. Und was willst du jetzt von mir?«

Ich hole tief Luft. Danae nur ein Gramm Macht in die Hände zu geben fühlt sich fast genauso gut an, wie angeschossen zu werden.

»Du sollst dich kurz mit uns treffen. Leons Vater feiert seinen Fünfzigsten, übernächsten Freitag. Seine Eltern wohnen nur vierzig Kilometer weg von hier. Seine Oma lebt in einem Altenstift auf halbem Weg zwischen dir und ihnen. Wir holen sie ab und machen vorher einen Zwischenstopp bei dir. Von mir aus in dem Café unter eurer Kanzlei. Du, ich und Leon trinken einen Kaffee, ein bisschen Smalltalk – fertig.« In anderen Familien hätte die Schwester jetzt gelächelt und genickt. Man hätte die Köpfe zusammengesteckt und sich über neue Männer und Nächte unterhalten. Danae sieht aus, als hätte ich sie gebeten, meine Kaution zu bezahlen. »Ach du Scheiße. Ich soll für deinen Igor Familie spielen? Na, dein Russenjunge muss ja was ganz Besonderes sein.« Ich hatte mich geirrt, als ich dachte, dass ich Danae heute nicht zum Lächeln bringen würde. Aber auf dieses Lächeln hätte ich verzichten können.

»Erstens: Du *bist* meine Familie. Zweitens: Er heißt Leon.«

Sie schweigt, atmet mit gespitzten Lippen Zigarettenrauch aus, mustert mich aus blauen Augen. Wartet.

»Und drittens: Er ist ein netter Mensch und hat mitbekommen, dass wir ohnehin bei dir vorbeifahren. Und deshalb will er die Chance nutzen und meine Familie kennenlernen. Das ist ihm wichtig. So was gibt es. Dafür muss man nicht mal was Besonderes sein.« Ich sehe sie bei diesen Worten nicht an. Stattdessen schaue ich zu, wie Max am Reißverschluss herumfingert. Kupferhaariger Engel in roter Lederjacke, die seinen kleinen Körper einhüllt wie ein Zelt. Ein Motiv wie aus einem Hochglanzband. Meine Kamera liegt auf dem Tisch, fängt das Motiv ein, instinktiv habe ich meinen Bilderdieb passend platziert. Ich werde ein Foto mitnehmen. Wenigstens das. Ich müsste nur abdrücken, aber noch ist der Moment nicht da. Danae nimmt einen letzten hektischen Zug und drückt die Zigarette aus, die auseinanderbricht. Tabak rieselt. Danae raucht jede Zigarette nur halb. Vielleicht bezeichnet sie sich deshalb als Nichtraucher.

»Was hast du diesem Leon noch erzählt?«

Ich lecke mir über die Lippen. Mein Mund fühlt sich an wie mit Asche gefüllt. »Was werde ich wohl erzählen?«

Danae schnaubt ein kurzes, sarkastisches Lachen in die Luft. »Und was, wenn es zur Abwechslung mal weitergeht? Was, wenn *er* bei deiner Hochzeit aufkreuzt?«

»War er bei deiner? Eine Einladung hatte er.«

Das war gemein, aber langsam reicht es mir.

Den glasharten Anwaltsblick beherrscht sie gut, aber ich sehe, dass sie schluckt. Jetzt bewegen wir uns beide auf Landminengebiet.

»Dir ist doch hoffentlich klar, dass er nicht verschwinden wird, weder aus deinem Leben noch aus meinem«, sagt sie.

»Soweit ich weiß, ist er längst verschwunden. Neue Familie, neues Glück.«

Diesmal ist sie es, die den Blick senkt, aber nicht schnell genug. Es gibt mir einen Stich, die Traurigkeit zu sehen. In Momenten wie diesen würde ich alles dafür geben, wenn sie mich nicht mehr hassen würde. Danae wirft einen verächtlichen Seitenblick auf die Kamera. Die Worte dazu braucht sie nicht mehr auszusprechen. Mein Leben ist für sie ein Witz, über den sie nicht lachen kann. Unter dem Tisch drücke ich die Fingernägel in die Handflächen. Ich staune immer noch, wie leicht es ist. Triggerpunkte mit glühender Nadel berührt.

»Gott, du bist so erbärmlich«, sagt sie so sachlich, als würde sie einen Fall beschreiben. »Irgendwann wird das auch der Russe merken. Sag dann nicht, ich hätte dich nicht gewarnt.« Jetzt bin ich es, die verbergen muss, wie gut sie getroffen hat. Sie kann es noch immer. Und das Schlimme ist: Sie hat recht. Für einen Moment wird mir bewusst, wie fragil mein Leben ist, ein Gespinst aus zerbrechlichen Worten. Eine Glasfläche über einem Abgrund, die jederzeit brechen kann. Aber diesmal wird sie mich tragen. Ich denke an das Foto, und der Moment geht vorbei: Diesmal ist es nicht Leons Exfreundin, die auf dem Sofa sitzt, eingebettet in Berührungen und fremde Leben. Sondern ich.

»Nicht dein Problem, Danae. Hör zu: Ich habe auf deiner Hochzeit für deine Schwiegereltern ohne Mucks den Affen ohne Studium gegeben. Ich lächle sogar auf deinen Hochglanz-Hochzeitsfotos, von denen ich kein einziges gemacht und auch keines bekommen habe. Du schuldest mir also was.«

»Leck mich, Mo!« Danae ist wie ein Stromschlag: Ihr Zorn sengt in Sekundenbruchteilen jeden Fetzen Haut von deiner Seele. Ich hasse mich dafür, dass meine Augen brennen. *Selber schuld, Mo. Du kennst sie doch. Und du weißt, dass sie dich kennt.*

Porzellan klirrt, braune Brühe schwappt auf meine Jacke. Danaes Kaffee ist umgekippt, keine von uns hat bemerkt, dass Max den Henkel ihrer Tasse erwischt hatte. Er brüllt los, Danae stöhnt auf und schnappt sich die Serviette. Ein paar Sekunden schaut sie nicht hin, sie ist damit beschäftigt, den Kleinen mit Servietten abzutrocknen und ihn aus meiner Jacke zu schälen. Schreck hin oder her, dagegen hat er was. Das Brüllen wird zum wütenden Protest, auf der Kinderstirn zeichnen sich Zornesfalten ab. Für den Bruchteil einer Sekunde staune ich wieder, wie wenig Ähnlichkeit Max mit Danae hat. Er ist ganz und gar Alex.

Sie beugt sich über Max. Ihr rechter Mundwinkel genervt hochgezogen, könnte aus meiner Perspektive als Lächeln durchgehen. Hier ist meine Chance.

Scheinbar bringe ich nur die Kamera vor dem kriechenden Kaffee in Sicherheit. Unhörbar löst sie aus. Perfekt: ein tomatenroter, zorniger Minilöwe und seine Mama, die sich das Lachen verbeißt. Nur den halbvollen Aschenbecher muss ich noch wegretuschieren.

Bevor Danae kapiert, was los ist, schieße ich noch drei Fotos und lege die Kamera auf den Stuhl. »Warte, ich hole noch Servietten.«

Max löscht das Klacken meiner Absätze und die Gespräche im ganzen Café aus. Während ich eine Serviette nach der anderen aus dem Spender am Tresen rupfe, geht das Gebrüll überraschend schnell in mäkeliges Geschimpfe über und versickert dann ganz in den Rauchschwaden. Als ich zum Tisch zurückkomme, kaut Max mit finsterer Miene an einem Keks, in die Jacke geschmiegt, die rechte Faust vorsichtshalber noch um den Kragen geballt. Er hat die Jacke verteidigt, sogar winzige Nagelabdrücke hat er im glatten Lackleder hinterlassen. Mich würde es nicht wundern, irgendwo noch die Spur seiner zwei Vorderzähne zu finden. Trotz allem muss ich lächeln. Am liebsten hätte ich den Kleinen an mich gedrückt und meine Nase in den roten Locken vergraben.

»*Das* ist mein Neffe!«, sage ich nur. Danae wirft mir einen Blick zu, der einen See schockfrosten könnte. Sie fummelt nach der nächsten Zigarette und bemerkt, dass die Packung leer ist. »Weißt du was?« Sie deutet mit einem Kinnrucken auf den Zigarettenautomaten neben den Klos. »Wenn du mir neue holst, überleg ich's mir.«

»Das letzte Mal, als ich darauf reingefallen bin, war ich neun. Bei diesem Spiel sagst du immer nein.«

Aber Danae überrascht mich. »Ach, Momo«, sagt sie müde. Dann schweigt sie und tupft mit der Serviette. Jetzt erst bemerke ich, dass der Kaffee über ihren Blazer und den Rock geschwappt ist, dass sie blass ist und mit den Nerven runter.

Und wie eine Herde von Dschungeltieren, die Schwäche wittern können, meldet sich die Fraktion Nebentisch zu Wort. »Sagen Sie, finden Sie es richtig, das Kind Zigarettenrauch auszusetzen?«

»Kümmern Sie sich um Ihren eigenen Mist!« Es rutscht uns beiden wie aus einem Mund heraus, derselbe Tonfall, zu rotzig und unhöflich für Danae, die perfekte Anwältin, zu laut und direkt für Moira. Der Nebentisch schweigt betreten. Wir schauen uns an, und dann gibt es doch diesen kurzen Moment, in dem wir beide lachen müssen. Ein Echo von früher. Dani und Momo.

Blicke töten mich, während ich am Automaten stehe. Und als ich mich wieder auf den Stuhl fallen lasse und die Schachtel auf den Tisch werfe, überrascht Danae mich ein zweites Mal.

»Okay«, sagt sie leise und nimmt die Schachtel. »Ein Kaffee mit Smalltalk über dich, unsere schöne Kindheit in der Lilienallee und die bezaubernde Tante Suzana. Zufrieden?«

Sie lächelt mir flüchtig zu, und für eine Sekunde denke ich, dass sie mir vielleicht doch verziehen hat, zumindest ein bisschen. Aber bevor ich etwas sagen kann, fängt Max wieder an zu brüllen. Danae verzieht entschuldigend den Mund und hievt den Kleinen so schnell aus meiner Jacke, dass sie ihn überrumpelt. Eine kleine Löwenpranke schlägt ins Leere, Beute entwischt, die rote Jacke entschwebt mit jedem von Danaes Schritten. Max brüllt richtig los. Sogar durch das Fenster hört man noch lange das Protestgeschrei. Ein Aufatmen geht durch das Café, als Danae mit ihm endlich beim Auto ist und das Zuklappen der Tür das Gebrüll abschneidet.

Dann bin ich allein. Das sind die Momente, die ich hasse. Die Jacke liegt auf dem Stuhl, leer, zurückgelassen, so wie ich. Ich ziehe sie über, sie ist noch warm vom Kinderkörper. Einen langen Atemzug lasse ich sie zu: die Sehnsucht. Sie setzt wie die Pfote einer Katze auf meinem Herzen auf, erst weich, dann fester, bis die Krallen spürbar werden.

Schnell nehme ich die Kamera und klicke die Bilder von Max und Danae durch. Das heißt: Ich will sie durchklicken. Aber stattdessen starre ich auf Leon – nackt auf dem Bett, in zerwühlter Bettwäsche, die im schrägen Morgenlicht aus Schatten und Licht gemalt scheint. Er schläft, die hellen Härchen auf seinen Beinen leuchten im Gegenlicht. Seine Scham trägt einen Heiligenschein aus Sonne. Ich habe das Bild heute Morgen gemacht, es ist intimer als ein Blick in mein Tagebuch. Mir ist kalt, obwohl mein Kopf glüht.

Nach Leons Aktfoto: kein einziges weiteres Bild mehr. Kein Max, keine Danae. Alles ist säuberlich gelöscht. Mein Blick fällt unter den Tisch und findet ein Dutzend Zigaretten, die Danae ausgekippt hat, ohne dass ich es bemerkt habe. Wenn sie eines weiß, dann das: Wie man Zeit gewinnt. Ich bin nicht einmal darüber entsetzt, dass sie mich reingelegt hat, sondern vielmehr darüber, dass ich Leon so unachtsam preisgegeben habe.

IM NETZ

»Du hast es mir versprochen, Mo.«

Leon steht in der Tür, seine finstere Miene das Mimik-Pendant zu seinen verschränkten Armen. Man könnte meinen, ich sei gerade dabei, ein Maschinengewehr in einen Geigenkasten zu packen, dabei lege ich nur mein zweites Objektiv in die Fototasche. »Keine Fotos auf der Feier, das war kein Witz«, sagt er mit Nachdruck.

»Ich nehme die Kamera doch nur mit. Sie bleibt im Auto.«

»Dann kannst du sie doch gleich hierlassen.«

Nein, kann ich nicht.

Familienfeste machen uns wohl beide nervös. Bei mir überrascht es mich nicht, bei ihm schon. Eigentlich ist es zum Lachen. Andere Paare haben Schulden, Kinder oder Affären, wegen denen sie sich streiten, unser Dauerthema ist seit Schaubers Hochzeit meine Kamera. *Dein One-eyed-lover*, so nennt Leon sie seit einigen Tagen. Wenn ich ihn fotografieren will, winkt er ab und sagt mit der Geste eines Filmstars, der die Paparazzi abwehrt: »No Press!« Es soll lustig wirken, aber ich merke, wie ernst er es meint.

»Wir haben sowieso keinen Platz für deine Ausrüstung«, wettert Leon weiter. »Schon vergessen, dass wir meine Oma samt Rollstuhl aus dem Rentnercamp abholen müssen? Dafür brauchen wir auch den Kofferraum.«

»Das habe ich nicht vergessen. Aber ich hab keine Wahl. Die Kamera muss mit.«

»Keine Wahl? Sagt *wer*?«

»Nyagi.« Ich nehme zwei Mappen von dem Stuhl, der mir als Nachttisch dient – eine mit Kims Bildern, die ich noch im Jugendhaus abgeben will. Und eine andere mit einer Serie von Aufnahmen, die ich im Gemeinschaftsraum des Jugendhauses gemacht habe. »Ich muss morgen auf dem Rückweg gleich ins Studio. Nyagi braucht für einen Werbeauftrag noch Abzüge mit Retusche.«

Nyagi denkt natürlich nicht im Traum daran, mich am Wochenende ins Studio zu bestellen. Und die Fotos hier haben nichts mit meiner Arbeit zu tun. Aber ich kann es mir nicht leisten, es ausgerechnet jetzt auf einen Streit ankommen zu lassen. Und noch weniger, meine Kamera zurückzulassen.

Leon runzelt die Stirn. »Dein Chef will, dass du am Wochenende arbeitest?«

»Das ist eine Ausnahme. Am Montagmorgen kommt ein Kunde, der schon um neun am Flughafen sein muss.«

Leon beobachtet mich so genau, als würde er Indizien suchen, aber bei mir ist er bei einem Profi gelandet. Lügner verraten sich nie durch Worte, immer durch Handlungen. Eine fahrige Hand, zu betontes Nicken, nervöse Augen. Ich beherrsche die Choreographien meiner anderen Wahrheit im Schlaf. Mit sicherer Hand sortiere ich die Fotos, packe seelenruhig auch noch die Ersatzakkus ein, der Reißverschluss setzt ein akustisches Ausrufezeichen, dann wuchte ich die Kameratasche auf die Schulter. »Sollen wir?«, frage ich mit einem Lächeln, so echt wie eine Fata Morgana.

»Zahlt der alte Blutsauger dir wenigstens Wochenendzulage?«, fragt Leon mürrisch. In solchen Momenten wird mir mit einem kleinen schmerzlichen Stich klar, wie weit entfernt wir noch voneinander sind. In einer Beziehung, die ohne Geheimnisse auskommt, hätte ich Leon jetzt gesagt, dass Nyagi mir gar kein offizielles Gehalt zahlt.

»Ich rede dir nicht in deinen Job rein und du mir nicht in meinen, okay?«

Es ist der feine sirrende Moment des Entweder-oder. Der Match Point bei einem Spiel zwischen uns beiden. Leon verzieht den Mund und zuckt mit den Schultern. »Na schön, aber ich warne dich: Der Paparazzo in meiner Familie ist meine Schwester. Und wenn du es dir mit ihr nicht verderben willst, lässt du die Kamera besser stecken.«

Mit einem Mal bin ich so erleichtert, dass ich lachen muss. Ich dachte, ich hätte Leon mit Schaubers Hochzeit wirklich verschreckt. Dabei geht es vielleicht gar nicht so sehr um meine Fotos, um das, was sie bedeuten oder nicht bedeuten. Leon hat schlichtweg Angst, dass ich mich bei Inna als Konkurrenz unbeliebt mache. Meine Kehle wird eng, so sehr rührt es mich, wie wichtig es ihm ist, dass seine Familie mich mag, dass ich ein Teil davon werde. »Keine Sorge, mit Schwestern kenne ich mich aus.« Auch das ist eine Lüge, aber die Spannung löst sich endgültig. Leon zieht mich an sich. Der Gurt der Fototasche rutscht mir von der Schulter, aber das Blödeste, was ich jetzt tun könnte, wäre, der Kamera den Vorzug zu geben. Während Leon mich mit einem seiner stets zu drängenden, schnellen Küsse meinem *One-eyed-lover* abjagt, achte ich nur verstohlen darauf, dass die Kameratasche so sanft wie möglich auf dem Boden aufsetzt.

*

Ich habe die letzten Nächte schlecht geschlafen. Und als wir Danae an der verspiegelten Theke entdecken, wird mir klar, warum.

»Wow«, flüstert Leon. »Bist du sicher, dass ihr Schwestern seid?«

Schlechter Witz, Leon. Aber ich bin zu sprachlos, um zu kontern. Danae trägt ihr Haar offen, zu Locken gedreht und leicht toupiert. Dazu korallenroten Lippenstift und ein enges rotes Kleid mit Wasserfallausschnitt, das gar nicht ihr

Stil ist. Ein übertriebener Goldgürtel und zu große Ohrringe in Fächerform komplettieren das, was sich Danae wohl als ironisches Statement zum Thema Russenschick vorstellt.

»Momo!«, ruft sie mir entgegen und umarmt mich so fest, als hätte sie mich wirklich vermisst. »Und Leon, na endlich!« Betäubendes Rosenholzparfüm nebelt bei ihrer Umarmung erst mich, dann ihn ein. »Mo hat sich ja ganz schön Zeit gelassen, uns vorzustellen. Es muss also ernst sein.« Sie zwinkert ihm zu.

»Hi, Dani«, sage ich. »Schön, dass du kurz Zeit hast.« *Betonung auf kurz.*

»Hallo!« Leon strahlt. Ich kann ihm ansehen, wie hingerissen und verblüfft er ist. Ich habe tatsächlich vergessen, wie oft Danae und ich als Kinder gefragt wurden, ob wir wirklich verwandt sind.

Danae lacht. »Jetzt weiß ich, warum meine kleine Schwester sich sogar bei mir kaum noch meldet.« *Sehr witzig.*

Die Bedienung bringt drei Gläser mit einer Haube aus braunem Schaum und Kakaosprenkeln.

»Mokka-Vanille-Frappuccino«, fährt Danae unbekümmert fort. »Ich habe für euch mitbestellt, das ist doch okay? Den *müsst* ihr probieren. Trinken wir auf die Liebe?«

»Ich trinke auf die zwei schönsten Schwestern«, sagt Leon.

Danae lächelt und prostet uns zu. Mir entgeht nicht, wie sie Leon betrachtet, während sie nippt. Seine Lippen, seine Brust und seinen Bauch. Und ich könnte ihr ins Gesicht springen dafür, dass sie ihn kennt – nackt, verletzlich. So, wie er nur mir gehört.

Ich mag keine Vanille, das Zeug ist zudem süß wie ein Milchshake und so eisig, dass es im Hals schmerzt. Über den Glasrand hinweg sehe ich auf der Uhr über der Espressomaschine, dass wir schon fünf Minuten überstanden haben.

»Lecker.« Leon leckt sich den Schaum von der Oberlippe.

Danae seufzt. »Ja, nicht wahr? Ohne den würde ich keinen Tag in der Kanzlei da oben unter dem Dach überstehen!«

Ohne zwanzig Kippen würdest du keinen Tag überstehen, denke ich.

»Stimmt, Mo hat schon erzählt, dass du Anwältin bist«, fängt Leon den Ball auf.

»Jepp«, sagt Danae. »Erbrecht, Scheidungsrecht, Sorgerecht, alles, was Familien brauchen.« Ich hoffe, Leon merkt nicht, dass ich mich etwas gerader hinsetze, als Danae mir einen Seitenblick zuwirft und grinst. »Ich meine natürlich – Familien, die *Probleme* haben«, korrigiert sie sich und zuckt vielsagend mit den Brauen. »Und dein Vater feiert Geburtstag, Leon?«

Langsam entspanne ich mich wieder. Danae balanciert das Gespräch geschickt zwischen Smalltalk und scheinbarer Vertraulichkeit. Plötzlich beugt sie sich zu mir und zupft einen Fussel von meinem Ärmel. »Möchtest du dich oben in der Kanzlei umziehen? Ich kann dir den Schlüssel geben. Es ist keiner mehr da.«

»Warum sollte ich mich umziehen?« *Und seit wann würdest du mir freiwillig einen Schlüssel geben?*

»Oh.« Danae wirkt ehrlich verdutzt. »Du willst *so* auf die Geburtstagsfeier gehen?«

»Ja, warum?«

»Süße, du gehst auf ein Familienfest, nicht auf eine Afterworkparty für Werber.«

Süße? Das ist eindeutig der falsche Film. Und das vor mir die falsche Danae.

Danae kramt in ihrer Handtasche und zückt rosa Perlmutt. »Hier, probier den Lippenstift, der peppt zumindest das graue Shirt ein bisschen auf. Und warte mal …« Sie greift zu ihren Ohren, zieht die Clip-Fächer herunter und reicht sie mir.

Ich schüttle verärgert den Kopf. »So was trage ich nicht.«

»Warum nicht? Die passen zu deinem Schneewittchenhaar.«

Bevor ich etwas erwidern kann, streicht sie mir mit einer liebevollen Geste die Locken hinter das linke Ohr. Irgendetwas in mir zittert, als ihre Fingerspitzen über meine Haut streichen. Jetzt hat sie mich doch erwischt. Die überraschende Zärtlichkeit setzt mich schachmatt. Ich spüre den Biss der Clips kaum, aber umso deutlicher die Wärme ihrer Finger. Die Berührung zündet ein Feuerwerk kindlicher Wünsche, ohne dass ich etwas dagegen tun kann. Ein Kaleidoskop von Begegnungen, Gesprächen, geteilten Leben.

Illusionen, aber trotzdem hypnotisierend und schön. Ich dachte, ich hätte die Sehnsucht im Griff, aber jetzt wünsche ich mir nur noch, meine Augen zu schließen und meine Wange in Danaes Hand zu schmiegen, wünsche mir so sehr, dass das hier alles echt ist. Ich wehre mich nicht mal, als Danae mich an den Schultern fasst und zum Thekenspiegel dreht.

»Schau mal! Sieht *sehr* hübsch aus. Oder, Leon?«

Im Spiegel sitze ich, mit Fächerohrringen und krank vor Sehnsucht danach, eine ganz normale Schwester zu sein.

»Jo«, sagt Leon. »Warum trägst du eigentlich sonst nie Schmuck?« Komischerweise sieht er mich dabei kaum an, der Spiegel verrät ihn. Hier läuft irgendetwas schief.

Im Caféhausspiegel sitzen nicht länger Dani und Momo. Jetzt ist es eine blonde Business-Schönheit in Rot und Gold neben einer blassen Frau in schwarzem Blazer und dunkelgrauem Seidenshirt. Ich sehe in jeder Hinsicht aus wie Danaes Negativ.

Ich zupfe die Ohrringe ab. Es gefällt mir nicht, dass Danae und Leon einen Blick tauschen, ein übereinstimmendes Bedauern, das mich zum Objekt macht. Wann sind sie zu Komplizen geworden?

»Schade.« Danae nimmt die Ohrringe wieder an sich. »Noch einen Frappuccino?«

»Nein, wir müssen noch Leons Großmutter abholen und ...«

»Ach, so eilig haben wir es nicht«, unterbricht mich Leon. »Meine Oma läuft uns ja nicht weg.«

Ich stutze. Aber Danae kann nicht wissen, dass das ein ziemlich fieser Spruch über eine alte Dame im Rollstuhl ist. Sie erhellt Leon mit einem 1000-Lumen-Lächeln und dirigiert mit einem Fingerzeig die nächste Bestellung. »Zumindest eines müsst ihr zwei mir noch schnell erzählen. Wie habt ihr euch kennengelernt?«

In drei Minuten hat sie Leon die Geschichte entlockt, wie wir in dem Café, in dem er jobbt, ins Gespräch kamen und er mich noch am selben Abend in seine Wohnung eingeladen hat. Sie lacht herzlich, als er ihr trotz meines dezenten Fußtritts schildert, wie er mit Pizza zurückkam und im Flur alles fallen ließ – inklusive der Flasche Rotwein. Wenigstens behält er für sich, dass es vor Überraschung geschah, weil ich ihn küsste, obwohl wir uns erst zwei Stunden kannten. Danae findet es romantisch, dass wir unseren ersten Abend damit begonnen haben, Scherben aus dem Parkett zu picken und Funghi-Käse-Kleister von der Tapete zu kratzen. Nach weiteren zehn Minuten weiß Danae mehr über Onlinerollenspiele, als Leon mir je erzählt hat. Und nun finden die beiden mit jedem Satz weitere Gemeinsamkeiten. Ich bin ziemlich sicher, dass Danae die Action-Klassiker, aus denen sie nun wörtlich zitiert, in ihrer Teenagerzeit überhaupt nicht gesehen hat. Die Dani von damals hätte nämlich verächtlich die Augen verdreht und »Spacko-Theater« gemurmelt. Aber irgendwann dämmert mir, dass sie wohl einfach Leons Facebook-Seite studiert hat. Seine Lieblingszitate stehen dort aufgelistet. *»Hasta la vista, Baby!« »Ich bin zu alt für diesen Scheiß.« »Yippie-ya-yeah, Schweinebacke!«* Ihr Lachen klingt so laut durch das Café, dass die Leute am anderen Ende des Tresens von ihren Zeitungen aufblicken.

Mir reicht es. Ich mag es nicht, wie Leon sich ihr ausliefert, ohne zu ahnen, dass er für sie Igor der Russenjunge ist. Und ich hasse es, dass sie genau weiß, was ich denke.

»Leon, wir müssen los. Baba Anuschka wartet.« *Mein Freund, meine Oma, meine Familie.*

Die zwei schauen mich an, als sei ich John McClane, der ihre Weihnachtsparty sprengt. Dann blicken sie zur Uhr.

»Oh, so spät schon, wie schade.« Danae rutscht vom Barhocker, wobei ihr schlankes Bein sichtbar wird, bis der rote Stoff wieder darüberfällt wie ein Theatervorhang. Mir entgeht nicht, dass Leon zu lange hinschaut. Langsam werde ich wirklich sauer.

Sie greift nach ihrer Tasche und holt einen wattierten Umschlag heraus. »Bevor ich es vergesse, Momo: Ich habe Post für dich.«

Ich habe unwillkürlich den Atem angehalten. Aber es ist nicht Vaters kantige Schrift, sondern gemalte, runde Buchstaben. Ich schüttle den Kopf. »Ich kenne keine Hilke Schmitt. Außerdem ist er an dich adressiert – und schon geöffnet.«

»Der Brief an dich ist in dem Umschlag. Frau Schmitt hat ihn an die Kanzleiadresse geschickt und darum gebeten, ihn an dich weiterzugeben. Sie hat ihn erst in die Alexanderstraße geschickt, aber er kam zurück. Empfänger unbekannt.«

So viel zum Thema verlässliche Nachmieter.

»Das ist Mos alte Adresse«, sagt Leon, bevor ich ihn stoppen kann. »Jetzt wohnt sie ja bei mir.«

Danaes Lächeln wird zehn Grad kühler. Aber sie ist eine mindestens so gute Lügnerin wie ich. »Ach, stimmt, das hat Mo ja erzählt. Wendelweg 17.«

»Nein, Beethovenstraße 4«, korrigiert Leon sie prompt.

Verdammt!

Danae legt den Brief auf den Tresen. »Richtig! Heute bringe ich ja wirklich alles durcheinander. Wendelweg 17 ist die Anschrift eines Klienten.«

Das war es dann mit Privatsphäre. Wenn es darum geht, Geheimnisse ans Tageslicht zu zerren, schlägt Danae mich um Längen.

»Tja, ich muss auch wieder los.« Sie klingt müde, als sie ihren Geldbeutel hervorzieht.

»Nein, lass.« Leon kramt ein paar zerknitterte Geldscheine aus der Hosentasche. »Das geht auf mich.«

Danae schaut mich nicht an, sondern betrachtet über meine Schulter hinweg Leon, der zur Kasse am anderen Ende der Theke schlendert. Ohne ihn kehrt das vertraute Schweigen zwischen uns zurück. Wir sind wie Schauspieler ohne Text. Aber etwas irritiert mich. Auch Danaes Make-up kann nicht darüber hinwegtäuschen, dass sie etwas Verlorenes in den Augen hat, was ich an ihr nicht kenne. Sähe Meike so aus, würde ich ihr den Arm um die Schultern legen und fragen, ob alles in Ordnung ist.

Sie beugt sich über ihre Tasche und kramt darin herum. »Der sieht ja zur Abwechslung wenigstens gut aus. Zumindest besser als damals Dingle-Boy.«

»Fang nicht damit an, Danae.«

»... und du willst ihn wirklich, wirklich, wirklich.« Das ist eine nachdenkliche Feststellung, keine Frage. Sie kennt mich immer noch gut. »Was glaubst du, liebt er dich so sehr wie du ihn?«

»Es wäre ein bisschen früh, von Liebe zu sprechen, oder?«

Danae beißt sich auf die Unterlippe, kaut einen schmalen Rand Lippenstift ab, holt das Feuerzeug aus ihrer Tasche, klackt damit auf den Tresen. »Wie lange wohnt ihr schon zusammen?«

»Ein paar Wochen.«

Die Wahrheit ist, ich bin mit der Pizza eingezogen.

Ihr Lächeln erreicht ihre Augen nicht. »Du fackelst nie lange, was?«

Ungesagtes beginnt sich zwischen uns zu drängen. Ungute

Schwingungen. Im Tresenspiegel suche ich nach Leon. Aber er steht immer noch an der Kasse.

»Weißt du, was komisch ist?« Danae wendet den Blick nicht von Leon. »Dass du immer durchkommst.«

»Ich weiß nicht, was du für ein Problem hast«, erwidere ich ebenso leise. »Außer der Tatsache, dass du meinen Freund anmachst.«

Sie lächelt kühl, überlegen. »Dazu gehören immer zwei, oder?«

»Sind wir nicht schon zu alt für dieses Spiel?«

Danae spielt mit dem Feuerzeug, dreht es nervös zwischen ihren Fingern.

»Der Spieler bist du, Momo. Und du kriegst immer, was du willst, egal wie und auf wessen Kosten, nicht wahr?«

Ich weiß beim besten Willen nicht, was ich Falsches gesagt habe. Warum ist sie plötzlich wütend auf mich? »Irre ich mich oder bist von uns beiden du diejenige, die hat, was sie immer wollte? Familie, Kanzlei, Geld?«

Die Art, wie sie den Mund verzieht, macht nun mich wütend. *Als wäre das alles nichts!* »Und soweit ich weiß, bin nicht ich diejenige, der ein teures Privatinternat bezahlt wurde, obwohl ...« Das *obwohl* ist mir rausgerutscht, und im selben Moment bereue ich es schon. Ich weiß, wie es sich für sie anhört. »Tut mir leid, Dani! Entschuldige. Ich habe es nicht so gemeint.«

Meine Schwester schluckt. »Das tust du ja nie.«

»So, wir können!« Leon rettet mich. »Hat mich sehr gefreut, Danae. Ich hoffe, wir sehen uns bald.«

Es erschreckt mich immer noch, wie mühelos Danae ihr Lächeln wieder anknipst. »Ganz sicher.«

Sie sieht mich nicht an, während sie ihre Tasche schultert.

Leon zögert, klimpert mit dem Kleingeld in seiner Jackentasche. »Sag mal, möchtest du nicht mitkommen? Zum Abendessen?«

Es ist einer der seltenen Momente, in denen man uns wohl doch ansehen würde, dass wir Schwestern sind. Die Art, wie wir Leon sprachlos anstarren, hat sicher Zwillingsqualität. Leon versteht unsere Mienen falsch. »Ist kein Problem. Wir haben ein offenes Haus. Meine Familie freut sich immer über Besuch.«

»Dani hat keine Zeit. Ihr Mann wartet auf sie.«

Mein Schwager wäre der richtige Ausdruck gewesen. Oder einfach nur *Alex*.

Danae lächelt in Zeitlupe. »Oh, sag bloß, du hast das vergessen, Momo. Alex ist bis morgen mit Max bei seinen Eltern. Ich habe mir doch extra für euch freigenommen.«

Leon beginnt zu strahlen. Jetzt habe ich wirklich Angst, dass sie Ernst macht. Ihre Lippen kräuseln sich, und einen schwebenden Moment lang kostet sie mein Unbehagen aus. Zum ersten Mal wird mir klar, dass ich wirklich ein Risiko eingegangen bin.

Aber dann schüttelt sie den Kopf.

*

»Jetzt reg dich wieder ab, was war denn so schlimm daran, Mo?«

Ich muss mich beherrschen, um nicht laut zu werden. »Da fragst du noch? Dass du über meinen Kopf hinweg entscheidest und sie einlädst, ohne mich zu fragen!«

»Okay, okay, entschuldige, dass ich lebe. Ich dachte, du würdest dich freuen.«

Mir rutscht das Handy fast aus den Fingern, als ich es wieder auf Vibration stelle. Ich muss zugeben, dass mir der Schreck immer noch in den Knochen sitzt. Und auch das schlechte Gewissen. Vor lauter Irritation habe ich zudem den Umschlag auf dem Tresen vergessen. *Aber Danae weiß ja jetzt, wohin sie ihn schicken soll.* Jetzt fühle ich mich so wie früher, wenn sie meine Geheimnisse auch in den versteckten Winkeln und Schubladen gefunden und ans Licht gezerrt hat. Und woher weiß eine Frau namens Hilke Schmitt, dass Danae Mátai etwas mit mir zu tun hat? Ich achte darauf, dass ich nur unter meinem Fotografennamen Vankanten unterwegs bin. Aber sicher gibt es eine Erklärung. *Eine ... andere.*

Hochhausblöcke rasen an uns vorbei. Ich nutze die Zeit, um Namen und Vernetzungen zu wiederholen, die ich mir wie Vokabeln eingeprägt habe.

Inna, studiert Graphikdesign und Visuelle Kommunikation, liebt Mangas.

Martin, Leons älterer Bruder, Ingenieur (Automobilindustrie), Ehefrau Jutta (irgendwas mit Pädagogik).

Leons Mutter Olga, ehemals Gymnasiallehrerin, heute in der Verwaltung des Stadtmuseums tätig. Sammelt Hundefiguren, liebt alte Filme aus den fünfziger Jahren.

Vater: Michael, Entwicklungsingenieur für Verpackungstechnik, liebt Sport, besonders Skifahren – allerdings nur noch vor dem Fernseher.

Michaels Mutter, fünfundachtzig Jahre alt ...

»Wie soll ich deine Oma nennen? Frau Kuznetsow?«

»Sag einfach du und Anusch zu ihr.«

»Ist das nicht unhöflich? Ich bin eine Fremde.«

»Du bist meine Freundin. Damit gehörst du zur Familie.«

Dieser Satz durchläuft mich wie eine warme Welle. »Erzähl mir etwas über sie.«

»Was soll ich erzählen?«

»Zum Beispiel, warum sie im Rollstuhl sitzt.«

»Sie ist vor ein paar Jahren auf einer Rolltreppe ausgerutscht. Deshalb lebt sie im Stift, betreutes Wohnen. Aber lange geht das nicht mehr gut, sie hat ziemlich abgebaut. Das mit ihrer Hüfte wird nichts mehr.« Das klingt, als würde er über seinen alten Opel Astra reden, in dem wir sitzen.

Ein Todeskandidat mit Motorhusten und Altersflecken aus Rost, der nur noch bis zum nächsten TÜV leben darf.

»Du redest über sie, als könntest du sie nicht leiden.«

Leon lacht, ohne den Blick von der Straße zu wenden. »Logisch mag ich sie. Sie ist doch meine Oma. Aber sie ist ... *strange*. Nicht ganz dicht.«

»Dement?«

Leon wiegt den Kopf. »So langsam geht es wohl los. Seit dem Unfall ist sie komisch geworden, noch bissiger als früher, und sie schleppt ständig so viel Zeug mit sich herum, als wäre sie auf der Flucht. Meine Mutter sagt, der Krieg holt sie wieder ein. Flashbacks.«

»Dann hat sie Schlimmes erlebt.«

»Das weiß man nicht. Sie hat nie darüber gesprochen. Nicht einmal mein Vater hat jemals etwas darüber erfahren.«

Ich muss an eine alte Nachbarin denken, die jede Schublade mit Konserven, Zuckerpackungen und Reis vollstopfte. Als in der Silvesternacht Leute im Hof mit Böllern herumknallten, fand ich sie auf der Treppe vor ihrer Wohnung sitzend, totenblass, ein Steakmesser in der Hand. »Wenn die Russen kommen, Kind, dann lauf«, murmelte sie.

Was würde sie wohl sagen, wenn sie wüsste, dass ich jetzt zu den Russen fahre?

Sagen alte Leute in Nowgorod und Moskau »Wenn die Deutschen kommen, lauf, mein Kind«? *Und vor wem warnen finnische Rentner ihre Nachbarn?* Ich habe nicht den leisesten Schimmer.

»Nimm jedenfalls bloß nichts ernst, was Anusch sagt«, fährt Leon fort. »Immer daran denken: Sie spinnt. Und es ist nicht persönlich gemeint.«

»Sie stammt doch aus Finnland, ja?«

»Mhm.«

»Und ist nach Russland ausgewandert?«

»Ja. Das war schon ungewöhnlich, dass eine Finnin in die damalige Sowjetunion kam.«

Ach ja? Vielleicht hätte ich mich mit Finnland beschäftigen sollen, statt nachzuforschen, was im Studiengang Visuelle Kommunikation auf dem Lehrplan steht. Aber wer ist wichtiger? Großmutter oder Enkelin? Vergangenheit oder Zukunft? Ich denke, mit Zukunft liege ich richtig. Inna liebt Fotos und Filme ebenso wie ich. Der Gedanke, dass wir eines Tages so etwas wie Schwestern sein könnten, lässt mein Herz schneller schlagen.

»Anusch war Krankenschwester«, fährt Leon fort. »In den Fünfzigern ist sie mit irgendeinem Austauschprogramm ins damalige Leningrad gekommen und hat meinen Großvater kennengelernt. Irgendwie so war es. Frag meinen Vater, wenn du es genau wissen willst. Oh, *Shit*, wir sind ja wirklich spät dran.«

Er drückt auf das Gaspedal. Der Astra röhrt wehleidig auf und gibt alles. *Dead car driving.* Meine Kameratasche und die beiden Mappen verschieben sich auf dem Rücksitz.

Leon will Anusch lieber alleine abholen, also vertrete ich mir die Beine auf dem Parkplatz am Park.

Unter Altenstift und »Villa Belverina« hatte ich mir etwas anderes vorgestellt als einen steingrauen Achtziger-Jahre-Bunker. Davor steht eine kleine Marienkapelle, deren Putz schon bessere Zeiten gesehen hat. Und neben einem Schachspiel mit hüfthohen Holzfiguren rülpst ein müder Trinkbrunnen vor sich hin. Normalerweise benutze ich keine Wimperntusche. Aber zum Glück erinnere ich mich im letzten Moment daran, dass ich heute welche aufgelegt habe, und benetze nur Wangen und Hände mit Wasser. Die Kühle tut gut. Dann tippe ich eine SMS an Danae.

Tut mir wirklich leid wegen vorhin, Dani. Ich rufe dich morgen an.

Als ich wieder beim Auto ankomme, verstaut Leon gerade

einen grauen Klapprollstuhl im Kofferraum. Leons Großmutter sitzt bereits auf dem Rücksitz, neben meiner Fototasche und unserem Gepäck. Ich erkenne das weiße Haar wieder und auch die messerscharfen Falten. Die Alte beachtet mich nicht, sondern starrt auf einen Punkt neben ihren Knien. Ihre Rechte ruht auf einer ausgebeulten Reisetasche, die sie auf dem Schoß hält. Das graugelbe Schottenkaro ist scheußlich, aber die Hand nimmt mich auf der Stelle gefangen. Sie hat die Schönheit von alter Spitze, feingliedrig und dünn, überzogen mit hellfleckiger, zerknitterter Haut. Alles in mir will sofort die Kamera vom Rücksitz holen und dieses Bild einfangen. Schwarzweiß, nicht zu weiches Licht.

Jetzt habe ich das Gefühl, dass alles gut wird. Denn auch wenn ich heute keine Fotos machen darf – im Geiste sehe ich Anusch und mich in der Zukunft. Wie ich das Pergament ihrer Haut mit Licht und Zoom in eine Landkarte verwandle. Und wie ich ihr Gesicht schön erscheinen lasse in einem Lächeln, das mir gilt.

Leon reißt die hintere Wagentür auf. »Anusch? Das ist Moira.«

Die Alte zeigt keine Reaktion. Vielleicht ist sie schwerhörig. Und jetzt sehe ich auch, was sie schon die ganze Zeit betrachtet. Sie hat meine Mappen unter der Fototasche hervorgezogen und studiert meine Bilder! Zum Glück sind es die aus Mappe Nummer eins, nicht Kims Fotos. Mir ist siedend heiß geworden bei der Vorstellung, dass ich das Mädchen hier um ein Haar fremden Augen ausgeliefert hätte.

»Anusch?« Leon will sie schon an der Schulter berühren, als sie sich uns mit einem resoluten Ruck zuwendet.

»Was?« Ihre tiefe, raue Stimme ist ein Kontrapunkt zu ihrer Zartheit. Aber sie passt zu ihrem Gewittergesicht. Als sie jung war, müssen ihre Augen strahlend blau gewesen sein, aber jetzt hat die Iris einen eierschalenfarbenen Unterton. Sie starrt mich so mürrisch an, dass ich unwillkürlich die

Arme vor der Taille kreuze, ein Schutzschild, der auch nicht viel nützt gegen ihre geballte Abneigung.

»Hallo. Ich freue mich sehr, Sie kennenzulernen, Frau … ähm … Anusch.« Ich schaffe es nicht, sie zu duzen. Sie ignoriert meine ausgestreckte Hand und krallt sich so fest an die Henkel ihrer Tasche, als wollte ich sie bestehlen. »Hallo, Katharina.«

Leons Exfreundin. Ich hoffe, mein Lächeln wirkt nicht so schockgefrostet, wie es sich anfühlt.

»Nein, Anusch, das hier ist *Moira*«, versucht es Leon noch einmal.

»Wer auch immer«, knurrt die Alte.

Leon rollt entschuldigend mit den Augen, bevor er einsteigt.

»Sind das deine Fotos, Monika?«, fragt Anusch plötzlich im Ton einer strengen Lehrerin.

Ich überlege, ob ich sie korrigieren soll. Aber irgendwo habe ich gelesen, dass Demenzkranke wütend werden können, wenn man ihnen widerspricht.

»Ja, die habe ich gemacht.«

»Und was soll das sein?« Sie stößt mit dem Zeigefinger gegen das oberste Bild, als würde sie ein überfahrenes Tier anstupsen, um zu prüfen, ob es noch zuckt. Dabei ist es ein gutes Foto. Es zeigt die Hände des offiziellen Jugendhausliebespaars. Danger und Coco. Cocos Finger zieren überlange rosa Hello-Kitty-Gelnägel. Dangers Nägel sind natur und bis aufs Nagelbett abgekaut. Die beiden halten einander so fest, dass sich unter Dangers Nägeln weiße, blasse Bögen abzeichnen. Zwei gegen die Welt.

»Das ist … so etwas wie ein Porträt«, erwidere ich vorsichtig. »Vielleicht hat Leon es schon erzählt. Ich bin Fotogra…«

Anuschs Reaktion ist wie ein Schlag ins Gesicht. Sie knallt mit einem entschiedenen Ruck die Autotür zwischen uns zu.

Und mir wird klar, dass sie nicht so trottelig ist, wie Leon glauben will. Sie weiß sehr genau, was sie tut, und hat meinen richtigen Namen sehr wohl verstanden. Aber sie mag mich nicht. Und das ist absolut persönlich gemeint.

»Kommst du?«, fragt Leon. Ich würde gerne, aber der Goblin hat meine Fotos. Und gerade zieht Anusch Kims Mappe hervor, ohne jegliche Hemmung und ohne sich darum zu scheren, dass es nicht ihre Bilder sind. Noch nie bin ich so schnell um einen Wagen herumgesprintet. In letzter Sekunde schnappe ich ihr Kims Mappe weg. »Entschuldigung, aber das geht nicht. Das sind streng vertrauliche Kundenfotos.«

Leon bemüht sich redlich, die Stimmung am Laufen zu halten. Aber in diesem Auto herrscht Eiszeit. Anusch starrt meine Schultern, meinen Nacken an, ich kann es spüren. Als ich die Sonnenschutzblende herunterklappe, fängt der kleine Spiegel prompt ihre Augen ein. Sie bemüht sich nicht einmal, so zu tun, als würde sie mich nicht mit Blicken töten. Ich tue so, als müsste ich prüfen, ob die Wimperntusche sitzt, klappe die Blende wieder hoch und drücke Kims Mappe schützend an meine Brust.

*

Ich bin froh, als Leon endlich in die Straße einbiegt, die ich schon von den Fotos kenne. Ein bisschen ist es tatsächlich wie nach Hause kommen, so oft habe ich den verwinkelten Siebziger-Jahre-Bau mit dem spitzgiebeligen Dach auf Bildern betrachtet. Die Tannen im Vorgarten sind größer geworden und streifen die Wände. Aber die Ligusterhecken sind exakt auf Länge gestutzt wie schon anno 1995. Einige Autos parken hintereinander an der schrägen Garagenauffahrt. Ganz unten ein weißer Twingo mit Sonnenblenden in Bärchenform. Leon fährt die Auffahrt rückwärts hoch, bis uns die Garage verschluckt. Noch bevor der Motor verröchelt, geht eine Tür im hinteren Teil der Garage auf.

»Nido!« Inna fällt Leon um den Hals, kaum dass er aus dem Auto ausgestiegen ist. Ich bin etwas verdutzt, dass Leons kleine Schwester ihn mit seinem Avatarnamen anspricht. Auf den alten Fotos hatte Inna noch langes Blondhaar, jetzt ist es kurz geschnitten und nur an den Spitzen schwarz gefärbt; eine fransige Szenefrisur, passend zu ihren Chucks mit Zebramuster. Ihr Look mit Retro-Jeans und Bling-Oberteil ist irgendwas zwischen Hiphop und Hipster. Sie wirkt nicht wie eine Studentin, eher wie eine Neuntklässlerin.

»Das ist Merle aus meiner WG, sie studiert mit mir. Merle, das ist Leon.«

»Hi!«, ertönt eine Minniemaus-Stimme.

Merle ist die blassere Kopie von Inna. Nicht ganz so blond, nicht ganz so selbstbewusst, nicht ganz so modisch. Sie schaut neugierig in den Astra, aber sie grüßt mich nicht.

»Hey!« Inna beugt sich in den Wagen und reicht mir über die Mittelkonsole hinweg die Hand. »Ich bin Inna.«

Ich lächle. »Moira. Aber alle nennen mich Mo.«

Ihre Mundwinkel zucken kurz. »Das Gepäck kannst du später holen«, ruft sie Leon zu. »Es gibt schon Kaffee und Kuchen. Mama ist voll sauer, weil du so spät bist.«

Das fängt ja gut an. Verstohlen bringe ich Kims Fotos unter meinem Sitz in Sicherheit. Als ich fertig bin, verschwindet Leon gerade mit Inna und Merle durch die Hintertür der Garage in einen beleuchteten Flur. Er lässt mich doch nicht etwa wirklich mit seiner Oma allein? »He!«, rufe ich ihnen hinterher. Ich packe das Geburtstagsgeschenk für Leons Vater und springe aus dem Auto. Beinahe wäre ich in einen leeren Rollstuhl gestolpert. Nicht der aus dem Kofferraum. Dieser hier sieht aus wie ein missglücktes Häkelexperiment: Orangegelbe Wollblumen spannen sich über wulstige gepolsterte Lehnen aus grünem Kunstleder.

»Hoppla«, sagt Leons Vater. »Sie müssen Leons Begleitung sein.«

»Sie heißt Monika«, bemerkt die Alte auf dem Rücksitz ungnädig.

Mir schießt das Blut in die Wangen. »Moira. Freut mich sehr, Herr Kuznetsow.«

Seine Hand ist warm und trocken wie eine Hundepfote, und sein Lächeln hat dieselbe Weite und das Wohlwollen wie das von Leon.

»Gehen Sie ruhig schon rein, Moira«, sagt Michael. »Ich kümmere mich um meine Mutter.«

*

Der Flur hängt voller Fotos, aber heute nehme ich sie kaum wahr. Der Treppenlift ist nagelneu, der Schonbezug aus Plastik ist noch nicht abgenommen worden.

Leon ist schon im Wohnzimmer. Lachen und Satzfetzen dringen zu mir, russisch und deutsch. Ich bleibe vor einem Bambus-Fadenvorhang stehen und nehme die Melodie von Leons Familie in mich auf. Leon spricht anders als zu Hause, betonter, mit russischen Wörtern in den Sätzen, die er sonst nie verwendet. Mein Herz rast, aus gutem Grund. Nichts ist heikler und verheißungsvoller, als das erste Mal der ganzen Familie gegenüberzustehen. Ich müsste geübt darin sein, aber jedes Mal ist es wieder wie damals, als ich elf Jahre alt war und mir geschworen habe, dass die Familie meiner Mitschülerin Beata Pritzius in Zukunft mir gehören würde.

»Mo? Kommst du?«

Wie immer ist es der Schritt von sicherem Boden auf ein feines Netz. Die Stimmen und Begrüßungsformeln der Kuznetzows kenne ich nun, aber das sagt nichts aus über die stummen Gesetze und unsichtbaren Grenzen, auf die es wirklich ankommt. Auf gewisse Art sind Familientreffen immer Blind Dates.

Der erste Eindruck ist sympathisches, lebendiges Chaos. Fensternischen und Regalraumteiler zerhacken das riesige Wohnzimmer. Die Sitzecke ist vollgestellt mit Tischen. Sogar der Couchtisch ist gedeckt, dort essen die Kinder. Es wuseln sicher zwei Dutzend Leute im Raum herum, Geschirr klappert, die eine Hälfte isst Sahnekuchen, die andere ist bereits am Gehen. Das einzig Unbewegte im Raum ist ein maushaariges Mädchen, etwa acht Jahre alt, schmal und gut darin, mit den Sofakissen zur Unsichtbarkeit zu verschmelzen. Zwischen Sofaseite und Wand thront ein Vogelkäfig mit einem buttergelben Wellensittich, daneben quetscht sich ein weiteres Tischchen mit Computer. Leon ist nicht mal bis zum ersten Tisch gekommen, zwei vielleicht siebenjährige Jungs hängen an ihm und versuchen an ihm hochzuklettern. *Seine Neffen*, rufe ich ab. *Die Zwillinge seines Bruders, Marten und Mattis.* Sie tragen identische blauweiße Trainingsanzüge und haben exakt den gleichen fransigen Haarschnitt, Scheitel links. Leon hat mir erzählt, dass seine Schwägerin Jutta einen Tick in Sachen Zwillingslook hat.

Leons Mutter entdeckt mich und schiebt sich hinter den Stuhllehnen entlang. Sie ist korpulent, ihr Haar ist kinnkurz und weißblond. Auf einem 1986-Bild in Leons Fotoalbum ist sie noch dünn, hat gerötete Augen, und ihr Gesicht wirkt vor Müdigkeit ebenso ausgewaschen wie ihre honigblonde Dauerwelle.

»Immer rein, immer rein«, schmettert sie und wedelt mit beiden Händen, als sei ich ein LKW, den sie in ihre Familie einwinken will. »Leider mussten wir mit dem Kaffee schon anfangen, weil ihr so spät seid.«

»Ging nicht schneller. Stau«, lügt Leon, ohne mit der Wimper zu zucken. Er schüttelt die Zwillinge ab und legt mir den Arm um die Taille. »Leute? Alle mal herhören! Das ist Moira.«

Stühle rücken, Hände werden mir entgegengestreckt, Männer murmeln Namen und Begrüßungen. Es ist ein Moment, der mich überwältigt. Frauen lächeln mir zu. Leons Schwägerin Jutta umarmt mich so herzlich, als wären wir alte Freunde, und erklärt mir, wer zu wem gehört. Nachbarn sind zu Besuch gekommen. Zwei Cousins von Leon sind auch dabei, beide Informatiker. Einer mit schwangerer Frau, der andere mit Kind – das kleine Mädchen gehört also zu ihm und heißt Nadja. Jutta pfeift ihre Söhne her, die mir brav ihre vom Kuchen klebrigen Hände hinhalten.

Leons Mutter begrüßt mich mit festem Händedruck. »Hallo, Moi-ra«, sagt sie mit einem sehr runden o. »Es ist doch in Ordnung, wenn ich du sage? Hier sind wir nicht so förmlich. Ich bin Olga.«

»Natürlich, gerne. Freut mich sehr, Olga!«

»Schön. Leon. Hol frischen Kaffee aus der Küche!« Sie rammt ihm die leere Porzellankanne regelrecht gegen die Brust. *Alles klar.*

Als wäre unsere Ankunft der Anpfiff für einen Mannschaftswechsel gewesen, stehen die Nachbarn auf und verabschieden sich.

»Ich habe dir und Leon das Gästezimmer vorbereitet«, sagt Olga zu mir. »Erster Stock, die Tür gleich rechts. Aber jetzt nimm erst einmal neben meiner Schwiegermutter Platz.«

Ich habe völlig übersehen, dass Anusch in den Raum gerollt wurde. Niemand streckt ihr die Hand zur Begrüßung hin, nur die unermüdliche Jutta springt herbei und parkt den Rollstuhl. Sie schiebt der Alten sofort ein Stück Sahnetorte hin. Jetzt erst fällt mir auf, dass Anusch schwarz gekleidet ist. Inmitten der Festgesellschaft wirkt sie wie eine trauernde Witwe. Ihre Miene passt jedenfalls dazu. Genau wie das Schmuckstück, das sie an einer Silberkette um den Hals trägt: eine Silberrose, die mit den Jahren schwarz angelaufen ist.

Einer der Nachbarn bleibt neben Anuschs Rollstuhl stehen und tätschelt ihr die Schulter. »Na, Anusch?«, brüllt er, als wäre sie taub. »Lange nicht gesehen. Und? Geht's gut? Alles fit?«

»Röschen ist tot«, gibt sie mürrisch zurück und hackt mit der Gabel in die Sahnetorte. »Und wenn du so weitersäufst, geht es dir hoffentlich bald genauso.«

»Mann, Omma!« Inna lächelt den Nachbarn entschuldigend an. Er grinst nur mit rotem Kopf und geht.

Leons Mutter bekommt harte Augen. Ich halte den Atem an. Blicke antworten Olga, Brauen, Stirnen, Schultergesten. Ein kostbarer Moment, in dem Verknüpfungen aufschimmern wie die sonst unsichtbaren Fäden eines Spinnennetzes im Sonnenlicht. Michael hält sich zwar raus, aber es ist klar, dass er und seine Frau einer Meinung sind. Anusch ist also auch bei ihrem Sohn nur geduldet. Leons Bruder ist verärgert, die Cousins scheinen es sportlich zu sehen. Die Schwangere kann Anusch nicht ausstehen. Aber der offensichtlichste Faden spannt sich zwischen Olga und Inna. Die beiden sind ein Team, nein, *das* Team, auf das es hier ankommt. Meine Vermutung bestätigt sich. In Leons Fotoalbum ist es nicht das Ehepaar Kuznetsow, das die innigste Verbindung hat. Und auch nicht die Geschwister untereinander. Jetzt bin ich froh, dass ich auf Visuelle Kommunikation gesetzt habe und nicht auf Finnland. Die Torwächter dieser Familie sind Mutter und Tochter.

Jutta ist dagegen der »Springer«, die stets freundliche, verbindliche Exekutive.

»Das ist Zitronen-Sahnetorte«, sagt sie im Pflegerinnensingsang zu Anusch. »Habe ich extra für dich gekauft, die magst du doch gerne, nicht wahr?« Aber sie schaut bei diesem Satz zu ihrer Schwiegermutter, als würde sie ein anerkennendes Nicken erwarten.

Anusch schaufelt nur mit stummer Verachtung Sahneberge in ihren Mund. Die Tasche liegt immer noch auf ihrem Schoß, als befürchte sie, dass jemand sie ihr hinterrücks entreißen könnte. Ich habe eine Schwäche für Außenseiter, aber selbst mich stößt sie mit ihrer Feindseligkeit ab. Und der Blick, den sie mir nun zuwirft, macht es nicht besser.

»Wer will noch Kaffee?« Leon ist zurückgekehrt und bricht den Bann.

Es verschlägt mir immer wieder den Atem, wie eingespielt Familien funktionieren können, es erinnert an Schwarmintelligenz. Jeder kennt seine Rolle, die Handgriffe sitzen blind, Körpersprache wird stumm gedeutet. Stühle werden weggebracht, in Windeseile wird umgesetzt und neu sortiert. Die Familie rückt zusammen, und ich finde mich endlich neben Leon wieder. Jutta schenkt Sekt ein und verteilt die Gläser.

»Jetzt ist die Familie ja endlich komplett«, sagt Olga mit einem tadelnden Seitenblick auf Leon.

Leon drückt mir unter dem Tisch verstohlen das Knie. »Willkommen in der Löwengrube«, murmelt er mir zu.

Beinahe hätte ich gelächelt. *Endlich im Rudel.*

Es ist dieser magische Moment, auf den ich seit drei Monaten gewartet habe. Ein Konzert von Gläserklingen und Glückwünschen beginnt. Wir trinken alle gleichzeitig. Der Sekt ist zu warm und schäumt wie Brause in meinem Mund, aber ich bin benommen und glücklich, trunken allein schon von der Tatsache, zum Schwarm zu gehören. Plötzlich bin ich ganz selbstverständlich Teil des Netzes. Die schräge Spätnachmittagssonne bringt die Goldränder am Porzellan zum Glühen.

Nur eine winzige Irritation stört die Idylle. Aus dem Augenwinkel bemerke ich, wie das Mädchen auf dem Sofa mich misstrauisch mustert, während sich die Zwillinge neben ihr Sahneschnurrbärte in die Gesichter schmieren. Rasch wende ich den Blick wieder ab. Keine Ahnung, warum ich ausgerechnet jetzt wieder an Danae denken muss. Und an den Brief.

»Jetzt musst du uns aber mal erzählen, Moi-ra«, wendet sich Olga an mich. »Wo kommst du her?«

Die Herz- und Nierenprüfung ist eröffnet. Die Fragen werden dezent in Smalltalk gehüllt und mit viel Nicken und »Ich habe/war/kannte auch mal«-Anekdoten gepolstert, aber ich weiß sehr wohl, wie sehr jedes Wort zählt. Inna stellt keine einzige Frage, aber die ganze Zeit über lernt sie mich auswendig, jede Regung, jeden Tonfall.

»Und was machst du beruflich?«, fragt Michael.

Leon fällt uns unwillig ins Wort. »Hab ich doch schon erzählt. Sie ist Profifotografin.« Keine Ahnung, warum Inna und Olga einen amüsierten Blick tauschen. Gut? Nicht gut? »Und Mos Schwester ist übrigens Anwältin«, setzt Leon erstaunlich rotzig hinzu. »Mit eigener Kanzlei und Bausparvertrag.« Was ist denn plötzlich los mit ihm?

»Du hast eine Schwester?«, fragt Jutta. »Wie heißt sie denn?«

»Danae.«

»Wo kommt denn dieser Name her?«

In dieser Familie geht diese Standardfrage also an sie.

»Unsere Mutter mochte die griechische Mythologie«, erkläre ich mit einem Seufzen. »Meine Schwester ist nach der Mutter des Helden Perseus benannt.« *Perseus Matzerath, um genau zu sein.* Schöne Vorstellung, wie der Held in Windeln das Meeresungeheuer in Stücke brüllt. »Und Moiren – na ja, das waren Schicksalsgöttinnen.« Ich rolle ein wenig mit den Augen. »Ich hatte viel Spaß, als mein Geschichtslehrer das vor der ganzen Klasse ausbreitete.« Jutta und die schwangere Cousinfrau lachen.

Die Wahrheit ist, ich habe keine Ahnung, warum ich so heiße. Die Erste, die mir etwas über die Bedeutung unserer Namen erzählt hat, war Beatas Mutter.

»Ja, Kinder können richtige Biester sein«, sagt Jutta aus vollem Herzen.

Inna unterdrückt ein Grinsen.

Sie muss dich nicht auf Anhieb mögen, beruhige ich mich. *Du bist Leons Neue – und im Moment auch noch Konkurrenz.*

»Und eure Eltern leben noch in eurer Nähe?«, will Olga wissen.

Unter dem Tisch knete ich meine Finger, bis die Gelenke knacken. Ich bin nicht stolz auf diese Lüge, aber die Alternative heiligt dieses Mittel. »Nein, sie sind schon verstorben.«

Bäng. Jetzt wacht sogar Merle auf, die mit ihrem Smartphone herumspielt.

»Meine Güte, das tut mir leid!«, sagt Jutta betroffen.

Gestohlenes Mitgefühl schwappt mir in warmen Wellen entgegen. Ich zucke mit einem schiefen Lächeln die Schultern. Die Geste beherrsche ich. »Es ist schon lange her. Es war ein … Autounfall.«

Jutta blickt auf ihre Jungs und muss schwer schlucken. Jetzt komme ich mir wirklich mies vor.

»Das ist ja schrecklich«, ruft Olga. »Wie alt warst du denn?«

»Sieben.« Zumindest das ist nicht gelogen.

»Um Himmels willen! Seid ihr dann bei Verwandten aufgewachsen?«

»Ja, bei unserer Tante. Also eigentlich unserer Patentante.« *Nicht rot werden.*

Michael beherrscht zum Glück den Themenwechsel mit der Brechstange. »Bist du denn fest angestellt als Fotografin?«

»Ich bin zwei Tage pro Woche in einem Studio für Werbefotografie gebucht. Aber man kann mich auch als freie Fotografin engagieren.« Inna grinst süffisant in Richtung Olga und setzt schlagartig wieder ein Pokerface auf, als sie meinen Blick bemerkt. Irgendwas läuft zwischen ihrer Mutter und ihr, aber ich kann es nicht fassen. Und Leon kocht innerlich, seine Kiefer sind fest zusammengepresst.

»Wir haben auch einige Fotokünstlerinnen in unserer Familie«, bemerkt Olga. »Inna hat schon Bilder verkauft, und das im dritten Semester.«

»Das ist toll«, sage ich.

»Ja, sie ist ein Ausnahmetalent, das sagen auch ihre Professoren«, fährt Olga sichtlich stolz fort. »Innotschka, du musst Moi-ra deine Semestermappe zeigen.«

»Gerne! Das würde mich sehr interessieren.« Das meine ich ernst. Es ist eine unverhoffte Chance, und ich bin mehr als neugierig. Inna sieht allerdings aus, als würde sie sich lieber Polsternägel in die Finger hauen. Das Augenrollen in Richtung Merle ist alles andere als höflich. »Würde mich sehr interessieren«, äfft sie mich flüsternd nach. Unter dem Tisch krampfe ich die Hände um Michaels Geburtstagsgeschenk. Es liegt immer noch in meinem Schoß und wartet auf den besten Moment. Leon wirft seiner kleinen Schwester einen warnenden Blick zu.

»Verdient man denn gut in so einem Fotostudio?«, will Michael wissen.

»Ich komme zurecht.«

»Das heißt, es geht ohne Nebenjob?«

»Papa!«, zischt Inna. Ich bin nicht so dumm zu glauben, dass Inna mich in Schutz nimmt. Olga legt ihrem Mann wie beiläufig die Hand auf den Unterarm.

»Was? Man wird ja noch fragen dürfen«, ruft Michael unwillig. »Anscheinend schafft es hier ja jeder, eine anständige Ausbildung zu machen und eine Arbeit zu finden – außer einem.« Mir wird heiß. Jetzt weiß ich, worauf das Ganze zusteuert.

»Die *Games Factory* ist eine anständige Ausbildung«, sagt Leon frostig.

»Ja, anständig teuer«, kontert Michael. »Fünfzehntausend Euro für nichts. Und von deiner Miete und dem Auto reden wir nicht. Glaubst du, unser Geld wächst auf den Tannen da draußen vor dem Haus? Du bist dreißig Jahre alt!«

Leon bekommt einen harten Mund. »In meiner Branche dauert es eben, bis man Kontakte zu den Firmen bekommt und sein Standing aufbauen kann.«

»Das stimmt, Papa«, kommt Inna Leon nun sofort zu Hilfe. »Das ist alles nicht mehr so einfach wie zu deiner Zeit.«

Abwartende Blicke. Sektschwenken. Ich komme ins Schwitzen. *Bitte frag jetzt bloß nicht mich nach meiner Meinung, Michael.* Für diesen Fall bin ich nicht gerüstet. Leon hat mir nie erzählt, dass seine Eltern eine Ausbildung an einer Privatschule bezahlt haben. Und auch nicht, dass der Astra gar nicht ihm gehört.

»Und was machst du in deinem Studio genau, Moi-ra?«, fragt Olga.

Ich räuspere mich. »Größtenteils Bildbearbeitung am Computer und außerdem Auftragsfotografie. Porträts …«

»Päh!«, kommt es verächtlich von der anderen Seite des Tisches. Es ist Anusch. Sie hockt in ihrem Rollstuhl wie eine schwarze Fliege in einer wollenen Venusfliegenfalle und funkelt mich an. Keiner beachtet sie. Trotzdem wird es Zeit für ein Not-Aus.

»Apropos Porträt …« Ich reiche Michael das Geburtstagsgeschenk über den Tisch. »Alles Gute noch von Leon und mir!«

Leons erleichterter Blick bringt mich zum Lächeln. Das Manöver funktioniert. Sogar die Zwillinge kommen angaloppiert. Michael reißt missmutig das Geschenkpapier weg und stutzt wie jemand, der sich für einen Moment selbst im Spiegel nicht erkennt. Die Ausschnittsvergrößerung stammt von einem Schnappschuss, den er sicher längst vergessen hat. Verschneite Berge und Skifahrer. Der größte von ihnen ist Leons Vater als zwanzigjähriger Hüne, der sich beim Wedeln gerade elegant in die Kurve legt.

»Leon hat das Bild ausgesucht, ich habe es ausgedruckt.«

Das ist maßlos untertrieben, aber ich werde mich hüten, Inna die Butter vom Brot zu nehmen. Michael vergisst den Streit auf der Stelle. Sein eigenes Bild verjüngt auch ihn, so weich werden seine Züge. Ich habe in stundenlanger Feinarbeit die Kontraste geschärft und mehr Dynamik aus dem Foto herausgeholt, Muskeln definiert, seine Hüften verschlankt, die Schultern dezent verbreitert und Unregelmäßigkeiten wegretuschiert. Dieses Bild ist eine Ikone seiner Jugend geworden. Pfiffe und anerkennendes Gelächter der Männer. »Das waren noch Zeiten, was?«, ruft einer und klopft ihm auf den Bierbauch.

»Ich wusste ja gar nicht, dass du früher so trainiert gewesen bist«, sagt Jutta.

»Tja, so sieht eben ein hervorragender Sportler aus«, erwidert Leons Vater und nickt mir anerkennend zu. »Danke! Das ist sehr schön.« Mir wird ganz warm. Aber ein wenig muss ich auch lächeln. Achtzig Prozent der Frauen wären misstrauisch, aber neunzig Prozent aller Männer erblicken in jedem noch so getürkten Spiegelbild ohne Wenn und Aber sich selbst.

»Gaaaanz toll – sie kann Photoshop für Anfänger«, höre ich Inna rechts flüstern. Merle kichert. Ich will Inna mögen, ich muss es. Aber jetzt liegt mir doch das Wort *Zicke* auf der Zunge.

Metallisches Geschepper lässt uns alle zusammenzucken. Marten ratscht mit einem Löffel am Vogelkäfig rauf und runter. Das Türchen ist offen, aber der Sittich flattert panisch in die hinterste Ecke.

»He!«, ruft Jutta warnend. »Geht's noch?«

Aber der Bursche hat schon erreicht, was er wollte.

»Lass Charlie in Ruhe!« Oje. Deutlicher als Nadjas leidender, hoffnungsloser Tonfall könnte eine Einladung nicht sein.

»Lass Charlie in Ruhe«, äffen die beiden sie prompt nach und ziehen hämisch weinerliche Fratzen. Die Kleine versucht Marten den Löffel zu entwinden, aber darauf hat Mattis nur gewartet. Als Nummer zwei sie hinterrücks in den Schwitzkasten nimmt, rammt sie ihm nicht den Ellenbogen in den Magen, sondern verwandelt sich in ein quiekendes Häuflein Elend.

»Schluss jetzt!«, brüllt Juttas Mann. Sogar der Sittich erstarrt. Die Zwillinge lassen die Kleine los, aber sie feixen. *Papa ist stolz auf sie.* Auch wenn Martin es nicht zeigen will, die angespannten Mundwinkel eines gezähmten Lächelns verraten ihn. Nadja hat dagegen keine Fans ersten Verwandtschaftsgrades. Die Art, wie ihr Vater sie nun ansieht, schneidet mir in die Seele. Verlierer werden gemacht, jedenfalls mit acht Jahren. Ich weiß, wovon ich spreche. Am liebsten würde ich zu dem Mädchen gehen und es in den Arm nehmen. Aber dazu bin ich zu feige. *Nicht dein Teil des Netzes, Mo.*

»Wenn wir schon mal eine professionelle Fotografin hier haben, kann Moira doch das Geburtstagsfoto von uns allen machen«, schlägt Jutta vor. *Autsch. Nicht gut.*

»Ich *bin* Profi«, sagt Inna giftiger als nötig. »Die Ausbildung ist ein Teil von meinem Studium, schon vergessen?«

»Ich kann ja *ein* Foto machen«, schlage ich vor. »Dann bist du auf dem Familienbild auch mit drauf, Inna. Der Fotograf fehlt ja sonst immer.«

Damit habe ich nach Michael nun auch einen Punkt bei Olga gelandet. »Wunderbar!«, ruft sie und steht auf. »Inna, hol deine Kamera. Leon? Du ziehst dir ein Jackett an. Nimm das dunkelblaue von Martin. Dann kannst du auch gleich euer Gepäck aus dem Auto ins Gästezimmer bringen. In zehn Minuten treffen wir uns alle vor dem Haus.«

Die Matriarchin hat gesprochen. Der Schwarm kommt in Bewegung. Die Frauen kramen in Taschen, zücken Lippenstifte und Kämme, die Männer trinken noch schnell aus. Jutta poliert den Zwillingen die Sahne aus dem Gesicht. Sittich Charlie nutzt den Moment, hüpft ans Türchen und flattert quer durch den Raum. Und ich werde mit offenem Mund Zeuge, wie alle im Raum wie Schlafwandler zu Untertellern greifen und sie auf Tassen und Gläser stellen. Es wirkt, als hätten sie den Befehl eines Hypnotiseurs erhalten. Der Tisch sieht nun aus wie ein bizarrer Wald aus Porzellanpilzen und hochstieligen Sektglas-Pfifferlingen. Auch Anuschs Sektglas ist abgedeckt. Es steht randvoll und verwaist neben ihrem leergeputzten Teller. Wieder habe ich nicht mitbekommen, wann sie verschwunden ist.

Nadja rührt sich nicht, während alle anderen rausgehen. Besorgt beobachtet sie Charlie, der seine Runden über dem Tisch dreht. Ich müsste rausgehen und mich um meinen eigenen Platz in der Rangordnung kümmern, aber diesmal bringe ich es nicht übers Herz.

Als ich mich neben sie setze, versteift sie sich sofort.

»Hallo. Wir haben uns noch gar nicht begrüßt. Ich bin Moira. Und du heißt Nadja?«

»Mhm«, murmelt sie misstrauisch.

»Du magst Charlie?«

Sie wagt nicht zu nicken, so sehr befürchtet sie wohl, dass ein Ja dem Vogel Ärger einbringt. Stattdessen zuckt sie übertrieben gleichgültig mit den Schultern und studiert ihre Knie. »Weiß nicht.«

»Mir gefällt er«, raune ich ihr zu. »Er ist so wunderschön gelb – wie ein Päckchen frischer Flugbutter.«

Mir wird ganz warm, als sie überrascht aufblickt und das zaghafte Grinsen sofort hinter ihrer Hand versteckt. Ich würde sonst was dafür geben, meine Kamera dabeizuhaben und Nadja staunen zu lassen über einen eingefrorenen Flügelschlag. Und sie selbst würde an dieser seltsamen Tafel aussehen wie eine dunkle Alice im Wunderland auf der Party des verrückten Hutmachers.

Alle sind gegangen. Im Zimmer hört man nur noch Geflatter, die Stimmen von Leons Familie sind gedämpft. Wenn ich ehrlich bin, würde ich am liebsten hierbleiben, auf dem Sofa, neben Nadja. Hier trägt das Netz uns beide, ohne dass wir uns anstrengen müssen.

Ich strecke ihr die Hand hin. »Gehen wir zusammen raus?«

Sie wird ernst und deutet zum Tisch. »Du musst den Teller draufmachen.« Meine Tasse ist als einzige noch unbedeckt. Und als Charlie zur Landung zwischen zerknüllten Servietten ansetzt, fällt der Groschen. »Die Teller sind für Charlie?«

Eifriges Nicken. »Damit er nicht in einem Glas ertrinkt.«

»Das wusste ich nicht. Dann sichere ich noch die Tasse.«

Als ich aufstehen will, bemerke ich Inna. Sie lugt durch den Bambusvorhang und hat uns im Smartphone-Visier. »Doppel-Cheese!«, ruft sie. Das Kameraschnappen erwischt uns, bevor wir reagieren können. Ich weiß, dass ich es hasse, fotografiert zu werden, aber noch nie habe ich mich dabei so nackt gefühlt wie jetzt, ohne meine eigene Kamera.

ZWILLINGE

Innas Digicam passt zu ihr. Eine szenige apfelgrüne *Rollei Sportsline*, die in eine hohle Hand passt. Kein Vergleich zu meiner schweren Nikon, aber ich bin einfach nur glücklich, sie in den Händen zu halten. Mit ihr fühle ich mich wieder vollständig, während ich die Kuznetsows zwischen Tanne und Liguster platziere, mit einem unscharfen Rahmen von Grün an den Rändern. Aus dieser Perspektive wird das Bild eine raffinierte Tiefe haben, plastisch wirken. Es ist die »goldene Stunde«, warm getöntes Abendlicht lässt Augen glänzen, Lichtreflexe voller Leben.

»Anusch fehlt noch. Sagt ihr jemand Bescheid?«

»Nein, das ist schon in Ordnung.« Leon schenkt mir ein schiefes »So-ist-sie-halt«-Lächeln. »Sie möchte nie mit auf die Fotos.« Er trägt das dunkelblaue Sakko über seinem T-Shirt. Wären wir nicht schon zusammen, spätestens jetzt wäre ich hoffnungslos verloren. Noch nie kam er mir so schön vor, so liebens- und begehrenswert. In meinem Bauch flattert etwas, flirrend und schön, als ich die Familie dichter zusammenrücken lasse. Hier sind die Verbindungen: Hände, die sich verstohlen finden, locker um Schultern gelegte Arme. Inna zieht sogar Merle am Ärmel mit ins Bild. Und Olgas Fingerspitzen berühren zärtlich Nadjas Arm. Ich wusste es: In dieser Familie ist niemand ganz verloren. Nur eine Kleinigkeit stört. Nadjas Vater. Beziehungsweise seine harten Hände, die Art, wie er sie auf Nadjas zerbrechliche Schultern gelegt hat. Die Last seiner enttäuschten Erwartungen scheint Tonnen zu wiegen. Sein Lächeln ist nur ein »Trotzdem«, und ich frage mich, was das Mädchen davon spürt. Was wird sie empfinden, wenn sie sich und ihren Vater später auf diesem Foto betrachtet? Woran wird sie sich erinnern? *An das Übliche?* Ich habe den Verdacht, dass die vorwurfsvollen Hände auf vielen Bildern zu sehen sind. Ich sollte mich um meine eigenen Sachen kümmern. Andererseits: Von nun an ist auch Nadja meine Sache, oder nicht?

»Links steht ihr zu eng! Und Nadja bitte in die vorderste Reihe.«

Ich platziere sie außer Boxweite der Zwillinge und hebe die Hand zum Zeichen, dass es losgeht. »Auf drei sagen alle: Charlie, fliiiiieg! Eins … zwei …«

Lachen der Kuznetsows, Inna, die nur etwas konsterniert schaut, nicht mit eingerechnet.

»… drei!« Die Zwillinge kreischen »Fliiiieg!« und zeigen beide ihre Zahnlücken.

Aber natürlich habe ich schon längst abgedrückt und Nadjas Kichern punktgenau erwischt, bevor sie es hinter vorgehaltener Hand verbergen konnte. Kontrollblick auf das Display. *Perfekt!* Es ist ein lockeres, entspanntes Bild geworden. Sehr lebendig. Man sieht der Gesellschaft den Spaß an, und Nadja wirkt wie eine glückliche, verschmitzte Elfe. Das liebe ich an Bildern am meisten. Die Momente, in denen der Auslöser andere, bessere Wirklichkeiten schafft.

Inna sprintet zu mir und nimmt mir die Kamera ab. »Hm, na ja«, sagt sie nur zum Bild. »Der Lichtwinkel ist nicht so toll. Aber wenigstens sind wir jetzt einmal alle auf dem Bild.«

Ich muss sehr tief durchatmen. Aber dann vergesse ich meinen Ärger. Mein Herz flattert nämlich vor Erwartung, als ich mich auf den Weg mache, um meinen Platz einzunehmen. Zehn Schritte von meinem ersten Fixpunkt auf dem Netz entfernt. Es passiert wirklich. Leon lächelt mir zu, als ich mich neben ihn stelle. In Gedanken sehe ich das

Bild schon vor mir. Aber dann geht etwas schief. Als wäre Inna das entscheidende Stützelement gewesen, löst sich die Formation um uns einfach auf, ohne ein weiteres Foto abzuwarten. Die Kinder galoppieren in Richtung Haus. Inna wirft mir noch einen feixenden Blick über die Schulter zu, dann verschwindet sie mit der Kamera durch die Tür. Und ich fühle mich wie das Schulmädchen, das beim Wählen der Mannschaften als Letzte übrig geblieben ist.

»Alles gut?«, fragt Leon. »Hat Inna was Blödes zu dir gesagt?«

»Nein, alles in Ordnung.«

Leon lächelt mitfühlend und strubbelt mir liebevoll durch das Haar. »Mach dir nichts draus. Inna ist am Anfang immer ein bisschen schwierig, aber du wirst sehen, die werden dich alle lieben. Na ja – außer Anusch vielleicht, aber die liebt ja nicht mal mich.«

Nett gemeint, aber über den Scherz kann ich nicht lachen.

Leon gibt mir einen Schubs zwischen die Schulterblätter. »Zurück ans Ruder mit den anderen Sklaven.«

Weitere Worte gehen in einem Motorröhren unter. Ein roter Mercedes Roadster schranzt direkt aus der Kurve die Garageneinfahrt hoch und stoppt abrupt vor Leons Wagen. Ich muss zweimal hinsehen, um es zu glauben. *Nein*, hallt es in mir. *Nein, nein, nein, nicht auch noch das. Das darf sie nicht!*

Aber leider ist es keine Halluzination. Danaes blondes Haar leuchtet in der Sonne auf, als sie sich aus dem Autofenster lehnt. Die Kuznetsows bleiben an der Tür stehen und recken die Hälse.

»Hallo-o! Ich will gar nicht stören.« Danae streckt Hilke Schmitts Umschlag aus dem Fenster und wedelt damit, als würde sie eine weiße Fahne schwenken. »Ich habe hier nur etwas für Mo!« Mit ein paar Sätzen bin ich bei ihr und schnappe ihr den Umschlag aus der Hand.

»Was soll das?«, zische ich ihr zu.

»Wolltest du nicht, dass ich Familie spiele?«, raunt sie zurück.

»Das hier war nicht abgemacht.«

Sie zeigt mir ihr schönstes Schneeprinzessinnen-Lächeln. Und ich begreife, warum sie hergekommen ist.

»Ich habe mich doch entschuldigt, Dani«, flüstere ich.

»Ich weiß nicht, was du meinst«, erwidert sie. »Aber ich dachte mir: Du warst auf meiner Party. Jetzt gehe ich auf deine. Hi, Leon!«

Leon reißt bereits die Autotür auf. »Schön, dass du doch noch vorbeikommst. Das ist Mos Schwester!«, ruft er seinen Eltern zu. »Sie bleibt zum Essen.«

»Nein, nein!« Danae winkt lachend ab. »Danke, aber ich kann nicht lange bleiben. Mo hat nur ihre Post vergessen. Und ich muss ohnehin noch zur Hauptpost fahren und dachte, ich mache einen Umweg.«

»Aussteigen«, befiehlt Leon mit gespielter Strenge. »Für einen Kaffee hast du Zeit.«

*

Ich weiß nicht, wie Danae es macht. Auf Fotos ist sie einfach nur eine Model-Schönheit, aber wenn sie im echten Leben einen Raum betritt, verwandeln sich Menschen in Motten mit einem Lichtflash. Das gilt besonders für die Männer, aber auch Merle kann die Augen nicht von meiner Schwester lassen, während sie Hände schüttelt und sich von Leon vorstellen lässt. »Und bitte kein Sie«, höre ich meine Schwester sagen. Jutta scheint halb fasziniert und halb schockiert zu sein, wie wenig ähnlich wir uns sind.

Ganz selbstverständlich nimmt Danae dann neben Leon am Tisch Platz. Und sie lässt es sich natürlich nicht nehmen, ihn noch einmal zu umarmen und auf die Wange zu küssen.

Leon strahlt, als wäre Miss August persönlich zu Besuch gekommen. Nur Anusch mustert Danae genauso finster wie vorher mich. Dann gleitet sie mit dem Rollstuhl rückwärts vom Tisch weg und rollt hinter einen Raumteiler.

»Nimm doch Platz, Moi-ra«, fordert Olga mich freundlich auf.

»Oh, entschuldige, ich sitze auf deinem Stuhl, nicht wahr?«, sagt Danae.

»Scharf beobachtet«, entgegne ich.

Danae will aufspringen, aber Leon legt ihr die Hand auf den Arm. »Los, rutscht ein Stück.« Seine Cousins rücken nur widerwillig weiter und machen den Platz neben Danae für mich frei. Na klasse.

Unter dem Tisch angle ich nach meiner Tasche und hole das rote Handy heraus.

Neuer Sekt fließt, und auch eine Wodkaflasche macht nun die Runde. Leon füllt sein Glas damit fast bis zum Rand und erhebt sich. »Auf die Familie! Und unseren Big Boss, der uns alle nährt und erhält.«

»Ach, ich habe ja noch gar nicht gratuliert«, ruft Danae. »Herzlichen Glückwunsch zum Geburtstag. *Izpolnenija vsech schelanij* – mögen alle deine Wünsche sich erfüllen, Michael!«

Michael ist natürlich beeindruckt. »Du sprichst Russisch?«

Das wüsste ich. Ich vermute, sie hat den Satz vorhin aus dem Internet gepflückt.

»Nur ein paar Brocken«, sagt Danae bescheiden. »Einige unserer Klienten stammen aus Sankt Petersburg.«

Sie nippt an ihrem Sekt, als meine SMS sie erreicht. »Entschuldigung.« Mit unbewegter Miene checkt sie meine Nachricht.

Danae, das hier ist kein Spiel. Verschwinde! Wir reden später.

»Nur ein Mandant«, sagt sie in die Runde, während sie tippt. »Die lassen einen wirklich nie in Ruhe.«

Sie schaltet ihr iPhone im selben Moment ganz aus, als ihre Antwort in meiner Hand vibriert.

Dein Spiel – meine Regeln.

»Trink doch, Mo«, fordert mich Martin auf. »Du bist ja auf einmal ganz blass um die Nase.«

Michael, Leon und die Männer tanken Wodka nach. Die Stimmung wird lockerer. Die ersten Frotzeleien fliegen über den Tisch, Insiderwitze, die ich noch nicht verstehe. Es ist ein Idyll mit Schönheitsfehler: Jutta erklärt nun Danae die Pointen. Ich bin Beiwerk. Das ist der Moment, in dem auch ich einen großen Schluck Wodka nehme. Leon klopft mir dafür anerkennend auf den Rücken.

»Was sind denn das für Mandanten aus Sankt Petersburg?«, fragt Olga.

»Es geht um Gemälde aus dem neunzehnten Jahrhundert, die nach Deutschland gebracht wurden ...« Während Danae erzählt, scannt sie wie beiläufig das Wohnzimmer. Insgeheim amüsiert sie sich köstlich. Und ich kann nicht anders, als das Wohnzimmer nun mit ihren Augen zu sehen: Olgas Porzellanhundsammlung, die überquellenden Fensterbretter. Grässliche Häkelkissen auf dem Sofa. Kleine Filzhexen auf Reisigbesen und Glitzerglassterne als Fensterdeko. Ich kann fast hören, wie sie Alex davon erzählen wird: *»Die sollten Kitschnetsow heißen.«*

»Liegt da ein Vertrag?« Danae deutet auf das Computertischchen.

Michael seufzt. »Wir haben einen Treppenlift für meine Mutter gekauft. Das ist der Wartungsvertrag.«

»Darf ich mal sehen?« Danae überfliegt ein paar Zeilen. »Wollt ihr den wirklich so unterschreiben?«

Ihr Stirnrunzeln bringt den Tisch zum Verstummen.

Michael wird blass. »Stimmt etwas damit nicht?«

Danae legt den Kopf schief. »Es ist nicht mein Fachgebiet, aber Punkt drei würde ich noch einmal prüfen lassen. Soll ich das machen? Geht ganz schnell. Ich kann einen Kollegen privat anrufen.« Michaels bekümmerte Miene hellt sich auf, als wäre Danae eine Mariengestalt.

Das reicht. Ich brauche eine Pause.

»Bad ist ganz hinten links!«, ruft Jutta mir noch hinterher.

*

Ich denke nicht daran, außer Hörweite zu gehen. Ich brauche nur Luft. Im Wohnzimmer lachen gerade alle laut los, am lautesten die Frauen. Perlende Tonbögen, die sich in die Luft erheben und wieder abfallen. Geschirr klappert, vermischt sich mit Sprachmelodien. Ich sollte Teil dieser Töne und Satzfetzen sein, mich einfügen in Parabeln und Wortstakkato. Stattdessen klingt Danaes Lachen laut heraus. Für einen Moment bohrt sich die Verzweiflung in mein Zwerchfell wie eine kleine, heiße Kinderfaust. Es ist wie früher: sie im Licht, ich im Schatten, die Helle und die Dunkle. Die Einzige, die etwas von mir wissen will, ist eine Unbekannte, und selbst auf deren Brief prangt als Empfänger Danaes Name und Adresse.

Mein Blick fällt auf das altmodische Telefontischchen. Darauf thront ein Uralt-Telefon, das tatsächlich noch einen schweren Hörer und eine Schnur hat. Und ich wusste gar nicht, dass es noch Telefonbücher gibt. Die »Gelben Seiten« sind bei T aufgeschlagen. *Tauchunternehmen. Taxiunternehmen. Technische Büros.* Ich schnappe mir den Kuli, der danebenliegt, und will damit den Brief aufschlitzen, als mir etwas auffällt.

Wie in den meisten Familien ist auch hier der Flur die Ahnengalerie. Über dem Telefontischchen finde ich Mutter Kuznetsow golden gerahmt – vor fünf Jahren, vor zehn, vor zwanzig, mit ihrem Mann und den Kindern an ihrer Seite. Aber etwas befremdet mich: Auf all diesen Fotos ist ihr Copy-and-paste-Lächeln ebenso zeitlos wie austauschbar. Wo sind die anderen Bilder? Die wirklichen? Die, in die ich mich vor drei Monaten Herz über Kopf verliebt habe? Im Gegensatz zu Leons Album ist das hier ein Friedhof aus Papier. Nur eine Gemeinsamkeit gibt es mit Leons Fotos. Auch in dieser Galerie fehlt Anusch. Der neue Treppenlift hat in diesem Haus mehr Wirklichkeit als sie. Auf eine gewisse Art ist es so, als wäre sie schon vor langer Zeit gestorben, als würde nur noch ihr Geist die Familie heimsuchen wie ein quälender Jahrestagsspuk, um dann wieder hinter der Tür des Altersheims zu verschwinden.

Bambus klappert. »Mo?« Leon lugt durch den Schnurvorhang. Ich weiß nicht, warum ich Hilkes Brief reflexartig hinter dem Rücken verstecke. Und noch weniger, warum ich mich so ertappt fühle.

»Ja?«

»Inna zeigt ihre Projektarbeit.«

Das Geschirr ist auf dem Couchtisch aufgetürmt. Auf dem Esstisch stehen nur noch die Gläser. Platz für Innas Fotomappe. Sie sortiert gerade noch einen Stapel DIN-A4-Drucke durch. Diesmal quetsche ich mich neben Leon, auch wenn Jutta und die Cousins dafür rutschen müssen.

»Die Aufgabe war ›Individuum im Spannungsfeld der Architektur‹«, erklärt Inna gerade.

»Also ›Mensch vor Gebäude‹«, sagt Leon und erntet einen Schwesternknuff in die Rippen. Dann legt Inna das erste Blatt hin. Merle an Treppe.

»Das ist wunderbar!«, lobt Olga. Merle lächelt geschmeichelt.

»Mo kann dir alles über gutes Fotografieren erzählen«, sagt Danae. »Und sie brennt schon darauf, dir ein paar Tipps zu geben.«

Inna blitzt ihr einen Dolchblick zu. »Du meinst, ich habe Tipps nötig?«

»Ich doch nicht«, antwortet Danae. »Aber ich kenne meine kleine Schwester. Sie hat gerade wieder ihren kritischen Blick. Es ist nicht leicht, vor ihrem Profiauge zu bestehen.«

Spotlight auf mich. Am liebsten würde ich ihr einen Tritt gegen das Schienbein verpassen, aber Leons Bein ist im Weg. Dabei hat sie es ganz richtig erkannt. Ich bin nämlich selbst überrascht, wie enttäuscht ich von Innas Arbeit bin. Es ist bestenfalls ein Schnappschuss fürs Familienalbum. Spannungslos, beliebig.

»Unsinn«, sage ich. »Dein Foto ist sehr gut, Inna. Und für ›Individuum und Architektur‹ kenne ich ohnehin nur eine Regel. *Entweder* Tante Erna *oder* die Pyramiden. Nicht beides gleich scharf und gleich gewichtet. Das machen nur Touristen.«

Jutta kichert, aber Inna und Merle holen simultan Luft. Dann klatscht Inna den nächsten Ausdruck auf den Tisch. Danae kann kaum verbergen, dass sie feixt. Es sind nicht die Pyramiden, sondern die Marienkapelle beim Altenstift. Mit Anusch im Vollformat. Zwei Bauwerke mit deutlichen Gebäudeschäden gleichwertig scharf im unbarmherzigen Licht. Es tut fast weh, die Alte so zu sehen, bloßgestellt und hässlicher gemacht, als sie jemals war und sein wird. Steile Mittagssonne ist eine Todsünde für Porträts, es sei denn, man will Falten in Relation zum verwitternden Putz setzen, aber ein solch grausames Statement traue ich Inna nicht zu. Doch wenn das Innas übliche Art ist, ihre Großmutter ins Bild zu setzen, kann ich gut verstehen, warum die Alte bei Familienfotos die Flucht ergreift.

»Genial«, sagt Merle eilfertig. »Die Dynamik der Proportionen ist super.«

Ja, aber nur für jemanden, der ein Schachbrett für einen Jackson Pollock hält.

Die Kuznetsows nicken und loben Inna, als wäre sie die neue Annie Leibovitz. Aber Leon legt den Arm um mich und drückt mir verstohlen die Schulter. *Macht nichts*, heißt das.

Auch auf den nächsten Arbeiten ist »Architektur« gleich Altenheim. Flure, Zimmerpflanzen in den Gängen, hohe Fenster. Die Zwillinge turnen dort herum. Auch diese Bilder sind enttäuschend nett. »Dekorativ«, wie Nyagi sagen würde. Und das ist bei ihm nie als Kompliment gemeint.

Aber plötzlich verblüfft Inna mich doch. Ein Foto der Zwillinge sticht heraus. Sie stehen Seite an Seite, identisch gekleidet in Kapuzenjacken und gleichen Kinderjeans, und schauen ernst in die Kamera. Spiegelbilder an einer gedachten Mittellinie, exakt der richtige Ausschnitt und die richtige Perspektive. Es ist eine Kopie des berühmtesten aller Zwillingsfotos, nur mit dem Unterschied, dass das hier zwei kleine Jungs sind. Das Originalbild zeigt Colleen und Cathleen Wade, im Alter von sieben aufgenommen, in schwarzen Kleidern mit weißen Kragen, Haarbändern und Strümpfen. Es ist ein Bild für Alpträume, genial und hinterhältig. Die Fotografin Diane Arbus hatte nichts weiter getan, als die Mädchen nebeneinanderzustellen. Und trotzdem verstörte das Bild sogar den Vater der Kinder. Er sagte, es bringe die schlimmstmögliche Art der Ähnlichkeit mit den Zwillingen zum Ausdruck: »Sie hat die Mädchen gespenstisch aussehen lassen«, so wird er oft zitiert. Er hat es vornehm ausgedrückt.

Ich weiß nicht, wie Diane Arbus diesen Effekt geschaffen hat, aber auch Inna ist er bei diesem Porträt gelungen. Selten bin ich so erleichtert gewesen und so glücklich. Egal was Danae heute noch sagt oder tut, um einen Keil zwischen mich und Leons Familie zu treiben – jetzt habe ich einen gemeinsamen Code gefunden, den Faden, der Inna und mich verbindet.

»Dieses hier ist ein Meisterwerk!«, sage ich aus vollem

Herzen. »Diane Arbus. Du hast ihre Arbeit als Inspiration genommen. *Identical Twins* von 1967. Und als Raum hast du Kubricks Hotel zitiert.«

»Diane *wer?*« Das kann ja nur von Merle kommen.

Aber auch die anderen starren mich an, als sei mir ein Stativ aus der Stirn gewachsen.

»Du meinst das Hotel aus *Shining?*«, fragt Leon in die Stille. »Der Horrorfilm? Jack Nicholson als irrer Axtmörder, der seine Familie zerstückeln will?«

Nicht hilfreich, Leon. »Ja, schon, aber hier geht es nur um das Gebäude. Inna hat den langen Flur hinter den Zwillingen genauso fotografiert wie die Hotelflure in Stanley Kubricks Film. Sie hat Foto und Film miteinander verbunden und erzählt die ganze Geschichte dieses Motivs: Das Foto von Diane Arbus hat den Regisseur nämlich überhaupt erst dazu inspiriert, in dem Film die zwei Geister von Zwillingsmädchen auftreten zu lassen.«

Ich lächle Inna zu. Es ist ernst gemeint. Egal, wie zickig sie auch sein mag und wie wenig sie mich im Moment leiden kann, für dieses Bild und diese Idee fliegt ihr mein Herz zu.

Aber im Computerspiel würde es jetzt im Kampfstrahl von zornigen Laseraugen zu Asche zerfallen.

»Das Foto ist scheußlich«, sagt Inna kühl. »Und außerdem habe ich das gar nicht gemacht. Wahrscheinlich war das Merle.«

»Nein, war ich nicht«, beeilt sich Merle zu sagen.

»Na, dann ist es eben ein Schnappschuss von Kanga. Sie hat an dem Tag ja dauernd mit meiner Kamera rumgespielt. Vielleicht wollte sie eine Lichtprobe machen.«

Kanga, die Amazonenkönigin? Jeder Idiot muss jetzt sehen, dass mir die Kinnlade runterfällt. *Leon haut sich mit einer von Innas Freundinnen online die Nächte um die Ohren?*

Er weicht meinem Blick aus.

»Habt ihr diese Diane Abrus im Studium durchgenommen?«, will Merle nun wissen.

»Sie heißt Arbus!«

»Nein, das muss Mo irgendwo gelesen haben«, sagt Danae. »Sie hat nämlich nicht studiert.«

»Wie – du hast gar kein Studium?« Bei Inna klingt es, als würde sie sagen: *Wie, du hast gar keine Arbeitserlaubnis?*

Danae grinst. Dahin fährt also die Retourkutsche für meine Bemerkung im Café.

»Das habe ich auch nie behauptet«, erwidere ich so ruhig wie möglich.

Aber Olga und Michael runzeln die Stirn.

»Für ein Studium braucht man ja auch das Abitur«, setzt Danae vielsagend hinzu. »Das hat Mo nicht. Leider.«

»Musst du nicht nach Hause?«, sage ich. »Wichtige Fälle für deine Kanzlei bearbeiten?«

»Oh, oh«, flüstert Inna Merle zu.

Betroffener Bambi-Blick von Danae. Sie wird nicht aufhören. Sie hört nie auf.

»Habe ich was Falsches gesagt, Süße?«

»Ich bin nicht deine Süße.«

»Sei doch nicht immer gleich so empfindlich. Es ist doch keine Schande, nur einen Hauptschulabschluss zu haben. Ich meine, es ist schade, weil du mit einer besseren Schulbildung ganz andere Chancen gehabt hättest, aber es ist völlig in Ordnung.«

»Die Einzige, die ein Problem damit hat, bist du«, gebe ich zurück. »Das ist schade, aber völlig in Ordnung.«

»Natürlich hat hier *niemand* ein Problem damit!«, versichert Jutta eilig. »Ganz im Gegenteil! Ich finde es faszinierend, wie unterschiedlich die Wege von Geschwistern sein können. Es wäre doch auch langweilig, wenn alle gleich wären.« Es wäre glaubwürdiger, wenn dieser Spruch nicht ausgerechnet von ihr kommen würde.

»Das stimmt«, pflichtet Danae ihr bei. »Wir sind wirklich verschieden. Ich bin ein Sicherheitsmensch – aber Mo war schon immer ein Wandervogel, eine Abenteurerin. Sie ist schon als Jugendliche lieber durch die Welt gezogen, als zu Hause zu sitzen und zu lernen.« Ich hoffe, niemand bemerkt, dass mir jetzt wirklich der Schweiß ausbricht. *So weit wird sie nicht gehen.* Aber ich sollte es besser wissen. »Oh, weißt du noch, Momo? Damals, nachdem du mich an der Uni besucht hattest, bist du per Anhalter bei Nacht und Nebel losgefahren und in Irland gelandet. Einfach so.«

»Das geht hier keinen etwas an, Danae.«

»Wie alt warst du denn?«, will die Schwangere wissen.

»Fünfzehn«, antwortet Danae und seufzt. »Meine Güte, haben wir uns Sorgen gemacht. Das hat sie dir vielleicht nicht erzählt, Leon, aber weißt du, wie lange wir gebraucht haben, um sie wiederzufin…«

»Dani! Halt endlich die Klappe.«

Betretenes Schweigen. Sogar Nadja starrt mich an wie einen Alien. Aber das ist noch nichts gegen Danae, die so gekränkt aussieht, als hätte ich sie geohrfeigt.

»Dann hast du aber nach deinem Hauptschulabschluss eine Lehre gemacht?«, bricht Michael das Schweigen.

Ich hole tief Luft und hebe das Kinn. Leon wird erstaunt sein, aber wenn ich es nicht sage, schmiert Danae es ihnen aufs Brot. Ganz abgesehen davon, dass die Rede dann darauf kommen wird, wen sie mit »wir« meinte.

»Nein. Aber ich fotografiere schon, seit ich dreizehn war. Und im Studio arbeite ich als Quereinsteigerin. Was in der Branche nicht unüblich ist.« Irgendwie klinge ich plötzlich wie Leon. Und prompt verfinstert sich Michaels Miene. Merle bemüht sich jetzt nicht einmal mehr, ihr süffisantes Grinsen zu verbergen. Komischerweise sehen dann alle zu Leon. Und er schaut nur betreten auf die Fotos, als hätte er mit mir nichts zu tun.

»Was ist?«, frage ich in die Runde. Aber die Art, wie mich nun alle wie ein Imitat anstarren, ist ein Déjà-vu von Danaes Hochzeit.

Inna verschränkt die Arme. »Dann hast du uns angelogen. Von wegen Fotografin …«

»Moment mal!«, fährt Danae im Anwaltston dazwischen. »Auch wenn Mo keine gelernte Fotografin ist, darf sie sich so nennen. Das ist schließlich kein Doktortitel. *Fotograf* ist keine juristisch geschützte Berufsbezeichnung.«

Im Grunde gibt es keine Farben, nur die Unterschiede zwischen den Farben. Das hatte Nyagi mir beigebracht, als ich die erste Woche bei ihm arbeitete. *Rot wirkt dunkel vor Gelb und flimmert hell vor Grün.* Frau Doktor Mátai weiß die Unterschiede zwischen uns zu einem gleißenden Kontrast hochzudrehen.

Inna zückt ihr iPhone. »Dann zeig uns doch mal ein paar deiner Bilder, Moira.«

»Ich stelle grundsätzlich keine Arbeiten ins Internet.«

»Nicht mal bei Facebook?« Merle tut fassunglos.

»*Noch* nicht«, sagt Leon. »Aber sie hat im Jugendhaus schon Ausstellungen …«

»Sie hat Fotos dabei«, kommt es aus dem Off hinter dem Raumteiler. »Zwei Mappen. Sie liegen im Auto.«

Ich hätte große Lust, mein noch volles Glas nach Anusch zu werfen. *Von wegen dement.*

»Das sind Kundenfotos. Die darf ich nicht zeigen.«

Inna bekommt schmale Augen. »Darfst du nicht oder traust du dich nicht?«

»Notsch!«, fährt Leon sie an.

Jetzt bin ich es, die aufrechter sitzt. *Notsch?*

»Inna! Genug jetzt«, weist auch Olga sie scharf zurecht. »So redet man nicht mit Gästen.« Aber sie hält dasselbe Lächeln im Zaum wie vorhin der Vater der Zwillinge, als sie Nadja im Schwitzkasten hatten. Und mir wird klar, dass

Nadja und ich uns auf Innas Schnappschuss ähnlicher sind, als mir lieb ist.

Ein Shakira-Song plärrt mitten in die Spannung. Auf Innas iPhone leuchtet das Anruferbild auf. Ich erkenne es sofort, es ist ein Avatar aus Leons Computerspiel. Kanga, die Amazonenkönigin. »Hey«, begrüßt Inna sie. Ein wissender Blick in meine Richtung. »Ja. Allerdings.« Sie steht auf und geht zum Telefonieren zum Fenster.

»Dieses hier ist wunderschön«, ruft Jutta mit heller Stimme, die Olgas Melodie imitiert. Sie deutet auf ein Foto in Innas Mappe, auf dem M&M versuchen, Handstand zu machen. »Sie sind noch so unbeschwert, wenn sie so klein sind, nicht wahr?«

Die anderen murmeln Antworten, aber ich horche nur auf Inna. »Du verpasst hier eine tolle Show«, raunt sie. »Was? Ja klar. Der wartet schon. Papa! Katharina will dir gratulieren.«

Wäre mir nicht schon heiß, würde mir jetzt schlagartig der Schweiß ausbrechen.

Kanga ist Leons Ex?

Inna reicht das iPhone an Michael weiter. Und dann habe ich das Gefühl, endgültig durch das Netz zu fallen. *»Katinka!«*, sagt Michael zärtlich. »Wie schön!«

Bewegung kommt in die Gruppe. Olga signalisiert, dass sie auch mit Katharina sprechen will. Jutta flüstert eifrig »Grüße!«, und M&M zupfen an Opas Strickjacke.

Es ist viel einfacher, Verbindungen zu erkennen, wenn man außerhalb des Netzes steht. Ich hatte schon verloren, bevor Danae hier reinspaziert ist, um die Party zu sprengen. Auf dem Sofa war niemals ein Platz für mich frei, denn in dieser Familie ist er immer noch besetzt. Alle wenden sich Leons Exfreundin zu, als wäre sie wieder hier. Die Verbindung reicht virtuell sogar bis zu Leon.

Nun verstehe ich den stummen Dialog zwischen Mutter

und Tochter und Olgas Bemerkung: »*Wir haben so einige Fotokünstlerinnen in der Familie.*« Katharina gehört dazu. Leons fast trotzige Versicherung von vorhin: »*Du bist meine Freundin. Damit gehörst du zur Familie*«, hört sich in diesem Kontext an wie eine Kampfansage. Und jetzt ist mir klar, an wen Inna das Foto von Nadja und mir gesendet hat.

Danae beobachtet mich zufrieden wie eine Katze, die eine Maus verspeist hat und die Fellreste nun noch mit einem Schlückchen Sekt hinunterspült. Michael lacht herzlich und steht auf. In der Fensternische hört man ihn brummend telefonieren, so innig und warm, als würde er mit einer weiteren Tochter sprechen.

Im Vergleich zu was? Auch ein Standardspruch von Nyagi. Für ihn ist niemand reich oder schön. Nur schöner oder reicher im Vergleich zu jemand anderem. Nyagis Welt ist die Relation, nicht nur bei Farben. Das sollte ich langsam auch lernen. Denn verglichen mit der Reaktion auf Katharina ist Michaels Verhältnis zu mir das eines höflichen Fremden.

»Welches von den Fotos wirst du denn als Projektarbeit einreichen?«, wendet sich Jutta an Inna.

Inna deutet auf ein Niedlich-Bild der Jungs vor einem Fenster.

»Genial«, ruft Merle.

»*Shining* ist trotzdem ein guter Film«, murmelt Leon.

HEXEN

»Warte doch, Mo.« Leon holt mich kurz vor dem Gästezimmer ein. Wodkaatem schlägt mir entgegen. »Tut mir leid wegen Inna. Aber ich hatte dich doch gewarnt, diesen Foto-Scheiß bei ihr seinzulassen.«

Ich schüttle seine Hand von meiner Schulter ab. »Darum geht es doch gar nicht! Du hast mich angelogen!«

»Scht! Nicht so laut!« Leon sieht sich hektisch zur Treppe um, schiebt mich in das Zimmer und zieht die Tür hinter uns zu. Ich hatte befürchtet, dass wir in Innas Mädchenzimmer übernachten müssten, inklusive Zahnspangenfotos von Katinka und ihr. Aber der Raum ist eine Kombination aus Bügel- und Rumpelkammer plus Gästebad. An der Wand lehnen verstaubte Skier und ein Bügelbrett.

»Wie kommst du darauf?«, flüstert Leon.

»Notsch und Kanga sind nicht irgendwelche Gamer-Kumpels, wie du mir erzählt hast. Sondern deine Schwester und deine Ex! Und die beiden sind auch noch beste Freundinnen.«

Er versucht gelassen zu wirken, aber er wird rot. Zumindest das.

»Katharina *ist* mein Kumpel. Sie gehört ja praktisch zur Familie.«

Danke, genau das wollte ich hören. Aber er merkt nicht einmal, dass dieser Satz wie ein Tritt in den Magen ist.

»Inna und sie kennen sich seit dem Gymnasium«, fährt er flüsternd fort. »Wir waren mal zusammen, es hat nicht geklappt. Ende. Und jetzt sind wir Freunde und immer noch ein Gaming-Team. Muss ich mich dafür etwa rechtfertigen?«

»Nein. Aber du hättest es mir sagen müssen! Stattdessen lässt du mich bei deiner Familie ins offene Messer laufen.«

»Was? Das stimmt doch nicht …«

»Hast du unten nicht zugehört? Und du hast dich für mich geschämt.«

»Jetzt sei doch nicht so hysterisch. Das bildest du dir ein. Aber du musst auch mich verstehen. Du hast mir nie gesagt, dass du gar keine Ausbildung hast …«

»Du hast mich nie gefragt. Und ist das wichtig?«

Er beißt sich auf die Unterlippe. »Natürlich nicht. Herrgott, aber ich habe dich bei meinen Leuten als Profiwerbefotografin vorgestellt. Weißt du, wie ich jetzt vor meinen Eltern dastehe?«

»Ich dachte, *du* wärst ein Profi«, antworte ich kühl. »Dabei lebst du von Papas Geld. Ich verdiene meines wenigstens selbst.«

Leon ist so gekränkt, dass ich fürchte, er wird mich einfach stehenlassen. Für immer. Aber stattdessen explodiert er. »Danke, Mo! Herzlichen Dank! Ich reiße mir den Arsch auf, um einen Job zu finden, mein Vater macht mir die Hölle heiß, und jeder hier ist sauer auf mich, weil ich mit Katharina Schluss gemacht habe. Und jetzt fällst du mir auch noch in den Rücken!«

Ein Klopfen. »Leon?«, schallt Olgas Stimme durch die Tür.

»Was?«, brüllt er.

»Du musst für Danae eine Kopie vom Kaufvertrag ausdrucken.«

Für einen Moment hasse ich ihn dafür, dass er bei Danaes Namen aufhorcht.

»Ich komme!« Es ist kaum zu übersehen, wie erleichtert er ist, von mir wegzukommen.

»Bleib eine Weile hier und beruhige dich«, sagt er zu mir. »Und wenn du wieder normal bist, können wir hoffentlich wie vernünftige Menschen darüber reden.«

»Fick dich, Leon!« Das ist mir rausgerutscht. Noch nie habe ich so mit ihm gesprochen.

Er wirkt so überrascht, als hätte ich ihm eine Ohrfeige verpasst. Und das Schlimme ist, er sieht mich nun an wie eine Fremde. Dann knallt er die Tür so laut zu, dass es in meinen Ohren dröhnt.

Ich brauche eine gefühlte Stunde, um wieder ruhig zu atmen. Ich würde gerne das Fenster aufmachen, aber auch das ist zugestellt mit Krempel. Hat das Haus eine Klimaanlage, oder atme ich hier die Luft aus Anuschs Jugend ein? Draußen wird es bereits dämmrig. Die Autos stehen wie eine schlafende Herde eng aneinandergedrängt auf der Auffahrt.

Danaes Auto blockiert Leons Astra. Nein, der Astra gehört ja in Wirklichkeit Michael und Olga. Was hat Leon mir noch alles verschwiegen?

Andererseits: Ich habe ihn niemals gefragt, weder nach seinen Finanzen noch nach seinem Auto oder seinen Freunden.

Und bist du besser als er, armes Waisenkind mit zwei toten Eltern? Was wiegt schwerer? Schweigen oder Lüge?

Als ich mich auf das Bett setze, raschelt es unter mir. Der Brief. Ich hatte ihn tatsächlich vergessen. Und vielleicht ist es ein Fehler, ihn jetzt zu lesen, aber es tut zu gut, den Umschlag mit Fingern und Nägeln zu zerfetzen. Dann halte ich ein kleineres Kuvert in den Händen. *Moira Vankanten* steht darauf, doppelt unterstrichen. Daneben prangt der Vermerk »unbekannt« und darunter meine alte Adresse.

Flocken von Füllmaterial rieseln auf die Bettdecke, dann halte ich einen weiteren Brief von Hilke Schmitt in den Händen, mit meiner alten Adresse darauf. Ich öffne auch diesen

Brief, der … den nächsten Umschlag enthält. Wie die russischen Puppen, die eine in der anderen verschwinden, besteht das Päckchen aus Schreiben, die auf der Suche nach mir waren. Hilke Schmitt ist hartnäckig. Der vierte Umschlag, das Herzstück dieses Matrjoschka-Briefes, wurde im Mai abgestempelt, vor über drei Monaten. Er ist sachlich grau wie ein Behördenschreiben. Längst ist mir flau zumute. Warum gibt sich eine Unbekannte solche Mühe, mich zu finden? Dann halte ich den Ursprungsbrief in der Hand. Weißes Briefpapier, Hilkes runde Frauenschrift. Als ich lese, was sie mir seit Mai zu sagen versucht, jagt mein Puls.

Das Wohnzimmer ist leer, und meine Tasche ist weg. Lachen schwappt aus der halboffenen Tür eines anderen Raums. Dorthin zu gehen ist wie gegen den Strom zu waten. Es ist die Küche. Hier laufen schon die Vorbereitungen für das Abendessen.

Olga hat beide Hände in einer Schüssel voller Hackfleisch versenkt. Eigelb masert ihren Handrücken. Die Frauen putzen Salat, die Männer halten Smartphones in den Händen und führen sich gegenseitig irgendetwas vor. Alle verstummen, als ich eintrete. Nur die Brut balgt sich ungerührt weiter, die Zwillinge haben Nadja unter dem Tisch in die Zange genommen.

»Suchst du Nido?« Inna lehnt mit süffisantem Grinsen und verschränkten Armen am Kühlschrank. »Der geht mit deiner Schwester den Vertrag durch.«

»Ich suche nur meine Tasche«, sage ich schroffer als beabsichtigt.

Olga wendet sich mir mit gespreizten Fleisch- und Eigelbfingern zu. »Die Taschen habe ich alle an die Garderobe gehängt.« Sie wedelt mit der linken Hand, als wollte sie mich hinausschieben. »Und wenn du schon hier bist, sei so nett und räum die Kuchenteller im Wohnzimmer ab. Tablett steht da drüben.« Das ist ein ganz anderer Ton als vorhin.

Resolute Freundlichkeit, höflich und kalt zugleich. *Copy-and-paste.*

Ich nehme das Tablett und trete den Rückzug an.

Hinter mir rumpelt der Tisch, Kopf auf Holz. Einer der Zwillinge beginnt zu heulen. *Go, Nadja!*, denke ich. *Zeig's den Monstern.*

Meine Tasche finde ich unter Mänteln begraben. Und im Wohnzimmer flimmert bläuliches Computerlicht. »Leon?« Streit hin oder her, am liebsten würde ich mich in seine Arme flüchten und den ganzen Alptraum dieser Familienfeier vergessen – und Hilke Schmitt dazu. Aber Leon ist nicht hier, obwohl der Computer eingeschaltet ist, und auch der Fernseher läuft ohne Ton, obwohl niemand im Raum ist.

Das Papier raschelt überlaut, als ich Hilkes Zettel herausziehe und noch einmal den Text überfliege.

»Liebes Fräulein Mátai« ist in Kleinmädchenbuchstaben daraufgemalt. *»Da Frau Kilić nicht weiß, wo Sie sich derzeit aufhalten, bat sie mich, Ihre aktuelle Postadresse ausfindig zu machen. Sie ist derzeit dazu nicht in der Lage und bittet Sie, baldmöglichst vorbeizukommen, um persönliche Angelegenheiten zu regeln. Bitte rufen Sie mich an. Meine Telefonnummer lautet …«*

Derzeit nicht in der Lage. Heißt das, Suzana hat es endlich doch in eine Entzugsklinik geschafft? Und *persönliche Angelegenheiten*? Suzanas ganzes Leben ist eine persönliche Angelegenheit. Und zwar immer die anderer Leute. Hilke Schmitt ist also eine von denen, die versuchen, Suzana Kilićs unglückliches Leben in Ordnung zu bringen. Spätestens jetzt sollte ich die Post im Papierkorb versenken. Und trotzdem. *Vier Umschläge.*

Lass es, Mo. Aber ich rufe Suzana an, warte nur darauf, ihre Stimme zu hören, um gleich wieder aufzulegen. Sie wird leidend klingen und verwaschen. Entweder betrunken oder verkatert. Stattdessen höre ich drei Töne, gefolgt von einem sachlichen »*Kein Anschluss unter dieser Nummer*«.

Jetzt bin ich doch irritiert. Suzana zieht nicht um. Niemals.

Ich wähle die andere Nummer.

»Schmitt?«, meldet sich eine sanfte Stimme.

»Hallo«, sage ich nur knapp. »Sie hatten mir im Mai im Auftrag von Frau Kilić geschrieben. Der Brief wurde mir erst jetzt zugestellt.«

»Oh! Fräulein Mátai?«

Sie klingt wirklich verschreckt.

»Ja. Ich kann Frau Kilić nicht erreichen, haben Sie ihre neue Nummer?«

Katzenmaunzen im Hintergrund. Schweigen, dann ein Räuspern. »Sie ... Das tut mir leid. Ich dachte ... Hat Ihr Herr Vater Ihnen denn nicht Bescheid gegeben?«

Und da weiß ich es. Ich spüre kaum, wie ich auf den Stuhl am Computertisch sinke.

»Sie ist tot.« Es ist keine Frage.

Hilke Schmitt ist erleichtert. »Ach, Gott sei Dank! Sie wissen es also ... Ich dachte schon ... Ja, Frau Kilić ist leider von uns gegangen. Und ich bin froh, dass Sie sich doch noch melden wegen der ... Angelegenheit.«

Ich schließe die Augen und sehe Suzana vor mir: ein Gesicht wie ein verlassenes Haus, in dem niemand mehr wohnen will. Fast ist es so, als würden die Ohrfeigen wieder auf meinen Wangen und Schläfen brennen. Suzana Eisenhand. Irgendein Teil von mir ist erleichtert. Und einen Augenblick denke ich sogar: Jetzt hast du es hinter dir, Suzana.

»Wann?«

»Sie meinen, wann Sie dahingeschieden ist? Im Juni, kurz nachdem ich Ihnen geschrieben hatte.«

»Hat sie sich umgebracht?«

Frau Schmitt schnappt hörbar nach Luft. Aber ich meine

es ernst. Es scheint mir die logischste Frage zu sein. Gedroht hatte sie ja oft genug damit.

»O nein, sie hat natürlich ... keinen ... ähm ... Suizid verübt, Gott bewahre! Sie wurde im Krankenhaus operiert, wegen eines Aderleidens. Ich lag mit ihr in einem Zimmer, so haben wir uns kennengelernt.«

Sie redet weiter, über eine entzündete Wunde und irgendeinen Krankenhauskeim, den Suzana nach Hause schleppte und auf eigene Faust zu kurieren versuchte – mit einem Experimentalmix aus Antibiotikaresten, die sie noch zu Hause in den Schubladen hatte. Bis es zu spät war. Eine Nachbarin wunderte sich immerhin schon nach drei Tagen, dass Suzanas Fernseher Tag und Nacht lief. Jetzt muss ich doch schlucken. Trotz allem – so ein Ende hätte ich ihr niemals gewünscht. Hilke spricht mir ihr Beileid aus, aber die Stimme dieser freundlichen Samariterin ist weit weg.

»... konnte ich leider auch nicht zur Beerdigung kommen. Ihre Wohnung wurde bereits aufgelöst ...« Ich sollte vermutlich geschockter sein, aber alles, was ich im Moment spüre, sind Schichten von Watte, die mich zu umgeben scheinen wie ein Kokon.

»... deckte die Beerdigungskosten ... Fräulein Mátai? Sind Sie noch dran?«

Schon zum zweiten Mal reagiere ich nicht auf diesen Namen, sondern muss mich mühsam daran erinnern, dass sie mich meint.

»Ja?«

»Wann holen Sie es ab?«

»Was soll ich abholen?«

»Na, Ihr Erbe, einen Karton mit ... ähm ... persönlichen Gegenständen. Als ich Frau Kilić das letzte Mal besuchte, gab sie ihn mir und sagte, ich solle ihn im Falle ihres Todes nur in Ihre Hände geben. Das musste ich ihr versprechen.« Sie seufzt. »Ich habe ihn nur mitgenommen, weil sie darauf bestanden hat, wissen Sie? Wer konnte denn ahnen ... Man hat ihr nicht angesehen, wie schlimm es schon um sie stand. Wirklich nicht! Und ich lebe weit entfernt in einer anderen Stadt und habe nur noch einmal mit ihr telefoniert. Hätte ich gesehen ... Ich hätte sie doch sofort zum Arzt gebracht.«

Mein Blick fällt auf den Umschlag. Die ›weit entfernte andere Stadt‹ ist Mühldorf, das sind gerade mal sechs Kilometer von Suzanas Wohnung. Langsam bekomme ich eine Ahnung, worauf Hilkes Hartnäckigkeit beruht. Schuldgefühl versetzt Berge.

»Was sind das für persönliche Gegenstände?«

»Das weiß ich natürlich nicht, der Karton ist verschlossen!« Das sagt sie eine Spur zu entrüstet. Klar hat sie reingeschaut.

»Gut, dann schicken Sie ihn mir doch einfach zu. Ich nenne Ihnen eine Anschrift.«

Wieder eine lange Pause.

»Die Sache ist die«, sagt Hilke Schmitt schließlich gedehnt. »Frau Kilić war es wichtig, dass Sie die Sachen *persönlich* abholen. Von Hand zu Hand. Sie wollte auf gar keinen Fall, dass die Bil... ähm ... also die Gegenstände mit der Post versandt werden.«

Ich setze mich gerade hin. *Bilder?*

»Sie sagte mir, falls Sie keine Zeit hätten, könnte ich den Karton auch Ihrem Vater übergeben, er würde die Sachen auf jeden Fall abholen. Aber es seien ... Dinge, die nur Sie allein und Frau Kilić betreffen. Das sagte Sie mir zumindest. Ich musste ihr bei der Heiligen Muttergottes schwören, dass ich Ihren Herrn Vater erst informiere, wenn Sie das Erbe ablehnen. Deshalb habe ich auch Ihrer Frau Schwester nichts gesagt.«

Jetzt rast mein Herz noch mehr.

Ich weiß nicht, warum ich die Stimme senke und das Handy mit meiner Hand schütze, als könnte mich jemand belauschen. Alte Gewohnheit vermutlich, weil Danae in der Nähe ist.

»Okay«, flüstere ich. »Ich melde mich Anfang der Woche bei Ihnen. Und ... bitte geben Sie niemandem den Karton in die Hand. Wirklich niemandem! Und falls doch jemand danach fragt, sagen Sie, Sie hätten ihn längst verschickt, klar?«

Man kann nie wissen.

»Wie Sie wünschen.« Jetzt klingt Frau Schmitt sehr erleichtert.

»Danke. Bis dann.«

Ich lege auf und starre auf den Bildschirmschoner. Wie weit ist es von hier nach Mühldorf? Hundert Kilometer, schätze ich.

»Sehr persönliche Dinge, die nur Sie allein und Frau Kilić betreffen.«

Das Schlucken ist eher ein Würgen, so trocken ist mein Mund. *Was, wenn ...?*

Aber dann zwinge ich mich dazu, tief durchzuatmen.

Sachlich bleiben. Suzana ist gestorben, im Grunde hast du das schon seit Jahren erwartet. Die Bilder sind bestimmt nur die Fotos von ihr und dir, Weihnachten ... Wann war das? *1992.* Zum ersten Mal seit Jahren erinnere ich mich wieder an den Termin bei einem Fotografen. Ich war zwölf, Danae verbrachte Weihnachten wie immer bei der Familie ihrer besten Freundin, und mein »Herr Vater«, wie Hilke Schmitt ihn nannte, hatte Suzana versetzt, wieder mal. Aber Suzana bestand dennoch darauf, dass sie und ich Weihnachtsfotos im Studio machten, inszeniert als Familie, die wir niemals waren. Das war Suzanas Logik: Du musst es nur mit aller Gewalt beschwören, dann wird es Wirklichkeit. Auf diese Fotos kann ich verzichten. Ich knülle alles zu einem Papier-und-Polsterfolie-Sandwich zusammen und schiebe es in die Tasche. *Morgen*, denke ich. *Oder nie.* Jetzt muss ich mich erst um mein eigenes Leben kümmern.

Nebenan zerbersten die Männerstimmen in jähes Gelächter, aber hier ist es immer noch viel zu leise. Lippenstift und Zuckergussabdrücke von Kinderfingern kleben an Gabeln und Geschirr. Selbst auf Gläsern, in denen kein Tropfen Schorle mehr ist, steht ein Unterteller. Natürlich ist auch Danaes Glas vorbildlich gesichert. Eine Uhr tickt, und draußen fahren Autos vorbei. Trotzdem ist es unheimlich still. Zu still. Und dann wird mir klar, was fehlt: der Sittich. Kein Geflatter, kein Gezwitscher. Ein einziges Glas ist eine offene Todesfalle. Das, in dem Charlie steckt, kopfüber und reglos wie eine gelbe Spülbürste, die jemand in der Fanta vergessen hat. Mein Glas. Eben war ich noch wie betäubt, jetzt bin ich dankbar, einfach in Panik ausbrechen zu können.

Im Bruchteil einer Sekunde spult sich die Horrorszene vor mir ab: Wie Nadja ihren Freund findet, ertrunken, weil ich geschlampt und den Teller vergessen habe. Wie alle sich mir zuwenden, während in ihren vorwurfsvollen Mienen die letzte Klappe fällt und ich endgültig verloren habe. Aber das ist nicht das Schlimmste. Nadja wird mich hassen, bedingungslos, für immer. Und ich weiß, wovon ich rede.

»Moi-ra?«, kommt es ungeduldig aus der Küche. »Wir brauchen das Tablett!«

»Moment!« Ich fische den Vogel aus dem Glas. Charlies Kopf schlenkert hin und her, er ist gelenkig wie eine Marionette und winzig, weil die Federn nass an seinem Körper kleben.

Ich zupfe den größten Hilke-Schmitt-Umschlag aus der Tasche und schiebe den Vogel hinein. Dann zerre ich die Decke über den Käfig, als wäre der Vogel nur abgedeckt und deshalb still.

Ich schaue nicht zu den Kindern, als ich das Tablett zurückbringe, den Umschlag in der Tasche versteckt. Bevor Olga mich wieder einspannen kann, bin ich schon wieder draußen, renne zum Badezimmer am Ende des Flurs, dort, wo es auch zur Garage hinausgeht – und wäre fast mit Danae zusammengeknallt.

Komischerweise ist sie genauso erschrocken wie ich, ihr Mund glänzt frisch geschminkt und korallenfarben, und auch ihre Wangen sind rot, als hätte sie es mit dem Rouge übertrieben. Parfüm nebelt mich ein. »Mo …«, sagt sie.

»Olga sucht dich! Sie ist in der Küche.« Damit lasse ich sie stehen. Dann bin ich endlich im Bad und schließe ab. Ich bin überrascht, dass Danae vor mir hier gewesen ist. Der Haarspraydunst ist erstickend dicht, und es riecht nach ihrem Parfüm. Gott sei Dank finde ich einen Föhn in dem Schrank unter dem Waschbecken. Meine Knie spüren jede Fliesenfuge. Der Föhnwind stellt die nassen Vogelfedern auf. Mir ist übel von Danaes Duft und noch übler von meiner eigenen Feigheit. Was ich hier tue, ist erbärmlich, aber die einzige Chance. Wenn Charlie nass ist, wird jeder wissen, dass er ertrunken ist und wessen Schuld es war. Dafür wird Inna schon sorgen. Ich kann nicht für immer in Nadjas Erinnerung eingebrannt sein als die Frau, die ihr Herz am Geburtstag ihres Opas gebrochen hat. Kurz überlege ich, ob ich Charlie nicht ganz verschwinden lassen kann. Ich könnte behaupten, dass er abgehauen ist, aber das würde niemand glauben. In diesem Haus kann man ja kein Fenster öffnen, ohne fünf Kilo Dekoration beiseitezuschaufeln. Außerdem wäre Charlies Flucht für Nadja genauso schlimm wie sein nasses Ende. Nein, Methusalem-Charlie wird offiziell friedlich an Altersschwäche gestorben sein, in seinem Käfig, nicht von Raben gefressen oder irgendwo draußen verhungert. Alte Tiere sterben, schlimm genug, aber das verschmerzt ein Kind, denn das ist der Lauf der Welt und niemand kann etwas dafür.

Ich will die plötzlich aufsteigenden Tränen hinunterschlucken, aber es gelingt mir nicht. Sie fließen, ohne dass ich das Geringste dagegen tun kann. Und jetzt sehe ich auch noch ein Gesicht mit traurigen Augen vor mir, umrahmt von grauem Haar, und muss noch mehr heulen. *Verdammt, Suzana!* Der Föhn röhrt, meine Finger glühen. Die ersten Federn trocknen bereits. Als ich mir die Tränen hastig am Ärmel abwische, fällt mein Blick in den Mülleimer unter dem Waschbecken. Verwischte Küsse in Korallenrot auf zerknüllten Taschentüchern. Danae hat den Lippenstift komplett abgewischt, um ihn dann wieder ganz neu aufzulegen?

Mit einem Klicken dreht sich das Schloss, mühelos von außen geöffnet. Was soll das denn? Kindersicherung? »Besetzt!«, brülle ich noch. Aber da starre ich schon auf zwei Schuhe auf der Schwelle, Chucks mit Zebramuster.

Inna starrt mich an wie eine Figur aus einem Horrorfilm. Und genau das bin ich auch: eine Irre, der die Wimperntusche in den Mundwinkeln hängt und – ach ja – die außerdem vor dem Waschbecken kniet und einen toten Vogel trockenföhnt. Ausnahmsweise ist Inna einmal sprachlos. Aber ich könnte schwören, dass ich Suzana lachen höre. *Kukavica*, sagt sie. *Kuckuck* – in ihrer kroatischen Muttersprache bedeutet das so viel wie Feigling. Sie irrt sich. Im Gegensatz zu einem Kuckuck beherrsche ich es nämlich nicht, in fremden Nestern meinen Platz zu finden.

Inna ist nicht blöd. Mit einem Blick auf Charlie hat sie erfasst, was das hier werden sollte.

»Das glaube ich jetzt nicht!« Ihre Augen funkeln.

»Bitte halt die Klappe, Inna. Ich will nicht, dass Nadja sieht …«

»Merle«, brüllt sie so laut in Richtung Küche, dass es sicher die Nachbarn hören. »Das glaubst du nicht! Moira hat Charlie gekillt!«

Ich könnte sie dafür erwürgen, dass sie sich ein Lachen verbeißt.

Der Föhn knallt auf die Fliesen, und Inna ist viel zu perplex, um zu reagieren, als ich aufspringe, ihre Hand schnappe und sie so grob verdrehe, dass sie überrascht aufkeucht. Noch ist sie zu erschrocken, um sich zu wehren. »Bist du jetzt zufrieden?«, zische ich ihr zu. »Hier, schönen Gruß an Kanga.« Damit drücke ich ihr Charlie in die Hand. Als sie einen Schrei ausstößt, der Matzerath alle Ehre gemacht hätte, habe ich mir schon meine Tasche geschnappt. Von Innas Schrei alarmiert, schwappen die Kuznetsows wie Flutwasser aus der Küche in den Flur, aber das nehme ich nur aus dem Augenwinkel wahr. Gestochen scharf sehe ich nur das Gewittergesicht. Die Alte füllt mit ihrem Rollstuhl den ganzen Türrahmen zum Wohnzimmer aus. Mir schießt das Blut in die Wangen, als ich begreife, dass sie die ganze Zeit über im Wohnzimmer war. Wo hatte sie sich versteckt? In der Fensternische?

Ich erwarte schon, dass sie mir in den Weg rollt und ich auch noch als Berserker, der hilflose Greisinnen rammt, in die Familienchronik eingehen werde, aber Anusch greift nur hastig nach den Rädern und gleitet erstaunlich flink zurück ins Wohnzimmer.

*

Leon ist unter der Dusche. Das Rauschen des Wassers überlagert das, was sich jetzt im Erdgeschoss abspielt. Ich bin sicher, dass Nadja schon bitterlich weint.

Wie immer verwandelt Leon das Bad in den brasilianischen Regenwald. Durch Dampfschwaden sehe ich nur ein Lebenszeichen – einen blassen Arm. Ich ziehe mich aus und flüchte zu ihm in die Dusche. Seine Haut ist noch nicht heiß vom Wasser, aber er zuckt trotzdem erschrocken zusammen, als er meine kühlen Hände auf dem Bauch spürt. Er riecht nicht nach Duschgel, sondern nach nasser Haut und ein bisschen auch nach Schweiß.

»Willst du auch duschen?«, fragt er, ohne sich umzudrehen. »Ich geh raus, ich bin schon fertig.«

Er will an mir vorbei, aber ich winde mich vor ihn und umarme ihn, so fest ich kann. Und endlich legt er seine Arme um mich. Natürlich ist die Umarmung zögernd und seltsam hölzern. Er ist sauer auf mich. Aber für einen Moment ist die Welt wieder an ihrem Platz.

»Alles okay?« Ich liebe ihn dafür, dass er trotz allem so besorgt klingt.

»Nein«, sage ich zu leise zu seiner Schulter. »Jemand ist gestorben.«

»Was?«

»Tot!«

Leon lässt mich los und dreht das Wasser ab. »Ich verstehe immer nur tot.«

Ich nicke und schniefe. Kühle umfängt mich. Als ich mir über das Gesicht wische, bleiben schwarze Tuscheschlieren auf meinem Handrücken zurück. Leon legt mir die Hände auf die Schultern. »He, ganz ruhig!«, sagt er sanft. »Wer ist denn gestorben?«

Suzana. Und sie war nicht die nette Patentante, die ich für euch erfunden habe.

»Charlie«, würge ich hervor.

Leon legt den Kopf schief. »Der Wellensittich?«

»Und bevor Inna es auf Facebook postet: Ja, ich war es. Kein Teller auf dem Glas.«

Leon starrt mich noch ein paar Sekunden an, dann bricht er in Gelächter aus.

»Ach du Schande, du machst so ein Drama wegen ’nem alten Vogel? Das war doch nur eine Frage der Zeit. Ich schwöre dir, der wollte sterben, er hat sich jedes Wochenende fast umgebracht. Wir kaufen einen neuen, und alles ist gut.« So, wie er es sagt, will ich ihm glauben. Aber Nadja und ich, wir wissen es besser.

Wieder will Leon aus der Dusche gehen, aber ich lasse ihn nicht.

»Nicht«, murmle ich. »Lass uns nach Hause fahren, sofort!«

»Ich brauche das Handtuch …« Aber ich schmiege mich an ihn, schließe die Augen und atme seinen Duft ein. Oder mehr eine Ahnung von Duft, einen Rest von etwas Fremdem. Rosenholzparfüm. Ich hebe den Kopf, und Leon lächelt mir seltsam nervös zu, ohne Weichzeichner, nicht mehr umnebelt von Dampfschwaden.

»Tut mir leid, Süße«, sagt er und küsst mich auf die Nasenspitze. »Aber ich muss jetzt aus der Dusche.« *Süße?* Aber da ist meine Welt längst ins Rutschen geraten, verliert jede Struktur, bricht Stück für Stück.

Mundwinkel. Ich will mir einbilden, dass es eine Verletzung ist, ein winziger Riss, aber Blut ist nicht korallenrot. Im Neonlicht des Badezimmers wirkt die Stelle pink. Und als ich mit dem Finger darüberreibe, zieht sich ein feiner roter Strich über den Mundwinkel auf Leons Wange. Ein angedeutetes Jokerlächeln.

Wie in Trance hebe ich den Daumen und zeige Leon das Korallenrot, während sich die Bilder in meinem Kopf unbarmherzig präzise sortieren, als würde ich sie im Display meiner Kamera betrachten und im Sekundentakt weiterklicken. Schicht um Schicht legen die Details die Wahrheit frei wie bei den Fotos von Frau Schauber und dem Trauzeugen.

»Du … du hast meine Schwester geküsst.«

Leon wird nicht einmal blass. »Oh, Lippenstift. Tja, da habe ich wohl was abgekriegt. Sie hat *mich* geküsst, zur Begrüßung. Schon vergessen?«

Er sagt mir das ins Gesicht, liebevoll und mit einem aufrichtigen Lächeln, das mir das Herz bricht, weil Lippenstift an einem Eckzahn klebt. Man muss sehr wild knutschen, um so viel Farbe abzukriegen. Ich erschrecke darüber, wie gut er lügt. Ich wusste nicht, dass er das kann. »Mo, was ist denn heute nur mit dir los?«, sagt er sanft, mit diesen ausgebreiteten Armen, die mich und die ganze Welt umarmen wollen. Plötzlich friere ich so sehr, dass meine Zähne klappern. Ich kann seine offenen Arme nicht länger ertragen. Und mache den schrecklichen Fehler, nach unten zu schauen.

Ich spüre kaum, wie ich im Zurückweichen über den Rand der Duschwanne falle. Leon will mir hochhelfen, aber ich schlage seine Hand weg. »Fass mich nicht an!«

Erst als er zurückzuckt, merke ich, dass ich ihn mit dem Handrücken mitten ins Gesicht getroffen habe.

Nun hat er echtes Blut am Mund, ein Eckzahn hat seine Lippe geritzt. »Bist du jetzt völlig durchgeknallt?«

Ich rapple mich auf und stürze endlich hinaus. Bevor Leon mir folgen kann, habe ich den Schlüssel abgezogen und von außen wieder ins Schloss gesteckt. Während ich Kleider und Gepäck zusammensuche, höre ich ihn hinter der Tür verzweifelt fluchen. Offenbar hat er in den Spiegel geschaut. Oder nach dem Handtuch gegriffen und dabei am eigenen Leib entdeckt, dass alle Lügen nichts mehr nützen. Er hämmert an die Tür, beteuert, es sei alles ein Missverständnis. Aber jetzt schwingt echte Angst in seiner Stimme mit. Wir müssen reden? Klar. Dabei müsste er mich besser kennen. Wenn ich die Wahl zwischen Worten und Bildern habe, entscheide ich mich immer für die Bilder.

*

Durch die Vordertür kann ich nicht, dafür müsste ich am Wohnzimmer und an der Küche vorbei. Der Autoschlüssel gräbt sich in meine Handfläche, so fest umschließe ich ihn. Die Garage stinkt nach Motoröl und Reifengummi. Meine Hand zittert, als ich den Astra aufschließe. Einen Augenblick habe ich herzjagende Angst, auf dem Rücksitz zerwühlte Decken zu finden, beschlagenes Fensterglas, irgendetwas, was die Wahrheit schrecklich komplett machen würde. Aber zum Glück liegt dort nur meine Kamera. Ich werfe meinen Rucksack daneben und verkrieche mich auf den Fahrersitz. Im Rückspiegel starrt mich eine Fremde mit schlieriger Kriegsbemalung und dem flackernden Blick einer Schlafwandlerin an. Sobald ich die Augen schließe, kommen Bilder: Lippenstift auf den Taschentüchern. Danae neu geschminkt und frisiert. Ihr erhitztes Gesicht, ihre Miene. Ertappt. Kopfkino: Leons Finger, die sich in ihr Goldhaar wühlen. Und ihr Mund …

Ich reiße die Augen auf. Es hilft nicht, das Bild ist immer noch da, und auch das reale Bild unter der Dusche: der winzige Korallenring unter der Gürtellinie, ein kleiner hämischer Kussmund. Mit einem Unterschied: Einen Kuss hätte ich vielleicht noch verziehen.

Direkt vor mir parkt der Firmenwagen von Danaes Kanzlei. Schnittig, rot und blank poliert.

Es kann nicht Mo sein, die nun den Schlüssel in das Zündschloss steckt, vermutlich ist es die Fremde, die im Rückspiegel wohnt. Ihr Blick trifft mich, und ich erschrecke über die Entschlossenheit darin. Die Fremde startet das Auto und gibt Gas. Und als sie Widerstand spürt, gibt sie einfach mehr Gas.

*

Gummi kritscht über den Boden, der Mercedes gibt dem Schub nach, bockt rückwärts und dann seitlich gegen den Twingo. Lack schabt Rot an Weiß, der Twingo-Außenspiegel bricht ab. Das Geräusch bringt mich wieder zur Besinnung. Ich schalte in den Leerlauf und nehme den Fuß vom Gas. Jetzt fühle ich mich so verloren, als wäre ich mit einem scharfen Schnitt zwischen Vorher und Nachher von Leon getrennt worden. Meine Augen brennen, und ich presse die Handballen gegen die Lider. Ich erschrecke nicht einmal, als die Autotür aufschwingt. Es wird Inna sein oder Vater Kuznetsow. Aber als ich die Fäuste von den Augen nehme, schaue ich in ein faltiges Gesicht. Ich hatte keine Ahnung, dass Anusch noch laufen kann, aber sie hat sich ohne Hilfe aus dem Rollstuhl erhoben und stützt sich nun auf einen Gehstock.

Im ersten Moment fürchte ich schon, sie will mich am Kragen packen und aus dem Auto zerren. Aber sie kriecht mit einem Ächzen auf den Beifahrersitz, ohne ihre Tasche loszulassen.

»Steig aus, Anusch.« Kein höfliches Sie mehr, ich bin am Grund angelangt.

»Ich heiße Aino.« Sie knallt die Tür zu.

»Ist mir egal. Raus hier!«

»Schrei mich nicht an.« Sie lässt sich zurückfallen und wendet den Blick zur Straße. Ihr kleiner Schreckenslaut ist nicht mehr als ein kieksiges Einatmen, dann rutscht sie tiefer in den Sitz. Jetzt sehe ich es auch. Ihr Rollstuhl hat sich auf der abschüssigen Auffahrt selbständig gemacht. Er hat ordentlich Fahrt aufgenommen und rast nun mit wehendem Häkeldeckchen auf die Straße – genau vor das Auto, das gerade um die Ecke biegt. Den Rest höre ich nur: Crash und Bremsenquietschen.

Als ich die Augen wieder öffne, steht das Auto schräg zur Fahrbahn. Ein Mann rennt um die Kühlerhaube herum. Er begutachtet sein Auto, nicht den Rollstuhl, der am Straßenrand liegt. Ein Rad dreht sich noch, die Häkelblümchen wachsen nun auf dem Bürgersteig. Der Fahrer kommt fuchtelnd auf uns zugestapft. Dann entdeckt er die zusammengeschobenen Autos und bleibt mit offenem Mund und hängenden Armen stehen.

Aino rutscht noch tiefer in den Sitz. »Also, ich steige ganz bestimmt nicht aus«, murmelt sie. In diesem Moment geht das Licht in der Garage an, und Aino versetzt mir ohne Vorwarnung einen wüsten Stoß gegen die Rippen. »Fahr los!«

Wie aus weiter Ferne höre ich das Reifengummi auf dem glatten Boden kreischen. Rückwärts. Vorwärts. Der Kerl auf der Straße ist schlau oder geschockt genug, sich nicht von der Stelle zu rühren, als wir an ihm vorbeischießen. *Was mache ich hier?*, denke ich, aber für mehr Vernunft ist keine Zeit mehr. Im Rückspiegel leuchtet das Garagentor wie der Eingang eines Ufos. Inklusive der Schattenrisse von Aliens. Begegnung der dritten Art mit Leons Familie. »Halt!«, kreischt Inna und rennt los. Ein Knall lässt mich zusammenzucken. Außenspiegel Nummer zwei – diesmal von Danaes Auto – schlittert auf die Straße und erwischt den Mann am Knöchel. Er macht einen kleinen, gezierten Nijinskiy-Hopser. Dann verwandelt er sich in Hulk. Sein Gebrüll dringt durch die geschlossenen Scheiben. Aino wirft es zur Seite, als wir um die Ligusterhecke kurven. Als ich Gas gebe und am Haus entlangrase, werfe ich doch noch einen Blick nach rechts. Es dämmert bereits, ein Fenster leuchtet, und darin steht wie eingerahmt Danae, eine Zigarette zwischen den Fingern. Ich weiß nicht, ob sie mich sieht. Ihr Gesicht, im Kunstlicht wie gemalt, gibt keine Regung preis. Für einen Moment scheinen sich unsere Blicke zu kreuzen, dann trete ich das Gaspedal ganz durch.

WALGESANG

Ich kann mich nicht erinnern, wie wir aus dem Ort gekommen sind. Ich traue mich nicht, zu der Alten neben mir zu schauen. Nur ihre Hände nehme ich sogar aus dem Augenwinkel ganz deutlich wahr. Sie klammert sich an die Riemen ihrer Monstertasche.

Die Stoßstange hat bestimmt etwas abbekommen, zumindest klappert etwas da vorne, aber das Licht funktioniert noch. Ich warte auf das Geheul von Polizeisirenen, aber auf der Landstraße sind wir so gut wie allein. Wir passieren die nächste Ortschaft und gleiten zwischen Feldern dahin. Erst jetzt merke ich, dass das rote Handy in meiner Hosentasche ununterbrochen vibriert. Langsam gehe ich vom Gas, rolle in einer Parkbucht am Straßenrand aus. Danaes Nummer leuchtet im Display. Ich schalte das Handy aus und lehne die Stirn gegen das Lenkrad. Ich fühle mich, als würde ich immer noch fahren, ohne dass ich das Auto stoppen kann. Komischerweise sehe ich nicht die Kuznetsows vor mir, nicht Leon, nicht einmal Danae. Ich muss an Suzana denken, und schon wieder muss ich heulen.

»He, du!« Die Hand, die mich an der Schulter fasst und ungeduldig vom Lenkrad zieht, ist nicht die einer Elfe, es ist der feste Griff einer Harpyie.

»Lass mich verdammt noch mal in Ruhe, Anusch.«

Die Alte lässt mich los und klappt nach vorne. Im ersten Moment befürchte ich die nächste Katastrophe: Herztod auf dem Beifahrersitz. Moira killt sie alle. Aber sie zerrt nur an einem Seitenfach ihrer Tasche und zieht ein Tempo heraus. So grimmig, als würde sie es mir samt ihrer Faust in die Nase rammen, wenn ich es nicht annehme, hält sie es mir hin.

»Dir läuft Rotz auf die Lippe, Monika.«

Na, wenn das kein perfektes Fazit dieses Tages ist.

»Ich heiße nicht Monika.«

»Solange du mich Anusch nennst, heißt du so«, gibt sie ungnädig zurück.

Ich putze mir die Nase, während sie ihre Beine sortiert und ihren Stock zurechtrückt. Dann studiert sie die Straße vor uns. »Im besten Fall verklagen die dich«, sagt sie nach einer Weile. »Ich kenne meine Schwiegertochter. Wenn es um Geld, Autos und ihre Kinder geht, versteht sie keinen Spaß.«

»Vielen Dank.« Jetzt ist mir wirklich übel.

»Wohin willst du?«

»Seh ich so aus, als ob ich irgendwohin will?«

Die Alte schweigt.

Tja, wohin will ich? Nach Hause? Immer mehr wird mir bewusst, dass ich im Moment kein Zuhause mehr habe. Seltsamerweise bin ich nur froh, dass ich Kim nicht in Leons Wohnung zurückgelassen habe. Zwanzig Meter vor uns ragt ein Schild auf. A1, Autobahnauffahrt nach einem Kilometer. Meine Handtasche liegt im Fußraum neben dem Gaspedal. Sie sieht aus wie ein gestrandeter Fisch mit offenem Maul. Ein paar Kulis und den Geldbeutel hat er ausgespuckt, Hilkes Briefe ragen nur zur Hälfte heraus.

»Mühldorf«, sage ich leise. »Ich fahre nach Mühldorf.«

»Wo ist das?«

»Ein Stück in Richtung Bremen.«

Sie runzelt die Stirn und denkt kurz nach. Dann lässt sie sich entschlossen in den Sitz zurückfallen. »In Ordnung.«

»Was?«

»Ich komme mit.«

»Nein!«

»Wie du willst. Dann rufe ich jetzt die Polizei und sage, du hast mich entführt, als ich verhindern wollte, dass du unser Auto stiehlst.«

Ich drehe mich langsam zu ihr um. Keine Ahnung, wie ich aussehe. Aber Aino presst die Tasche an sich und drückt sich dichter an die Scheibe. Sie hat tatsächlich Angst vor mir.

»Verstehst du denn nicht?«, stößt sie hervor. »Ich will auch nicht zu denen zurück!«

Vielleicht ist es die Art, wie sie »zu denen« sagt, aber zum ersten Mal sehe ich sie wirklich an. Sie ist erschreckend blass, ihr ganzer Unterkiefer ist ein nervöses Zucken, die Unterlippe bebt. Ihr Atem geht schnell und ein wenig pfeifend. Und die schwarze Silberrose bebt auf ihrer Brust, so schnell schlägt ihr Herz. Jetzt habe ich auch Angst. Dass sie in Ohnmacht fällt oder einen Schlaganfall bekommt. Fast bin ich ihr dankbar, dass sie mir einen Grund dazu gibt, wieder zur Vernunft zu kommen. »Dann bringe ich dich zu deiner Wohnung im Stift Belverina.«

»Nein!« Die Harpyienhand hindert mich daran, den Wagen wieder zu starten.

»Aber ich kann dich nicht mitnehmen. Ich habe in Mühldorf etwas zu erledigen. Allein.«

Jetzt funkeln ihre Augen vor Zorn. »Entweder du fährst. Oder ich erzähle der Polizei, du hättest mich geschlagen. Ich werde blaue Flecken haben und mir die Augen aus dem Kopf heulen. Und ich garantiere dir, die werden mir glauben. Ich bin nämlich der hilflose alte Krüppel – und du bist die Verrückte mit der Wodkafahne am Steuer.«

Schon wieder bin ich sprachlos. Aber so, wie sie dasitzt, mit vorgeschobenem Unterkiefer und blitzenden Augen, begreife ich, dass sie wirklich zu allem entschlossen ist. Und vielleicht ist es das, was mich gehorchen lässt. Aino will einfach nur weg. Und das versteht bestimmt niemand besser als ich.

*

Ein kurzer Check hat ergeben, dass die Stoßstange noch hält. Bis auf die Lackspuren sieht man nichts, und das Licht funktioniert tadellos. Allerdings muss ich beim Lenken gegenhalten. Der Astra versucht, sich nach links davonzumachen, als wäre die Spurstange verzogen. Keine Ahnung, ob es eine gute Idee ist, die Landstraße zu nehmen anstelle der Autobahn. Wo fallen wir mehr auf, falls jemand uns folgt?

Die monotonen Ansagen des Navigationssystems dröhnen in unserem Schweigen. Wir fahren schon seit einer Stunde, ohne ein Wort zu wechseln. Zwei Frauen, die sich fast in die Hosen machen bei jedem Auto, das von hinten heranbraust. Jedes Mal drückt Aino sich dann tiefer in den Sitz. Sooft ich nach rechts schaue, starrt sie mit versteinertem Gesicht nach vorne. Aber immer noch bebt die Rose auf ihrer Brust.

»Sie haben Ihr Ziel erreicht«, schnarrt das Navi. *»Das Ziel liegt links.«*

Mein Ziel. Unter anderen Umständen hätte ich jetzt gelacht.

Zum ersten Mal seit Jahren denke ich wieder daran, dass ich mit Suzana einmal in Mühldorf war. Ein Kindertheaterstück, für das ich schon zu alt war. Ich erinnere mich aber, wie Suzanas Miene während der Aufführung zu einem Kindergesicht mit großen Augen und offenem Mund schmolz und wie sehr es mich irritierte, dass sie so jung und verletzlich wirkte. Das Kulturzentrum von damals ist abgerissen worden und hat einer Hochhaussiedlung Platz gemacht. Die Bürgersteige sind leer, und als ich den Motor ausschalte und auf dem Parkplatz ganz am Ortsrand ausrolle, umfängt uns Stille. Im Hochhaus brennt nur vereinzelt Licht.

Ich weiß, dass Hilke Schmitt im dritten Stock lebt. Es steht auf dem Briefumschlag. Die Dame ist sehr korrekt. In einer der Wohnungen flimmert bläuliches Fernsehlicht durch die Vorhänge. Es ist gruselig, aber es fühlt sich an, als würde Suzana da oben auf mich warten, eingeschlafen auf dem Sofa, während der Fernseher weiterläuft. Jetzt will ich nur noch wenden und wegfahren. Aino beginnt ungeduldig herumzunesteln.

»Willst du nicht reingehen? Persönliche Gegenstände abholen?«

Ich stutze. Woher weiß sie das? Aber dann fällt mir ein, dass sie ja im Wohnzimmer saß.

»Du hast gelauscht, als ich telefoniert habe.«

»Ich habe nun mal Ohren. Wer war diese Frau, die sich umgebracht hat? Eine Verwandte?«

»Sie hat sich nicht umgebracht. Und es geht dich nichts an.«

Sie hüstelt nervös beim Blick in den Rückspiegel. Aber die Autoscheinwerfer hinter uns entfernen sich wieder.

»Warum holst du die Sachen nicht, damit wir hier wegkommen?«

»Hast du es so eilig?«

»Ja. Die suchen uns nämlich bestimmt schon.«

Ein Schatten wandert hinter der Gardine vorbei und taucht ab, als hätte sich jemand auf ein Sofa gesetzt. Jetzt bin ich es, die tiefer in den Sitz rutscht.

»Soll *ich* raufgehen?« Aino ist ungeduldig.

»Nein!«

»Warum traust du dich nicht?«

»Warum sollte ich mich nicht trauen? Ich … habe es mir nur anders überlegt.«

»*Raukka*«, murmelt Aino.

»Was?«

»Armseliger Feigling!«

Ich starte den Wagen. Fast höre ich Suzanas spöttisches Gelächter, aber es ist mir egal.

»Wo fährst du jetzt hin?«, will Aino wissen.

»Was glaubst du wohl? Stift Belverina.«

»Das wirst du nicht tun!«

»Wollen wir wetten?«

Ich gebe mehr Gas. Aino löst den Gurt und reißt die Tür auf. Als ich begreife, was sie vorhat, streckt sie schon den Fuß nach draußen, um tatsächlich aus dem fahrenden Auto zu springen. »Halt!«, schreie ich. Es gelingt mir, gleichzeitig zu bremsen und sie am Arm zu packen und zurückzureißen. Zu hart. Obwohl wir kaum dreißig fahren, wirft der Bremsruck Aino schräg gegen das Armaturenbrett, ihre Tasche rutscht in den Fußraum. Ich bin so erschrocken, dass ich den Motor abwürge. »Alles in Ordnung?«

Sie rutscht nur mit einem Ächzen auf ihren Sitz zurück und zerrt ihre Tasche hoch. »Ja.«

»Bist du verrückt geworden? Was sollte das?«

»Ich habe doch gesagt, ich will nicht zurück. Ich muss nach Travemünde.«

»Was?«

»Kannst du kein anderes Wort als ›was‹? Du hast schon richtig verstanden.«

Und da fällt bei mir endlich der Groschen. Die Tasche. Sie saß also schon die ganze Zeit auf gepackten Koffern. *Vielleicht ist sie ja doch schon dement. Vielleicht denkt sie, sie ist wieder im Krieg und muss flüchten?*

»Du bist weggelaufen?« *Falsches Wort, Mo.* Und prompt schnaubt sie entrüstet. »Ich meinte …«

»Ich weiß, was du meintest, Sherlock Holmes. Aber nur Haustiere und Kinder laufen weg. Ich … verreise.«

»Und wieso machst du das nicht ganz offiziell mit deiner Familie – wie jede normale Oma?«

Aino bekommt schlagartig rote Flecken auf den Wangen.

»Glaubst du im Ernst, die lassen mich? Hast du nicht den Treppenlift und den kotzhässlichen gebrauchten Rollstuhl gesehen, den sie schon für mich gekauft haben? Nicht mal als Leiche will ich darauf rumgekarrt werden! Aber bald habe ich keine Wahl mehr. Meine Zeit läuft ab.« Sie klopft mit ihrer Faust wütend auf ihren rechten Oberschenkel. »Betreuung frisst Ersparnisse. Jeden Monat mehr. Es ist billiger, wenn ich bei der Familie wohne, sagt Olga. Sie hat alles ausgerechnet. Mein eigenes Geld ist aufgebraucht, und niemand kann verlangen, dass ich die Familienkasse plündere. Wo mein Nichtsnutz von Enkel viel dringender Geld braucht. Bald werde ich wie dieser gottverdammte Wellensittich sein – lebendig begraben im Wohnzimmer.«

Ich weiß, es ist lächerlich, jetzt noch Leons Ehre zu verteidigen, aber in mir schäumt Empörung hoch. Über ihre Vorwürfe, ihre Bitterkeit, ihre Art, über die Menschen zu sprechen, die für sie da sind.

»Du hast wenigstens eine Familie, die sich um dich kümmern will!«

Aino sieht mich von der Seite scharf an. »Denkst du, du bist etwas Besonderes, weil deine Eltern nicht mehr leben? Meine Mutter starb im Krieg. Und da war ich noch jünger als Inna und musste mich dann auch noch um meine alte Großmutter kümmern. Und das, während uns Fliegerbomben um die Ohren pfiffen.«

O Gott. Der Flashback. Die Kriegsgeschichten. Zu allem Überfluss zucken ihre Mundwinkel nach unten. Scheiße, was mache ich, wenn sie zu weinen anfängt? Ich komme mit Problemjugendlichen klar, die sich Danger nennen und Messer in den Taschen haben. Aber weinende alte Frauen sind etwas völlig anderes.

Aber sie weint nicht. »Hör zu«, sagt sie sehr entschieden. »Das ist das Auto meines Sohnes. Ich habe damals mit bezahlt, also ist es in gewisser Weise auch mein Auto. Wenn du keine Diebin sein willst, dann holst du dir jetzt, was immer da oben auf dich wartet, und fährst mich dann in meinem Auto, wohin ich will. Und im Gegenzug sorge ich dafür, dass du mit meinem Sohn und meiner Schwiegertochter keinen Ärger bekommst.«

»Ich bezweifle, dass sie auf dich hören werden. Und was willst du in Travemünde?«

»Das geht dich nichts an.«

»Und meine Antwort ist nein.«

»Du hast ohnehin keine Wahl.«

Beinahe hätte ich gelacht. Ich könnte ihr viel erzählen über ein Mädchen, das jederzeit alles hinter sich lassen und die Flucht ergreifen kann. »Ich habe immer eine Wahl.«

»Schade. Dann habe ich wohl verloren.« Sie schiebt ihren linken Ärmel zurück, reibt sich den Arm. Dort, wo ich sie gepackt habe, beginnt sich die Haut zu verfärben. Das wird kein blauer Fleck, das wird ein hässlicher Bluterguss. Beziehungsweise mehrere. »Schau dir das nur an!« Das Lächeln dieser Hexe ist schmal wie eine Mondsichel. »Fingerstriemen. Sieht aus, als hätte mich da jemand gegen meinen Willen brutal ins Auto gezerrt, oder?«

»Ich lasse mich nicht erpressen!«

Als ich zum dritten Mal zum Zündschlüssel greife, schluckt sie. Ihr Blick bekommt etwas Gehetztes.

»Warte!« Ihre Hand gleitet in ihre Tasche, als würde sie dort Halt suchen. Dann scheint sie sich etwas anders zu überlegen und kramt eine Geldbörse aus dem Seitenfach. »Ich zahle dir fünfzig Euro. Abgemacht und Hand drauf.«

Sie streckt mir ihre Rechte hin. Ich kann nicht fassen, dass sie mich tatsächlich zu bestechen versucht.

»Nein!«

»Dann sag, was *du* willst!« Ihr wütender Schrei geht mir durch und durch. Ihre Hand verharrt über der Mittelkonsole, die Finger zielen auf mein Gesicht wie eine Waffe. Zehn

Sekunden, zwanzig. Die Botschaft ist klar. *Du wirst mich nicht los. So oder so.* Jetzt habe ich Angst vor ihr. Ehrlich gesagt verstehe ich jetzt, was Leon meinte. Sie wirkt auf eine Art völlig irr.

Im Rückspiegel erkenne ich, dass im dritten Stock kein Licht mehr brennt. Leute wie Hilke Schmitt stellen die Klingel aus, wenn Schlafenszeit ist. Oder machen nicht mehr auf, schon gar nicht, wenn jemand klingelt, der im Türspion gar nicht zu sehen ist.

»Also gut. Wenn du meine persönlichen Gegenstände holst, gilt die Abmachung. Und du zahlst das Benzin.«

Sie versucht in meinem Gesicht zu lesen, wo der Haken ist, aber wie schon Leon prallt sie an mir ab. »Was ist dein Wort wert, Moira?«

»Ebenso viel wie deines.«

Ihre Augen werden schmal, das Misstrauen macht sie älter, als sie ist. »Schwöre bei deiner seligen Mutter, dass du dein Versprechen hältst.«

Eines muss man der Alten lassen. Sie findet auf Anhieb den wunden Punkt. Ich schlucke. Aber ich bin auf der sicheren Seite. Sie hat garantiert nicht gehört, welches Versprechen ich Hilke Schmitt abgenommen habe.

»Und du sagst niemandem, wo ich bin. Keine Telefonate«, ergänzt sie.

»Deal.«

Ihre Hand, die so zart und zerbrechlich wirkt, hat fast so viel Kraft wie meine. Wir starren uns in die Augen, als würden wir darum ringen, wer zuerst aufgibt. Dann entschließen wir uns beide, den harten Griff zu lockern und es bei einem Unentschieden zu lassen. Als sie loslässt, fühle ich mich, als sei ich gerade noch einmal davongekommen.

*

Dieser Rollstuhl hier ist schnittig und leicht, ich kann ihn mühelos aus dem Kofferraum heben und mit etwas Herumprobieren auseinanderklappen. Auf der Lehne steht »Villa Belverina«. Sogar vom Auto aus sehe ich, dass Aino im falschen Stockwerk klingelt. Kurz darauf öffnet ihr wohl ein barmherziger Nachbar die Tür, und sie verschwindet. In Hilkes Stockwerk bleibt alles dunkel. Trotzdem bin ich nervös. Und ich muss mich beherrschen, um nicht einfach loszufahren. Die Idee ist verführerisch. Es ist ein Wohngebiet. Es gibt Menschen hier und Telefone. Aino wäre nicht verloren. Ihre Tasche und ihr Geld hat sie mitgenommen. Zumindest das könnte man mir nicht anhängen. Ich habe die Finger schon probehalber am Zündschlüssel, als die Tür auffliegt. Aino ist schon wieder da, nach kaum zehn Minuten. Und sie hat keinen Karton mitgebracht.

»Pack den Rollstuhl wieder ein!«, befiehlt sie und nimmt auf dem Beifahrersitz Platz. Dafür, dass sie verloren hat, ist sie ziemlich gefasst. Sie japst nur, als hätte sie einen Hundertmeterlauf hinter sich. Ich klemme mir den Daumen ein, dann habe ich es mit dem Zusammenklappen raus. Als ich mich ins Auto setze, schnauft Aino immer noch, die nun geöffnete Tasche auf dem Schoß. Ihre Strickjacke liegt darüber drapiert, und als sie das Kleidungsstück wegzieht wie ein Zauberer ein schwarzes Tuch, habe ich das Gefühl, dass der Boden ein zweites Mal an diesem Abend unter mir wegrutscht.

»Hier.« Aino knallt mir einen bemalten und beklebten Schuhkarton auf den Schoß. Die mit Wachsmalkreiden gemalten Wellen in Blau, Schwarz und Grün fließen quer über den Karton und das aufgeklebte Foto, als wäre seit damals kein Tag vergangen.

»Schläfst du?«, fragt Aino ungeduldig. »Fahr los!«

Ehrlich gesagt weiß ich nicht, wie ich wieder auf die Straße gekommen bin. Das Nächste, was ich wahrnehme, ist das Schild am Ortsausgang.

»Kannst du wirklich fahren, oder kippst du gleich um?« Aino klingt besorgt. »Du siehst aus, als hättest du ein Gespenst gesehen.«

Nahe dran.

»Zitterst du etwa?«

»Nein, alles in Ordnung. Lass mich einfach in Ruhe.«

Aber nichts ist in Ordnung. Der Karton ist immer noch da. Ich erinnere mich, wie ich als Kind nach dieser »Schatztruhe« suchte. Und höre noch, wie Suzana mir schwor, mein Vater hätte den Karton weggeworfen, schon beim Umzug aus seinem Haus in die neue Vierzimmerwohnung. Aber jetzt liegt die Schatztruhe hier. Und mit ihr kehrt alles zurück, was ich längst sorgfältig vergessen habe.

»Du musst nicht wütend auf mich sein«, sagt Aino. »Es war dein Vorschlag.«

Wütend trifft es nicht. Ich fühle mich nur doppelt reingelegt. Nein, dreifach, wenn man Suzana mitzählt.

»Außerdem müsste ich wütend auf dich sein«, fährt Aino fort. »Du wolltest mich über den Tisch ziehen. Hilke Schmitt sagte mir, du hättest ihr befohlen, die Kiste niemandem zu geben. Sie sollte sogar für dich lügen.«

»Allerdings! Was hast du gemacht? Ihr damit gedroht, sie mit deiner Tasche zu verprügeln?«

Aino lacht leise auf. »Willkommen in der Weltverschwörung der Alten«, sagt sie und gähnt. »Großmütter haben eine gemeinsame Sprache, so wie Wale, wusstest du das nicht? Und Hilke war gottfroh, das Ding endlich loszuwerden. Lag ihr schwer auf der Seele.«

Das glaube ich sofort. Viel mehr ärgert mich, dass ich Aino unterschätzt habe. Das Navi zeigt fast dreihundert Kilometer an. Tja, was ist mein Wort wert?

»Wie weit noch?«, will Aino wissen.

»Wir fahren etwa drei Stunden. Falls uns vorher nicht die Polizei anhält.«

»Das wird sie nicht. Und wenn doch, lass mich reden, verstanden?« Aino knüllt ihre Strickjacke zusammen und schiebt sie sich in den Nacken. »Und versuch nicht, heimlich von der Straße abzufahren. Ich bin alt, aber nicht blöd.«

*

Nein, blöd ist sie wirklich nicht, aber dafür komplett erschöpft. Es hat keine drei Minuten gedauert, bis sie weggenickt ist. Seit zweihundertfünfzig Kilometern schläft sie so tief, dass ich mich immer wieder vergewissere, ob sie noch atmet. Ich dachte immer, alte Leute hätten einen leichten Schlaf – falls sie überhaupt jemals Ruhe finden aus Angst, morgens nicht mehr aufzuwachen. Aber Aino scheint nichts von der Verwandtschaft zwischen Tod und Schlaf zu wissen, sie bekommt nicht einmal mit, dass wir schließlich auf einen mit Schlaglöchern übersäten Parkplatz rumpeln. Einsam flackert hier die Beleuchtung eines Klohäuschens, Rollstuhlsymbol voraus. In diesem Neonlicht sieht Ainos Haut wächsern aus. Ihr Unterkiefer hängt auf Luft gebettet. Ich bin froh, dass ihr Atem nun hörbar rasselt, nur ein Dezibel von einem Schnarchen entfernt. Mitternacht ist längst vorbei, wir sind noch wenige Kilometer von Travemünde entfernt, und ich bin so müde, dass ich kaum noch denken kann. Aber auch dreihundert Kilometer waren nicht genug, um Danae und Leon davonzufahren. Und auf der Mittelkonsole wartet immer noch der Karton.

Bring es hinter dich. Schau kurz rein, und dann wirf das Ding weg, gleich hier auf dem Parkplatz.

Der Karton ist mit Tesastreifen zugeklebt. Als ich einen davon vorsichtig löse, zeigt sich, dass Hilke sehr plump spioniert hat. Sogar in diesem Licht erkennt man, dass der Tesafilm schon einmal entfernt wurde. Ich frage mich, was Hilke über Suzanas Leben dachte, als sie den Inhalt betrachtete. Sicher hat sie sich gefragt, wer die Frau auf dem Foto ist, das auf dem Kartondeckel klebt. Es ist meine Mutter mit siebzehn nach einem Schwimmwettkampf. Sie trägt einen schwarzen altmodischen Badeanzug mit einer weißen Nummer (11) und eine weiße Badekappe und winkt klatschnass vom Rand eines Beckens in die Kamera. Ihre Schulkameraden vom gleichen Team umringen sie und feiern mit ihr den Sieg. Man sieht ihr an, wie glücklich sie an diesem Tag gewesen ist – und Danae und ich waren noch nicht einmal der Funke einer Idee.

Noch immer traue ich mich nicht, den Deckel abzunehmen. Aber auch ohne dass ich diese Büchse der Pandora öffne, schwappt mir nun noch viel mehr aus den verschlossenen Kammern meiner Erinnerung entgegen: Eine Taucherbrille in Türkis erinnert mich an das Schwimmbad, nur fünf Straßen von der Lilienallee entfernt. Ich sehe Spielzeug, das ich Danae gestohlen habe. Verwackelte Fotos aus der Steinzeit der Analogfotografie, die wir als Kinder mit Einmalkameras gemacht haben. Doch Suzana hat viel mehr hineingepackt. Der Karton müsste mir leichter vorkommen als damals. Stattdessen ist er schwer, und wenn ich ihn kippe, verschiebt sich darin ein ganzer Berg von Gegenständen. Und wer weiß? Vielleicht liegt darin auch ein zerrissenes Porträtfoto und ein von Danae zerknüllter und von mir wieder glattgestrichener Brief, den es nicht geben darf. Ein Stück Papier kann eine Waffe sein. Und manchmal ist sie so scharf, dass sie mit einem Schnitt für immer trennen kann, was zwei Schwestern verbindet.

LOSER'S POINT

Ich brauche eine Weile, um zu begreifen, dass ich nicht nur wirr von einem ertrunkenen Sittich und einem Familienfest wie in einem Film von Thomas Vinterberg geträumt habe. Als ich nach Leons Körper taste, finde ich nämlich nur ein Lenkrad. Morgenlicht sticht mir in die Augen. Ich bin im Sitzen eingeschlafen, die Hände auf dem Karton. Geöffnet habe ich ihn natürlich nicht. Der Beifahrersitz ist leer. Und gerade, als ich mich frage, ob die Tour mit Aino eine Halluzination gewesen ist, sehe ich die Alte aus dem Parkplatz-WC schlurfen, Schrittchen für Schrittchen, auf den Stock gestützt, ihr Gepäck fest an den Körper gepresst. Auf der Fahrt hatte ich mir Sorgen gemacht, dass sie vielleicht nicht alleine aufs Klo gehen kann, aber die Behindertentoilette scheint zum Glück kein Problem für sie zu sein. Allerdings sieht sie aus, als könnte man sie umpusten. Und schon das kurze Stück scheint sie an den Rand ihrer Kräfte zu bringen. Ihr »Guten Morgen« ist ein Keuchen. Sie hat sich im Behindertenklo ein neues schwarzes Oberteil angezogen. Der Duft von Nivea schlägt mir entgegen, und ihr pfeifender Atem riecht nach Zahnpasta. Sobald sie sitzt, zieht sie einen Inhalator hervor und atmet den Sprühstoß ein.

»Gut, dass du endlich wach bist«, sagt sie und hustet. »Wir müssen weiter.«

Ich räuspere mich, meine Kehle ist so trocken, dass sie klebt. »Du hast nicht zufällig auch einen Kaffee in der Tasche?«

Sie schaut mich an, als hätte ich das Puzzle nicht ganz zusammen. »Nein«, antwortet sie völlig ernsthaft.

Ich schlucke mühsam einen Mundvoll Sägemehl hinunter. »Wohin müssen wir überhaupt?«

»Lass mich einfach in der Nähe des Hafens raus. Von dort aus komme ich allein weiter.«

Ehrlich gesagt bezweifle ich das, aber für Diskussionen ist mein Gehirn noch nicht bereit. Es rumpelt bedenklich, als wir losfahren, doch der Astra hält durch. Gestern klang alles noch ziemlich logisch, aber jetzt, bei Tageslicht, wird mir erst das ganze Ausmaß der Katastrophe bewusst. Ich bin mit einem demolierten Auto unterwegs, nein, auf der Flucht, mit einer tattrigen alten Frau im Rollstuhl, die vielleicht weiß, was sie tut, vielleicht aber auch nicht.

Zu viel Realität für acht Uhr morgens.

Aino versteift sich, als ich an der nächsten Ausfahrt blinke und abfahre. »Was soll das?«

»Einen Kilometer weiter kommt ein Dorf. Dorf gleich Bäcker. Und Bäcker haben Kaffee.«

Ich mache mich auf Protest gefasst, stattdessen drückt uns ein wüster Schlag in die Sitze. Ich habe das Schlagloch nicht gesehen. Und dann rumpelt es gleich noch einmal, als wir etwas überfahren. Im Rückspiegel sehe ich unsere Stoßstange samt Nummernschild auf der Straße kreiseln.

Aino ist zum Glück zu schockiert, um etwas zu sagen, während ich zurücksetze, zu der Stoßstange schlurfe und mit dem ramponierten Wrackteil zurück zum Auto gehe – oder zu dem, was noch vom Auto übrig ist. Manche Leute sagen, dass Fahrzeuge als Traumsymbole darauf hinweisen, wie man seine Lebensreise gestaltet. Tja, was mich angeht, ist der Astra das Auto meines Lebens.

»Das ist deine Schuld!«, schimpft Aino los, kaum dass ich sitze. »Ohne Stoßstange hält uns doch jedes Polizeiauto sofort an! Was machen wir denn jetzt?«

»Bäcker«, murmle ich und starte den Wagen. »Kaffee.«

Es gibt keinen Bäcker, dafür ein Einkaufszentrum und daneben ein Selbstbedienungscafé, das schon geöffnet hat. Ich stelle das Auto ganz hinten auf dem Parkplatz ab, mit dem Bug fast im Gebüsch.

Das Café ist noch leer, nur zwei ältere Männer in blauen Overalls trinken ihren Frühstückskaffee. Aino wartet nervös, während ich uns Kaffee und belegte Brötchen hole, von denen ich hoffe, dass sie weich genug für sie sind. Als ich mich an den Tisch setze, sieht sie sich ängstlich um. »Hier gibt es bestimmt Kameras. Schon mal daran gedacht?«

»Wenn, dann ist es zu spät. Außerdem: Du verreist doch nur und bist nicht auf der Flucht.«

In ihrem zornigen Blick erkenne ich eine Ähnlichkeit zwischen Inna und ihr. »Du hältst mich hier nicht fest, bis sie mich holen kommen, oder? Hast du telefoniert, während ich geschlafen habe?«

»Dann hätte ich gestern die fünfzig Euro genommen«, erwidere ich nicht gerade freundlich. »Und ich habe Besseres zu tun, als dich dreihundert Kilometer spazieren zu fahren, um dich erst dann an Olga auszuliefern.«

Sie entspannt sich. Dann trinkt sie ihren Kaffee und beginnt zu essen. Ich betrachte das mal als finnisches Dankeschön.

Ich schließe die Augen und atme den Kaffeeduft ein. Endlich. Der erste heiße Schluck ist wie Heimat. Ein sicherer Ort, an dem für die Dauer eines herrlich bitteren Augenblicks nichts Böses geschehen kann. Aino ist tatsächlich still. Am liebsten würde ich die Augen nicht mehr öffnen, sondern einfach nur verharren, bis mir jemand an die Schulter tippt und ich hochschrecken und darüber lachen kann, dass ich nur geträumt habe. Aber dann fällt mir ein, dass Leon mir noch gestern früh den Kaffee ans Bett gebracht hat, und die Wirklichkeit hat mich wieder.

Ainos Tasse ist schon leer. »Noch eine?« Aber sie schüttelt nervös den Kopf.

Gut, bringen wir es hinter uns.

Ich krame das Navigationsgerät aus meiner Fototasche. »Adresse?«

»Das habe ich dir doch schon gesagt. Irgendwo am Hafen.«

»Das ist wie: irgendwo auf der Autobahn. Wohin genau?«

Ihre Augen zucken, als hätte die Iris einen Wackelkontakt. »Das musst du nicht wissen. Ich treffe mich mit einer Freundin.«

»Die irgendwo am Hafen wohnt.«

»Nein, aber sie wird mich dort abholen.«

»Und wie findet sie dich? Hast du ein Handy?«

»Was sollte ich wohl mit einem Handy?«

»Stimmt. Du trägst ja einen Peilsender in der Nackenfalte wie eine Robbe. Gib mir schon ihre Anschrift! Wenigstens die Straße.«

Aino sieht mich an, als hätte ich sie aufgefordert, mir ihre PIN zu verraten. Langsam reicht es mir wirklich mit ihr. »Herrgott, Aino, ich habe bei meiner toten Mutter geschworen, dich nicht zu verraten. Los, Adresse!«

Ihre Falten am Hals ziehen sich zusammen, als sie schluckt. Aber sie fängt an, in dem Seitenfach der Tasche herumzusuchen. Zum Vorschein kommt ein abgestoßenes Notizbuch, das schon aus dem Leim geht, so viele Zettel stecken zwischen den Seiten. Aino ist wirklich aus dem Takt gekommen. Nicht nur ihre Augen zucken, auch ihre Hände verlieren offenbar bei Müdigkeit und Aufregung den Halt. Jetzt weiß ich, warum sie sich so oft in ihre Tasche krallt und den Inhalator und die Kaffeetasse mit beiden Händen umfasst. Ihre Finger sind steif, die Bewegungen so ungelenk, als trage sie zu enge Handschuhe, ihre Unterarme sind Zweige, die ihre Hände wie Pappellaub zum Zittern bringen. Wie hat sie es gestern geschafft, mir gestern ihre Hand so ruhig hinzuhalten? Das Notizbuch schlenkert, und als sie zu blättern versucht, reißt Papier. »*Soll ich?*« Das liegt mir schon auf der Zunge, aber ich beherrsche mich. Zu deutlich ist der verzweifelte Stolz, jede Schwäche vor mir zu verbergen.

»Zum Hafenplatz 1«, liest sie mir vor. »Da sind wir verabredet.«

»Wann?«

Ihr Blick schweift für eine verräterische Sekunde über meine Schulter. »Um halb zehn. Fahren wir!«

Netter Versuch. Hinter mir ist die Verkaufstheke. Und über der Kasse hängt eine Uhr.

»Ich bin zwar jung, aber nicht blöd«, sage ich und nehme ruhig den nächsten Schluck. »Gibt es diese Freundin überhaupt?«

Aino hüstelt. Sie versucht, das Notizbuch wieder in die Seitentasche zu stopfen, wahrscheinlich, um Zeit zu gewinnen. Eine Ecke bleibt an einer Schnalle hängen. Ich stoße fast meine Tasse um, als ich halb über den Tisch hechte, um das Buch aufzufangen, als es ihr aus den Händen rutscht. Aber es ist zu spät. Es schlägt mit dem Rücken auf ihrem Knie auf und explodiert in einer Zettelflut. Mit einem satten Klatschen landet es Schrift voraus auf dem Boden.

»Finger weg!« Ainos scharfer Befehl lässt mich erstarren. Sie schnappt sich den Spazierstock, den sie neben das Knie geklemmt hatte. Es gelingt ihr, mit der Stockspitze hektisch ein paar Zettel zusammenzuschieben. Aber schon dabei ringt sie nach Luft. Die Blaumänner schauen konsterniert zu, wie sie sich abmüht und ich nur reglos dasitze.

»He, wie wäre es, wenn du ihr hilfst, Mädchen?«, raunzt der ältere Kerl prompt zu mir herüber.

Wie wäre es, wenn du es tust?

Und dann wird es noch schlimmer, als sich Aino ächzend nach vorne beugt und allen Ernstes versucht, die zusammengekratzten Zettel aufzuheben. Es sieht aus, als würde eine straff bandagierte Mumie versuchen, sich zu bücken.

»Aino, lass mich das machen!« Auf die Gefahr hin, dass sie mir mit dem Stock die Finger bricht, sammle ich die Papiere auf. Es sind nicht nur Notizen, sondern auch Prospekte, die Visitenkarten diverser Ärzte und ein Artikel aus einer Zeitschrift, der sich im Fallen entfaltet hat. *Deutsch-finnische Gesellschaft* lese ich ganz am Rand des Blattes. Der Falz in der Mitte geht mitten durch eine Stirn. Ein Mädchen schaut mich ernst an. Ich halte mit dem Aufsammeln inne. Es ist ein Aquarell, die zartbraune Strichzeichnung eines Gesichts mit abstrakt großen Augen und zu schmalem Kinn. Doch man sieht genau, wer Modell gestanden hat. Als würde die reale Person hinter dieser stilisierten Zeichnung hervorschimmern wie ein Schwarzweißfoto durch Seidenpapier. Diese Person ist eine junge Frau mit wohl dunklem, wirrem Haar, zarten Zügen und einem breiten, energischen Mund, der jedoch irgendwie – *erloschen ist*? Anders kann ich es nicht beschreiben. Als sei sie verstummt, weil es sich nicht mehr lohnt zu reden. Möglicherweise, weil schon alles gesagt ist. Oder aber, weil auch Worte ihr nicht mehr helfen würden. *Aber tun sie das je?*

»Gib das her!«, drängt Aino.

»Wer ist das?«

»Niemand.«

Ich hebe den Artikel auf, offenbar zu langsam. Aino stößt mir mahnend den Stock gegen den Arm. »Ist ja gut!«, sage ich. Aber noch kann ich diesen Mund, dieses Schweigen, das im Café widerhallt, nicht loslassen. Irgendwie hallt es nämlich auch in mir, bringt etwas zum Schwingen. Wenn ich sie noch länger anschaue, werde ich vielleicht weinen – oder lächeln. *»Hilja Onerva Lehtinen«*, lese ich den Anfang der Bildunterschrift vor. »Ist das ihr Name?«

Aino stöhnt auf. »So ein Unsinn. Onerva ist doch die

Künstlerin, die die Zeichnung gemacht hat.« Sie sagt es, als müsste sich jeder an die Stirn klatschen und sagen: ›Ach richtig! Onerva!‹ »Im Ateneum findet eine Ausstellung über ihr Leben statt«, setzt sie hinzu.

Ateneum steht in der Überschrift, das ist also irgendein Museum. Der Rest des Textes ist Seehundsprache: »*Tänä keväänä runoilijan jalanjäljillä Helsingissä* …«

Du liebe Güte.

Aino schnappt mir das Papier aus der Hand. Das Mädchen mit dem erloschenen Mund verschwindet. Rasch sammle ich die restlichen Papiere auf und angle nach dem Notizbuch. Es liegt wie ein abgeschossener Vogel mit ausgebreiteten Flügeln neben dem Tischbein. Die Seiten sind mit schwarzem Filzstift dicht bekritzelt. Ainos Schrift passt zu ihren Pappellaub-Händen. Aber wer Nyagis Klaue lesen kann, der entziffert mühelos auch Enigma-Altersheim-Codes.

Zum Hafenplatz 1 lese ich. Das stimmt also. Und darunter: *Skandinavienkai.* Irgendetwas klingelt im Hinterkopf. Eine ausgeschnittene Werbeanzeige ist nur halb aus dem Buch gerutscht. Ein blauweißes Fährschiff prangt darauf. Und darüber, im wolkenlosen Himmel, der Schriftzug: *Finlandia Express.*

Langsam setze ich mich wieder auf den Stuhl und zupfe die Hochglanzanzeige ganz aus dem Notizbuch. Ich bin vielleicht nicht blöd, aber offenbar schwer von Begriff. Jetzt verbinden sich Bilder und Fäden zu einem Muster.

»Vom Skandinavienkai starten die Fähren nach Finnland. Nach …« Blick auf die Anzeige. »… Helsinki. Dort willst du hin?«

Aino reißt mir mit beiden Händen das Notizbuch weg und presst es an ihre Brust. »Verdammte Schnüfflerin«, zischt sie mir zu. »Diebin!«

Das war nicht leise genug. Die Arbeiter beobachten uns,

und auch die Frau an der Kasse schaut herüber. Nicht gut. Aino ist aschgrau. Ihre Augen quellen fast aus den Höhlen.

»Reiß dich zusammen, die schauen alle schon«, raune ich. »Was willst du denn in Helsinki?«

Sie schnaubt und schüttelt den Kopf. »Gehst du nie ins Kino oder liest kitschige Bücher?«, fährt sie mich flüsternd an. »Was will wohl ein alter Kadaver wie ich, wenn er noch einmal die Heimat sehen will?«

Sterben? Es muss der Restwodka sein, der mir das Bild von Lachsen schickt, die sich flussaufwärts zu ihren nassen Kinderstuben zurückkämpfen.

»Ich habe da noch was zu erledigen«, setzt Aino hinzu. »Und deshalb muss ich auf das Schiff, noch heute.«

»Du hast also ein Ticket.«

Aino leckt sich über die trockenen Lippen. »Darum muss ich mich noch kümmern.«

Ich weiß nicht, wie es bei Fähren ist, aber schon bei einem Flug würde ich nicht mit Last-Minute-Tickets rechnen. Schon gar nicht, wenn ich aus Fort Kuznetsow entkommen wäre und es eilig hätte.

»Wann startet die Fähre?«

»Woher soll ich das wissen?«, erwidert Aino unwillig. »Das muss ich noch herausfinden.«

Das wird ja immer besser. »Du hast nicht einmal die Abfahrtszeiten gecheckt, bevor du beschlossen hast, abzuhauen? Das sind doch nur ein paar Klicks auf der Homepage.«

»Und was glaubst du, wo ich wohne?«, schnappt sie. »Im Internetcafé Sankt Belverina?«

»Die Fährgesellschaft hat auch eine Telefonnummer.«

»Die ist dauernd besetzt. Und ein Telefon habe ich nicht auf dem Zimmer, das ist zu teuer für mich. Am Hafen muss ein Fahrplan aushängen. Und auch in heutiger Zeit spricht nichts dagegen, mit Menschen zu reden.«

Sagst ausgerechnet du.

Das bedeutet, sie ist wirklich ins Blaue hinein gestartet. Und wie weit ist Finnland überhaupt entfernt? Ich glaube mich daran zu erinnern, dass der Weihnachtsmann von dort stammt. Polarkreis. Rentiere.

»Weißt du wenigstens, wie lange du mit dem Schiff unterwegs bist?«

»Wird das jetzt ein Verhör wie bei der Polizei?«

»Sag das letzte Wort ruhig noch lauter, damit die zwei Typen es auch wirklich hören.«

Sie räuspert sich. »In der Anzeige steht, vierundzwanzig Stunden. Ungefähr. Je nach Wetter. Bei stürmischer See bestimmt länger.«

Vor meinem geistigen Auge sehe ich die Alte, wie sie bei Windstärke acht im Rollstuhl wie eine Flipperkugel durch die Gänge saust und gegen Wände knallt.

Egal, was ich noch im Blut hatte, jetzt bin ich endgültig stocknüchtern. Langsam dämmert mir, dass diese Reise schon bis hierher zu viel für sie war. Das ist eindeutig eine Nummer zu groß für sie. Und für mich.

»Aino, das ist kein Ausflug auf dem Butterfahrt-Dampfer.«

»Was du nicht sagst!« Wenn Blicke frosten könnten, würde ich jetzt beim kleinsten Stoß auseinanderfallen wie ein Klumpen Tiefkühlerbsen. »Natürlich ist es das nicht. Die Route führt an Polen vorbei, an Litauen, Lettland und Estland …«

»Eben. Wie willst du so eine lange Reise schaffen?«

Das scheint sie zu kränken. Sie reckt ihr Kinn in die Höhe. »Wo ist das Problem? Ich meine: Wenn man *kein* Feigling ist, der heulend vor seiner Schwester wegläuft.«

Autsch. Gemeine alte Viper. »Aino, im Ernst. Du schaffst ohne Rollstuhl gerade mal fünf Schritte zum Behindertenklo und zurück. Und selbst wenn es auf dem Schiff eine Betreuung gibt – was machst du ohne Hilfe allein in Helsinki?«

»Helsinki ist mein Zuhause!«

»Und wie lange ist es her, dass du dort gelebt hast? Hast du wenigstens noch Verwandte dort? Freunde? Irgendjemanden?«

Dreifachschweigen ist auch eine Antwort.

»Wer bist du? Olga?«, keift sie mich dann an. »Was interessiert es dich überhaupt? Das ist allein meine Sache. Und ich brauche keine *Hilfe*. Ich brauche niemanden. Niemanden! Und am allerwenigsten brauche ich das Geschwätz einer dummen, feigen, weinerlichen *keltanokka*!«

»Ist alles in Ordnung?« Na bitte. Die zwei Kerle sind auf dem Weg zur Tür am Tisch stehen geblieben. Ihr finsterer Blick lässt keinen Zweifel daran, dass sie für Team Aino spielen. Vermutlich denken sie, ich belästige die Alte.

»Mit euch rede ich nicht«, knurrt Aino, ohne sie anzusehen. »Schiebt eure Fettwänste aus meinem Licht und verschwindet.«

Ihre Gesichter wären ein Foto wert. Aber Großmütter schlägt man wohl nicht. Nummer eins grinst nur, als hätte er einen lahmen Witz gehört, Nummer zwei brummt: »Is ja gut. Ganz ruhig, Oma.« Dann trollen sie sich aus dem Café.

Aber ich bin noch nicht fertig mit Aino. »Wie wäre es mit Tatsachen?«, wende ich mich an sie. »Du hast kein Handy, aber das würde bei dir ja auch nichts bringen. Schließlich bist du zu tattrig, um es zu bedienen. Ich wette, dasselbe gilt für das Internet – falls du überhaupt weißt, was das ist und was man damit macht. Ich glaube, du hast weder ein Hotel noch einen Plan und außerdem keine Ahnung, wie du an Informationen kommst. Und du bist leichte Beute für jeden, der dich ausrauben will. Wenn dir etwas runterfällt, bist du so aufgeschmissen wie eine Schildkröte, die auf dem Rücken liegt.«

»Das stimmt nicht«, beharrt Aino stur.

»So? Warum konntest du dann nicht mal dein Notizbuch aufheben?«

»Natürlich hätte ich es aufgehoben. Aber du hast dich ja sofort auf den Boden geworfen, um in meinen Sachen zu wühlen wie ein Trüffelschwein!«

Ihre Stimme gellt im Café. Das Mädchen an der Kasse kramt eine Packung Zigaretten aus der Schürze und verdrückt sich aufs Klo.

»Ich habe dich nicht um deine Meinung gebeten, Monika«, sagt Aino mit eisiger Stimme. »Wenn du mich nicht zum Hafen bringen willst, bitte schön. Deine Entscheidung. Aber dann halt einfach den Mund und geh. Jetzt sofort. Nimm das verdammte Auto mit. Ich schenke es dir. Sieh es als Sinnbild für deine Zukunft mit Leon.«

Einen Moment lang sehe ich mich selbst, wie ich sie an ihrem schwarzen Trauerkragen packe und schüttle, aber dann habe ich eine bessere Idee. Ich stehe auf und schultere meine Tasche.

»Gut. Dann gib mir mein Benzingeld.« Ich strecke ihr die Hand unter die Nase. »Siebzig Euro.«

Aino schnappt entrüstet nach Luft. »Hast du den Verstand verloren? Vierzig. Allerhöchstens.«

»Fünfundfünfzig und ich rufe dir noch ein Taxi. Du wirst es brauchen.«

»Fünfzig, keinen Cent mehr.«

Ich hatte recht mit meiner Vermutung. Je aufgebrachter sie ist, desto heftiger zittert sie. Sogar ihr Kinn verliert die Kontrolle. Und mit diesen Händen wird es ihr nicht gelingen, auch nur einen Cent aus der Börse zu pulen. Aber sie ist schlau. Sie knallt mir den Geldbeutel mit beiden Händen auf den Tisch. »Such es dir raus, Monika. Du wühlst doch so gerne in anderer Leute Angelegenheiten.«

Na warte, Hexe.

Das Münzfach ist so ausgebeult von Kleingeld, dass der

Verschlussknopf bereits aufgesprungen ist. Praktisch. Ich muss den Geldbeutel nur an einer Ecke ruckartig vom Tisch ziehen. Aino stößt ein erschrockenes Keuchen aus, als die gesamte EU auf den Boden regnet. In der Stille des Cafés ist das Geklimper ohrenbetäubend. Und noch betäubender ist die Stille, nachdem auch die letzte Münze bis zur Theke gerollt und umgefallen ist. Aino sitzt mit offenem Mund da wie das gealterte Sterntalermädchen, Centstücke auf dem Schoß und auf der Tasche.

»Ups«, sage ich. »'tschuldigung. Ach, weißt du was? Ich schenke dir das Benzingeld. Aufheben kannst du es ja alleine. Gute Reise!«

Damit lasse ich auch noch die Börse auf den Boden fallen und drehe mich auf dem Absatz um.

»Haistattelu!«, hallt es hinter mir. *»Senkin idiootti!«* Ich bin sicher, dass mich ihr Stock gleich wie ein Speer in den Rücken treffen wird, aber ich schaffe es in die Sicherheit von weißen Kacheln und Essigreinigerdunst. Das Licht in der Toilette erinnert mich an Ainos Wackelkontakt-Augen. Aus dem Spiegel über dem Waschbecken schaut mich ein flackerndes Gespenst an. In einem Horrorfilm würde ich als das schlechte Omen aus dem Jenseits durchgehen, das der Hauptfigur beim Zähneputzen plötzlich über die Schulter schaut. Ich dachte, ich hätte die Wimperntusche weggerieben, aber die verbliebene Farbe reicht immer noch für die Augenschatten eines Junkies. Mit Wasser versuche ich das Schlimmste zu beseitigen, dann ziehe ich mein Shirt aus und versuche mich an einer Katzenwäsche mit Flüssigseife. Wer jetzt reinkommt, hat Pech. Schließlich kämme ich mir das Haar mit nassen Fingern. Jetzt sehe ich aus wie ein ertrunkener Junkie, aber das Wasserrauschen beruhigt mich. Und mit ihm versickert langsam auch mein Zorn. *Was mache ich hier? Rentnerbashing?* Selbst für meine Verhältnisse ist das ziemlich weit unten angesetzt.

Und jetzt, Mo? Aber mein Spiegelbild hält sich raus.

Draußen klappt eine Tür, Schritte, die am Klo vorbeischleichen.

Ich hatte richtig vermutet. Von dem Flur vor den Toiletten führt auch eine Tür nach draußen. Zertretene halbgerauchte Pausenzigaretten sammeln sich dort. Von einer steigt noch Qualm auf. Der Parkplatz geht hier in Grün über, ein schlammfarbener Tümpel und eine Parkbank samt Mülleimer sind die einzigen Requisiten. Mücken tanzen zwischen Schilfhalmen, und unter Wasser glimmt der Rücken eines Goldfisches.

Das blaue Handy liegt schwer in meiner Hand.

Aino hat recht. Was geht es mich überhaupt an, wohin sie will? Aber ich weiß genau, was ich logischerweise tun sollte, was ich jedem anderen in meiner Situation sagen würde:

Du kannst sie nicht am Hafen absetzen und sich selbst überlassen. Auch wenn ihre Familie sie nicht nett behandelt, es wird einen Grund haben, warum sie als so hilfsbedürftig gilt. Du kennst sie kaum, aber schon jetzt siehst du, dass sie sich überschätzt. Was, wenn sie überfallen und ausgeraubt wird? Wenn sie stürzt, sich verletzt oder sogar stirbt? Dann bist du schuld.

Doch irgendwo im Hinterkopf hallt auch ein Flüstern, das mich daran erinnert, auf wen ich geschworen habe, die Finger vom Telefon zu lassen. Bin ich wirklich so abergläubisch? *Oder nur feige?*

Das Handy erwacht mit einem Fingerdruck zum Leben. Und dennoch, ich kann es Aino nicht antun, ihre Familie anzurufen. Zu gut weiß ich, wie viel Mut es erfordert, durchzubrennen. Und es ist einfacher, viel einfacher, wenn man fünfzehn ist statt sture fünfundachtzig. Für mich war es die erste Chance. Für Aino ist es – das hat sie scharfsichtig erkannt – tatsächlich die letzte.

Das Handy surrt in meiner Hand los. Eine SMS jagt die

andere. Ich habe mehr Anrufe verpasst, als ich in diesem Jahr bekommen habe. Den letzten erst vor fünf Minuten. Ausnahmsweise nicht Leon, sondern Nyagis Festnetznummer. Das ist ungewöhnlich. Und ich bin froh, dass es mich von der Frage ablenkt, was ich jetzt tun soll. Doch als ich zurückrufe, höre ich nur die Ansage des Fotostudios.

»Hi, ich war's«, spreche ich nach dem Piep. »Du hast angerufen. Ich versuche es später noch einmal.« Kaum habe ich aufgelegt, klingelt mein Handy. Ohne nachzudenken, gehe ich ran. »Nyagi? Ich habe dir eben auf Band …«

»Mo, verdammt noch mal, endlich!«

Mein Herz macht einen schmerzhaften Satz. *Danae!* Auf dem falschen Handy.

»Wo zum Teufel bist du?« Sie klingt atemlos und besorgt.

Ich bin zu erschrocken, um einfach aufzulegen.

»Woher hast du diese Nummer?«, ist das Einzige, was mir einfällt.

»Von wem werde ich sie wohl haben? Leon versucht dich schon die ganze Nacht zu erreichen.«

Meine Hand krampft sich fester um das Handy. Der Goldfisch küsst die Wasseroberfläche. Es ist bizarr, wie sehr mich sein Maul an Korallenlippen erinnert.

»Weißt du, was du angerichtet hast?« Danae redet weiter, mit viel zu hoher Stimme, die ich von ihr gar nicht kenne. »Die drehen hier alle durch. Geht es Leons Oma gut?«

Klar doch, sie trainiert gerade, mit den Zehen Münzen aufzuheben.

»Mo?«

»Natürlich geht es ihr gut. Glaubst du, ich habe sie niedergeschlagen?«

Worte zählen ja nicht, oder?

»Wo seid ihr jetzt?«

Ich schlucke. »München. Sie wollte in den Englischen Garten.« Das ist der südlichste Ort, der mir eingefallen ist.

»Verarsch mich nicht!« Danaes Tonfall pendelt sich schlagartig auf Kanzleilevel ein. »Und glaub bloß nicht, ich haue dich vor Gericht raus. Alex ist ausgerastet.«

Ich sitze sofort aufrecht. *Gericht? Und* ... »Alex? Warum?«

Danae stößt ein fassungsloses »Ha?« aus. »Schau mal in meine Handtasche. Darin liegt ein Brief ans Amtsgericht, den ich gestern vor der Mitternachtsleerung hätte einwerfen müssen. Das ist ein laufender Fall mit Frist! Poststempel. Ich war spät dran, und jetzt reißt Alex mir den Kopf ab, weil wir die Frist verpasst haben. Was glaubst du, was unser Mandant sagt? Merles Eltern wollen dich übrigens wegen Fahrerflucht anzeigen. Der Twingo gehört ihnen. Und die Kuznetsows sind natürlich in Panik. Olga musste fast in die Notaufnahme, weil sie Herzrhythmusstörungen bekommen hat.«

Bei jedem Wort habe ich das Gefühl, tiefer in die Parkbank zu sickern. *Fahrerflucht.* Natürlich hatte ich darüber nachgedacht, aber es nun aus dem Mund einer Anwältin zu hören ist noch einmal etwas ganz anderes.

»Also bring die Alte verdammt noch mal zurück«, feuert Danae weiter. »Leons Eltern werden nämlich die Polizei einschalten. Sie wollen dich sowieso anzeigen, wegen der Brieftaschen und dem Familienschmuck. Und die alte Frau ist schwerbehindert, nachweislich senil und völlig verwirrt. Wenn du also nicht auch noch wegen Entführung einer schutzbedürftigen, hilflosen Person dran sein willst, dann mach, was ich dir sage!«

Pause.

Der Goldfisch schnappt nach Luft. Mein schuppiges Spiegelbild. Bei jedem Luftbläschen scheint ein weiteres Wort an der Wasseroberfläche zu zerplatzen. *Polizei. Brieftaschen. Familienschmuck*. Und Danaes Handtasche.

Plötzlich erinnere ich mich, wie oft Aino gestern verschwunden war. Jetzt sehe ich glasklar vor mir, wie sie Geldbörsen aus Sakkos und Handtaschen zieht und heimlich in das Elternschlafzimmer rollt, um den Erbschmuck abzuräumen. Oder war der im Wohnzimmer versteckt? Eine schwarzgekleidete Meisterdiebin. Nachweislich senil? *Ja klar.*

»Mo?«

»Hm?«

»Hörst du mir überhaupt zu?«

Ja, aber hauptsächlich versuche ich zu atmen.

»Was hast du dazu zu sagen?«

Danae klingt wirklich wie der Staatsanwalt. Wenn es mich nicht so wütend machen würde, müsste ich wohl lachen. *Was ich zu sagen habe? Dass du meinen Freund geküsst hast! Und nicht nur das.*

»Mo!« Jetzt schreit sie.

»Bist du jetzt fertig mit deiner Schlampenpredigt?«, gebe ich zurück.

Das hat gesessen. Danae holt scharf Luft.

»Was *glaubst* du wohl, was ich zu sagen habe? Aber viel spannender ist doch die Frage: Was hast *du* dir dabei gedacht?« Ich schlucke. »Was willst du von mir?«

Danae schweigt. Und in diesem Schweigen verdichten sich Jahre, schnurren zusammen zu einem einzigen Moment. Es ist, als würde Suzanas Karton sich von selbst öffnen, ohne dass ich es will.

Ein Wohnheimzimmer im »Campus-Tower«. Sonnenflecken auf der Bettdecke und ein Schreibtisch voller Erstsemesterunterlagen. Danae, die keine Dauerwelle mehr hat, sie trägt ihr Haar neuerdings glatt und glänzend wie die High-Society-Schönheit Kelly Taylor aus der Fernsehserie Beverly Hills 90210. Auch ihr überhebliches Lächeln ist mir fremd, als ich zu sprechen beginne. »Da, lies es doch selbst!«, sage ich kühl. Ich weiß noch, wie es sich anfühlte, plötzlich diese Macht zu haben. Den Brief hervorzuholen, das Foto, und beides auf die Bettdecke zu werfen wie ein Kartenspieler seine Asse. Aber komischerweise bleibt Danaes rosiges Cherry-Pearl-Lächeln die ganze Zeit unverändert. Sogar dann, als sie den Brief zerknüllt und mir das »Nein, du lügst!« entgegenschleudert, das heute noch zwischen uns hallt.

»Es geht immer noch um damals, nicht wahr?«, sage ich leise. »Willst du mich immer noch bezahlen lassen? Dani, ich war fast noch ein Kind! Ich wusste nicht, was ich damit anrichte, ich war nur schrecklich verletzt und einsam. Und du hast es mir doch ohnehin niemals geglaubt.«

Die Stille, die nun einsetzt, hat eine andere Qualität, sie ist so dicht und vibrierend, dass ich mir einbilde, die Tümpeloberfläche müsste davon zu beben beginnen. Jetzt habe ich es auch getan. Eine Grenze überschritten, die wir seit Jahren umgehen wie ein Minenfeld. Dann sagt Danae: »Mo, sei bitte nicht albern. Die alte Geschichte habe ich doch schon längst vergessen.«

Etwas Heißes, Schreckliches blüht in meiner Brust auf. Für einige Momente stelle ich mir vor, wie ich in ihr perfekt frisiertes Haar fasse und ihren Kopf in den Tümpel tauche. Wie sie es ist, die nach Luft schnappt und deren Make-up ihr wie eine Maske von ihrem wirklichen Gesicht rinnt.

»Hör zu, was gestern auch geschehen ist, es ... ist schlimm genug.« Danaes Stimme zittert. »Und ich verstehe, du warst durcheinander, und natürlich haben wir beide einiges zu besprechen ... Aber wenn du nicht sofort zurückkommst und dich der Polizei stellst, machst du alles nur noch schlimmer. Du wirst im Gefängnis landen, das garantiere ich dir. Du kannst dich nicht immer vor jeder Verantwortung drücken. Die Polizei wird dich finden. Die orten dich in fünf Minuten über das Handy ...«

Ich höre Danae noch sprechen, während ich erschrocken aushole. Der Goldfisch schießt im Zickzack davon, als das Handy ihn knapp verfehlt. In zwei Sekunden sind beide im Schlammgrün abgetaucht. Ich sehe mich um, aber niemand hat mich beobachtet, ich bin völlig allein, nicht einmal ein Auto fährt vorbei. Ich bin weit und breit das einzige menschliche Wesen. Klassischer *Loser's Point*, die Kameraperspektive, um jemanden, der alles verloren hat, ins Bild zu setzen. Diese Frau hier sitzt auf einer Parkbank, mit gekrümmtem Rücken, beide Fäuste neben den Knien aufgestützt. Wie es sich gehört, ist sie genau in der Bildmitte platziert, die Linien des Gebäudes und der Parkplatzmarkierungen sind schräg und stürzend eingefangen und scheinen sie zu erdrücken. Eine leicht aufsichtige Kamera verstärkt diesen Effekt noch. Die Frau weiß nur eines: Sie kann nicht zurück.

Aber ich bin nicht die einzige Figur, die im *Loser's Point* sitzt. Drinnen im Café ist noch eine von der Sorte.

*

Aino ist noch da. Auf ihrem Tisch liegt der Geldbeutel, und die Münzen stapeln sich wie Trinkgeld auf einer Untertasse. Das Kassenmädchen hebt gerade ein Zwei-Euro-Stück auf, das bis vor die Kuchenvitrine gerollt ist, und apportiert es mit mildtätigem Lächeln. »So, bitte schön! Das war jetzt aber, glaube ich, wirklich die Letzte.«

Sie will die Münze zu den anderen legen.

»Behalten Sie das«, sagt Aino mürrisch. »*Danke* für die *Hilfe.*«

Sie sieht mich nicht an, während ich mich wieder an den Tisch setze. Der Boden im Café scheint plötzlich aus Marshmallows zu bestehen. Nun weiß ich, wie es Aino gehen muss. Jetzt muss ich meine Tasse nämlich auch mit beiden Händen fassen.

Ainos Mund ist ein harter Strich, ihr Kinn nach oben gereckt, als würde sie krampfhaft versuchen, den Kopf über Wasser zu halten. Und auf eine Art tut sie das auch.

Ich müsste wütend auf Aino sein, weil sie mit den Diebstählen alles noch viel schlimmer gemacht hat. Aber alles, was ich höre, sind die Worte ihrer Familie aus Danaes Mund: »*Die alte Frau ist schwer behindert, völlig senil und nachweislich verwirrt.*« Und plötzlich habe ich nur noch auf Danae und auch auf die Kuznetsows eine Stinkwut.

»Entschuldige wegen eben«, sage ich. »Das war ... gemein.«

»Allerdings.« Aber sie entspannt sich ein wenig und betrachtet die Münzen. »Aber auch nichts Neues.« Erst jetzt sieht sie mich direkt an, klar, ohne zu zwinkern. »Ich gebe dir einen Rat, Moira. Egal, wie du das anstellst, werde niemals jemand, der dankbar sein muss. Jedes Danke ist eine Schraube für deinen Sargdeckel, unter dem du schon liegst. Das Problem ist, du atmest noch. Hilflos zu sein heißt langsam zu ersticken.«

Ich schiele zur Theke. Ich entdecke keine Kamera, aber sicher wird der Laden hier überwacht.

»Wir sollten gehen«, sage ich leise.

»*Ich* sollte gehen«, erwidert Aino bitter. »Aber weißt du, was das Beschissene an Entschuldigungen ist?« Sie klopft auf ihr rechtes Bein. »Dass sie nichts an der verdammten Wahrheit ändern. Gar nichts.« Sie verzieht das Gesicht. Erst fürchte ich, sie wird weinen oder hat Schmerzen, aber in Wirklichkeit muss sie sich wohl nur unglaublich überwinden, das auszusprechen, was ihr so sehr zuwider ist. »Du ... musst mitkommen.«

Ich starre in meinen Kaffee.

Gefängnis oder Helsinki. Tja, meine Damen und Herren. Eine wirklich schwierige Wahl.

Aino missversteht mein betretenes Schweigen. »Tu nicht

so, als hättest du Besseres zu tun. Und außerdem: Ich bezahle dich auch.«

»Womit? Hast du eine Bank ausgeraubt, während ich im Auto geschlafen habe?«

Sie beißt sich auf die Unterlippe, sucht nach einer unverfänglichen Antwort.

»War nur Spaß.« Ich trinke hastig aus und knalle die Tasse hin. »Ich bin dabei. Gehen wir.«

Ich hatte angenommen, dass sie nichts mehr verblüffen kann, doch zum ersten Mal sehe ich Aino völlig sprachlos. Aber ich schaufle bereits das Münzgeld in den Geldbeutel und schiebe, ohne auch nur zu fragen, den Rollstuhl zur Tür. Als ich sicher bin, dass die Kassiererin uns hören kann, sage ich im Hinausgehen laut: »Dann mal los nach Bremerhaven!«

YIPPIE-YA-YEAH

Aino hat offenbar Signalverzögerungen. Wir sind schon beim Auto, als sie aus ihrer Schockstarre erwacht. »Was meintest du mit Bremerhaven?«

»Das war die Ansage für die Polizei, für alle Fälle. Olga und Michael lassen dich bereits suchen.«

Beziehungsweise den Familienschmuck und dich.

Das Wort Polizei setzt Aino für die nächsten fünf Minuten außer Gefecht. Sie wehrt sich nicht einmal, als ich sie am Ellenbogen stütze, damit sie leichter ins Auto steigen kann. Erst als ich auf die Straße kurve, springt ihr Sprachgenerator wieder an. »Du hast also doch mit jemandem telefoniert!«

»Danae hat mich angerufen. Aber ich habe ihr natürlich nicht gesagt, wo wir sind. Und mein Handy habe ich im Tümpel versenkt, damit sie uns nicht orten können.«

Aino sinkt auf der Stelle tiefer in den Sitz. Tja, Zeit, darüber nachzudenken, ob es wirklich eine gute Idee war, ausgerechnet mit mir durchzubrennen.

Ich habe nicht viele Talente, aber das ist mein nützlichstes: mein Panik-Modus. Auf eine Art flirrt in mir alles, aber jeder Gedanke ist kühl und ruhig. Während ich handle und spreche, läuft im Hintergrund der Faktencheck: *Ich habe mein Kamera-Equipment dabei und etwas Kleidung. Zahnbürste, Haarbürste. In Travemünde muss es ein Internetcafé geben. Bloß kein Geld am Bankautomaten abheben, das lässt sich verfolgen. Andererseits – welches Geld überhaupt? Und jetzt runter von der Straße!*

Ich wünschte, es wäre wieder Nacht. Jetzt sind bereits viel zu viele Autos unterwegs. Schon das dritte gibt mir Lichthupe, um mich daran zu erinnern, dass ich ohne Stoßstange fahre.

Endlich kommt ein Feldweg in Sicht, und wir rumpeln über getrocknete Sandbeulen und schließlich zu angrenzenden Wiesen. Auf einem Hinweisschild steht etwas von einem Angelsee nach 300 Metern. Das Land ist flach wie ein Teller, aber es gibt Bäume, Wiesen und Gebüsch. In der Deckung einer Hecke schnaufen wir erst einmal durch.

»Wir müssen das Auto loswerden«, spricht Aino nach einer Weile meine Gedanken aus.

Auch das klingt nicht nach einer verwirrten Person. Dennoch gehen mir Danaes Worte nicht aus dem Kopf.

»Aino? Meine Schwester sagte, du seist verwirrt. *Nachweislich*. Was meinte sie damit?«

Aino stöhnt auf. »Als ich die Treppe runterfiel und mir die Hüfte brach, wusste ich eine Woche nicht mehr, wo ich bin. Ein paar Tage habe ich angeblich nur Finnisch gesprochen. Aber so was kann jedem passieren nach einem solchen Unfall! Ich hatte eine Narkose bekommen, sie haben mich operiert. Aber die sind wie Wölfe, die deine Schwäche riechen können. Olga hat sofort ihren Doktor Krinov auf mich angesetzt, dieser Scharlatan ist ein Freund von meinem Sohn und ihr, die halten alle zusammen. Krinov hat mich untersucht, als ich noch völlig neben der Spur war, und er hat ein Gutachten geschrieben. Es ist ein Wunder, dass sie mich damals nicht gleich entmündigt haben, sondern dass ich netterweise noch ins Heim ziehen durfte. Galgenfrist.« Sie zupft an ihrer Tasche. »So sieht es nämlich aus: Mit siebzig bist du immerhin ein Noch-Mensch. Jeder wundert sich laut, dass du *noch* die Zeitung liest, *noch* selber einkaufen gehst, *noch* fit bist. Aber werde älter, falle die Treppe runter, komm mal eine Woche aus dem Tritt, und sie machen Plankton aus dir.«

Sie sieht mich von der Seite an, streng und stolz, Kopf über Wasser.

Jetzt verstehe ich, warum sie nicht einfach verreisen kann. Was die Sache für mich keinen Deut besser macht. Und dennoch. Ich kann nicht mehr wütend auf sie sein.

»An deiner Stelle wäre ich schon viel früher abgehauen«, sage ich.

Aino lacht heiser auf. »Ja, natürlich. An meiner Stelle wärst du nachts über die Mauer geklettert und so schnell gerannt, wie du kannst.«

»Kassensturz«, sage ich und krame meinen Geldbeutel heraus. »Ich habe noch knapp zwanzig Euro. Und du?«

»Hundertvier Euro und zweiundachtzig Cent.«

»Machst du Witze? Es muss mehr sein. Wie viele Brieftaschen hast du gestohlen? Zwei? Drei?«

Sie ist nicht einmal überrascht, dass ich es weiß.

»Vier«, gibt sie zurück. »Aber wenn ich darin genug Geld gefunden hätte, wäre ich nie bei dir eingestiegen, sondern hätte mir das Taxi nach Travemünde leisten können. Aber diese Blutsauger wollten eine Pauschale von dreihundertfünfzig Euro für die Fahrt!«

Wann hat sie mit dem Taxiunternehmen telefoniert? Wahrscheinlich, während ich mich bemüht habe, das perfekte Familienfoto zu machen. Tja.

»Ich wette, das reicht nicht einmal für ein einziges Ticket«, sage ich.

»Ich besorge Geld.« Zum ersten Mal lässt Aino es zu, dass ich einen Blick in ihre Tasche werfe. Mir wird nun doch flau im Magen, als ich Danaes Handtasche darin entdecke. Aino hat sie zwischen Kleidung und einen zusammengeknüllten meerblauen Schal gestopft. Im feinen Gewebe des Schals hat sich eine schwere goldene Halskette verhakt. Und auf Danaes Tasche funkeln ein paar Ringe und Anhänger. Aino muss Olgas Schmuckschatullen einfach ausgekippt haben.

Zwischen der Wäsche klemmen außerdem ein paar Brieftaschen.

»Ich will den Schmuck in Travemünde verkaufen«, erklärt Aino. »Nachdem ich gesehen hatte, dass diese Geizhälse nicht genug Bargeld mit sich herumtragen, habe ich eben das Gold mitgenommen. Es sind Erbstücke. Und noch lebe ich ja.«

Die Argumentation könnte von mir sein. »Gib mir Danaes Tasche.«

Aino schaut mich ernsthaft verwundert an. »Die gehört deiner Schwester? Ach, du liebe Güte. Ich dachte, das ist die von Jutta! Da ist kein Geld drin.«

»Lass mich mal nachschauen.«

Der Brief an das Amtsgericht wirkt wie eine an mich gerichtete Anklage aus Papier. Entweder sieht Aino schlecht, oder sie muss vor Aufregung übersehen haben, dass Dr. Danaes Name groß und breit auf dem Absenderstempel der Kanzlei prangt. Aber sonst könnte es tatsächlich auch Juttas Tasche sein. Lippenstift, Taschentücher, Kaugummis, Kulis, Haarspangen. Seltsam gewöhnlich für eine wie Danae.

Es ist ein komisches Gefühl, in den Sachen meiner Schwester herumzuwühlen. *Tu bloß nicht so, als wäre das was Neues für dich*, höre ich Danae spotten. Sie hat recht, und auf gewisse Weise sind wir uns ähnlich, denn auch ich würde eine Geldbörse niemals ganz offen aufbewahren. Der Reißverschluss zu dem Innenfach ist mit einer Futterstoffblende verdeckt. Selbst wenn Aino ihn gefunden hätte, wäre es ihr kaum gelungen, ihn mit ihren steifen Mumienfingern aufzunesteln. Ein leises Ratschen später halte ich ein glattes, graues Lederportemonnaie in der Hand. Und dazu eine Hochglanzkarte mit einem aufgedruckten Foto.

Natürlich habe ich die neue Frau meines Vaters schon einmal gesehen, damals auf dem Hochzeitsfoto. Auf diesem Bild hier wirkt Conny schlanker, ernster, und ihre schwarzen Locken sind hochgesteckt, als versuche sie, älter zu wirken. Ein wenig erinnert sie mit diesem Style an die junge Liz Taylor. Mein Vater hat den Arm um sie gelegt. Ich habe ihn wirklich lange nicht mehr gesehen. András Mátai hat sich verändert. Das Grau an den Schläfen ist weg, er hat nun ganz dunkel gefärbtes Haar, hängende Wangen, weil er abgenommen hat, und eine jugendliche Frisur, die offenbar mit Gel betoniert ist. Sogar die kleine helle Narbe an seiner rechten Schläfe, ein Doppelkratzer, den er sich noch zu meiner Zeit zugezogen hat, wirkt verwegen. Und er lächelt auf dem Bild stolz mit sehr weißen Zähnen. Vor ihm steht Connys Patenkind, Fabi-Irgendwas-Farblos. Die Attraktion ist das weißgekleidete Baby in Connys Armen. Ich kann mir denken, warum Danae die Karte ganz tief im Seitenfach vergraben hat. Sogar mir gibt es einen kleinen Stich, das neue Kind nun wirklich vor mir zu sehen. Klar, zwischen einer Existenz als Nebensatz aus Danaes Mund und einem Dasein im Taufkleidchen besteht nun mal ein Unterschied. Der Junge ist so alt wie Max Matzerath und ein dunkelhaariger Engel. Er hat runde, rote Wangen und strahlt mit zwei Vampirzähnen in die Kamera. Ich bin sicher, falls er überhaupt jemals schreit, bleiben die Gläser ganz. »Unser kleiner Sonnenschein Jonah-Marcel ist nun getauft!« steht in Goldschrift unter dem Idyll.

»Wer ist das?«, will Aino wissen.

»Niemand.« Ich stopfe die Karte wieder zurück ins Fach.

»Die Frau sah so aus wie du.«

»Viele sehen so aus wie ich.«

Ich zögere, Danaes Brieftasche aufzuklappen. Für meinen Geschmack war das genug Privatheit. Aber Danae bewahrt im Fotofach nur ein Passbild von Alex auf und natürlich ein Foto von Max, der am Daumen nuckelt und finster dreinblickt. Außerdem entdecke ich ein wohlbekanntes Foto mit weißem Riffelrand. Es stammt aus den späten Siebzigern, die

Hochglanzoberfläche ist aufgeplatzt, als hätte das glückliche Lachen meiner Mutter sie gesprengt. Sie umarmt Klein-Danae. Weit und breit kein Foto von mir. Irgendwie macht diese Tatsache es leichter, das Geldfach aufzuklappen. »Sieht so aus, als hätte ich rund dreihundert Euro«, sage ich zu Aino. »Suchen wir einen Parkplatz.«

*

Es ist noch früh, doch schon jetzt biegen Besucher des Angelsees in den sandigen Zufahrtsweg ein. Als eine ganze Anglerkolonne heranrumpelt, lege ich den Rückwärtsgang ein und fahre einen Bogen. Zweige kratzen über den Lack, dann sind wir sichtgeschützt. Vor uns Laub, hinter uns eine Baumgruppe und etwas Weißrotes, was zwischen dem Grün hindurchblitzt.

»Wir sollten das Auto mit Buschwerk und Zweigen abdecken«, schlägt Aino vor.

Ich schüttle den Kopf und wende fast lautlos auf dem Gras. »Dann können wir es auch gleich an der Straße abstellen. Wo Angler sind, sind auch Leute, die spazieren gehen. Spielende Kinder, Hunde, die herumstöbern. Ein Schrottauto fällt auf und wird sicher dem Besitzer des Geländes gemeldet. Und selbst wenn wir das Nummernschild im Forellensee versenken – wenn es darauf ankommt, sind die Kratzer am Wrack wie Fingerabdrücke.« *Versenken.* Ich muss an mein Handy denken. Keine Ortung.

»Wohin dann?«

Ich halte bei einer kleinen Baumgruppe. »Warte hier. Ich schaue mich um.«

Das ist das Gute am Panik-Modus: Andere haben Pläne, ich habe den Instinkt einer fliehenden Katze, die mit Sicherheit die Lücke in der Mauer findet. Es war nur eine Ahnung, aber sie hat mich nicht getrogen. Das Weißrote ist ein Schild, das an einer Kette hängt. *Betreten verboten.* Dahinter mischen sich Kies und Sand mit dem Gras, Wälle sind aufgetürmt, aber bereits wieder mit Gras überwachsen. Autoreifen liegen herum. Betontrümmer und verrostete Stangen. Ein Bagger steht am Rand des Wasserloches, die Metallzähne halb im Boden vergraben. Das scheint Projekt Anglersee II zu sein. Aber im Moment befindet es sich im Dornröschenschlaf. Eine Ackerwinde rankt sich malerisch an der Baggerschaufel hoch. Falls in diesem Wasserloch irgendetwas lebt, dann ernährt es sich von Dreck. Ein paar leere Plastikflaschen treiben am Uferrand. Und das Beste ist, dass man nicht bis zum Grund sehen kann.

»Du willst das Auto auf einem Schrottplatz stehenlassen?«, fragt Aino, als ich das Auto im Schritttempo über die gelöste Kette bugsiere. »Sehr originell.«

Ich lange an ihr vorbei ins Handschuhfach. Dort bewahrt Leon immer einen Schraubendreher auf. »Es ist eine Baustelle. Und die sieht nicht so aus, als würde in den nächsten Tagen jemand vorbeikommen. Steig aus.«

Ich häufe alles, was wir mitnehmen müssen, erst einmal auf den Rollstuhl. Die Nummernschilder schraube ich ab und verstaue sie in meinem Rucksack. Auch Suzanas Karton passt rein, wenn ich die Kleidung an die Seiten stopfe.

Aino sieht sich unbehaglich um, mit beiden Händen auf ihren Stock gestützt. »Wie kommen wir hier ohne Auto weg?«

»Hinter der Baustelle ist ein befestigter Weg, das müsste auch mit dem Rollstuhl gehen. Wir müssen es nur bis zur Straße schaffen, dann kümmere ich mich darum, dass jemand uns mitnimmt.«

Ich will schon einsteigen, aber Aino legt mir die Hand auf den Arm. »Vergiss deine Fotomappe unter dem Vordersitz nicht.«

Mir schießt das Blut in die Wangen. Es ist das zweite

Mal, dass ich nicht auf Kims Fotos aufgepasst habe. Aino beobachtet sehr scharf. Ich muss vorsichtig sein. Vielleicht nehme ich deshalb meine Kameratasche an mich. Es tut gut, ihr vertrautes Gewicht auf der Schulter zu spüren. »Halte Ausschau, ob du jemanden kommen siehst.«

Aino verzieht zweifelnd die Stirn. »Gut.« Es klingt eher wie eine Frage.

»Und, nur damit wir uns einig sind, Aino: Wir geben das Auto auf, richtig?«

Sie schaut mich noch zweifelnder an. »Richtig. Warum?«

Irgendwo hupt jemand, Rufe antworten, also spare ich mir eine Antwort und lenke das Auto im Schleichgang zum Wasser. Aino soll das Gelände im Auge behalten, aber immer wieder blickt sie nervös zu mir, während ich die Fenster runterlasse. Mein Jackett behindert mich, also ziehe ich es aus und werfe es in den Fußraum des Fahrersitzes. Einem Impuls folgend, zerre ich mir auch noch das neue graue Shirt über den Kopf und stehe nur noch in Jeans und Stretch-BH da. *Besser.* Es fühlt sich an wie eine Häutung. Mit offener Tür schiebe ich am Abhang an. Sterne tanzen vor meinen Augen, mein Kreislauf sackt fast ab, aber dann denke ich an Leon. An seine ausgebreiteten Arme. *Sieh es als Symbol für deine Zukunft mit Leon*, hallt mir Ainos gemeiner Spruch in den Ohren. Ich beiße die Zähne zusammen. Und dann ist es plötzlich ganz leicht. Die Räder flüstern auf dem Kies, der Astra kommt in Fahrt. Wie aus weiter Ferne höre ich Ainos erschrockenen Kiekser. Die Baggerkante ist steil, ich hoffe, das Auto wird nicht aufsetzen und hängenbleiben. Aber dann entgleitet mir meine Zukunft, rollt mühelos die Schräge hinunter, schranzt Schnauze voran mit einer Bugwelle in das Wasser und treibt und dümpelt dann, umtanzt von leeren Flaschen. Es kommt mir vor wie eine Ewigkeit, bis das Wasser endlich grünschlammig und schäumend in die vorderen Fenster läuft. Das Jackett treibt nach oben und sinkt wieder ab, als es sich vollsaugt. Dann hebt unsere TÜV-Titanic das Heck zum Himmel und versinkt in ihrem nassen Grab.

»Yippie-ya-yeah, Schweinebacke!«, sage ich in die Stille.

Als ich mich zu Aino umdrehe, stützt sie sich mit Schlagseite schwer auf die Lehne des bepackten Rollstuhls und starrt mich mit offenem Mund und Zitterkinn an. Ich wette, wenn sie könnte, würde sie sich umdrehen und laufen, so weit die Füße tragen.

»Ich hatte dich gefragt«, sage ich und hebe meine Kameratasche vom Boden auf.

Aino sieht mir mit weit aufgerissenen Augen dabei zu, wie ich mich mit einem frischen T-Shirt und meiner roten Jacke wieder in mich selbst verwandle. Sie ist bleich, und die Rose hüpft regelrecht auf ihrer Brust.

»Nun ja«, sagt sie schließlich mit brüchiger Stimme. »Aber wenigstens hältst du ja deine Versprechen.«

*

Es ist nicht so einfach, wie ich gedacht hatte. Ich wusste nämlich nicht, wie hilflos man sich ohne Handy fühlen kann. Als wir endlich mit Hilfe zweier Studenten in einem klapprigen Kombi in Travemünde ankommen, ist es schon nach Mittag. Wir sitzen in einem Café, unser Gepäck unter den Tisch geschoben, beide sind wir erschöpft und mit den Nerven am Ende. Aino scheint süchtig nach Cola zu sein, sie hat schon zum dritten Mal nachbestellt. Es scheint sie zu beruhigen, wacher macht das Getränk sie allerdings nicht.

In der Ferne erhebt sich vor der Lübecker Bucht wie ein spiegelnder Monolith ein Hotelhochhaus. Möwenschreie hallen über den Dächern von Klinkerhäusern, begleitet von den gerufenen Bestellungen der Bedienung in Richtung Küche. Zumindest gehen wir in der Menge unter, das Ostseeheilbad lässt grüßen, Ainos Rollstuhl ist einer unter vielen. Auf dem Tisch liegt ein Werbeflyer, den ein Gast hier vergessen hat: *Seniorenwohnanlagen Rosenhof*. Das Café hat tatsächlich noch ein fast antikes Münztelefon neben den Toiletten aufgehängt. Ich habe mir das zerfledderte Telefonbuch geschnappt und Adressen zusammengesucht, die Aino um jeden Preis alleine abklappern will. Pfandleihe, Juweliergeschäfte (an erster Stelle das eine mit dem russischen Inhabernamen) und außerdem den Drogeriemarkt um die Ecke.

»Ich bringe dich bis zur Pfandleihe, dann trennen wir uns«, sage ich. »Ich kümmere mich im Internetcafé um die Abfahrtszeiten der Fähre. In einer Stunde treffen wir uns wieder. Genau hier. Schaffst du das?«

Aino ist blass und müde, aber sie nickt.

»Falls nicht, stell dich in eine ruhige Ecke in einem der Geschäfte und warte. Ich finde dich.«

»Sieh zu, dass *du* rechtzeitig wieder da bist«, entgegnet sie nur.

Es ist ein seltsames Gefühl, sie bei der Pfandleihe zurückzulassen. Aber als ich vor der Tür zögere, scheucht Aino mich mit einem ungeduldigen Wink weg.

Das Internetcafé ist eine Mischung aus Spielkasino und Bistro, es gibt nur zwei Plätze an den Monitoren. Der Klick ins Internet ist wie der erste Schluck Wasser nach einem Wüstenmarsch. Eintauchen in die Zivilisation. In Windeseile klicke ich meine Standardseiten durch. Meikes Facebookprofil. Das Jugendhaus. Und dann kann ich nicht widerstehen und schaue doch auf Leons Seite. Ich bin nicht dumm genug, um mich jetzt selbst einzuloggen, aber das brauche ich auch nicht. Leon hat ziemlich viel von seiner Seite freigegeben. Auch so erkenne ich, dass er seit gestern keinen einzigen neuen Eintrag gepostet hat. Mir wird ganz flau zumute. Wenn Leon sein Leben nicht online kommentiert, muss wirklich Chaos herrschen. Mit fahrigen Fingern rufe ich noch den Mail-Account auf, den ich nur für Nyagi angelegt habe. Das ist unser Schwarzmarktkanal. Keine neue Nachricht.

Hallo, Nyagi. Habe gesehen, du wolltest mich anrufen. Ich bin für ein paar Tage unterwegs. Dringende Familienangelegenheit im ...

Na ja, schaden kann es nicht.

... Süden Deutschlands. Die Nachbestellungen sind fertig, liegen im Studiozimmer im Fach A. Ist alles sehr kurzfristig, ich weiß, sorry. Sag niemandem, dass ich dich kontaktiert habe, auch Leon nicht, falls er bei dir aufkreuzt und fragt. Ich erkläre es dir, sobald ich zurück bin. Kann dauern. Ist etwas kompliziert. Bis dann. Vankanten.

Noch während ich auf Senden drücke, frage ich mich, ob das eine gute Idee war. Schließlich lassen sich auch Mails zurückverfolgen. Andererseits: Warum sollte die Polizei das tun? So wichtig ist der Fall sicher nicht. Ich habe ja schließlich keinen Mord begangen. Und wie ich Nyagi kenne, müsste man ihm sogar die Information, dass er mich überhaupt kennt, auch ohne Schweigegebot aus seinen toten Fingern kratzen. Es hat Vorteile, auch als Beschäftigter ein Nischenleben zu führen.

*

Aino hat es tatsächlich in der einen Stunde geschafft, aber als ich das Café betrete, hätte ich sie beinahe nicht erkannt. Haare machen viel aus. Und wenn sie – wie in diesem Fall – schwarz und glänzend sind, verwandeln sie eine alte Frau in eine exzentrische oder sehr verspulte Witwe. *Dark blossom* steht auf dem Preisschild, das vom Rand der Perücke hängt und wie ein langer Ohrring auf Ainos Schulter aufliegt.

»Was soll das werden, Aino?«

»Tarnung«, antwortet sie ruhig. »Und das hier auch.«

Sie setzt sich eine Sonnenbrille auf. Jackie Onassis lässt grüßen.

»Ist das dein Ernst? Du siehst aus, als würdest du zu einer Halloweenparty gehen.«

Aino verzieht beleidigt den Mund. »Zumindest sehe ich nicht mehr aus wie ich selbst«, erwidert sie streng. »Und nur darauf kommt es an. Der Rest interessiert keinen.«

Auf ihren Wink hin schaue ich mich im Café um. Sie hat recht. Niemand beachtet uns. Und draußen bei den Kännchen sitzen nicht weniger als drei fliedergetönte Milka-Omis mit ondulierten Löckchenbergen. Im Vergleich zu ihnen wirkt Aino wie die Natürlichkeit in Person. Zum ersten Mal wird mir klar, wie ich selbst alte Menschen betrachte. Als selbstverständlich nämlich, so künstlich Farben und Formen auch sein mögen. Die Milka-Damen könnten sich auch rote Clownsnasen ins Gesicht klemmen, ich würde es akzeptieren. Keine Ahnung, was das über mich aussagt, aber ich fürchte, nichts Gutes.

»Wie viel hast du für das Schmuckgold bekommen?«

»Nicht so viel, wie ich gehofft habe, aber fürs Erste genug.«

»Hoffentlich. Die Fahrkarten sind nämlich kaum billiger als Flugtickets.«

Ich breite die Ausdrucke auf dem Tisch aus. »Online sind nur noch wenige Kabinen verfügbar. Auf der Homepage steht nicht, ob man last minute direkt buchen kann. Bei der Onlinebuchung wollen sie Kreditkartennummern haben und natürlich alle Daten von Adresse bis Kinderkrankheiten. Wir kommen also nicht darum herum, uns preiszugeben. Die nächste Fähre legt außerdem heute erst nach Mitternacht ab. Wir müssen aber so schnell wie möglich hier weg. Und deshalb …« Ich hole Luft und zücke den Ausdruck mit Plan B. »… habe ich einen besseren Vorschlag. Bei Finnair ist die nächste Maschine noch halb leer, und wir bekommen die Tickets problemlos am Flughafen. Mit dem Zug sind wir in einer guten halben Stunde in Hamburg. Um vier Uhr geht von dort der Flug nach Helsinki, das schaffen wir. Dann sind wir heute Abend schon in Finnland und können untertauchen.«

»Ich kann nicht fliegen.«

»Warum nicht?«

»Herrgott, weil meine Lunge da oben explodiert! Ist dir etwa noch nicht aufgefallen, dass ich alle paar Stunden ein Spray nehmen muss? Über den Wolken ersticke ich wie ein Fisch im Sandkasten.«

»Das ist doch Unsinn.«

Aino bekommt schlagartig rote Flecken auf den Wangen und drückt ihre Tasche an sich. »Ist es das?«, erwidert sie frostig.

»Überleg doch mal, Aino. Wir müssten noch bis heute Nacht hier ausharren. Und ob wir im Schiff oder im Flugzeug unterwegs sind – wir müssen auf jeden Fall unsere Pässe vorzeigen. Aber im Flieger hätten wir zehn Stunden Vorsprung nach Finnland …«

»Jetzt mach mal schön die Ohren auf, Hasenkopf«, unterbricht mich Aino barsch. »Ich habe mehr als hundert Luftangriffe überlebt. Den ersten im Winterkrieg, als die russischen Kampfpiloten uns einzeln auf den Straßen von Helsinki jagten wie die Figuren in diesen dämlichen Computerspielen, die meine Enkel so lustig finden. Leider war das Realität.«

O Gott. Flashback, die Zweite. Und Aino redet sich gerade erst in Rage.

»Willst du wissen, wie es ist, wenn direkt über einem der Tod über den Himmel donnert? Ja? Soll ich dir davon erzählen, wie es ist, selbst die Spielfigur zu sein? In allen Einzelheiten, bis du dir schon beim Geräusch von Flugzeugmotoren genauso in die Hosen machst wie ich? Und dann frage mich noch mal, ob ich in so ein Ding einsteigen will!«

»Schon gut, schon gut«, lenke ich hastig ein. »Mitternachtsfähre.«

WEISSE WALE

Wir haben es geschafft, es ist spätabends, und wir sind auf dem Terminalgelände. Schon aus der Ferne sehen wir die Fähre im gelben Flutlicht leuchten, ein weißer Wal mit Ultramarinbauch, der sich gerade im Rückwärtsgang auf ein eckiges blaues Stahltor an der Anlegestelle zuschiebt. Ameisenmenschen in Warnwesten laufen geschäftig vor ihm herum.

Das Terminalbüro liegt auf der anderen Seite des Parkplatzes. Vor dem Nachthimmel leuchtet das gläserne Gebäude so hell wie eine gigantische Salzlampe. Aino und ich sollten uns beeilen, aber wir rühren uns beide nicht vom Fleck.

»Wie du schon sagtest: Wir kommen nicht aufs Schiff, ohne unsere Pässe zu zeigen«, sagt Aino schließlich. »Noch kannst du verschwinden. Von hier aus schaffe ich es vielleicht doch alleine.«

Das Angebot ehrt sie. Aber wohin sollte ich verschwinden? In den Untergrund von Nyagis Porträtstudio? Ich fasse die Griffe ihres Rollstuhls fester. »Schon in Ordnung, Aino.«

Sie räuspert sich nervös. »Und was, wenn sie uns erwischen?«

»Dann laufen wir!«

Aino schaut mich verdutzt über die Schulter an und stößt dann ein heiseres Lachen aus.

Wir überqueren die mit Markierungslinien verzierte Betonwüste, der Rollstuhl kreuzt Parkmarkierungen und Stopp-Schrift. Eine Familie überholt uns im Trolleygalopp, die zwei Teenager-Kinder drehen sich zu uns um und kichern. Ich hoffe, nicht über Ainos Perücke.

Das Terminalgebäude erinnert an einen Flughafen. Duty-free-Shops haben noch geöffnet. In Bistros warten Reisende in dichten Trauben vor ihren Kaffeebechern. Der Schalter, zu dem wir müssen, befindet sich in einem der oberen Stockwerke, hinter einer Vollglasfront. Dahinter drängen sich wie in einem Aquarium schon Schwärme von Reisenden.

Aino stoppt vor der Tür. »Ich warte hier. Nimm die billigste Kabine. Wir brauchen noch Geld für das Hotel.«

In den Wartebereichen biegen sich vollbesetzte Bänke unter dem Gepäck, auch auf dem Boden sitzen Reisende, die Rucksäcke zwischen die Knie geklemmt. Gesichter wenden sich mir zu. Ich werde taxiert, eingeordnet und sofort wieder vergessen. Ein junges Paar in lässigem Backpacker-Look fällt mir auf, vielleicht Geschwister. Beide sind höchstens achtzehn, tragen die gleichen Shorts und haben blasse Beine und karottenfarbene Sommersprossen. Sie kaut mit offenem Mund Kaugummi, wobei ihr Zungenpiercing immer wieder aufblitzt.

Ich werde nervös, während ich auf die Theke zugehe. Einige der Wartenden starren auf einen Fernseher, der knapp über Tinnitusschwelle läuft. Mitternachtsnachrichten. Es ist übertrieben, aber bei jedem neuen Beitrag erwarte ich, mein eigenes Gesicht zu sehen. *Diese Frau entführte mit Gewalt eine behinderte, verwirrte Rentnerin. Sie sind in einem gestohlenen Auto unterwegs. Hinweise an die Polizei …*

Ich schaue mich nach Aino um. Sie hat ihren Posten auf der anderen Seite der Glasscheibe bezogen wie der wartende Fahrer eines Fluchtwagens, bepackt mit unseren Taschen und Einkaufstüten.

Die Mitarbeiterin am Schalter könnte als Schwester von Angelina Jolie durchgehen. Sie heißt Frau Hammerschmitt, wie ihr Namensschild verrät.

»Sie checken ein?«

»Nein, ich ... will eine Kabine buchen.«

Frau Hammerschmitt hat ein Delphinlächeln, freundlich, aber starr. Obwohl sie fragend die Stirn runzelt, bleibt es unverändert. »Sie meinen, Sie haben noch keine Buchungsbestätigung?«

»Nein, aber Ihr Kollege sagte mir am Telefon, ich könne verfügbare Plätze auch direkt hier noch buchen. Nur Hinfahrt. So günstig wie möglich.«

»Das Einschiffen hat schon begonnen.« Sie deutet nach draußen. Autos fahren nun in Kolonnen vor, werden durch das Metalltor zu dem weißen Wal dirigiert.

»Ja, ich weiß, aber es ging nicht früher. Ihr Kollege sagte heute Nachmittag, es wären noch Kabinen verfügbar. Können Sie wenigstens nachschauen?«

Gibt es extra Schulungen für »Zweifelndes Schauen für Servicemitarbeiter«?

»Natürlich, aber ich kann nichts versprechen.« Endloses Tastatur-Klickern. Hinter mir Unruhe unter den Wartenden. Die ersten stehen auf, schultern ihr Gepäck.

»Ich habe hier die Information, dass die Fähre so gut wie ausgebucht ist«, sagt Frau Hammerschmitt. »Als günstigste Möglichkeit könnte ich Ihnen noch eine Ruheliege anbieten. Diese Sitzgelegenheit mit zurückklappbarer Rückenlehne ist im Personenpreis von 135 Euro mit inbegriffen. Das heißt aber, Sie verbringen die Nacht in einem Gemeinschaftsraum – und es ist kein Bett.«

»Ich brauche Tickets für zwei Personen. Und ... eine Kabine mit Betten. Zumindest ein Bett.«

Ich lenke ihren Blick auf Aino. Flipper Hammerschmitts Brauen rutschen noch höher.

»Lässt sich nicht irgendetwas machen, Frau Hammerschmitt?«, frage ich leise. »Wir müssen unbedingt diese Fähre nehmen. Plötzlicher Todesfall in der Familie. Die Beerdigung ist schon übermorgen. Und meine ... Großmutter kann aus gesundheitlichen Gründen nicht fliegen. Aber sie hat ihren Bruder sehr geliebt.«

Aino merkt nicht, dass wir sie betrachten. Sie setzt gerade ihre Sonnenbrille auf. Vielleicht hält sie es für eine gute Tarnung, wahrscheinlicher ist allerdings, dass das grelle Licht sie nervt. Jetzt sieht sie aus wie eine griechische Witwe, die ihre rotgeweinten Augen verbergen will.

Wieder einmal bestätigt es sich: Bilder sind stärker als Worte.

Frau Hammerschmitt klemmt die Unterlippe zwischen die Zähne und beginnt fest entschlossen auf der Tastatur herumzuhämmern. Fürs Erste entspanne ich mich.

Hinter der Servicetheke hängt ein Reklameposter in maximaler Farbsättigung an der Wand. Diesem Bild nach zu urteilen, ist Finnland eine Mischung aus Karibik und Auenland ohne Hobbits, dafür mit blonden Elben (die mich trotz ihrer Wollpullover unangenehm an Leons Avatar erinnern). Mühsam versuche ich mein Halbwissen über Finnland zusammenzukratzen. Mal sehen: Finnen betrinken sich, und wenn sie nicht trinken, sitzen sie in der Sauna. Oder sie tragen Zombiemasken, machen Metal-Musik und gewinnen damit auch noch beim Eurovision Song Contest. Schemenhaft erinnere ich mich auch an den alten Episodenfilm, der an irgendeinem Sonntagnachmittag im Jugendzentrum lief. Es ging um Taxifahrer, eine der fünf Kurzstorys spielte in Helsinki. Das war die, in der nichts geschah, außer dass depressive, betrunkene Männer von einem traurigen Fahrer nach Hause kutschiert wurden. In einer düsteren, einsamen Nacht. Durch meterhohen Schnee. Irgendwo habe ich etwas darüber gelesen, dass Finnland die höchste Selbstmordrate der Welt hat, was vielleicht an der Dunkelheit liegt, vielleicht aber auch an einem Schwermut-und-Verzweiflungsgen. *Vielleicht passe ich ja genau dorthin.*

»Oh, ich habe tatsächlich noch eine Kabine für Sie!« Frau Hammerschmitt freut sich wirklich. Verstohlen hebe ich unter der Thekenlinie den Daumen und signalisiere Aino, dass wir drin sind.

»Es gab eine sehr kurzfristige Stornierung für eine AB4, sie ist im System nur noch nicht wieder freigegeben. Allerdings ist das eine Kombikabine mit vier Betten.«

»Wieso ›allerdings‹?«

»Nun, das ist schon die hochpreisigere Kategorie. Und außerdem ist das Bad zwar recht geräumig, aber für Rollstuhlfahrer ...«

»Das ist kein Problem.«

»Verstehe. Aber damit kämen Sie für beide Tickets plus die Personenpauschalen auf insgesamt ...« Klickern. »560 Euro.«

»Das ist in Ordnung.« Nichts ist in Ordnung. Ab jetzt leben wir ganz offiziell von Raubgeld. Thelma und Louise.

»Gut. Sie müssten mir dann einen Fragebogen ausfüllen – Ihre Großmutter müssen wir wegen der gesonderten Seerettungsbedingungen für Behinderte separat einstufen. Und ich bräuchte bitte Ihre Ausweise.«

Ich sprinte nach draußen, wo Aino schon ungeduldig wartet. Sie hatte offenbar mehr Vertrauen in unser Glück als ich, denn sie hat ihren Ausweis schon in der Hand und streckt ihn mir sofort hin.

Ich dagegen zögere, bevor ich mich dazu überwinden kann, unsere Ausweise über die Theke zu schieben. Falls die Kuznetsows wirklich eine Vermisstenanzeige ins Rollen gebracht haben und Merles Mama mich angezeigt hat, ist alles, was wir ab jetzt machen, keine kopflose Blackout-Aktion mehr, sondern Flucht vor der Polizei. Aber die Alternative ist noch weniger verlockend.

Frau Hammerschmitt nimmt zuerst meine Daten auf. Ich habe also genug Zeit, Ainos Ausweis zu betrachten, der neben ihrer Tastatur liegt. Als ich den Namen lese, bricht mir der kalte Schweiß aus. Da steht nicht: Aino Kuznetsow. Da steht: Helga Roos.

Zumindest begreife ich jetzt, warum Aino darauf bestanden hat, diese schaurige Perücke aufzusetzen. Und warum sie draußen in sicherer Entfernung wartet und mitten in der Nacht eine Sonnenbrille trägt.

Die Frau auf dem Ausweis hat schwarzgefärbtes Haar und genau diese Frisur. Das ist aber auch die einzige Ähnlichkeit. Jedem, der das Passfoto aus der Nähe mit Aino vergleicht, wird Helgas faltenarmes Mondgesicht auffallen und die Tatsache, dass sie braune Augen hat, nicht blaue. Außerdem ist Helga Roos siebzig Jahre alt, nicht fünfundachtzig wie Aino. Der Ausweis ist vor neun Jahren ausgestellt worden, auf dem Foto war Helga also um die sechzig.

Frau Hammerschmitt studiert unsere Pässe, als würde sie jede Nummer auswendig lernen. Hat sie nicht einen misstrauischen Zug am Rande ihres Lächelns?

Ablenken! »Mein Großonkel lebte in Helsinki«, sage ich im Plauderton. »Er hatte eine Finnin geheiratet. Oma wollte ihren kleinen Bruder immer besuchen, aber es wurde nie etwas daraus. Sie haben sich seit über zwanzig Jahren nicht gesehen. Tja, und jetzt hatte er ganz plötzlich einen Herzinfarkt. Fiel einfach um. Sie ist am Boden zerstört und macht sich Vorwürfe.«

»Das tut mir leid«, sagt sie abwesend. Es beunruhigt mich, dass ihr Lächeln verschwunden ist.

Und wie lange braucht man, um zwei Tickets aus dem Drucker zu lassen? Je konzentrierter Frau Hammerschmitt auf unsere Pässe und dann in den Computer starrt, als würde sie Phantombilder vergleichen, desto sicherer bin ich, dass sie nur Zeit schindet. Handys dudeln nervtötende Klingelmelodien. Drinnen und auch draußen im Gastrobereich stehen die Reisenden nun, als würden sie auf den Startschuss zu einem Gepäckmarsch warten. Das Mädchen schenkt mir ein aufmunterndes Kaugummilächeln.

»Zahlen Sie mit Karte?«, fragt Flipper Hammerschmitt. Ich hoffe, sie hört den Felsbrocken nicht von meinem Herzen poltern.

»Nein, bar.« Ich leihe mir ihr starres Lächeln, während ich ihr die zerknitterten Geldscheine hinblättere.

»So, bitte! Das sind Ihre Buchungsbestätigungen. Damit gehen Sie dann zur Abfertigung. Dort erhalten Sie Ihre Bordkarten. Nach der Zollkontrolle wird der Shuttle-Bus Sie vom Terminal zum Schiff bringen. Mit dem Rollstuhl warten Sie bitte, bis alle eingestiegen sind, unser Mitarbeiter wird sich dann um Sie kümmern. Eine gute Reise wünsche ich Ihnen – also … ich meine … trotz der traurigen Umstände.«

»Danke.« Das kommt aus vollem Herzen.

Mit weichen Knien wandere ich zu Aino nach draußen.

»Wer ist Helga Roos?«, zische ich ihr zu.

»Eine Dame aus meinem Altenheim, warum?«

»Wie kommst du bitte schön an ihren Ausweis? Hast du ihn auch gestohlen?«

Aino winkt ab. »Ach was. Sie ist tot.«

Es muss an meinen gereizten Nerven liegen, aber im Geiste sehe ich Aino vor mir, wie sie ein Kissen auf Helgas Gesicht drückt.

»Reg dich nicht auf«, sagt Aino. »Sie ist vor einer Woche an einer Embolie gestorben. Ihr Pass lag bei den Sachen, die ihr gehört haben. Er nützt niemandem mehr. Sie hatte Alzheimer, wusste gar nicht mehr, wie sie hieß. Aber mich mochte sie, weil ich Russisch sprechen konnte.« Sie seufzt. »Sie hatte ihr Deutsch vergessen und verstand nur noch die Sprache, die sie als Kind gesprochen hatte. Bei manchen Alten ist das so. Sie gehen Stück für Stück, und ihre Erinnerung fällt zusammen wie ein Gebäude. Das, was als Letztes draufgesetzt wurde, geht als Erstes. Nur ein bisschen Fundament war noch da. Zuletzt haben wir zusammen immer dasselbe russische Kinderlied gesungen.« Aino fährt mit dem Zeigefingerknöchel verstohlen unter den Brillenrand. »Helga hätte mir den Ausweis gegeben, verstehst du? Sie war jünger als ich. Und jetzt ist sie tot. Armes Stück Leben.«

Ich schäme mich abgrundtief für die Kissen-Phantasie. »*Röschen ist tot.*« Das hatte Aino bei der Familienfeier gesagt. Sie trägt tatsächlich Trauer. Ich berühre ihre Schulter, aber sie versteift sich sofort und schiebt meine Hand weg. Dennoch habe ich das unterdrückte Schniefen und das nervöse Beben eines zu schnellen Atemzugs gespürt.

»Weißt du, in dem Heim ist es wie in Familien«, sagt sie dann betont schroff. »Die eine Hälfte besteht aus Trotteln und die andere aus Dementen. Und mir sind die Dementen lieber. Komm!«

*

Der Shuttle-Bus hält mit einem Zischen neben dem Terminal. Bewegung kommt in die Schlange.

Pfefferminzatem streift mich von der Seite.

Das Backpacker-Mädchen stellt seinen Rucksack neben dem Rollstuhl ab. »Ist das deine Oma?«

»Ja, das bin ich«, antwortet Aino an meiner Stelle.

»Cool, dass du mit deiner Oma in Urlaub fährst«, sagt das Mädchen anerkennend. Zu mir, nicht zu Aino. *Cool, dass du mich so plump vertraulich von der Seite anquatschst*, hätte ich beinahe geantwortet.

»Ich bin auch froh, dass sie mich begleitet«, sagt Aino. »Das ist nämlich die letzte Reise meines Lebens.« Sie klopft sich vielsagend auf die Brust und hustet wie die schwindsüchtige Kameliendame.

Das Mädchen blinzelt irritiert. »Oh, wirklich?«, sagt es

über Ainos Kopf hinweg zu mir. »Ähm, also das tut mir *sehr, sehr* leid.« Sie nickt bei jedem gedehnten *sehr*.

Aino winkt ab. »Ach, weißt du, ich bin dankbar, dass ich sie überhaupt noch erlebe. Danke Gott dem Herrn, mein Kind, dass du gesund bist. Danke ihm jeden Tag.« Das Mädchen sieht mich hilfesuchend an, aber ich zucke nur mit den Schultern. *Tja, das hast du jetzt davon.* Die Stille wird peinlich. Aino starrt das Mädchen an, als würde sie auf eine Antwort warten. Das Mädchen schluckt und betrachtet nervös Ainos Haar. In diesem Licht sieht man deutlich, dass *Dark blossom* eine Perücke ist, zu barbiehaft ist der Glanz. Das Mädchen scheint erleichtert zu sein, zumindest das passende Puzzleteil entdeckt zu haben. Wieder wendet sie sich mir zu, als wäre Aino schon gestorben. »Ist es Krebs?«, flüstert sie mit Betroffenheitsstirn.

»Schön wär's«, antwortet Aino und hustet noch einmal, diesmal direkt auf den Rucksack. »Bei Krebs kriegst du wenigstens Drogen. Mit dieser verdammten Tuberkulose verreckst du bei vollem Bewusstsein.«

»Spinnst du? Fehlt nur noch, dass sie jemanden informiert«, raune ich ihr zu, als ich sie mit hochrotem Kopf über die Rollstuhlrampe schiebe.

»Soll sie doch«, gibt Aino zurück. »Ich bin doch nur die brabbelnde Alte, und auf meinem Inhalator steht Asthmaspray.«

Es klingt nicht bitter, nur genervt. Und trotz aller Nervosität muss ich ein Lachen unterdrücken: Alle, die Ainos Kommentar verstanden haben, drängen sich im vorderen Busteil wie Pinguine auf einer zu schmalen Scholle. Nur die ahnungslosen finnischen Passagiere stehen bei uns im hinteren Busteil. Zeit für ein heimliches Foto. Von den Pinguinen, aber vor allem von uns. In der Busscheibe sehe ich nämlich Aino und mich. Es ist ein skurriles Bild, denn in der Spiegelung, die in der Unschärfe eine Art Weichzeichner bildet, sehen wir zwei aus wie eine Vorher-Nachher-Montage. Eine junge Frau mit den hellwachen Augen einer Fliehenden. Und im Rollstuhl, zusammengesunken und klapperdürr, dasselbe Modell über fünfzig Jahre später, mit dem gleichen dunklen Haar und immer noch demselben Ausdruck in den Augen.

*

Wären wir Bonnie & Clyde, könnten wir locker unsere Knarren auf die Fähre schmuggeln. Aino ist zwar so nervös, dass sie ständig hüstelt, aber am Checkpoint hat niemand unser Gepäck oder die Ausweise kontrolliert. Und auch der Kontrolleur an Bord hat keine Ambitionen, in der Unterwäsche alter Damen nach Bomben zu suchen. Es ist, als hätten wir einfach nur ein schwimmendes Hotel betreten. Schon wenige Minuten nach der Einschiffung schiebe ich den Rollstuhl über schnurgerade, mit braunem Teppich ausgelegte Flure an mindestens hundert Kabinentüren vorbei. Das ist wirklich wie im Hotel. Irgendein Teil von mir erwartet, jeden Moment Marten und Mattis in ihren blauweißen Jogginganzügen als geisterhafte Shining-Zwillinge auftauchen zu sehen.

Die Kabine erinnert mich im ersten Moment an das Innere eines Schrankes. Fensterlos, eng und eckig, mit dunklem Holz getäfelt. Der Rollstuhl füllt den Gang zwischen den Etagenbetten komplett aus, also wuchtet Aino ihre Tasche auf das rechte untere Bett und steht auf. Ich drehe den Rollstuhl im Flur um und parke ihn Rückseite voran zwischen den Betten am Nachttisch. Die Tür ist so schwer wie die eines Panzerschranks und fällt mit einem Schnappen zu. Dann sind wir allein mit einer diskreten Klimaanlage. Überlaut raschelt meine Jacke beim Ausziehen. Überlaut ist auch das Geräusch von Gegenständen, die sich in Suzanas Kiste verschieben, als ich sie unter das Bett schubse.

»Hast du reingeschaut?«, fragt Aino.

»Nein.«

In dieser summenden Stille bilde ich mir sogar ein, ihre Gedanken zu hören, aber heute weiß ich nicht, wer von uns beiden mich Feigling nennt.

»Wir sollten noch eine Abmachung treffen«, schlägt Aino vor. »Ich fasse dein Gepäck nicht an. Und du lässt die Finger von meinen Sachen.«

»Erstens: Das versteht sich von selbst. Und zweitens: Ich bin nicht diejenige, die in fremden Fotomappen herumschnüffelt!«

»Nein, du bist schlimmer. Du bist ein *häjy*.«

»Beleidigst du mich gerade auf Finnisch?«

Aino schnaubt nur. Aber diesmal ist es so etwas wie ein Lachen.

Ich hole meinen Kulturbeutel hervor und reiße die Tür zum Bad auf. Jetzt weiß ich, was Frau Hammerschmitt meinte. Der Rollstuhl passt hier nicht einmal durch die Tür, und die Schwelle zur Dusche ist für Aino garantiert zu hoch. Sie schluckt sichtlich. Zum ersten Mal wird uns wohl beiden bewusst, dass unser Sicherheitsabstand gefährdet sein könnte. Ich helfe alten Frauen gerne, ihre Einkaufstaschen die Treppen hochzutragen. Aber das hier ist etwas völlig anderes.

»Kommst du in diesem Badezimmer alleine klar?« *Bitte sag ja.*

»Was glaubst du wohl?«, schnappt sie. »Geh, mach dich fertig.«

Ich dusche sehr lange – wie immer von brühheiß zu eisig, bis meine Haut eine einzige taube Fläche ist. Ich bin so fahrig, dass ich mir Ellenbogen und Knie stoße, als ich in das Schlaf-T-Shirt und die Jogginghose schlüpfe. Neue Kleidung, die dafür gedacht war, bei Leons Familie zu übernachten und jemandem zufällig im Flur zu begegnen, verlegen lächelnd »Guten Morgen« murmelnd. Eine Ewigkeit sitze ich noch auf dem Toilettendeckel. Aber irgendwann kann ich mich nicht länger im Bad verstecken.

Doch als ich mich durch die schmale Tür wieder in die Kabine winde, ist Aino schon im Bett, und ihre Kleider liegen säuberlich gefaltet auf dem Rollstuhl. Sie hat das Gesicht zur Wand gedreht. Ihr dünner Arm, der über der Tasche liegt, ragt aus dem Ärmel eines taubenblauen Flanellnachthemds.

»Willst du nicht ins Bad?«

»Sehe ich so aus, Schlaukopf?«, kommt es bissig zurück. »Ich bin müde.«

Sollte ich mich schlecht fühlen, weil ich so erleichtert bin?

Draußen auf dem Flur rumpeln noch eine Ewigkeit Koffer vorbei. Kabinentüren knallen zu. Aino tut nur so, als würde sie schlafen, aber ich kann erkennen, wie sie sich an ihre Tasche klammert.

Ich habe meine Fototasche ans Fußende des Bettes gestellt. Wenn ich das Bein bewege, kann ich sie spüren. Auf einer der Speicherkarten sind noch Bilder von Leon und seiner Wohnung. Scherben bringen Glück? *Träum weiter.* Ich lösche das Licht.

»*Hyvää yötä*«, murmelt Aino.

»Heißt das gute Nacht?«

»Ja.«

»Aino?«, frage ich nach einer Weile in die Dunkelheit. »Was heißt: Ich habe kein Zuhause?«

»*En ole mistään kotoisin.* Und jetzt schlaf!«

Aber ich warte. Ainos angestrengter Atem klingt wie das leise Rasseln eines Rainmakers, schwillt an, ebbt ab, in hypnotischer Regelmäßigkeit. Manchmal hüstelt sie. Erst als ich sicher bin, dass sie tief schläft, greife ich unter das Bett, ertaste den Deckel des Kartons, ziehe ihn ein Stück hervor. Hier, in der absoluten Dunkelheit, fühle ich mich mutig genug. Meine Finger können die rauen Stellen ertasten, wo die Wachsmalkreide längst zu hartem Sediment geworden ist. Die Klebestreifen lösen sich dank Hilke Schmitt wie von selbst, aber der Deckelrand gibt nur mit viel Druck nach. Meine alte Schwimmbrille erkenne ich sofort. Das Gummiband ist in mehr als zwanzig Jahren hart geworden. Und dann ertaste ich auch noch einen Plastikwürfel. Danaes *Rubik's Cube* Zauberwürfel. Den hatte ich ja völlig vergessen! Die Schwärze ist eine Leinwand, auf der nun Danae flackert, zwölf Jahre alt auf dem Balkon in der Lilienallee. Es klackert, als sie den Würfel dreht und mühelos, wie durch Zauberhand, Farbflächen entstehen.

Plastik knistert zwischen meinen Fingern, irgendein Tütchen liegt in der Kiste, und dann, wie ich befürchtet hatte: Fotos. Vor allem ein Foto. Es ist nicht seidenmatt und nicht im Format der Familienbilder, die Suzana von sich und mir machen ließ. Dafür ist es zu groß, und außerdem auf Hochglanzpapier abgezogen. Ich halte die Luft an, während mein Zeigefinger über ein paar raue, runde Stellen auf der glatten Oberfläche streift. Die Brailleschrift aus Wasserflecken, die mir zeigt, dass es *dieses Bild* ist. *O Gott, Suzana, das tust du mir nicht wirklich an!*

Ich ziehe meine Hand zurück und drücke den Deckel so fest auf den Karton, dass er ächzt.

*

»Mach die Augen auf!«

Ich bin nicht sicher, ob ich die Worte wirklich höre oder nur träume. Aber ganz sicher bin ich, dass es Suzanas Flüstern ist. An meinem Ohr kitzelt ihr Atem, stoßweise und wütend. Als ich die Lider so weit aufreiße, dass Sterne vor meinen Augen tanzen, bin ich erleichtert. Ich bin auf der Fähre. Die Schwärze der Kabine löscht jeden möglichen Anblick aus. Aber ich nehme wahr! *Ihren* Duft und Fingerspitzen, die mir vorsichtig, als wolle sie mich nicht wecken, die verschwitzten Locken aus der Stirn streichen. Ich weiß, dass *sie* hier ist, aber als ich nach ihr rufe, ist es, als würde das Wort sie vertreiben. Die Decke rutscht über meine Brust nach unten, dann stehe ich barfuß auf dem Teppich. Ein Lichtstreif wird schmaler und schmaler. Kurz bevor die Kabinentür zufallen kann, bin ich an der Klinke, schlüpfe auf den erleuchteten Flur. Er ist leer, *sie* ist fort, aber das schleichende Schleifen von Schritten auf Teppich verrät sie. Ich kämpfe mich mühsam voran, als watete ich in hüfthohem Wasser, an Hunderten von Kabinentüren vorbei. Ich rufe nach ihr, aber die einzige Antwort ist das ferne Donnern einer Tür. Es ist das Zimmer Nummer elf, ich weiß es so sicher, wie ich meinen Namen kenne. Es kostet mich alle Kraft, die Tür mit der Schulter aufzustemmen. Ich bin nicht einmal überrascht, dass es keine Kabine ist, sondern das Badezimmer aus unserer alten Wohnung in der Lilienallee, inklusive der vergammelten ockergelben Kacheln, an denen halb abgeknibbelte Prilblumen kleben. Der Boden schwankt nun wie bei schwerem Seegang, aber komischerweise steht das Wasser in der randvollen Badewanne still. Ein Arm ragt daraus hervor, die Hand ruht reglos auf dem Wannenrand. Unter dem Spiegel der Wasseroberfläche treibt Haar. Ich stürze los, den Schrei schon in der Kehle, als ich erkenne, dass die Fingernägel der Hand lang und lackiert sind. Es ist gar nicht meine Mutter, die hier im Wasser liegt. Es ist nicht ihr dunkles Haar, das wie Tang um ein Frauengesicht fließt. Es ist Suzana. Sie sieht aus wie an dem Tag, als sie über die Schwelle meines neuen Heimes trat. Eine dramatische Föhnfrisur in Kupferrot, rote Fingernägel und das sorgfältig geschminkte Lächeln, in dem noch alle Hoffnungen lagen. Komischerweise freue ich mich, sie zu sehen. Irgendjemand hat mir nämlich erzählt, sie sei gestorben. »Suzana?«, flüstere ich. Unter Wasser öffnet sie ihre Lider so ruckartig wie eine Puppe und starrt mich mit den Augen einer Toten an. Ich stolpere von der Wanne weg. Aber der Weg durch die Tür ist versperrt. O Gott, ich hatte recht, was M&M angeht. Leons Neffen stehen dort, Hand in Hand. Bizarrerweise tragen sie beide identische blaue Flanellnachthemden. »*Schwimm mit mir*«, singen sie mit der Stimme meiner Mutter. »*Für immer und immer und immer …*«

Ich reiße die Augen auf und sehe wieder … Schwärze.

Erst fürchte ich, es ist ein Alptraum im Alptraum, aber diesmal bin ich tatsächlich wach. Über meinen Nacken rieselt eine kalte, prickelnde Welle. Ich setze mich auf und taste nach dem Licht, als mir einfällt, dass ich ja nicht allein bin. Ainos Atem rasselt leise und gleichmäßig. Alles klebt an mir, es ist heiß und stickig. Wie lange ist es her, dass ich solche Alpträume gehabt habe? Warum habe ich den Karton nicht gelassen, wo er war? »Das reicht, Suzana«, flüstere ich in die Dunkelheit und suche nach meiner Jacke und der Jeans.

Wie in dem Alptraum ist der Flur beleuchtet, und niemand schaut mir zu, als ich mich draußen umziehe und meine durchgeschwitzten Sachen einfach in die dunkle Kabine werfe. Jetzt weiß ich, warum ich im Traum auf schwankendem Grund stand. Das Schiff bewegt sich tatsächlich, ein sachtes Auf und Ab, fast wie Atmen. Wir sind auf See. Der weiße Wal sucht sich seinen Weg in den Norden.

Menschenleere Fähren sind ebenso gespenstisch wie Horror-Hotels. Auf dem Oberdeck brennt das Nachtlicht, die Bars sind leer, aber ein wenig Duft von Sonnencreme und Deos liegt noch in der Luft. Aufgereihte Wodkaflaschen klirren bei den Schiffsbewegungen leise gegeneinander. Ich wandere zwischen angeschraubten Barhockern und vorbei an leeren Theken, verwaisten Spielautomaten und an einem Souvenir-Shop. Eine Uhr über der Verkaufstheke zeigt vier Uhr morgens. Der Nachtwind an Deck weht die letzten Traumfetzen aufs offene Meer hinaus. Die Reling leuchtet geisterhaft blass. Als ich mich an sie lehne, ist es, als wäre die Grenze zwischen mir und dem Meer aufgehoben. Unter mir rauscht die schäumende Furche, die der Wal in das Wasser schneidet. Ich frage mich, ob tief unter uns weitere Wale sind, echte aus Fleisch und Blut und Tran. Vielleicht folgen sie der Fähre wie einem Leittier. Der Karton klebt an meinen verschwitzten Händen, als ich ihn weit über die Reling halte. Einfach loslassen. Die ganze Vergangenheit und all die Dinge, die ich längst hinter mir gelassen habe.

Schwimm mit mir? »Das kannst du haben«, flüstere ich.

Aber dann stelle ich mir vor, wie Suzanas Geschenk im Strudel an der Bordwand zermalmt wird, wie Danaes Zauberwürfel in seine Einzelteile zerbricht, die Fotos unter dem Druck des Wassers zerreißen. Ich sehe, wie meine Mutter in Fetzen an den Walen vorbeitreibt, immer weiter nach unten sinkt, bis zum Grund des Meeres.

Erschrocken zucke ich zurück und drücke den Karton an meine Brust. Ich verkrieche mich auf einen Liegestuhl und starre zum Horizont. Lausche. Es ist kühl unter freiem Himmel, aber heute will ich frieren. Das Rauschen hat etwas Hypnotisches, und ich kenne es zu gut.

*

Unser Vater ist offenbar der Meinung, dass Kinder wie Hauskatzen sind, die sich morgens einfach das Fell sauber lecken. Er lässt uns keinen Tropfen heißes Wasser übrig, wenn er aus dem Badezimmer kommt – wenn er überhaupt das Bad verlässt, bevor wir in die Schule gehen. Er duscht nicht mal eben, wie andere Leute, die wir kennen. Jeden Morgen weckt mich das Rauschen des Wassers, das in die schwarze Badewanne fließt, bereits zwei Stunden bevor unsere Schule anfängt.

Vier der fünf Räume in dem schmalen Haus, das Danae nur »Scheibchenhaus« nennt, gehören ihm. Polierte Möbel-

flächen glänzen in Dunkelgrau, und an den Wänden hängen Bilder, die aussehen, als hätte jemand im Vorbeifahren silberne und schwarze Farbe aus dem Autofenster auf eine Leinwand geworfen. Uns ist es verboten, Gegenstände zu verstellen und in Schränke zu schauen. Noch haben wir nicht ausprobiert, was geschieht, wenn wir es dennoch tun. Noch ist es so, als würde er alleine in dem Haus am Rand der Siedlung leben. Danae und ich sind wie Gespenster einer Familie, die es nicht mehr gibt. Manchmal schlafen wir auf dem schwarzen Ledersofa im Wohnzimmer, und oft gehe ich in den Kleidern vom Vortag, in denen ich auch geschlafen habe, in die Schule. Und wenn Dani mir morgens nicht schimpfend und genervt die Bürste durch das Haar zerren würde, würde ich struppig wie ein Troll in der Schule auftauchen. Mir ist gleichgültig, wie ich aussehe. Seit die Türklingel in der Lilienallee die Zeit in ein Vorher und ein Nachher getrennt hat, lebe ich in einem Netz klebriger Sirupfäden. Wie eine Schlafwandlerin laufe ich Dani zu unserer neuen Schule hinterher und sitze dort meine Zeit ab. Meine neuen Mitschüler scheinen die Luft anzuhalten, wenn ich vorübergehe, und das liegt nicht nur daran, dass ich nicht bade. Aber niemand traut sich, mir »Stinker« hinterherzurufen. Schließlich trage ich ein Geheimnis mit mir, etwas Schreckliches, Unbegreifliches: Als einziges von allen Kindern hatte ich keine Mutter, die unsterblich ist – so wie all die anderen Mütter, die morgens energisch mit Autotüren klappen und manchmal mit besorgter Miene vor dem Lehrerzimmer stehen. Meine Geschichte bringt Gewissheiten ins Wanken, Vertrautes wird plötzlich brüchig, und bestimmt schrecken manche meiner Klassenkameraden nachts aus dem Schlaf hoch und fühlen sich erst wieder sicher, wenn sie sich in die Bettritze zwischen ihre Eltern gedrängt haben, die Finger fest um eine Locke geschlungen, die nach Haarspray riecht. Auf dem Pausenhof bildet sich eine freie Zone um mich, ich *spüre die Blicke der anderen Kinder im Rücken, aber sobald ich hinschaue, ist kaum ein Augenpaar auf mich gerichtet. Die Spiele, das Lachen, der Streit – all das findet außerhalb von mir statt, in meinem Kokon werden die Stimmen sofort leiser, Gesten vorsichtig, als könnte mich eine schnelle Bewegung verscheuchen. Finger werden unbehaglich geknetet, Lächelnde Münder werden zu starren Bögen.*

Meine neue Klassenlehrerin hat ein freundliches Mondgesicht ohne Konturen und Haut wie Milch, in der feine blaue Fäden schwimmen. Sie spricht sanft mit mir und knöpft mir mit zarter Hand mein schief geknöpftes Kleid richtig zu. Sie streicht mir über das ungewaschene Haar und sagt, ich könne jederzeit zu ihr kommen. »Jederzeit, das weißt du, ja?« Ich nicke ihr von der anderen Seite der Welt zu, und sie wirkt so erleichtert, als hätte ich eine Frage im Unterricht richtig beantwortet.

Während die anderen Sätze schreiben, male ich mit blauem Filzstift Wellen, Bogen und Spitze, Bogen und Spitze, Zeile für Zeile, Seite um Seite. Jedes Mal warte ich darauf, dass mein Deutschlehrer mich rügt, aber er wirft nur einen langen Blick auf mein papierenes Meer und sammelt die Seiten dann stumm ein. Später höre ich ihn vor der Tür mit meiner Klassenlehrerin reden. Sie sagt mit beruhigender Stimme etwas von Geduld und normal und Trauer, aber als ich aus dem Klassenzimmer komme, verstummt auch sie und schickt mir ein aufmunterndes Lächeln.

Ich bin kein Mädchen mehr, das ausgeschimpft und ermahnt wird, nun bin ich zu einer unberührbaren Märchengestalt geworden. Das arme Waisenkind in zerknitterten Kleidern, das mutterseelenallein in einem Wald voller Schulbänke und Möbelkartons herumirrt. Meine Oberschenkel sind übersät mit blauen Flecken, so oft stoße ich an Kanten und Ecken an, als hätte ich verlernt, zu sehen.

Die Einzige, die in dieser Traumwelt real ist, ist Danae.

An ihr klammere ich mich fest. Oft suche ich sie auf dem Pausenhof des Gymnasiums auf der anderen Straßenseite. Sie steht mit ein paar Mädchen dort und redet und lacht, als wäre nichts geschehen. Sie zieht sich nicht zurück, nicht Danae. Im Gegenteil. Es ist, als wäre sie noch schneller als früher, noch entschlossener, noch lauter geworden. Sie lernt wie eine Verrückte und legt die ersten Schularbeiten, auf denen nur Einsen prangen, demonstrativ auf den Küchentisch. Es ist seltsam, dass unser Vater sie nicht lobt. Stattdessen schiebt er die Arbeiten gleichgültig zu Danae zurück und lächelt stattdessen mir zu, lobt das Bild, das ich gerade am Küchentisch male: Menschen mit bunten Badekappen. Er fragt mich freundlich, ob er mir eine Zehnerkarte für das Schwimmbad kaufen soll, und ich bekomme Herzklopfen, so sehr wünsche ich es mir – und so falsch fühlt es sich an. Denn Danae fragt er nicht. Unter ihrem verkniffenen Blick schüttle ich den Kopf, aber das rettet die Balance zwischen uns nur für den Augenblick, das spüre ich sogar mit meinen acht Jahren. Etwas Ungeheuerliches geschieht hier. In dieser verkehrten Welt ist nicht mehr Danae die Helle, Leuchtende, die geliebte Goldmarie. Die Rollen sind vertauscht. Und weder sie noch ich verstehen, warum.

Morgens vergrabe ich mich unter der Decke, um das Wasserrauschen nicht hören zu müssen. Und ich denke an Mama. In meiner Vorstellung hat sie feuchtes Haar und ein Handtuch um die Schultern, sie lächelt und beschützt uns vor diesem Mann, der mir trotz seiner Freundlichkeit fremd ist. Ein paar kostbare Minuten stelle ich mir vor, zu Hause zu sein, nicht hier, in diesem neuen Kinderzimmer unter dem Dach, das ich mir mit Dani teile. Die Kindermöbel sind neu gekauft, extra für uns. Unser Vater wollte sie zusammenschrauben, aber das meiste ist noch nicht mal ausgepackt. Acht Wochen wohnen wir nun hier, lange genug, um zu vergessen, dass die Kartons nur Hüllen sind.

Ein Karton dient nun als Schreibtisch, die zwei Matratzen liegen auf dem Boden, in unterschiedlichen Zimmerecken. Wenn ich liege, kann ich Dani nicht sehen. Das ist Absicht. Sie ist fast dreizehn, sie hat keine Lust darauf, mit ihrer kleinen Schwester einen Raum zu teilen, und hat den Karton, in dem ein Lattenrost verpackt ist, hochkant aufgestellt. Eine Grenze aus Karton, hinter der sie sich verschanzt und die bei Tageslicht zu übertreten mir unter Androhung der Todesstrafe verboten ist. Mein Reich befindet sich unter der Dachschräge. Wenn ich nachts aufwache, sehe ich den Himmel, eingefasst in den Plastikrand des Dachfensters. Die Teichfrösche quaken im Nachbargarten. Ich lausche ihnen und denke daran, dass unten im Keller weitere Kartons stehen. Die aus unserer wirklichen Wohnung, voll mit Mamas Kleidern, Erinnerungsstücken und vielen Gegenständen, die bei unserer halbjährlichen Odyssee von Stadt zu Stadt wie Ballast mitgenommen, aber niemals ausgepackt worden sind. Auch der grüne Sessel steht unten. Unser Vater will nicht, dass wir Sachen von Mama in unserem Zimmer haben. Und seit er mich am Tag unseres Einzugs im Keller fand, zusammengerollt in dem grünen Sessel, die Nase im Polster vergraben, um ihren Duft nach Schwimmbad und Pommesfett zu finden, sperrt er die Tür ab. Und ich verliere das leise Atmen, das ich glaubte wahrzunehmen, und das Rascheln in den Kartons, das sich anhört, als wäre meine Mutter hier und würde gerade auspacken, wie so oft.

Das ist nämlich mein Geheimnis: Meine Mutter ist nicht tot. Auch in den Märchen sterben Mütter niemals ganz, sie raunen in Bäumen, schicken Botschaften, überbracht von verzauberten Tieren, oder sie kommen nachts zu ihren Kindern zurück, um sie in die Arme zu nehmen und zu wiegen. Die ersten Wochen nach der Beerdigung habe ich mir vorgestellt, es wäre sie und nicht die Haushaltshilfe, die vormittags, wenn wir in der Schule sind, ins Haus kommt und *unsere Sachen wäscht, die Kissen ordnet, die Küche putzt und Fertiggerichte in den Kühlschrank türmt.*

Aber jetzt hat mein Vater diese Märchenmutter im Keller begraben, in einer Gruft, zu der nur er den Schlüssel besitzt. Manchmal schleiche ich nach unten und flüstere ihr durch das Schlüsselloch zu, dass ich sie bald besuchen werde. In ganz schrecklichen Nächten höre ich einen Hilferuf zwischen den Froschklagen, stelle mir vor, dass sie nicht ertrunken ist, nur verlorengegangen zwischen all den Umzugskisten. Dass sie da unten liegt, eingesperrt wie Schneewittchen in ihrem Sarg, und nach mir ruft.

Ich habe nicht viele Träume, die mich heute noch manchmal schweißgebadet hochschrecken lassen, aber das ist einer davon.

Danae gibt das morgendliche Türentrommeln genervt auf, marschiert mit dem Shampoo morgens in den Garten und duscht mit dem Gartenschlauch. Der Wind trägt Schaumflocken in die Kronen der Birnbäume und setzt den Uferpflanzen weiße Fetzenkronen auf. Das führt zum Protest der Nachbarn, die um ihr ökologisch einwandfreies Teichwasser fürchten. Aber erst als Danae bemerkt, dass der Familienvater zu unserer Rechten sie morgens hinter der Gardine beobachtet, gesellt sie sich wieder zu mir in die Küche, wo wir das Geschirr vom vorigen Abend mit Zahnpasta und Spucke bekleckern, während unser Vater zeitunglesend in der Wanne liegt.

Einige luxuriöse Morgen ist unser Vater nicht da. Mir erzählt er, er müsse in einer anderen Stadt arbeiten, aber Danae weiß es besser. »Scarface macht keine Geschäftsreisen, er schläft bei seiner neuen Freundin.« Neuerdings hat Danae den Tick, jedem einen englischen Spitznamen zu verpassen. Unseren Vater hat sie mit dem Namen einer bösen Comicfigur belegt. Ich weiß, dass scar *Narbe heißt und dass Dani sich damit auf den schlecht verheilten Riss an*

Papas linker Schläfe bezieht, den er sich beim Judotraining zugezogen hat.

»Meinst du die Freundin, die neulich angerufen hat?«, frage ich. Ich denke an die Stimme, die hoch und verzweifelt klang. Die Frau sagte ihren Namen nicht, aber sie kannte meinen und wollte wissen, wo mein Papa sei und ob uns vielleicht eine Dame besucht hätte. Es klang freundlich, aber ich hörte die Tränen hinter den Worten.

Als ich meinem Vater davon erzählte, griff er wortlos zum Telefon und schickte mich aus dem Arbeitszimmer. Das Gespräch war lang und laut, und danach knarrten wütende Schritte hinter der Tür, knallten Schranktüren zu. Ich lauschte und fühlte das Schleifen von Schubladen meinen Rücken hinauf- und hinunterfahren.

Seitdem darf ich nicht mehr ans Telefon gehen.

»Das ist sie nicht«, sagt Danae. »Die hat er ja schon ewig. Und die Neue hat keine Stimme wie ein Quietscheentchen. Die lacht ganz tief. Und sie hat blondierte, ganz kurze Haare. Die hingen gestern an seiner Jacke. Das Quietscheentchen hat eine richtige Mähne – so wie Krystle Carrington aus dem Denver Clan. Nur in Orange.«

»Woher weißt du das?«

Dani grinst triumphierend, schon damals Herrin über die Informationen. »Die Rothaarige habe ich gesehen.«

»Wo?«

»Ich war nach der Schule mal in der Stadt, da sind sie zusammen aus einem Kaufhaus gekommen. Sie hat ihn auf der Straße geküsst. Dann sind sie zu ihrer Wohnung gelaufen. Sie wohnt in der Mauerstraße vierzehn. Die hat sooo lange Nägel, Mo, wie ein Löwe! Knallrot lackiert.«

Ich stelle mir diese Hände vor, trocken und stark, die Nägel vom Wüstensand poliert und triefend rot. Aber das ist nicht das, was mich erschreckt. An diesem Tag begreife ich, dass Danae ein Leben hat, von dem ich nichts weiß.

SISU

Jemand rüttelt an meiner Schulter. »*Moi!*«, sagt eine tiefe Männerstimme. Ich zucke zusammen. Nachdrücklicheres Schütteln. »*Hyvää huomenta!*« Als ich blinzle, lacht mich ein rotbärtiges Gesicht an. Der Typ redet einfach weiter. Finnisch flutet auf mich ein, aber ich weiß nicht einmal, wo ich genau bin. Ich liege auf der Seite, etwas Kantiges drückt gegen meine Rippen. Ansonsten Wasserrauschen. Morgengrauen. Möwengeschrei. Und vor mir hockt auf Augenhöhe Kaiser Barbarossa in Joggingklamotten.

»Sorry«, murmele ich. Eigentlich wollte ich ihm noch sagen, dass ich kein Wort verstehe, aber mir fällt die Übersetzung nicht ein.

»*I said* moi – *hello! And: Good morning!*« Barbarossa schaltet so beiläufig auf Englisch, dass ich mich frage, ob ich mich eben verhört habe.

Nur langsam rutschen die Dinge wieder an ihren Platz. *Fähre, weiße Wale.* Der Karton der Pandora ist immer noch bei mir und mein Genick ist ein Holzblock.

»Wie spät ist es?«, bringe ich immerhin auf Englisch heraus.

»Zeit für das Frühstück.« Zum Beweis hält er mir einen behaarten Trollarm vor die Nase. Tief im Gestrüpp wuchert eine Uhr. Du liebe Güte, ich habe die ganze Restnacht an Deck verbracht. Als ich mich aufrichte, rutscht eine Decke von meiner Schulter. Irgendjemand muss sie über mich gebreitet haben, ohne dass ich aufgewacht bin.

Barbarossa grinst. »Du könntest einen Kaffee vertragen, was? Ich heiße übrigens Jukka – genauso wie der Musiker.«

»Welcher Musiker?«

»Jukka Karjalainen!« Er sagt das so konsterniert, als hätte ich gefragt, welchen Michael Jackson er genau meint. Dann macht er eine Geste, als würde er eine Luftgitarre für Liliputaner spielen. »Der Mann mit dem Banjo!«

»Ach, der«, sage ich lahm. »Klar.«

Jukka hat eindeutig keine Antenne für Ironie. Selten so viele glückliche Lachfältchen gesehen. »Und wie heißt du?« Sein Bart ist wirklich beeindruckend. Und jünger als sein Haar, das bereits grau ist.

»Mo.« Ich streife die Decke ab. »Ohne Banjo – dafür mit Box.«

Sein Lachen dröhnt. »Und woher kommst du, Mo? Schottland?«

Nicht schlecht geraten. Aber mein hartes Englisch stammt aus Irland. Genauer gesagt aus der Gegend von Dingle. Ich schüttle den Kopf und versuche aus meinem Gedächtnis zu kramen, wie der finnische Satz zur Heimat lautete, den Aino mir gestern beigebracht hat. Tja.

»*Germany*«, murmle ich.

»Ah, *Saksa*!«

Ich lecke mir über die Lippen und bemerke den getrockneten Spuckebach an Mundwinkel und Wange. *Ach du Schande*. Hastig wische ich mir mit dem Ärmel über den Mund. Barbarossa lacht. »Du brauchst *wirklich* einen Kaffee, Mo.« Er zaubert eine volle Tasse hervor. »Nimm meinen.«

Ich bin auf alles vorbereitet, aber nicht auf nette Menschen. Es sieht nicht einmal nach Anmache aus. Und meine Miene versteht er völlig falsch. »Keine Sorge, ich habe noch nicht daraus getrunken.«

»Danke.«

Er steht auf, gähnt und streckt sich. Zwischen Jogginghose und Hemd drängt ein haariger Streifen Bierbauch ans Licht. Barbarossa ist ein Wolfsmensch.

»Kommst du mit?«, fragt er freundlich. »Wir gehen zum Frühstück, bei uns ist noch ein Platz frei.«

»Nein. Danke.«

»Wir beißen nicht.«

Nein, nur bei Vollmond.

»Ich muss in die Kabine zurück. Meine ... ähm ... Großmutter wartet.«

»Dann nimm deiner *Mummi* den Kaffee mit!« Jukka ist kein Stück enttäuscht. »Schönen Tag euch beiden.«

Er geht mit tapsenden Schritten zu einer Gruppe von älteren Männern, die schon auf ihn warten. Sie sind nicht die einzigen Lerchen an Deck. Eine Dame macht Yogaübungen, und zwei Verliebte fotografieren sich mit ihren Smartphones. Sie lächeln mir wissend zu, als ich nach drinnen eile. Ich hoffe nur, sie haben kein Foto von mir gemacht, das sie bereits bei Facebook gepostet haben. Die Vorstellung, dass mir heute Morgen schon Menschen live dabei zugeschaut haben, wie ich im Schlaf die Liege vollsabbere, genügt vollkommen. Dass es noch einige mehr waren als die Deckfraktion, sagen mir die amüsierten Blicke einiger Frühstücksgänger, die in einer Traube vor dem Speisesaal auf den offiziellen Startschuss warten.

Die Kabinenluft knockt mich nach der frischen Seebrise fast aus. Das Licht brennt, und Ainos Bett ist leer. Aber der Rollstuhl ist noch da. Im Bad rumpelt es. Gott sei Dank, meine Sachen sind tatsächlich unberührt, nur meine Jogginghose und das T-Shirt liegen penibel gefaltet am Bettende. Aber offenbar bin ich nicht die Einzige, die unserer Abmachung nicht so ganz traut. Aino hat ihre Tasche mit ins Bad genommen.

»Morgen, Aino!«, rufe ich, während ich den Karton

wieder unter das Bett schubse. »Wenn du fertig bist – hier draußen gibt es Kaffee.«

Ein ächzender Laut dringt durch die Tür.

»Alles in Ordnung?«

»Ja«, kommt es barsch zurück.

Aber dann ertönt ein weiteres Rumpeln. Das klingt nicht gut.

Jetzt bin ich mit einem Satz bei der Tür. »Wirklich alles klar da drin?«

Die Stille dehnt sich. Vor meinem inneren Auge flippt ein Daumenkino möglicher Katastrophen durch. *Blaue Flecken, Prellungen, Gehirnerschütterung, Beinbruch* …

Meine Hand liegt schon auf der Klinke, als endlich eine Antwort kommt.

»Ja, verdammt!«

»Hörte sich aber nicht so an. Bist du hingefallen?«

»Nein!« Ainos Stimme schraubt sich in die Höhe, bis sie fast kiekst.

Danke, das genügt. Die Tür blockiert auf halber Strecke. Ich hangle mich um die Ecke und richte einen umgefallenen Hocker wieder auf, dann schiebe ich mich in die Nasszelle. Auf der Skala der schlimmen Befürchtungen von eins bis zehn ist das eine Sieben. Aino liegt nackt in der Duschwanne, mit dem Rücken an die Wand gelehnt, kraftlos und ungut verkrümmt wie eine Marionette, der man die Fäden abgeschnitten hat. Sie sieht mich verschreckt und gleichzeitig empört an und bedeckt mit den Armen ihre Brüste.

Als ich zu ihr stürze, rutsche ich um ein Haar auf ausgelaufenem Shampoo aus. Die geöffnete Flasche ist über den Boden bis zur Tür geschlittert.

Aino streckt mir abwehrend eine Hand entgegen. »Lass mich!«

»Was ist passiert?«

»Nichts. Mir ist nur das Shampoo runtergefallen, und als

ich es aufheben wollte, ist der Hocker weggerutscht. Blöderweise hatte ich mich daraufgestützt.«

»Bist du verletzt?«

»Unsinn!« Ihr Kinn zittert. Ihre barsche Art kaschiert gut, wie geschockt sie wirklich ist. »Ich kann nur nicht ohne den Hocker aufstehen. Stell das Ding einfach wieder hin und verschwinde …«

Nichts würde ich lieber tun. Faltige Hände zu fotografieren ist etwas völlig anderes, als einen nackten Körper anzufassen, bei dem man Angst hat, dass die dünne Pergamenthaut bei jeder Berührung reißen könnte. Ich fühle eine seltsame Scheu, sie anzusehen, so verletzlich wirkt sie. Eine unschön verheilte OP-Narbe zieht sich bläulich rot über das Hüftgelenk. *Das mit der Hüfte wird auch nichts mehr*, höre ich Leon sagen.

»Ich helfe dir hoch, und *dann* verschwinde ich.«

Aber Aino schreit empört auf, als ich zu ihr in die Wanne trete. »Fass mich nicht an!«

Ein fuchtelnder Schlag erwischt mein Kinn. Sie entwindet mir ihren Arm. Ihre Haut ist eiskalt. Sie muss jämmerlich frieren. »Ich brauche nur den Hocker«, stößt sie hervor.

Selten habe ich mich so hilflos gefühlt. Und auf eine Weise verstehe ich sie sogar. An ihrer Stelle würde ich auch jeden aus der Dusche jagen wollen, der mich so sieht. Also angle ich nach dem Hocker und stelle ihn mitten in die Wanne. »Warte, wir legen ein Handtuch unter, das bremst.«

Aino funkelt mich an, als würde sie mir am liebsten den Duschkopf über den Schädel ziehen.

»Verschwinde! Ich brauche keine Hilfe«, faucht sie. *Ja, den Satz kenne ich inzwischen.* Aino stemmt sich wieder hoch – und das Geräusch eines Knöchels, der schmerzhaft gegen die Duschwanne stößt, bricht meinen Bann.

»Klar, du kannst wie ein Gecko an den Wänden hochkriechen«, gebe ich zurück und beuge mich wieder zu ihr.

Eine Flut finnischer Verwünschungen prasselt auf mich ein. »*Haista kukkanen! Senkin nijura!*« Aber in ihren Augen sehe ich Angst.

»Hältst du jetzt mal die Klappe?«, fahre ich dazwischen. »Ich habe eine Scheißnacht hinter mir und kann es nicht gebrauchen, auch noch beleidigt zu werden.«

»Und ich kann es nicht gebrauchen, nackt wie ein Idiot vor einer Wildfremden zu sitzen!« Aino hat Tränen der Wut in den Augen. »So weit kommt es noch, dass ich mir von einer wie dir den Hintern waschen lasse!«

Einer wie mir. Jetzt hätte ich große Lust, einfach zu gehen. Aber leider bin ich auf einem Schiff. Hier funktioniert nur eine Art der Flucht. Die nach vorne. *Hilft ja nichts, wenn du sie hier erfrieren lässt.*

Ich trete zurück und ziehe mich vor der Wanne stehend bis auf den letzten Fetzen Stoff aus.

Sie schluckt und starrt mich mit zitterndem Unterkiefer an. Immerhin habe ich es geschafft, sie für einen Moment sprachlos zu machen.

»So besser?«, frage ich. »Zwei nackte Idioten. Und den Hintern wirst du dir gefälligst selber waschen.«

Aino macht den Mund wieder zu. »Inna hat recht«, antwortet sie dann erstaunt. »Du bist ja wirklich nicht ganz dicht!«

Da ist es wieder, das gute Gefühl des miesen Boxhiebs aus dem Hinterhalt.

»Und du wirst ohne Hilfe auf allen vieren rauskriechen müssen. Ungeduscht. Also?«

Ihre Schultern sinken nach unten. Sie schluckt und wischt sich mit dem Handballen unwirsch über die Augen. »*Paska!*«, stößt sie hervor. In diesem verzweifelten Fluch schwingt alles, die Verzagtheit, der Zorn über ihre Schwäche und das widerwillige, resignierte Okay. Sie sieht zu Boden, als ich sie unter den Armen fasse. Sie ist sperrig wie ein verkanteter

Liegestuhl, sie ächzt und sträubt sich, als ich sie hochziehe. Dafür, dass sie so zart und zerbrechlich wirkt, ist sie ganz schön schwer. Wir müssen wirken wie ein bizarres Tanzpaar, als ich sie auf den Hocker bugsiere. Sie riecht nach ungewaschener Haut und Schweiß, das Haar klebt ihr am Kopf, aber ich habe es mir schlimmer vorgestellt, sie in den Armen zu halten. Ehrlich gesagt viel schlimmer.

Vornübergebeugt sitzt sie dann auf dem Hocker, die Hände unter die Oberschenkel geschoben, und schweigt, während ich ihr warmes Wasser über den Rücken laufen lasse. Nach und nach hört sie auf zu frieren und entspannt sich. Sie wäscht sich das Haar und reicht dann mir das Shampoo. Sie seift sich von Kopf bis Fuß ein und trocknet sich im Sitzen ab, konzentriert, mit langsamen Bewegungen. Nur die hervortretenden Sehnen an ihrem Hals zeigen, wie angestrengt sie dabei ist. Diesmal muss ich nicht fragen, ob ich ihr helfen darf. Sie legt den Arm um meinen Nacken, und ich ziehe sie hoch, die Hand fest um ihre Taille gelegt. Faltige, weiche Haut verschiebt sich unter meinem Griff und spannt, aber Aino beschwert sich nicht.

Es ist ein Kunststück, zu zweit aus der schmalen Tür zu kommen.

Eine ganze Weile sitzen wir uns auf den Betten gegenüber, eingewickelt in Handtücher, mit bloßen Beinen und Flanellturbanen auf den Köpfen. Eine junge und eine alte Odaliske. Beide so erschöpft, als hätten wir einen langen Marsch hinter uns. Für meinen Teil fühlt es sich jedenfalls genau so an.

»Hat Inna das wirklich zu dir gesagt?«, frage ich nach einer Weile.

Aino räuspert sich. »Nicht zu mir, zu Katharina, am Telefon. Und sie hat es anders ausgedrückt. Sie sagte, du seist ein echter Freak.«

Diesmal verberge ich nicht, wie getroffen ich bin.

»Tu mir einen Gefallen, und fang nicht wieder an zu

heulen«, sagt Aino ungeduldig. »Heulen hilft nie. Sei lieber froh, dass du nicht bei ihnen hängengeblieben bist. Du wärst mit Leon nicht glücklich geworden. Er ist nicht treu. Und er liebt nur Katharina.«

»Schön, dass wir darüber gesprochen haben!«

»Man sucht sich nicht aus, wen man liebt«, erwidert sie trocken. »Die zwei kennen sich seit Kindertagen. Er war am Boden zerstört, als sie ihn vor drei Monaten verlassen hat. Na ja, wieder mal. Das geht bei denen ständig so.«

Kanga hat also ihn verlassen. Auch da hat er mich angelogen. Und – *drei Monate?* Ende Mai. Da bin ich bei ihm eingezogen. Während sein Bett noch warm von Katharinas Haut war. *Und genau in der Zeit, als Suzana sich mit ihrem Antibiotikagepansche ins Grab gebracht hat.*

»Ich verstehe nicht, warum du so gekränkt bist«, sagt Aino. »Du liebst ihn doch gar nicht.«

»Wie kannst du das behaupten!«

»Ach, komm schon, Monika. Ich bin nicht blind.«

»Du weißt gar nichts, Anusch!«

Für einen Moment bekommen ihre Augen eine Schärfe, die alle Jahre zwischen uns verblassen lässt. Ich mache mich schon auf finnische Flüche gefasst. Aber sie überrascht mich. »Auch wieder wahr«, sagt sie lakonisch und stützt sich auf ihre Arme auf. »Ich bin fünfundachtzig Jahre alt geworden, ohne einen Schimmer davon, wie Liebe aussieht.«

Ich weiß nicht, welches Stück Weg es war, das wir miteinander gegangen sind, aber irgendetwas ist mit uns geschehen, als wir uns berührt haben. Wir schweigen nun beide. Aber auf eine Art, die mehr als nur ein Waffenstillstand ist.

»Warum hattest du heute eine Scheißnacht?«, fragt Aino nach einer Weile.

»Schlecht geträumt.«

»Wovon?«

»Von … der Frau, die mir den Karton vermacht hat. Sie

hieß Suzana. Als Kind und Jugendliche musste ich ein paar Jahre lang bei ihr leben. Sie war so etwas wie meine Pflegemutter. Zumindest war sie wild entschlossen, eine zu sein.«

»War das nach dem Autounfall deiner Mutter?«

Ich denke an die weißen Wale. »Es war kein Auto.«

Aino nickt. »Dachte ich mir schon. Was ist wirklich passiert? Hat sie sich umgebracht?«

Komisch, das hat noch nie jemand gefragt. »Nein, sie hatte ... eine andere Art von Unfall.« Obwohl ich es besser weiß, klingt dieses Wort immer noch falsch.

Aino kann offenbar Stille lesen. Sie bohrt nicht weiter nach.

»Dann sind das in dem Karton die Sachen deiner Mutter?«, fragt sie nur.

Ich schüttle den Kopf. *Alles andere als das.*

Unser neues Schweigen lässt auch Raum für Fragen ohne Antworten. Aino betrachtet mich nur nachdenklich.

»Was willst du in Helsinki?«, frage ich sie. »Du sagtest, du musst dort etwas erledigen?«

Aino zögert und kaut auf ihrer Unterlippe herum, eine Geste, die seltsam jung wirkt in dem faltigen Gesicht. Dann scheint sie sich einen Ruck zu geben. Sie zieht ihr Notizbuch heraus, zupft den Artikel mit der Zeichnung hervor und streicht ihn auf der Bettdecke glatt. »Ich muss in diese Ausstellung im Ateneum gehen.«

»Wieso?«

»Weil Onerva zu meiner Vergangenheit gehört. Ich habe all ihre Romane und ihre Gedichte gelesen. Und jetzt gehören auch ihre Zeichnungen zu mir. Es wird ein Wiedersehen für mich – vielleicht auch mit alten Freunden. Und ein Abschied.«

»Du willst herausfinden, wer von deinen Freunden noch lebt?«

»Wird sich zeigen. Viele waren es ohnehin nicht mehr.

Kriegszeiten, weißt du?« Sie nimmt ihre Silberrose vom Kleiderstapel und legt sich das Schmuckstück wieder um. Sie schafft es tatsächlich, jetzt sind ihre Bewegungen ruhig und fließend. »Tut mir leid, dass deine Mutter so früh starb«, sagt sie nüchtern. »Ich weiß, wie es ist, jemanden zu verlieren, wenn man noch viel zu jung dafür ist. Und ich kann dir leider keine Hoffnung machen: Die Traurigkeit hört nie auf.«

Komischerweise fühle ich mich getröstet.

»Willst du Kaffee?«, breche ich unser neues Schweigen. »Ein Geschenk von Jukka, dem fröhlichen Finnen.«

Aino lacht spöttisch auf und winkt ab. »Fröhliche Finnen gibt es nicht. Nur betrunkene.«

*

Eins zu null für das Klischee. Finnen trinken wirklich. Zumindest entdecke ich auf Anhieb kaum einen Passagier ohne Bierdose in der Hand. Die meisten sind im Rudel unterwegs und belagern schon jetzt die Bar. Aino fährt mir mit energischem Schwung davon. Erst hinter dem Souvenirladen hole ich zu ihr auf. Dort hat sie abrupt gestoppt. Nun stößt sie zurück und weicht in großem Bogen einem Mann aus, der am Boden liegt. Ohne ihn auch nur anzusehen, umrundet Aino ihn und fährt auf den Ausgang zum Außendeck zu. Ich kann nicht fassen, dass sie nicht einmal fragt, ob sie helfen kann. Den Mann hat es nämlich wirklich böse auf die Nase gelegt. Er hat eine Schürfwunde am Kinn und wälzt sich gerade mühsam in eine sitzende Position. Seine halbvolle Bierdose ist ihm aus der Hand gefallen und beschreibt einen Halbkreis aus schaumiger Flüssigkeit. Ich sehe, dass auch ein paar andere Passagiere so tun, als sei er in diesem Tarnkreis unsichtbar geworden. Mit ein paar Sätzen bin ich bei ihm und fasse ihn am Arm. »Alles okay?« Er stößt ein empörtes Grunzen aus und zuckt vor mir zurück, als hätte ich die Beulenpest.

Ein zorniger Blick trifft mich, grob entreißt er mir den Arm. Habe ich etwas Falsches gesagt? Offenbar. Mühsam stemmt er sich hoch, quasi mit gesträubtem Nackenfell. Er weicht meinem Blick aus, aber es ist klar, dass ich befürchten muss, eine gerade Rechte einzustecken, sollte ich es noch einmal wagen, ihm hochhelfen zu wollen. Die Bierdose lässt er liegen, sucht kurz schwankend seine Balance und schiebt mit gesenktem Kopf an mir vorbei nach draußen.

An Deck wird er offenbar wieder sichtbar. Die Männer, die ihn eben noch ignoriert haben, wenden sich ihm zu. Kommentarlos wird ihm eine neue Bierdose in die Hand gedrückt.

Aino wartet neben der Tür auf mich und schüttelt tadelnd den Kopf. Ich bin naiv genug zu glauben, dass sie das Verhalten des Mannes meint.

»Hast du das gesehen?«, sage ich. »Er hat nicht einmal danke gesagt!«

Aino runzelt die Stirn. »Soll er sich für deine Unhöflichkeit etwa auch noch bedanken?«

»In Finnland bedeutet Höflichkeit, Verletzte einfach liegen zu lassen?«

Aino rollt mit den Augen, als wäre ich ein hoffnungsloser Fall. »Das sind keine Weicheier, die wochenlang davon erzählen, wie sie sich neulich mal den kleinen Zeh angestoßen haben! Jedem finnischen Mann ist es peinlich, wenn er hilflos ist. Kümmere dich nie um Kerle, die stürzen und liegen bleiben. Ein richtiger Mann hat nämlich *sisu.*«

»Was soll das sein?«

»Hartnäckigkeit, Zähigkeit, der Stolz, sich selbst mit eigener Kraft aus dem Graben zu kämpfen, egal, wie schlimm es ist.«

So wie du aus der Dusche?

»Hilfe ist nur angemessen, wenn dich jemand ausdrücklich darum bittet«, schließt Aino. »Na ja, und wenn jemand zu lange ohnmächtig am Boden liegt. Ansonsten sei höflich und tu so, als hättest du sein Missgeschick übersehen.«

Alles klar. Helsinki muss ein wirklich hartes Pflaster sein. Im Geiste sehe ich mich selbst nach einem Treppensturz mit zwei gebrochenen Beinen auf dem Boden liegen, während Passanten angeregt plaudernd über mich hinwegsteigen.

An Deck gibt es keinen Fahrstuhl, aber mit Hilfe einiger Touristen schaffe ich es, Aino auf das obere Sonnendeck zu bugsieren. Ich muss blinzeln, so grell gleißt das Lackblau des Bodens im Sonnenlicht. Weiße Klappstühle warten mit offenen Armen auf Passagiere. Am anderen Ende des Decks sonnt sich das sommersprossige Mädchen, aber es hält Quarantäne-Abstand und winkt nur von fern. Sicher wundert es sich, dass Aino heute weißes Haar hat. Nur wenige Leute nehmen Notiz davon, wie Aino sich aus dem Rollstuhl erhebt. Ein paar Minuten lehnt sie sich an die Reling und blickt auf das endlose Blau hinaus. »Das habe ich vermisst«, sagt sie mit einem Seufzen. »Meer!« Sie sieht aus wie eine Kriegerin. Ihre Lippen und die Nase sind weiß von der Sonnencreme, die wir gestern besorgt haben. Vor dem unruhigen Indigo des Meeres haben sich einige Strähnen im Wind von den Haarspangen losgerissen und tanzen auf ihrer Stirn. Ich hole die Kamera hervor. Aber Aino streckt ihre Hand nach meinem Objektiv aus und umfasst es, drückt es langsam, aber entschieden nach unten.

»Nein«, sagt sie zur Ostsee. »Kein einziges Bild von mir. Solange wir zusammen unterwegs sind, bleib mir mit deiner Kamera vom Hals, verstanden?«

Das fühlt sich an, als hätte sie mir ein Glas kaltes Wasser über den Kopf geschüttet. Nicht die Tatsache, dass sie nicht fotografiert werden will. Sondern die Art, wie sie es sagt.

»Was soll das heißen?«

»Dass es viele Arten gibt, Menschen zu fotografieren. Und deine gefällt mir nicht.«

»Du klingst ja wie Leon.«

»So? Dann hat ja sogar mein Dummkopf von Enkel mal zur Abwechslung etwas verstanden.«

Keine Ahnung, warum mich ihr Urteil so sehr trifft. »Es gibt auch viele Arten, jemanden zu beleidigen.«

Jetzt dreht sie sich ganz zu mir um. »Du bist doch so ein großer Anhänger der Wahrheit. Warum verträgst du sie dann selbst nicht? Es soll keine Beleidigung sein, Mimose. Ich mag nur nicht, wie du deine Kamera als Waffe verwendest. Ich will kein Ziel werden. So ist es und basta.«

»Sie ist doch keine Waffe. Ich zeige nur, was ist!«

»Ein Foto zeigt nie, was ist. Es zeigt immer nur dich. Jeder gute Fotograf weiß das.«

»Das heißt, du hältst mich für eine schlechte Fotografin?«

»Dreh mir nicht das Wort im Mund herum. Ich sage nur, du solltest vorsichtig mit Bildern sein, die du machst. Sie sind magische Gegenstände. Im schlimmsten Fall Voodoo. Und sie haben eine eigene Macht über die Zeit. In der realen Welt *geschieht* etwas, aber niemand weiß, was als Nächstes geschehen *wird*. In der magischen Welt der Bilder *ist* etwas geschehen, und so, wie du es gesehen und abgelichtet hast, *wird* es für alle Zeit geschehen.«

Ich könnte ihr sagen, dass es genau andersherum ist. Das manche Dinge für immer so geschehen, wenn man ihnen nicht mit einem Druck auf den Auslöser ein wenig von ihrer Wirklichkeit raubt. Warum sonst hätte ich Nadja auf Kuznetsows Familienfoto zumindest diesen einen Moment geschenkt, das unbeschwerte Lachen? Damit die schweren Hände ihres Vaters nicht für immer und immer und immer auf ihr lasten. Aber wozu sollte ich das einer mürrischen Frau erzählen, die meine Arbeiten nicht mag? *Was dir übrigens nichts ausmachen sollte, Mo.*

»Fotos sind kein Voodoo«, erwidere ich. »Sie sind Abbilder eines Augenblicks. Bestenfalls Beweise.«

Aino lächelt nun wirklich wie ein Goblin. »So? Abbilder kann man ohne schlechtes Gefühl verbrennen, ins Altpapier stecken oder zerreißen, aber versuch dasselbe mal mit dem Foto deines Babys zu machen – oder dem Porträt deiner toten Mutter. Fühlt sich falsch an, was?« Einen Moment lang frage ich mich, ob sie mir heute Nacht heimlich gefolgt ist, aber das ist natürlich unmöglich. »Aber ich wette, du hättest im Moment kein Problem damit, Leons Fotos zu zerreißen oder in Brand zu stecken«, fährt Aino mit süffisantem Lächeln fort. »Und dann überleg mal, wieso.«

Ich gebe es nicht gerne zu, aber auf eine Weise hat sie mich erwischt. Sehr ärgerlich.

Sie lässt sich ächzend in den Sonnenstuhl sinken und kramt den Reiseführer, den wir gestern besorgt haben, aus der Tasche. »Hier! Wir brauchen ein Hotel mit Aufzug. So billig und so nah am Bahnhof wie möglich.« Dann lehnt sie sich zurück und schiebt sich ihre Sonnenbrille auf die Nase. Meerwasser glitzert auf den schwarzen Gläsern. Gespräch beendet, heißt das wohl. Aber ich irre mich.

»*Die ganze Welt spiegelt nur uns selbst wider*«, sagt Aino. »*Das, was wir für den eigenen pulsierenden Schoß des Lebens halten, ist nur das unruhige Schlagen unseres eigenen Herzens. Und solange ich ich bin, ist die Welt mir gleich.*« Sie gähnt und sinkt behaglich noch etwas mehr in sich zusammen. »Das hat Onerva geschrieben. Denke ruhig mal darüber nach. Das gilt nämlich auch für Leute wie dich.«

Leute wie mich, die Zweite. Und sicher nicht die Letzte.

»Denk du mal darüber nach, wie du heute an Bord alleine klarkommst«, sage ich. »Und falls dein *sisu* nicht reicht, um dir eine Cola zu holen – frag das Backpacker-Mädchen. Die steht auf schwindsüchtige *Mummis*.«

BIG FIVE

Leute wie mich. Immer noch ringe ich mit ihren Worten. Und keine Ahnung, warum, aber es *macht* mir etwas aus, was Aino über meine Fotos sagt.

Auch hier unten auf dem kleinen Deck sonnen sich die Bierdosen mit den Passagieren um die Wette. Ich finde einen Platz an einem der Holztische. Und ohne Internet und Handy wird mir klar, dass wir tatsächlich mit einem Wal unterwegs sind. Genauer gesagt wie Jonas im Bauch desselben, völlig abgeschnitten von der Außenwelt und losgelöst von allem, als wäre die Zeit stehengeblieben. Kein Internet an Bord, und das rote Handy lasse ich aus gutem Grund ausgeschaltet. Vermutlich gibt es hier ohnehin keinen Handyempfang. Also bleibt mir nichts anderes übrig, als tatsächlich zu lesen. Auf der Vorderseite des Reiseführers prangt eine Art griechischer weißer Domtempel vor blauem Himmel. Wie lange ist es her, dass ich ein Buch in der Hand hatte? Eines, das kein grünes *Pons*-Wörterbuch für Englisch war? *Und warum fühle ich mich auch jetzt wieder so wie damals?* Langsam sollte ich es doch gewohnt sein, meine Umgebung und notfalls auch die Sprache zu wechseln wie ein Chamäleon die Farbe. Aber dann weiß ich, warum ich wieder das Runaway-Mädchen bin. Auch diesmal bin ich auf einer Fähre gelandet. Nur dass sie damals von England nach Irland übersetzte und ich mit einem gestohlenen Interrailticket unterwegs war. Damals glaubte ich wirklich, ich ließe alles hinter mir. Aber Worte lassen sich nicht abstreifen. Sie haben Widerhaken und verfangen sich in der Seele. Danaes Worte folgten mir auch über das Meer, raunten im Schäumen des Wassers, so wie jetzt.

»Was, die? Nein, die gehört doch nicht zu mir. Ich kenn die gar nicht.«

»Du lügst! Weil er mich liebt und nicht dich. Niemand liebt dich.«

»Soll ich dir sagen, was du bist, Momo? Ein mieser, schleimiger Psycho. Ein Freak!«

Dreimal Danae.

Ich muss tief Luft holen. Ich habe gehört, dass es Leute gibt, die einen Inselkoller bekommen. Ich habe wohl so etwas wie einen Fährenkoller. Plötzlich ertrage ich das Wasser kaum noch. Wieder bleibt nur die Flucht – in eine andere Vergangenheit, die mich nicht antickt, weil sie nicht die meine ist: Hinten im Reiseführer gibt es einen kurzen Abriss der finnischen Geschichte. Mit Betonung auf »kurz«. Immerhin steht dort, dass Finnland mal zu Schweden und dann zu Russland gehört hat und noch bis 1917 unter Zarenherrschaft stand. Danach entzweite ein Bürgerkrieg zwischen den bolschewistischen »Roten« und den »Weißen« unter einem General Mannerheim das eigene Land. Zwei Sätze später beginnt im Reiseführer schon der Zweite Weltkrieg. Und dann stoße ich auf Ainos Stichwort – 1939, Beginn des Winterkriegs, Gegner: Sowjetunion. Ich lese, dass es der erste Krieg von dreien war. Nummer zwei nennt sich Fortsetzungskrieg, Nummer drei Lappland-Krieg. Gegen die Sowjetunion, dann schließlich noch gegen das Deutsche Reich, mit dem sich Finnland erst noch auf eine Art verbündet hatte, um im Krieg gegen die Sowjetunion bestehen zu können. Drei Kriege, zwei Gegner. Jetzt weiß ich, was Aino erzählen könnte, wenn sie der Typ für Flashbacks am Silvesterabend wäre: »*Wenn die Russen und/oder die Deutschen kommen, dann lauf, mein Kind*!«

Und trotzdem hat sie einen russischen Mann geheiratet und lebt in Deutschland. Mein Zorn ist endgültig verraucht. Stattdessen frage ich mich, wovon sie wohl nachts träumt und welche Erinnerungen sie einholen, wenn ein Flugzeug über sie hinwegdonnert. Ich blättere in dem Reiseführer herum, aber mehr als diese paar Stichworte zu den Kriegen finde ich nicht. Es würde auch nicht zu den launigen Texten über Kneipen, Museumscafés und Mode aus dem »Design-District« passen. Dafür finde ich einen kleinen Sprachführer.

Kyllä – ja.

Ei – nein.

Hyvää päivää – guten Tag.

Yksi, kaksi, kolme – eins, zwei, drei.

Und, ganz wichtig für mich: *En ymmärrä* – ich verstehe nicht.

Ich suche nach *keltanokka* und *häjy*, aber Ainos Schimpfworte für mich sind wohl aus gutem Grund nicht beim Touristenfinnisch zu finden.

Auf den ersten Blick scheint die Sprache ein paar einfache Regeln zu haben – möglichst viele Doppel-äs, gerne kombiniert mit y (gesprochen als ü). Klare Vokale gelten nach der Logik dieser Sprache wohl generell als überbewertet, mit Ausnahme von einem: An viele Universalwörter hängt man einfach ein i, damit es Finnisch klingt: *hotelli, posti, musiikki, ketsuppi, majoneesi.* Zumindest diesen Part kriege ich hin.

Ich versuche dem Gespräch zweier Frauen zu lauschen, stelle aber fest, dass es wohl eher Däninnen sind. An der Reling drängen sich Passagiere aus Deutschland und fotografieren mit Mörderobjektiven die Ostsee. Offenbar die obligatorische Outdoor-Fraktion. Sehnige, gebräunte Muskelwaden. Eisgraues Haar, Gesundheitsbergschuhe und Jacken mit Jack-Wolfskin-Siegel. Vielleicht liegt es an Ainos Sprüchen, aber plötzlich kommt es mir wirklich so vor, als hielten diese Touristen Waffen in den Händen. Unwillkürlich stelle ich mir diese Silberrücken auf Safari vor. Auf der Suche nach den Big Five Finnlands, um sie mit ihren Kameras abzuschießen. Aber was sind die Big Five? Laut Reiseführer vermutlich Rentier, Elch und das Wahrzeichen Finnlands: der Braunbär. Ende. Ach nein: Es gibt noch die seltene Ringelrobbe und außerdem einen besonderen Vogel, der sich »Unglückshäher« nennt. *»Er ist insbesondere in den kargen Wäldern Nordfinnlands anzutreffen«*, lese ich, *»und nähert sich zutraulich auch Menschen.«*

Logisch, denke ich. *Unglück ist immer sehr zutraulich und anhänglich. Und immer sieht es mit seinen großen Knopfaugen erst einmal niedlich und harmlos aus.*

Ein paar Wassertropfen zerplatzen auf dem Foto des rotbraunen Vogels. *»Moi!«*

Ich schrecke hoch. »Oh, äh ... *hello.*«

»Hyvää päivää« wäre die passende Antwort gewesen, aber dieser Anblick löscht jeden Vokabelspeicher. Wenn ich nicht absolut sicher wäre, wach zu sein, würde ich denken, dass mich Barbarossa bis in meine Träume verfolgt. Und zwar die Art von Träumen, die man besser nur seinem Therapeuten erzählt.

Sein Brusthaar klebt nass an seiner Haut, ebenso das Fell an seinem Bauch und den Beinen. Er ist splitterfasernackt, na ja, bis auf eine Art Papierschurz, den er sich um die Hüfte gewickelt hat und mit einer Pranke festhält. Ein Werwolf mit ... *Frotteebadeschläppchen*!

Er knallt seine Bierdose auf den Tisch und setzt sich mir ungefragt gegenüber. Das mit Plastik beschichtete Papier reißt an bedenklicher Stelle. Hinter ihm kommen weitere Männer aus einer Tür ins Freie. Ein Schwall Dampf quillt aus dem Türspalt. Nackte Rücken und Beine glänzen vor Nässe. Und das alles inmitten züchtig gekleideter Touristen, die alle höflich so tun, als würden sie den Aufmarsch der Wilden nicht bemerken. Sogar die Safari-Fraktion lässt die

Waffen stecken. Zwei deutsche Urlauberinnen rücken auffällig unauffällig zur Seite, als die Nackten sich neben sie an die Reling quetschen. Eisern ignorieren sie sogar, dass einem der Schurz verrutscht, erst den halben Hintern enthüllt und dann davonflattert. Mein Finger juckt geradezu auf dem Auslöser, aber ich muss erst das Display so umklappen, dass ich unbemerkt fotografieren kann.

»Geht's dir gut?« Jukkas Stimme schlingert quasi an der Wand entlang. »Wo ist deine *Mummi*?«

»Sonnendeck. Und was macht ihr da?«

Sein überraschtes Gesicht kenne ich schon. Angeheitert wirkt es nur noch etwas ausdrucksvoller. »Na, Sauna! Was denn sonst?«

In der Gruppe entdecke ich nun auch den Kerl, dem ich heute aufhelfen wollte. Die Schürfwunde leuchtet wie eine Signallampe in seinem roten Gesicht. Er erkennt mich wohl nicht. Oder vielleicht löscht er mich auf der Stelle wieder aus dem Arbeitsspeicher, als ein anderer Sauna-Barbar mit ihm anstößt. Die beiden trinken auf ex und schlappen, wie Brüder, vereint zurück in den Dampf.

Jukka kneift die Augen zusammen und mustert mich, als hätte er zum ersten Mal entdeckt, dass ich ein weibliches Wesen bin. »Kommst du heute mit in die Borddisco, Mo?«

Beinahe hätte ich gegrinst. *Klar doch, lass uns die Discokugel anheulen.* Aber dann wird mir klar, dass es eine gute Idee ist. Erstens hilft es gegen Fährenkoller und vertreibt die Zeit. Und zweitens habe ich mein Englisch auch nicht aus Büchern gelernt, sondern beim Sprechen. Genau genommen habe ich es mit Aidans Küssen aufgesogen und aus dem Lachen am Abendbrottisch seiner Familie gestohlen, die meine neue Heimat werden sollte. *Was ja auch fast geklappt hätte.*

Ich nicke. »*Kyllä.*«

Jukka blinzelt so irritiert, als hätte er für ein Ja keinen Plan B.

»Ich lerne gerade Finnisch«, erkläre ich, noch bevor er sich vom Schreck erholt hat. »Was heißt eigentlich *kelta-nokka*?«

Wieder ein Blinzeln. »Wer nennt dich so?«

»Meine *Mummi*. Was bedeutet es?«

Beim Wort *Omi* kehrt sein Lächeln zurück. Er tippt mit nassem Finger auf das Vogelbild im Reiseführer. »Gelbschnabel. Also jemand, der noch zu jung oder unerfahren ist, um sich wirklich auszukennen.«

Damit kann ich leben. Ehrlich gesagt hatte ich Schlimmeres erwartet.

»Und *häjy*?«

Sein Lächeln verschwindet, die Augen werden groß. »Nennt sie dich auch so?«

Ist es gut oder schlecht, wenn ich ja sage? Also zucke ich nur mit den Schultern. Barbarossa betrachtet mich mit verwundertem Respekt.

»Unruhestifter, Schurke, Rebell«, erklärt er. »Früher trugen sie Messer und haben sich mit der Obrigkeit angelegt, mit der russischen und auch mit den Schweden. Und sie waren dafür bekannt, als ungeladene Gäste auf Familienfeiern aufzutauchen, sich durchzufressen und Chaos zu verbreiten.«

*

Aino hat Glück, dass wir uns auch jetzt in der Kabine verpasst haben. Nur ein Po-Abdruck auf der Bettdecke und der frische Duft eines Zitrus-Parfüms verrät, dass sie noch vor kurzem hier gewesen sein muss. Ansonsten nutzt sie wohl die geräumige Behindertentoilette bei den Bars. Vielleicht ist sie mir den Tag über auch absichtlich ausgewichen. Warum sonst sollte sie jetzt um neun Uhr abends noch einmal die Kabine verlassen haben? Heute Nachmittag hatte ich ihr den mit einem Handtuch rutschfest gesicherten Hocker in die Dusche gestellt und einen Zettel hingelegt mit dem Hinweis, sie solle mir aufschreiben, ob und wann sie Hilfe im Bad braucht. Aber der Stift liegt noch unberührt da. Meine Sachen schiebe ich so weit unter das Bett, dass sie garantiert nicht drankommt, dann schultere ich die Kamera.

Im Grunde könnte ich die Augen schließen und der Musik folgen. Von finnischer Depression keine Spur. In der Borddisco ist die Stimmung auf Partylevel. Auch die Safarigänger sind alle hier versammelt. Eine Frau aus dieser Gruppe singt auf der Bühne mit deutschem Akzent die letzten Takte von Gloria Gaynors *»I will survive«*.

Karaoke. O nein. Ich dachte, diese Art der Abendunterhaltung wäre seit den späten neunziger Jahren tot. Aber für einen Rückzug ist es zu spät. Barbarossa hat mich bereits entdeckt und winkt mich aufgeregt heran. Seine Begrüßung ist Pantomime, zu laut ist der Schlussapplaus, der die Sängerin belohnt.

Barbarossa und sein Club belagern die ganze rechte Seite der Bühne, und als Mister Schürfkinn-*Sisu* auf die Bühne geht und das Mikrophon entgegennimmt, wird mir klar, warum. Mit zwei Komma fünf Promille im Blut ist es besser, die Wege kurz zu halten, wenn man einen langen Abend als Supertalent vor sich hat. Auch die deutschen Frauen am Nebentisch johlen, als der Mann mit Inbrunst zu singen beginnt. Barbarossa zieht einen freien Stuhl heran, der Rest rückt, damit ich am Tisch Platz habe. »Jetzt kommt *Yö*!«, brüllt Barbarossa mir ins Ohr. Er erklärt noch irgendetwas, aber ich höre ihm nicht zu, ich werde mitgerissen von einer Melodie, die so schwermütig und dennoch kraftvoll ist, dass sie alles in mir zum Schwingen bringt. Es klingt wie eine Mischung aus Folkrock-Ballade und russischem Wehmutslied. Herzschlag-Beat im Schlagertakt. Rollendes R und dumpfe, fauchende Ch-Laute explodieren in den Lautsprechern. Der

Typ mit dem Schürfkinn singt überraschend gut. In seiner rauen Stimme schwingt eine tragische Leidenschaft, die sogar in mir den Wunsch weckt, einsam, mit blutendem Herzen, aber dennoch aufrecht durch den Schnee zu stapfen und den Spuren einer verlorenen Liebe zu folgen. Oder zumindest der von Elchen.

Barbarossa singt neben mir aus voller Kehle mit, Taktklatschen feuert den Sänger von Refrain zu Refrain noch mehr an. Beim dritten Refrain singt der ganze Saal mit: *»Rakkaus on lumivalkoinen ...«*

Im ersten Moment verstehe ich *»Raukka«*, aber nachdem Mister *Sisu* unter tosendem Applaus von der Bühne gewankt ist, klärt Barbarossa mich auf, dass es kein Lied über einen Feigling war, sondern über *rakkaus* – die Liebe. Komische Sprache, in der die Wörter Feigling und Liebe fast als Anagramm durchgehen.

»*Schneeweiß ist die Liebe* – so heißt das Lied«, sagt Jukka. »Von der Gruppe Yö, die kennst du aber?« Ohne meine Antwort abzuwarten, versucht er sich an einer Übersetzung. »Einen Moment nur ist die Liebe schneeweiß und so rein wie ein mit Schnee bedeckter Hang an einem Februarmorgen. Ach, würde diese Pracht noch länger strahlen, statt dahinzuschmelzen ...« Es wäre netter gewesen, wenn er bei den letzten Worten nicht versucht hätte, mir ins Dekolleté zu schielen, aber ich muss trotzdem lächeln. Ich mag Barbarossa, und noch mehr mag ich es, Teil dieser Gruppe zu werden, hineinzusinken in ein diffuses, aber heimeliges Wir – auch wenn es nur bedeutet, Jukkas Bier anzunehmen und näher an den Tisch zu rücken.

»Der da heißt übrigens Eemil.« Jukka deutet mit einem Augenwink auf den Sänger, der wieder Platz genommen hat. »Hat gerade eine harte Zeit. Seine Frau lässt sich scheiden, weißt du? Wegen einem anderen. Er hat lange nichts gemerkt, bis er sie mit dem anderen erwischt hat.«

Ja, darüber könnte ich dir auch etwas erzählen.

Ich hebe mein Bier zum Toast. »Auf die nächste schneeweiße Liebe.«

Barbarossa strahlt und hebt sein Glas. »*Kippis!*« Das heißt wohl Prost. Und ich trinke so lange, bis mir schwindelig wird und alles verschwimmt, woran ich heute nicht mehr denken will. Alte Lieben. Von neuen ganz zu schweigen.

Wer auch immer behauptet hat, Finnen seien schweigsam, der irrt sich, zumindest, wenn man Jukka als Maßstab nimmt. Keine Ahnung, wie es bei diesem Lärmpegel geht, aber nach zehn Minuten kenne ich jeden von der Gruppe samt Beziehungsstatus, Anzahl der Kinder-Schrägstrich-Enkel sowie Arbeitsprofil. Ich weiß, dass Jukka seit einem Jahr in Tampere lebt und als Vertreter für Rohrreinigungssysteme arbeitet, dass seine Frau Selma heißt und aus Schweden stammt und dass die Männer sich schon seit Jahrzehnten kennen und einmal im Jahr ohne Familien verreisen, vorzugsweise dorthin, wo Alkohol billiger ist als beim staatlichen Monopolistenverkauf in der Heimat. Zwischendurch übersetzt Barbarossa für mich unermüdlich die Songtexte, während seine Sauna-Meute mit Inbrunst die Klassiker rauf und runter singt. Die meisten Lieder haben Titel wie »Schön ist der Augenblick der Trennung« oder »Liebe, leide und vergiss« und erzählen traurig davon, wie kurz der Sommer ist und wie flüchtig die Liebe. Das Land wird mir langsam wirklich sympathisch. Einige der Lieder sind Tangos. »Natürlich, der stammt ja schließlich aus Finnland«, erklärt mir Jukka voller Ernst. »Die Typen aus Argentinien kopieren uns nur. Kennst du Olavi Virta?« Er winkt selbst ab. »Blöde Frage. Klar kennst du den, das ist ja schließlich der finnische Elvis Presley.«

»Du meinst, Elvis Presley ist der amerikanische Olavi Virta«, entgegne ich. Ich schätze, wenn Barbarossa nicht schwerstens verheiratet wäre, würde er mich jetzt nach Las

Vegas schleppen. Oder zum finnischen Pendant der nächsten Hochzeitskapelle, wo auch immer das sein mag. Vielleicht in Lappland gleich neben dem Wohnhaus des Weihnachtsmannes. »*You're my girl, Mo!*« Er legt mir den Arm um die Schultern und übertönt das zittrige »*I will always love you*« einer Touristin, als er seinen Brüdern meine Worte übersetzt. Die Reaktion ist unhöflich und überwältigend. Brüllende Begeisterung, Schulterklopfen, das mir fast die Kamera aus der Hand schlägt. Sogar Eemil will mit mir anstoßen. Bier kippt und tropft von der Tischkante.

Die deutsche Touristengruppe singt nun tapfer zusammen mit ihrer Whitney Houston gegen unseren Krawalltisch an. Keine Chance.

»Das nächste Lied singe ich nur für dich!«, ruft Barbarossa, kaum dass die letzte Note verklungen ist. »›*Für mein rothaariges Mädchen*‹. Das ist *dein* Song!«

»Ich bin nicht rothaarig.«

»Natürlich bist du das. Jedes wunder-wunderschöne Mädchen ist rothaarig!«

Er macht die Drohung tatsächlich wahr. Sogar mit pathetischer Ansprache auf der Bühne, bei der er ständig auf mich deutet. Weiß der Himmel, was er dabei erzählt. Jedenfalls sagt er ziemlich oft *rakkaus*, mit diesem rollenden R rauer Inbrunst. Es hilft nichts, in meinem Stuhl zu versinken und so zu tun, als müsste ich das Objektiv an der Kamera wechseln. An den Nebentischen prosten mir grinsende Finnen zu. Auch die Deutschen lächeln, allerdings wirkt es bei ihnen eher schadenfroh. Das Playback erlöst mich fürs Erste. Akkordeonklänge, ein schwermütiger Molltango im Marschtakt. Eigentlich hatte ich schon bei Jukkas Ansprache beschlossen, dass es mir für heute reicht, aber dann, ganz plötzlich, erwischt dieser Werwolf mich doch. Entzündet etwas in mir. Vielleicht ist es die Art, wie er voller Inbrunst nur für mich singt. Das T-Shirt ist ihm aus dem

Hosenbund gerutscht und enthüllt seine wahre Natur, aber dennoch beherrscht er die großen Gesten eines Schlagersängers. Mit wiegenden Hüften und ruckenden Schultern steht er da, übergossen von bonbonfarbenem Licht. Bei den herzzerreißenden Passagen legt er die Stirn in Wehmutsfalten, wirft den Kopf zurück und schließt die Augen. Seine grauen Haare fliegen im Takt des Refrains. Er packt sein Herz mit der Faust und wirft es mir zu. Und ein Teil von mir fängt es – im selben Moment, als ich unauffällig, aber punktgenau auf den Auslöser drücke. Ich bin ziemlich sicher, dass es mir gelungen ist, die Nummer fünf der *Big Five* zu finden: den finnischen Mann.

ZEITREISEN

Das Duo Alkohol & Karaoke hat den Vorteil, dass mich im Schlaf niemand aus meinem eigenen Kopf heimgesucht hat. Ich habe nur wirr von Flugzeugen und Bären geträumt. Und als ich endlich aufwache, trifft mich die Erinnerung an Leon nicht mehr ganz so hart. Dafür bleibt nämlich keine Zeit, denn ich sehe mich einer ungnädigen Aino gegenüber, die auf ihrem Bett sitzt und mir wohl schon seit geraumer Zeit mit ihrem Stock gegen den Oberarm stupst.

»Schon Morgen?«, murmle ich. Ich erinnere mich, erst gegen drei Uhr in unsere Kabine geschlichen zu sein. Im Dunkeln. Dementsprechend habe ich mehr oder weniger in meinen Klamotten geschlafen. Na ja – eher mehr.

»Hast du die Borddurchsage nicht gehört, Partymädchen?«, erwidert Aino vorwurfsvoll. »In einer Stunde laufen wir in Helsinki ein.«

Dass Nummer fünf noch einige Überraschungen mehr auf Lager hat, merke ich, als ich nach einem schnellen Frühstück mit Brötchen und Instantkaffee das Deck betrete. Ich kann nicht behaupten, dass es mir blendend geht, aber es ist nicht so, als würde ich nüchtern à la Jekyll und Hyde in ein anderes Selbst switchen. Im Gegensatz zu den Sängern. Von der fröhlichen Sauna-Gang ist nichts mehr übrig. Sie stehen in jeder Hinsicht ernüchtert und stumm an der Reling, mit blutunterlaufenen Augen und irgendwie kleiner und farbloser als gestern. Blinzelnd und missmutig schauen sie zu, wie sich unsere Fähre an nebligen, windzerzausten Inseln vorbeischiebt, manche davon nur so groß, dass gerade einmal eine Handvoll Birken darauf Platz hat. In der Ferne sehen wir bereits Hochhäuser und einen betonierten Hafen, der dem in Travemünde ähnelt.

Als ich Jukka begrüße, schaut er mich so besorgt an, als wäre er heute Morgen nackt an Deck aufgewacht – links im Arm eine leere Wodkaflasche, rechts das Mädchen, das er sich wunderschön und rothaarig getrunken hat.

»*Hei*«, murmelt er. Ich habe den Verdacht, dass er sich wirklich mühsam zu erinnern versucht, ob er zu weit gegangen ist. Auch der Rest der Gruppe wirkt verhalten, fast bedrückt, als würde der Alltag sich mit jedem Meter Landnähe wieder schwerer auf ihre Schultern wälzen. Kein Lächeln, nur distanziertes Nicken, Höflichkeit. Für Eemil bin ich wieder unsichtbar, die anderen Blicke weichen mir aus. Offenbar gibt es zumindest bei dieser Gruppe zwei emotionale Aggregatzustände: mit und ohne Bier.

Also steige ich auf Jukkas vorsichtigen Smalltalk ein. Er gibt mir ein paar Tipps für gute Konzertkneipen und erkundigt sich höflich nach Ainos Gesundheit. Wow, wir könnten wirklich Fremde sein. »*Have a good time in Helsinki*«, sagt er schließlich. Als ich erwidere, er solle seine Frau Selma grüßen, wirkt er regelrecht erschrocken und schluckt. Vielleicht bin ich gemein, aber ich kann es mir nicht verkneifen, ihm zum Abschied verschwörerisch zuzuzwinkern. Zugegeben, ich bin ein wenig traurig, aber seine andere Seite bringt mich auch zum Lächeln. Trotzdem, ich vermisse Mr Hyde jetzt schon. *Schneeweiß ist die Liebe.* Und ebenso schnell schmilzt sie dahin. Aber ganz verloren ist der andere Jukka ja nicht. In meiner Kamera glüht das Bild von heute Nacht unter dem kühlen Gehäuse. Ich weiß schon, warum meine Fotos Beweise sind: Weil sie nicht zulassen, dass Wirklichkeiten einfach wieder verschwinden, als hätten sie nie existiert. Insofern hat Aino es doch ganz richtig erkannt: Der Druck auf den Auslöser hat tatsächlich Macht über die Zeit. Er schafft nämlich Ewigkeiten. Zum Beispiel die eines kostbaren, fragilen Moments, in dem ein grauer Wolf sein heißes, überschäumendes Herz verschenkt, als gäbe es kein Morgen.

*

Auch hier brauchte Aino nicht vor Sorge um ihre Tasche nach Luft zu schnappen und zu hüsteln. Beim Auschecken kontrolliert niemand die Passagiere, die zu Fuß unterwegs sind, stattdessen werden Alkoholkontrollen bei den Autofahrern durchgeführt. Nachvollziehbar.

Es ist ein unwirkliches Gefühl, wieder festen Boden zu betreten. Obwohl wir kaum Seegang hatten, wirkt der Asphalt viel härter und starrer als das Schiffsdeck. Ein letztes Mal sehe ich Jukka und seine Jungs von weitem auf dem Terminalgelände, alle in einen einzigen Kombi gequetscht. Ich winke, aber die Einzige, die sich angesprochen fühlt, ist das Backpacker-Mädchen im Kleinbus hinter ihnen. Sie hat mit ihrem Bruder eine Mitfahrgelegenheit im Safari-Rudel ergattert und winkt hinter virensicherem Glas nun umso eifriger zurück.

Aino und ich müssen uns zu Fuß zur nächsten Bushaltestelle im Wohngebiet am Terminal durchschlagen. Ich bin überrascht, dass die Fahrt zeitweise eher an einen Kanada-Naturtrip erinnert. Werbeplakate wirken, denn irgendwie hatte ich mir das Land strahlender vorgestellt. Stattdessen erdrückt uns ein kühler Himmel. Nieselregen besprüht die Scheiben. Millionen von Nadelbäumen und Birken stehen an der Straße. Manchmal schweift der Blick weit in die Ferne über raues Land und Fels. Die Fahrgäste schweigen, und der Busfahrer trägt trotz des Regens eine Sonnenbrille und das passende Mafioso-Pokerface. Auch Aino scheint nicht der Typ für eine tränenreiche Heimkehr zu sein, sie sitzt mit der Nase im Reiseführer da und knickt Eselsohren in die Seiten mit Hotels.

»Wie ist es, wieder nach Hause zu kommen?«, frage ich.

»Ziemlich kühl für diese Jahreszeit«, murrt sie nur und wendet sich ab.

Willkommen in Finnland, denke ich. *Strahlende Sonne, herzliche Menschen, Party!*

Der Übergang von Natur zu Stadt ist so fließend, dass ich ihn fast verpasst hätte. Scheinbar von einem Moment auf den anderen schiebt sich der Bus in einen mehrspurigen Stau, der von unzähligen Rotphasen zerhackt wird. Buchcover wirken offenbar auch, denn nun merke ich, dass ich mir Helsinki blauweiß mit Polarisationsfilter vorgestellt hatte. Aber es ist ... *braun, asphaltgrau und quadratisch*?

Zumindest in diesem Teil der Stadt erheben sich riesige Klotzgebäude an nackten Straßen. Kasernenartige, abgasgeschwärzte Häuserblocks wechseln sich mit vereinzelt gestreuten Jugendstilgebäuden oder klassizistischen Villen ab. Kein romantisches Paris des Nordens. Einige Kaufhaus- und Bürowürfel stammen bestimmt aus den siebziger Jahren.

Aber mittendrin im Aderknoten der großen Straßen erhebt sich eine gelbbraune historische Festung mit Bogendächern und grünen Kupferverblendungen. Wie ein mahnender Zeigefinger ragt ein Uhrenturm in den Regenhimmel. Vier Steinriesen flankieren ein Steinbogentor, an dem der Zungenbrecher *Rautatieasema Järnvagsstation* prangt. In stoischer Jugendstil-Männlichkeit halten die Riesen facettierte Glaslampen in den Händen und erinnern mit ihren ernsten Mienen an Jukkas Gruppe minus Bier.

Ich muss aufpassen, dass ich mir die Nase nicht an der Scheibe stoße, als der Bus plötzlich abbiegt und über Kopfsteinpflaster rumpelt. Aino klappt das Buch zu. »Nimm unsere Sachen, wir sind am Bahnhof.«

Helsinki heißt uns mit brüllendem Verkehrslärm willkommen, der Aino sichtlich zusammenzucken lässt. Zumindest die Busse sind strahlend und blauweiß. Sie kurven vor uns über den Platz, halten zischend an den Haltestellen, wo schon Touristen mit Koffern warten. Taxis geben Gas und hupen, Rollkoffer rumpeln, Handys klingeln. Und um den Platz herum brandet Großstadtverkehr, eine Hauptschlagader mit Blechpuls kurz vor dem Infarkt.

»Du meine Güte«, murmelt Aino. Auf dem Bürgersteig stehend, klammert sie sich an meinen Arm, während der Busfahrer ihren Rollstuhl aus dem Gepäckraum holt. Ich kann spüren, wie sie wieder am ganzen Körper zu flattern beginnt, ihre Hand krallt sich in meinen Jackenärmel und zittert dennoch wie bei einer Parkinsonkranken.

»Du meine Güte«, wiederholt sie. »Was haben sie aus dem schönen Bahnhofsplatz gemacht?«

Pferdekutschen gegen Autos ausgetauscht? Aber ich halte den Mund.

»Wann warst du das letzte Mal hier?«, frage ich stattdessen.

Sie schluckt und blinzelt. »1959.«

Wow, über ein halbes Jahrhundert. Der Busfahrer stellt ihr kommentarlos den Rollstuhl hin, und sie lässt sich fast schüchtern hineinsinken und umarmt ihre Tasche. Ich merke, wie ihr irrender Blick an allem Neuen fast panisch abrutscht und Halt im Vertrauten sucht. Auf der linken Seite des Platzes wird sie fündig und atmet auf. Dort thront ein wuchtiges Camelot-Schloss. Grobe Steinquader, schmale Bogenfenster und eckige Türme. In Leons Computerspielen würde hier der Nordmannkönig mit seinen Wolfskriegern den nächsten Eroberungsfeldzug gegen die Trolle planen.

»Das ist das alte finnische Theater«, sagt Aino. »Meine Mutter hat als junges Mädchen noch den Bau miterlebt, weißt du?« Und dann plappert sie los, als wäre dieser Faden in die Vergangenheit ihr Rettungsseil in Raum und Zeit.

»Das Gebäude besteht aus Rohgranit – wie Finnland selbst. Es sollte für alles stehen, was wir sind, unsere Herkunft, die Vorzeit, unsere Härte, unsere naturverbundene Seele.« Sie wendet ihren Rollstuhl und deutet auf die gegenüberliegende Seite des Bahnhofsplatzes. »Und da drüben steht das Gegenteil.« Jenseits der großen Straße erhebt sich ein griechisch anmutender Palast mit säulengesäumtem Eingang. Allerdings ist er nicht weiß, sondern fügt sich mit seiner graubraunen und gelblichen Steinfassade gut in die Helsinki-Farbpalette ein. Frauenfiguren in griechischen Gewändern stützen das Dach des Dreieckgiebels über den Eingangstüren. Jetzt erinnere ich mich, dass ich das Gebäude im Reiseführer bereits betrachtet hatte. *Ateneum – größtes Kunstmuseum Finnlands. Neorenaissance.*

Und Ainos Ziel.

»Das war Absicht, weißt du?«, plappert Aino unbeirrt gegen den Lärm an. »Dass das Nationaltheater und das Museum sich genau gegenüberstehen, meine ich. Das Theater symbolisiert die finnische Tradition, das Ateneum steht für den Aufbruch in das moderne Europa. Und genau da gehen wir jetzt hin.«

»Du willst jetzt sofort ins Museum?«

Aber Aino rollt mir einfach davon. Ich nehme das restliche Gepäck und hole sie am Ende des Taxistandes ein. »Warte, was ist mit dem Hotel?«

Aino bremst so abrupt, dass ein Passant fast in sie hineingestolpert wäre. »Ich bin hier, und das Museum ist dort auf der anderen Straßenseite«, sagt sie ungehalten. »Da will ich hin, nur deshalb bin ich hergekommen. Warum sollte ich jetzt erst einen Umweg machen?«

»Vielleicht, weil wir seit vorgestern kaum geschlafen haben und seit zwei Tagen nur von Brötchen, Cola und Kaffee leben? Suchen wir uns erst einmal das Hotel, laden die Sachen ab …«

»Wer von uns beiden ist fast neunzig Jahre alt – ich oder du?«, fragt sie voller Verachtung. »*Ich* habe hervorragend geschlafen. Das Hotel läuft mir nicht weg. Die Zeit schon. Und wer bis drei Uhr morgens mit fremden Männern in Bars herumlungert, wird es wohl gerade noch schaffen, sich über eine Straße zu schleppen.«

*

Aino hat leicht reden. Als wir den Busbahnhof und den Zebrastreifen an der Ampel hinter uns haben, bin ich schon in Schweiß gebadet. Es ist Schwerstarbeit, den Rollstuhl und das ganze Gepäck über zehn verschiedene Arten von Kopfsteinpflaster und Straßenbahnschienen zu bugsieren. Und außerdem hetzt alles um mich herum, als hätte die ganze Stadt Bluthochdruck. Nur eine Gruppe von Matrosen in weißen Uniformen hat die Ruhe weg und schlendert in Zeitlupe zu einer Bushaltestelle.

Im Reiseführer steht, dass das Kunstmuseum montags geschlossen hat, aber meine Hoffnung zerschlägt sich. Schon von weitem ist zu sehen, dass wir wohl den einzigen Montag im Jahr mit Sonderöffnungszeiten erwischt haben. Schulklassen drängen sich vor dem Gebäude.

Zum Eingang führen Treppen, aber die Matrosen lassen sich nicht lange bitten, Aino kurzerhand samt Rollstuhl die paar Stufen hochzutragen. Aino belästigt sie dafür nicht mit finnischer Unhöflichkeit, indem sie danke sagt, sondern überlässt diesen Part mir.

Vielleicht liegt es nur an meiner Übermüdung, aber meine Laune sinkt in den Keller. Die Fremdheit überschwemmt mich, der Motorenlärm nervt, die Sprache und vor allem das sture alte Weib, das mich hinter sich herzieht wie einen Hund an der Leine. Drinnen schwappt mir das nächste Chaos entgegen. Der Raum mit den Kassen und Garderoben ist randvoll mit kreischenden, überdrehten Erstklässlern. Ich muss an der Kasse schreien, um unsere Eintrittskarten zu kaufen, und die Dame weist mich mit Nachdruck darauf hin, dass ich meinen Rucksack einschließen muss. Na toll. Einen Moment lang überlege ich, im Museumscafé zu warten, bis Aino gefunden hat, was immer sie auch sucht. Aber dann lese ich, dass ich meine Kamera mitnehmen darf. Fotografieren ohne Stativ und Blitz ist erlaubt.

Aino hat mehr Glück als ich. In dem Getümmel fällt niemandem auf, dass sie ihre Tasche in die Ausstellungsräume schmuggelt. Mit dem Rollstuhl führt unser Weg über Hintertüren und Lifte, und ich atme auf, als wir die Schüler abhängen.

Die Ausstellung befindet sich in einem der oberen Stockwerke. Nach dem Puls der Stadt wirken die Räume betäubend still. Ein bisschen bizarr ist es schon: Knapp eine Viertelstunde nach unserer Ankunft im brüllenden Chaos landen wir mit einer Vollbremsung in Ainos schweigender, schwarzweißer Zeit. Na ja, fast ihre Zeit. *1882–1972*, lese ich an der Wand. Ein überdimensionaler Schwarzweißdruck einer nüchtern wirkenden dunkelhaarigen Frau mit weichem, rundem Gesicht und wachen Augen ziert das Motto der Ausstellung. *Hilja Onerva Lehtinen.* Die Erklärungen sind in Finnisch und Englisch angebracht. Ein paar Stichworte schnappe ich im Gehen auf. *Künstlername L. Onerva. Schriftstellerin – Prosa, Drama, Essays. Journalistin.*

Schülerstimmen ebben zu einem entfernten Schnattern in einem anderen Stockwerk ab, dann höre ich nur noch meine Absätze auf dem Boden.

Sie übersetzte französische Literatur von Voltaire und anderen Größen ins Finnische. Ihre eigenen erotischen Texte schockierten viele ihrer konservativen Leser.

Ich bleibe stehen. *Erotische Texte?*

Als ich mich umschaue, zucke ich zusammen. Ich hatte

nicht bemerkt, dass über uns an der Decke eine Installation schwebt. Eine unsichtbare Frau, deren Existenz sich nur durch ihr schwarzes Kleid verrät. Es ist an Fäden aufgehängt und mit Drähten in Menschenform gebracht. Ein weißer Unterrock blitzt hervor. Er ist bedruckt und besteht aus Zeitungsseiten. Ein paar Sekunden vergesse ich sogar meine Sorge darüber, dass mein Rucksack mit Suzanas Karton unten in einem Schließfach eingeschlossen ist.

Ich brauche weder Blitz noch Stativ. Es ist sogar gut, wenn diese Gestalt leicht verwischt ist, als würde sie durch den Raum wirbeln. Die Idee gefällt mir: Onervas Körper ist schon längst zu Staub zerfallen, aber ihre Worte formen immer noch ihre Gestalt, machen sie sichtbar, als Gespenst, das mit flüsternden Unterröcken die Menschen begleitet.

Aino ist mir davongefahren. Und als ich sie einhole, muss ich fast rennen, um mit ihr Schritt zu halten. Wir fliegen geradezu durch die Ausstellung und durch Onervas Leben – von den ersten Fotos, als die Künstlerin noch Korsett und radgroße Hüte trägt, über die Zeit des Ersten Weltkriegs bis hin zu gedruckten Seiten mit Worten aus ihrer Feder, die unter Glas gerahmt sind.

An einer Reihe von Zeichnungen bremst Aino so abrupt, dass die Räder auf dem gebohnerten Boden ein wehleidiges Kritschgeräusch von sich geben. Als ich zu ihr trete, atmet sie immer noch schwer vor Anstrengung. An der Ziellinie angekommen nach einem Marathon, der sie aus Kuznetsows Wohnzimmer über die See punktgenau hierherführte. Plötzlich spüre ich meine Knochen und meine Müdigkeit, die Stille scheint in meinen Ohren zu dröhnen. Aino ist dagegen hellwach und starrt ein Aquarell an. Ich bin nicht erstaunt, dass es das Mädchen mit dem erloschenen Mund ist. Aber es ist nur eine von vielen Zeichnungen. Es gibt andere Gesichter, die ähnlich traurig wirken. Und auch einige, in denen ich Onervas Brauenschwung erkenne.

Stilisierte Selbstporträts in Sepia, Grau und Dunkelbraun. Mir fällt ein, was Aino mir an Bord der Fähre gesagt hat: *»Onerva gehört zu meiner Vergangenheit. Ich habe all ihre Romane und ihre Gedichte gelesen. Und jetzt gehören auch ihre Zeichnungen zu mir.«* Aber mir dämmert, dass es Aino vielleicht gar nicht darum ging, Onerva selbst noch einmal zu begegnen.

»Wer ist das Mädchen?«

Aino antwortet nicht, vielleicht hat sie mich nicht gehört.

»Aino?« Meine Stimme hallt in der Stille.

Aino räuspert sich. »Was weiß ich? Eine Patientin, schätze ich. Sie war in derselben Irrenanstalt wie Onerva.« Sie rollt etwas näher und kneift die Augen zusammen, studiert angestrengt die Bildbeschreibung. »In ... *Nikkilä.*«

Ich lese die englische Version. Es stimmt. Onerva hat all diese Zeichnungen in einer geschlossenen psychiatrischen Anstalt gemacht und ihre Mitpatienten porträtiert. Von einigen sind die Namen aufgeführt. Aber das Mädchen ist namenlos. Dort steht nur, dass Onerva es im Jahr 1945 wenige Wochen vor seinem Tod zeichnete. Jung gestorben, das Mädchen. Woran starb man damals? Schwindsucht?

»Onerva war fünf Jahre in der Geschlossenen?« Schon mein Flüstern scheint zu laut zu sein. Schreckt die Aquarellmenschen auf, die sich unter ihren klinischen Diagnosen zu ducken scheinen.

Aino nickt. »Eingeliefert wurde sie 1942. Ihr Mann war der Komponist Leevi Madetoja. Und der Arzt, der Onerva nicht rausließ, obwohl sie bei bester geistiger Gesundheit war, war ein guter Freund von ihm. Er war wohl der Meinung, dass Madetoja Ruhe zum Komponieren braucht, und sorgte dafür, dass sein lästiges Weib hinter verschlossenen Türen blieb. Sie kam erst wieder frei, als ihr Mann sich 1947 totgesoffen hatte.« Aino schnaubt und schüttelt den Kopf. »Da bist du eine der wichtigsten Künstlerinnen des

Jahrhunderts, mit Herz und Seele. Und wo landest du? Bei den Verrückten! Ist doch überall dasselbe mit unbequemen Frauen, was?«

Irgendetwas stimmt hier nicht. Viel zu viele Worte. Nun kramt sie ihr Notizbuch heraus, aber ihre Hände sind Espenlaub. Es gelingt ihr nicht einmal, einen Stift herauszuziehen.

Ich angle ihn für sie aus dem Seitenfach. »Was hast du vor?«

Sie schnappt mir den Filzstift aus der Hand. »Wonach sieht es denn aus? Aufschreiben, wer die Zeichnung an das Museum verliehen hat. Herrgott, können die nicht größer schreiben? Lies vor! Was steht da für ein Name?«

Du hast einen ganz schönen Ton am Leib, meine Alte, denke ich.

»A. … Syvävesi«, lese ich mit sehr schmalen Lippen vor.

»A Punkt?« Ainos empörter Aufschrei gellt in Onervas Tempel. »Ist das alles? Und *Syvävesi*? Sehr schlau. Syvävesis gibt es Tausende! Das ist ein Name wie Schmidt und Müller.«

Ihr Stift fliegt ihr beim empörten Herumfuchteln aus der Hand, prallt gegen die Wand und landet klappernd auf dem Boden. Dann fällt auch noch der Stock um. Ein Geräusch, peitschend wie ein Schuss. Aino schimpft atemlos und völlig aufgebracht weiter. »Du hast nicht richtig hingeschaut. Da muss noch etwas stehen …«

»Aino?«

»… ich gehe hier nicht weg, bevor ich nicht weiß …«

»Aino! Hallo!« Ich umfasse ihre Hände samt Notizbuch, fange das Zittern, halte es fest.

Sie japst wie ein Fisch an Land, aber sie verstummt und schaut mich mit aufgerissenen Augen an. In diesem Kunstlicht ist sie noch blasser, und die hektischen Flecken glühen auf ihrem Gesicht, als würde ein inneres Feuer in ihr lodern, von dem ich bisher nichts ahnte.

»Was willst du denn von diesem Syvävesi?«

Sie entreißt mir grob ihre Hände und wendet den Rollstuhl von mir ab. »Fragen, wie viel ein Original von Onerva kostet, was sonst? Mir einen Traum erfüllen. Ich interessiere mich für ihre Kunst und wollte schon immer etwas von ihr besitzen. Und das Porträt gefällt mir am besten.«

Jetzt fällt mir die Kinnlade runter. Dass sie lügt, ist weniger schlimm. Aber was sie mir an Intelligenz zutraut, ist niederschmetternd. *Ruhig, Mo. Nicht herumbrüllen in einem Museum.*

»Du weißt ganz genau, wer das Mädchen ist. Musstest du deshalb so dringend nach Helsinki zurückkehren?«

Ihre Lider zucken wie bei einem defekten Cyborg. »Das geht dich gar nichts an, du neugierige Elster.« Aber ihr Zorn hat keine Kraft mehr. Im Gegensatz zu meinem. Vielleicht liegt es daran, dass ich mit den Nerven am Ende und schlecht gelaunt bin, dass ich in einer Stadt gelandet bin, die mir noch so fremd ist, dass ich heulen könnte, aber für mich ist ein Endpunkt erreicht.

»Doch, es geht mich etwas an! Ich weiß nicht, ob es dir schon aufgefallen ist, aber wir sind gemeinsam hier. Ich bin der *idiootti*, der dein Gepäck schleppt und den Rollstuhl schiebt. Aber hier geht es nicht um dich und irgendeinen *häjy*, den du herumkommandieren, beschimpfen und für dumm verkaufen kannst. Es geht um dich und mich. Du willst nicht, dass ich Fotos von dir mache? In Ordnung. Wie du siehst, halte ich mich daran. Aber ich will verdammt noch mal keine Lügen von dir hören. Und versuche nie wieder, mich zu verarschen!«

Zu meiner Überraschung hält sie meinem Blick nicht lange stand. Aber sie presst trotzig die Lippen zusammen und schweigt.

»Überleg es dir«, sage ich. »Entweder wir sind ein Team. Oder unsere Wege trennen sich hier. Du findest mich im Museumscafé. Ich warte eine halbe Stunde und keine Sekunde länger. Und falls wir uns nicht mehr sehen: Gute Reise.«

*

Im Museumscafé trete ich sofort wieder den Rückzug an. Dort randaliert eine Schulklasse mit Tabletts und übervollen Colagläsern herum. Also flüchte ich in die Ausstellung finnischer Klassiker. Zur Abwechslung kann ja mal Aino warten, falls sie mich bei den Kaffeetassen sucht. *Falls.* Ich traue ihr zu, dass es das nun war mit uns beiden. Und im Moment weiß ich nicht, ob ich darüber traurig oder erleichtert wäre. Zum ersten Mal seit der Aktion im Wohnzimmer der Kuznetsows bin ich wirklich allein. Ehrlich gesagt tut es so gut, dass ich gar keine Lust mehr habe, diese Einsamkeit an der Cafétür gleich wieder abzugeben. Hier, zwischen schweigenden Gemälden aus zwei Jahrhunderten, erkenne ich die Verlorenheit wie einen Freund wieder, dieses halb unbehagliche, halb erleichterte Frösteln, das mir zeigt, wie losgelöst ich bin. Ich bin davongekommen, und sogar die Stimmen aus Suzanas Karton schweigen.

Finnische Künstler scheinen nicht viel von romantischem Weichzeichner zu halten. Und offenbar gibt es drei Herzensthemen: Natur, Mensch und Mensch-in-der-Natur. Viele Gesichter sind realistisch gezeichnet, mit hartem Licht und viel Schatten in den Zügen. Die Maler, die Namen wie Pekka Halonen, Helene Schjerfbeck und Albert Edelfelt tragen, verschleiern und idealisieren nichts – und dennoch drückt sich in ihrer Arbeit eine raue Liebe und Respekt für die dargestellten Menschen aus.

Ich zoome an ein Gemälde heran, das drei alte Frauen und eine jüngere vor einer Kirche auf dem Gras sitzend zeigt. Die Alten tragen Folkloretracht, gestreifte Schürzen, weiße Blusen und Kopftücher. Fotorealistisch ist jeder Fleck und jeder Schatten im Gesicht, sogar jedes einzelne Härchen einer weiß gewordenen Augenbraue.

Im Nebenraum doziert eine Dame in klingendem Englisch. Bisher habe ich ihren Vortrag nur als Hintergrundmelodie wahrgenommen, aber ein vertrauter Name reißt mich aus meiner Bildertrance.

»Aino ist eine Figur aus dem finnischen Nationalepos Kalevala«, hallt es durch die Tür. »Sie ist die junge, wunderschöne Schwester von Joukahainen. Joukahainen fordert den wichtigsten Protagonisten der Kalevala heraus: den alten und weisen Sänger Väinämöinen. Das ist der Greis mit dem langen Bart, den wir hier in der Mitte des Bildes sehen.« Ich folge Ainos Namen um die Ecke – und finde mich nach der Realität plötzlich in einem Mythen- und Märchenland wieder. Geflügelte Harpyien und drachenartige Ungeheuer, Pflanzensymbolik, magische Tiere und Frauen, so schön wie Feen. Die Kunsthistorikerin erinnert dagegen eher an ein Fotorealismus-Porträt: bodenständig, in Jeans und brauner Bluse, die zu ihrem strengen Bob und der eckigen Hornbrille passt. Eine Schülertraube sammelt sich um die zwei Bänke in der Mitte des Raumes, fächert sich im Halbkreis vor einem dreiteiligen Bild auf, das die ganze Breite der Wand einnimmt.

»Gegen Väinämöinens magische Stimme konnte Joukahainen im Sängerwettstreit nicht bestehen«, fährt die Dame mit der Hornbrille fort. »Der Greis sang ihn einfach in einen Sumpf. Joukahainen flehte um sein Leben und versprach dem Alten dafür seine Schwester Aino. Das ist das Mädchen, das wir hier dargestellt sehen.«

Niemand kümmert sich darum, dass ich mich zu der Gruppe geselle. Der Maler heißt Akseli Gallen-Kallela. Zwischen Schülerköpfen erhasche ich einen Blick auf den Großteil des Gemäldes. Wie ein Altarbild hat es drei goldumrandete Abschnitte. Auf allen Teilen ist dasselbe junge

Mädchen zu sehen, auf zweien davon nackt, und auf dem Bild in der Mitte trägt sie ihr hellblondes Haar, das ihr bis über die entblößten Hüften fließt, offen.

Na wunderbar. Da flüchte ich quer durch Deutschland und über die Ostsee fast zweitausend Kilometer bis ans Ende der Welt und bilde mir ein, davongekommen zu sein. Nur um festzustellen, dass Danae auch hier schon auf mich wartet. Das heißt, es ist nicht Danae, es ist Dani – mit sechzehn oder achtzehn. Jetzt würde ich mich gerne setzen, aber die Schüler fläzen sich halb komatös auf den Bänken. Also halte ich mich nur an der Kamera fest.

»Die drei Teile des Triptychons sind nicht chronologisch angeordnet. Man muss sie in der Reihenfolge linkes Bild, rechtes Bild, Mitte betrachten. Auf dem linken Bild sehen wir Aino, wie sie in finnischer Tracht im Wald Birkenzweige sammelt. Schaut euch ihre Schuhe aus Birkenrinde an. Hinter Aino sieht man Väinämöinen aus dem Wald treten. Ach, und was glaubt ihr? Wofür braucht man bei uns in Finnland wohl Birkenzweige?« Keine Antwort aus der Herde. »Für die Sauna!«, folgt die klingende Erklärung. »Man schlägt sich damit auf den Rücken, das fördert die Durchblutung.« Echte Begeisterung schwingt in ihren Worten mit, was ein Kunststück ist bei Schülern, die gelangweilt Kaugummi kauen und SMS verschicken. Auf Englisch. Vermutlich ist es ein Schüleraustausch, dem ich es zu verdanken habe, dass ich eine Einführung in finnische Kunst und Lebensart bekomme.

»Weiter zum rechten Bild«, fährt die Kunsthistorikerin munter fort. »Aino hat gesehen, wie uralt ihr zukünftiger Bräutigam ist, sie hat drei Tage und Nächte geweint, und nun sitzt sie am Wasser. In ihrer Verzweiflung fasst sie einen Entschluss. Lieber will sie sterben, als den Alten zu heiraten. Im See seht ihr eines der Wassermädchen schwimmen, die zur Herrin des Wassers gehören, der Göttin Vellamo. Sie wird manchmal als eine Art Meerfrau dargestellt, zuweilen auch mit Fischschwanz.« Ein Schüler rückt vor mir zur Seite, und ich habe schlagartig Gänsehaut. Das Kameraklicken lässt einige Schüler stirnrunzelnd über die Schulter schauen. Aber ich muss ein Objektiv zwischen mich und dieses Motiv bringen. Mein Herz schlägt bis zum Hals. Dieser bleiche Frauenkörper im Wasser sieht aus, als wäre er nach vielen reglosen Tagen auf dem Grund des Sees an die Oberfläche getrieben worden.

»Mittleres Bild!«, ruft die Kunsthistorikerin. »Aino ist der Heirat entkommen, indem sie sich ertränkte, und gehört nun zu den Töchtern Vellamos. Aber einmal begegnet ihr der alte Väinämöinen noch. Er ist mit seinem Boot auf dem Wasser und hat einen besonders schönen Fisch gefangen. Aber als er das Messer zückt, um das Tier zu töten, verwandelt es sich in Aino, die nun ein Wassermädchen ist. Sie entwischt sozusagen ein zweites Mal aus seinen Armen und taucht inmitten von springenden Fischen wieder unter. Diesen Moment seht ihr hier dargestellt: Der Greis beugt sich über den Rand seines Bootes und streckt seine Arme sehnsuchtsvoll nach Aino aus, aber sie lacht ihn nur aus und springt mit wehendem Haar zurück in ihr neues Element. Aino ist sozusagen unsere nordische Venus, ein Lieblingsmotiv unzähliger Künstler. Auf diesem Gemälde erkennt man deutlich, dass sie auf dem mittleren Bild nicht mehr von dieser Welt ist. Sie hat nun Wasseraugen, ätherisch und transparent wie der See.«

Wie Dani. Auch diesen Bildausschnitt betrachte ich nur durch den Sicherheitsabstand des Objektivs. Suche Ausschnitte des schlanken Mädchenkörpers, die linke Hand, die sich in den Himmel streckt als letzter spöttischer Gruß an ihren Möchtegernbräutigam. Fast kann ich Danis Lachen hören, das über den See hallt. Mir war nicht klar, dass meine Schwester eine Sirene ist. Aber ein finnischer Maler hat sie durch Jahrhunderte hindurch erkannt.

Die Frau mit der Hornbrille lächelt mir voller Wärme zu. Kein Wunder, ich bin die Einzige, die ihr wirklich zuhört. Und vermutlich hält sie meine belämmerte Miene für Faszination und das Fotografieren für Interesse. »Wasser hat in der Kunst oft eine besondere Bedeutung«, ruft sie mit neuem Enthusiasmus in den Raum. »Es ist das Tor zur anderen Seite, steht für den Übergang von Leben zu Tod. Nicht umsonst wurden Tempel früher am Wasser gebaut. Der griechische Styx ist der Fluss, über den die Toten in das Reich der Unterwelt fahren. Aber auch wir haben unseren Fluss der Unterwelt. Er wird nicht Styx, sondern Tuonela genannt. Folgt mir zu unserem letzten Bild für heute. Na los, los, ihr habt es gleich geschafft!«

Die Kaugummi kauende Herde erhebt sich stöhnend und schlurft der Dame in einen anderen Winkel des Raumes hinterher. Das nächste Bild kann ich von hier aus nicht sehen. Ich will es auch nicht. Zu viel Wasser für mich. Mir ist flau im Magen, und ich fühle mich plötzlich zittrig, fast ein wenig fiebrig.

»Dieses Werk nennt sich *Lemminkäinens Mutter*«, höre ich den neuen Vortrag nur aus dem Off. »Ebenfalls ein Motiv aus dem Kalevala-Epos. Hier liegt ein Mann namens Lemminkäinen, der den Schwan auf dem Fluss des Totenreichs erlegen wollte. Und die alte Frau neben ihm ist seine Mutter.«

Ich mache einen Fehler. Eigentlich will ich nur weg von Dani-Aino und der seltsamen Wasserleichen-Meerjungfrau der Göttin Vellamo. Aber als ich den Raum verlassen will, schaue ich im Vorbeigehen doch auf das neue Bild. Vielleicht, weil die Dame mit der Hornbrille mich so erfreut heranwinkt und denkt, ich würde mich nun doch zur Gruppe gesellen. Vielleicht aber auch nur, weil ich leichtsinnig bin. Und schon ist es zu spät. »Die Mutter hat seinen Leichnam soeben aus dem Wasser geholt und ...« Die Kunsthistorikerin redet weiter, aber ich höre kein Wort mehr, nur ein Dröhnen in meinen Ohren, als wäre ich unter Wasser. Das Bild ist ein Alptraum, jedenfalls für mich.

Auf pechschwarzem Wasser schwimmt ein Schwan. Eine alte Frau kauert vor rot gefärbten Uferfelsen auf Kies. Aber ich kann nur den weißen Körper anstarren, der ausgestreckt auf dem Rücken liegt. Die linke Hand liegt locker und offen neben dem Kopf des Mannes, als wollte er dem Leben ein Lebewohl zuwinken. Und für einen heißkalten Moment überflackert ein Bild aus meiner Vergangenheit diese Pose. Jetzt ist mir wirklich übel. Schlagartig und so sehr, dass ich die Hand vor den Mund schlagen und krampfhaft schlucken muss, um nicht zu würgen. Ich merke kaum, dass ich an der Tür einen Schüler anremple, als ich aus dem Raum stürme. Keine Ahnung, wie ich die Toiletten gefunden habe. Ich schaffe es gerade so. Wellen von Übelkeit schwappen bis zu meiner Kehle, mein Magen verkrampft sich, zieht sich zusammen, immer wieder, bis ich den letzten Tropfen Galle herausgewürgt habe. Blut pocht in meinen Lidern und den Schläfen, alles glüht. Du liebe Güte, was ist nur los mit mir? Das kalte Wasser am Waschbecken ist meine Rettung. Es vertreibt den sauren Geschmack und scheint auf meinem Gesicht zu zischen, aber mit jeder Handvoll Nass und jedem krampfhaften Schlucken wird es besser. Mein Haar trieft, Wasser ist auf mein Shirt und meine Jacke gespritzt, aber endlich verebbt das Würgen. Nur das Entsetzen bleibt, ein schwarzer, klebriger Klumpen in meinem Magen, der bebt und zuckt und keine Ruhe geben will. Verdammt, Suzana und die Finnen haben mich mit vereinten Kräften aus dem Hinterhalt erwischt.

»*Can I help you?*« Ich hatte nicht bemerkt, dass die Kunsthistorikerin mir gefolgt ist. Sie lugt in den Raum, unsere Blicke treffen sich im Spiegel. Von meinem Kinn tropft es. Ich hoffe, nur Wasser.

»*Everything's fine*«, erwidere ich, wische mir den Mund ab und streiche die nassen Haarsträhnen hinter die Ohren. »*Thank you.*«

Sie glaubt mir kein Wort, ich mir auch nicht.

»Wir haben einen Raum mit einer Liege, auf der Schwangere sich ausruhen können«, sagt sie sanft in ihrem perfekten Englisch.

Beinahe hätte ich gelacht. »Ich bin nicht schwanger.«

Ihr Lächeln wird warm und verständnisvoll. »Ich verstehe. Ja, gerade dieses Gemälde von Gallen-Kallela kann auf empfindsame Menschen aufwühlend und verstörend wirken. Das ist völlig normal.«

Klar, äußerst normal, sich beim Anblick von großer Nationalkunst die Seele aus dem Leib zu würgen.

Ich nicke und ringe mir ein Lächeln ab. »Danke«, sage ich noch einmal.

Sie versteht und lässt mich allein, schließt die Tür hinter sich so sacht, als wollte sie mich nicht noch mehr verschrecken.

Ich brauche eine ganze Weile, um wieder zu den Gemälden zu gehen. Wohlweislich mache ich einen Bogen um die Kammer des Schreckens und nehme den Umweg zum Café, der mich wieder an den drei alten Frauen vorbeiführt.

Nummer vier überfährt mich fast, als ich ins Café trete. Aino bremst in letzter Sekunde und atmet sichtlich auf. Und ich würde es nicht zugeben, aber ich tue dasselbe. Aufatmen, weil sie noch hier ist und mich sucht.

»Da bist du ja!«, stößt sie hervor. »Die halbe Stunde ist längst vorbei.«

Wie lange habe ich mich zwischen Akselis hellen und dunklen Wassern verloren? *In jeder Hinsicht zu lange.*

»Und außerdem habe ich auch schon in der Verwaltung nach dem Aquarell gefragt«, sprudelt Aino weiter hervor. »Aber keiner der Idioten wollte mir die Adresse von diesem

Syvävesi geben. Datenschutz! Die wollten mir nicht einmal sagen, wie es hinter dem A Punkt weitergeht und ob der Besitzer Männlein oder Weiblein ist, kannst du dir so viel Arroganz vorstellen? Ich konnte nur über den Tisch hinweg erkennen, dass die Adresse irgendwo in Helsinki ist, aber selbst hier gibt es so viele Syvävesis, dass wir tagelang ...«

»Kaffee«, unterbreche ich sie. »Ich brauche sofort Kaffee.«

GESPENSTER

Die Zehntklässlerinvasion ist abgezogen, nun tummeln sich nur noch wenige Gäste im Café. Einige Geschäftsleute, die hier Mittagspause machen, und natürlich Touristen. Hier ist *Itsepaivelu* – Selbstbedienung. Nach dem Wiedersehensschreck am Triptychon ist es nur fair, dass Danae uns einen ausgibt.

Als ich mit vollbeladenem Tablett zum Tisch zurückkomme, hat Aino schon die halbe Wasserkaraffe am Tisch geleert. Ohne Pause geht sie nun dankbar zu Cola über. Ihre Wangen röten sich, und sie wird ruhiger. Eine Weile sitzen wir nur da, trinken und essen salziges, piroggenartiges Gebäck in Schiffchenform, das für Touristen als »*Karelian pie*« ausgezeichnet ist. Mir ist immer noch flau, aber das Gebäck kann ich essen.

»Du wurdest nach der nordischen Venus benannt«, sage ich nach einer Weile.

Aino runzelt verständnislos die Stirn.

»Das Wassermädchen aus der Kalevala!«

Jetzt fällt bei ihr wohl der Groschen. »Ach, du hast dir das Triptychon angesehen. Ja, ja. Stimmt. Meine Mutter war zwar nur Näherin und Büglerin, aber sie liebte die Kalevala-Geschichten. Sie hat mir gerne welche erzählt, aber ich habe nie nachgeprüft, wie genau sie sich an die Vorlage gehalten hat. Gelesen hat sie nämlich nicht. Aber ein paar Postkartendrucke von Akseli Gallen-Kallelas Gemälden hütete sie wie Schätze.« Sie lächelt. »Als ich auf die Welt kam, hoffte sie wohl, ich würde wie Aino werden: wunderschön, unbeugsam – und ewig Jungfrau. Meine Mutter gab viel auf Moral und Anstand, weißt du? Lag vielleicht daran, dass sie mit mir im Bauch als Ledige sitzengelassen wurde und mich und ihre alte Mutter alleine durchbringen musste.«

Irgendwie bin ich fest davon ausgegangen, dass in grauer Vorzeit hinter Aino eine Familie stand. Ein Leben mit Elternpaar, Tanten, Onkeln und Geschwistern, in dem alles seine Richtigkeit hatte. Sogar ich kann mir vorstellen, was »unehelich« im ersten Drittel des 20. Jahrhunderts bedeutet hat. »Das muss schwer für dich gewesen sein.«

Aino zuckt mit den Schultern. »Es war, wie es war.« Sie trinkt die Cola aus und starrt an mir vorbei durch das Fenster. Ihre Augen funkeln, und plötzlich grinst sie. »Für die Jungs, die ich kannte, war ich keine nordische Venus, sie nannten mich *vesihiisi*. Das ist eine Art böser Wassergeist, ähnlich einer dunklen Nixe. Ein *vesihiisi* entsteht durch die Seelen von Ertrunkenen und lockt leichtsinnige Leute zu sich in die Tiefe.«

Beinahe hätte ich mich am Kaffee verschluckt. *Bitte nicht. Kein Wasser mehr.*

Aber Aino bemerkt nichts, sie schaut immer noch in die Vergangenheit. »Ich habe es beim Eisschwimmen nämlich länger ausgehalten als sie«, fährt sie fort. »Das gehörte im Frühling dazu: An einem See in der Umgebung wurde ein Loch ins Eis geschlagen, und man konnte ins Wasser. War nichts für jeden, aber ich war immer dabei! Kälte machte mir nie viel aus.« Es ist seltsam, das Bild einer jungen Aino mit der Person in Einklang zu bringen, die vor mir sitzt. Zu deutlich sehe ich noch die faltige Alte, die in der Dusche jämmerlich friert. »Einmal habe ich sogar – meine Mutter würde sich jetzt noch im Grab umdrehen – um einen Kuss gewettet. Wer es schafft, länger als ich im See zu bleiben, den küsse ich. Aber keiner hat es lange genug ausgehalten.« Sie lacht leise auf. Und beinahe wäre mir entgangen, dass ich wieder dabei bin, ihr auf den Leim zu gehen. Zu viele Worte, zu viele Geschichten. *Von wegen, du magst keine Umwege.*

»Und das Mädchen auf dem Bild war auch mit euch beim Eisschwimmen?«

Ainos versonnener Blick ist wie ausgeknipst, das Lächeln verschwindet.

»Nein«, sagt sie nach einer Pause.

»Aber du kennst sie.«

»Ich *kannte* sie«, korrigiert mich Aino in ihrer sachlichen Art. »Als sie noch lebte.«

Sie studiert den Boden ihres leeren Glases. »Wir ... waren oft hier im Ateneum. Damals war ein Teil des Gebäudes noch eine Schule für Kunstgewerbe. Einige der Lehrer gaben auch Privatunterricht. Meine Freundin lernte zeichnen, und später studierte sie Kunst. Diese Welt hier ...« Sie umfasst mit einer raumgreifenden Geste alle Räume und alle Gemälde. »... das war ihre.«

»Wie hieß deine Freundin?« Noch während ich es sage, frage ich mich, ob es nicht ein Fehler ist. Vielleicht hat es einen Grund, warum Aino bisher so sorgfältig vermieden hat, einen Namen zu nennen. Namen haben die Macht, Tote herbeizurufen – und mit ihnen alles, was uns mit ihnen verbindet. Und offenbar habe ich den Hot Spot getroffen.

Aino ringt mit sich. Ihr Kinn zittert, eine Träne versickert in den tiefen Falten. Ich könnte mir auf die Zunge beißen dafür, dass ich überhaupt gefragt habe. Ich reiche ihr meine Serviette, und sie schnäuzt sich und zerknüllt das Papier. Dann drückt sie ihre Tasche an sich, als wäre sie ein Schutz vor allem, was von jetzt an kommen mochte. »Matilda«, sagt sie leise. »Matilda Virtanen.«

Wieder schaut sie an mir vorbei, aber diesmal nicht zu vereisten Seen und Jungslachen. Als würde sie sich selbst zur Ordnung rufen, schüttelt sie heftig den Kopf und wischt sich über die Wangen. Dann richtet sie sich auf und findet zu ihrer Sachlichkeit zurück. »Ich habe Matilda das letzte Mal im Februar 1944 gesehen. Das war der Tag, an dem wir aus einem verschütteten Keller befreit wurden, nicht weit von hier übrigens. Nach dem schlimmsten Bombenangriff der Russen und einer Nacht, in der wir nicht wussten, ob wir jemals wieder das Tageslicht sehen würden. Was ist los?«

Ich hatte nicht gemerkt, dass ich Abstand zwischen sie und mich gebracht, mich zurückgelehnt hatte.

»Angst vor Kriegsgeschichten?«, fragt sie unwillig.

»Nein, wieso?«

»Jetzt verarsche *du* mich nicht, Monika! Glaubst du, ich merke nicht, wie du immer zurückzuckst?«

»Ich zucke nicht zurück.«

»Doch, das tust du.«

Doch, das tue ich.

»Ich ... weiß nicht, warum. Vielleicht, weil es ... eine so schlimme Zeit war. Eine, die man sich nicht mehr vorstellen kann.«

»Aber es war nun mal *meine* Zeit«, sagt Aino verärgert. »Schwamm drüber und weg damit? Nein, das würde euch Jungen so passen.« Sie verzieht den Mund. »Das ist das Schlimme an euch. Ihr zahlt Geld dafür, um euch im Kino sterbende Menschen anzuschauen, aber dass es unsere Realität war, ist für euch zu schlimm oder Schnee von gestern, der mit euch rein gar nichts mehr zu tun hat. Nicht einmal die eigenen Enkel wollen davon etwas hören, es sei denn, sie müssen ein Referat halten, und auch dann, bitte schön, brauchen sie nur Geschichten, die zum Unterrichtsstoff passen. Möglichst rührselige über die Güte in schlimmen Zeiten, als wäre die Vergangenheit ein dämlicher Hollywood-Film, in dem alles noch gut wird. Oder es müssen Namen vorkommen, die man kennt. Wer gibt nicht gerne damit an, dass Omi mit dem Roten Baron in dieselbe Klasse ging? Aber ihr wollt immer nur mundgerechte Häppchen, die man schnell wieder vergessen kann. Doch ihr vergesst, dass das gar nicht möglich ist. Weil der Krieg für immer auch ein Teil eures Lebens ist. Er hallt über Generationen nach, so wie jede Gewalttat, wie ein Mord in der Familie, eine Vergewaltigung, ein Unfall oder ein anderes Unglück. Wie alles, was uns etwas genommen hat, das wir geliebt haben – und sei es nur das Vertrauen, dass die Welt ein sicherer Ort ist. Ihr könnt dieses Echo überhören, uns Alten die Schulter tätscheln und uns den Mund mit Sahnetorte zustopfen. Es bleibt doch ein Echo.«

Bilde ich es mir ein oder ist es im Café stiller geworden? Mustern uns die Leute an den Nebentischen verstohlen? Mir ist plötzlich kalt. Aber diesmal kann ich nicht einfach ausweichen. Aino beugt sich nämlich über den Tisch und packt mein Handgelenk ohne Rücksicht darauf, dass mir der Kaffee über die Finger schwappt.

»In gewisser Weise *sind* wir alle unsere Erinnerungen«, sagt sie streng. »Und somit seid auch ihr ein Teil davon.«

Es ist einer dieser Aino-Momente, in denen sie mich erwischt, ohne Sicherheitsabstand. Plötzlich scheint es, als wären Damals und Heute tatsächlich keine unterschiedlichen Kontinente, die ein Meer von Jahren trennt, unüberbrückbar und tiefer als der Styx. Es fühlt sich nicht einmal so an, als wäre da überhaupt noch ein Meer zwischen Aino und mir. Und ich stelle fest, dass ich wirklich ein Feigling bin. Weil ich nämlich hoffe, dass sie gleich ihr heiseres Lachen ausstößt und ich feststelle, dass sie mich wieder einmal reingelegt hat.

»So schlimm sind wir nicht.« Ich weiß nicht, warum ich fast flüstere. »Weder deine Enkel noch ich.«

Aino lässt mich los und fällt in ihren Rollstuhl zurück. »Schön, dann zeig mir, dass du ernst meinst, was du so großkotzig von mir forderst. Wenn du wirklich keine Halbwahrheiten und Lügen mehr hören willst, dann gehört auch der Krieg, der hier in dieser Stadt stattgefunden hat, zu uns beiden. Denn er gehört zu mir. So wie deine Kamera, die ich nicht leiden kann, aber in Gottes Namen ertragen muss, zu dir und somit zu uns beiden. Denn ohne das Ding gibt es dich wohl nicht. Und ich kann nicht nur eine Hand von einem Menschen nehmen. Alles oder nichts. Ein Mensch ist nämlich kein Bildausschnitt, auch wenn du Leute gerne darauf reduzierst. Ich erwarte nicht, dass du es verstehst, aber glaub es mir einfach mal.« Sie schenkt sich ohne ein Zittern noch etwas Wasser in das leere Colaglas und fixiert mich. »Sind wir also ein *Team*, wie du vorhin so schön gesagt hast? Kannst du ertragen zu *sehen*? Oder machen wir weiter wie bisher: Wir betrachten einander als Schnappschüsse und Momentaufnahmen, und darauf bin ich die komische Alte mit Kriegsschaden und du die neue Generation, für die in Sachen Liebe, Angst, Verlust und Freude völlig neue, noch nie zuvor gelebte Gesetze gelten? Wer sind wir zwei hier?«

Unter dem Tisch lege ich meine Hand auf die Kamera. Wer bin *ich* hier? Ich wäre schon froh, diese Frage beantworten zu können.

»Aino und Moira?«, antworte ich zaghaft.

Jetzt mustert sie mich aus zusammengekniffenen Augen, als würde sie überlegen, ob *ich sie* auf den Arm nehme. Aber dann entspannt sie sich. Der Reißverschluss ritscht, das Notizbuch klatscht auf den Tisch. Der Artikel entfaltet sich.

»In Ordnung.« Sie streicht das Papier auf dem Tisch glatt.

Es ist seltsam, das gezeichnete Mädchen nun mit einem Namen zu verbinden. *Matilda.* Aber das Gute ist, es lenkt mich von anderen Namen ab. Und Gesichtern aus meiner eigenen Zeit, von der Aino nichts ahnt. *Wir sind unsere Erinnerungen?* Zumindest dieser Teil macht mir eine solche Angst, dass ich mühsam schlucken muss. Vielleicht bin ja in Wirklichkeit ich diejenige, die Flashbacks hat.

»Sie haben uns aus dem verschütteten Keller gerettet«,

fährt Aino so ruhig fort, als hätte sie ihre Erzählung nie unterbrochen. »An dem Morgen nach dem Luftangriff. Aber als wir dann rauskamen, erfuhr Matilda, dass ihr Verlobter – Elias – an der Front gefallen war.«

Jetzt ahne ich, was den Mund auf dem Aquarell zum Schweigen gebracht hat.

»Ihr ältester Bruder war bei der Zivilgarde und beim Bergungstrupp. Er hat ihr die schlechte Nachricht überbracht. Natürlich klappte sie sofort zusammen. Ihr Bruder stellte sie wieder auf die Beine und brachte sie weg. Er ließ nicht einmal zu, dass sie sich von mir verabschiedete.« Aino atmet lange und konzentriert aus. »Und dann war sie fort, verschwunden. Wir haben uns am nächsten Tag nicht gesehen und auch nicht eine Woche darauf. Sie hinterließ keine Nachrichten mehr an unseren Treffpunkten. Natürlich ging ich zu ihrem Elternhaus, aber man ließ mich nicht einmal über die Schwelle. Ich erfuhr nur, dass sie krank geworden sei und direkt nach der Bombennacht zu Verwandten aufs Land gebracht worden war. Monatelang hörte ich nichts von ihr. Und dann, im Herbst, kam die Nachricht, dass sie schon im Juni gestorben war. Vor Kummer, haben sie gesagt. Sie hätte den Tod von Elias nicht verkraftet.«

Ich sage nichts in der langen Pause, die nun entsteht. Am Nebentisch perlt Lachen. Tabletts klappern.

»Es gab Gerüchte«, fährt Aino fort. »Man munkelte, dass sie sich umgebracht hat. Aber das passte nicht zu Matilda. Genauso wenig wie dieser angebliche Tod aus Kummer. Was soll das überhaupt sein? Herzen brechen ja nicht auseinander wie Glasvasen, die man fallen lässt. Natürlich war es ein Schock für sie, als sie von Elias' Tod erfuhr. Sie waren zusammen aufgewachsen. Er war der beste Freund ihres älteren Bruders. Für Matildas Familie war er wie ein Sohn. Matildas Vater war todkrank, deshalb haben Elias und Matilda sich schon früh verlobt, damit ihr Vater es noch erleben konnte. Aber ein Selbstmord oder Tod aus Verzweiflung? Nein, niemals. Die Matilda, die ich kannte, hätte sich die Augen aus dem Kopf geweint, aber dann hätte sie die Tränen abgewischt und weitergemacht. Mit dem Leben – und auch mit dem Lieben.« Aino schüttelt wieder den Kopf. »Immer wieder habe ich versucht, herauszufinden, was wirklich mit Matilda passiert ist. Aber es war wie der Versuch, sich mit den Fingernägeln durch eine Granitmauer zu kratzen. Ich erfuhr nicht einmal, wo sie begraben war. Fast zwei Jahre lang konnte ich keine Nacht richtig schlafen, und die Welt war wie unter Asche begraben. Aber das Leben ging weiter, der Krieg war vorbei, ich hatte eine Chance auf eine Ausbildung in einem Krankenhaus weit oben im Nordosten bekommen, also wurde ich Krankenschwester, arbeitete jahrelang und verliebte mich bei einem Lehrgang in Leningrad in einen Russlanddeutschen. Ich wurde schwanger und blieb beim Vater meines Kindes, heiratete ihn. Wir bekamen Michael. Und von Jahr zu Jahr verblasste Matilda mehr – so, wie die Erinnerungen an die Bombennächte, in denen wir uns mit Onervas Versen getröstet haben. Aber dann blättere ich ein halbes Jahrhundert später in einem Magazin, und Matilda schaut mich an! Ich dachte, jetzt bin ich endgültig verrückt geworden. Aber sie *war* in derselben Klinik wie Onerva, und unser Idol hat sie sogar porträtiert. Es war wie ein Zeichen, weißt du? Und schau dir das Bild an. Matilda sieht darauf aus wie der erloschene Docht einer Kerze. So kannte ich sie nie. Aber das ist noch nicht das Seltsamste. Schau!« Aino dreht das Blatt um. Auf die Rückseite hat sie die neuen Informationen zum Bild quer über das Himmelblau einer Anzeige geschrieben. »Mir hat man gesagt, dass Matilda 1944 gestorben sei. Aber das Bild …«

»… hat Onerva im Januar 1945 gemalt«, beende ich den Satz. Jetzt habe ich Gänsehaut. »Ihre Familie hat ihren Klinikaufenthalt verheimlicht. Und ihr Todesdatum. Warum?«

»Tja.« Aino lässt sich in den Rollstuhl zurücksinken. »Das wüsste ich auch gern.«

Tassengeklingel und das Geplauder eines Radiomoderators umhüllen unser Schweigen. Draußen hat es zu regnen begonnen, dicke Tropfen zerplatzen an den Scheiben. Mein Herz klopft bis zum Hals, und ich nehme jedes Geräusch überdeutlich wahr. Es ist, als wäre ich jetzt erst richtig aufgewacht. Und plötzlich weiß ich, was ich zu tun habe. Weiß, wie ich Dani entkomme, Suzana und all dem, was ich weder im See versenken noch mit der Fähre hinter mir lassen konnte. *Mission Matilda.* Diesmal ist es kein Mann und keine Liebe. Sondern eine Geschichte, die jetzt auch die meine werden wird. Ich bin die Vergangenheit? Ja – solange es nicht meine eigene sein muss.

*

Das bezahlbarste Hotel heißt *Adam,* und der kürzeste Weg dorthin führt durch die Katakomben der Metrostation unter dem Bahnhof. Das ist gut, denn über Helsinki geht ein kalter Sommerregen nieder und wäscht auch den Rest der Farben weg. Ich bin froh, meine Gespenster im Ateneum zurückzulassen, gebannt auf Leinwände, wo sie von mir aus bis zum Jüngsten Tag bleiben können.

Ich hatte die Befürchtung, dass uns Treppen bremsen würden, aber ich stelle fest, dass Helsinki offenbar ein Mekka für Rollstuhlfahrer und Senioren ist. Es scheint eine Formel zu geben: Ab zehn Stufen wird eine Rolltreppe danebengebaut. Wenn ich mir hier unten die Beine breche, kann ich mit ein bisschen *sisu* also immer noch zu einer Rolltreppe kriechen.

Aino ist nervös, als wir in den Untergrund tauchen. Ich anfangs auch, aber es ist einfacher, als ich dachte, den Rollstuhl auf die Rolltreppen zu bugsieren.

Unten erwartet uns ein Glaslabyrinth aus Billigkram- und Süßwarenläden. Kreischbunt reihen sich Zuckerstangen, Deko-Firlefanz aus Plastik und als Früchte getarnte Seifen in den Auslagen. Popmusik dröhnt überlaut aus Läden. Menschen mit Einkaufstüten überholen uns und eilen zu den Metros, die noch tiefer im Bauch der Stadt rumoren. Aino bremst und verharrt wie ein Reh im Licht der Scheinwerfer. Ich kann mir denken, wie es ihr geht. In diesem Getümmel wirkt sie wie eine Zeitreisende aus der Vergangenheit. Sie tut mir leid, so verloren und eingeschüchtert wirkt sie zwischen Glasfassaden und Sonderangeboten. Ein wenig erinnert sie selbst an die Gebäude am Bahnhofsplatz: Relikte einer anderen Zeit.

Bussit Espooseen lese ich auf einer Anzeigetafel. Diese Worte kann ich mir erschließen. Das Display leuchtet in giftgrüner Schrift.

»Wir müssen fragen, ob ich in dem Hotel telefonieren kann«, sagt Aino über die Schulter. »Und ein Telefonbuch brauche ich auch.«

»Willst du jeden Meier-Müller-Schmidt in Helsinki anrufen und fragen, ob ihm das Bild gehört?«

»Aber natürlich! Und ich werde mir wohl die Finger wund telefonieren müssen. Die Seite mit all den Syvävesis ist lang, das kann ich dir sagen.«

»Die Nummern drucke ich dir aus. Im Reiseführer stehen die Adressen von Internetcafés.« Aino und ich tun beide so, als würden wir nicht bemerken, wie ich die Führung übernehme, die Griffe ihres Rollstuhls fester umfasse und den Kurs korrigiere. Unseren Weg suche durch die Stadt, die nicht mehr die ihre ist, weil sie nun zu meiner Zeit gehört. Der Zeit der Leuchtschriften und Rolltreppen, der Menschen, die im Gehen ihre Nachrichten auf den Smartphones checken und ihre Metro-Fahrkarten vor automatische Lesegeräte halten, die ihnen grünes Licht geben.

Kurz vor einer Rolltreppe stoppt Aino uns beide dennoch mitten im Strom auf der Rennmeile und sieht sich um. Absätze schlagen auf dem Steinboden, das Geräusch umfließt uns in Wellen, leiser – laut – leiser. Ein Typ mit einem Ghettoblaster schlendert an uns vorbei. Es ist ein älterer Mann in Gesundheitsschuhen und einer zu weiten Jeans. Unter der Anzeigetafel stellt er das Gerät auf den Boden und streckt sich. Ein Tourist trottet in Sandalen und weißen Socken über den Platz, stellt sich neben Mann Nummer eins und holt eine Videokamera aus seinem Trolley. Sein Jogginganzug aus Ballonseide raschelt, als er auch noch ein Stativ hervorzieht. Ich weiß nicht, was es hier Spannendes zu filmen gibt, aber jetzt fallen mir einige Leute auf, die den Kameramenschen beobachten. Sie sind stehen geblieben, haben sich aus dem Strom gelöst. Es sind einige Pärchen, die offenbar gerade vom Einkaufen kommen. Die Einkaufstaschen sind voll. Musik ertönt von irgendwoher. Vielleicht ein Handyklingelton, wenn auch ein ziemlich lauter.

Aino zupft mich am Ärmel. »Hör mal!« Jetzt erkenne ich es auch. Akkordeonklänge hallen durch die Passage. Eine raue und schmelzende Männerstimme beginnt zu singen. Wie der altmodische Tango stammt auch der Sänger eindeutig aus einer früheren Zeit.

Der Mann am Ghettoblaster schiebt die Hände in seine Hosentaschen und sieht sich erwartungsvoll um. *Auch eine Art, Straßenmusik zu machen*, denke ich. Weitere Leute bleiben stehen. Eine Frau geht zielstrebig auf Ghettoman zu. Ich erwarte, dass sie ihm Geld gibt, aber er streckt ihr die Hand entgegen, zieht sie an sich. Sie beginnen zu tanzen! Die Frau hat noch ihre Einkaufstasche über der Schulter hängen, eine Gurke ragt daraus hervor.

Passanten eilen an dem im Takt schlurfenden Paar vorbei. Aber manche stellen ihre Taschen auf den Boden, eilen aufeinander zu. Es ist eine surreale Traumsequenz. Paare finden sich, scheinbar zufällig wie Magnete, die sich zu nahe kamen. Schuhspitzen werden im Halbkreis über den Boden gezogen, Körper im Wiegeschritt gedreht, ohne dramatische Geste, in sich versunken, die Blicke in die Ferne gerichtet. Und der Typ mit der Kamera ist kein Tourist. Er ist offenbar hier, um genau diese Szene zu filmen.

Die wirklichen Touristen schlängeln sich lachend und verwundert mit ihren Rollkoffern zwischen den Tanzenden hindurch. Andere latschen gleichgültig durch die Szene, ohne auch nur den Blick zu heben. Das Lied klingt aus. Die Paare trennen sich oder schlendern davon, einige winken sich zu, packen ihre Einkaufstaschen und werden dann wieder Teil des Stroms. Der Kameramensch schaltet das Gerät aus.

»Das war ja ein Flashmob!«

»Blödsinn, das war *Satuuma*«, erwidert Aino. »Reijo Tajpales Tango über das ferne Märchenland, dem seine ganze Sehnsucht gilt!«

Jetzt wirkt sie nicht länger verloren und fremd, und sie strahlt, wie ich sie noch nie habe strahlen sehen.

STOCKMANN

Ich kann mich nicht erinnern, geschlafen zu haben. Das ist gut. Und der Wechsel ins Wachsein ist so schnell und schmerzlos wie ein Schritt über eine Schwelle in einen erleuchteten Raum. Auch gut. Allerdings ist dieser Raum auch nicht hübscher als gestern. Ich wälze mich von der Wand weg und blicke auf Ainos Bett auf der anderen Zimmerseite. Ganz untypisch für sie, ist es noch nicht gemacht, nur das Fenster steht offen. Raschelnd segelt Papier zu Boden. Regenfeuchte Luft, die trotz August schon nach grauem Herbst riecht, bauscht den Vorhang und verweht die Ausdrucke, die Aino ans Bettende gelegt hatte. Es sind Seiten voller Syvävesis, die ich gestern noch in einem Internetcafé ausgedruckt habe. Jetzt sehen sie aus, als hätte der Drucker eine Störung gehabt, denn jeder einzelne Name ist mit schwarzen Filzstiftbalken durchgestrichen. Ich kann mir nur vorstellen, wie Aino die halbe Nacht in der Hotellobby saß und einen Syvävesi nach dem anderen beim Abendessen gestört oder aus dem Tiefschlaf geklingelt hat. Etwa um zehn hatte ich sie mit den Ausdrucken und einem zerfledderten Telefonbuch in der Lobby zurückgelassen. Die Rezeption war schon nicht mehr besetzt. Keine Ahnung, was Aino gesagt oder wie viel sie bezahlt hat, um sich mit dem beigefarbenen Telefon aus einer anderen Ära wie zu Hause fühlen zu dürfen.

Als ich mich hochstemme, raschelt es auch bei mir im Bett. Ein Wunder, dass ich nicht vom Krieg geträumt habe, denn alles, was nicht im Reiseführer steht, habe ich mir im

Internet zusammengesucht und ausgedruckt. *Winterkrieg*, lese ich fett gedruckt auf zerknicktem Papier. *Karelische Landenge, Rote Armee* und *sowjetischer Außenminister Molotow*. Ja, tatsächlich der, nach dem die Finnen den Molotowcocktail benannt haben. Dazu Bilder von finnischen Soldaten mit weißen Tarnanzügen, die sich auf Langlaufskiern durch den Schnee kämpfen. An diesem Morgen sind sie mir vertrauter als die Schwarzweißgesichter meiner eigenen Familienfotos. Es hat einen Vorteil, sich in die Leben anderer zu hüllen wie in eine neue Haut: Das eigene wird plötzlich zu einer Art YouTube-Option. Leicht wegzuklicken und nur noch als ferner Film präsent. Diesmal ist es zwar nur ein Michdavonstehlen in eine fremde Vergangenheit und die Mission einer anderen Frau, aber für diese Nacht hat der Matilda-Voodoo funktioniert. Kein einziges Mal war ich gestern in Versuchung, mich wieder in mein eigenes Leben einzuklinken, weder über meine Mail-Accounts noch über Facebook. Stattdessen habe ich nach Onerva gesucht. Viel hat das deutsche Internet nicht von ihr preisgegeben, aber einige Gedichte habe ich gefunden. Eines handelt von einer Blume, die nur einmal im ganzen Leben blüht, nur eine Nacht lang, um bei Anbruch des Morgens zu sterben. *»Brich die Feuerblume, ihren heißen Nektar trinke«*, lese ich nun auf dem Ausdruck, *»lebe jetzt, genieße jetzt, und dann herniedersinke.«*

Heißer Nektar wäre schön. Ich friere, als ich barfuß zum Fenster tappe. Draußen liegt immer noch dasselbe Nieselgrau wie eine Glocke über der Stadt. Viel habe ich gestern nicht von Helsinki gesehen, der Nachmittag gehörte dem Dauerregen, diversen mit Imbissbuden gespickten Seitenstraßen und regenglänzendem Kopfsteinpflaster, in dem sich das Rot von Ampeln und Bremslichtern spiegelte. Meine Jacke trägt Wasserspuren und ist noch feucht. Und als ich meinen Rucksack durchwühle, stelle ich fest, dass ich nichts zum Anziehen dabeihabe, das warm genug für einen Sommer in diesem Land ist. Abgesehen davon, dass mein Wochenende bei den Kuznetsows hiermit auch vorratstechnisch endet.

»Ich muss mir irgendwo einen Pullover kaufen«, sage ich zu Aino.

In einer Zitronenduftwolke kommt sie gerade vollständig gekleidet aus dem Bad getrippelt und lässt sich aufs Bett sinken. Die schwarze Phase scheint vorbei zu sein, heute trägt sie eine hellgraue Wolljacke und darunter einen ebenso grauen Pullover. Der Rollstuhl mit ihrer Tasche parkt noch am Waschbecken.

»Und einen Waschsalon brauchen wir auch«, fahre ich fort. »Sonst muss ich ab morgen mein Zeug im Badezimmer waschen. Hast du gestern unseren Mann gefunden?«

Aino wartet, bis ich die Blätter vom Boden aufgesammelt habe und sie ihr reiche. Dann zuckt sie mit den Schultern.

»Die ganzen Leute aus dem Computer sind es nicht. Manche haben noch ihre Verwandten angerufen und nachgefragt, aber keiner wusste etwas von Onervas Aquarell. Und diese vier« – sie tippt auf ihr Gekrakel am Ende der letzten Seite – »habe ich nicht erreicht. Die Telefonnummern haben keinen Anschluss mehr oder gehören anderen Leuten, aber im Telefonbuch stehen bei drei von denen die Adressen dabei.«

»Das heißt, bei diesen Syvävesis klingeln wir heute an der Haustür?«

Aino nickt seltsam zögerlich. Heute scheint sie es zu sein, die schlecht geträumt hat. Die Schatten unter ihren Augen erscheinen in diesem Licht dunkel wie Veilchen. »Einer der Syvävesis wohnt in einer Seitenstraße nicht weit vom Bahnhof«, murmelt sie. »Da kommen wir zu Fuß hin.«

*

Nach dem Frühstück überrascht Helsinki mich doch mit ein wenig Blau. Das Grau am Himmel hat Risse bekommen wie eine gesprungene Emailleschicht, und die Sonne, die sich durch die Spalten tastet, verleiht den nassen Straßen Glanz. In anderen Städten schauen anmutige Frauenskulpturen oder muskulöse Atlanten von Häuserfassaden herunter. Hier hocken in der Innenstadt Steinbären neben Fenstern und auf Vorsprüngen. Schräg gegenüber vom Kaufhaus *Aleksi 13* entdecke ich Trolle aus Granit, schiefe Zähne und verzerrte Mäuler, garniert mit Glupschaugen. Aber ich habe keine Chance, die Kamera auszupacken, ich habe alle Hände voll zu tun. Der Rollstuhl sträubt sich gegen Bordsteine und den Boden. Wie viele Sorten Kopfsteinpflaster gibt es in dieser Stadt?

Die Sonne hat die Touristen auf die Straßen gelockt. Optimistischer als ich, tragen die Mädchen Shorts und Gänsehaut. Aino und ich sind träges Treibholz im Strom der Fußgänger, der uns umfließt, über Gleise schwappt, aus Kaufhaustüren wallt und Stauseen an Eisdielen bildet.

»Da lang!« Aino winkt in Richtung Straßenende, wo eine Straßenbahn um die Kurve quietscht. Meine Arme schmerzen vom Schieben, und Aino macht keine Anstalten, mitzuhelfen, sondern umklammert mit beiden Armen ihre Tasche. Immerhin hat sie die Orientierung wiedergefunden. Mit einem weiteren Wink weist sie mir den Weg um eine Ecke. Hier ist noch mehr los, Trubel, Baustellengetöse, nasses Pflaster. Ein als Gorilla verkleideter Straßenkünstler gibt für ein paar Cent eine Vorstellung als brusttrommelnder King Kong. Aber in dieser Stadt der Raubtiere und Trolle müsste er wohl mehr aufbieten, um als Monster durchzugehen. Ein finnisches Kleinkind gähnt ihn aus dem Kinderwagen nur herzhaft an.

Aino übernimmt den Rollstuhl vor einem Kaufhaus namens Stockmann und steuert auf eine Skulptur vor dem Gebäude zu. Drei überdimensionale nackte Männer auf einem

Sockelpodest, offenbar Schmiede, denn sie schwingen Hämmer hoch in die Luft. Aino stoppt vor der untersten Sockelstufe, stellt die Tasche darauf ab und stemmt sich aus dem Rollstuhl. Auf Lehne und Stock gestützt, lässt sie sich auf der untersten Stufe des Sockelpodests nieder. Ich kann gerade noch herbeispringen und sie stützen, damit sie nicht zu hart auf den Stein plumpst. Sie ist kurzatmig und versucht ihr Hüsteln zu unterdrücken, ein sicheres Zeichen, dass sie aufgeregt ist.

»Alles in Ordnung?«

»Jaja.«

»Brauchst du eine Pause? Wir können in das Café da drüben gehen …«

»Tu mir den Gefallen und halt die Klappe.«

Hoppla. Ich stutze, aber dann hocke ich mich neben sie und nutze den Leerlauf für ein paar Fotos im Sitzen. Bodennah, niedrig genug, um die Stadt größer erscheinen zu lassen, als sie ist, und die Leute, die telefonierend die Gleise kreuzen, wichtiger und bedeutender. Nicht umsonst lichtet man Vorstände und Politiker immer aus der untersichtigen Perspektive ab, und auch einen Bauarbeiter kann man damit zum Helden machen. Besonders, wenn sein Helm in der Regensonne einen Nimbus aus Licht hat und Regentropfen den Bauzaun hinter ihm in einen Vorhang aus Edelsteinen verwandeln. Das Zoomen fühlt sich an wie Ausatmen und entspannt mich bis in den letzten Winkel meiner Seele. Zeitgleich mit dem Klicken meines Auslösers ritscht der Reißverschluss von Ainos Tasche.

»Hilf mir mal!«

Zu meiner Überraschung hält sie mir eine kleine rechteckige Packung hin. *Agfa 400* steht darauf. Ein Analogfilm! Und Aino kramt aus den Tiefen ihres karierten Füllhorns tatsächlich auch noch eine kleine Kamera heraus und drückt sie mir in die Hand.

»Das ist ja eine alte Kleinbildkamera«, sage ich. »Eine ... Rollei 35 S. Ich wusste überhaupt nicht, dass du auch selbst fotografierst.«

»Freut mich zu hören, dass du lesen kannst«, kommt es trocken zurück. »Und nein, ich fotografiere schon lange nicht mehr. Die Rollei gehört meinem Sohn. Leg den Film ein. Ich erkläre dir, wie das geht.«

Unter anderen Umständen wäre ich jetzt ernsthaft beleidigt. Hier schiebe ich nur mit zwei Griffen das Kameragehäuse auseinander und fädle den Film ein. Schieße dann die ersten bereits zu Tode belichteten Fotos, transportiere den Film weiter bis zur Anzeige. Als i-Tüpfelchen stelle ich noch am Rädchen die DIN-Zahl ein und auf Verdacht auch Entfernung und Belichtung, für den Fall, dass Aino viel Tiefenschärfe braucht. »Hier!«

Ich gebe ihr die Kamera zurück.

Aino sieht mich ehrlich fassungslos an.

»Ja, stell dir vor, auch ich stamme noch aus der Zeit des Analogfilms. Und übrigens: Bitte schön, gern geschehen.« Jetzt klinge ich doch etwas schnippisch.

Natürlich antwortet sie nicht. Über die Kamera gebeugt, verstellt sie die Blende und die Belichtungszeit. Zweimal rutschen ihre Zitterfinger ab, dann hebt sie die Kamera ans Auge und nimmt den Straßenkünstler ins Visier. Aber sie macht kein Foto. Und als sie die Kamera sinken lässt, die Hände darumgekrallt, weiß ich, dass sie Zeit schindet. *Mich Feigling nennen, weil ich nicht zu Hilke Schmitt will, aber selbst Angst haben, bei Syvävesi zu klingeln.*

Sorgfältig packt sie die Kamera wieder ein und streicht den blauen Schal in ihrer Tasche glatt. Ich warte eine ganze Weile. Gorillagetrommel. Klimpern von Kleingeld. Straßenbahn.

»Willst du nicht doch im Café warten, während ich im Stockmann neue Unterwäsche kaufe?«, frage ich schließlich.

»Nein!« Sie packt mich am Ärmel. »Bleib hier.« Es ist qualvoll zu sehen, wie krampfhaft sie wieder nach Luft schnappt. »Du musst etwas wissen«, bringt sie heraus. »Bevor wir ... bei diesem Menschen klingeln.«

»Okay. Aber atme erst einmal durch.«

Sie holt den Inhalator hervor und nimmt gleich zwei Sprühstöße. Langsam mache ich mir doch Sorgen um sie.

»Hier war es. Hier bei Stockmann sind wir uns nämlich zum ersten Mal begegnet«, beginnt sie. »Na ja, wenn man es genau nimmt, war es *unter* dem Kaufhaus. Damals war es erst ein paar Jahre alt und hochmodern, es hatte schon Rolltreppen, allerdings aus Holz, und Drehtüren.« Wie beiläufig fasst sie mich wieder am Ärmel, als wollte sie sichergehen, dass ich nicht mitten im Text das Weite suche. Sie kennt mich wohl auch schon, denn mir ist tatsächlich unbehaglich zumute. Jetzt ist es so weit. Kriegsgeschichten. *Bitte wenigstens keine Vergewaltigungsstorys*, denke ich.

Aino schaut mich nicht mehr an, während sie erzählt, sondern starrt in ein Schaufenster, ohne etwas hinter dem Glas zu fixieren. »Vor dem Krieg war das Warenhaus für mich ein Sinnbild eines anderen, strahlenderen Lebens. Aber manchmal verirrte ich mich doch in Leben, die nichts mit meinem zu tun hatten. Meine Mutter nähte und bügelte nämlich für ein paar reichere Kundinnen, die hier einkauften. Eine davon duftete jedes Mal, wenn ich ihr den Korb mit Wäsche brachte, nach Veilchenparfüm, sogar im Dezember. Für mich als junges Mädchen war es etwas Ungewöhnliches, mitten im Schnee den Sommer zu riechen. Und manchmal ging ich mit Absicht Umwege, um im Stockmann die Auslagen zu betrachten und im Hotel Kämp hier um die Ecke die feingekleideten Leute zu sehen. An diesem Novembertag war es mein Glück, dass diese kleinen Fluchten mir schon zur Gewohnheit geworden waren. Auch an diesem Morgen nahm ich, ohne nachzudenken, den Umweg, obwohl ich wusste, dass das Kaufhaus so früh noch geschlossen hatte. Ich war auf dem Weg in die Straße *Sofiankatu*, dort sollte ich frisch geflickte Wäsche abliefern. Es war sogar für finnische Verhältnisse ein sehr kalter Winter, dreißig Grad minus, meterhoch Schnee. Die Eiszapfen an den Dachrändern waren zu Vorhängen angewachsen. An diesem Morgen war es noch still und stockdunkel, und der Schnee knirschte unter meinen Schuhen. Seit Tagen schien es in der Stadt stiller zuzugehen, geduckter, und das lag nicht nur am Winter. Unsere Stadt wartete mit angehaltenem Atem. Es gab kein anderes Thema als Stalin und die Verhandlungen mit unserer Regierung. Finnland wollte im Krieg neutral bleiben, es gab einen Nichtangriffspakt mit der Sowjetunion, aber dann ging es um Gebietsforderungen.«

Jetzt horche ich auf. Diese Fakten kenne ich inzwischen. Und Fakten sind weniger verstörend als Schilderungen. »Das war im Herbst 1939. Es ging um einen Teil der karelischen Landenge«, sage ich. »Die Russen wollten das Gebiet zur militärischen Sicherung Leningrads haben. So argumentierte Molotow bei den Gesprächen. »

Aino stutzt. »Woher weißt du denn das?«

»Wie du vorher schon bemerkt hast: Ich kann lesen.«

»Tja, dann weißt du auch, dass unsere Regierung ablehnte. Aber wir glaubten dennoch, dass die schlimmste Befürchtung nicht eintreffen würde. Auch wenn es ein paar Tage zuvor einen wahrscheinlich inszenierten Zwischenfall an der Grenze unweit von Leningrad gegeben hatte. Es hieß, sowjetische Truppen seien angeblich von finnischer Artillerie beschossen worden. Aber wir vertrauten den Argumenten der Regierung, die nicht glaubte, dass die Sowjetunion für einen Großschlag gegen Finnland gerüstet war. Vielleicht konnte ich mir an diesem Morgen deshalb im allerersten Moment keinen Reim auf den Alarm und den Lärm machen. Es traf mich genauso aus dem Nichts wie alle anderen. Aber eine Sekunde später war mir klar, was los ist. Du hörst die Bomber wie einen Schwarm Hornissen, nur tausendmal lauter und bedrohlicher. Und dann kommt dieses fürchterliche Pfeifen und Rauschen dazu, wenn die Bomben fallen. Aber noch siehst du nichts. Zumindest ich sah nichts in den Häuserschluchten. Und statt zu rennen, so schnell ich konnte, flüchtete ich mich erst einmal in einen überdachten Hauseingang in einer Seitenstraße. Das war das Glück der Narren. Zehn Sekunden länger auf dieser Straße und ich wäre eine verkohlte Leiche gewesen.«

Jetzt habe ich Gänsehaut. Aino lässt mich los und stützt sich mit den Ellenbogen auf ihre Tasche. »Weißt du, es gibt Momente im Leben, die wie ein Fallbeil sind. Die trennen das Vorher vom Nachher. Für mich als Vierzehnjährige war es der Moment, als ein Haus am Ende der Straße einfach – explodierte. Ich sah es nicht. Ich hörte und spürte es. Erdbeben und ein Lärm und ein Druck, der alles Hören auslöschte. Es warf mich zu Boden. Dann kam eine Hitzewelle, Staub fauchte durch die Luft. Steine und Trümmer fegten an dem Unterschlupf vorbei, wo ich mich wie eine Kugel zusammengerollt hatte. Die Wäsche lag überall verstreut. Keine Ahnung, wann ich mir den Wäschekorb über den Rücken gezogen hatte wie den Panzer einer Schildkröte. Genützt hätte es nichts. Das, was mich schützte, war das Haus, hinter dem ich kauerte. Fensterglassplitter regneten auf mich herunter, aber der Korb hielt sie ab und die Wände hielten stand. Ich weiß nicht, wann ich wagte, mich wieder zu rühren, auf allen vieren über den Boden zu kriechen und um die Ecke zu lugen. Aber es war noch nicht vorbei, o nein, es begann erst. Die Hornissen waren direkt über der Stadt. Es müssen Menschen in den Straßen gewesen sein, aber ich erinnere mich nur noch an diese eine Frau, die um ihr Leben rannte. Im ersten Moment wirkte sie nur wie ein Schattenriss, denn hinter ihr brannte es in einem Krater von Trümmern.

Es war wie ein Blick in die Hölle. Die Flammen schlugen in den Himmel. Die Frau hatte ein Baby im Arm und war barfuß, als wäre sie direkt aus dem Bett gesprungen. Ich hockte immer noch auf allen vieren da und sah die Abdrücke ihrer bloßen Füße in verrußten Schneeresten. Irgendein Teil von mir begriff, dass die Frau entkommen war. In letzter Sekunde, in Todesangst. Aber sie war nicht die Einzige, die in der Straße überlebt hatte. Hinter ihr lief ein etwa sechsjähriges Mädchen, es taumelte, fiel hin und stand wieder auf. Es rief wimmernd nach seiner Mutter. Aber die drehte sich nicht einmal um, sie rannte weiter, als hätte die Explosion jede Erinnerung an ihr Kind weggesprengt.« Aino schüttelt den Kopf und reibt sich mit beiden Händen über das Gesicht und die Augen. »Na ja, sie war in Panik und von dem Knall und der Druckwelle vermutlich noch tauber als ich. Mein Körper wollte einfach zurückkriechen, weg von dem Kind und der Frau, und dann wegrennen, so schnell er konnte. Und ich schwöre, ich hätte es getan, wenn das Mädchen nicht plötzlich stehen geblieben wäre und angefangen hätte zu schreien. So laut, dass ich es auch durch das Dröhnen in meinem Kopf und durch den Motorenlärm und das Geschützfeuer hörte. Im nächsten Augenblick war ich bei dem Kind und riss es hoch, trug es, seine Wange an meiner und den Geruch von angesengtem Haar in der Nase. Ich überholte die Mutter und brüllte ihr zu, mir zu folgen. Das war mein drittes Narrenglück an diesem Morgen: dass trotz aller Zweifel Menschen weitsichtig genug gewesen waren, Luftschutzkeller auszubauen. Und dass meine Mutter den beruhigenden Parolen der Regierung nicht traute und mich die Standorte der Luftschutzkeller hatte auswendig lernen lassen. Jetzt war ich froh darum. Ganz von selbst trugen mich meine Beine hierher, zu Stockmann. Keine Sekunde zu früh. Einschläge. Funkenblitze, Geschützdonner überall. Schwarze Rauchwolken stiegen über den Dächern auf. Ich hörte

Schüsse und Schreie, später erfuhr ich, dass die sowjetischen Piloten fliehende Menschen die Straßen entlang verfolgt und aus der Luft abgeschossen haben. Ich habe keine Ahnung mehr, wie wir in den Luftschutzkeller kamen. Und frag mich nicht, warum er noch nicht verschlossen war. All diese Momente sind heute für mich wie eine ... wie eine endlose Doppelbelichtung, auf der ich kaum noch etwas erkennen kann. Das Nächste, was ich weiß: am Ende eines Treppenschachtes Räume mit Gewölben und Stützbalken. Randvoll mit Arbeitern, feinen Leuten in Anzügen, geschminkten Verkäuferinnen. Mütter, Kinder, Männer, Greise ... Alles sammelte sich dort unten, Helsinki in einem Schuhkarton, das dachte ich noch. Dann saß ich ganz nah an der Treppe, ein Holzbalken drückte gegen meinen Rücken. Das Kind schrie mir immer noch ins Ohr. Die elektrische Beleuchtung war düster, ich suchte nach der Mutter des Kindes, aber ich hatte sie aus den Augen verloren. Ich versuchte das Kind zu beruhigen, es wegzuschieben und bequemer auf meinen Schoß zu setzen, aber es schlug mir nur die Fingernägel in den Nacken, eisige kleine Krallen. Draußen donnerte es, ein Schlag, den wir bis in unsere Knochen spürten. Und ich weinte mit dem Kind, weil ich voller Angst an meine arme alte *Mummi* zu Hause dachte – und an die bloßen Füße der Frau im Schnee.«

Erst jetzt, als Aino eine Pause macht und sich auf die Arme gestützt zurücklehnt, wird mir bewusst, dass ich mich an meine Kamera in meinem Schoß klammere. Wieder kreischt eine Straßenbahn vorbei. Zwei Teeniemädchen in Shorts bleiben kurz stehen und kramen Kaugummis und Smartphones aus den Taschen. Sie lachen und nesteln an ihren Sonnenbrillen. Die Szene erscheint mir unwirklich, ein Sommerbild, das den Winter nur überlagert wie ein Schleier. Fast kann ich Schnee und Rauch riechen.

Aino betrachtet die Sonnenbrillenmädchen und lächelt. »Und dann kam Matilda. Sie hatte auf der Treppe gesessen.

Jetzt rutschte sie zu mir herunter. Offenbar war sie auch in letzter Sekunde zum Keller gerannt. Ihre Wangen glühten, aber ihre Wimpern und ihre Locken, die unter einer hellen Wollmütze hervorschauten, waren von ihrer Atemluft noch weiß und vereist. An der Mütze hatte sie ein Schmuckstück befestigt – eine Brosche in Form eines Schmetterlings. Auch seine Flügel trugen einen Streifen von Firnis. Sie sah aus wie eine Märchengestalt aus Eis und Glut.

›Hallo, Kleine‹, sagte sie zu dem Kind und strich ihm über den Kopf. Das Mädchen in meinen Armen verstummte endlich, vermutlich nur aus Überraschung.

›Ist das deine Schwester?‹, fragte Matilda mich. Ich schniefte und schüttelte den Kopf.

Plötzlich hörten wir einen neuen Donner, und das Licht ging aus. Ich spürte, dass Matilda direkt zu mir rückte, und wir lauschten, während ich das Mädchen im Takt eines Gedankens wiegte: *Bitte nicht, lieber Gott, bitte lass uns nicht sterben.* Und dann legte Matilda die Arme um mich und das Kind, und ich lehnte mich gegen sie und krallte mich in ihren Ärmel. So hielten wir einander fest, ohne uns zu kennen. Irgendwann sprang die Notbeleuchtung an. Matilda hatte die Wollmütze abgenommen und sich von der weißgefrorenen Märchengestalt in ein sechzehnjähriges Mädchen mit nassen Haaren verwandelt. Und jetzt erst sah ich, dass ihr vorhin eine Mappe heruntergefallen war. Papier hatte sich über die letzte Treppenstufe und den Boden verteilt, eine Kaskade von Weiß. Und auf dem Weiß Körper und Hände, schwarz gezeichnet, grau verwischt. So viele Hände! Matilda rührte sich nicht, um die Zeichnungen einzusammeln. Es gab noch keine Entwarnung. Aber es war still. Die Menschen lauschten, und vielleicht war es diese Ruhe, die das Kind in meinen Armen ängstigte. Die Kleine fing wieder an zu brüllen.

›Bring das Gör endlich zum Schweigen, oder ich tu es!‹, schnauzte mich ein Mann vom anderen Ende des Raumes an. Frauen schimpften zurück. Jemand schrie los und sprang auf, jemand begann zu schluchzen, es war, als würden wir in einem Pulverfass sitzen, das nur darauf wartete, mit dem nächsten Funken zu zünden. Aber Matilda kümmerte sich nur um die Kleine.

›Ich zeig dir was‹, sagte sie sanft. ›Schau mal hier!‹

Sie hob ein Blatt vom Boden auf und drehte es um. Plötzlich hatte sie ein Stück Kohle in der Hand. Später sollte ich erfahren, dass sie immer Zeichenkohle dabeihatte, eingewickelt in Zeitungspapier. Sie trug sie bei sich wie du deine Kamera, immer bereit, etwas festzuhalten. Jetzt strich sie das Papier auf ihrem Oberschenkel glatt und begann zu zeichnen. Ihre Hände zitterten, aber trotzdem entstand das Gesicht des Kindes. Noch nie hatte ich jemanden so zeichnen sehen, es war, als existierte das Bild bereits, als wäre es nur unter weißem Kreidestaub verborgen und Matilda müsste es nur freilegen, indem sie hier ein wenig mit der Kohle kratzte und dort mit dem Finger wischte. Das Kind verstummte nach und nach, den Kopf an meine Schulter gelehnt, und ich wiegte es und summte ein Lied, und Matilda zeichnete. Dann sah Matilda mich an, und ihre Finger flogen weiter über die Seite. Das sehe ich heute noch vor mir: immer wieder der Blick aus ihren dunklen Augen – vom Blatt zu mir springend und wieder zurück. Noch nie in meinem Leben hatte mich jemand so angesehen. Ich fühlte mich, als würde sie mich freilegen – oder zumindest irgendeinen Teil von mir, den ich selbst noch nicht kannte.«

Aino seufzt, aber es klingt nicht traurig. Nachdenklich betrachtet sie ihre Hände, zupft an den Fingern. »Weißt du, es ist ein besonderer Moment, wenn du jemandem, der für dein Leben wichtig sein wird, zum ersten Mal begegnest«, fährt sie leise fort. »In dieser Sekunde nimmst du die ganze Person wahr. Details, die du später nur noch überprüfst und bestätigst. So war es mit Matilda.

›Schau dir dieses tapfere Mädchen an‹, sagte sie zu dem Kind. ›Das bist du! Und was für einen wunderschönen goldhaarigen Schutzengel du hast.‹ Das Bild zeigte das Mädchen und mich, aber nicht schreckensstarr und angestrengt, nur ernst. Auf dem Bild war das Kind eine kleine Heldin, und ich sah wirklich aus wie ein Engelmädchen, stark und aufrecht, als würde ich das Kind beschützen. Dabei weiß ich nicht mehr, wer sich an wen geklammert hat. Doch Matilda schwor mir später, genauso hätte ich auf sie gewirkt: wie jemand, bei dem man sicher ist. Aber sie schummelte gern – in ihren Bildern und auch mit ihren Worten.«

Aino lacht leise auf, streckt das rechte Bein aus, dehnt es vorsichtig und macht Anstalten, aufzustehen. Diesmal bin ich es, die sie am Ärmel fasst und zurückhält.

»Und dann?«

»Oh, dann geschah ein kleines Wunder. ›Willst du nicht wissen, wie dein Engel heißt?‹, fragte Matilda die Kleine. Und das Kind schien erstmals aus seiner Schockstarre zu erwachen. Es lockerte seine Umklammerung, rückte ein Stück in Richtung meiner Knie und schaute mich zum ersten Mal wirklich an. Und ich schaffte es tatsächlich, mir ein Lächeln abzuringen. ›Ich heiße Aino‹, sagte ich. ›Und du?‹ Das Komische ist, ich kann mich nicht mehr daran erinnern, was das Kind antwortete. Es hat einen Namen genannt, aber der ist wie ausgelöscht. Doch ich weiß, dass wir redeten und noch ein Kinderlied summten, dass Matilda dem Mädchen ihre Schmetterlingsbrosche an den Ärmel steckte und eine kleine Geschichte dazu erfand. Und ich erinnere mich, dass Matilda und ich flüsternd Namen, Fragen und Antworten tauschten und uns wieder festhielten, als es draußen donnerte. Als endlich die Entwarnung kam und wir aus dem Keller konnten, roch die Luft draußen nach Rauch und gefror auf unseren verschwitzten Wangen. Im Gedränge verlor ich Matilda aus den Augen. Dafür fand ich die Mutter des Kindes wieder – beziehungsweise sie mich. Ihr Gesicht war eine Streifenmaske aus Tränen und Ruß. Sie riss mir das Kind wortlos aus den Armen und ging schwankend davon, die Kleine rechts, das Baby links. Frauen sprangen zu ihr, stützten sie, führten sie in das Haus dort drüben, wo jetzt der Friseurladen ist. Das Gesicht der Kleinen schwebte über ihrer Schulter. Ihre Arme umklammerten den Nacken ihrer Mutter, und jemand stützte auch mich. Matildas Arm lag fest um meine Taille. ›Du musst lächeln‹, flüsterte sie mir zu. ›Los! Sie muss wissen, dass alles gut wird.‹

›Es wird aber nicht wieder gut.‹

›Nicht, wenn du nicht winkst‹, beharrte sie. ›Soll sie dein verstörtes Gesicht sehen – oder ihren Engel, der sie beschützte und zu ihrer Mutter zurückbrachte?‹

Keine Ahnung, wie ich es schaffte, aber ich lächelte tatsächlich, und Matilda und ich winkten beide so lange, bis die Mutter mit dem Baby und unserer Kleinen im Hauseingang verschwunden war. Das Mädchen ließ uns nicht aus den Augen, solange es eben ging.

›Sie hat deinen Schmetterling mitgenommen‹, sagte ich.

Matilda zuckte mit den Schultern. ›Na und? Im Frühling kommen neue.‹

Das war eine komische Antwort, aber damals wunderte ich mich nicht. Wir schauten beide zum Himmel, der mir nie wieder sicher erscheinen würde. ›Wir haben Krieg‹, sprach Matilda das aus, was Präsident Kallio am Nachmittag offiziell verkündete. Hundertfünf Tage dauerte dieser erste Krieg, den wir zusammen überstehen sollten, Hand in Hand.

›Versprich dir was, Aino‹, sagte Matilda. ›Etwas, was dir ganz wichtig ist, wofür dein Herz so sehr schlägt, dass es weh tut. Etwas, was du nicht aufgeben wirst, egal, was noch kommt!‹

Ich verstand kein Wort. Ehrlich gesagt erschreckte sie mich. Ich kam aus einer Familie, in der es nie um Worte ging, nicht um Wünsche und schon gar nicht um das, was ein Herz will. ›Ich verspreche mir, dass ich studieren werde‹, sagte Matilda. ›Ich werde nicht sterben, bevor ich eine richtige Malerin bin. Und dann werde ich nach Paris gehen. Und du?‹

Ich entzog mich ihr, brachte Abstand zwischen uns beide. Ich hatte keine Versprechen. Paris sagte mir nichts, und Malerei war mir so fern wie Veilchenduft im Dezember. Jetzt fiel mir auf, dass sie einen viel edleren Mantel trug als ich und einen feingestrickten Schal mit Pelzbesatz. Unter normalen Umständen hätten wir beide niemals miteinander gesprochen, es sei denn, ihre Mutter hätte meine fürs Nähen bezahlt. ›Das ist doch Unsinn‹, antwortete ich. ›Ich ... muss Wäsche abliefern.‹ Ich war zu durcheinander, um mich daran zu erinnern, dass die Wäsche irgendwo in den brennenden Trümmern lag. Und natürlich wollte ich nicht in die *Sofiankatu*, ich wollte nur noch nach Hause und sehen, ob meine Familie noch lebt. Ich drehte mich um und ließ Matilda zurück. Aber so leicht lief man vor ihr nicht davon. Wen sie einmal umarmte, den ließ sie nicht wieder los. ›Warte!‹ Sie rannte mir nach und holte mich ein, packte mich einfach bei den Schultern. ›Dann versprich wenigstens, dass wir uns wiedersehen.‹ Sie lächelte mich bei diesen Worten an. Trotz der Trümmer, des Schocks, der Menschen, die an uns vorbeihasteten. ›Versprich es!‹

›Warum?‹, war alles, was ich herausbrachte. Jetzt wurde sie ernst.

›Na, weil wir zusammen überlebt haben‹, erwiderte sie leise. ›Und außerdem: Wer einen Engel findet, darf ihn behalten!‹«

Aino seufzt wieder und nestelt an ihrem Haar. Nach einem Seitenblick auf mich kramt sie ein Taschentuch hervor und hält es mir hin, dabei heule ich gar nicht. Aber vielleicht sieht sie mir an, dass ich kurz davor bin. Weil ich an das Mädchen denken muss und daran, wie Aino es in den

Armen gehalten und beschützt hat. Ich könnte Aino dafür umarmen. Ich muss mich räuspern, um sprechen zu können.

»Und von diesem Tag an wart ihr Freundinnen?«

»Mehr als das. Für uns war der Winterkrieg ein zweifacher Beginn – im schlimmsten und im besten Sinn. Weder sie noch ich stellten einander unseren Familien vor, zu unterschiedlich waren unsere Welten, das war uns völlig klar. Sie die Tochter eines Professors an der technischen Hochschule, ich das Arbeiterkind. Aber trotzdem waren wir enger verbunden als Schwestern. Anfangs dachte ich oft, sie sei tatsächlich verrückt, aber im schlimmsten Moment noch zu lächeln war einfach ihre Art, jeder Sekunde Leben abzutrotzen. In gewisser Weise war Lachen und Weinen für sie kein Widerspruch, weil sie sich ... eins fühlte mit allem, mit dem Schönen und dem Schrecklichen. So war sie, ganz und gar, vom ersten Moment unserer Begegnung an und solange ich sie kannte.« Sie sieht mir nun direkt in die Augen, und ich glaube eine blonde junge Frau zu sehen, irgendwo verborgen hinter dem Schleier einer vergilbten Iris. »Ich habe das alles nie jemandem erzählt«, sagt Aino leise. »Damals nicht meiner Großmutter oder meiner Mutter. Und später nicht einmal meinem Mann oder meinem Sohn. Manche Erinnerungen sind zu kostbar, um sie preiszugeben.«

Aino weiß es nicht, aber manchmal ist sie es, die ein wenig seltsam oder verrückt klingt.

»Und mir erzählst du es? Warum?«

»Weil es wichtig ist, dass du Matilda auch kennst! Denn ... was auch geschieht, ich möchte, dass du verstehst, warum ich hier bin und tue, was ich tun muss.«

»Okay.«

Aino nickt. Eine lange Minute lassen wir wieder nur das Leben an uns vorbeifließen. Der Schritt zurück in diesen Sommer gelingt mir immer noch nicht. Das Kind geht mir nicht aus dem Kopf. Lebt es noch? Und wenn ja, wovon träumt es heute, als alte Frau? *Reicht ein Engel, um zu vergessen, dass die eigene Mutter einen bei einem brennenden Haus zurückgelassen hat?*

»Du wirst es nicht verstehen, aber manchmal weiß man in der ersten Sekunde, dass jemand dir das Herz öffnet und dich erkennt«, murmelt Aino. »Ich glaube, Matilda und ich kannten einander vom ersten Augenblick an. Wahrscheinlich klingt das verrückt, aber so war es.«

Das ist überhaupt nicht verrückt, denke ich. *Das funktioniert auch in der Gegenrichtung.* Und obwohl ich es mit aller Macht zurückdränge, taucht es in mir auf wie morsches Treibholz, ploppt an die Oberfläche und verwirbelt die neuen Bilder. 1989, Zeit- und Kontinentalverschiebung, *Suzana time.*

Aino schreckt zusammen, so schnell springe ich auf, klopfe mit dem Staub die Erinnerungen von mir ab. »Komm schon!«, sage ich und strecke ihr die Hand hin. »Syvävesi wartet.«

Nummer eins wohnt tatsächlich nicht weit vom Bahnhof entfernt in einem schmucklosen Wohnblock. Zum Glück im Erdgeschoss. Aino ist es lieber, dass ich an der Eingangstür warte, als müsste ich eine Fluchttür offen halten. Allein fährt sie die letzten Meter zur Haustür und stellt sich aufrecht hin. Sogar von hinten sehe ich ihr an, dass sie Angst hat. Die Art, wie sie die Schultern strafft, die Tasche an sich drückt und ihre rechte Hand darin versenkt, verrät sie. Diese Geste kenne ich inzwischen. Immer wenn Aino unsicher ist, schiebt sie ihre Hand in die Tasche, so, wie sich ein Kind beim Einschlafen einen Deckenzipfel in die Faust klemmt. Vermutlich umklammert sie jetzt das Notizbuch, um es ohne ein peinliches Zittern zücken zu können.

Eine ältere Frau macht auf, und Aino entspannt sich sichtlich, die Stimmen hallen lange im Treppenhaus, aber als Aino schließlich in den Rollstuhl sackt, ist klar, dass wir hier falsch sind. »Sie heißt Agata«, erklärt Aino auf dem Weg zu Nummer zwei. »Aber sie besitzt nichts von Onerva, nur eine signierte Autogrammkarte von Olavi Virta. Sie wollte sie mir verkaufen.«

Barbarossa hätte sich gefreut, denke ich.

Versuch Nummer zwei führt uns nach Kallio zu einer Familie, in der offenhängende Münder wohl zur genetischen Grundausstattung gehören. Sogar das Baby schaut uns an, als hätten wir schwarzweiße Kuhflecken im Gesicht. Keiner der Erwachsenen hat den Namen Onerva jemals gehört.

Aber vermutlich würden sie auch Shakespeare für eine Biermarke halten.

Adresse Nummer drei finden wir erst nach einer langen Straßenbahnfahrt zwischen braunen Wohnblocks mit Endstation Kuusitie und einem langen Marsch zwischen senfgelben Hochhaus-Klonen. Bei Klon Nummer 5 angekommen, stellen wir fest, dass der Name an keiner Klingel steht. Aino flucht und klingelt sich verbissen durch. Ihre Sturheit zahlt sich aus. Im vierten Stockwerk öffnet ein ziemlich verpennter Hipster, der beim Namen Syvävesi immerhin ein vages Déjà-vu zu haben scheint. Als Aino nach zehn Minuten wieder aus seiner Wohnung rollt, liegt ein Zettel mit einer weiteren Adresse auf ihrer Tasche. »Hier wohnt der Vormieter jetzt«, erklärt sie. »Die Schnarchnase hatte die Adresse noch in einer Schublade. Sein Vater hatte sie damals aufgeschrieben, weil er einem Herrn Syvävesi für Sohnemann die Einbauküche abgekauft hat.«

»Hört sich doch gut an«, sage ich und hole wieder die Karte mit Bahn- und Busverbindungen heraus. Aber Aino schüttelt den Kopf. »Taxi«, bestimmt sie mit finsterem Blick. »Wenn er es schon wieder nicht ist, will ich wenigstens keine Zeit mehr verplempern. Und sollte er es sein, haben wir auch keine Zeit zu verlieren.«

*

Allerdings sieht es nicht so aus, als würde sich Aino noch große Hoffnungen machen. Im Gegenteil. Sie wirkt bedrückt und blass. Seit wir losgefahren sind, hat sie kaum ein Wort gesagt. Vielleicht denkt sie dasselbe wie ich: *Letzte Chance.*

Der Taxifahrer heißt Lenni und ist ein gemütlicher Kerl, der mit Aino so freundlich und behutsam umgeht, als wäre sie seine eigene Großmutter. *Lenni Kivi* lautet sein ganzer

Name. Sein Plastikausweis steckt in dem elektronischen Zähler an der Windschutzscheibe. Die meisten Fotos von Taxifahrern wirken sonderbar, fast irr – Dr.-Jekyll-und-Mr-Hyde-Effekt. Lenni macht keine Ausnahme. Sein Foto zeigt ausdruckslose, schlaffe Gesichtszüge und stechende Augen ohne jeglichen Lichtreflex. Ich schätze, es ist der Frontalblick. Auf Porträts wie diesen dagegen liefert diese Perspektive den Menschen auf merkwürdige Weise aus.

»Selkämerenkatu«, brummt Lenni und bremst direkt unter dem Schild, auf dem dieser Straßenname prangt. Bis jetzt sah dieser Stadtteil aus wie ein Projekt namens »Bochum trifft Bauhaus«. Eckige Häuserblöcke, geometrisch, praktisch, grau. Dezent gestylt mit Stahl und Glas. Jetzt sind wir an einer Ecke, die eher an Legoland erinnert. Die Hochhaussiedlung steht direkt an einer Baustelle am Hafen. Hinter einem Bauzaun reihen sich dunkelblaue Container auf einer Kieshalde, erheben sich Kräne vor dem Meer.

Auf unserer Seite des Zauns stehen Hochhäuser voller Farbflächen von Gelb über Orange bis Rotbraun. Dazwischen Apfelgrün und Blau. Ein Hauch von Kinderzimmer, fröhliche Tupfer vor Himmelblau. Die Balkone sind rundum verglast, was aussieht, als hätte jemand Aquarien von außen an die Häuser geklebt.

»13D. Hier muss es sein!« Aino bremst vor dem Haupteingang zu einem der Hochhäuser. Sie ist so aufgeregt, dass ihr wieder mal das Notizbuch aus der Hand rutscht. Lennis Visitenkarte flattert auf den Asphalt. »Sind wir richtig?«

Ich nicke. Der Name steht am Klingelschild, wenn auch nur mit Kugelschreiber auf einem Papierfetzen, der schon Regen gesehen hat.

Aino holt tief Luft. In der Helligkeit des milchigen Himmels wirkt ihr Gesicht jünger, als es ist, die harte Mundlinie passt nicht zu den aufgerissenen Augen. »Schieb mich hoch. Die Tür ist offen.« Die Eingangstür ist tatsächlich mit einem alten Turnschuh blockiert. Eine Minute später stehen wir im zweiten Stock.

»Geh zur Seite«, befiehlt Aino.

Ein Spruch wie aus einem Actionfilm. Als würde Aino gleich eine Granate aus der Tasche ziehen und die Tür aufsprengen.

Viel Platz ist neben Fahrstuhl und Tür nicht, also weiche ich diesmal auf die Treppe zum nächsten Stockwerk aus und setze mich auf eine Stufe.

Aino stemmt sich aus dem Rollstuhl hoch und schiebt die Tasche über ihrer Schulter zurecht. Ihre Kiefer mahlen, während sie den Zeigefinger auf die Klingel presst, als gälte es, ein Loch durch die Wand zu bohren.

Fünf unerträgliche Sekunden, sieben, acht. Es schrillt und schrillt, nun begleitet von einem Poltern irgendwo im Inneren.

»Es reicht, Aino«, rufe ich von der Treppe zu ihr hinunter. Aber sie presst nur die Lippen aufeinander und bohrt den Finger noch tiefer in den halbversenkten Klingelknopf.

Es poltert noch einmal, als wäre etwas – jemand? – in der Wohnung umgefallen. Dann wird die Tür aufgerissen. Das Schrillen verstummt und macht Platz für eine raue Stimme. Man muss kein Finnisch können, um zu verstehen, dass der Mann sich die Seele aus dem Leib flucht. Ich kann ihn von meiner Warte aus nicht sehen, aber er klingt heiser und verkatert. Aino sagt kein Wort. Sie starrt den Unsichtbaren an wie ein Gespenst und wird schlagartig grau im Gesicht. Sie schwankt ein wenig, und ich springe auf, rase die Treppe hinunter und umfasse ihre zerbrechliche Taille. Sie merkt es kaum. Die Flut von Verwünschungen stoppt. Ich bin erstaunt, wie sehr Stimmen täuschen können. Der dünne, sehnige Kerl, der an der Tür steht, ist nicht älter als ich, eher jünger, obwohl er sich im Moment sicher wie hundert fühlt. Noch nie in meinem Leben habe ich tiefere Augenringe gesehen. Ein schmales Gesicht, unrasiert, verschattet. Sein Haar ist schwarz und wirr, am linken Ohr glänzt zu viel Metall, und seine rechte Augenbraue ziert ein Piercing. Ich kann nicht sagen, welche Augenfarbe er hat, er kneift die Lider zusammen und blinzelt mühsam in die Helligkeit. Vermutlich hat er nackt geschlafen, er ist barfuß und trägt nur eine schwarze, entschieden zu enge Jeans mit abgestoßenen Rändern.

Aino erwacht aus ihrer Schockstarre. Als hätte jemand die Pausentaste losgelassen und auf Schnellvorlauf gedrückt, redet sie so schnell und barsch auf ihn ein, als würde sie ihm seine Rechte verlesen. Hastig kramt sie den Artikel hervor und hält ihm Matildas Porträt unter die Nase. Mr Piercing schluckt mühsam, kneift die Augen noch mehr zusammen. Er legt den Kopf schief, als wolle er Ainos Worten mit einem Gefälle den Weg vom Ohr zum Hirn erleichtern. Aino bemerkt es nicht, aber der Typ versucht sich offenbar in einem Puzzle zurechtzufinden, das sich noch nicht zu einer Welt zusammengesetzt hat. Ich muss mir das Lachen verbeißen. *Lange Nacht mit Johnny Walker?*

Als hätte er meine Gedanken gehört, sieht er nun mich an, finster und diesmal ohne ein Blinzeln. Er achtet nicht darauf, dass Aino ihn inzwischen fast anschreit, sondern mustert mich, als würde er mich am liebsten zum Teufel schicken, als wäre ich diejenige, die ihm diese Alte auf den Hals gehetzt hätte. Dann reibt er sich mit der Hand über den Mund und wendet sich wieder an Aino.

»*Kyllä*«, sagt er heiser. »Aarto Syvävesi.«

Es klingt, als hätte er uns eben zur Hölle gewünscht. Dann sagt er noch ein paar Worte.

Aino atmet auf, immer noch blass, zittrig, ich kann es spüren, sie schlottert geradezu in meinem Arm. »Er heißt Aarto!«, sagt sie tonlos.

»Ja, habe ich gehört. Und? Ist er es?«

»Das Aquarell gehört ihm!«

»Dann sind wir hier richtig.«

Sie schluckt und nickt, als könnte sie es nicht fassen. Wieder schaltet sie auf Finnisch, redet weiter auf den armen Kerl ein. Bei dem Wort *Saksa* – Deutschland – deutet sie beiläufig auf mich.

»Moi!«, sage ich. *»Nice to meet you.«* Aber Mr Piercing sieht nicht so aus, als könnte er mich in das Puzzle einordnen.

Ohne Rücksicht auf mich lässt Aino sich plötzlich in den Rollstuhl zurückfallen und treibt ihn mit energischen Armstößen an ihm vorbei über die Schwelle. Aarto Syvävesi kann gerade noch ausweichen, bevor sie ihm über die Zehen fährt. Ich will ihr folgen, aber sie flitzt mir davon, mein Schritt geht ins Leere. Einen Moment denke ich, der Kerl will sich mir in den Weg stellen, aber er wankt nur wieder in eine stabile Position. Für den Moment zwischen Vor und Zurück stehen wir fast Brust an Brust. Übler Nachtatem und Alkoholgeruch umnebeln mich. Viel zu nahe und zu intim wie der Blick in ein fremdes Schlafzimmer. Dieser Aarto ist sicher fünf Zentimeter kleiner als ich – und als er nun zögernd zurücktritt, mehr aus Überrumpelung, als um mich in die Wohnung zu lassen, fällt mir auf, dass ich hier so was wie ein Negativ von Leon vor mir habe. Kater oder nicht, Leon hätte nun gelächelt und Fremde hereingebeten, mit dieser Geste der offenen Arme, die mir jetzt in meiner Seele steckt wie ein Seeigelstachel, der nur noch herauseitern kann. Leons Negativ dreht sich nur mürrisch um und folgt Aino, ohne sich noch einen Deut um mich zu kümmern. Und ich bin froh darüber, denn ich muss bei der Erinnerung an Leon schwer schlucken, und das sieht man mir sicher an.

Nie hätte ich gedacht, dass mir der Halt von Ainos Rollstuhlgriffen fehlen würde, so vorsichtig bewege ich mich nun durch einen breiten Flur. Drei Türen. Im Vorbeigehen zieht der Typ die erste zu. Aber der kurze Blick über seine Schulter reicht, um ein zerwühltes Bett zu erkennen und einen schmalen weißen Fuß, der über die Bettkante ragt. Eleganter, steiler Ristbogen, lange Zehen, ein perfektes Stück Elfenbein an Frottee.

Aino hat bereits selbst den Weg ins Wohnzimmer gefunden, es ist der hinterste Raum. Klamotten türmen sich auf einem Achtziger-Jahre-Sofaklotz, und auf einem Wäscheständer hängen schwarze T-Shirts und eine Jacke mit einem Schriftzug voller »ä«. Als ich das Wohnzimmer betrete, hält Aarto inne und starrt meine Füße an. Er atmet sehr tief durch, resigniert, als sei ich eine Strafe Gottes, und reibt sich wieder über den Mund.

»*Kahvia?*«, fragt er dann heiser in Richtung Aino. Jetzt erst fällt mir auf, dass er eine helle Narbe hat, die von seiner Oberlippe schräg bis zu seiner Nase verläuft.

Aino nickt. Der Typ rafft beim Hinausgehen ein paar Klamotten auf dem Sofa zusammen und macht einen weiten Bogen um mich. Aino sieht ihm auf eine seltsam konzentrierte Art nach und schluckt.

»Was ist los?«

»Gar nichts.« Sie wendet sich brüsk ab, rollt zu den Fotos, die in kitschigen Goldrahmen über dem Fernseher hängen. Grüne Tapete mit Goldranken. Das passt überhaupt nicht zu dem Mann, der hier wohnt. Aber auch die Fotos an der Wand sagen nicht viel. Auf den ersten Blick finde ich keine Ähnlichkeiten mit Mr Piercing. Also muss ich nach anderen Anhaltspunkten suchen. Die Vorhänge sind vergilbt. Der Flachbildfernseher ist nagelneu, genau wie die Anlage. Eine Gitarre steht in einer Halterung daneben, eine weitere – diesmal eine E-Gitarre – lehnt an der Wand und ist in einen Verstärker eingestöpselt. Dito ziemlich teure Kopfhörer. *Rockmusiker?* Wenn ja, dann ist der Kerl ein wandelndes Klischee. Samt Groupie-Roadkill in seinem Bett. Aber hier ist noch mehr: Umzugskartons, die nicht ausgepackt wurden und Teil der Einrichtung geworden sind. Kisten dienen als Couchtisch, Raumteiler, Sitzgelegenheiten. Plötzlich sehne ich mich nach dem schäbigen Hotel zurück. Alles ist besser als dieses Karton-Szenario aus meiner und Danaes Kindheit.

»Ich schau mal nach dem Kaffee«, sage ich zu Aino und mache, dass ich rauskomme. Um die Küche zu finden, muss ich nur den Geräuschen folgen. Dem Surren einer vollautomatischen Espressomaschine – und dem Scheppern von zerbrechendem Geschirr. Beinahe wäre ich in die Scherben eines Tellers getreten, der eindeutig als Aschenbecher gedient hat. Als ich Aarto beim Aufsammeln helfe, kommen wir uns ins Gehege und stoßen uns die Köpfe an.

»Take a seat«, knurrt er genervt. Es ist tatsächlich die bessere Lösung. In diesem Chaos findet sich bestimmt nur einer von uns zurecht. Ich steige über verkantete Stühle und klemme mich hinter einen verklebten Tisch voller Gläser. Für einen Moment bin ich sicher, in einem davon einen kleinen gelben Vogelkörper zu entdecken, aber diesmal ist es wirklich nur eine Spülbürste. Alle Flaschen sind leer. Es war nicht Johnny Walker, wie ich vermutet hatte, sondern *Finlandia*-Wodka. Auf dem Etikett galoppieren drei Rentiere vor einer blutroten Sonne. Und im Moment bestimmt auch quer durch Aartos Kopf. Missmutig knallt er den Mülleimerdeckel zu und holt dann zwei Tassen mit Comicmotiven aus dem Schrank. Niedliche weiße Nilpferdwesen.

Dann bemerkt er mein Grinsen über das Chaos.

»Had guests«, murmelt er.

»Who was it?«, frage ich. *»Charlie Sheen?«*

Aarto stoppt mitten in der Bewegung. Die Espressomaschine brodelt, als würde sie eine Explosion ankündigen. Unwillkürlich schiele ich nach der Tür und schätze die Entfernung ab. Aber Aarto stellt nur sehr entschlossen eine der Tassen in das Regal zurück und fischt stattdessen eine andere hervor, die er unter die Düse stellt. Kaffee zischt und sprudelt.

Die volle Tasse knallt er mir mit einem Klack hin, der den Kaffee über den Rand schwappen lässt, und lässt sich mir gegenüber auf den Stuhl fallen. Auf die Art, wie ich es von den Jungs im Jugendzentrum kenne. Nur dass die Jungs dort Hip-Hopper-Klamotten tragen und cool wirken wollen. Bei Aarto ist es echt. Ich kann ihn mir gut vorstellen, wie er unter einem Auto liegt und fluchend herumschraubt.

»*So, you're the funny one from Germany, hm?*«, fragt er nicht besonders freundlich. Immerhin. Dass ich aus *Saksa* komme, ist offenbar in sein wodkagetränktes Hirn gesickert.

»*En ole mistään kotoisin*«, antworte ich. *Ich bin nirgendwo zu Hause.*

Er ist überrascht, aus meinem Mund einen finnischen Satz zu hören, aber statt beeindruckt zu sein, zieht er den linken Mundwinkel zu einem Semigrinsen hoch, als hätte ich einen Witz gemacht. Dann lässt er seinen Blick ungeniert zu meinem Busen schweifen. »*Really?*« Er amüsiert sich über mein irritiertes Gesicht. Mist. Ich muss etwas Falsches gesagt haben. Unter dem Tisch hole ich verstohlen meinen Zettel aus der Hosentasche und schiele auf mein gesammeltes Finnisch, hingekritzelt auf der Fähre, mit Seewind im Haar oder Karaoke-Gesang im Ohr. Der Satz ist korrekt.

»*Ei!*«, sagt Aarto. Nein! »*Nothing wrong with the words. But this sentence has a double meaning: I'm nowhere at home – or: I'm good for nothing.*«

Zu nichts zu gebrauchen.

Ich ärgere mich, dass ich jetzt knallrot werde. Nun, ich kann mir denken, was meine gemeine Alte meinte, als sie mir den Satz beibrachte. Ich müsste wütend auf sie sein –

zum wievielten Mal? Aber stattdessen passiert es schon wieder. Meine Kehle wird eng. *Bloß nicht heulen, nicht vor diesem dämlichen Macho!*

Aarto hebt unter meinem Blick die Hände, als würde er sich ergeben.

»*Hey, just a joke*«, sagt er.

»*Don't joke with me!*«

Sein Grinsen verschwindet. Er schaut mich sehr konzentriert an, ohne zu zwinkern. Zum ersten Mal fällt mir auf, dass er grüngraue Augen hat. Nicht die schlechteste Farbe.

»Okay«, sagt er dann vollkommen ernst und steht auf.

*

Nicht einmal der heiße Kaffee kann mich von dem Mädchen und dem Kriegswinter wegtragen. Und leider auch nicht von meinem eigenen Chaos. Während ich es mit kleinen Schlucken von heiß zu lauwarm trotzdem versuche, lausche ich mit einem Ohr dem Gespräch von Aino und Aarto im Wohnzimmer. Aartos Text passt auf eine Briefmarke. Größtenteils sagt er immer wieder mal *ei* – nein.

Tja, wird dir nicht viel nützen, Junge.

Das Feixen vergeht mir, als ich mit der Kamera das Motiv auf der Tasse fokussiere. Es ist kein niedliches Nilpferd, sondern ein rotzfreches Gör mit einem miesen, verschlagenen Gangsterblick. Sein rotes Kleid hat genau denselben Farbton wie meine Jacke. Alles klar. *Sehr witzig, Mr Piercing.* Als ich auf den Küchenschrank und die restlichen Tassen zoome, weiß ich plötzlich, warum mir die Figuren so bekannt vorkommen. Weil es gar keine Nilpferde, sondern Trollfiguren mit Schürze, blondem Haarpony oder Zylinder sind. *Die Mumins!* Du lieber Gott, wie lange ist es her, seit es diese Kinderserie im Fernsehen gab? Ich wusste gar nicht, dass sie in Finnland auch bekannt war. Schemenhaft erinnere ich mich daran, ein paar Folgen gesehen zu haben, aber die Göre im roten Kleid ist mir völlig entfallen. Und überhaupt: *Ein Punkrocker, der Mumin-Tassen sammelt?*

Aino hört auf zu reden. Türen klappen. Hastig trinke ich aus. Zeit, wieder ins Zentrum zu stoßen. Aber zwei letzte Fotos muss ich noch machen. Mittagslicht bricht sich in den leeren Flaschen, schräg von der Seite aufgenommen bilden ihre Schatten auf dem Tisch eine Skyline mit einem Himmel aus Colaringen und getrockneten Wodkawolken. Motiv Nummer zwei ist ein klassisches *Memento mori* wilder Partys: die vergessene Tellerscherbe neben dem Mülleimer. Der Bogen einer perfekten weißen Bruchkante verwandelt sie in ein Lilienblatt aus Porzellan. Und daneben – ein ebenso perfekter Elfenbeinfuß.

Ich bin die Einzige, die hier zurückzuckt. Die Blonde, die im Türrahmen steht, rührt sich nicht. Nur ihre Augen werden noch etwas schmaler. Nein, Groupie trifft es nicht. So, wie sie auf mich herunterschaut, ist sie das Ausrufezeichen hinter einem *Vorsicht*! Sie ist hübsch – auf eine scharfe, fast überzeichnete Art. Und alles an ihr ist dramatisch. Allein schon die Art, wie die Wolldecke, in die sie sich gewickelt hat, ihr halb über die Schulter gerutscht ist. Der herausfordernde Winkel zwischen Kinn und Hals, die gekräuselten Lippen, sogar die Art, wie ihr blondes, welliges Haar absteht, zerwühlt von der Nacht und Aartos Händen. Im Bruchteil eines Herzschlags hat sie mich ebenso gescannt wie ich sie – und das, was sie sieht, gefällt ihr nicht. Unter anderen Umständen würde ich jetzt grinsen, aber hier ist wahrscheinlich Höflichkeit gesünder.

»*Moi*«, sage ich in neutralem Ton.

Ihre Nasenflügel blähen sich, die Augen sprühen Funken. »*Moi?*«, antwortet sie gefährlich leise, fast ohne die Lippen zu bewegen. Ich weiß nicht, welcher Film hier läuft, aber die Amazone ist ganz offensichtlich im falschen. Ein Wasserwerfer aus Worten trifft mich. Fragen knallen mir um die Ohren, aggressive Forderungen nach Antworten.

»Stopp!«, rufe ich. Und als sie nur lauter wird, stehe ich auf. Das wirkt, denn jetzt bin ich es, die auf sie hinunterschaut. »*En ymmärrä*«, erkläre ich. Ich verstehe nicht, was du sagst. »*I'm just a guest, okay? I'm here with ...*«

»Sanna?« Aarto taucht auf – und wird unter Beschuss genommen. Man muss kein Finnisch verstehen, das hier ist Universal-Pärchensprache. Beziehungsweise die zukünftiger Expaare.

Wer ist die Schlampe? Etwa die Touristin aus dem Club neulich?

Was? Nein! Ich kenn sie doch nicht mal.

Lüg nicht. Was will sie hier?

Nichts.

Ach ja? Warum sitzt sie dann in deiner Küche?

Sannas Toga kommt ins Rutschen und klafft auf. Ein elfenbeinweißer Venushügel mit einem Skorpion-Tattoo kommt zum Vorschein. Danke, das ist mehr, als ich je von Aartos Privatleben wissen wollte. Aarto sieht jetzt wirklich genervt aus, und er wirft mir einen Blick zu, als könnte ich etwas dafür. Ich spiele den Ball mit einer Augenbraue zurück. *Nicht meine Baustelle, Loverboy.*

Es ist Aino, die Sanna schließlich zum Schweigen bringt. Vor mir ist die Amazone nicht zurückgeschreckt, aber beim Anblick der Alten im Rollstuhl verstummt sie mitten im Satz und zieht sich die Decke erschrocken bis zum Kinn hoch. Aarto erklärt etwas, aber Sanna dreht sich um und rast mit wehender Decke davon. Fersen hämmern auf dem Boden, die Tür zum Schlafzimmer knallt. Aarto schließt für einen sehr konzentrierten Moment die Augen, dann folgt er ihr. Bei ihm knallt die Tür um einiges lauter. Hui. So viel Temperament hätte ich ihm gar nicht zugetraut.

»Die Nackte mag dich nicht«, bemerkt Aino. Es knackt,

als sie über die Scherbe in die Küche fährt. Ehrfurchtsvoll sieht sie sich um. »Was für ein Chaos!«

Yep. In jeder Hinsicht. »Und?«, frage ich. »Was ist mit Matilda?«

Aino schnalzt verärgert mit der Zunge. »Der Kerl ist so gesprächig wie ein Holzpfosten. Aber das Aquarell hat er geerbt, so viel konnte ich ihm zumindest aus der Nase ziehen. Sein Vater ist vor zwei Jahren gestorben, und das Bild war im Koffer mit dessen persönlichen Sachen.«

Jetzt habe ich das Herzklopfen, das eigentlich sie zum Zittern bringen sollte. »Und woher hatte sein Vater das Bild?«

Aino zuckt mit den Schultern. »Das weiß Aarto nicht. Soweit ich verstanden habe, hatte er mit seinem leiblichen Vater nie was zu tun. Vielleicht hat der Matildas Bild jemandem abgekauft. Ich werde es erfahren.«

Das glaube ich auch. Aino ist auf Kurs, ihre Augen blitzen vor Entschlossenheit. Sie dreht den Rollstuhl vor dem Herd, lüftet beiläufig einen Topfdeckel und lässt ihn angewidert gleich wieder fallen. »Du lieber Gott, Erbsensuppe! Und heute ist Dienstag.«

»Muss ich das verstehen?«

»Erbsensuppe gibt es hier traditionell nur am Donnerstag. Rechne selbst.«

Nein, lieber nicht. Plötzlich mache ich mir Sorgen, ob die Tasse überhaupt gespült war.

Aino zückt einen Hunderteuroschein und einen Fünfziger. »Hier, das müsste reichen. Bezahl das Hotel und hol unsere Sachen – und kauf auf dem Rückweg etwas Anständiges zu essen ein. Und bring mir unbedingt Cola mit und …«

»Moment, Moment! Wir ziehen aus dem Hotel aus?«

»Ja. Ab jetzt wohnen wir hier.«

»Bitte *was*? Warum?«

»Weil in meinem Pass nicht Mrs Rockefeller steht! Das Hotel ist teuer wie die Hölle, und Aarto kann uns Zimmer vermieten. Wenn er die nackte Furie rauswirft, ist das Schlafzimmer frei.«

»Weiß Aarto das auch schon?«

»Ich sage es ihm schon noch, keine Sorge.«

Dazu fällt mir nichts mehr ein. In Momenten wie diesen ahne ich nur, wie froh ich sein kann, nicht Ainos Ziel zu sein und auch nicht ihr Feind. Wenn Aarto sich wirklich darauf einlässt, hoffe ich nur, er muss dafür nicht mit Blut bezahlen, weil Sanna ihm aus Wut das Piercing aus der Braue beißt.

»Und du nennst *mich* einen *häjy*!«, sage ich und nehme das Geld.

Aino rollt nur mit den Augen. »Geh, geh, geh!« Sie wedelt mit der Hand wie eine Grande Dame, die den Butler wegscheucht. »Und beeil dich. Wenn das Hotelzimmer nicht bis dreizehn Uhr geräumt ist, zahlen wir nämlich noch eine Nacht.«

HAVIS AMANDA

Das Taxi hätten wir uns sparen können. Die Metrostation Ruoholahti ist nur fünf Minuten von Aartos Wohnung entfernt. Gleich hinter den Hochhäusern stoße ich auf rohe Granitfelsen. Fichten scheinen direkt aus diesem Stein zu wachsen. Es ist, als würde der felsige Untergrund versuchen, die Kruste aus Asphalt und Architektur zu sprengen. Runde Findlinge in verschiedensten Größen von hüfthoch bis fußballgroß liegen vor dem Fels verstreut, Kinder turnen darauf herum wie kleine Trolle, die sich die Stadt zurückerobern. Aber das Ganze ist einfach ein Spielplatz.

Die U-Bahn braucht nur Minuten zum Hauptbahnhof. Ich schaffe es, das Gepäck rechtzeitig zu holen, aber dann schlendere ich im Zeitlupentempo durch die Stadt. Endlich Atem holen. Allein. Es ist ein schon ungewohntes Gefühl von Beweglichkeit und Freiheit, keinen Rollstuhl schieben zu müssen. Mein Blick kann nach oben schweifen, als ich noch einmal die Einkaufsstraßen entlangwandere. Die Sonne ist wieder zu einer unscharfen Scheibe hinter diesigen Wolkenschleiern geworden, aber die Stadt hat mehr Farbe bekommen. Ich bin überrascht, im *Esplanade*-Stadtpark Zypressengewächse zu sehen und auch Palmen. Rote Luftballonherzen von einer Werbeaktion hängen in den Bäumen und versuchen sich im Wind loszureißen. Nur einer schafft es in den Himmel, und ich verfolge durch das Objektiv seinen trudelnden Puls, bis er schließlich im Blau verklingt.

Nur von weitem betrachte ich den zuckerweißen Dom,

der wie ein griechisches Monument über der Stadt thront. Wie bunt gekleidete Pilger erklimmen Touristen die Treppenstufen. Aber mein Weg führt ans Meer. Nur eine Straße weiter gleißt das Wasser hinter orange leuchtenden Marktbuden. Möwen liefern sich Flug- und Schreigefechte.

Ich bringe die Kamera in Position. Langsam, ganz langsam sickern die Bilder in mich ein und lassen das erste zarte Gefühl von Vertrautheit entstehen. Zoom auf Details: Blaubeeren und Bohnen, die nicht gewogen, sondern in Literkannen abgemessen werden.

Ein Riesenrad auf der anderen Hafenseite.

Eine russische Kathedrale, rot und golden wie ein Zarenmantel.

Ein weißes Schiff mit dem Namen *Silja*, das im Hafen liegt.

In Großaufnahme schaue ich den Frauen in Sonnenstühlen auf die Finger, die an ihrem Marktstand mit Wollwaren Schals und Handschuhe stricken. *Winter's coming.* Dem Sommer traut hier wohl niemand so ganz. Am Nebenstand stapeln sich Rentierfelle. Und der Begriff *Stadtfuchs* hat hier in Helsinki wohl eine ganz eigene Bedeutung. Pelze hängen dutzendfach gebündelt zum Verkauf.

Ein Boot im Hafenbecken ist eine Art schwimmender Tante-Emma-Laden. Offene Kisten mit Fischen warten auf Käufer. Großaufnahme auf den Moment, als vier Hände sich über dem Graben von Wasser begegnen wie bei einer Lösegeldübergabe: Zwei Hände tauschen Geld, zwei die Geisel – den in Papier gewickelten Fisch.

Dann trete ich direkt an die Hafenkante und fotografiere mich selbst im Wasser. Eine wabernde, verzerrte Gestalt, fast nur ein Schattenriss. Ein solches Bild habe ich schon einmal gemacht. Mit fünfzehn war das Meer allerdings tiefblau, nicht grünbraun wie dieses hier. Ich war gerade in Dingle angekommen, mit kurzem Haar, das ich mir auf der

Fähre nach Irland selbst geschnitten und in einer Hostel-Dusche in Dublin gebleicht hatte. Jetzt sah ich beruhigend fremd aus, elfenblass und älter, als ich war. In der Wasserspiegelung leuchtete mein Haar wie ein Heiligenschein, und meine Augen, die ich mit grünem Lidschatten und braunem Kajal geschminkt hatte, wirkten tief und geheimnisvoll. Ich fand, ich passte zu dem irischen Pastellhimmel und dem Samtgrün, das ich bisher nur aus der Werbung für die Seife »Irischer Frühling« kannte. Nicht mehr Momo, der langhaarige Freak im Grunge-Look, sondern Moira, die weißhaarige Elfe. Hier klang sogar mein Name keltisch und geheimnisvoll.

»You wanna meet Fungie?« Ich senke meine kleine Kamera und fahre herum. Im ersten Moment bin ich überzeugt, dass sie mich jetzt haben. Dass gleich zwei Polizisten mich zu Boden werfen und Handschellen zuschnappen. Aber da steht nur ein schlaksiger Typ und grinst. Er ist hässlich, hat senfgelbes Haar und spärliche, genauso gelbe Bartstoppeln, zu rote Ohren und die Art von verkleckstes Sommersprossen, die auf der Nase zu schattigen Inseln zusammenwachsen. Ich schätze ihn auf höchstens achtzehn.

»What?«, frage ich. Ich habe seinen komisch genuschelten Satz tatsächlich nicht richtig verstanden. Die letzten zwei Jahre habe ich damit verbracht, die Schule zu schwänzen, Unterschriften zu fälschen und Prügel und Verweise dafür einzustecken. Englischvokabeln gehörten nicht zu diesem Plan.

»Fungie«, sagt der Typ überdeutlich. »The dolphin!« Er deutet auf ein Boot, das gerade anlegt. Eine Traube von Touristen wartet schon darauf, an Bord zu gehen. Stimmt. Der halbzahme Delphin, den man hier mit dem Schiff besuchen kann, war der Grund, warum ich mich in Dublin dazu entschlossen hatte, mich weiter zur Südwestküste trei-

ben zu lassen. Klang irgendwie heimelig. Nach Flipper und verdösten Nachmittagen vor dem Fernseher.

»You want to see him?« Sommersprosse lässt nicht locker.

Ich schüttle brüsk den Kopf. Hau ab, *denke ich.* Hau doch einfach ab! *Aber ich wage mich kaum zu rühren. Es ist komisch. Momo, der Freak, hätte gewusst, was zu tun ist. Notfalls hätte sie auf Deutsch losgebrüllt. Aber mit dem Abstreifen meiner alten Hülle habe ich offenbar auch meine Sprache zurückgelassen, meinen Zorn, meinen Mut, meine ganze trotzige Sicherheit. Noch habe ich keine Gesten zu meinem neuen Ich und keine Ahnung, was die anderen in mir sehen.*

»Cat got your tongue?«

Hä?

Er holt eine Zigarettenpackung aus der Jackentasche. Ein Stapel Flyer ragt daraus hervor. Der Typ verteilt also Werbung am Hafen. Er schlägt eine Zigarette aus der Packung und bietet sie mir an, aber ich lehne ab. Er grinst nur. Mit der breiten Lücke zwischen den Vorderzähnen erinnert er ein bisschen an Alfred E. Neumann von MAD. Aber das ist noch nicht das Schlimmste. Das Schlimmste ist sein cooles Getue, das bei der Schlaksigkeit seines hageren Körpers nur albern wirkt.

»I don't understand.« Ich hoffe, das klang unfreundlich genug, aber zur Sicherheit wende ich mich wieder dem Meer zu. Die Touristen steigen jetzt auf das schwarze Ausflugsboot. Es heißt Avalon. *Da wäre ich jetzt gerne. Bei den Feen der magischen Insel. Verborgen hinter Nebeln in Sicherheit. Aber stattdessen stellt sich der Kerl direkt neben mich. Der Wind trägt den Zigarettenrauch in meine Richtung. »Germany!«, sagt er. Es ist keine Frage. Er zwinkert mir betont cool zu und kommt sich wohl vor wie David Copperfield. Dann streckt er mir die Hand hin. »Aidan.«*

Ich schlucke. Das ist der Moment. Meine Hand schließt

sich in der Jackentasche um den Interrail-Pass. »I am Franziska«, antworte ich.

»Nice.« Er lacht. »Franny from Germany.«

Seine Antwort lässt mein Herz stolpern. Franny. *Seine Hand ist wie feuchter Teig, aber als ich sie ergreife, ist es fast wie ein Einrasten. Irgendwo in mir stoppt etwas und kommt zur Ruhe.*

»Student?«, fragt er. Ich nicke erleichtert, und jetzt gelingt mir auch ein Lächeln. Auch der letzte Knoten löst sich in mir. Es hat funktioniert. Ich bin nicht mehr fünfzehn. Ich bin achtzehn und heiße Franziska Gerber.

Er redet weiter. Ich verstehe nur Bruchstücke, und sein komisch harter Akzent macht es nicht besser. Irgendwas von shuttle *und* guesthouse. *Er drückt mir einen Flyer in die Hand. Ein Textblock ist auf Deutsch übersetzt.* Wunderschöne Herberge in Kerry, Ballyferriter, *lese ich.* Ideal für Wanderer, direkt am Dingle Way gelegen. Genießen Sie den imposanten Panoramablick auf die wildromantische felsige Atlantikküste und die Blasket-Inseln. *Der Typ ist gar nicht hergekommen, um mich anzumachen. Er wirbt Gäste für ein Hostel an. Plötzlich finde ich ihn beinahe schon nett.*

»Aidan!« Wir drehen uns beide nach dem Ruf und einem Hupen um. Auf dem Parkplatz hat ein kleiner Shuttle-Bus gestoppt. Er hängt ziemlich tief, weil ein paar Touristen mit ihren Rucksäcken darin sitzen. Ein sommersprossiger Mann streckt Kopf und Arm aus dem Fahrerfenster und klopft von außen gegen das Autoblech, als wäre Aidan ein Hund, den er herlocken will. Aber die Geste ist nicht abfällig gemeint, im Gegenteil. Es ist ein Code, liebevoll und frotzelnd, ebenso wie die Worte, die hin und her fliegen. Wüster Akzent, keine Chance. Aber die Melodie zwischen Vater und Sohn verstehe ich auf Anhieb und auch das Lachen. In mir gibt es nur noch Sehnsucht. Und als Aidan sich mir zuwendet und

mit dem Daumen fragend zum Shuttle-Bus deutet, nicke ich und schultere mein Gepäck.

Meine Silhouette im Wasser zersplittert, als eine Möwe neben ihr landet.

Ich trete von der Hafenkante zurück und wende mich um. Ich brauche eine Weile, um wieder zurückzufinden. Möwenschreie vermischen sich mit dem Lachen von ein paar Typen mit Bierdosen, die es sich neben geparkten Lieferwagen gemütlich gemacht haben – auf Betonpollern in der Form von … *Schildkröten*?

Ja, tatsächlich, Schildkröten. Und nein, während ich auf den Auslöser drücke, werde ich nicht an Aino denken, die sich als Vierzehnjährige unter ihrem Wäschekorb verkriecht wie unter einem Panzer. *Und schon gar nicht an ein Mädchen, das sich in derselben Haltung unter Suzanas Schlag duckt.* Ich senke die Kamera. Tja, das war es dann. *Denken Sie nicht an einen rosa Elefanten.* Meine Vergangenheit ist anhänglich und zäh wie ein schwarzer Hund, der mir sogar durch das Meer nachschwimmt. Zeit, mich wieder in die Sicherheit von Mission Matilda zurückzuziehen.

Ich remple eine Frau an, als ich mich auf dem Absatz umdrehe, kurz darauf bin ich schon über die Ampel und bei einem Schienenrondell, das einen runden Brunnen umgibt. Hier halte ich doch noch einmal inne. Den Brunnen habe ich schon von weitem gesehen. Jetzt nehmen die Details mich gefangen. Vier Seehunde aus Bronze bäumen sich am Brunnenrand auf, speien in scharfem Strahl Wasser zur Mitte. Dort erwächst ein Sockel, auf dem die Skulptur einer üppigen, anmutigen Frau thront. Sie ist nackt, aber die Einheimischen, die über Smartphones gebeugt an den Haltestellen warten, haben sich an ihr wohl längst sattgesehen. Nur die Straßenbahnen pfeifen der Schönen noch mit Bremsenquietschen hinterher.

Touristen setzen sich am Brunnenrand mit den Seehunden in Szene. Ich weiche aus, um nicht in fremde Fotoalben zu geraten. Die Brunnenschönheit ist souveräner. Unbeirrt lächelnd schaut sie über die linke Schulter, die Hand an der Wange. Dort, wo ich jetzt stehe, scheint sie mir durch den Zoom aus nächster Nähe zuzuwinken. Ich zucke zusammen und senke die Kamera. Komisch. Es ist plötzlich kühl geworden, jedenfalls fröstle ich, und meine Laune kippt schlagartig. Vermutlich reicht es einfach mit Helsinki. Ich packe die Kamera ein und laufe mit gesenktem Kopf um den Brunnen herum. Weg vom Gruß der Schönen, so schnell ich kann.

*

Im späten Nachmittagslicht werfen die Findlinge auf dem Trollspielplatz schon lange Schatten. Ein wenig ist es schon wie nach Hause kommen. Und als ich klingle, öffnet mir nicht Aarto, sondern Aino.

»Weißt du, wie spät es ist?«, sagt sie statt einer Begrüßung. »Ich dachte schon, du wärst mit meinem Geld durchgebrannt.«

»Wohin? Drei Metrostationen weiter?« Nach der Hotelrechnung hat es nämlich gerade noch so für das Essen gereicht. Und ehrlich gesagt finde ich das nicht beruhigend.

»Ach ja, und zieh diesmal gefälligst deine Schuhe aus«, sagt Aino. »Nicht mal der prolligste Finne ist so unhöflich, eine Wohnung mit Straßenschuhen zu betreten.«

Nun, das erklärt zumindest, warum Aarto mich heute Mittag mit Blicken getötet hat.

In der Küche erwartet mich eine Überraschung. Die Flaschen sind vom Tisch geräumt, die Spülmaschine ist gerade durch, und Aarto ist tatsächlich dabei, Ordnung zu schaffen. Auch er sieht etwas menschlicher aus. Sein Haar ist feucht, er duftet nach einem herben Duschgel und trägt einen blauen Anorak, der an eine Uniform erinnert und sicher nicht sein Stil ist. Auf dem Rücken steht ARGO. Darunter prangt die stilisierte Zeichnung eines Schiffes. Ein Firmenlogo. *Kurt Cobain hat einen bürgerlichen Beruf?* Irgendwas mit Technik, tippe ich. Die Jacke hat am Ärmel Reste von Ölspuren.

Aarto antwortet nicht auf mein »Hallo«, aber als ich die Tüten auf dem Tisch abstelle, sieht er mich wieder mal an, als wäre alles meine Schuld. Dann haut er mit der Faust auf den Knopf der Kaffeemaschine. Alles klar. *Willkommen in der Welt der wütenden Taubstummen.*

Auch einen?, fragt eine knappe Geste plus Blick.

Ich nicke stumm.

Im Wohnzimmer rumpelt Aino laut herum, ich hoffe nur, dass sie mit ihrem Rollstuhl nicht gegen den Verstärker oder eine Gitarre stößt, denn dann, schätze ich, sind wir tot. Aarto räumt die letzten Tassen aus der Spülmaschine und knallt die Tür mit dem Knie zu. Kaffee faucht. Ich kriege natürlich wieder die Tasse mit dem Trollbiest. Den Tropfrand gibt es gratis dazu. Aarto füllt sich einen To-go-Becher aus zerkratztem Plastik. Ich werde Zeugin, wie er nicht weniger als fünf Löffel Zucker im Becher versenkt und das Ganze auch noch umrührt. Entweder er ist ein Zuckerjunkie, oder *Finlandia* hat ihm längst die Geschmacksnerven weggebrannt. Aber zumindest scheint ein Schluck davon sein Sprachzentrum wieder zu aktivieren.

»*Sugar?*«, fragt er mürrisch. »*Milk?*«

»*No, I'm fine.*«

»*Lucky you!*«

Das Nächste, was ich höre, ist das Donnern der Wohnungstür. Jetzt erst erlaube ich mir mein Grinsen.

Aarto hat seine Schätze in Sicherheit gebracht. Im Wohnzimmer künden nur noch Staubschablonen davon, wo Gitarren, und Verstärker gestanden haben. Und auch den Fernseher hat er weggeschleppt. Der Sofaklotz wurde auseinandergeklappt und hat eine Liegefläche und Beine bekommen, Aino versucht gerade, die großen Polsterkissen vom Sofa zu angeln.

»Wir schlafen hier?«

»*Du* schläfst hier. Ich brauche das Schlafzimmer für mich allein.«

Aha. »Und Aarto?«

Aino zuckt mit den Schultern. »Er wird schon einen Platz finden. Na ja, nur nicht bei seinem blonden Gift, die ist jetzt stinksauer auf ihn.«

Langsam verstehe ich Aartos schlechte Laune. Ihn aus der eigenen Wohnung zu werfen – das ist sogar für Ainos Verhältnisse rabiat.

»Hast du noch etwas über Matilda herausgefunden?«

»Nein. Er war zu beschäftigt, sich mit der Furie zu streiten. Und jetzt muss er zur Arbeit. Aber morgen bringt er die Sachen von seinem Vater mit. Er muss sie wohl von irgendeinem Dachboden bei einem Freund holen.«

»Was arbeitet er denn?«

»Irgendein Schichtdienst am Hafen. Wir sollen uns selbst um die Bettwäsche und alles kümmern.«

Was im Klartext heißt, *ich* kümmere mich darum. Aarto hat im Schlafzimmer das Bett immerhin schon abgezogen. Die nackte Matratze ersetzt nun die nackte Sanna. Im Bettkasten finde ich antike Steppdecken und Bettwäsche in grellem Rosendekor, garniert mit vier Kilo Staub. Nachdem ich das Bett und meine Couch bezogen habe, huste ich ähnlich dramatisch wie Aino. Suzanas Karton schiebe ich so weit unter die Couch wie möglich. Mit dem Ergebnis, dass sich eine Armee von Wollmäusen in meinen Ärmeln verbeißt. Na prima. Ich habe alles hinter mir gelassen, um hier als Putze für *Guns N' Roses* zu enden.

Zumindest das Bad ist sauber, und die Dusche ist ebenerdig. Aino verschwindet nach einem Teller Spaghetti erst unter Wasserrauschen und dann hinter der Schlafzimmertür. Dann bin ich allein. Ein wenig fühlt es sich so an wie die Viertelstunde, in der Leon die Pizza holte. Es muss ein Reflex sein. Aarto ist nicht mein Typ, aber ich suche trotzdem nach Spuren. Aber hier ist er seltsam abwesend. Dafür stoße ich in den Schränken auf Kleidung und Schuhe von eindeutig mittelalten Leuten. Ein Paar. Vielleicht Aartos Eltern? Schließlich finde ich ihn doch, hinter einer unscheinbaren Tür neben dem Bad. Auf sechs Quadratmetern. Seine Klamotten türmen sich in der Kammer neben einer Matratze auf dem Boden. Es sieht aus, als hätte er Sannas Kokon einfach hierhergeschleppt und auf sein provisorisches Bett geschleudert. Die Gitarren lehnen unter dem Fenster, der Fernseher steht auf dem Fensterbrett, und der Verstärker quetscht sich darunter neben einen Rucksack und einen Haufen CDs. Sneakers und Stiefel drängen sich unter einem Stuhl, eine schwarze Lederjacke hängt über der Lehne. Schnell schließe ich die Tür wieder, so schräg ist dieses Déjà-vu. Das könnte mein Zimmer sein. Nicht die Unordnung, aber die Tatsache, dass hier jemand wohnt, der jederzeit spurlos verschwinden könnte.

*

Ich hätte sofort nach einem Internetcafé suchen sollen. Ein Leben ohne Netz ist auch an Land wie eine Verbannung in den Bauch eines Wals. Selten habe ich mich so abgeschnitten und kribbelig gefühlt wie in diesem sargstillen Wohnzimmer. Ich räume aus und sortiere, stoße auf die Mappe mit Kims Fotos. Das geschminkte Gesicht scheint mich vorwurfsvoll zu mustern. Und auch das Sichten meiner Tagesfotos am Display ist heute keine beruhigende Reise, eher ein Trip auf einer Achterbahn. Ich weiß nicht, was los ist, aber jedes Bild verstärkt das flaue Gefühl im Magen. Am deutlichsten ist es bei der Herrin der Seehunde am Rondellbrunnen. Im Reiseführer finde ich sie. *Havis Amanda, die »Liebenswerte des Meeres«: Brunnenskulptur von Ville Valgren, Bronzeguss, gefertigt in Paris. Bei ihrer Enthüllung im Jahr 1906 löste die freizügige Darstellung einen Skandal und kontroverse Diskussionen aus. Eingefangen ist der Moment, in dem die Meerfrau den Fuß an Land setzt und ein letztes Mal zum Wasser zurückschaut, bevor sie es für immer verlässt, um ihre neue Heimat, das Land, zu betreten. Damit ist sie auch zum Wahrzeichen der Meeresstadt Helsinki geworden. Sie bewacht den Zugang zum Markt und zum Südhafen.*

Eine Undine also. Im Reiseführer steht noch mehr, aber ich klappe ihn zu und gehe zum Fenster. Von hier aus kann ich einen fernen Streifen Meer sehen. Ein lockender Glanz im späten Abendrot, eingerahmt von Hochhäusern und Kränen. Offenbar ist Helsinki eine Stadt der Heimatlosen. Ihr Wahrzeichen hat sogar das Element gewechselt. Und was ist mit den Seehunden? Sind sie der Undine gefolgt und auch niemals zurückgekehrt? Für immer an sie gebunden und getrennt von ihren Gefährten? *Nennt man verwaiste Seehundjunge nicht »Heuler?«*, schießt es mir durch den Kopf. Jedenfalls sahen sie so aus. Verloren und nicht sehr glücklich.

HEULER

Unser neues Zuhause hat sich verändert. Dani und ich haben unser Revier vergrößert und den Räumen nach und nach unsere Ordnung aufgezwungen. Alles klebt, Chipskrümel knirschen unter bloßen Füßen. In der Küche stapeln sich die Verpackungen von Fertigpizzen und Bistro-Baguettes, die wir uns nach der Schule in den Ofen schieben. Das edle Ledersofa ist speckig gerieben von meinem Po, von Fersen und Ellenbogen, und aus den Sofaritzen pule ich regelmäßig Pfennige, Haargummis und Danaes Ansteck-Buttons mit der lachenden roten Sonne und dem Slogan »Atomkraft? Nein danke.« Danae riecht in diesem Sommer zum ersten Mal nicht mehr nach der Smild-Creme unserer Mutter, sondern nach betäubend süßem 8×4-Deospray. Sie trägt Stirnbänder wie Jane Fonda und drückt ihren nagelneuen Busen in ihrem neongelben Aerobicdress platt, während ich sogar bei Sonnenschein die Rollläden runterlasse und mit dem Sofa verschmelze. Meine Nachmittagswelt ist das Fernsehen. Pausenlos essend, versinke ich in Dr.-Oetker-Werbung und Serien wie der »Bill Cosby Show«, völlig absorbiert von all der Liebe, dem Lachen und dem Gefühl, Teil dieser Familie zu sein. Unser Vater arbeitet viel, reist zu Kongressen und Fortbildungen und ist oft über Nacht fort. Aber immer öfter schwappen mit seiner Rückkehr auch Frauen durch unsere Tür. Wir begegnen diesen Wesen in der Küche, wo sie in Vaters Bademantel gehüllt dasitzen und seltsam verlegen lächeln. Sie versuchen, nett zu uns zu sein. Danae straft sie mit

Verachtung, aber mich stören sie nicht. Im Gegenteil: Sie sind netter als die mürrische Haushaltshilfe, die dreimal die Woche dafür sorgt, dass das Haus nicht zu einer Venusfliegenfalle aus klebriger verschütteter Cola wird. Ich sauge die heischenden Blicke und das Lächeln der Frauen in mich auf. An manchen Morgen verschlinge ich frische Pfannkuchen und Omeletts, aber jedes Mal verschwinden die Feen wieder, so sicher, wie Flut zu Ebbe wird.

Morgens beginnt Danae jetzt schneller zu laufen, sobald wir zwei Straßen vor der Schule sind. Sie treibt von mir weg, als würde eine andere Strömung sie ziehen, und verschwindet um die Ecke. In den Pausen sehe ich sie nicht mehr so oft mit den Mädchen aus ihrer Klasse, seit neuestem trägt sie Shirts, die eine Schulter freilassen, und trifft sich mit ein paar Jungs, die vor der Schule warten. Einer davon hat eine pastellfarbene Fliegerjacke und ein eigenes Mofa. Danae steht sehr oft bei ihm, und einmal sehe ich sie rauchen. Morgens kennt sie mich kaum. Erst mittags, wenn wir nach Hause gehen, holt sie mich ein und fährt mir mit der Hand durch das Haar.

»He«, sagt sie. »Kleiner Heuler!«

Und wir kehren zusammen zurück in die Wohnung, wo unser Vater noch nicht ist.

An einem Abend stößt sie im Dunkeln einen kleinen Pfiff aus. »Bist du noch wach? Komm her, ich zeig dir was.«

Im Dunkeln wird sie wieder zu meiner Dani. Ihre Haut ist kühl, und ihr Flüstern riecht nach Cherry-Cola-Lipgloss. Wimpern streifen meine Stirn. Aber gleich darauf setzt sie sich im Bett auf und knipst das Licht an. Ihre Augen funkeln.

»Willst du mal sehen, wie Papas Quietscheentchen aussieht?« Sie greift in den Spalt zwischen Matratze und Bett und zieht ein Foto hervor.

Ich frage mich, ob unser Vater den Schubladen ansehen

kann, dass Danae sie geöffnet hat. Vielleicht hat er mit Spucke ein Haar über die Kante geklebt – so, wie wir es mit unserer Tür machen, um festzustellen, ob er in unserem Zimmer gewesen ist.

»Du warst schon wieder an seinem Schreibtisch?«

»Scarface öffnet unsere Briefe doch auch, oder?«

Ich zucke zusammen, aber sie hat recht. Unser Vater liest unsere Post und entscheidet dann, ob er sie überhaupt an uns weiterreicht. Nicht dass wir viel Post bekommen würden. Schon gar nicht ich. Hauptsächlich sind es immer seltenere Schreiben von Freunden aus Danis alter Klasse.

»Aber du kannst doch nichts aus seinem Schreibtisch klauen! Er merkt das.«

»Oh, Daddygirl hat Angst!«

Das trifft, wie immer. Dani zuckt mit den Schultern, eine fremde Geste, die eigentlich dem Jungen mit der Bomberjacke gehört. In solchen Momenten ist sie so anders, dass ich tatsächlich Angst bekomme. Ich will nicht Daddygirl sein, ich will, dass Dani mich in die Arme nimmt. Aber sie rückt von mir ab und legt das Foto zwischen uns auf die Bettdecke.

Es zeigt unseren Vater in einem schwarzen Anzug. An seinem Arm eine Dame in rotem Paillettenkleid mit breiten Schulterpolstern. Sie hat toupiertes Kupferhaar und ein zu breites Lippenstiftlächeln. Es wirkt, als würde sie den Mann an ihrer Seite mit einem Zähnefletschen gegen jeden verteidigen, der ihm zu nahe kommt.

»Sie heißt Susanne oder so«, sagt Danae und dreht das Foto um. In einer unleserlichen Klaue ist etwas daraufgekritzelt. Vielleicht Susanne, vielleicht auch Suleika.

Aber ich schaue nicht genauer hin. Zwischen Matratze und Wand ragt nämlich eine schwarzweiße Ecke hervor. »Hast du ihm noch mehr Fotos geklaut?«

Danae grinst selbstgefällig, zerrt einen Packen Bilder

hervor und breitet sie mit der Geste eines Kartenspielers zu einem Fächer auf der Bettdecke aus. Schwarzweiß und in Farbe. Mir bleibt die Spucke weg.

Es sind ein Dutzend Fotos, die ich noch nie gesehen habe: Mama noch ganz jung in einem Schwimmbad. Sie trägt die Startnummer 11 und hat offenbar bei einem Wettbewerb mitgemacht.

»Das Foto hat sie mir früher mal gezeigt«, sagt Danae. »Ihre Mannschaft hat einen Preis gewonnen. Aber den Sieg hatten sie ihr zu verdanken. Sie musste als Letzte schwimmen und hat die Zeit reingeholt.« Das braucht sie mir nicht zu sagen. Ich habe Mama schwimmen sehen. Es war, als würde sie ins Wasser gehören, wie ein großer Fisch oder eine Robbe. Danae deutet auf ein paar ihrer Teamkameraden. »Die Nummer fünf war ihre beste Freundin. Und der Junge mit der Nummer sieben hieß Béla, so wie Béla B. von den Ärzten.«

Sie redet weiter, aber ich höre kaum noch zu. Ich sauge die Bilder in mich auf. Unsere Mutter als junge Frau in einem rotweißen Sommerkleid. Lachend mit Sonnenbrille an einem Strand, im Wind flattert ihr zerzaustes dunkles Haar, das auch meines ist. Dann Bilder von mir – zahnlos lachend im Kinderwagen. Weitere Bilder, wie ich gehe, sitze, mir Spinat ins Gesicht schmiere. Und auch ein Hochzeitsfoto, unsere Eltern, schmucklos in Geschäftskleidung. Mama sieht in Kostüm und Stöckelschuhen aus wie eine Sekretärin, nur der Blumenstrauß in ihrer Hand deutet darauf hin, dass es eine festliche Gelegenheit ist, und unter der Bluse wölbt sich ein kleiner Babybauch. Unser Vater sieht jung aus und fremd, denn er lächelt.

»Vielleicht hat er Mama doch gemocht?«, flüstere ich.

»Darauf kannst du wetten«, sagt Danae. »Wir sind es, die er hasst. Du und ich! Er wünscht sich, wir wären tot und nicht sie.«

»Sag nicht, dass sie tot ist!«

Danae schnaubt. »Du bist ein solcher Idiot, Momo. Glaubst du es immer noch nicht? Ich habe dir doch erzählt, dass ich sie auf der Beerdigung noch mal gesehen habe! Sie lag in einem weißlackierten Sarg.«

Ja, Dani war auf der Beerdigung, die man mir »erspart« hatte. Und sie hat mir alles genau erzählt – auch, dass die Tote im Sarg gar nicht wie Mama aussah und als Schmuck nur einen Rosenkranz trug, den jemand ihr um die Hände geschlungen hatte.

Für mich ist das ein passendes Puzzlestück in der Beweiskette. Danae hat unrecht. Unsere Mutter ist nicht gestorben, aber ich scheue mich, ihr das ins Gesicht zu sagen.

Und unser Vater hasst nicht uns. *Er hasst nur Danae: Die meisten Fotos haben etwas gemeinsam. Man sieht, dass sie oft in die Hand genommen werden. Nur die Bilder, auf denen nur Danae zu sehen ist, sind unberührt.*

»Lass die Schubladen zu, ja?«, flehe ich sie am nächsten Tag auf dem Weg zur Schule an. Sie geht schnell, ich bekomme Seitenstechen, als ich versuche, mit ihr Schritt zu halten und gleichzeitig zu reden.

»Mal sehen«, sagt sie, ohne mich anzublicken.

»Versprich es mir. Bitte!«

Danae bleibt stehen und packt mich grob am Oberarm. »Vielleicht. Aber nur, wenn du was für mich tust.« Ich halte den Atem an. »Ich bin am Freitag nicht da. Du musst ihm erzählen, dass ich bei einem Ausflug bin.«

»Wo fährst du hin?«

»Habe ich doch gerade gesagt: Schulausflug.«

»Wohin?«

»Lass dir was einfallen.«

»Warum erzählst du es ihm nicht selbst?«

Ihre Augen sind unergründlich, ohne einen Funken Wärme. Ihre Nägel bohren sich schmerzhaft in meine Oberarme.

»Weil er mir nie was glaubt. Aber seinem schleimigen kleinen Daddygirl schon.«

Ich senke schuldbewusst den Blick.

Sie lässt mich los. Die Abdrücke ihrer Finger brennen wie Male auf meiner Haut, und ich schäme mich dafür, dass sie recht hat. Unser Vater glaubt mir.

»Wo gehst du denn am Freitag hin?«

Sie wendet sich ab und läuft weiter. Sie ist größer als ich und hat lange Beine, ich muss rennen, um sie einzuholen. »Kann ich mit?«

Sie rollt mit den Augen und kneift mich gemein fest in die Rippen. »Dummie! Du musst ihm doch erzählen, dass ich einen Klassenausflug mache.«

»Wann kommst du wieder?«

»Ich komme schon wieder, mach dir nicht ins Hemd.«

Ich merke erst jetzt, dass ich nicht mehr schlafe. Das Geräusch einer zufallenden Tür hat mich geweckt. Mein Kopf dröhnt, und als ich mich bewege, wird mir schwindelig. Autsch, Verspannung. Der Rücken tut weh, als ich mich mühsam auf die Seite drehe. Das Türenschlagen muss ich mir eingebildet haben, in der Wohnung ist es noch still. *Zu früh, zu müde*. Ich schließe die Augen. In der Phase zwischen Schlaf und Wachen ist Mission Matilda kein Schutz. Traumfetzen und Erinnerungen treiben immer noch hinter den Lidern umher. Seehunde, aber auch Suzanas Karton, schwimmend im Hafen von Helsinki. Draußen fahren Autos vorbei, ein beruhigendes Band, das mich in der Gegenwart sichert.

Und hier, in der Grauzone der Morgendämmerung, kann ich es wagen, vorsichtig hinzuschauen.

Wo und wann ist Suzana in diesen Gezeiten der fremden Frauen im Bademantel aufgetaucht? Mehr als ein Jahr nach dem Tod unserer Mutter, so viel kann ich rekonstruieren. Oder läuft die Zeitrechnung schon, als sie noch eine weinerliche Stimme am Telefon war und ein Foto in Vaters Schublade? Jedenfalls hatte sie es schlauer angestellt als das menschliche Treibholz aus seinem Bett. Sorgfältig hatte sie die Untiefen unserer Gewässer schon eine ganze Weile aus der Ferne studiert, bevor sie – Monate nach Danaes verhängnisvollem Ausflug – Kurs auf uns nahm.

Ich erkenne die Frau vom Foto sofort, als ich in die Küche komme. Sie trägt sogar Lippenstift, nur kein Abendkleid. Sie hat nicht Vaters Bademantel an, sondern einen eigenen, weiß, mit Mohnblumen. Anders als die anderen Frauen lächelt sie nicht unsicher, sondern scheint mich zu erwarten. Und das Seltsamste: Mein Vater sitzt mit ihr zusammen am Tisch und lächelt.

»Suzana, das ist Moira«, sagt er zu ihr.

»Guten Morgen«, sagt die Frau, die Danae nur das Quietscheentchen genannt hatte. Ich kenne ihre tränenerstickte, zu hohe Stimme am Telefon. Aber jetzt klingt sie ganz normal. Ich halte die Luft an und sage nichts.

Die Frau steht auf, als würde diese Küche ihr gehören, und greift sich zielsicher die Tasse mit Arielle, der Meerjungfrau, aus dem Schrank. Das ist meine. Jeder Handgriff sitzt, während sie mir Kaba-Kakao anrührt.

»Das ist deine Lieblingstasse, nicht wahr?«, fragt sie. Ich bin fassungslos. Woher weiß sie das? Sie wartet nicht auf meine Antwort, sondern wirft meinem Vater ein kleines, triumphierendes Lächeln zu. Ich glaube, es ist dieser Moment, in dem ich mit siedend heißem Schreck begreife, dass sie nicht vorhat, eine der Zweiwochen- oder Monatsfeen zu werden, die mich versorgen, sich um mich bemühen und wieder verschwinden. Diese hier ist gekommen, um zu bleiben. Mir wird heiß. Noch nie hat Dani mir so sehr gefehlt wie jetzt. Aber sie ist weg. Unser Vater hat sie nach der Sache mit dem angeblichen Klassenausflug in ein Internat

verbannt, und bis zu den Osterferien ist es noch eine Ewigkeit. Ich muss also allein mit der Fremden fertig werden. Aber wie?

Sie stellt mir die Tasse hin – und fährt mir mit der Hand durch das Haar, liebevoll-energisch. Fest entschlossen. Lackierte Fingernägel streifen meine Kopfhaut und jagen mir einen Schauer über den Rücken. Bevor ich mich wegducken kann, kommen schon ein Ruck und ein fieses Ziepen, als sich die Finger in meinen verfilzten Strähnen verfangen.

»Au!«, brülle ich und schlage ihren Arm weg, so fest, dass es klatscht.

»Moira!«, schnauzt mein Vater mich an. Aber Suzana legt ihm beschwichtigend die Hand auf die Schulter. »Lass sie, András«, sagt sie mit sanfter Stimme. »Das ist doch alles ganz neu für sie.« Sie lächelt milde in mein feindseliges Gesicht. Aber das ist kein Vergleich zu dem Strahlen, das meinem Vater gilt, als sie – zu ihm, nicht zu mir – sagt: »Keine Sorge. Wir zwei werden uns gut verstehen!«

Aino hat es erfasst. Manchmal entscheiden Sekunden. Du weißt, wenn jemand vor dir steht, den du niemals lieben willst und von dem du weißt, dass er dich niemals kennen wird.

Noch eine Zeitrechnung: Wie lange dauerte es, bis die Hand, die mir über den Kopf strich, härter wurde, zur Schlaghand und schließlich zur Faust?

Hinter meinen geschlossenen Lidern ziehen Stationen an mir vorbei wie das Fensterkino eines Zuges: Der Umzug und die neue Wohnung, in der mein Vater seine Koffer niemals ganz auspackt. Weihnachten eins ohne Danae, Weihnachten zwei allein mit Suzana. Ein neues Ehebett, in dem nur Suzanas Seite bewohnt ist. Suzanas Rechte, immer noch ohne Ehering. Ihr Haar, dessen Rot langsam zu einem ausgewaschenen, matten Haselnussbraun wird. Tränen am Telefon.

Die Jacketts und Hosen meines Vaters im Schrank mit nach außen gestülpten Taschen. Umzug Nummer zwei, in die Nähe von Mühldorf. Neue Schule, endlich eine Freundin. *Meine* Freundin.

Im ersten halben Jahr habe ich noch versucht, wie Danae auszusehen, aber inzwischen trage ich die gleiche Frisur wie Beata Pritzius, einen französischen Zopf, dessen Ende ein Frotteehaargummi zusammenhält. Ich bin stolz darauf, dass wir auf dem Pausenhof wie Schwestern aussehen. Ich liebe den rosa Angorapullover, den Beatas Mutter mir zu Weihnachten gestrickt hat. Na ja, streng genommen hat sie ihn für ihre Tochter gestrickt, aber Beata ist leicht zu überreden, ihn mir zu leihen. So komme ich auch an ihre zweite Stoffhose und diverse rosa und fliederfarbene Sweatshirts. Morgens radle ich früh zur Schule. Ich streife im Mädchenklo die Sachen, die Suzana mir gekauft hat, ab und schlüpfe in mein wahres Ich. Mittags fahren Beata und ich zusammen zu ihr nach Hause. Inzwischen muss ich nicht mehr so lange an der Tür herumstehen, bis Beatas Mutter mich fragt, ob ich vielleicht mit der Familie essen möchte, ihre kleinen Brüder warten schon auf mich, und es ist bereits selbstverständlich geworden, dass ich einen Platz am Esstisch habe. Jeder weiß, dass ich keine Mutter mehr habe und dass mein Vater viel unterwegs ist. Von Suzana erzähle ich nichts, sondern nicke nur, wenn man mich fragt, ob ich Schlüsselkind bin. Suzana denkt, dass ich Nachmittagskurse in der Schule besuche, Theater-AG und Sport. Bei Beata laufen im Fernsehen nicht ständig Nachrichten über den Jugoslawienkrieg wie bei Suzana. Ungestört schaue ich mit Beatas Brüdern Wiederholungen der »Waltons« und jede Folge von »Wunderbare Jahre«, wir lachen und kabbeln uns, und manchmal lehnt Beatas Mutter am Türrahmen und schaut mir mit gerunzelter Stirn dabei zu, wie ich die Schale mit Prinzengarde-Kek-

sen leer futtere. »Musst du wirklich noch nicht nach Hause, Moira?«, fragt sie mich. Aber ich schüttele den Kopf. »Mein Vater ist gerade wieder in Hamburg«, sage ich mit vollem Mund. »Und unsere Haushälterin kommt erst um sechs.«

Suzana weiß es nicht, aber ich wohne nicht mehr bei ihr. Gut, ich schlafe dort, weil es noch nicht anders geht, aber ich gehöre längst zu Beatas Familie, und es ist nur noch eine Frage der Zeit, bis ich ganz bei ihnen einziehen werde. Aber ich bin nicht darauf vorbereitet, dass Suzana es zu früh herausfindet. Ich bin völlig überrascht, als sie in meinem neuen Zuhause auftaucht. Und noch überraschter, dass Beatas Eltern sich nicht schützend vor mich stellen, sondern ihr Vater nur meine Jacke holt. Suzana wartet nicht, bis wir in ihrer Wohnung sind. Kaum hat sie mich aus dem Auto und ins Treppenhaus gezerrt, holt sie aus. »Haushälterin?«, schreit sie. Das Wort trifft mich im selben Moment wie der Schlag. Mein Frotteegummi sitzt zu locker am Zopf, es fliegt bei dem Schlag in die Ecke. Ich kann nicht einmal aufschreien, etwas legt sich mit einem Ruck um meinen Hals und reißt mich nach oben. »Zieh das Ding aus!« Suzana zerrt mir den Pulli über den Kopf. Meine Ohren brennen. Durch rosa Wolle schneidet ihre gellende Stimme: »Und wenn du noch ein einziges Mal auch nur in die Nähe von Beata und ihrer Familie gehst, bringe ich dich um, verstanden?«

Fast kann ich das Brennen auf der Wange wieder fühlen. Und auch den Schock des Wiedererkennens. Damals war ich fassungslos. Nicht, weil sie mich geschlagen hat, sondern weil das Brennen eines Schlags mir so erschreckend vertraut war.

Vorsichtig rolle ich mich auf den Bauch. Ich mache die Augen auf und bin überrascht, wie hell es plötzlich ist. Wann bin ich weggedämmert? Vom Boden schaut mir Kim entgegen. Das Foto muss nachts von der Bettdecke gerutscht sein. Jetzt frage ich mich, wie ich gestern darauf kam, Havis Amandas Geste sei ein Winken. Nun erinnert sie mich eher an Kim. Auch das Gothic-Mädchen blickt zurück – auf Narben am Rücken, die ich gnadenlos plastisch gut in Szene gesetzt habe. Gutes Führungslicht ist alles.

Und was war es bei dir, Amanda?, denke ich. *Warum wolltest du lieber ein Mensch werden, als jemals wieder ins Meer zurückzukehren?*

Tja, und was bin ich heute? Fisch oder Fleisch?

ZOMBIES

Ich habe alle Fenster aufgerissen und die Tür angelehnt, damit die Morgenluft durch das Zimmer zieht. Keine Ahnung, ob ich noch eine weitere Nacht auf dem Sofa der Rückenhölle aushalte. Heißes Wasser, etwas anderes hilft jetzt nicht. Der Umzugskarton, auf dem ich mein Gepäck deponiert habe, wirkt stabiler, als er ist. Mein Rucksack sackt durch verbogene Pappdeckel nach unten, als ich ihn nach den letzten frischen Sachen durchwühle. Als ich ihn runterhebe, macht dieser Tagesanfang mir doch noch ein überraschendes Geschenk. *Hier also!* Der Karton ist voller angegilbter Bücher und Bildbände – aber dazwischen: ein dickes, fettes Fotoalbum. Ich lasse den Rucksack fallen und zerre es heraus. Aber meine Euphorie legt sich schnell wieder. Wie ich vermutet hatte, ein Ehepaar, rundlich und freundlich, beide mit Brillen. Menschen wie brauner Tweed, solide, reiß- und wetterfest. Nicht die entfernteste Ähnlichkeit mit Aarto – *klar, Adoptiveltern.* Einige Fotos sind in diesem Wohnzimmer aufgenommen. Das gestellte Lachen bleibt gleich, nur die Requisiten wechseln: Weihnachtsbaum, Geburtstagskuchen, Kinderspielzeug. Auf Seite sieben hat Tweed-Mama einen dicken, kleinen Jungen im Arm. Ich muss lächeln. Wenn das Aarto ist, hat er seit seiner Geburt nur noch abgenommen.

»Good morning.«

Beinahe hätte ich das Album fallen lassen. *Mist.* Warum habe ich die Kaffeemaschine nicht gehört? Aarto lehnt in der Tür, in jeder Hand eine Tasse.

»Hei.« Möglichst beiläufig lege ich das Album zurück, als wäre ich nicht beim Spionieren erwischt worden. »Die scheinen nett zu sein. Ist das deine Familie?« Das klingt immer neutraler als »Eltern«. Das Manöver funktioniert nicht, mein Gesicht glüht wie eine Signallampe und verrät mich. Aarto hat mich durchschaut, er zieht den linken Mundwinkel hoch und schüttelt den Kopf.

»Ich habe keine Familie.«

Er sagt es so beiläufig, als würde er einer Kassiererin antworten, dass er keine Paybackkarte habe. Ich hoffe, er merkt mir meine Betroffenheit nicht an.

»Und warum hebst du die Alben anderer Leute in deiner Wohnung auf?«

»Nicht meine Wohnung.« Kinnrucken zum Album. »Ihre. Ich lebe nur hier.« Er reicht mir eine Tasse. *»No sugar, no milk, no jokes.«*

Kein Zweifel, hinter seinem Pokerface macht der Kerl sich über mich lustig.

Ich halte es mit Aino und nehme die Tasse nur mit einem angedeuteten Nicken. Sie ist glühend heiß. Natürlich wieder die Räubergöre. Eine nasse Linie läuft vertikal über das miese Grinsen. Wie schafft man es, wirklich jeden Kaffee zu verschütten?

Jeder normale Mensch würde jetzt eine Runde Smalltalk anfangen oder gehen. Aber Aarto lehnt sich nur bequem gegen den Türrahmen und trinkt. Im Gegensatz zu mir stört es ihn offenbar kein bisschen, dass wir uns hier frisch aus dem Bett gewühlt gegenüberstehen. Beide in Schlaf-T-Shirts und Jogginghosen, ungewaschen, mit Kissenfalten im Gesicht. Verlegen streiche ich mir die Haare hinter die Ohren.

Schweigen.

Gewichtsverlagerung.

Auf der Baustelle am Hafen startet ein Motor.

Schweigen.

In der Ferne bellt ein Hund.

Was ist das für ein Spiel? *Wer zuerst spricht, verliert?*

»Aino sagte, du arbeitest am Hafen?«

»*Sometimes.*«

»Mechaniker?«

Vage Pause. »*Sort of.*«

Bist du in einem Zeugenschutzprogramm?

Lektion Nummer eins: Smalltalk geht ins Leere. Dann kann ich ja aufs Ganze gehen.

»Ist es wirklich okay für dich, dass wir hier wohnen?«

»Nein«, antwortet er völlig ruhig.

Oh.

»Wieso ... hast du uns dann reingelassen?«

Spöttisches Augenfunkeln. Kann er das anknipsen? »Vielleicht bin ich nicht der Einzige, der neugierig ist.«

»Worauf?«

Bedächtiger Schluck. »Was suchst du hier?«

»Das weißt du doch. Infos über Matildas Klinikzeit.«

»Das ist Ainos Plan. Aber was willst du in Helsinki?«

Ich hoffe, er bemerkt nicht, dass ich schlucke. Jetzt ist mir noch heißer als eben.

»*Sightseeing*«, sage ich. »*Sort of ...*«

Aarto schnaubt, vielleicht ist das ein Lachen. Immer noch die Frage in den graugrünen Augen.

Pause. Pause. Pause. *Du solltest beim Verhörteam der Kripo arbeiten, Junge*, denke ich. *Good guy/bad guy* und die verschärfte Version: *finnish guy*.

»Ich wette, deine Freundin hat etwas dagegen, dass ich hier schlafe.«

Seine Kaffeetasse friert auf halbem Weg ein. *Na also.* »Sanna ist doch deine Freundin, oder? So eifersüchtig, wie sie ist, seid ihr entweder schon sehr lange zusammen – oder erst sehr kurz.«

Treffer, versenkt. Aarto federt am Türrahmen in die

Senkrechte und geht. Ich muss mir Mühe geben, nicht zu lachen. Es rumpelt im Flur, Schubladen knallen so laut zu, dass Aino spätestens jetzt aus dem Bett fallen wird. Dann rasseln Schlüssel. Wahrscheinlich höre ich als Nächstes das Zuschlagen einer Tür. Zeit für heißes Wasser. Ich schnappe mir das T-Shirt von gestern und die Jeans und mache, dass ich im Stechschritt zum Bad komme. Fehler.

Misslungenes Bremsmanöver, Stolpern, Zusammenprall, in Zeitlupe sehe ich noch, wie der Kaffee aus meiner Tasse schwappt. Volle Breitseite auf Aartos Brust. *Heiß!*, denke ich noch, aber da höre ich Aarto schon fluchen. Er lässt meine Arme los und springt zurück. Sein T-Shirt trieft und dampft. Er war gerade wieder auf dem Weg zu mir, als ich ihn fast umgerannt habe. Na ja, mehr als fast. An meiner Schläfe fühle ich noch die kratzige Spur der Bartstoppeln. Wie peinlich. Als guter Macho denkt er garantiert, dass ich es nötig habe.

»Sorry«, murmle ich.

Nicht besonders sanft drückt er mir einen Schlüsselbund in die Hand. Den hat er also gerade aus der Schublade geholt. Jetzt lässt er mich ein zweites Mal stehen und zieht sich im Gehen das T-Shirt aus. Als er die Klinke zum Bad hinunterdrückt und feststellt, dass abgeschlossen ist, rauscht drinnen die Dusche los. Einen Moment lang bin ich überzeugt, dass er jetzt gegen die Tür treten wird. Aber er stöhnt nur auf. *»Oh, come on!«*, stößt er genervt hervor. »Ist das ein teuflischer Plan, den ihr euch ausgedacht habt?«

Irgendwo hinter der mürrischen Fassade ist ein Funke Humor, der etwas in mir entzündet.

»Sort of«, erwidere ich trocken. »Aino ist ein Dämon, den habe ich leider nicht unter Kontrolle, aber ich mache dir ein Angebot: Wenn du mir sagst, wo es ein Internetcafé gibt, bist du zumindest mich für ein paar Stunden los.«

»Internetcafé?« Genauso gut hätte ich ihn wohl fragen

können, wo ich Zutaten für klingonisches Curry bekomme. »Wozu?«

Hallo? Erde an Finnland? Die Antwort spare ich mir.

»Hast du kein Smartphone dabei?«

»Nicht einmal ein Handy.«

»Jesus!«, ruft er ehrlich entsetzt.

Jetzt muss ich doch lachen.

Aarto schüttelt den Kopf und schaut an mir vorbei, als würde er mit imaginären Freunden Kriegsrat halten. Vermutlich Trolle oder Jim Morrison. Dann scheint er sich einen Ruck zu geben. »Komm mit!«

Ich dachte, intimer könne es nicht werden, aber wir landen in seiner Schlafkammer. Er sucht in seiner Lederjacke, bis er ein abgeschabtes Nokia findet, das er mir in die Hand drückt. »Auf der Karte sind noch drei oder vier Euro. Lade es auf, wenn du mehr brauchst.«

Ich hätte so ziemlich alles erwartet, aber das nicht. »Brauchst du es nicht?«

»Nur für den Job in der Kneipe. So lange nehme ich mein anderes. Falls es Probleme mit dem Dämon gibt: Meine Nummer ist auf Kurzwahl drei. Eigene Nummer Taste fünf. Klar?«

»Klar«, sage ich etwas verdattert. Aber das ist noch nicht die ganze Überraschung.

Er wühlt zwischen Deckenfalten und Kissen und fördert einen abgegriffenen Laptop zutage, rupft den Netzteilstecker aus der Steckdose und reicht mir das ganze Paket.

»*We call it* ›The Internet‹«, sagt er überdeutlich. *»Have fun, Amish girl.«*

*

Leider komme ich nicht dazu, meine Rückkehr in die Zivilisation sofort mit einer Runde Surfen zu feiern. Seit Aino aus dem Bad gekommen ist, vibriert die Luft vor Hektik. Mit noch nassen Haaren sitze ich eine halbe Stunde später in der Küche. Auf dem Boden liegt ein alter, halbzerfledderter Koffer. Aarto hat das Artefakt bei uns ausgesetzt und ist im Bad verschwunden. Immerhin konnte ich Aino dazu bringen, sich noch mit einem hastigen Frühstück für alles, was kommen mag, zu wappnen.

Jetzt hält sie ihre Hände fest und hustet vor Aufregung alle zwanzig Sekunden. »Mach du ihn auf!«

Ich setze mich im Schneidersitz auf den Boden und lasse die Schnallen aufschnappen. Es riecht nach Papier, das zu lange in einem Keller lag. Der Koffer beinhaltet Chaos: Umschläge, alte Klamotten, ein paar Boxen und flache Kisten. Aino starrt nur mit zuckenden Lidern in den Koffer, also übernehme ich. Als Erstes berge ich den ganzen Männerkram. Zwei alte Hemden. Schuhe. Manschettenknöpfe, eine Armbanduhr, ein Rasierset mit einem Pinsel. Ein neuer Braun-Rasierer. Es fühlt sich seltsam an, in den Sachen von Aartos Vater zu wühlen. Wie kann es Aarto so gleichgültig sein, dass wir in seiner Vergangenheit herumkramen?

»Was ist in der Metallkiste?«, will Aino wissen.

Etwas klappert darin. Kleingeld, ein paar rußverschmutzte Stoffstreifen, in denen Sicherheitsnadeln stecken (verrostet), Schnipsel (vergilbt), die sogar ich als Lebensmittelmarken aus dem Krieg erkenne, ein ehemals bestimmt knallroter Lippenstift und ein Taschenmesser. »Das alles hat Matilda gehört!« Aino schnappt nach Luft. »Die Sicherheitsnadeln hatte sie immer dabei, falls sie einen Faltenwurf feststecken musste. Und mit dem Messer hat sie die Zeichenkohle angespitzt.«

Im Gegensatz zu Aino bin ich plötzlich sehr ruhig. Irgendwo im Hinterkopf scheint nur die Frage auf, woher Aartos Vater Matildas Sachen hatte. Dann halte ich eine Art Brosche in der Hand, nein, eher ein Abzeichen. *Hakenkreuz?*

Tatsächlich, es ist das Kreuzsymbol mit nach rechts abgewinkelten Armen. In Blau. Mir fällt ein, was ich gestern gelesen habe. Ein paar Stichworte sind hängengeblieben: Deutsch-Sowjetischer Krieg. Finnland zeitweise mit Nazi-Deutschland gegen die Russen verbündet. *Matilda, die Nazibraut?*

»Das ist meins!«, ruft Aino. »Gib her.« Sie krallt es mir regelrecht aus den Händen, dreht es um, strahlt. »Siehst du die Macke auf der Rückseite? Ich hatte das Abzeichen bei einer Bergungsaktion verloren, aber später wie durch ein Wunder im Schutt wiedergefunden, verbogen und zerkratzt, aber heil.«

Apropos ›Heil‹: Für eine Blitzlichtsekunde sehe ich Aino plötzlich in einem ganz neuen Licht. Blond, blauäugig, BDM.

»Was ist? Habe ich einen Fleck auf der Nase?«

»Du hast ein Hakenkreuz getragen!«

Sie blinzelt verständnislos, dann bricht sie in ein Lachen aus, das in ein Husten übergeht. »Wenn jede Swastika ein deutsches Hakenkreuz wäre, hätte es schon im alten Indien Nazis gegeben. Das ist ein altes Glückssymbol. Wofür man es verwendet, ist die andere Sache. Schau es dir genau an!« Ihre Hand zittert zu sehr, ich muss ihr Handgelenk umfassen. Jetzt erst fällt mir auf, dass das Kreuz auch von vier silbermetallenen Rosen umgeben ist und eine weiße Inschrift trägt. »Lotta Svärd«, lese ich.

Aino nickt. »Die tapfere Frau des Soldaten Svärd, dem sie in den Krieg folgt, um ihm beizustehen. Eine Figur aus einem Heldenlied, Bertolt Brecht hat später seine Mutter Courage daraus gestrickt. Nach Lotta Svärd wurde die freiwillige Zivilschutzorganisation unserer Frauen benannt. Ich war sechzehn, als ich beigetreten bin.«

»Aber – Finnland hat sich doch nach dem Winterkrieg mit Deutschland verbündet. Hitler hat sich sogar in Helsinki mit eurem General Mannerheim getroffen.«

»Wir waren nicht wirklich *verbündet*!«, sagt Aino streng. »Wir waren zwei Länder im Kampf gegen denselben Feind. Zeitweise. Das war nur eine Waffenbruderschaft aus der Not heraus.«

In den Ausdrucken habe ich auch eine weniger unverbindliche Version gelesen, aber Aino sprudelt schon weiter. »Und ohne uns *Lottas* hätte Finnland in diesem Krieg nicht bestehen können. Viele Frauen waren bei den Soldaten an der Front, versorgten Verletzte, arbeiteten in Kommunikationszentralen und hielten an den Spähposten nach feindlichen Fliegern Ausschau. Und im letzten Kriegsjahr dienten einige von uns sogar an den Suchscheinwerfern der Flugabwehr – und wurden auch an der Waffe ausgebildet …«

Ich dachte wirklich, mich könne nichts mehr überraschen. »Du warst an der Front?«

»Ach wo! Ich war in Helsinki eingeteilt. Dafür wurde ich als Sanitäterin ausgebildet. Nach einem Angriff waren es oft wir Lottas, die als Erste zur Stelle waren.« Sie schließt die Hand fest um das Abzeichen. »Was ist in dem Umschlag da?«

Dokumente, Postkarten, Briefe und Fotos – alles wild gemischt. Viele Dokumente, nur ein paar Fotos. Ich finde eine hübsche dünne Frau in einem Tanzkleid und einen finster dreinblickenden Mann im Anzug. Seine verschatteten Augen erinnern an Aarto. Auf der Rückseite ist *Rikhard & Elin, 1982, Tampere* notiert. Und dann fällt mir Aarto in die Hände, schmal wie ein Halm, mit einem Haarschnitt wie Mister Spock. Es ist eines dieser Bonbonbilder mit Pastellhintergrund, die von Erstklässlern gemacht werden. Man sieht, dass Klein Aartos Narbe am Mund noch relativ frisch ist. Vielleicht hatte er eine Lippenspalte, die operiert wurde. Mit Kugelschreiber hat Aartos Vater auch auf diesem Bild Jahreszahl und Namen notiert. Offenbar war ihm sein Sohn nicht gleichgültig – und er scheint Kontakt zu den Adoptiveltern gehabt zu haben. All diese losen Fotos waren sein fliegendes Fotoalbum. Es hat etwas Unstetes, Heimatloses.

Ainos Stock stupst mich an. »Was ist in dem Karton da rechts? Da steht doch *Nikkilä* drauf. Und ist das der Stempel der Klinik?«

Kurzerhand wuchte ich den Karton auf den Küchentisch. Ich zupfe zusammengeknülltes Polsterpapier weg. Aino atmet scharf ein. Und auch ich halte kurz die Luft an. Es ist ein Schwarzweißbild. Halbprofil, geneigter Kopf vor warmem Weiß. Matildas Mund hat nichts Erloschenes, hier ist er ein verhaltenes Lächeln, das sich einer Rose zuneigt. Eine dunkle Rose, sicher tiefrot, und ihre Lippen berühren sie fast. Vermutlich ist die Blume aus Stoff, aber sie sieht aus, als hätte Matilda sie mit ihrem Kuss gerade zum Erblühen gebracht. Ihre dunklen Augen sind kokett auf den Fotografen gerichtet, eine Strähne, die sich aus der Frisur gelöst hat, setzt in einem Bogen neben der geschwungenen Braue auf.

»Das Bild hat sie also in die Klinik mitgenommen.« Ainos Stimme zittert ein wenig, aber als sie nach dem Rahmen greift, sind ihre Hände ruhig.

Auf dem Flur sagt Aarto etwas und wird von einer zu lauten Telefonstimme niedergeredet. Vom Hysteriefaktor her könnte es Sanna sein. Dann klappt die Tür zu seiner Kammer zu.

Aino legt den Bilderrahmen zur Seite. »Da muss noch mehr sein! Leer den Karton einfach aus.«

Fotos und Dokumente rutschen auf den Tisch. Staub steigt auf, Papier reißt, während Aino nach Art der Bulldozer erst einmal alles durcharbeitet. Dann stößt sie ein heiseres »Ah!« aus und kippt einen Stapel Schwarzweißfotos aus einem Briefumschlag. »Matilda hatte sie also noch, als sie in die Klinik kam. Und ich dachte, sie wären verloren.« Sie breitet die Bilder zu einem Fächer aus. Diese Geste eines Taschenspielers erinnert mich unangenehm an Dani. Auf einem Foto erkennt man Ruinen und Rauch. Auf einem anderen liegen Menschen auf dem Boden. Im ersten Moment fürchte ich, dass sie tot sind, aber sie schlafen nur. Auf Decken und Mänteln, im Gras aufgereiht. »Das hier war nach einer Bombardierung«, erklärt Aino. »Manchmal war der Brunnenpark voller Menschen, die nach einer Evakuierung nicht bei Verwandten untergekommen waren und deshalb im Freien übernachten mussten. Die Zeitungen waren in dieser Zeit voll mit Wohnungsgesuchen. Meine Oma und mich hat es ein paar Wochen später auch erwischt. Wir hatten Glück, dass wir nicht zu Hause waren ...«

»Die ganzen Fotos hier hast *du* gemacht?«

Aino nickt. »Mit Matildas Kamera. Hier, schau, das war meine *Mummi.*«

Die Aufnahme zeigt eine der kleinen Straßen, die hohen Scheiben der Ladengeschäfte sind bis zum oberen Rand mit Sandsäcken zugestapelt. Im Vordergrund steht eine kleine, finstere Frau mit einer Art Helm aus Metall. Er ist mit einem Schal fixiert. Ich kneife die Augen zusammen.

»Sie hat nicht wirklich ... einen Kochtopf auf dem Kopf?«

»O doch. Den trug sie seit der Nacht, in der das deutsche Tankerschiff am Nordhafen explodierte. Mitten in der Nacht brachen die Fensterscheiben, Splitter und Scherben regneten auf unsere Betten. Uns ist nichts passiert, aber seit dieser Nacht ging meine Oma nie wieder ohne Helm aus dem Haus.«

Aino redet weiter, schiebt Bilder von links nach rechts. Ich betrachte Soldaten mit Pelzmützen, die Schnee vor Straßenbahnen schippen, und Schiffe am Hafen, die eine so dicke Eiskruste haben, dass jedes Tau wie ein bizarrer Weihnachtsschmuck aussieht, schwer von Eiszapfen, die einen Elch töten könnten.

Und dann erhasche ich ein paar Blicke auf das Leben jenseits des Krieges. Momente, die von Atemholen zeugen, von

Unbeschwertheit. Es juckt mich in den Fingern, meine Kamera zu holen und das Bild zu stehlen, aber das lässt Aino bestimmt nicht zu.

Die Clique, die sich an einem vereisten See trifft, könnte aus unserer Zeit stammen, lässige junge Leute. Skier stecken in einem Schneehügel, aber einige von den Skifahrern haben sich im Schnee tatsächlich umgezogen und tragen Badeanzüge. Zwei von ihnen schwimmen lachend in einem Eisloch. Wellenlinien fliehen wie Gänsehautschauer vor paddelnden Händen.

Das nächste Bild zeigt Matilda und eine junge Frau mit dunkelblondem Haar. In einem Zimmer voller Leinwände kauern die Frauen im Schneidersitz auf dem Boden und zeichnen. Beide tragen Hosen, haben das Haar auf dieselbe Weise aus dem Gesicht gebunden, und der Winkel ihrer geneigten Köpfe ist identisch. Die Blonde hat allerdings eine Zigarette zwischen den Lippen. Sehr *Bohème*.

Ainos Fotos fehlt alles, was für meine Bilder typisch ist: Die Gesichter von Menschen, die nicht wissen, dass man sie fotografiert, haben nämlich etwas an sich, was sofort verschwindet, sobald sie sich dessen bewusst sind, dass sie beobachtet werden. Nur unbeobachtet zeigen sie ein privates Gesicht. Aber Aino braucht dieses Heimliche nicht. Auch wenn sie nicht in die Kamera blicken – diese Menschen waren sich ihrer Gegenwart stets bewusst. Und obwohl Aino als Fotografin auf keinem Motiv zu sehen ist, bleibt sie stets Teil der Gruppe und des Bildes. Ihr geht es um eine ganz andere Art der Nähe, das verstehe ich nun: Verbundenheit. Spätestens jetzt komme ich mir mit meiner Art, Motive zu erbeuten, tatsächlich vor wie eine Diebin.

»Hast du auch Matildas Porträt mit der Rose gemacht?«, frage ich.

»Nein. Keine Ahnung, wer der Fotograf war. Ich habe Matilda nur meine Seidenrose geliehen.« Aino pflügt verärgert durch das Chaos auf dem Tisch. »Da fehlen doch noch welche!« Dokumente mit einem Klinikstempel rutschen auseinander. Ein Polaroid gleitet auf den Tisch. Das hat sich wohl aus den Beständen von Aartos Vater in den Karton verirrt. Es zeigt ein ziemlich steifes, mürrisches Paar, aufgetakelte Dame plus korpulenten Ehemann, der sich das schüttere Haar von links nach rechts über die Stirnglatze gekämmt hat. Auf der Rückseite stehen die Namen *Aki & Patty Johnson, 1963, Denver, Colorado*. Aartos leibliche Großeltern auf Amerika-Tour? *Wenn, dann hat sie wohl keinen Spaß gemacht.*

Aino hält inne, hustend, erschöpft, dann hellt sich ihre Miene plötzlich auf, als sei ihr etwas eingefallen. Sie wirft das Polaroid zur Seite, schnappt sich Matildas Porträt und zerrt an den Arretierungen des Holzrahmens. »Hilf mir mal!«

»Willst du es auseinandernehmen?«

»Was denn sonst?«

Das Glas sitzt zu fest. Ich brauche ein Küchenmesser, um die Metallnasen vorsichtig aus ihrer Verankerung zu schieben. Und als ich die dünne Holzplatte von der Rückseite entferne, stößt Aino einen heiseren Triumphschrei aus. Zwischen Bild und Platte liegt ein Blatt Papier, ebenso groß wie Matildas Foto. Ein rußiger Fingerabdruck prangt darauf.

»Typisch, sie hat ständig etwas in Bildern deponiert«, sagt Aino triumphierend. »Wie ein Eichhörnchen, das Nüsse versteckt. Manchmal hingen an den Wänden mehr verborgene Briefe als Bilder. Schau nach. Mach schon!«

Sie hat mich angesteckt. Mein Mund ist vor Aufregung ganz trocken. Jetzt weiß ich, warum das Glas so fest saß: Auch ein paar Fotos sind zwischen Rückwand und Papier geklemmt, Vorderseite nach unten. Aber als ich das Deckblatt ganz herausnehme und umdrehe, vergesse ich den Rest auf der Stelle.

Das Blatt ist eine Kohlezeichnung. Eine junge Frau, eigentlich noch ein Mädchen. Sie liegt halb, halb sitzt sie, den Kopf auf die rechte Hand gestützt. Die andere Hand hängt lässig über ihrer Hüfte. Um die Schultern drapiert trägt die Schöne einen eindeutig weißen Fuchspelz, komplett mit Pfoten, Ohren, Nase, Glasaugen. Er beißt sich selbst in sein rechtes Hinterbein und schließt so den Kreis aus Fell. Tja, und dieser Kreis ist auch schon alles, was das Mädchen am Leib hat. Lediglich ihr glattes Haar, hell wie der Fuchspelz, verdeckt die linke Brust. Die rechte liegt frei und ist ein weicher, praller Tropfen aus Fleisch, so sinnlich gezeichnet, dass man darüberstreichen möchte. Das Mädchen erinnert mich an eine japanische Sagengestalt aus einem Anime-Film. *Kitsune!* Ja, das trifft es: eine magische Füchsin, die sich in eine schöne Frau verwandeln kann, um die Männer zu verführen.

Aber da ist noch etwas. Die Stirn und der Schwung der leicht geschürzten Lippen erinnern mich an jemanden. Und auch der kühle, kritische Blick. Und dann trifft es mich wie ein kleiner heißer Schreck. Inna! Mit einem Unterschied: Leons Schwester ist hübsch. Aber dieses Mädchen hier ist schön, auf eine viel tiefere, schärfere Art. *Intensität* ist das einzige Wort, das zu ihr passt.

»Aino, das bist ja du!«

»Das *war* ich«, erwidert Aino nüchtern. »Ja. Matilda studierte damals schon – soweit es im Krieg möglich war –, und sie hat mich oft gezeichnet. Ich stand Modell, auch für ihre Künstlerfreundinnen. Meistens waren wir in irgendeinem Mädchenzimmer, in dem alle Vorhänge zugezogen waren. Meine Mutter hat es nie erfahren. Damals lebte sie noch, und sie hätte mich grün und blau geprügelt, wenn sie gewusst hätte, dass ich nackt auf irgendwelchen Sofas herumliege.« Sie lacht. »Auf den meisten Bildern habe ich deshalb kein Gesicht, darauf habe ich bestanden, sicher ist sicher. In diesem Jahr nannte Matilda mich deshalb das kopflose Mädchen. Aber sie hielt sich nicht daran. Natürlich hat sie mir geschworen, dieses Bild zu vernichten. Es war ja nur eine

Fingerübung, Ablenkung von der Ungewissheit und ständigen Angst vor dem nächsten Alarm, nichts weiter. Tja, da kannst du mal sehen, wie viel ihre Versprechen wert waren!«

Es klingt liebevoll, nicht bitter.

»Zum Glück hat sie es nicht vernichtet«, sage ich. »Schau dich nur an! Du heißt nicht nur Aino, du *bist* die nordische Venus!«

»Meinst du?« Aino legt den Kopf schief und streicht an den Linien entlang. »Ja, es gab Hässlichere als mich.« Ihre faltige Elfenhand berührt zärtlich ein glattes Knie aus Faser und Kohleschatten. »Weißt du, das Komische ist, ich sehe in diesem Bild nur Matilda. Ihre Hände, die Art, wie sie sich bewegten, wenn sie zeichnete. Man sagt immer, Künstler erkennt man an ihren schmalen, zarten Händen, aber sie hatte welche, die zupackten. Sie waren kräftig und groß, sie selbst hätte Modell stehen können für eine Skulptur der Göttin Diana. Mit Pfeil und Bogen.«

Für einige gespenstische Augenblicke bilde ich mir ein, Matilda im Raum zu hören. Das Rascheln von Blättern und das Schleifen von Kohle auf Papier. Aber es ist nur Aarto, der im Barfuß-Schleichgang in die Küche gekommen ist und das zerknüllte Papier auf dem Boden in Bewegung gebracht hat. Mein erster Impuls ist, Ainos Aktbild zu verdecken, aber Aarto hat es bereits erspäht und bleibt neben dem Tisch stehen. Und dann überrascht er mich. An der Art, wie er zu Aino schaut, merke ich, dass er im Gegensatz zu mir sofort erkannt hat, wessen Porträt es ist. Ohne Hast schaut er sich das Bild genauer an und pfeift Aino dann anerkennend zu. Aino lächelt und wird kein Stück rot. Dafür verspüre ich einen Anflug von Ärger. Ist es richtig, dass er sie ansehen darf? Oder ist das Mädchen auf dem Bild für Aino wirklich Vergangenheit? Wann hört man auf zu sagen: »Das bin ich«, wenn man sein Abbild sieht, und sagt wie Aino stattdessen: »Das war ich«?

Aber für mich und Aarto, das wird mir nun bewusst, *ist* sie – siebzehn und fünfundachtzig zugleich. Ich weiß nur nicht, ob das tröstlich oder traurig ist.

Aarto wandert weiter zum Kühlschrank und plündert sich ein Frühstück zusammen. Er trägt seine schwarze Jeans und ein T-Shirt mit dem Motiv eines brennenden Zombieschädels. An die Spüle gelehnt, isst er im Stehen, während er gleichzeitig auf seinem Smartphone herumtippt. Wieder bin ich befremdet, wie selbstverständlich er uns sein Erbe überlässt. Als würde ihn all das nichts angehen.

Aino hat ein Foto umgedreht, das verkehrt herum lag. Diese Aufnahme ist auf dem Senatsplatz gemacht. Im Hintergrund erhebt sich der Dom. Seine Treppen sind so verschneit, dass sie eine einzige Fläche sind, durchzogen von Schlittenspuren. Aber das alles ist nur Tapete. Im Fokus steht Matilda mit einem jungen, weißblonden Mann in grauer Soldatenuniform. Sie hat sich bei ihm eingehakt. Der Schal bedeckt ihren Mund, und ihre Wollmütze ist bis zu den Augenbrauen heruntergezogen, aber das Lachen birst aus ihren Augen.

»Ist das ihr Verlobter?«

»Nein. Das war Pettar – ein Freund aus Kindertagen. Er war damals auf Fronturlaub.«

Aino beugt sich so tief über das Motiv, dass ihre Nase fast an die von Matilda stößt. Und dann ist sie plötzlich sehr aufgeregt. »Ich brauche eine Lupe! Sofort!«

Alles, was Aarto auf die Schnelle findet, ist eine alte Lesebrille mit dicken Gläsern. Das reicht nicht. Zehn Sekunden später bin ich mit meiner Kamera wieder da.

»Was soll das denn?«, empört sich Aino.

»Der Zoom ist die beste Lupe. Also, worum geht's?«

Aino zögert, aber dann gibt sie nach.

»Der Mann, der im Hintergrund vor dem Zarendenkmal an der Laternensäule lehnt«, sagt sie kaum hörbar. »Rechts hinter Matilda und Pettar.« Ich lege das Foto auf dem Fensterbrett ins Licht und stelle auf Makro. Jetzt läuft mir ein Kribbeln über den Rücken. Schleier lichten sich, und ich muss lächeln. *Alles klar, meine Alte.*

Der Mann im Off ist schlaksig und jung, kaum zwanzig, schätze ich. Er trägt eine Schiebermütze und hat die Hände in den Taschen eines langen Mantels vergraben. Sein Gesicht ist umschattet und leicht unscharf. Dennoch sieht man, dass er lacht und zu Aino herüberschaut. In einem Film wäre er ein Dieb, ein Zauberer, der Bad-Boy-Vampir zum Küssen, jedenfalls einer, der weiß, wo die Schlupfwinkel sind. Sein verschmitztes Grinsen ist unwiderstehlich. Als Betrachter erwidert man es unwillkürlich. *Wahrscheinlich hat Aino auch hinter der Kamera zurückgelächelt.*

Ich gehe so dicht heran, dass die feine Körnung wie gröbstes Kopfsteinpflaster wirkt. Ein Bild, zwei. Dann rücke ich dicht neben Aino und zoome am Display in die Vergrößerung. Das Porträt springt uns entgegen wie eine geballte Faust. Zumindest Aino geht auf der Stelle k.o. Ohne Vorwarnung schlägt sie die Hände vor den Mund, holt krampfhaft tief Luft – und krümmt sich. Erst denke ich, sie hat einen Hustenanfall, aber dann sehe ich Tränen zwischen ihren Fingern versickern. Aber sie erstickt ihr Schluchzen hinter den Händen, wir hören nur ein qualvolles Schnaufen. Ich weiß nicht, wer von uns betroffener ist – Aarto oder ich. Aarto reagiert schneller und fetzt mindestens einen Meter Papier von der Küchenrolle. Aino wischt sich mit dem Ballen das Gesicht ab, schnäuzt sich. Holt bebend Luft, reißt sich zusammen, Kinn über Wasser.

»Ich brauche dieses Porträt«, sagt sie heiser. »Auf Papier.«

»Kein Problem«, sage ich.

Sie nickt knapp.

»War das dein Freund?«, frage ich vorsichtig. *Dein Lover? Dein Verlobter?*

Aino verhärtet sich. Aber sie blufft gut. Als sie antwortet, ist ihre Stimme wieder fest und nüchtern. »Sei nicht so neugierig!« Doch ihre Hände kenne ich inzwischen.

Aarto hebt fragend die Brauen. *Lover*, forme ich mit den Lippen. Seine Augen blitzen. Doch, er kann das anknipsen.

Aino schiebt die Fotos zur Seite und beginnt in den Papieren aus der Klinik zu wühlen. Offenbar habe ich Pause.

Jetzt oder nie.

Ich suche das Bild mit der hübschen dünnen Frau und dem mürrischen Mann und halte es Aarto hin. »Deine Eltern?«

Aarto zieht die Brauen zusammen, als hätte ich irgendeine Regel übertreten. Dann nickt er mit Pokerface.

»Und wer ist das hier?« Polaroid der beiden Amerikaner.

Jetzt zeigt er doch eine Reaktion. Wenn man Missbilligungswellen als Reaktion betrachten kann. »Irgendein Verwandter meines Vaters.«

»Was für einer? Onkel?«

Schulterzucken.

»Du weißt es nicht?«

Aarto hebt die Hände. »Hey!«, sagt er genervt. »Das hier ist nicht *meine* Party, okay?«

»Lass ihn in Ruhe«, sagt Aino.

Sie hätte ihm nicht zu Hilfe kommen müssen, er hat sich schon sein Brot geschnappt und verlässt grummelnd die Küche. Wird ihm wohl zu eng mit uns.

»Deine Aufdringlichkeit wird dich eines Tages noch Nase und Ohren kosten«, bemerkt Aino. »Kannst du die Dokumente hier auch fotografieren?«

»Mit der bösen Digitaltechnik?«

Aino lässt sich nicht provozieren. »Mit der Rollei bekomme ich es nicht groß und scharf genug hin.«

Draußen klimpern Schlüssel. Aarto verlässt wohl die Gefahrenzone.

Aino betrachtet konzentriert ein Dokument. Dann reißt

sie die Augen auf und hält die Luft an. Ich rutsche näher. Oben prangt der Klinikstempel. In der Mitte entdecke ich den Namen Matilda Virtanen. Etwas weiter unten ist ein weiterer Name eingetragen, und ein Datum: 15. Oktober 1944. Plus ... *Uhrzeit*? Vier Uhr zwanzig in der Nacht. Und als ich auch noch die Gewichtsangabe 3860 Gramm lese, fällt auch bei mir endlich der Groschen. »Das ist eine Geburtsurkunde.«

Aino hat sich in eine stumme Version von Edvard Munchs *Der Schrei* verwandelt, aber jetzt macht sie den Mund zu und nickt. »Hier steht, Matilda, sie ... sie hat ... damals in der Klinik ... ein Kind zur Welt gebracht!«

»Dann war sie von Elias schwanger, als sie in die Klinik kam?«

Aino schüttelt den Kopf. »Er war an der Front. Sie hatte ihn das letzte Mal im Herbst 1943 gesehen. Und hier ...«, sie deutet mit dem Zeigefinger auf das Papier, auf einen Vermerk neben dem Namen des Kindes, »... steht: *Vater ... unbekannt.*«

Aarto kommt noch einmal in die Küche, reißt den Kühlschrank auf und klemmt sich eine Wasserflasche unter den Arm. Er späht nach unten auf die Straße, gibt jemandem einen Wink und will wieder hinausstürmen. Doch bei unseren betretenen Mienen stutzt er.

»*Who's dead?*«, fragt er mich.

»*Matilda had a baby!*«, antworte ich.

Er hebt verwundert die Brauen. »*Hope so.*«

Bitte – was?

Aber er ist schon aus der Tür. Im Flur Rascheln, der Reißverschluss einer Jacke ritscht, Metall klappert.

»Sie ... sie hätte es mir doch gesagt«, stammelt Aino neben mir.

Sie starrt auf die Namensfelder der Urkunde.

Mutter: *Matilda Virtanen*

Vater: *unbekannt*

Die Tür knallt zu, dann hört man im Treppenhaus Stiefel die Treppe herunterpoltern.

Mein Blick gleitet zu dem Feld mit dem Namen des Babys. Ich brauche kein Bad im vereisten See. Ein Moment in dieser Küche reicht auch für Erkenntnisschocks.

»Rikhard.« Ich schieße so schnell hoch, dass mein Stuhl umkippt. »Das ist Aartos Vater!«

Ich erwische ihn gerade noch auf der Straße. Ein Auto mit laufendem Motor wartet auf ihn.

»Aarto!«

Metall klappert, als er sich umdreht. Ein Werkzeuggürtel, den er zu einer Tasche zusammenschnallen kann. Der Riemen schneidet tief in seine Schulter ein. Und außerdem hat er einen Rucksack dabei.

»Was?«

»Du bist Matildas Enkel?«

Leicht verwundertes Nicken.

»Warum hast du es Aino nicht sofort gesagt?«

»Warum sollte ich?«

»Ist das dein Ernst?«

Aarto seufzt, dann winkt er in Richtung Auto. Der Fahrer – ein langhaariger Typ in Aartos Alter – schaltet den Motor aus.

»Was ist dein Problem, *Myy*?«, sagt Aarto.

Keine Ahnung, was er mit *Myy* meint, aber langsam werde ich sauer. »*Mein* Problem? Aino kam her, um zu erfahren, was mit Matilda passiert ist. Und du hast es die ganze Zeit gewusst und sagst kein Wort.«

»Was soll mit Matilda passiert sein?«, erwidert er leicht verärgert. »Und Aino weiß doch, wer ich bin. Sonst hätte sie doch kaum bei mir geklingelt. Sie wollte nur wissen, woher ich das Aquarell habe. Ich sagte: von meinem Vater geerbt. Sie wollte den Koffer sehen, der Rest ist eure Sache.«

Über Aartos Schulter hinweg sehe ich, dass der Typ ausgestiegen ist. Er stützt sich lässig an der Fahrertür ab und schaut mich von oben bis unten an. Auf seinem T-Shirt prangt die gleiche Zombiefratze wie bei Aarto. Allerdings hat sein Monster einen BMI von 31, so straff spannt sich das T-Shirt über dem Bauch. Der dicke Typ grinst mich an. Zweifellos weiß er, wer ich bin. Und da ich Aartos Gesprächigkeit inzwischen kenne, habe ich den vagen Verdacht, dass es Sannas Version sein könnte.

»Es *ist* auch deine Sache«, sage ich leiser zu Aarto. »Aino ist völlig fertig. Sie hat bestimmt tausend Fragen. Du kannst jetzt nicht einfach abhauen.«

Atemholen, das Bände spricht. Missbilligungswellen grillen mich. »Was soll ich ihr denn noch erzählen? Matilda hatte ein Kind. Es hieß Rikhard und starb vorletztes Jahr. Ich lebe noch. *End of the story.*«

Peng. Familiengeschichte in drei Sätzen. Das Verrückteste ist, dass er nicht bitter klingt, nur aufrichtig und ein wenig verwundert – und zwar über mich.

»Aber wer war dein Großvater?«

Aarto fährt sich durch die Haare und schaut zu dem Typen hinüber, als hoffe er auf Rettung. Und zum ersten Mal kommt mir die Idee, dass er uns vielleicht tatsächlich ausweichen wollte. *Tja, Pech gehabt.*

»Woher soll ich das wissen?«, sagt er dann unwillig. »Und wen interessiert das?«

Mir bleibt der Mund offen stehen. Es ist, als kämen wir von verschiedenen Planeten.

»Deine Familie interessiert dich nicht?«

Offenbar spricht meine Miene Bände, denn Aarto zuckt halb genervt, halb entschuldigend die Schultern.

»Aber … warum nicht?« Ich weiß selbst, dass ich mich wie ein Idiot anhöre, aber ich kann es nicht lassen.

Aarto zeigt mir sein ironisches Augenblitzen und deutet

auf sein T-Shirt. »*I'm a zombie*«, sagt er leichthin. »*I prefer the living.*«

*

Nicht zu fassen. Ganz abgesehen von diesem grottigen Spruch, der mich fast noch wütender macht als seine Gleichgültigkeit: Wenn Aarto nicht ohnehin meilenweit von meinem Beuteschema entfernt wäre, wüsste ich spätestens jetzt, dass ich die Finger von ihm lassen sollte. Und als ich zurückkomme, könnte ich mich dafür ohrfeigen, Aino allein gelassen zu haben. Sie krallt sich am Tischrand fest und ist knallrot im Gesicht. Jeder Atemzug klingt wie Dudelsackröcheln.

»Spray!«, krächzt sie. Ich rase in das Schlafzimmer. Aino sei Dank, alles akribisch geordnet. Inhalator auf dem Nachttisch.

Erst nach zwei Spraystößen bekommt sie wieder Luft. Aber mir sitzt der Schreck in den Gliedern. »Sollen wir zum Arzt gehen?«

Kopfschütteln. Keuchen. »Unsinn.«

Entwarnung oder *sisu*? Ich traue ihr nicht. »Keine Verarschungen!«

»Ist nur eine Allergie gegen Hausstaub«, erwidert Aino. »Hatte ich schon immer, deshalb brauche ich ja diesen dämlichen Inhalator. Die Wohnung hier könnte als Wollmausauffangstation durchgehen. Gib mir eine Cola. Mein Hals staubt beim Schlucken.«

Sie fasst das Glas mit beiden Händen und leert es ohne abzusetzen, als müsste sie sich Mut antrinken. Dann wendet sie sich den Bildern zu. Während ich draußen bei Aarto war, hat sie seine Familienfotos aufgereiht. Ihre Hände sinken in den Schoß und krallen sich so fest in den Stoff ihres Rockes, dass die Knöchel weiß werden. »Und ich habe mich schon gewundert, warum er mir irgendwie bekannt vorkam«, murmelt sie.

»Ich finde, Aarto sieht eher seiner Mutter ähnlich«, wende ich ein.

»Aarto meine ich doch gar nicht.« Sie beugt sich über das Polaroid und schüttelt den Kopf. »Selbst wenn ich ihm damals öfter begegnet wäre, auf dem Foto hier hätte ich ihn niemals wiedererkannt. Schau!«

Mit flatternden Händen schiebt sie die Amerikaner neben eines der Fotos aus Matildas Fundus. Das ist ein klassisches Familienbild von anno dazumal: Mama zentral im Sessel. Papa schräg neben ihr stehend, die rechte Hand auf der Lehne. Darum herum drapiert: Matilda mit einem älteren und einem jüngeren Bruder. Und daneben ein bärenhafter junger Soldat in Uniform, der eindeutig keine Familienähnlichkeit mit den Virtanens hat. Er hat einen Arm um Matildas Taille gelegt. *Bestimmt ihr Verlobter.*

»So sah Aki *Johnson* früher aus!« Aino rammt dem älteren Bruder den Fingernagel in die Brust. »Damals hieß er natürlich noch Aki Virtanen, aber Matilda hat erzählt, dass er immer nach Amerika auswandern wollte. Hat er nach dem Krieg wohl geschafft und passend dazu seinen Namen geändert.«

Man muss sich wirklich anstrengen, um in dem verhärmten, blassen Jungen den aufgedunsenen Cowboy mit Strähnentoupet zu erkennen.

»Dann ist er also Aartos Großonkel. Aber glücklich scheint er in Amerika nicht geworden zu sein.«

Aino winkt ab. »Der war nie glücklich. Er hatte einen Herzfehler und war deshalb untauglich für die Front. Konnte kaum eine Schaufel heben. Bei der freiwilligen Zivilwache in der Stadt fühlte er sich nutzlos. Alle seine Freunde und auch Matildas Verlobter Elias kämpften an der Front. Elias war Akis bester Freund, musst du wissen. Viele Jungs starben, während er zu Hause bei den Frauen und Alten saß. Das hat Akis Gewissen schwer belastet und ihn bitter gemacht.«

»Kann ich verstehen.«

Aino macht eine wegwerfende Handbewegung. »Ach, komm schon. Alles kein Grund, andere für das eigene Unglück büßen zu lassen. Und bei Gott, Matilda hat er das Leben schwergemacht. Besonders nach dem Tod ihres Vaters, als er plötzlich der Mann im Haus war. Hat sich ihr gegenüber benommen wie ein Tyrann und sich zu ihrem Keuschheitshüter aufgeschwungen. Er hielt sie ohnehin für flatterhaft. Es passt, dass er sie als geisteskrank wegsperren ließ, als sie von einem Fremden schwanger war.« Jetzt bricht ihre Stimme doch ein wenig. Lidzucken stört ihren Blick. Sie schluckt und schluckt und vergisst sogar zu husten. »Und mir … hat sie nicht gesagt, dass sie schwanger war.«

»Vielleicht wusste sie es noch nicht, als ihr euch das letzte Mal gesehen habt.«

»Aber sie muss doch verdammt noch mal gewusst haben, mit wem sie geschlafen hat! Warum hat sie nichts erzählt? Wir hatten nie Geheimnisse voreinander.«

Manchmal leider doch, denke ich. *Menschen haben Geheimnisse.* Ausgerechnet Aino sollte das wissen. Ihre Augen glänzen wieder verdächtig.

»Möglicherweise … ist sie ja auch erst in der Klinik schwanger geworden«, sage ich.

»Kannst du nicht rechnen? Das Kind kam am 15. Oktober zur Welt. Das wäre die erste Frühgeburt, die fast vier Kilo wiegt. Es muss schon im Januar oder Februar passiert sein.«

»Hast du keine Idee, wer es sein könnte?«

Aino schnieft und greift nach ihrem Stock, stemmt sich hoch. »Lass mich eine Weile allein«, sagt sie mit belegter Stimme. »Geh raus! Sieh dir die Stadt an, fotografiere Leuten ihre Seelen weg, mach irgendwas, aber stör mich heute nicht mehr. Ich … muss nachdenken.«

Ich kann nicht beleidigt sein, dafür verstehe ich Aino nur zu gut. An Enttäuschungen nagt man am besten ohne Publikum, also packe ich meine Kamera und verschwinde tatsächlich, mit einem Einkaufszettel in der Tasche, auf dem ganz oben »Staubsaugerbeutel« steht.

Nach dem Einkauf gebe ich noch etwas von Danaes Geld im Ateneum-Café für einen Fischeintopf aus. Echos schwingen auch hier: Matilda, die im Ateneum malen lernte. Ich nehme meine Kamera und hole die Fotos aufs Display. Ich habe sie mir gestohlen, nachdem Aino aus der Küche geschlurft war. Nicht wegen des Mannes im Hintergrund, sondern wegen Matilda und ihrem hellblonden Freund in Uniform. Wie hieß er noch? Ach ja: Pettar. Vielleicht war eine heimliche Liebe zu ihm der Grund, warum sie das Bild im Rahmen verstecken musste? *Zumindest sieht sie von allen Fotos auf diesem hier am glücklichsten aus.*

Ich vergrößere das Gesicht des Soldaten und suche nach Familienähnlichkeiten mit Aarto und Rikhard. Es ist tatsächlich das gleiche schmale Gesicht, der gleiche Schnitt des Kinns und der Nase. Andererseits weiß ich sehr wohl, wie leicht man sich täuschen kann, wenn man fest entschlossen ist, etwas Bestimmtes zu sehen. Ähnlichkeiten kann man immer finden. *Vorausgesetzt, man will es verzweifelt genug.*

*

Entweder hat Aarto oder Aino in der Küche ein kleines Chaos hinterlassen. Ich tippe auf Aino, denn alle Tassen sind unberührt, dafür ist die Cola fast alle. Immerhin hat ihr der Schock von heute Morgen wohl nicht den Appetit verdorben, auch das Brot ist weggeputzt, die komplette Schokolade und alle Reste von gestern. Das Kabel des Festnetztelefons quetscht sich unter der Schlafzimmertür hindurch, aber auf mein Klopfen reagiert sie nicht. Für einen irrealen Moment fürchte ich wieder mal, sie ist klammheimlich gestorben, aber mit dem Ohr an der Schlafzimmertür höre ich lautes Schnarchen. *War wohl etwas viel heute, meine Alte.*

Von Aarto keine Spur, also läuft die Kaffeemaschine heute nur für mich. Erst als ich in meinem Zimmer bin, fällt mir auf, dass ich ohne nachzudenken nach der Tasse mit der Trollgöre gegriffen habe, als würde sie schon zu mir gehören.

Ich schalte den Laptop ein und zucke zusammen, als mir sofort ungelesene Mails entgegenspringen. Aarto hatte ihn heute Morgen nicht ausgeschaltet, er war den ganzen Tag im Schlafmodus. Aarto ist wohl wirklich der Mann ohne Geheimnisse. Wer lässt seinen Mail-Account offen, wenn er seinen Laptop verleiht? Die letzten fünf Nachrichten sind von *sanna85*. Betreff in Großbuchstaben und mit ziemlich vielen Ausrufezeichen. Die Frau schreit wohl in jeder Erscheinungsform. *Und da ist sie sicher nicht die Einzige.*

Ich schließe den Mailordner, nehme einen sehr tiefen Mutmacherschluck und rufe *gmx* auf.

Wie erwartet Mails von Danae. Wohlweislich hat sie das Wichtigste in die Betreffzeilen geschrieben und zeitlich so gereiht, dass mir die Sätze als fortlaufender Text ins Auge springen. Sie kennt mich gut, meine Schwester.

MO! WO ZUM TEUFEL BIST DU? MELDE DICH! 17.14 Uhr
Die Kuznetsows kommen um vor Sorge, bitte gib 17.13 Uhr
Wenigstens ein Lebenszeichen, ob es dir/euch gutgeht. 17.13 Uhr

Leon ist am Boden zerstört. Es tut ihm sehr leid.	*17.10 Uhr*
Ich verhandle zwar gerade mit Merles Eltern, aber es ist	*17.10 Uhr*
ERNST, WIRKLICH ERNST! DU MUSST SOFORT	*17.09 Uhr*

Leon tut es leid? Ich lese nirgendwo: »Es tut *mir* leid.« Die restlichen Betreffzeilen sind vom leeren Textfeld verdeckt. Doch ich kann mir denken, wie es weitergeht. Ich schaffe es, alle zu markieren, ohne den Rest zu lesen, und den Block zu löschen. Sofort geht es mir besser. Zumindest ein bisschen. Leon hat keine Mail geschrieben, aber vermutlich liegt eine ganze Sammlung seiner SMS-Nachrichten auf dem Grund des Goldfischtümpels in der Pampa vor Travemünde.

Wechsel zu *yahoo*. Nyagi hat mir nur eine Nachricht auf unserem geheimen Kanal hinterlassen. Aber die reicht auch. *Was hast du angestellt? Erst war deine Anwältin hier und wollte wissen, wann ich dich das letzte Mal gesehen habe. Dann hat die Polizei geklingelt. Ich soll mich melden, wenn ich Nachrichten habe, wo du dich aufhältst. Fehlt nur noch, dass sie meine Abrechnungen mit dir überprüfen wollen. Mach mir keine Probleme, Vankanten!*

Jetzt rast mein Herz, und mir ist siedend heiß. Meine Anwältin? Danae dreht jetzt wohl richtig auf. Und da ist es: das Wort Polizei. Vermutlich klinge ich gerade wie Aino ohne Asthmaspray. *Ruhig, Mo, du wusstest doch, was los sein würde.* Danae hat mich gewarnt, Fahrerflucht ist kein Kavaliersdelikt. Und sicher geht es auch um Aino. Aber trotzdem brauche ich eine ganze Weile, um mich zu beruhigen.

Ich logge mich bei Facebook ein, unter dem Fotowerkstatt-Account des Jugendhauses, von dem nur Meike weiß, dass ich dahinterstecke. Das Profilfoto zeigt den Frontalblick in ein Objektiv. Die Fotowerkstatt hat 45 Freunde, fast alles Kids aus dem Jugendhaus. Und natürlich Meike.

Sie hat das Profilbild in ihrem Privataccount geändert –

es ist nun ein Foto, das ich gemacht habe. Auf den ersten Blick sieht es aus wie eine Landschaft, aus dem Flugzeug aufgenommen, verwunschen und schön, Dünenstrukturen und Täler. In Wirklichkeit ist es eine eingefärbte Makroaufnahme ihres vernarbten Handrückens. *Wo bist du?*, postet Meike. *Deine Schwester war heute mit Leon hier. Ich habe mich dumm gestellt und gesagt, ich hätte keinen Kontakt zu dir, auch keine Nummer. Deine nächste Werkstatt läuft ja erst im September, bis dahin würdest du dich schon melden. He, Schöne! Ich kenne dich ja, du hast immer einen Plan, und ich vertraue dir, dass du auch jetzt weißt, was du tust, aber bitte pass auf dich auf. Ruf mich jederzeit an. Was immer du auch denkst, das du tun musst – ruf mich vorher an. Du weißt, auch verbrannte Hände heilen. Also: RUF MICH AN!!!*

Jetzt verstehe ich, was sie mir mit dem Profilbild sagen will. Mir ist unbehaglich zumute bei dem Gedanken, dass Danae bis in meinen entferntesten Lebensbereich eingedrungen ist. Aber wenigstens war die Polizei nicht bei Meike. Und ich würde Meike am liebsten umarmen. Dafür, dass sie immer mehr in mir sieht, als ich bin. *Einen Plan?* Dass ich nicht lache.

Alles halb so wild, tippe ich. *Bin mit Leons Oma auf Nostalgietour, uns geht es gut. Halte mir Danae vom Hals, und stell dich ahnungslos, falls die Polizei bei dir nachfragt. Keine Sorge, es geht nur um ein kaputtes Auto, ich erkläre dir alles später. Melde mich wieder. Umarmung!*

Nur zur Sicherheit klicke ich weiter zu Nyagi, der sich mit verspiegelter Sonnenbrille und Designerklamotten auf dem Dach eines New Yorker Wolkenkratzers als internationaler Künstler inszeniert. Da ist er noch zehn Jahre jünger, und soweit ich weiß, war der New-York-Trip eine simple Pauschalreise mit seiner verwitweten Mama. Keine Nachrichten für mich auf der Pinnwand.

Aartos Facebook-Account zeigt als Profilbild nur den Schnappschuss eines Gitarrenstegs, unscharf und vermutlich mit einem Handy bei Kunstlicht aufgenommen. Nicht künstlerisch, nur aufrichtig achtlos.

Ich tue mir selbst weh, indem ich auch Leons Seite checke. Nido, der Kampfelf, starrt mir mit erhobenem Schwert grimmig entgegen. Aber statt »*Yippie-ya-yeah, Schweinebacke!*« prangt daneben nun als Motto: *MO, RUF AN!!!!*

Wie einladend.

Auf seiner öffentlichen Pinnwand eine Flut von Fragen seiner Freunde.

Alles klar bei dir?

Gibt es was Neues?

Und vor zehn Minuten hat Kanga gepostet: *Halt durch! Bin gleich da, Pizza dauert noch 5 Minuten. Alles wird gut.*

Das reißt den ganzen Schorf mit einem Ruck wieder ab. Verdammt. Jetzt ist es meine Unterlippe, die zittert.

Ich überlege, ob ich es riskieren kann, mich in meinen Privataccount einzuloggen. Aber dann tue ich es doch. Wegen Fahrerflucht wird schließlich keine Interpol-Fahndung ausgeschrieben.

Ich gehöre noch zu Leons Freunden. Den Beziehungsstatus hat er allerdings geändert auf »Es ist kompliziert«.

»Arsch!« Ich ignoriere Nidos weitere Nachrichten an mich und ändere nur meinen eigenen Beziehungsstatus auf Single. Das sollte Nachricht genug sein. Mit einem Klick schließe ich den Browser und lehne mich zurück.

Ich sollte den Laptop runterfahren und duschen gehen, aber ich starre nur auf Aartos Ordner auf dem Desktop. *Sons of Louhi* ist er benannt. Und dann kann ich einfach nicht anders.

Das meiste sind Aufnahmen von Instrumentenzubehör, abgelichtet auf dem Tisch wie Verkaufsfotos. Vermutlich vertickt Aarto einiges auf eBay. Die Fotos setzen nichts ins beste Licht, auf einem sind sogar Kaffeeringe auf dem Tisch zu erkennen.

Aber in dem Ordner sind auch Videos. »8/2010« heißt das aktuellste, aufgenommen vor wenigen Wochen. Ich zucke zusammen, so laut brüllen mir E-Gitarren und Drums entgegen. Schlagzeug und Bass dröhnen die Stimme des Sängers mühelos in Grund und Boden. Und dabei schreit er schon, was seine Lunge hergibt. Martialischer Typ mit blondierter Punkfrisur, schwarz umrandeten Augen und einer Tattoo-Tapete auf Armen und Schultern. Der Mann am Keyboard ist ebenfalls tätowiert und sieht mit seinem kahlgeschorenen Schädel aus wie ein dünnerer Vin Diesel. Aarto spielt also tatsächlich in einer Band. Sie heißt »Sons of Louhi« und ist so was wie Lordi ohne Zombiemasken. Death Metal und – o mein Gott – auch Aarto trägt schwarzen Kajal. Er hält sich mit seiner Gitarre im Hintergrund, sein Haar fliegt bei seinen Kopfbewegungen, während er den heiser gebrüllten Song mit scharfen, aggressiven Riffs zerhackt. Ein Stumm-Klick, und das Ganze wird zur Pantomime. Jetzt kann ich mir die Jungs ohne Hörsturz ansehen. Den dicken, langhaarigen Typen am Schlagzeug erkenne ich wieder. Aarto wurde heute Morgen von ihm abgeholt. Das Video ist die Aufzeichnung eines Konzerts. Na ja, Konzert ist zu viel gesagt, es ist ein Auftritt in einem Keller mit einer improvisierten Theke, die Band besteht aus vier Leuten, die Zahl entspricht exakt fünfzig Prozent des Publikums. Sanna ist nicht dabei.

Ein Internetcheck ergibt, dass *Louhi* kein finnisches Wort für *Hölle* oder *Dunkelheit* ist, sondern der Name einer Hexe aus dem – *Überraschung!* – Kalevala-Epos. Sie ist die böse Herrscherin über das Nordland. Die Illustrationen zeigen eine Harpyie mit einem zahnlosen Altweibergesicht und geflochtenem rotem Haar. Adlerflügel und Raubvogelklauen machen sie zu einer Gestalt aus einem Alptraum. Im Gegensatz zu ihr wirken ihre vier Söhne wie eine harmlose Schulband. Ein paar verwackelte YouTube-Videos zeigen Auftritte mit immerhin dreißig Mann Publikum. Dort finde ich auch die Namen der anderen Bandmitglieder. Elmo, Harri und Onni.

Jetzt muss ich trotz allem grinsen. Meine Damen und Herren! In der ersten Reihe: Marilyn Manson! Und am Keyboard und den Drums: Elmo, Harri und Onni.

CODES

Fast bin ich enttäuscht, als ich morgens dem Geräusch der Kaffeemaschine folge und nur Aino allein in der Küche finde. Aartos Vermieter stehen auf Chamäleon-Look. Aino trägt einen Bademantel mit demselben Rosendekor wie auf der Bettwäsche.

Aarto hat wohl wirklich die Flucht ergriffen und schläft bei Onni. Eine Runde im Internet hat genügt, um den Gesichtern von Louhis Söhnen die richtigen Namen zuzuordnen.

»Na endlich«, ruft Aino statt einer Begrüßung. »Ich dachte schon, du seist gestorben.«

Willkommen im Club, hätte ich fast geantwortet.

»Schläfst du zu Hause immer so ewig, Monika?«

Nein, nur wenn ich die halbe Nacht wachliege und dann von finnischen Soldaten träume, die sich Gefechte mit der deutschen Polizei liefern.

»Die Ewigkeit ist relativ«, murmle ich. »Es ist gerade mal neun.«

Aino lacht spöttisch auf. Wüsste ich es nicht besser, ich würde denken, dass ich es mit einer anderen Frau zu tun habe. Alles Graue ist aus ihrer Miene verschwunden, sie hat rote Wangen und sprüht vor guter Laune. »Ich habe dir Kaffee gemacht. Aber trödel nicht zu lange herum. Wir müssen in die Stadt. Ich habe heute noch einen Termin im Stadtbüro.«

»Erstens: Danke. Zweitens: Bevor wir gehen, muss ich erst noch staubsaugen, sonst wirst du dich nur noch von

Antihistaminika ernähren. Und drittens: Die Polizei sucht mich in Deutschland. Und dich bestimmt auch.«

Wenn sie geschockt ist, verbirgt sie es wirklich gut. »Dachte ich mir schon«, sagt sie trocken. »Dann haben wir noch weniger Zeit zu verlieren. Du hast doch keine Dummheiten gemacht?«

»Was für Dummheiten?«

»Leonid angerufen?«

»Nein!«

»Spring mir nicht gleich ins Gesicht. Ich frage ja nur.«

Sie beobachtet mich scharf über den Rand ihrer Tasse, während sie am Tee nippt. Zwischen ihren Fingern blitzt ein weißes Mumin-Mädchen mit einer Blume im Haarpony hervor. Das war die Tasse, die Aarto mir bei unserer Ankunft zuerst geben wollte.

»Es macht dir immer noch was aus, wenn ich Leons Namen nenne, was?«

Na, rate mal!

Ich spare mir eine Antwort, spüle meine Tasse aus und lasse Kaffee hineinzischen. »Hast du gestern schon alle Leute angerufen, die etwas über Matilda wissen könnten?«, frage ich über die Schulter.

»Nein, nur die, die ich im Telefonbuch gefunden habe. Matildas Brüder stehen nicht darin.«

»Kein Wunder, wenn Aki wirklich nach Colorado ausgewandert ist. Das kann ich im Internet recherchieren.«

»Warte damit. Die Dame im Stadtbüro sucht schon nach ihm und dem jüngeren Bruder. Aki muss sich damals abgemeldet haben – und vielleicht ist er inzwischen nach Finnland zurückgekommen. Dann weiß ich bis heute Nachmittag, ob er noch lebt – und wo.«

»Glaubst du, er wird mit dir sprechen?«

»Es wird ihm nichts anderes übrigbleiben«, erwidert Aino mit vorgerecktem Kampfkinn.

Schön, dann hat ja wenigstens eine von uns einen Plan. Jetzt merke ich, wie sehr die Nacht noch in mir nachschwingt. Wirre Träume, die sich wie Spiegelungen im Wasser überlagerten. *Aber wenigstens keine Erinnerungen.* Neue Sorgen vertreiben alte, zumindest einen Vorteil muss das Wort Polizei ja haben.

Ich schließe die Augen und atme den Kaffeeduft ein.

Aber Aino stört mich beim ersten köstlich-bitteren Auszeit-Schluck.

»Du hast dich wohl in die kleine *My* verliebt?«

»In wen?«

»Na, die hier! Das ist *pikku My.*« Aino hebt ihren Stock und stupst meine Tasse an. Ich kann gerade noch verhindern, dass mir die heiße Brühe über die Finger schwappt.

»Vorsicht!«

»Du nimmst immer dieselbe Tasse.«

»Das ist Zufall. Aarto hat sie mir gegeben.«

»Hat er das!« Ainos Augen werden schmaler, sie feixt, eindeutig. Ich fühle mich, als müsste ich etwas sagen, aber ich weiß nicht mal, welches Stück wir gerade spielen. Offenbar ist es so etwas wie *»Wer ist wer im Mumintal?«*, denn Aino tippt mit dem Zeigefinger auf die Flusspferdnase ihres Trollmädchens. »Bei mir lag er mit dem hübschen, klugen *Snorkfräulein* genau richtig. Aber dir hätte ich eher *Sniff*, den Angsthasen, gegeben.«

Na klar, wen sonst.

»Hör zu, wenn ich Lust auf Rollenspiele mit kindischen Comicfiguren habe, melde ich mich schon.«

»Kindisch?« Temperatursturz in der Küche. Frostblumen an den Scheiben. »Nur Idioten denken, dass es Kindergeschichten sind. Toves Figuren erzählen vom Leben, von Freundschaft und Familie – und auch von Vertreibung, Angst und harten Zeiten. In den Mumincharakteren findest du ihre ganze Familie und ihre Freunde wieder!«

Langsam fühle ich mich wirklich wie im falschen Stück.

»Interessant. Und wer ist Tove?«

Aino hätte um ein Haar den Inhalt ihrer Tasse über den Tisch geprustet.

»Wer *Tove* ist?«, ruft sie fassungslos. »Weißt du überhaupt irgendetwas? Tove Jansson! Unsere berühmte finnlandschwedische Schriftstellerin – und Illustratorin war sie auch. Die Mutter der Mumins!«

Jetzt bin ich doch verblüfft. Nein, ich hatte tatsächlich keinen Schimmer, dass die Mumins waschechte Finnen sind.

Aino knallt ihre Tasse auf den Tisch, stemmt sich am Stock hoch und klopft Knäckebrotkrümel von den Rosen. »Ist ja auch egal, Banause. Ich brauche heute deine Hilfe. Wir müssen zu Matildas Zuhause fahren. Mach dich fertig, und vergiss deine Kamera nicht, die brauchen wir.«

»Soll das ein Witz sein?«

»Dass du sie vergessen könntest? Ja! Ach ja, und nimm auch ein Messer und eine Stricknadel mit.«

Ich stutze. »Warum?«

»Lass dich überraschen.«

Nicht gut. Gar nicht gut. »Sag mir wenigstens, dass es nichts Illegales ist, was du vorhast.«

Aino lacht. »Das sagst ausgerechnet du?«

*

Ich weiß nicht, was verdächtiger klingt – Stricknadel oder Messer. Aber Aino antwortet auf keine meiner Fragen, sondern lächelt nur wie eine Sphinx. Kurz darauf starte ich mit ihr in Richtung Metro – nicht ohne vorher den Namensfetzen am Klingelschild abzuknibbeln und nachzusehen, wem die Wohnung wirklich gehört. Familie *Korhonen*. Aha. Das dicke Kleinkind in dem Album von Aartos Vermietern ist einer von Louhis Söhnen: Onni Korhonen, der pummelige

Drummer mit den langen Haaren. Aarto wohnt also bei den Eltern eines Freundes.

Unser Weg führt vom Bahnhof aus weiter zur Metrostation Hakaniemen. An dem Platz trifft historischer Backstein auf Glas und Stahl. Aino dirigiert uns weg vom Trubel, leicht bergauf an einer Autostraße entlang in ein Wohngebiet. Auch hier kämpft Granit gegen Beton, schräge Felsplatten brechen zwischen neuen Hochhäusern aus dem Boden. Aber ein paar alte Gebäude trotzen dem Feldzug der Natur wohl schon seit mehr als hundert Jahren.

Die Straße, zu der Aino uns lotst, heißt Ensi linja, und Aino schiebt nun selbst energisch an, entgleitet mir und rast an weißen Zaunlatten entlang bis zu einer Villa, die ein wenig an das finnische Nationaltheater am Bahnhof erinnert. Aino stoppt vor der Treppe und schaut zum ersten Stockwerk hoch. Ich trabe zu ihr.

»Da oben rechts war ihr Zimmer«, sagt Aino. »Von dort hat sie mir immer ein Winkzeichen gegeben. Ihrer Familie gehörte das ganze Stockwerk. Ihr Vater war ja krank, und angeblich war die Luft für ihn hier besser als am Hafen. Mach ein Foto von dem Haus.«

»Warum machst du nicht selbst eins mit deiner Rollei?«

»Ich habe nur sechsunddreißig Bilder pro Film, und die brauche ich noch.«

Tja, ein Königreich für eine Speicherkarte.

Noch während ich fotografiere, fährt Aino wieder los und verschwindet zwischen Lattenzaun und Gebüsch. Das ist eindeutig Privatgelände. Jetzt habe ich ein wirklich mulmiges Gefühl. Und meine Ahnung bestätigt sich, als ich ihr folge. Aino bedeutet mir, in der Deckung der Hecke zu bleiben. Die Rückseite des Hauses wirkt verwitterter, Gestrüpp und alte Bäume krallen sich in den felsigen Grund – und auch eine Granitmauer wächst ein Stück versetzt an der Grundstücksgrenze. Vielleicht war sie ehemals ein Stück Wand eines zweiten Hauses. Jetzt erheben sich jenseits des Zauns Hochhäuser und Klotzbauten. »Mist«, knurrt Aino. »Am Haus stand früher eine kleine Eiche, die ist nicht mehr da. Wie gut kannst du klettern?«

Ich habe es geahnt. »Klettern oder einbrechen?«

Aino schnaubt. »Hältst du mich für eine Kriminelle? Du musst nur nachschauen, ob Matilda etwas zurückgelassen hat. Wir hatten hier zwei Verstecke für Nachrichten. Eins in dem Baum da hinten – in dem Astloch über der ersten Gabel lag immer eine kleine Schnupftabakdose als Behälter für Zettel oder Gegenstände. Und das andere Versteck war der Mauerspalt zwischen den Granitsteinen neben dem Fensterbrett im Hochparterre. Siehst du ihn?«

»In den Vierzigern gab es schon *Geocaching*?«

Aino bekommt sofort einen Wackelkontakt am Lid.

»Schon gut, war nur ein Witz«, sage ich. »Ja, ich sehe den Spalt.«

»Dafür brauchst du die Stricknadel. Hast du eine gefunden?«

»Nein, nur einen Schaschlikspieß, aber …«

»Geht auch. Aber ohne den Baum als Kletterhilfe sitzt der Spalt jetzt natürlich ein bisschen hoch.«

Schön, dass es noch jemandem außer mir auffällt.

»Hier hinten steht eine Wassertonne, die du als Trittstufe verwenden kannst«, fährt Aino ungerührt fort. »Und dann ziehst du dich einfach zum Fenster hoch.«

Einfach, klar.

»Anderer Plan«, sage ich. »Wir klingeln bei den Leuten, erklären ihnen, was wir suchen, und fragen, ob sie uns eine Leiter leihen.«

»Nein! Erstens ist das Haus denkmalgeschützt, und sie werden sicher nicht zulassen, dass wir in der Fassade herumbohren. Zweitens gehört per Gesetz alles, was wir darin finden, dem Hauseigentümer.«

Hallo, Danae?

»Was hat Matilda darin versteckt? Das Bernsteinzimmer?«

Aino bekommt schmale Augen. »Es ist einfach meine Privatsache«, zischt sie. »Sie geht keinen was an.«

»Klar, nur dich und mich – und die Ärzte in der Notaufnahme.«

»Jetzt sei nicht immer so melodramatisch. Ich helfe dir, auf den Baum zu kommen. Wenn du dich auf die Rollstuhllehne stellst, kommst du ohne Mühe bis zum untersten Ast. Vom Haus aus wird dich niemand sehen, der vordere Baum verdeckt die Sicht. Und währenddessen gehe ich nach vorne, klingle die Leute aus dem Hochparterre raus und beschäftige sie, dann kannst du ungestört auf das Fensterbrett klettern.«

Langsam gehen mir die Argumente aus.

»Ich soll sechzig Jahre alte Nachrichten suchen? Was soll noch übrig sein? Und das Astloch im Baum ist längst zugewachsen …«

»Wenn ich solche Gespräche führen will, ziehe ich zu meiner Schwiegertochter! Bin ich nur noch von Weicheiern umgeben?« Sie beißt sich auf die Unterlippe und schließt kurz die Augen. »Das wollte ich nicht sagen. Ich … ich meinte … Es ist wirklich *wichtig*, Moira.«

Das ist nicht zu übersehen. Sie krallt sich in die Henkel ihrer Tasche, um nicht zu zittern. Und dann verzieht sie das Gesicht wieder, als hätte sie Schmerzen, und schaut mir direkt in die Augen. »Bitte!«, presst sie zwischen den Zähnen hervor.

Na prima. Ich kann nicht fassen, dass ich mich zwei Minuten später tatsächlich ächzend und keuchend an Ästen hochziehe, mitten in Helsinki auf einem fremden Grundstück. Ich kann nur hoffen, dass mich wirklich niemand sieht. Wie ich vermutet hatte, ist das Astloch natürlich dicht, was auch immer darin war, ist jetzt das Geheimnis des Baumes. Vorsichtig taste ich mich zurück.

Ein Spaziergänger späht in dem Moment misstrauisch über den Lattenzaun, als ich wie Pippi Langstrumpf an beiden Armen vom Ast hänge und mich zum Loslassen bereitmache. Der alte Mann bleibt stehen und sieht mich so streng an, als würde er auf eine Erklärung warten. Zwischen den Zaunlatten schnuppert eine Terrierschnauze.

Ich lasse mich fallen und klopfe mir die Rindenkrümel von den Händen. »*Hyvää päivää!*«, sage ich möglichst beiläufig. *Guten Tag.* Dann schlendere ich zu der Wassertonne aus Plastik und tue so, als müsste ich dringend Blätter herausfischen. Der Kerl glotzt noch ein paar Sekunden, aber dann zieht sein Hund ihn weiter. Glück gehabt. Kaum ist er um die Ecke, kippe ich die Tonne um und rolle sie durch die Pfütze zum Haus.

Das Schrillen der Klingel höre ich sogar durch die geschlossenen Scheiben. Countdown läuft. Ich stelle die Tonne auf den Kopf und gebe alles. Mein Ächzen kann man sicher noch bis zum Ende der Straße hören, aber ich schaffe es tatsächlich mit aufgeschürften Fingern, mich zum Fensterbrett hochzuziehen. Meine Knie zittern, als ich mich aufrichte, freie Sicht in ein Wohnzimmer mit laufendem Fernseher. Mein Atem schlägt sich an der Scheibe nieder. Ich erreiche den Spalt zwischen zwei Granitsteinen, aber er ist sehr schmal. Mit dem Taschenmesser schabe ich Dreck heraus und stochere plötzlich in Luft. Das Messer ist zu kurz. Also der Schaschlikspieß. Aino hätte mir wenigstens sagen sollen, was genau sie hier sucht. Eine Tabakdose passt hier nicht rein. Aber als ich mit dem Schaschlikspieß tiefer gehe, stoße ich auf Widerstand. Etwas knirscht. Meine Hände tun weh, als ich das gebogene Ende des Spießes noch mehr verforme, bis es eine Art Haken ist. Damit wühle ich weiter.

»He!« Der empörte Ruf kommt von der Straße. *O nein.* Die Rentnerpatrouille ist zurück. Sein Schimpfen hallt durch die Straße, er ruft einen Namen – und dann mischt auch noch sein Terrier mit. Und zu allem Überfluss fliegt zwei Stockwerke über mir ein Fenster auf, und ein Mann beugt sich heraus und schaut zur Straße. Die Rentnerpetze deutet auf mich und redet wie ein Wasserfall. Von wegen, Finnen sind stumm wie Steine. Mir bricht der Schweiß aus.

Raue, kehlige »Was machst du da?«-Fragen regnen von oben auf mich herunter. Und *verdammt*, der Spieß hat sich verhakt. Mit aller Kraft rüttle ich daran. Über mir knallt das Fenster zu. *Eine Minute, bis er hier ist.* Mit einem Ruck löst sich der Spieß aus der Scharte – und der Schwung hebelt mich aus dem Gleichgewicht. Ich rutsche ab und trete ins Leere, mein Oberschenkel schrappt an Stein entlang, dann lande ich mit einer Pobacke auf dem Fensterbrett. *Autsch.* Die Landung auf der Tonne ist fies, ein schmerzhafter Ruck in Knien und Knöcheln, dann kippt die Tonne, und ich schlage lang hin. Ich kann froh sein, dass ich mir dabei nicht den Spieß ins Auge oder ins Herz gerammt habe, aber für einen Bodycheck bleibt keine Zeit. Hund und Rentner haben Schaum vor dem Mund. Ich rapple mich auf, rase um die Ecke, springe über den vorderen Lattenzaun und renne. Beim Blick über die Schulter sehe ich nur noch, wie Aino, die mit einer Frau an der Straße steht, blitzartig ihren aufgeklappten Stadtplan als Sichtschutz hebt.

Hundegebell folgt mir die ganze Straße entlang, jeden Moment warte ich darauf, dass der Köter seine Fänge in meine Wade schlägt. Aber offenbar geht Herrchen das Risiko nicht ein, seinen Terrier von der Einbrecherin mit dem Schaschlikspieß abmurksen zu lassen. Trotzdem höre ich erst vier Straßen weiter auf zu rennen und stütze mich keuchend auf den Knien auf. Es dauert eine Ewigkeit, bis der Rollstuhl auftaucht. »Moira?«

»Hier drüben bei der Treppe!«

Mitten auf der Straße stoppt Aino und schaut sich um.

Zumindest sieht sie erleichtert aus, dass ich noch lebe. Der Rollstuhl buckelt über den Bordstein, dann ist sie bei mir.

Sie wagt nicht zu fragen, nur ihr Beben verrät sie.

»Ja«, sage ich. »Im Versteck war etwas. Und ich hoffe für dich, es war diese Aktion wert.«

Meine Hände sind aufgeschürft und tun höllisch weh, aber als ich meine zitternde Rechte öffne, schlägt Aino die Hände vor den Mund und erstickt einen kleinen Schrei. Am verbogenen Ende des Spießes hängt etwas Dünnes, Schwarzes mit einer dunklen, verkrusteten Scheibe am Ende. Aino kann den Gegenstand nicht greifen, sie ist zu aufgeregt, also lege ich ihn auf ihre Tasche. Jetzt erkenne ich, was er wohl einmal gewesen ist – eine nun gerissene Halskette mit einem flachen, kantigen Anhänger.

Aino scheint in ihrem Rollstuhl zusammenzufallen, ihre Schultern sinken herab. »Matilda ist also aus der Klinik in Nikkilä noch einmal nach Hause gekommen«, haucht sie. »Dann stimmen die Gerüchte von ihrem Selbstmord ja doch.«

»Wie kommst du darauf?«

»Als ich damals direkt nach ihrem Verschwinden in den Verstecken gesucht habe, habe ich nichts gefunden. Das sprach dafür, dass sie sehr schnell weggebracht wurde und mir keine Nachricht hinterlassen konnte. Normalerweise lag in dem Spalt eine Münze, wenn Matilda zu Hause war, Zeichenkohle, wenn sie zu ihrer Freundin Lisa aus dem Zeichenkurs gegangen war, eine Hutnadel, wenn …« Sie verstummt. Ihr Kinn ist völlig außer Kontrolle, als sie mich ansieht. »Und das hier ist ihre Kette mit dem Schmetterlingsanhänger. Ich trug die Kette mit der Rose, die sie mir geschenkt hatte. Das waren unsere Glücksbringer, unsere Zeichen, die uns an unsere Versprechen erinnerten – nicht zu sterben und unsere Träume nicht aufzugeben. Wir wollten sie niemals ablegen, nicht im Wachen und nicht im Schlaf. Aber sollte eine von uns beiden den Krieg nicht überleben, würde die andere ihre Kette bekommen. Doch Matilda hat ihren Schmetterling freiwillig abgelegt und dort versteckt, wo ich ihn finden sollte. Das muss nach ihrer Rückkehr aus der Klinik gewesen sein, nachdem sie dort Rikhard zur Welt gebracht hatte. Die Kette war das Abschiedsgeschenk an mich, verstehst du? Nur leider habe ich da schon lange nicht mehr nach ihren Zeichen gesucht.«

Dann war es die Aktion wert, denke ich. Dafür lasse ich mich auch von Rentnern und Hunden hetzen.

»Jetzt weiß ich, was sie ihr angetan haben. Wegen eines Mannes hätte sie sich nicht umgebracht. Aber man hat ihr das Baby weggenommen«, sagt Aino kaum hörbar. »Steck die Kette für mich ein, ja?« Für Aino ist das schon mehr als eine Bitte, es ist so etwas wie ein Teamversprechen, zumindest aber ein finnischer Ritterschlag. Vorsichtig schließe ich die Hand um den verwitterten Schmuck. »Tut mir leid, Aino.«

Aino holt tief Luft und leckt sich über die trockenen Lippen. »Mir auch«, sagt sie leise und wendet den Rollstuhl. »Aber zumindest wissen wir jetzt mehr.«

VATERLINIE

Ich traue Aino zu, dass das erst der Anfang eines Versteckparcours durch die halbe Stadt war, aber als der weiße Dom in Sicht kommt, wage ich, mich vorsichtig zu entspannen. Akkordeonmusik empfängt uns an der Straßenbahnhaltestelle. Ein Straßenmusiker spielt dort »Summertime« – allerdings zu einem Tango verfremdet.

Aino deutet mit dem Stock zu dem Café direkt gegenüber dem Dom.

»Und du bist sicher, dass keine Briefe im Gemäuer versteckt sind?«, frage ich.

Zumindest entlocke ich ihr damit wieder ein Lächeln.

Das Café zu betreten ist, als wäre man plötzlich Teil einer dreidimensionalen monochromen Fotografie. Alles hier ist Sepia. Dunkles Mobiliar, die Wände sind in einem graustichigen Beige gestrichen, und in den Zuckerstreuern ist brauner Rohrzucker. Blassgelbe Nelken dienen als Tischschmuck. Einzig die schneeweißen Kaffeekannen brechen die Illusion.

Aino wählt den Tisch direkt am Fenster. Es rahmt den Dom ein, über seiner größten Kuppel schwebt mitten im Himmel der spiegelverkehrte Schriftzug »Café Engel«. Im Reiseführer habe ich gelesen, dass Carl Ludwig Engel der deutsch-finnische Architekt war, der im neunzehnten Jahrhundert unter anderem den Dom geplant hat. Mit etwas Phantasie kann man sich vorstellen, dass sein Geist mit uns an diesem Fenster sitzt und zufrieden sein Werk betrachtet.

Warum sollten nur schlimme Ereignisse die Toten in unserer Welt halten?, denke ich. *Vielleicht ist auch Freude ein guter Anker.*

»Willst du ein Pflaster?«, fragt Aino beim Blick auf meine verkratzten Hände.

»Nein, es geht schon.«

Aino macht »Hm« und schaut mich zweifelnd an. »Dann zieh dir aber wenigstens die Jacke an.«

»Mir ist nicht kalt.«

»Mag sein, aber die Leute schauen schon. Dein T-Shirt ist hinten zerrissen.«

Ich muss mich verrenken, um den Riss an der Schulter zu finden. Na toll, das neue Shirt, geschrottet von Granit.

»Schön, dass du dir solche Sorgen um meine Gesundheit machst.«

Aber Aino hat schon damit begonnen, Fotos aus ihrer Tasche zu holen und auf dem Tisch auszubreiten. Mir wird ein wenig flau zumute. Aarto scheint zwar nicht an Erinnerungen zu hängen, aber was wird er dazu sagen, dass Aino den Koffer seines Vaters geplündert hat? Sogar Matildas Porträt hat sie aus dem Rahmen gelöst. Zum ersten Mal fällt mir eine feine Gliederlinie auf, die in Matildas Kragen verschwindet. Sicher die Schmetterlingskette.

Aino bestellt für uns beide und ordnet dann die Fotos zu einer Art Stammbaum an. Rikhard und Aartos Mutter und darunter Klein Aarto mit Spockfrisur. Gestern habe ich das Foto nur kurz betrachten können, aber heute spüre ich dem leichten Lächeln nach, das es in mir wachruft. Das Blitzen in den Augen hatte Aarto schon als Kind. Ich wette, er hat sich insgeheim über den Fotografen lustig gemacht.

»Ich habe mehrere mögliche Väter gefunden«, sagt Aino. »Mach Fotos von ihren Gesichtern. Ich brauche ihre Vergrößerungen, ausgedruckt.«

»Für die Dame vom Meldeamt?«

»Nein, für den Fall, dass wir weitersuchen müssen. Um zwei der Männer kümmerst du dich. Sie werden sicher nicht mehr in Finnland sein, aber vielleicht findest du sie mit dem Internet.«

»Welche beiden?«

Sie legt das Bild mit den Eisschwimmern links neben Matilda und tippt auf zwei junge Männer. Ein jämmerlich frierender Typ in Badehose und einer, der noch einen Skianzug trägt. »Der Italiener, Achille Alterio. Der war völlig verrückt nach ihr. Er stammte aus dem Piemont. Ich schreibe dir noch sein Geburtsjahr auf.«

Meine Kamera klickt. Achille ist wirklich eine Option. Durch die Vergrößerung sieht der sehnige Schwimmer noch viel mehr wie Aarto aus. Seine Figur passt sowohl zu Rikhard als auch zu Aarto.

»Was machte ein Italiener in Helsinki?«

»In den Kriegen kamen viele Ausländer zu uns. Auch Freiwillige, Idealisten aus Europa, die uns im Kampf unterstützen wollten. Am Anfang hatte man ja in den anderen Ländern damit gerechnet, dass Finnland in kurzer Zeit fallen würde, so wie man es zuvor mit Polen und der Tschechoslowakei erlebt hatte. Aber als wir uns überraschenderweise so gut schlugen, schaute plötzlich ganz Europa auf uns. Das Hotel Kämp war in den Kriegsjahren voller ausländischer Kriegsberichterstatter.« Sie tippt auf einen zweiten Mann am vereisten See. »Hier, der große Kerl bei den Skiern – Henry Segall – gehörte zu den ausländischen Journalisten. Er war nur drei Monate bei uns, aber er konnte die Augen nicht von Matilda lassen. Die beiden redeten pausenlos über die Kunst und Paris. Er war schon dort gewesen.« Auch diese Vergrößerung sieht vielversprechend aus. Die Proportionen von Kinn und Stirn ähneln denen von Aartos Vater.

»Und um diesen hier kümmere ich mich.« Aino legt ein

zweites Bild auf die Vaterlinie. Der Typ würde heute sicher modeln und auf Facebook zwei Millionen Likes von weiblichen Fans haben. »Er stand Matilda mehrmals Modell. So gut wie nackt. Allein. Sie lachte viel mit ihm, er war zwar ein eitler Schönling, aber er hatte auch einen wirklich guten Humor. Wir haben also drei mögliche Väter.«

»Vier.« Ich schiebe das Bild vom Senatsplatz vor Aino. »Ihr blonder Sandkastenfreund gehört auch zu den Verdächtigen. Dem sieht Aarto sogar am ähnlichsten von allen.«

Schlagartig verändert sich die Atmosphäre.

»Ach, Pettar«, sagt Aino mit belegter Stimme. »Ja, wer weiß. Schließlich kannten sie sich ja schon lange. Er schrieb ihr immer Briefe von der Front und besuchte sie in jedem Urlaub.«

Aber sie betrachtet bei diesen Worten nur den lachenden jungen Mann mit der Schiebermütze im Hintergrund.

Ich lege die Kamera hin. »Sagst du mir wenigstens seinen Namen?«

Aino richtet sich in Habtachtstellung auf. Wir wissen beide, wen ich meine.

Es scheint sie viel zu kosten, ihre Deckung aufzugeben.

»Mikael«, sagt sie nach einer Ewigkeit. »Aber um ihn geht es nicht.« Sie zupft sich verlegen ihre Haare zurecht.

»Du warst in ihn verliebt!«

Aino hüstelt sofort wieder los. »Blödsinn.«

Ja klar. »Komm schon! Wir sind hier *Aino und Moira*, schon vergessen?«

Die Bedienung rettet Aino mit Kakao und Baiser-Zitronen-Kuchen, und dann rührt sie umständlich in ihrem heißen Kakao und tut so, als würden in dem braunen Spiegel die Nachrichten durchtickern. Aber ich habe von Aarto gelernt. So schweigen wir und schweigen und schweigen, während draußen das Akkordeon spielt und die Stille nach samtig-süßem Eischnee und Zitrone schmeckt. Nach einer

Weile legt Aino die Gabel beiseite und lehnt sich zurück. »Na schön. Vielleicht waren wir ... ein bisschen verliebt.«

»Ein bisschen?«

»Hör auf, so dämlich zu grinsen.« Aber jetzt zucken auch ihre Mundwinkel, vergeblich versucht sie ein Lächeln zu unterdrücken. Sie deutet zum Dom. »Da drüben haben wir uns kennengelernt. Ich hatte gerade im Distriktbüro mit anderen Lottas eine Besprechung gehabt und war auf dem Weg zu Matilda. Wir wollten uns an der Universität treffen, da links, das Gebäude mit den Säulen. Und Mikael saß auf der Domtreppe, das rechte Bein ausgestreckt. ›*Hei, Liljankukka!*‹, rief er mir nach. ›Warte doch mal, ich habe hier was für dich.‹ *Liljankukka* heißt Lilienblüte, musst du wissen. Viele machten mir damals Komplimente wegen meiner weißen Haut. Aber dieses Hinterherrufen war einfach nur frech und unhöflich. Ich blieb stehen und drehte mich um. Ich herrschte ihn natürlich an und fragte, was er von mir will. ›Was immer *du* willst, Schönste‹, antwortete er. ›Zigaretten? Kaffee ...‹ Da war mir klar, dass er einer der Schwarzhändler war, die immer auf dem Sprung waren, immer bereit zur Flucht. Komischerweise war ich enttäuscht. Keine Ahnung, was ich wohl erwartet hatte. ›Nur ein Witz‹, lenkte er ein und lachte. ›Schau mich nicht so böse an.‹

›Lass mich in Ruhe!‹, sagte ich. Ich wollte schon weitergehen, als er aufstand und auf mich zukam. Jetzt sah ich, dass er humpelte. Sein Knie war steif, und das Gehen schien weh zu tun. Und mein ganzes Bild von ihm änderte sich schlagartig. Jetzt fiel mir auf, wie mager und müde er wirkte und wie schäbig sein Mantel war. Vielleicht war er Soldat auf Heimaturlaub, aber er trug keine Uniform. Also war er wohl eher einer von den Untauglichen, so wie Matildas Bruder – nur dass man diesen hier an der Front zum Krüppel geschossen hatte. Jetzt tat er mir leid. Vielleicht hatte er keine Familie mehr und musste um Essen betteln. Ich fragte ihn, ob ich ihm helfen könne. Aber er lächelte nur und sagte: ›Das hast du längst, Blume.‹ Seine Sanftheit verwirrte mich auf eine Art, die ich nicht kannte. Und als ich weitergehen wollte, da zog er plötzlich etwas Rotes aus seiner Tasche. Es war eine Stoffblume. ›Für dich‹, sagte er. ›Damit du mich nicht vergisst.‹«

Doch ein Zauberer, denke ich. *Passt zu ihm.* Jetzt würde ich einiges dafür geben, Aino fotografieren zu dürfen. Genau so – mit diesem weichen Gesicht und dem Leuchten in ihren Augen. *Siebzehn und fünfundachtzig zugleich.*

»Und dann ... sang er leise ein Lied, das ich noch nie zuvor gehört hatte. Es handelte von einer Lilienblüte, und ich war überzeugt, er hatte sich den Text eben erst ausgedacht.« Sie lächelt und schüttelt den Kopf. Dann isst sie weiter Kuchen, als wäre die Vorstellung vorbei.

»Und?«

Aino hebt die Schultern. »Was willst du denn noch hören?«, sagt sie mit vollem Mund. »Er hat mir die Rose geschenkt. Und ich habe sie angenommen.«

Ich muss lächeln. *Lovestory à la Aino.* Aber das ändert nichts an der Tatsache: *Meine so vernünftige Alte. Vom Fleck weg verliebt!*

Sie tippt auf die Stoffblume auf Matildas Porträt. »Matilda hat sich meine Rose später für das Porträt ausgeliehen.«

»Wann habt ihr euch geküsst?«

Aino wirft mir einen missbilligenden Blick zu. »Bald«, sagt sie knapp. »Sehr bald.«

»Und dann wart ihr zusammen?«

»Ja und nein. Der Krieg war keine Zeit für Liebesgeschichten. Verlobungen und Hochzeiten lagen auf Eis, es herrschte Tanzverbot aus Solidarität mit den Soldaten an der Front. Alles war unsicher, und jeder von uns kämpfte auf seine Weise. Aber Mikael tauchte von da an immer in meiner Nähe auf. In den Straßen hörte ich manchmal einen unregelmäßigen Schritt hinter mir – und er war es. Oder jemand summte mitten in der Menge unser Lied. Wenn ich im Dienst unterwegs war, sah ich manchmal Zigarettenrauch hinter einer Ecke aufsteigen – und wenn ich näher kam, wartete er dort auf mich. Mikael erzählte mir, dass er keine Familie habe, keine feste Bleibe. Er schlug sich irgendwie durch. Manchmal schlief er sogar in ausgebombten Ruinen. Aber er half mir, wo er konnte. Einmal besorgte er – weiß Gott woher – Ersatzteile für unsere Nähmaschinen. In dieser Zeit koordinierte ich als Lotta die Nähzirkel von Freiwilligen in meinem Bezirk. Unsere Truppen waren fast am Ende, Material war knapp. Die Bevölkerung spendete weiße Tischdecken und Bettlaken, und wir nähten daraus Winter-Tarnanzüge für unsere Soldaten. Aber Mikael schaffte es auch, Lebensmittel aufzutreiben. Als meine Großmutter krank wurde und ich Angst hatte, sie würde an der Tuberkulose sterben wie meine arme Mutter im Jahr zuvor, besorgte Mikael für sie Butter. Er tauschte Zigaretten dagegen ein, statt sie für sich selbst zu verschachern. Aber nie durfte ich über ihn sprechen. Und egal, wo und wann wir uns begegneten, immer waren es nur heimliche Treffen. Keine Verabredungen, keine Zeichen, keine Gewissheiten. Nicht einmal ein Nachname. Nie.« Sie schaut auf das Foto. »Das ist das einzige Bild, das von ihm existiert. Kannst du verstehen, dass ich mir Jahre später manchmal nicht mehr sicher war, ob ich ihn nur geträumt habe?«

O doch, das kann ich. Fotos sind eben doch Beweise.

»Er hatte mir verboten, Fotos von ihm zu machen«, fährt sie leise fort. »Aber ich habe ihn reingelegt, indem ich so tat, als würde ich auf dem Senatsplatz nur Matilda und Pettar aufnehmen.«

Ich verberge ein Lächeln hinter meiner Tasse. *Also bist du auch nicht besser als ich, meine Alte!* »Du kennst seinen Nachnamen bis heute nicht?«

Sie starrt in ihren Kakao und schüttelt den Kopf. »Er erzählte mir zwar einmal, dass er im Stellungskrieg in Karelien verwundet worden war – aber dann gab es auch die Geschichte, dass sein Vater Russe war und finnische Nachbarn ihn totgeprügelt hatten, weil er verdächtigt wurde, für die russische Seite zu spionieren. Ich habe nie erfahren, was genau passiert war. Man konnte ihn fragen und hörte dann plötzlich staunend eine ganz andere Geschichte.«

Ja, da kenne ich noch jemanden.

»Doch er verstand und sprach Russisch und auch Deutsch. Und sein Finnisch klang manchmal wie meins – und manchmal, als hätte er es eben erst gelernt.« Nachdenklich schaut sie auf das Foto. »Vielleicht hieß er nicht einmal Mikael. Heute glaube ich, er musste sich verstecken.«

»Vor wem?«

»Tja. Matilda hat mir einige schlaflose Nächte bereitet, als sie ihn verdächtigte, ein Krimineller oder sogar ein russischer Deserteur auf der Flucht zu sein. Aber er schwor mir bei seinem Leben, dass es nicht stimmte. Eine Weile vermutete ich, er sei Deutscher.«

»Vielleicht war er ja Jude.«

»Du meinst, weil wir eine Weile die Wehrmacht in Finnland hatten, wurden hier auch gleich Juden gejagt? Nein. Waffenbrüderschaft ist das eine. Ideologie etwas ganz anderes.«

»Ich habe gelesen, dass die Gestapo ihr Hauptquartier im Schwedischen Club eingerichtet hatte.«

»Ja, das Gerücht ging damals um. Und natürlich waren Nazis in der Stadt präsent. Aber Mannerheim mochte die Deutschen nicht. Nur einmal hatten Gestapo-Leute versucht, fünfhundert Juden per Schiff zu deportieren, aber Mannerheim erzwang ihre Freilassung. Nein, ich glaube nicht, dass Mikael Jude war. Aber andererseits – er könnte alles gewesen sein.«

»Und Matilda mochte ihn nicht?«

Aino rollt mit den Augen. »Du lieber Gott, was haben wir anfangs wegen Mikael gestritten! Matilda machte sich Sorgen um mich. Der Kerl war nämlich ständig in Schwierigkeiten. Mehr als einmal musste er untertauchen. Natürlich gab es immer wieder Schlägereien auf den Märkten, und der Schwarzhandel hatte seine eigenen Gesetze. Aber als er sich einmal verstecken musste, bat ich Matilda, uns zu helfen. Ich konnte ihn nicht in unserem Keller unterbringen, da wohnten Flüchtlinge, also versteckte Matilda ihn mir zuliebe mehrere Tage lang in einem Zeichenraum, zu dem sie den Schlüssel hatte. Und er bedankte sich bei ihr – mit seiner Mundharmonika. Er spielte einen Tango für uns beide. Und von diesem Tag an ... waren es *wir drei.*«

Sie sieht mit einem fernen Lächeln durch das Fenster zu der Stelle, an der Mikael auf dem Foto steht. Durch die Scheiben hört man den Tango nur ganz gedämpft. Und dennoch ist er präsent wie die Melodie einer alten Zeit. Ein bisschen Gänsehaut verursacht diese Interferenz zwischen damals und heute bei mir schon. *Als würde dort draußen Mikael stehen und Ainos Blick erwidern.*

»Brauchst du deshalb sein Porträt? Weil du auch Mikael wiederfinden willst?«

Aino löst sich nur ganz langsam von ihren Gespenstern. Im Zeitlupentempo rührt sie ihren Kakao um. »Das hätte wenig Sinn«, sagt sie nach einer langen Weile. »Er hat den Krieg nicht überlebt.«

Volltreffer, Mo. »Weißt du das sicher?«

»Ganz sicher. Luftangriff. Ich ... hielt ihn in den Armen, während er verblutete.«

Plötzlich wirkt der Platz da draußen wie ein Gräberfeld. Nicht einmal die Sonne kann den Grauschleier durchdringen. Ich bin es, die schwer schlucken muss. Aino dagegen wirkt gespenstisch ruhig. »Tja, so war der Krieg. Für manche war er nichts als Leiden. Und für mich ... barg er die schönsten Augenblicke meines Lebens – und gleichzeitig die schrecklichsten. Und manchmal sogar beides in derselben Minute.«

Die Uhr tickt weiter, während wir schweigen. Aino betrachtet noch einmal das Bild, dann steckt sie es ein.

»Aber du wirst doch wenigstens nachforschen, wer er wirklich war?«

Die Frage scheint sie wirklich zu erstaunen. »Wozu sollte ich?«

Sie klingt wie Aarto. »Aber ...«

»Kein ›Aber‹, Moira. Schöne Erinnerungen sind viel zu kostbar und zu zerbrechlich, um sie aufs Spiel zu setzen.«

»Was gibt es zu verlieren?«

»Meine Vergangenheit«, erwidert Aino ernst. »Mich. Erinnerungen machen uns zu dem, was wir sind. Mitten im Grau brachte Mikael meine Seele zum Leuchten. Mit ihm wurde ich zu der, die ich heute bin. Es gab niemanden, der mich jemals so berührt hat, auf diese Weise – der mein Herz aufblühen ließ und mir den Glauben wiedergab, dass die Welt trotz allem ein schöner, ein hoffnungsvoller Ort ist. Aber Tatsache ist nun mal, ich kannte ihn kaum. Was, wenn ich heute erfahren würde, dass er tatsächlich ein russischer Kollaborateur war – oder ein Krimineller auf der Flucht? Ein Dieb wird er als Schwarzhändler auf jeden Fall gewesen sein. Und vielleicht sogar ein Mörder?«

»Wie kannst du so etwas sagen? Mikael hat für deine Großmutter gesorgt. Und du hast ihn doch geliebt, oder nicht?«

»Eben. Ich war siebzehn, und ich vertraute ihm, weil ich ihn liebte. Aber denkst du, Mörder können keine guten Menschen sein? Verlieben sie sich nicht? Nein, wenn ich in dieser Zeit eines gelernt habe, dann das: Die Welt ist voller Mörder. Sie leben mitten unter uns, jederzeit. Und jeder Mensch kann zu allem fähig sein. Absolut jeder.«

Ich lege die Gabel auf den Teller. Schlagartig habe ich keinen Hunger mehr. Mir ist schwindelig und plötzlich sehr übel, vermutlich vom Zucker.

»Und deshalb werde ich Mikaels Foto mitnehmen und die Erinnerung dazu«, schließt Aino in ihrer sachlichen Art. »So, wie sie ist. Und werde die bleiben, die ich bin.«

»Warum nennst du mich dann Feigling, weil ich nicht in Suzanas Karton schauen will?«

Aino zuckt mit den Schultern. »Ich weiß, wo ich stehe. Wie ist es mit dir?«

Aino hat recht. Und einen Moment lang beneide ich sie wirklich. Auf mich warten zwar keine Überraschungen, kein Springteufel in der Box. In meiner Familie gibt es keine Mörder, und die Deserteure sind hinreichend bekannt. Aber meine Wunden sind noch längst nicht verheilt.

»Isst du das nicht mehr?«

Ich schüttle den Kopf, und Aino zieht meinen Teller zu sich heran und schaufelt den restlichen Baiser-Berg in ihren Mund. Draußen spielt der Musiker ein neues Stück, einen der alten Tangos in schwerstem Moll, die ich auf der Fähre gehört habe. Ich erinnere mich, dass der Titel in etwa ›*Und darum bin ich traurig*‹ lautete. *Wie auch sonst*, denke ich.

»Was habt ihr hier nur ständig mit diesen Weltschmerztangos?«

»Was wir *damit haben*?« Aino lacht. »Böse Zungen sagen, ohne den Tango würden sich die Finnen überhaupt nicht vermehren.«

»Wirklich? Ich hätte eher gedacht, dass er zur hohen Selbstmordrate beiträgt.«

Aino schnalzt tadelnd mit der Zunge. »Dann verstehst du nichts. Der Tango ist heiß, weich und zärtlich. In diesem Land fassen sich die Leute nicht einfach so an. In Finnland lässt man einander den Vortritt, aber nicht aus Höflichkeit, sondern um Körperkontakt zu vermeiden. Nur beim Tango kommt man sich so nahe wie sonst nie. Deshalb sind hier alle so verrückt danach. Alles, was du nicht mit Worten sagen kannst, sagst du mit diesem Tanz. Das ist die innigste Liebeserklärung, die du bekommen kannst. Und glaube mir, ich weiß, wovon ich rede!« Sie verzieht den Mund zu einem schiefen Lächeln und leckt ihre Gabel ab. »Und jetzt bist du an der Reihe.«

»Womit?«

»Ich habe meine Geschichte erzählt, jetzt will ich deine hören. Wer war *deine* große Liebe? Die erste, die einzige oder – Gott bewahre – die letzte?«

Einerseits bin ich erleichtert, aus der Kriegsflashbackzone treten zu dürfen. Aber jetzt werde ich nervös. Und außerdem muss ich wirklich darüber nachdenken. *Aidan?* Nein, auch wenn er in jeder Hinsicht mein Erster war. Und geliebt habe ich alle meine Männer – manche rasend und wie besessen, andere leidenschaftlich, zärtlich oder eifersüchtig. Aber den »Einen« finde ich auf Anhieb nicht. »Kann ich gar nicht sagen.«

Aino stößt ein trockenes Lachen aus. »Du weißt nicht, wer zum ersten Mal in deinem Leben deine Seele wirklich berührt hat? Wer dir das Gefühl gegeben hat, dass dein Herz plötzlich endlos weit und warm ist – ein Ort für zwei Menschen und gleichzeitig für die ganze Welt? Der Mensch, der die Farben ins Grau zurückbrachte und die Musik in deine Seele?«

»Das ist wirklich schwer zu sa…«

»Ich rede nicht von einem Liebhabervergleich, ich rede davon!« Sie stupst mir ohne Vorwarnung den Zeigefinger ziemlich fest gegen die Brust, genau dorthin, wo mein Herz ist. »Und erzähl mir nicht, es war Leon. Das glaube ich dir nämlich nicht.«

Vielleicht ist es die Überraschung, dass sie mich einfach

so berührt, die etwas in mir auslöst. Eine Bewegung wie von Wasserringen, die sich ausbreiten wie Wanderkreise, Bilder ins Schwingen bringen, die viele Jahre ruhig auf stillem Wasser lagen.

Nein, Leon war es nicht, und auch nicht Aidan & Co.

Aber ja, das, was Aino beschrieben hat, kenne ich – besonders den Moment, in dem die Welt plötzlich wieder Farben bekam, die ich für immer verloren glaubte. Aber die Erkenntnis, welcher Mensch es war, ist ein kleiner heißer Schreck.

Das wäre der klassische Moment, um den Kakao zu verschütten oder ganz dringend ans Handy gehen zu müssen. Aber Aino wartet mindestens ebenso gekonnt wie Aarto.

»Ist … eine längere Geschichte.«

»Ich habe Zeit – na ja, falls ich nicht plötzlich umfalle und sterbe.«

»Musst du nicht zum Meldeamt?«

»Nicht bevor du fertig bist.«

Sie hat recht, ich bin *Sniff*, der Angsthase.

Ich will schon ausweichen und ihr doch Aidan vorsetzen. Lügen kann ich, und irische Romantik wirkt immer. Aber dann wird mir klar, dass Aino sogar ihr Kind – Leons Vater – nach ihrer großen Liebe benannt hat. Sie ist über ihren Schatten gesprungen und hat mir die Wahrheit gesagt. Vielleicht ist das ja der Augenblick, es endlich auch einmal zu wagen. *Und was ist schon dabei?*

»Ich … muss aber vorn anfangen. Das ist ein wenig kompliziert. Damals habe ich noch mit Suzana zusammengewohnt.«

»Deine Stiefmutter?«

Beim Wort Mutter zucke ich innerlich zusammen. »Nein, die Verlobte meines Vaters. Aber er hat sie nie geheiratet.«

»Weil er bei dem Unfall starb?«

Shit. »Nein, das … war gelogen.«

Ainos Augen blitzen spöttisch. »Weiß ich doch, Monika. Auf dem Foto mit dem Taufkind sieht er ziemlich lebendig aus. Und er hat eine viel zu junge Frau. Was macht er denn beruflich?«

Muss ich darauf antworten? Es ist unangenehm, auch nur an meinen Vater zu denken. An das Leben, das er jetzt führt, an das gefärbte Haar und seine geschönten Züge, die so gut seine andere Seite verbergen. Und an das, was nur uns beide verbindet: der Moment, als ich aus seinem Auto aussteige, um nie wieder in sein Haus zurückzukehren. Aber wenn ich mir jetzt die Maske wieder aufsetze, werde ich nicht weitersprechen. »Ähm ... er ist Teilhaber einer Privatklinik. Schönheitschirurgie.«

»Ah, deshalb! Geld also. Und warum ...«

»Um meinen Vater geht es hier nicht, Aino!«

Ich muss tief Luft holen. Ich hoffe, Aino weiß zu schätzen, dass ich diesmal nicht weglaufe. Für das, was ich jetzt sagen werde, habe ich noch keine Version, nicht einmal Worte. Stattdessen Lampenfieber, weil ich zum ersten Mal davon erzähle. Langsam verstehe ich, was sie meinte, als sie sagte, dass manche Erinnerungen zu kostbar sind, um sie preiszugeben.

»Suzana und ich waren gerade umgezogen – diesmal nur zu zweit, in die Nähe von Mühldorf. Bis dahin hatten wir in einer Vierzimmerwohnung gelebt, in der mein Vater nur am Wochenende zu Besuch war. Jetzt hatte er eine Stelle in Hamburg angenommen, aber er nahm uns nicht mit. Danae hatte er schon längst auf ein Internat geschickt, Suzana war für mich zuständig. Er bezahlte dafür mit der Zweizimmerwohnung, die er auf ihren Namen kaufte. Angeblich als Geldanlage, aber ich glaube, im Grunde war das die Bezahlung dafür, dass Suzana mich am Hals hatte. Ein Jahr saßen wir noch auf gepackten Koffern, aber dann verstand Suzana wohl, dass es nicht als Zwischenstation geplant war und dass es keinen dritten Umzug mehr geben würde – keine Wohnung in Hamburg, in der wir alle als Familie zusammenleben würden. Und ich verstand, dass ich in dieser Stadt bleiben musste, in der Schule, die mir immer noch fremd war. Meine Schwester hatte in diesem Jahr ein Stipendium für eine internationale Schule in Luxemburg bekommen. Damit war klar, dass sie nicht einmal mehr an Weihnachten nach Hause kommen würde. Sie feierte ohnehin lieber bei der Familie einer Freundin. Es war, als hätten alle Menschen um mich herum ein Leben und einen Plan – nur ich war ohne Straßenkarte zurückgeblieben. Ohne Freunde, ohne Familie, nur mit einer Frau, die einen Mann wollte, der sie im Grunde schon längst verlassen hatte, und die sich darum noch mehr an mich klammerte.«

Ich verstumme. Wenn ich mich selbst höre, klingt das sogar für mich furchtbar pathetisch. Aber Aino schaut mich nur an. Aufmerksam, mit einem Frontalblick, der mich nervös macht.

»Ich ... ähm ... bekam Probleme in der Schule. Ich kam nicht mit, und manchmal prügelte ich mich. Einmal saß ich wieder vor dem Lehrerzimmer und wartete. Ich hatte mich mit einem Jungen angelegt, der mich ausgelacht hatte. Ich hatte nur eine Schramme am Ohr, ihm dagegen hatte ich eine blutige Nase verpasst. Und jetzt tagte die Lehrerkonferenz, und ich heulte, weil ich sicher war, ich würde einen Verweis bekommen und Suzana würde mir die Hölle heißmachen. Dann ... hörte ich, wie jemand die Treppe hochkam. Eindeutig Frauenschuhe. Es war keine Lehrerin, so viel erkannte ich aus dem Augenwinkel, vermutlich eine der Mütter. Es war mir peinlich, dass mich jemand weinen sah. Ich blickte nicht auf, sondern starrte auf den Boden und wartete, dass sie endlich an mir vorbeigehen würde. Aber sie blieb stehen, direkt vor mir. Ich sah ihre Schuhe, hübsche lila Pumps aus Wildleder. Und einen beigen Glockenrock, der sich plötzlich darübersenkte und auf dem Stein aufsetzte. Sie hatte sich tatsächlich vor mich hingehockt, wie ein Mädchen. Das kam mir komisch und unpassend vor. Und auf der anderen Seite fand ich es auf gute Art überraschend. ›Weinst du etwa?‹, sagte sie zu mir. ›Was ist denn passiert?‹«

Ich kann nicht antworten. Als ich den Kopf hebe, ist es wie ein Déjà-vu. Ihr Gesicht schwebt direkt vor mir, und ich fühle mich, als sei ich mit einem Zwinkern direkt im Fernsehen gelandet. Die Frau sieht aus wie einer Dr.-Oetker-Werbung entsprungen. Sogar das Licht ist identisch mit dem in der Werbung. Ein staubiger Sonnenstrahl lässt die Spitzen ihrer braunen Locken leuchten wie einen Nimbus aus Gold. Aber sie ist noch viel mehr: etwas zu dick und weich, sie hat rote Wangen und die freundlichsten braunen Augen der Welt. Sie riecht süß, nach Vanille, und sie schaut mich nicht so an wie die Lehrer. Im Gegenteil, ihren Blick spüre ich wie ein warmes Streicheln. Jetzt holt sie ein Taschentuch heraus, ein gutes aus Stoff, es ist sogar gebügelt, und hebt die Hand. Ich zucke unwillkürlich zurück und ziehe die Schultern hoch. Ihr Mund wird zu einem kleinen bestürzten O.

»Erschrick doch nicht, Liebes«, sagt sie verwundert. Vielleicht ist es die Überraschung, dass mich jemand Liebes *nennt, aber jetzt lasse ich es zu, dass sie mir mit dem Taschentuch die Tränen von den Wangen tupft.*

»Wie heißt du denn?«

»Moira.«

Ihr Gesicht hellt sich auf.

»Wie schön! Du bist nach den griechischen Schicksalsgöttinnen benannt. Aber das weißt du ja, nicht wahr?«

Nein, ich höre es zum ersten Mal. Aber ich nicke, so sehr fürchte ich, dass ein Nein sie vertreiben könnte.

»Ich mag Namen mit einer Bedeutung. Deshalb habe ich meine Tochter Beata genannt«, fährt sie in diesem sanften

Singsang fort. »Das heißt: die Glückliche. Das habe ich mir nämlich für sie gewünscht, als sie geboren wurde: dass sie glücklich wird.«

Beata? Es ist, als würde eine Nadel über eine Schallplatte ritschen und die Dr.-Oetker-Melodie vertreiben. »Beata ... Pritzius?«, frage ich ungläubig.

Die Art, wie in ihrem Lächeln die Sonne aufgeht, schneidet mir ins Herz. »Dann kennst du sie?« Allerdings. Beata ist in meiner Klasse. Und dass jemand wie sie eine solche Mutter hat, ist wie ein Schlag. Ich bin fassungslos und auf eine Art eingeschüchtert, die mir Angst macht.

Frau Pritzius entdeckt die Schramme neben meinem Ohr und wird schlagartig ernst. »Sie sind gemein zu dir, nicht wahr?«

Bei diesen Worten streichelt sie mir mit den Knöcheln ihrer Finger zärtlich über die Wange. Es ist wie eine Schockwelle, eine der heißen, verzehrenden Art. Ein Erkennen auf allen Ebenen meines Seins. Es ist, als hätte ich in einer Kammer gesessen, eingesperrt, mit dem Scharren von Rattenkrallen im Dunkeln und Atmen, das ich nicht zuordnen kann. Aber jetzt bricht der Stein, Licht flutet in meine Kammer, Farben, die ich schon für immer aufgegeben hatte. Ich nicke, und diesmal schäme ich mich nicht, dass ich schon wieder heule.

»So was ist schlimm«, sagt sie. »Beata machen sie auch das Leben schwer, deshalb habe ich heute ein Gespräch mit ihren Lehrern. Du musst es auch deinen Eltern sagen und ...«

»Meine Mutter ist gestorben«, platze ich heraus. Es ist das erste Mal, dass ich es ausspreche, und ich erschrecke selbst davor.

Ihre Augen werden groß. »Oh, Kleines!«, haucht sie. »Ist das wahr?«

Und dann nimmt sie mich einfach in die Arme – und mein

ganzes Herz blüht auf und schäumt, und das Heiße schiebt sich durch die Kehle hoch in meine Nase und meine Augen. Ich heule Rotz und Wasser und rutsche auf dem Stuhl weiter nach vorne, um keinen Zentimeter von dieser Umarmung zu verpassen. Ich umklammere ihre Weichheit und nicke und nicke, bis ihre warme Hand an meinem Hinterkopf mich zur Ruhe kommen lässt.

»Noch da?«, fragt Aino.

Ich muss mich räuspern. »Klar.«

»Was war mit der Frau?«

»Sie sah sofort, wie es mir ging. Es war, als könnte sie direkt in mich hineinsehen, alle meine Geheimnisse, meinen Kummer und meine Sehnsüchte erkennen, das, was ich niemandem zu sagen wagte. Sie war wunderschön, und alles schien zu leuchten, einfach, weil sie mir nahe war. Ich schüttete ihr mein Herz aus. Und dann nahm sie mich in die Arme, und ich fühlte mich zum ersten Mal wieder lebendig. Und von da an … habe ich sie einfach geliebt.«

Das Café hat sich geleert, das Ticken einer Uhr klingt ziemlich laut. Aino hat die Stirn gerunzelt und späht aus Schlitzaugen, als müsste sie sich wirklich anstrengen, um mich zu verstehen.

»Du hast dich also in eine Frau verliebt? Wie alt warst du denn? Fünfzehn? Sechzehn?«

Im selben Moment bereue ich es schon, den Mund aufgemacht zu haben. »Nein, nicht das, was du denkst.«

»Und was soll ich stattdessen denken?«

»Aino, ich war elf!« Fast zwölf, aber mit rosa Gefühlen hatte das wirklich nichts zu tun.

Ihre Brauen zucken nach oben. »Dann hast du meine Frage nicht verstanden.«

Mir schießt das Blut in die Wangen. »Doch. Und ich beantworte sie, so ehrlich ich kann! Sie war der Mensch, der mein Herz berührt hat. Von diesem Tag an war alles anders. Es gab nur noch sie.«

Aino sieht mich an, mein nacktes, wahres Gesicht. Und ihre Mundwinkel ... beginnen zu zucken. Ein Hauch von Panik flattert in mir hoch. *Nein, sie wird mich nicht auslachen. So mies ist sie nicht.*

»*Das* willst du mir als erste Liebe verkaufen?«

»Es war genau das, was du beschrieben hast. Sie war der Mensch, der mich aus dem Grau holte und mein Herz für die Welt geöffnet hat. Für mich war sie alles. Ich hätte keinen Tag mehr ausgehalten, ohne sie zu sehen. Nachts träumte ich von ihr. Ich freundete mich mit ihrer Tochter an und verbrachte jede freie Minute bei ihr zu Hause.«

»Du hast dich mit einem Mädchen angefreundet, nur damit du zu ihrer Mutter gehen konntest?«

»Ich kannte ihre Tochter. Sie war in meiner Klasse ...« *Warum rechtfertige ich mich?*

»Aber vorher wart ihr keine Freunde?«

»Sie ... war mir noch nicht besonders aufgefallen.«

Das ist allerdings sogar für eine Halbwahrheit zu dick aufgetragen, und Aino ist nicht blöd. Sie verzieht das Gesicht zu einem »*Komm schon, Monika!*« und wartet.

Ich schlucke. Natürlich war mir Beata aufgefallen. In unserer Klasse hatte sie schließlich so etwas wie reziproken Starstatus. Sie war der Punchingball, das farblose Etwas, das den Mund nicht aufbekam. Und wenn sie doch einmal etwas sagte, hatte sie eine nervtötend weinerliche Stimme, was ihr einen Kometenschweif von Jungs einbrachte, die an ihrem Zopf rissen und ihr, wenn sie quiekte, hämisch »Piepsius« hinterherriefen. Soweit ich mich erinnere, war ich kurz davor, mich auf die Seite der Krokodile zu schlagen. Wenn ich daran zurückdenke, bin ich nicht stolz darauf. Aber na gut, ich wollte ehrlich sein.

»Doch, sie war mir aufgefallen«, gebe ich zu. »Anfangs

konnte ich sie nicht leiden. Aber dann fand ich heraus, dass sie doch ganz nett war, und ihre Mutter war glücklich, dass Beata mich als Freundin hatte und nicht mehr gemobbt wurde.«

Jetzt ist es kein Mundwinkelzucken mehr, die Hexe lächelt tatsächlich, als hätte ich eben etwas unglaublich Komisches gesagt. »Sie war also die Eintrittskarte.«

»Was?«

»Du hast dich eingeschlichen. Nur wegen der Mutter.«

Jetzt glüht mein Gesicht. *Fehler.*

»Nein, so war es nicht!«

»Wie dann? Du hast ihre Mutter geliebt, seitdem du sie getroffen hast, und hättest alles getan, um bei ihr zu sein. Hast du selbst gesagt. Was bedeutet dieses ›alles‹?«

Langsam fühle ich mich wie im Kreuzverhör in einer amerikanischen Serie.

»Ich wünschte mir, Dorothee Pritzius wiederzusehen. Und ich sah ihre Tochter in einem anderen Licht. Und so ergab sich beides. Na und? Was ist falsch daran, sich als Kind auch zu einer Familie hingezogen zu fühlen?«

»Auch?«

Fast hätte ich tatsächlich geantwortet. Aber ich werde den Teufel tun und Aino noch ein einziges Mal hinter meine Masken blicken lassen. »Ich habe Beata beschützt und mich einmal sogar für sie geprügelt«, erwidere ich mit festem Blick. »Hättest du so etwas für Matilda getan?«

Aino lacht ein raues, schroffes Lachen und schüttelt den Kopf, als sei ich ein hoffnungsloser Fall. »Und ich dachte, von uns beiden sei ich die Behinderte.«

Im ersten Moment kann ich nichts sagen. Die Luft ist wie aus der Lunge geboxt. Und mein Gesicht brennt, als hätte Aino mir eine Ohrfeige verpasst.

»Du kannst ein richtiger Arsch sein!«, rutscht es mir heraus.

»Besser ein Arsch als ein Stalker«, erwidert sie trocken. »Mit elf! Du meine Güte. Wenn du so was für Liebe hältst, wundert es mich nicht, dass du dir immer die falschen Kerle …«

»Halt die Klappe!«

Jetzt bin ich definitiv zu laut, und es ist mir egal, dass sich ein paar Touristen am Nebentisch erschrocken zu mir umdrehen, als ich aufspringe und meine Kamera schultere.

»Zu viel Wahrheit für dich?«, sagt Aino trocken.

»Nein, ich habe nur den Fehler gemacht, ehrlich zu dir zu sein«, fauche ich. »Und das passiert mir nicht noch einmal.«

UKKI

Sonne blendet mich nach dem Sepiadunkel des Cafés, aber ich laufe einfach, halbblind im gleißenden Licht. Es ist einfacher, wütend zu sein, als die Enttäuschung zu spüren. Doch im Grunde bin ich wütend auf mich selbst. Eine rührselige Story genügt, und Mo gibt ihre Deckung auf. *Selber schuld, du kennst sie doch inzwischen!*

Aber ich schäme mich immer noch, obwohl es nichts gibt, wofür ich mich schämen müsste. Ich war kein Stalker. Noch jetzt spüre ich den Moment, in dem mein Herz weich und weit wurde. Wenn Erinnerungen, wie Aino glaubt, uns wirklich zu dem machen, was wir sind, dann kann ich froh sein, Beatas Mutter begegnet zu sein, vor dem Abgrund und kurz davor, ein Wolfskind zu werden, das in Suzanas Hand beißt. Und ja, ich habe Dorothee Pritzius geliebt. *Und nicht nur sie.* Es war auch ihr Heim, in dem niemand jemals laut wurde. Es war ihr Mann Peter, der einmal mit ihr in der Küche zu Musik aus dem Radio tanzte. Es war das Lachen bei den Mensch-ärgere-dich-nicht-Runden. Und es waren auch Beatas Brüder, die mich sofort adoptierten und von denen der jüngere einmal mit dem seligen Grinsen eines Zahnlückenvampirs verkündete, dass er mich heiraten würde, wenn wir beide mal groß wären.

Ich bleibe erst auf einer kleinen Brücke, die auf die Halbinsel Katajanokka führt, stehen. Vor mir erstreckt sich ein historisches Gebäude aus Backstein – heute ist es ein Restaurant. Ein Fischerboot hängt an der Wand wie ein Rettungsboot für die nächste Sintflut. Über den Häusern ragt auf einem Granithügel die russische Kathedrale auf. Aber unter mir ist wieder einmal Wasser, als hätten meine Beine mich instinktiv zum Meer getragen wie bei jeder Flucht. Das Dumme ist nur, dass man am Meer nicht weiterkommt. *Und wenn man sich umdreht, hat man alles, vor dem man weggelaufen ist, einfach nur wieder vor sich.*

Langsam gehe ich zurück zur Straße. Im Vorbeigehen glitzert das Wasser durch die Gitter der Brückenverkleidung. Reflexe spiegeln sich in Liebesschlössern, mit denen das Geländer behängt ist, ein Vorhang aus eisernem Seetang, schwer wie die Versprechen, die sich hier in den Pluszeichen zwischen den Namen Verliebter addieren. Ich folge dem Signalklicken einer Ampel, die grünes Licht gibt, und nehme Kurs auf die Bootshaltestelle am Hafen. Touristen warten an dem Kassenhäuschen auf die Fähre zur Zooinsel. Ich setze mich auf eine Bank und nehme das Meer ins Visier. Erst als unscharfes Glitzern, aber dann ziehe ich die Schärfe und den Bildausschnitt hoch. Auf der anderen Seite des Hafens liegt die weiße *Silja Line*-Fähre. Die Sonne glitzert auf Wellenkämmen und verwandelt das Meer in einen Teppich aus Swarovski-Steinen. Spaziergänger sind schwarze Schattenrisse, Märchengestalten, durch einen Zauber auf ewig dazu verbannt, am Saum der Ostsee auf Erlösung zu warten. Aber stattdessen kommt nur die kleine Zoofähre angetuckert, im Schlepptau einen Schwarm von Möwen. Vier davon beginnen sofort, eine Mutter zu belauern, die ihr Kind im Buggy mit einem Croissant füttert. Ich erwische eines dieser gefiederten Raubtiere in dem Moment, als es sich mit einem Adlerschlag in die Luft erhebt und der Mutter das Gebäck aus der Hand schnappt. Das empörte Geschrei des Kindes schallt über das Wasser, andere Möwen fallen kreischend ein und versuchen dem Räuber die Beute abzujagen. Der Kassierer, der eben von der Fähre geht, vertreibt sie mit einem unwilligen Wink und federt vom Steg. Ich prüfe das Bild am Display. Der perfekte Moment – der geöffnete Schnabel in der Luft umrahmt das Croissant und dazu der vor Verblüffung aufgerissene Mund des Kindes.

»Du folgst mir also.«

Ich muss zweimal hinschauen, bis ich im Meeresglitzern Aarto identifiziere. Er lässt sich neben mir auf die Bank fallen und streift den Gurt einer Handkasse über den Kopf. Sein Haar ist vom Wind zerzaust, und er riecht nach Salz und Meerwind. Ehrlich gesagt ist es nicht das Schlimmste, ihn zu sehen, aber natürlich würde ich ihm das nach diesem Spruch nie auf die Nase binden.

»Du bist also auch Kassierer auf der Fähre«, bemerke ich nur.

»Nur bis September. *What's that?*«

Er hat den Riss und die Schürfwunde an meiner Schulter entdeckt – und jetzt schweift sein Blick zu meinen ramponierten Fingern. Getrockneter Schorf an den Knöcheln. Sehr dramatisch.

»Sucker punch from Aino«, antworte ich. *Schlag aus dem Hinterhalt*. Irgendwie stimmt das ja.

Aarto schnalzt mit der Zunge. *»Demons!«*, sagt er kopfschüttelnd. *»Can't kill them, can't control them.«*

Fast hätte er mich damit zum Lachen gebracht. »Traust du dich deshalb nicht mehr nach Hause?« Ich weiß nicht, warum es mich immer reizt, ihn aus der Reserve zu locken.

Aber er lässt sich nicht provozieren. »Schau, was sie mit dir gemacht hat!«, kontert er nur trocken.

Jetzt hat er es geschafft. Ich beuge mich über die Kamera, damit er mein Lächeln nicht sieht. Aber Aarto konzentriert sich auf die Fähre. Die letzten Touristen sind ausgestiegen, die neue Herde drängt an Bord. Aarto springt auf und geht zum Kassenhäuschen. Dort steht ein Typ, der schon nach ihm Ausschau gehalten hat. Aarto überreicht ihm die Kasse und einen Block, vermutlich mit Fahrkarten, die man auf der Fähre löst. Er kommt nicht mehr zu mir herüber, aber er wendet sich mir zu, die ganze Haltung ein fragendes Abwarten. Eine Weile kämpfe ich mit meinem Stolz, aber dann beschließe ich, dass wir einfach nur zwei Leute sind, die ein Stück miteinander gehen, und stehe auf.

Es ist angenehm, ohne den Rollstuhl zu laufen, eine Freiheit, die plötzlich nicht mehr selbstverständlich ist. Unsere Schritte haben dieselbe Länge und denselben Takt. So ist es einfacher, Fragen zu stellen. Das Praktische ist, er weiß bereits, dass ich eine Spionin bin.

»Warum nennt ihr euch *Sons of Louhi*?«

Aarto stutzt nur kurz, dann scheint er zu überlegen, als hätte er es tatsächlich vergessen. »Wir haben als Schülerband angefangen. Und eine Lehrerin hatte den Spitznamen Louhi.«

Wie immer stellt er mir diese Info hin wie eine Tasse, mit einem Klack, ohne Schnörkel und weiteren Kommentar.

»Und ... wie viele Jobs hast du?«

»Drei, manchmal vier.«

»Welcher ist der wichtigste?«

Aarto deutet mit dem Daumen über die Schulter in Richtung Katajanokka. »Der bei den Booten.«

Aha.

»Dafür brauchst du deinen Werkzeuggürtel?«

»Ja.«

Unerträglich, diese Faktenflut.

Aber dann dreht er den Spieß plötzlich um. »Magst du unsere Musik?«

Ich zucke innerlich zusammen. Aber dieser Fettnapf war vorprogrammiert. Und ich schätze, eine Lüge nimmt er mir nicht ab. »Interessante Performance«, sage ich vorsichtig.

Aarto runzelt die Stirn, aber er trägt es mit Fassung. »Welche Musik gefällt dir?«

Gute Frage. Beatas Zeit schwingt wohl noch in mir nach, denn mir fallen nur Gruppen aus den Neunzigern ein. Und nein, ich werde Aarto ganz sicher nicht auf die Nase binden, dass ich tatsächlich mal auf die Kelly Family stand. Nicht wegen der Musik an sich – wenn es so etwas wie Musik-Legasthenie gäbe, dann stünde das in meinem Facebook-Profil –, sondern weil ich die Ähnlichkeit in ihren Gesichtern liebte, den Gleichklang ihres ungezähmten Lebens und die Harmonie ihrer Stimmen. Aarto wartet, und ich gehe krampfhaft meine Playlist durch. Aber alles, was sie im Moment ausspuckt, sind Titel von David Guetta, die Leon rauf und runter spielt – und die finnischen Songs auf der Fähre. Allen voran das Lied, das Eemil auf der Karaokebühne gesungen hat. »*Rakkaus on lumivalkoinen* gefällt mir ganz gut.« Aarto hebt die Brauen, aber er antwortet nicht, vielleicht ist das seine Art der Höflichkeit. Wer weiß, ob dieses Lied im Finnischen nicht die Entsprechung zu Heinos *Schwarzbraun ist die Haselnuss* ist. »Und Aino liebt Tangos«, setze ich hinzu. Gott, ich klinge wie ein Idiot.

»Die rückwärts gespielten für Satanisten oder die ganz normalen?«, fragt Aarto ungerührt.

»Die Paarungstanz-Variante.«

»Passt zu ihr. Hast du Zeit für eine Pause?«

»Ähm … ja.« Ich habe ja schließlich Urlaub. *Sort of.*

Wir passieren bereits die Schildkrötenherde auf dem Marktplatz. Ein paar der orangefarbenen Zelte sind Imbissbuden. Aarto lotst mich in eines, wo es nach Gebratenem und Pommesfett riecht. Die Tresenfrau textet ihn sofort vertraulich zu, und ein paar Jungs an den Biertischen grüßen ihn. Knapper Wortwechsel, bloß kein Lächeln. Ich werde allerdings mit Interesse betrachtet, als Aarto mit zwei Papptellern zum Tisch zurückkommt. Zum Glück habe ich meine Jacke übergezogen, so können sie wenigstens nicht über das zerrissene T-Shirt spekulieren.

Als ich einen Geldschein zücke, winkt Aarto fast empört ab.

»*Kiitos*«, sage ich. *Danke.* »Aino muss dich ja gut für unsere Zimmer bezahlen.«

»Von euch nehme ich kein Geld.«

»Warum nicht?«

»Gäste kann ich jederzeit rauswerfen.« Wieder weiß ich nicht, ob er das ernst meint. »Das ist *Makkaraperunat*«, erklärt er freundlich. »Schmeckt gut!«

Wirklich? Der Essensberg sieht so aus, als hätte man einen Ikea-Hotdogstand zum Explodieren gebracht. Würstchenstücke, Gurken und Zwiebeln wild durcheinandergeworfen – und das ganze Chaos ist mit Pommes, Senf, *ketsuppi* und auch noch *majoneesi* garniert.

Aber das Fastfood-Gemetzel schmeckt besser als gedacht. Möwen hopsen näher und ziehen sich wieder zurück, als würden sie einen Futterbeschwörungstanz aufführen. Doch niemand reagiert auf ihre Schamanenrufe. Irgendwo im Hinterkopf frage ich mich, wo Aino gerade ist. Andererseits – sie weiß, wie sie zur Wohnung kommt. *Und sicher findet sie einen Dummen, der sie zum Taxistand eskortiert.*

»Was Neues von der Front?«

Wer mich so etwas fragt, hat es nicht anders gewollt.

Ich schiebe den Teller weg und nehme die Kamera. »Wir sind deinem Großvater auf der Spur. Und – ach ja, das hier hat Matilda gehört. Sie hat es Aino vererbt.«

Vorsichtig hole ich Matildas gerissenes Kettchen aus der Jackentasche. Das Aufblitzen von Interesse in seinen Augen wirkt echt. Er nimmt das Schmuckstück an sich. Mit dem Fingernagel beginnt er an der Kruste zu kratzen.

Vorsicht!, will ich sagen, aber eine Warnung ist unnötig. Aarto berührt das Schmuckstück kaum, er weiß, wo er vorsichtig ansetzen muss, und schon springt ein Stück Kruste wie von selbst ab. Metall scheint auf, die Ahnung eines

Schmetterlingsflügels. Keine Ahnung, warum ich jetzt daran denken muss, dass Schmetterlinge und Chaostheorie untrennbar miteinander verbunden sind.

Aarto nickt zufrieden. »Und meinen *ukki* hast du auch mitgebracht?«, fragt er beiläufig.

Interessiert dein Großvater dich wirklich, oder bist du nur höflich?

»Nicht nur einen.« Ich schalte die Kamera ein, klappe das Display aus und drehe es so, dass er besser sehen kann. »Es stehen sogar vier Männer zur Auswahl, die Matilda zu der Zeit näher kannte.« Das Komische ist, dass mein Herz jetzt vor Aufregung rast, dabei sollte Aarto nervös sein. »Ich habe die Gesichter vergrößert und …« Noch während ich spreche, durchfährt mich ein Schreck. Leider zu spät. Aarto starrt schon interessiert auf Foto Nummer eins auf meiner Speicherkarte. Leon nackt und schlafend in seinem Bett, übergossen von Frühlicht.

Verdammt, falsche Richtung angeklickt, wo habe ich meinen Kopf? Hastig lösche ich das Bild. *Was ich schon längst hätte machen sollen.*

Mein ganzes Gesicht pocht, so rot bin ich. Diesmal drücke ich die richtige Pfeiltaste. »Das hier ist das Foto, das Aino damals von …«

Aber Aarto lässt sich nicht beirren. »*Your boyfriend?*«

»Ja. Und … nein.«

»*On or off?*«

Ich habe meine Maske wohl bei Aino im Café vergessen. Mir fällt keine Version ein, nur die Wahrheit. Es tut weh, es auszusprechen, aber irgendwann muss ich es sowieso tun.

»*Off*«, sage ich leise. »Wir waren drei Monate zusammen. Und was ist mit Sanna und dir?«

Er schaut auf die Uhr, und ich erwarte, dass er aufspringt und behauptet, wieder zur Arbeit zu müssen. Aber in Wirklichkeit war er wohl die ganze Zeit schon verabredet. Ein kahlköpfiger Typ lässt sich neben ihn auf die Bierbank fallen. Eine Frau mit langem braunem Feenhaar und einem netten, müden Gesicht kommt dazu, mit einem kleinen Mädchen an der Hand und einem Baby im Kinderwagen. Obwohl es warm ist, trägt das Baby einen Panda-Overall mit Kapuze und Plüschohren. Großes Begrüßungshallo. Aarto rutscht, damit alle auf die Bank passen. Sein Freund trägt zwar keinen Kajal mehr, aber Louhis Keyboarder erkenne ich. Aus der Nähe entpuppen sich seine Tattoos an den Oberarmen als stilisierte Bärenfratzen mit gefletschten Zähnen.

»Karin und Harri«, stellt Aarto seine Freunde vor. »Und das sind Tiina und Elli.«

Das kleine Mädchen horcht überrascht auf, als es im englischen Satz seinen Namen hört.

»*Hei*, Tiina«, sage ich. Und füge auf Finnisch hinzu: »Ich heiße Mo.«

Noch mal großes Hallo, als Aarto erklärt, wer ich bin. Übergangslos wird auf Englisch geschaltet.

»Dann wohnst du also bei Aarto, mit der alten Dame im Rollstuhl«, sagt Karin. »Aarto hat schon von euch erzählt. Kannst du die Kleine mal kurz nehmen, während ich mit Tiina was zu trinken hole?« Ehe ich mich's versehe, habe ich das Pandababy im Arm. Es schaut mich erst verdutzt an, dann strahlt es, als wäre ich die Zahnfee persönlich. Und als ich zurücklache, beginnt es zu quietschen und mit den Fäusten zu fuchteln wie eine kleine Motte. Das ist das Tolle an Babys. Sie haben keine Grenzen, und auf irgendeine Weise fluten sie dir damit die Seele. Ob im Fotostudio oder hier – ich liebe diese Momente.

Aartos Bekannte vom Nebentisch stehen auf und kommen mit ihren vollen Pappbechern zu uns. Einer von ihnen trägt den gleichen dunkelblauen Anorak, den Aarto besitzt, mit dem gelben Schiff im ARGO-Logo. Als Karin zurückkommt, wird es eng am Tisch. Smalltalk hüllt mich ein, und auch Klein Elli brabbelt mir mit wichtiger Miene etwas zu. Mir wird ganz warm, und ich muss lächeln. Fragen finden mich beiläufig, über Aino, die Reise, meine Arbeit zu Hause, meinen Eindruck von Helsinki. Im Gegenzug erfahre ich, dass Karin sich mit einem Laden für Kinderkleidung selbständig machen will und dass ARGO eine Werkstatt für Schiffswartungen und Reparatur-Notdienst am Hafen ist. Der Typ, der mit uns am Tisch sitzt, ist Aartos Chef.

»Wie lange bleibt ihr denn in Helsinki?«, fragt Karin plötzlich.

Mir vergeht das Lächeln ein wenig. *Tja, wie lange?* »Das ... wird sich noch zeigen. Eine Woche, vielleicht zwei.« *Und dann, Mo?* Das Baby wird schwer in meinen Armen.

Ich hoffe, Aarto sieht mir nicht an, dass ich schwimme. Aber er beachtet mich gar nicht, sondern unterhält sich mit dem ARGO-Mann. Und dann sagt er etwas in die Runde und deutet auf meine Kamera. Scheinwerfer auf mich.

»Was?«, frage ich.

»Du wolltest mir doch Bilder von meinem Großvater zeigen.«

»Hier? Vor allen Leuten?«

»Warum nicht? Ist er so hässlich?«

Ich bin wirklich baff. So geht man nicht mit Geheimnissen um. Oder doch? Alle warten, also gebe ich Baby Elli wieder an Karin ab und klicke – diesmal sehr konzentriert – die richtigen Fotos an. Und dann haben wir Party im Zelt. Es wird diskutiert, hin- und hergeklickt und verglichen. Sogar die Frau vom Tresen kommt mit Schürze zum Tisch und gibt ihren Tipp ab. Die Wetten stehen zwei zu fünf für den Italiener. Karin ist überzeugt, dass es der englische Kriegsreporter ist, ich bin nach wie vor für den blonden Pettar. Aarto äußert sich als Letzter. »Ich nehme den hier.« Er deutet auf Nummer vier, das Model.

Ich schüttle den Kopf. »Glaube ich nicht.«

»Wieso nicht? Der sieht am besten aus.«

»Eben. Der sieht dir am wenigsten ähnlich.«

Karin und die Jungs lachen, und Aarto schnaubt und verschränkt die Arme. Aber seine Augen blitzen.

»Haha«, knurrt er. *»Hassu kuin kissan tassu!«*

»Was?«

»Funny like a cat's paw«, übersetzt Karin. »So sagt man das bei uns.«

Lustig wie die Pfote einer Katze?

Ich versuche, den Satz nachzusprechen, und die kleine Tiina kichert los. Als ich die Worte mit Absicht noch falscher ausspreche, kreischt sie: *»Ei!«*. Und dann habe ich sie an der Backe. Sie sitzt auf meinem Schoß und kneift mir sanft, aber entschlossen in die Wangen, um den Mund in die richtige Form zu ziehen. Ich schneide Grimassen und gebe Trolllaute von mir, und sie lacht sich so laut kaputt, dass die Leute an den Nebentischen sich umschauen und mitlachen. Für ein paar Minuten vergesse ich alles andere und sauge nur die Stimmung am Tisch in mich auf. Die Kinder und Aartos Clique, die Lockerheit und die tanzenden Stäubchen in den Sonnenstrahlen, die ins Zelt fallen.

»Hast du auch Kinder?«, will Karin wissen.

»Nein, aber ich fotografiere sie fast jeden Tag. Geburtstage, Klassenfotos …«

»Oh, wirklich?« Sie seufzt. »Wir müssen auch noch zu einem Fotografen. Wir haben kaum schöne Fotos, auf denen wir alle vier mit drauf sind.«

Klassisches Familienproblem. »Soll ich jetzt ein paar machen?«

Das lässt Karin sich nicht zweimal sagen. Und eine Minute später merke ich, wie sehr mir die Arbeit im Studio fehlt. Ich fotografiere die vier unter freiem Himmel vor unscharfen Schiffen und fliegenden Möwen, Dynamik und Ruhepol. Erst ein paar klassische Fotos, dann Details wie

Tattoo-Bärenfletschen neben Pandalachen und Karins langes wehendes Haar.

Aarto steht die ganze Zeit mit dem Getränkebecher in der Hand neben dem Zelt und beobachtet mich so genau, dass ich ein wenig nervös werde.

»Auch ein Foto?«, frage ich.

Er schüttelt den Kopf und zeigt mir sein halbes Lächeln. Dann nimmt er in aller Ruhe einen Schluck Fanta. »Du magst also Kinder.« Es klingt, als würde er sagen: Du magst also Komasaufen.

»Sie mögen mich«, erwidere ich leichthin. »Ist wie mit Katzen. Ich muss nur zehn Minuten irgendwo herumstehen, und schon streicht mir eine ums Bein. Und du?«

Er zuckt mit den Schultern. »Ist wie mit Katzen. Ich verschenke sie gerne an alte, einsame Ladys.«

»Sad!«, sage ich. *»Sad like a dog's tail.«*

Aarto verzieht das Gesicht. *»Ouch.«* Aber fast hätte ich ihn zum Lachen gebracht.

Doch dann friert auch das Fast-Lachen ein, und seine Miene verfinstert sich. Er dreht sich auf dem Absatz um und geht nach drinnen.

Ich muss nicht erst hören, wie Tiina hinter mir »Sanna!« ruft, um zu wissen, wessen Blicke mich wie Dartpfeile in den Rücken treffen. Es lebe das Klischee. Ich hatte gedacht, Sanna trüge mindestens schwarzes Biker-Leder, aber die Wirklichkeit sieht natürlich anders aus. Ich sehe eine Frau mit voller Einkaufstasche, in Röhrenjeans und einem lockeren grünen Shirt, das auch meins sein könnte. Was nichts daran ändert, dass sich die Luft sofort mit elektrischer Spannung auflädt, als sie mich entdeckt. Ganz offensichtlich ist sie *not amused*, mich in ihrer und Aartos Clique vorzufinden. Sie plaudert kurz mit Karin – und dabei begrüßt sie Tiina und nimmt sie hoch, wirbelt sie einmal herum. Als sie sie wieder auf den Boden stellt, strahlt die Kleine, und Sanna blitzt ihr ein Lächeln zu und zaust ihr mit einer wilden Zärtlichkeit das Haar.

Aber ihre Miene erstarrt sofort wieder, als sie sich mir zuwendet.

Langsam nervt sie mich. *Was habe ich dir getan, Eisprinzessin?*

Sie nimmt an mir vorbei Kurs auf Aarto und ignoriert mich ganz bewusst.

»Hallo, Sanna«, sage ich zu ihrem Profil.

»Fuck off, bunny«, murmelt sie und rauscht ins Zelt.

Peng. Mir bleibt der Mund offen stehen. »He!«, rufe ich ihr hinterher. Zu spät. Sie ist schon im Zelt, und Karin hält mich am Arm zurück. »Nicht aufregen«, sagt sie. »Lass sie. Sanna übertreibt es manchmal, aber sie meint es nicht so. Zurzeit ist sie einfach nicht gut drauf.«

Ach ja? Willkommen im Club.

Drinnen begrüßt Sanna die Jungs. Dann stellt sie sich auf die Zehenspitzen und küsst Aarto auf den Mund – nicht ohne einen kleinen Augenwink zu mir. *Zicke.* Aarto reagiert nur zögernd, legt aber schließlich den Arm um sie. Kein Zweifel, zwischen den beiden vibriert ein Riesenkrach nach, aber sie sind nach wie vor ein Paar. *Finde ich das gut oder nicht?* Komisch, es sollte mich nichts angehen.

Karin knipst ihr Lächeln wieder an. »Hast du noch ein bisschen Zeit? Harri muss zurück zur Arbeit, und ich gehe mit den Kindern nach Hause. Meine Mutter hat *korvapuusti* gebacken, und wir wohnen nicht weit von hier – in Töölö.«

»Gerne!«, sage ich überrascht. Karin erwidert mein Lächeln und bettet das Baby in den Kinderwagen. Auf ihren Befehl hin kommt Tiina angetrabt, und wir wandern zur Ampel.

Aarto und Sanna sind gerade mal bis zum Havis-Amanda-Brunnen auf der anderen Straßenseite gekommen, aber schon scheint ein Streit im Gang zu sein. Sanna gestikuliert mit gespreizten Fingern. Ihre Stimme übertönt den Verkehr. Und als Aarto ihr Kontra gibt, stößt sie ihn tatsächlich mit einer Hand gegen die Brust. *That's my girl*, denke ich.

»Mal ehrlich«, sage ich. »Auch wenn ihr befreundet seid: Ist sie ein Psycho oder so was?«

Karin lächelt geheimnisvoll. *»It takes two to tango.«*

»Heißt das, Aarto ist der Psycho?«

Sie schaut mich verdutzt an, dann lacht sie so schallend los, dass Panda-Elli den Mund aufsperrt und runde Murmelaugen bekommt.

»Aber nein«, sagt Karin. »Aarto ist eine Fata Morgana.«

UNTER WASSER

Es ist fast Mitternacht, als ich in die Wohnung schleiche. So lange war ich natürlich nicht bei Karin, aber die Aussicht, mir Aino früher als nötig wieder anzutun, hat mich am frühen Abend noch ins *Finnkino* in der Nähe des Ateneums gezogen.

Im Flur brennt noch Licht, das Telefonkabel führt in Ainos Schlafzimmer. Schon draußen habe ich ihre Stimme durch die Wohnungstür gehört. Ein wenig fühle ich mich nun wie Aschenbrödel, das sich nach einer durchtanzten, farbenfrohen Nacht wieder in seine graue Küche stiehlt. Cinderella wird sich wohl ähnlich gefreut haben, ihre Stiefschwestern wiederzusehen. Außerdem fürchte ich, Aino wird mich nach Matildas Kette fragen. Zu spät ist mir aufgefallen, dass Aarto sie mir nicht zurückgegeben hat.

Aber Aino stellt sich jetzt tot. Der Rollstuhl steht quer im Flur, und als ich ihn zur Seite schiebe, zeigt sich, dass er null zu eins gegen das Kopfsteinpflaster verloren hat. Das Rad unter der rechten Fußstütze eiert und schleift.

So leise wie möglich hantiere ich in der Küche herum und husche ins Wohnzimmer. Ich kann nicht widerstehen, im Vorbeigehen den Kopf in Aartos Kammer zu stecken. Die Tür steht halb offen, und das Bett ist genauso zerwühlt, wie er es neulich verlassen hat. Vielleicht ist es das, was Karin mit Fata Morgana meinte – er ist da und doch nicht da. So wie jetzt.

So wie ich?

Aber er muss in der Zwischenzeit hier gewesen sein. Im Wohnzimmer entdecke ich ein Blatt Papier auf dem Schlafsofa. Es ist kein Brief, nur die Unterlage für Matildas Kette. Ein neues Silberglied ist eingefügt, dort, wo die Kette bei der Bergungsaktion gerissen ist. Aarto hat zudem die Schmutzkruste entfernt und das korrodierte Silber sorgfältig geputzt, dennoch hat es in den Rillen seine Patina behalten. Jetzt erkennt man den filigranen Schmetterling, an dessen Flügelspitzen zarte Kettenglieder befestigt sind. Früher war das Flügelmuster vielleicht mit Emaille oder Glas gefüllt, aber bei sechzig finnischen Wintern ist es schon ein Wunder, dass das Silber überlebt hat. Mit den leeren Stellen wirkt der Falter bizarr – ein Schmetterlingsskelett, exhumiert aus Granit.

Und noch eine weitere Spur von Aarto: Der Laptop ist wieder im Ruhemodus. Er hat seine Mails abgerufen, der Account ist natürlich noch offen. Und auf dem Desktop entdecke ich einen neuen Ordnernamen: *Mo's music*. Darin die Fährenhymne *»Rakkaus on lumivalkoinen«* – und zwanzig weitere Lieder der Gruppe *Yö*. Es ist komisch, dass ausgerechnet der Mann ohne Geheimnisse mich immer wieder überrascht. Dabei hätte er allen Grund, dem Leben nichts Gutes abzugewinnen.

Fakten über Aarto Syvävesi, die ich von Karin habe:

– Seine Mutter starb bei einer OP im Krankenhaus an Komplikationen während der Vollnarkose. Da war Aarto fünf.

– Sein Vater Rikhard war nie Teil seines Lebens, sondern als Gastarbeiter in Schweden unterwegs wie viele Finnen seit den siebziger Jahren. »Bei uns gibt es nur zwei Arten von Verwandten«, so hatte Karin es ausgedrückt. »Die einen wohnen auf dem Land, die anderen in Schweden.«

– Keine Adoptiveltern, nur die Großmutter mütterlicherseits, bei der er ohnehin schon lebte, weil seine Mutter so oft krank war. Nach dem Tod seiner Oma blieb er noch ein paar Jahre bei ihrem Lebensgefährten hängen und lernte und arbeitete in dessen Werkstatt, wo man vom Anlasser für Motorboote bis zur Zündkerze alles repariert.

– Er hat vier Saisonjobs und keinen Anker in Form von Haus, Familie, Festanstellung.

– Da Onnis Eltern schon seit zwei Jahren in ihrem neugebauten Haus in Turku leben, wohnt er in ihrer Stadtwohnung, bis sie sie endlich mal verkaufen. Und dann mal sehen.

Das alles würde ihn zu Danaes Alptraum machen.

Ich frage mich, ob Aarto heute doch wieder bei Sanna gelandet ist, aber ich gebe nicht der Versuchung nach, eine Facebook-Recherche über sie zu starten. Aino mag anderer Meinung sein, aber ich bin kein Stalker. Sogar bei Karin habe ich das Thema Sanna ausgespart, schließlich geht es mich auch nichts an.

Ein Kilo frisch ausgedrucktes Papier raschelt in einer Einkaufstüte. Karin hat mich mit allem versorgt, was ich für meine Nachforschungen brauche. Inklusive eines Onlinezugangs zu einem Weltkriegsarchiv aus einem Museum. Aber das ist noch nicht alles. Zum Abschied hat sie mir auch noch eine Tüte mit *korvapuusti* in die Hand gedrückt – Zimtschnecken, die weich und süß und fluffig sind und unverständlicherweise den Namen »Ohrfeige« tragen.

Bei ihrem Duft ist alles wieder da: Tiinas Gekicher und Geheule, das Familienchaos mit Nachbarn an der Haustür, laufender Waschmaschine und klingelndem Telefon mit Schwiegermutter am anderen Ende der Leitung. Und meine Sehnsucht.

Ich schließe die Kamera direkt an den Laptop an. Es ist etwas anderes, die Fotos noch einmal in dieser Größe durchzugehen. Ein bisschen so, als würde ich wieder in der Wohnung sitzen. Mit dem Zimtgeschmack des Gebäcks auf der Zunge ist die Illusion perfekt. Ich kaue und zähle den Countdown Klick für Klick rückwärts: die von Kinderspielzeug verwüstete Wohnung, Harris Keyboard, auf dem sich noch warme Babywäsche aus dem Trockner stapelt. Panda-Elli, die Karottenbrei spuckt. Und Tiina mit ihren Malbüchern, wie sie mir trotz Sprachbarriere ihre Lieblings-Mumin-Charaktere mit Namen und passendem Gesichtsausdruck erklärt. Sollte es mich je ins Mumintal verschlagen, weiß ich jetzt, dass ich mich vor der schwarzen Morra hüten muss, weil sie ein schlimmes Weib ist, das mit einer Berührung seiner Pranken alle zum Frieren bringen kann. Was Klein Myy angeht, ist Tiina dagegen der Meinung, dass sie zwar vorlaut, frech und neugierig ist, aber irgendwie auch cool. Ach ja, und noch eine Info über die Tasse, aus der ich auch jetzt gerade Mineralwasser trinke, habe ich von Karin bekommen: Die Tassensammlung gehört Onnis Mama, die fanatischer Mumin-Fan ist.

Im Rückwärtsgang geht es Bild für Bild zurück zum Marktplatz – bis ich mich Sanna gegenübersehe. Ich kann mich nicht mehr erinnern, das Bild gemacht zu haben, aber da ist sie auf einem Zwischenbild, festgefroren in der Sekunde, als sie lachend Tiina herumwirbelt. Es sieht aus, als wäre Tiina geradewegs im Tiefflug aus dem Himmel gesaust, und Sanna wäre es gelungen, sie aus der Luft zu schnappen, bevor sie wieder davonhuscht. *Wer einen Engel findet, der darf ihn behalten.* Hat das nicht Matilda gesagt?

Das ist das Blöde an Kindern: Sie machen es einem unmöglich, Leute wie Sanna einfach nur als Idioten abzustempeln. Ich würde sie liebend gerne in die Schublade »hysterische Zicke« versenken und den Schlüssel wegwerfen. Aber leider klappt das nicht mit einer Sanna, die so strahlt und so viel Weichheit zeigt. Mit ihrem blonden Haar erinnert sie an meine Schwester, in Momenten, wenn Max und sie mal lachen. Und als schließlich Baby Elli auf dem Monitor erscheint, fällt mir auf, dass ich Max Matzerath erst ein einziges Mal so lange halten durfte, bevor Danae ihn mir wieder aus den Armen gepflückt hat, als fürchte sie schlechtes Karma. Das ist das Blöde an Babys: Sie machen uns die Lücken im System am schmerzhaftesten bewusst.

Das Gute an Computern: Wenn man es richtig macht, löschen sie jeden Gedanken.

Zehn Minuten verbringe ich damit, mir einen neuen E-Mail-Account zuzulegen, extra für Karin und diesmal bei web.de. Weitere zehn Minuten schreibe ich ihr ein Dankeschön und hänge noch zwei Mumin-und-Tiina-Fotos an.

Eigentlich sollte ich dann mit dem Archiv-Passwort nach Achille Alterio und dem Engländer suchen, aber ich lande wie von Zauberhand auf Facebook. Ich finde Beata Pritzius auf Anhieb. Komisch, dass ich noch nie auf die Idee gekommen bin, nach ihr zu suchen. Bei manchen Menschen ist es schockierend, wie wenig sie sich verändern. Sie trägt ihr Haar immer noch lang, farblos und geflochten, nur die randlose Brille und der Lippenstift sind neu.

Favoriten in ihrem Facebook-Profil:

Musik: Sex, Drugs & Volksmusik – Vol. 2, André Rieu, Helene Fischer

Film: Club der toten Dichter, Titanic, Plan B für die Liebe

Fernsehen: DSDS, Der Bachelor

Sonstiges: Volleyballverein Oberursel, »Strickliesl«-Club

Ich verdränge den Gedanken an ihre Mutter und die Frage, ob sie sich noch heute fragt, wo das Fotoalbum geblieben ist, und versuche krampfhaft wiederzufinden, was Beata und mich als Freundinnen verbunden hat. Take That und die Petshop Boys? Unsere Barbies? Ihre Sammlung von »Crazy Crocos«-Figürchen aus den Überraschungseiern? Aber das Verrückte ist, dass sich irgendein mieser Myy-Teil in mir einfach nur danach sehnt, an ihrem Zopf zu ziehen, bis die randlose Brille wackelt.

Am Ende des Flurs rasselt Aino mit einer Hustenattacke los. Für mich klingt es, als würde Gollum mich auslachen.

»Deine Freundin, ja?« Fast kann ich ihren Spott hören. Verärgert über sie – oder über mich – schaue ich nach, ob es in Sachen Fahndung etwas Neues gibt. Aber Leon hat mich von der Freundesliste gekickt und so gut wie alles für mich gesperrt. Ich muss ziemlich schwer schlucken. Mehrfach. Jemanden zu verlassen ist etwas anderes, als selbst die Tür vor der Nase zugedonnert zu bekommen. Und sei es nur eine virtuelle. Plötzlich mache ich mir Sorgen um meine Sachen, die ich noch in seiner Wohnung habe. Sein Facebook-Motto lautet nicht mehr: *MO, RUF AN!!*, sondern *WHAT ARE YOU WAITING FOR? CHRISTMAS?* Ein Spruch aus seinem *Duke*-Game, den er nur zitiert, wenn er wütend ist.

*

Mit kochendem Blut ist es schwer, nicht mit der Faust gegen die Schlafzimmertür zu hämmern. Aber ich kann nichts dagegen tun, dass ich wie Jack Nicholson klinge, als ich »Was ist los?« rufe. Das schlimme Husten bricht zwar ab, aber das Krächzen ist keinen Deut besser.

»Moira? Komm rein.«

Solch ein Chaos kenne ich von Aino nicht. Der Schrank steht offen und ist halb ausgeräumt, Kleidung häuft sich auf einer Bettseite. Ich kann den Staub fast wabern sehen – und dabei habe ich heute Morgen gesaugt. Aber Aino sitzt in ihrem Flanellnachthemd auf der anderen Seite des Ehebettes und blinzelt mich mit verquollenen, roten Krötenaugen an. Neben ihr liegen zerknüllte Taschentücher, das Telefon und eine Flut von Papier.

»Was treibst du hier mit den Klamotten von Onnis Mutter?«

Ein Pfeifkrächzen antwortet. »Ich habe ein Kleid gesucht, das mir passt. In Deutschland habe ich kein Ausgehkleid mehr. Und ich dachte, vielleicht muss ich mir dann hier nichts kaufen.«

Ausgehkleid. Das Wort hat etwas Verstaubtes wie sie und der Schrank.

»Das Geld …« *Husten.* »… reicht ja nicht ewig und …«

»Spinnst du? Kein Wunder, dass du anfängst zu japsen, wenn du die Schränke ausräumst. Und was willst du überhaupt mit einem Kleid?«

»Was wohl? Ich wollte, dass wir wenigstens einmal zusammen ausgehen, wenn schon sonst nichts klappt und …«

Kameliendame, dritter Auftritt.

Sie tastet panisch nach ihrem Inhalator und schlägt ihn aus Versehen vom Nachttischchen. Jetzt bin ich wirklich alarmiert. Mit einem Satz bin ich bei ihr, drücke ihr das Spray in beide Hände und halte die zitternden Finger fest umschlossen, während sie den Sprühstoß einatmet. Der Inhalator fühlt sich besorgniserregend leicht an, als wäre er fast leer, aber Aino kann sofort wieder tief Luft holen.

»Besser?«

Sie nickt erschöpft.

»Gut. Und jetzt raus hier.«

Sie leistet keinen Widerstand, als ich sie erst unter die Dusche schleppe und dann in eines meiner neuen Shirts gekleidet und mit geföhntem Haar zu meiner Schlafcouch bringe.

»Heute schläfst du hier. Ich mache dir gleich einen Tee. Und bevor es dir nicht bessergeht, rührst du dich nicht mehr vom Fleck.«

Es ist erschreckend genug, dass sie mir auch jetzt nicht widerspricht. Aber der Wasserdampf in der Dusche hat ihr wohl gutgetan, sie atmet ohne Rasseln, nur ihr Gesicht erinnert immer noch an Rocky Balboa nach der letzten Runde im Ring. *Von der Hexe zur Kröte.* Diesen Gedanken kann ich mir trotz allem nicht verkneifen.

Als ich in die Küche will, krallt sie sich in meinen Ärmel und hält mich zurück.

»Du rufst keinen Arzt, klar? Ich lasse niemanden an mich ran, der herumschnüffeln könnte.«

»Das hatte ich nicht vor.«

»Doch, du hast daran gedacht. Und ich warne dich nur einmal.« Das glaube ich ihr sofort.

»Na gut. Aber dafür versprichst du mir, vernünftig zu sein und dich auszuruhen.«

Das scheint ein akzeptabler Deal zu sein. Als ich mit dem Tee zurückkomme, ist sie schon so ruhig, dass sie die Tasse halten kann. Ich habe ihr die mit der schwarzen Morra gegeben. Und als sie kurz stutzt und dann müde darüber lächelt, wird mir leichter ums Herz.

»Wo warst du so lange?«, fragt sie mit vom Husten aufgerauter Stimme.

»Im Kino. Unter anderem.«

»Ah. Ich dachte schon, du wärst beleidigt, weil du ein Stalker warst.« Ich hole schon Luft, aber sie sieht so schwach aus, dass ich die Grundsatzdiskussion auf später verschiebe. Ihr Blick fällt auf meine Ausdrucke. Sie schluckt schwer. »Und? Hast du etwas herausgefunden?«

»Noch nicht. Es gibt einige Alterios, aber keiner von ihnen hat damals in Finnland gekämpft.«

Aino seufzt und schnieft. Und mir kommt der Gedanke, dass ihre Augen vielleicht nicht nur von der Allergie allein so rot sind.

»Und Aki Johnson?«, frage ich. »Hat die Dame auf dem Meldeamt Matildas Bruder aufgestöbert?«

»*Perkele*«, stößt Aino hervor. Ich habe sie schon lange nicht mehr fluchen hören.

»Heißt?«

»Dass er tot ist. Der einzige Mensch, der mir sagen könnte, was wirklich geschehen ist!«

Jetzt bin ich genauso betroffen wie sie. Und wenn ich ehrlich bin, weniger wegen Aki, sondern mehr wegen Aarto. Aki war schließlich sein Großonkel, den er nun nicht mehr kennenlernen wird. Langsam verstehe ich, warum Aino so außer sich ist. Auch wenn sie es nicht zeigt, sie muss verzweifelt sein und sich fühlen, als hätte das Schicksal ihr eine gerade Rechte verpasst.

»Was ist mit Akis Frau Patty?«

»Die hat sich von ihm scheiden lassen und ist von der Bildfläche verschwunden.«

»Aber es gibt doch noch Matildas jüngeren Bruder …«

»Rasmus?« Aino hat jetzt wirklich Tränen in den Augen. »Diese Virtanen-Männer haben doch alle zusammen nichts getaugt. Kranke Lunge der Vater, und die Söhne beide wie von Motten zerlöcherte Herzwände. Der jüngere ist nicht mal zwanzig geworden.«

Sie tut so, als müsste sie sich die Nase putzen, aber dabei wischt sie verstohlen die Tränen weg. Dann zieht sie die Decke bis zum Kinn hoch und starrt an mir vorbei in den Nachthimmel.

»Andere Verwandte?«, frage ich zaghaft.

Die Hoffnungslosigkeit in ihrem Kopfschütteln sagt alles.

Aino ringt nach Luft, der Husten ist wieder auf dem Sprung. »Ich muss … Ich kann nicht zurückgehen, ohne …«

»Es ist noch nichts verloren. Wir haben immer noch die möglichen Väter.«

Endlich gibt sie auf und lässt sich ins Kissen zurückfallen. Ich würde ihr gerne das Haar aus der Stirn streichen, aber so gut kenne ich sie inzwischen.

»Es darf nicht alles umsonst gewesen sein«, murmelt sie. Und dann weiß ich, was mich so erschreckt. Es ist nicht das Husten. Aino sinkt. Sie hat den Kopf nicht mehr über Wasser, sondern ist dabei, müde zu werden, gefährlich müde und mutlos.

»Kopf hoch, wir geben nicht auf«, sage ich streng. »Ich finde den Italiener und den Engländer, und wenn du wieder auf den Beinen bist, kümmern wir uns um den Schönling und um Pettar.«

Aino zögert, aber schließlich nickt sie kaum merklich. Mehr mir zuliebe, wie mir scheint.

VILIJONKKA

Ich habe lange überlegt, ob ich Aarto mitten in der Nacht anrufen soll. Aber schließlich schicke ich ihm nur eine SMS mit der Bitte, sich zu melden, sobald er wach ist, und dann noch eine zweite mit der Frage, ob er zufällig einen Arzt in seinem Freundeskreis hat. Zwanzig Sekunden später klingelt das Handy. »Was ist mit ihr los?«

Ich würde es nie zugeben, aber ich bin unendlich froh, ihn zu hören.

»Allergischer Husten. Du warst doch heute hier, ist dir nichts aufgefallen?«

Ein Ausatmen am Ende der Leitung. *Genervt?* »Sie war noch nicht da, als ich schon wieder wegmusste. Wie geht es ihr?«

»Besser, aber … ihr Inhalator ist fast leer. Kennst du einen Arzt, der gegen Barzahlung keine Fragen stellt und Privatrezepte ausstellt?« *Oder sie untersucht und mir sagt, dass alles gut wird?*

»Warte.« Im Hintergrund verschlafenes Murmeln. Rascheln. Ich vermute, Aarto deckt das Handy ab, aber jetzt höre ich ganz deutlich eine Frauenstimme. *Die ziemlich sauer klingt.* O Mann, ich hätte es lassen sollen. Eine Tür klappt zu, dann ist Aarto wieder dran. »Wieso bringst du sie nicht in die Ambulanz?«

Tja. Wo fange ich an? Ich sehe mich im Schlafzimmer um, das plötzlich wie eine Sackgasse wirkt. Ich sitze auf dem Bett, und sogar mich kitzelt der Staub in der Nase und reizt den Hals. Ich frage mich, was Aarto sagen wird, wenn er das Chaos sieht. Von Onnis Mutter ganz zu schweigen. Und plötzlich fühle ich mich so verloren, dass ich heulen könnte. »Sie will es nicht. Weil ... ihre Familie nicht erfahren darf, wo sie ist.«

Pause. Und in dieses Vakuum einer Frage hinein beginne ich zu sprechen. Stockend, vorsichtig. Nicht meine Geschichte, nur die Erklärung, warum Aino abhauen musste, um nach Finnland zurückkehren zu können. Ich erzähle von ihrem Unfall und sogar vom Gutachten des Arztes, das belegen sollte, dass sie dement oder verwirrt ist. Das Wort Polizei spare ich allerdings aus. »Und deshalb will sie nicht zu einem Arzt. Sie hat Angst, dass er zu viel fragt und dass sie hier registriert wird und aufgefunden werden kann. Und dann wird sie nie wieder selbst entscheiden dürfen, wann sie vor die Tür darf.« Meinem letzten Satz folgt noch tieferes Schweigen. Ich frage mich gerade, ob die Verbindung abgebrochen ist, aber dann räuspert sich Aarto.

»Was«, murmelt er mit Grabesstimme, »steht genau auf ihrem Inhalator?«

*

Aartos Nachbarn werden denken, dass die Trolle eingefallen sind, aber ich kann nicht schlafen. Also fange ich mitten in der Nacht mit dem Aufräumen an. Erst versuche ich die Kleider wieder in die Fächer zu stopfen, aber dann räume ich den Schrank leer und wische ihn aus. In der Küche finde ich große Mülltüten und verstaue die Kleider darin. Ich ziehe das Bett ab und stopfe die Bettwäsche, den Bademantel und alle Sachen von Aino und mir in die Waschmaschine. Erst als die Trommel läuft, fällt mir ein, dass ich hier schlecht nur in Slip und BH herumlaufen kann, und leihe mir zum Staubwischen eine zeltartige Rosen-Tunika von Onnis Mutter, die mir fast bis zu den Knien reicht. Ich weiß nicht mehr, wie spät es ist, als ich mich für fünf Minuten auf Ainos nackte Matratze lege. Als ich das nächste Mal die Augen aufmache, ist das Zimmer in die erste Ahnung von Frühlicht getaucht, und an der Schlafzimmertür lehnt ein unrasierter, ernster Aarto. Ich schieße hoch und stoße mir den Kopf an dem offenen Fensterflügel. »Hi!«

Aarto gibt keine Antwort, er scannt das Chaos und die Müllsäcke und wirkt, als würde er alles für eine Fee geben, die ihm nur einen einzigen Wunsch erfüllt. Er greift in die Tasche seiner Jacke, zieht etwas hervor und wirft es mir zu. Dann dreht er sich um und geht in die Küche. Ich habe die kleine Packung im Reflex aufgefangen; als ich den Aufdruck lese, sind Nacht und Tag gerettet.

Aarto steht schon in der Küche und hantiert an der Kaffeemaschine.

»Wo hast du mitten in der Nacht ein neues Asthma-Spray aufgetrieben?«

Aarto schaut finster, während er Kaffeelöffel aus der Spülmaschine fischt. »Ein Freund von Mannis Cousin ist Arzt.«

In diesem Satz schwingt ein ganzer Film mit. Einer, in dem eine Nachtapotheke und diverse Darsteller mitspielen, die vom Telefonklingeln aus dem Schlaf gerissen werden und noch halb taumelnd und mit Kissenfalten im Gesicht Aarto zuliebe Unmögliches möglich machen. Ich würde ihn gerne fragen, ob es Ärger mit Sanna gab, aber so viel gehen wir einander nun doch nicht an.

»Kiitos!«, sage ich aus vollem Herzen.

Aarto lässt den Dank an seinem Schulterzucken ablaufen.

»Ich bezahle es natürlich ...«

»Hör auf.« Er dreht sich zu mir um und verschränkt die Arme. Langsam kann ich seine Morsewellen der Missbilligung lesen. Und ich kann mir nur vorstellen, wie ich wirke – in einem Rosenzelt Größe 58, das mir nicht gehört.

Verlegen zupfe ich mir wenigstens das Haar zurecht. Aber zum Glück schaut Aarto an mir vorbei.

»Was wird das hier?«, fragt er. »Das alles!«

»Ich ... putze das Schlafzimmer. Hier hängt der Staub von Jahren, und Aino verträgt das nicht. Ich wollte die Kleider so verpacken, dass sie nicht stauben können. Sonst ... müsste ich sie alle waschen.«

Dieser dezente Hinweis auf Müllsäcke als das kleinere Übel wirkt. Aarto streicht sich sehr konzentriert mit beiden Händen durch die Haare. Sie sind zerzaust von der Nacht. In seinen Zügen suche ich die Ähnlichkeit mit Matilda, aber seine Gewittermiene ist gerade keine Blaupause für das strahlende Rosenmädchen.

»Ich räume alles wieder an seinen Platz, wenn wir abreisen. Es wird so sein, als wären wir nie da gewesen.«

»Klar.« Das ist schon keine Ironie mehr. Das ist Sarkasmus. »Was noch?«

Was genau willst du hören?

»Dachboden?«, lenke ich zaghaft ab. »Gibt es hier einen? Dann könnte ich die Kleidersäcke zwischenzeitlich ...«

»Was sollte ich noch wissen?«, unterbricht mich Aarto. »Irgendwelche Überraschungen, auf die ich mich noch freuen kann?« Ich würde ihn gerne beruhigen, aber sechs Uhr morgens ist definitiv zu früh für Lügen.

Er schüttelt den Kopf und dreht sich um.

»Ainos Familie weiß also nicht, wo sie ist«, sagt er zur Zuckerdose.

»Nein.«

»Aber sie sucht nach ihr.«

»Es gibt eine Vermisstenanzeige. Vermutlich.«

»Nur für die Statistik: Wie hoch ist die Wahrscheinlichkeit, dass die Polizei ihretwegen an der Tür klingelt?«

Jetzt bin ich es, die durchatmen muss. »Nicht höher als fünf Prozent ...«

Schweigen.

»... schätze ich.«

Es brodelt und zischt, und diesmal zähle ich sechs Löffel Zucker, die in seinem Becher landen.

»Und wie viel Prozent, wenn es um dich geht?«

»Kommt ... darauf an«, sage ich vorsichtig. »Meinst du eine Tür in Finnland oder in Deutschland?«

Er fährt herum. Zum ersten Mal, seit er heimgekommen ist, schaut er mir direkt in die Augen. Unwillkürlich gehe ich einen Schritt zurück und verschränke die Arme.

»He, ich habe niemanden umgebracht. Es geht nur um ein kaputtes Auto ...« *Nur.* Ich bilde mir ein, Danaes höhnisches Lachen zu hören. Was mich wieder zu Leon bringt. »Und um ... meinen Exfreund.« *Macht es das besser?*

Ainos Husten rettet mich in dem Moment, als Aarto tief Luft holt, um etwas zu sagen. Sie stützt sich mit der Hand an der Tür ab und hält sich mit der anderen das Oberteil vorne am Ausschnitt zu. Es ist mein neues Shirt, und es zeigt ziemlich viel Dekolleté. Aber ich habe es auch gekauft, weil quer über der Action-Painting-Graphik auf dem Bauch die Aufschrift *Pollock is back* prangt. Aus den Schlurffalten meiner viel zu langen Jogginghose schauen Ainos knotige Elfenfüße hervor. Spätestens jetzt muss Aarto sich vorkommen wie in einem surrealen Film. *Rosie & Pollock – Invasion der Clowns.*

»Hast du mein Rufen nicht gehört?«, flüstert Aino heiser. »Ich brauche ein Glas Wasser.«

Ich bin froh, in Aktionismus ausbrechen zu dürfen. Inzwischen ist es fast schon Gewohnheit, dass ich sie um die Taille fasse und zu einem Stuhl bugsiere. Ihr Husten lässt sogar Aarto besorgt aufhorchen.

Aarto sagt nichts, als ich sie wieder im Trippelschritt zum Schlafsofa begleite, und er schweigt, als ich mich an ihm vorbei zurück in die Küche schiebe. Es ist, als hätten wir die Pausentaste gedrückt. Meine Tasse steht noch unberührt neben der Kaffeemaschine. Keine Myy. Diesmal ist das Motiv eine *Vilijonkka*, die mit ihrer spitzen Schnauze und den großen Augen an einen erschreckten Fuchs erinnert. *Und die im Mumintal als penibler Putzteufel bekannt ist.*

Aarto wartet mein Lächeln und mein Augenrollen ab, dann löst er unseren Schweigepakt.

»Irgendein spezieller Grund, warum du Gretas Sachen trägst?«

»Meine Klamotten sind in der Wäsche. Na ja, bis auf das Pollock-Ensemble, das ich Aino geliehen habe.«

»Keine Zeit zum Packen gehabt, hm?«

Bingo. Meine Miene spricht wohl Bände. Aartos auch. Jetzt sieht er nämlich wirklich besorgt aus. »Wir reden hier aber hoffentlich nicht über so ein *Thelma und Louise*-Ding?«

Ich muss mich räupern. »Nein. Bei uns gibt es keinen *dead guy* und keinen Cowboy.«

Sehr tiefes Atemholen. »Aino scheint dir ja sehr wichtig zu sein.«

»Das ist sie. Aber gestern hat sie erfahren, dass Matildas Brüder nicht mehr leben. Auch deshalb ist sie so fertig.«

Aarto scheint sich erinnern zu müssen, von wem ich rede. Aber dann fällt mir ein, dass er ja tatsächlich nichts weiß.

»Aki Johnson aka Virtanen«, helfe ich ihm auf die Sprünge. »Nach ihm hat Aino gesucht. Er war Matildas älterer Bruder, und Aino hat gehofft, mit ihm sprechen zu können.«

»Johnson?« Aarto schüttelt den Kopf. »Der hätte ihr ohnehin nichts gesagt.«

»Wie kommst du darauf?«

»Daran ist schon mein Vater gescheitert.«

Der Kerl macht mich sprachlos.

»Hast du das Aino erzählt?« *Blöde Frage eigentlich.* »Ich meine: Was ist da passiert?«

»Nichts. Als junger Kerl hat er Aki mal in Denver besucht, aber der wollte nichts von Verwandtschaft wissen. Sagte, Rikhard sei ein Betrüger, der nur Geld will, und sein Anwalt habe einen Punkt unter die Sache gesetzt.«

»Woher weißt du das?«

»Hat meine Großmutter mal erwähnt.«

Mal erwähnt.

»Du hast nie Kontakt zu ihm aufgenommen?« *Noch blödere Frage.*

Verständnisloses Stirnrunzeln. »Wir hatten doch nichts miteinander zu tun.«

»Und dass er tot ist, macht dir nichts aus?«

»Doch. Für Aino tut es mir leid. Aber warum ist das für dich so wichtig?«

»Warum ist dir deine Familie so unwichtig?«

Er runzelt die Stirn und schnaubt. Langsam reize ich wohl die Grenze aus.

»I ... simply don't believe in this stuff!«

Wenn Onnis Mutter mich nicht dafür töten würde, wäre es eine schöne Gelegenheit, melodramatisch die Tasse fallen zu lassen. »Du *glaubst nicht* an Familien?«

Aarto verzieht den Mund zu seinem halben Lächeln. »Ich glaube an Leute«, erwidert er. »Familien sind nur Illusion.«

»Wie meinst du das?«

»Es ist immer nur eine Sache zwischen zwei Menschen. Ob sie verwandt sind oder nicht, spielt keine Rolle.«

Mir kommt es wieder so vor, als würden wir auf zwei Kontinenten stehen und versuchen, uns über einen Graben hinweg zu verständigen. Ohne zu merken, dass wir verschiedene Sprachen sprechen.

»So einfach ist es aber nicht.«

Aarto hebt die linke Augenbraue. »Ach ja? Bist du mit Aino verwandt?«

»Nein.«

»Siehst du? Freunde sind niemals Fremde. Bei Verwandten ist es Glückssache.«

»Bei dir ist das eine Ausnahme. Du kanntest deinen Vater ja auch nicht und …«

»Und du weißt so viel über deinen?«, fragt er spöttisch.

Ich hoffe, er merkt nicht, wie ich zusammenzucke. Kalt erwischt.

»Aber ist es nicht schlimm für dich, ohne Familie zu sein?«, frage ich leise.

»Schlimm?«

»Ja. Weil du … allein bist.«

Aarto verschluckt sich fast an seinem Kaffeesirup, und ich muss erkennen, dass er um ein Haar losgelacht hätte. *»Hell, I'm not!«*, sagt er so konsterniert, als hätte ich behauptet, er trüge heimlich Sannas BH. Kopfschüttelnd verlässt er die Schwelle. Ich höre ihn nicht zu seinem Zimmer schleichen, nur das Türenklappen. Umso überraschter bin ich, als er gleich wieder auftaucht, in der einen Hand einen Stapel seiner T-Shirts, den er mir auf den Tisch knallt. *»Here«*, sagt er und deutet auf mein Rosenzelt. *»It's really creepy talking to Onnis mum.«*

»Creepier than talking to yourself?«

Seine Augen blitzen spöttisch. »Wenn ich du wäre, würde ich den Ball flach halten, *Louise.*«

Ich verziehe den Mund und hebe die Tasse. *Punkt für dich.*

Ich denke, das war es dann für heute, aber an der Tür bleibt er noch einmal stehen.

»Zwei Jahre«, sagt er.

Gefängnis?, schießt es mir durch den Kopf. »Zwei Jahre – was?«

»Sanna und ich«, antwortet er ernst. *»Two years. On … and off.«*

FEUERBLUME

Innerhalb eines Tages hat sich die Wohnung in eine Kulisse für Waschmittelwerbung verwandelt. Sogar über den Türen hängen Bettbezüge und Handtücher zum Trocknen, und der Seewind zieht durch die geöffneten Fenster. Aber das Dumme an Staub ist, dass er sich bei Blickkontakt exponentiell vermehrt. Kaum bin ich mit dem Schlafzimmer durch, fällt mir auf, dass der Flur die eigentliche Allergikerhölle ist. Ich sauge um Aarto herum, der auf dem Boden hockt und Ainos Rollstuhl repariert, bis er sich samt Werkzeug und Rollstuhl zu Aino verzieht. Als ich wenig später zu ihnen ins Wohnzimmer vorrücke, sitzt er bei ihr auf dem Bett und sucht für sie am Laptop bei YouTube alte Tangos. Schwermütige Klänge füllen die Luft, während ich die Küche auf Vordermann bringe und Aarto die Kleidersäcke auf den Dachboden schleppt. Es ist, als hätten wir einen stummen Pakt zugunsten von Aino geschlossen. Ohne dass ich ihn darum bitten muss, baut er die Musikanlage und den Fernseher im nun kahlen, blitzsauberen Schlafzimmer auf. Und als er abends zu einem Job aufbricht und ich den Laptop wieder übernehme, finde ich neue Songs in meinem Ordner. Den Soundtrack von *Thelma & Louise*. Und *Jailhouse Rock* von Elvis.

*

Zum Glück hat Aino kein Fieber, aber sie schläft, als würde die Erschöpfung nach unserer Flucht sie erst jetzt einholen. Von Karin lasse ich mir erklären, wie man zum Frühstück finnischen Haferbrei – *puuro* – kocht, der Aino wieder zu Kräften bringt. Es ist fast unheimlich, wie schnell Choreographien des Zusammenlebens entstehen. Ich weiß bereits, dass Aino ihren Brei mit Zucker und viel Butter mag, Aarto dagegen nur mit Beeren und Honig. Ich gewöhne mich daran, dass Aarto überraschend auftaucht und ebenso schnell wieder spurlos verschwindet und dass er sich nie zu uns an den Tisch setzt. Er ist immer auf dem Sprung; sein Zuhause ist das Dazwischen – Türschwellen und Grauzonen ohne Verbindlichkeiten. Unser Schweigepakt ist ein Sicherheitsabstand, in dem wir uns beide am unbefangensten bewegen. Und für vieles, das lerne ich nun, braucht es auch gar keine Worte. Mit dem Laptop als Kommandobrücke ist es ein bisschen wie Onlinedating ohne Text. Ich lösche kommentarlos die Songs, die mir nicht gefallen, und Aarto spielt mir als Versuchsballons neue Titel auf – von Balladen bis Metal. Ich hinterlasse ihm YouTube-Links mit Filmzitaten, Zwischenfotos vom Tag und den Bild-Hinweis, dass im Kühlschrank noch ein Teller mit Donnerstags-Erbsensuppe steht. Am Freitag entführen wir Aino spontan den Fernseher und schauen uns an den äußersten Enden des Sofas sitzend wortlos *Blade Runner* (wegen des Soundtracks, den Aarto gut findet), *The Fountain* (wegen der genialen Kameraführung und Bildsprache) und *Leningrad Cowboys* (weil wir fünf Bier hatten) auf DVD an, bis Aarto mitten in der Nacht wieder verschwindet.

Fast unmerklich sind auch Aarto und Aino zu einer Art Team geworden. Jedes Mal, wenn er hereinschneit, bringt er ihr eine andere finnische Grässlichkeit mit, die man tatsächlich essen kann. Das Harmloseste waren bisher Blutpudding, Bärenschinken und *mustamakkara* – eine fette, schwarze Blutwurst, die Aino und Aarto mit Milch, Preiselbeermarmelade und – ja – Donuts verspeist haben. Noch immer treibt Aino tief unter Wasser, aber Aarto scheint etwas in ihr zu berühren und sie daran zu erinnern, dass es da oben noch eine Welt gibt. Mir wird ganz warm, wenn ich die Andeutung ihres Lächelns sehe, sobald er die Wohnung betritt. Wenn ich nicht dabei bin, reden die beiden offenbar sogar miteinander, zum Beispiel an dem Tag, als ich bei der Post bin und Kims Fotos an Meikes Privatadresse schicke.

Ganz beiläufig erzählt Aino mir am Abend, dass Aartos Vater Rikhard seinen Adoptiveltern davonlief, als er dreizehn Jahre alt war, und danach jahrelang abwechselnd in Heimen und auf der Straße lebte, bis er Arbeit auf dem Bau fand. »Er war sein ganzes Leben lang ein Wandervogel«, sagt sie. »Reiste ins Ausland, um Arbeit zu finden, fasste aber nie Fuß. Verlobte sich mehrfach, lief aber jedes Mal davon. Lebte mal als Obdachloser, und dann warf er wieder das Geld zum Fenster hinaus. Aarto sagt, er war einfach rastlos und unglücklich. Maßlos enttäuscht von den Menschen.«

Im Gegensatz zu Aarto, denke ich. Er verlässt sich auf Menschen. Und zwei Jahre mit Sanna erscheinen mir als lange Zeit. Aber seit Katharina und Leon weiß ich, dass *On-und-off*-Paare nicht die schlechtesten Karten haben, was ihre Halbwertszeit betrifft. Und die Wahrheit ist, es macht mich traurig. In diesen Nächten ist es Leons Gespenst, das mich heimsucht. Der Duft seines Aftershaves, seine Lippen, seine Hände auf meinen Brüsten. Aber vielleicht ist es nur meine Einsamkeit und die Sehnsucht nach zwei Armen und einem Mund, der meinen sucht.

*

Endlich stoße ich im Archiv des Stadtmuseums auf Achille Alterio. Aber als ich in Feierlaune wieder in die Wohnung stürme, finde ich Aino im Bett vergraben, neben sich das Telefon. Sie konnte nicht einmal den Hörer richtig auf die Station legen, so heftig zittert sie. Das Tuten hallt mir mahnend entgegen, bis ich es abwürge. »Was ist los?«

»Pettar«, haucht sie und sinkt noch tiefer ins Kissen. »Umgekommen in Norwegen, 1977, bei einem Autounfall mit einem Elch. Wenn er Rikhards Vater war, hat er sein Geheimnis mit ins Grab genommen. Ich hatte erst seine Exfrau und dann seinen Sohn gerade am Telefon, und beide haben den Namen Matilda noch nie gehört.«

Ich lasse mich auf das Fußende sinken. Das ist allerdings ein harter Schlag. Der blonde Pettar war mein Tipp.

»Was mache ich überhaupt hier?«, sagt sie mit erstickter Stimme.

»Aber immerhin lebt Achille Alterio noch«, erwidere ich. »Und zwar in Palermo. Ich setze alle Hebel in Bewegung, um seine Telefonnummer zu bekommen.«

Aber Aino seufzt nur und schüttelt den Kopf. »Und wenn er auch nichts weiß?« Das klingt nicht gut. Und ich hatte gedacht, sie hätte sich zumindest wieder in die wärmeren Wasserschichten hochgekämpft.

»Kein Grund, pessimistisch zu werden.«

»Das sagst du, *keltanokka*! Für mich ist das alles hier die letzte Chance, und ich habe keine Zeit mehr.« Sie schnaubt. »Das ist das Beschissene am Altwerden. Wenn du jung bist, lebst du in einem vollen Haus und machst dir keine Gedanken darüber, ob du Zeit verschwendest. Das ganze Haus ist ja noch hell erleuchtet. In jedem Raum tanzen und feiern Menschen, die du kennst, und dein Lieblingswort ist ›morgen‹. Aber mit den Jahren gehen in den Räumen die Lichter aus, eines nach dem anderen. Man rückt zusammen, immer mehr Zimmer bleiben leer. Dann sind noch drei Räume bewohnt, schließlich zwei. Die Musik verklingt, die Gespräche werden leiser. Und plötzlich sitzt du ganz allein in dem leeren Haus, im letzten Zimmer, in dem nur noch eine Kerze brennt.«

»Du bist nicht allein«, sage ich energisch. »Ich bin da, Aarto …«

Aber ich verstumme, als ich Mikaels Bild bemerke. Aino hat es neben sich auf das Bett gelegt und betrachtet es mit waidwunden Augen. Tja, ich kann alles tun, um Achille und die anderen möglichen Väter zu finden, aber in ihrer Trauer um Mikael ist sie tatsächlich der letzte Bewohner einer verlassenen Stadt.

»Die CD von Henry Theel«, sagt sie. »Leg sie ein. Ich will das dritte Lied hören.«

Aarto hat ihr in den vergangenen Tagen einige CDs mit ihren Lieblingsstücken von damals mitgebracht. Sogar eine Sammlung finnischer Polkas, die mir mit dem Lied *Ievan Polkka* den Ohrwurm meines Lebens beschert hat. Aber diese CD ist neu in Ainos Sammlung. Das Cover in Schwarzweiß zeigt einen smarten Sänger aus den fünfziger Jahren, Smoking, weiße Fliege und eine weiße Nelke im Knopfloch. *Würde auch zu einem Bestatter passen.*

Das dritte Lied heißt *Liljankukka*. Lilienblüte. Das war Mikaels Kosename für Aino.

»Sicher?«, frage ich. »Das wird dich runterziehen.«

»Bilde dir bloß nicht ein, dass du mit meinem Kopf denken kannst!«

»Na schön, aber heul dann nicht.«

Das Rauschen einer alten Schallplatte setzt ein, dann schmilzt Theels Stimme von Geigen untermalt in den Raum. Aino lehnt sich zurück und lauscht mit geschlossenen Augen. »Das war Mikaels Lied«, murmelt sie, ohne die Augen zu öffnen. Ich fürchte, Aino wird noch weiter sinken, in Tiefen, die zu dunkel sind, als dass ich sie noch daraus retten könnte.

»Das reicht.« Ich springe auf und stoppe den Song.

Sie fährt empört hoch. »Was fällt dir ein?«

»Ich glaube nicht, dass jetzt der richtige Moment ist, das Lied zu hören.«

»Bist du meine Gouvernante? Und wenn es dir nicht passt, geh raus und hör dir dein Gedudel von *Yö* an. Das muss ich schließlich auch seit Tagen ertragen und beschwere mich nicht.«

Aber sie besteht nicht darauf, dass ich wieder auf Play drücke.

»Bis ich es im Radio hörte, dachte ich wirklich, Mikael hätte das Lied für mich erfunden«, sagt sie nach einer Weile. »Aber das stimmte nicht. Es war Toivo Kärki. 1943, da war er noch kein berühmter Komponist, sondern Soldat an der Front und komponierte seinen ersten Tango in einer Feuerpause. Er wählte einen Tango, obwohl er eigentlich ein begeisterter Jazzer war. Aber der Tango erschien ihm mit seiner Melancholie passender für die Finnen und die Zeit, in der wir steckten. Tja, mit diesem Lied wurde er berühmt – und der finnische Tango nach dem Krieg auch. Aber für mich war es trotzdem immer Mikaels Lied.« Gedankenverloren zupft sie am Kragen des Bademantels. Und dann stiehlt sich plötzlich ein Lächeln in ihr Gesicht. Langsam höre ich auf, innerlich zu flattern. Offenbar sind wir wieder auf der sicheren Seite der Depressionsskala.

»Einmal ...« – sie senkt die Stimme – »... haben wir sogar dazu getanzt.«

»Ich dachte, Mikael hatte ein lahmes Bein?«

Aino blinzelt so irritiert, als hätte ich sie aus einer fernen Erinnerung gerissen. »Tango tanzt man doch nicht mit den Beinen«, sagt sie dann. »Sondern mit dem Herzen.«

»Praktisches Argument, wenn man das Tanzverbot während des Krieges umgehen will.«

»Wir dachten, der Krieg wäre für uns vorbei. Draußen ging die Welt unter, aber im Keller herrschte eine andere Zeit.«

Jetzt weiß ich endlich, wo sie ist. »Warst du nicht mit Matilda im verschütteten Keller?«

»Auch. An diesem Tag hatten wir uns getroffen, und Mikael stieß zu uns. Wir gingen ein Stück Weg gemeinsam, dann wollten Mikael und ich noch für uns sein. Matilda hatte ihre Tanzschuhe dabei, die sie einer ihrer Künstlerfreundinnen leihen wollte. Nicht zum Tanzen natürlich, sondern weil sie heiraten wollte. Ihr Verlobter war bei der Flugabwehr in Helsinki stationiert, und die beiden wollten nicht mehr warten.

Es war Anfang Februar, Mikael hatte Mühe, im Schnee vorwärtszukommen. Und gerade als wir uns von Matilda verabschiedeten – heulte der Fliegeralarm los. Der nächste Luftschutzkeller war viel zu weit entfernt für Mikael. Er schrie uns zu, dass wir laufen und ihn zurücklassen sollten, aber wir schleppten ihn einfach weiter. Mit ihm in unserer Mitte retteten wir uns in einen offenen Hauseingang. Matilda sah noch einen Bekannten über die Straße rennen und schrie ihm zu, uns zu folgen, und dann stolperten wir die Treppe zum Keller hinunter. Oben hörten wir Rufe, sicher Leute, die uns gleich Gesellschaft leisten wollten ...« Sie schluckt. »... aber dazu kam es nicht.« Sie hüstelt und räuspert sich, ihre Stimme ist belegt, als sie fortfährt. »Das Pfeifen der Bomben war schon über uns. Alles, was wir tun konnten, war, uns auf den Kellerboden zu werfen. ›Ausatmen‹, rief uns Mikael noch zu. Und dann ... Du ahnst nicht, wie es ist, wenn ein Haus getroffen wird. Es bebt und schwankt wie ein Boot, das die volle Wucht einer Riesenwelle zu spüren bekommt. Und die Druckwelle fegte bis hinunter zu uns. Ich dachte, meine Trommelfelle und meine Lunge wären zerrissen, und für einige Momente war ich blind und spürte nur den Aufschlag von Steinen, die den Boden zum Beben brachten. Es war ein Wunder, dass wir nicht erschlagen wurden. Als wir wieder wussten, wo oben und unten war, hörten wir immer noch Donnern. Um uns war finsterste Nacht. Mikael hatte eine Taschenlampe dabei, das Licht traf auf Nebel von Staub und Trümmer. Wir sahen aus wie Gespenster, gepudert von Staub, Sand und Gips. Das Haus war über uns zusammengestürzt, jeder Ausgang war verschüttet, wir saßen in einem verwinkelten Keller in der Falle. Über uns ächzte es, Mörtelbrocken und Sand fielen auf uns. Wir wussten, dass das Gebäude jederzeit endgültig nachgeben und uns begraben konnte. Und wenn nicht, standen die Chancen gut, dass wir ersticken würden, bevor uns jemand fand. Es war unwahrscheinlich, dass jemand nach uns suchen würde, bevor der Angriff vorbei wäre – und es wurde die längste Nacht meines Lebens. Anfangs vergingen die Stunden oder vielleicht nur Minuten, in denen wir uns bei jedem fernen Donnern und jedem Knacken noch enger zusammendrängten, wie Ewigkeiten voller brennender Angst. Aber in dieser Nacht lernte ich, dass es nicht möglich ist, sich ununterbrochen nur zu fürchten. Und irgendwann – begannen wir miteinander zu flüstern. Mikael schaltete die Taschenlampe wieder ein, so konnten wir einander ansehen. Matilda wischte uns mit ihrem Schal den Staub vom Gesicht. Ich muss komisch ausgesehen haben, sie lächelte. Das war die seltsamste Erfahrung: dass im schlimmsten Augenblick noch Leben möglich ist, Zärtlichkeit, sogar Heiterkeit, und dass trotz allem jede Sekunde so kostbar und schön sein kann. Als sich bei der nächsten Druckwelle die Decke bog und tiefer sackte, wussten wir, es würde vorbei sein. Bald. Wir suchten uns einen Platz in einem anderen Winkel der Räume und fingen an, uns zu erzählen, was wir noch gerne erlebt hätten. Es war Mikael, der vom Tango sprach. Davon, wie gerne er ihn mit mir getanzt hätte, nach dem Krieg, mit einem gesunden Bein, wenigstens ein einziges Mal. ›Dann tu es‹, rief Matilda. ›Noch ist Zeit!‹« Aino lächelt. »Und das Verrückte ist, wir taten es wirklich. Plötzlich schien es nichts Wichtigeres zu geben. Ich trug sogar die Tanzschuhe, und ich ... lag in Mikaels Armen. Matilda sang unseren Tango. Sie hatte eine schöne Altstimme, sehr kräftig, aber sie wurde von dem Raum fast verschluckt. Mikael und ich wiegten uns nur, eng aneinandergepresst, während uns der Staub von der ächzenden Decke in den Kragen rieselte. Aber es war der Tanz meines Lebens.« Sie müsste traurig sein, aber ihr Gesicht leuchtet, und sie steckt auch mich damit an. *Zu einem gewissen Teil sind wir unsere Erinnerungen.* Nun sind diese Bilder auch ein Teil von mir. Ein weicher, leiser Teil, Samt auf meiner Seele.

»*Nur einmal im Leben blüht die Feuerblume*«, rezitiert Aino ihre Lieblingsstelle von Onerva. »*Nur eine Nacht lang, um bei Anbruch des Morgens zu sterben.*«

»Aber ihr habt die Nacht überlebt. Die Tanzschuhe haben dir Glück gebracht.«

»Ja, wir haben überlebt«, sagt sie nachdenklich. Wieder betrachtet sie Mikael, und ich fürchte, sie wird gleich wieder traurig werden, aber stattdessen setzt sie sich aufrechter hin und strafft die Schultern. »Zum Teufel mit dem Zähneklappern und Geheule«, sagt sie energisch. »Wir gehen zu einem Tanzabend. Morgen!«

Huch. »*Du* willst tanzen gehen?«

»Spreche ich chinesisch?«

»Was soll das werden? Sitz-Boogie im Rollstuhl?«

»Werd nicht frech.«

»Aber morgen will ich Achille ...«

»Der stirbt uns bis übermorgen nicht weg. Hoffe ich jedenfalls. Aber wir zwei vermodern hier. Sag Aarto, er muss auch mitkommen. Ich lade euch ein, beide! Und ich will eine Kapelle, die meine alten Tangos spielt. Schuhe habe ich dabei, aber du musst mir ein Ausgehkleid besorgen, notfalls kaufe eben doch eins. Aber keinen Nuttenfummel, sondern etwas ganz Schlichtes in Grau. Nimm dir fünfzig Euro aus der Küchendose.«

»Langsam, Aino. Willst du nicht noch ein paar Tage ...«

»Nein, will ich nicht! Es muss morgen sein!« Jetzt funkeln ihre Augen, aber auf eine Art, die etwas von einem Flaschengeist hat, der den Korken gesprengt hat. »Ich habe viel zu lange nur feige in Gräber gestarrt«, sagt sie leise. »Und ... selbst wenn wir übermorgen herausfinden, dass Achille und die anderen auch schon ins Gras gebissen haben – dann hatte ich, bevor ich als Letzte das Licht ausknipse, zumindest noch ... das. Geht das in deinen Kopf?«

Ja. Augenblicke sind kostbar, wenn ich von Aino eines gelernt habe, dann das. Und einen Vorteil hat die Sache: Aino beginnt aufzutauchen.

»Geht auch ein geliehenes Kleid?«, frage ich.

»Von mir aus, Hauptsache schlicht. Und grau. Und ich brauche einen roten Lippenstift, der zu meinen Schuhen passt. Und damit meine ich nicht Rosa oder Rotbraun, sondern richtiges Rot.«

»Also doch die *Femme fatale*-Nummer?«

Die Pappel zittert wieder, diesmal vor Empörung. »Nicht jeder ist stolz darauf, wie ein fahles Gespenst durch die Gegend zu schlurfen wie du. Du machst dich morgen gefälligst zur Abwechslung auch mal hübsch. Hässlich und alt wirst du lange genug sein, glaube mir.«

Mühsam bugsiert sie ihre Beine aus dem Bett.

»Wo willst du hin?«

»Duschen. Die Pyjamaparty ist vorbei. Und dann setze ich mich auf dem Spielplatz in die Sonne. Noch etwas Farbe bekommen und mich von deiner besorgten Visage erholen.«

FILME

Ich erreiche Aarto wohl mitten in der Arbeit, Motorboote röhren im Hintergrund, Möwen kreischen. Und seine Laune dümpelt offenbar am Grund des Hafenbeckens.

»Sie will *was?*«, fragt er.

»Zu einem Tangoabend gehen. Morgen.«

Aufstöhnen. Heute erwische ich ihn wohl auf dem falschen Fuß. »Was kommt als Nächstes?«

»Weltmeisterschaft im Luftgitarrespielen in Oulu«, sage ich. »Und wenn du Pech hast, will sie mit dir an der Meisterschaft im Frauentragen in Sonkajärvi teilnehmen. So gesehen ist Tango das kleinere Übel.«

Dieser Ball geht ins Aus. Schweigen lässt die Luft gefrieren. *Was ist dir denn heute über die Leber gelaufen?* »Und ... wir sollen mitkommen. Sie lädt uns ein.«

»Morgen kann ich nicht.«

»Komm schon! Wenigstens eine Stunde. Es ist wichtig für sie.«

Pause. »Sag ihr, ich habe ihre DVD.«

Es knackt in der Leitung, und er ist weg. Ich lege verdutzt auf. Hört sich nach einem wirklich schlechten Tag an. *Oder nach Sanna?*

Wenigstens Karin ist sofort Feuer und Flamme. »Klar kann ich dir was leihen!«, ruft sie. »Komm vorbei. Ich habe sogar noch irgendwo ein silbergraues Tanzkleid vom Flohmarkt.«

*

Beim Nachhausekommen entdecke ich Aino auf dem Spielplatz neben dem Haus. Mit geschlossenen Augen, die Tasche auf dem Schoß, genießt sie die Abendsonne. Die Aussicht auf eine halbe Stunde allein in der Wohnung ist verlockend, also störe ich sie nicht.

Aber kaum habe ich mich zum Duschen ausgezogen, klingelt das Handy.

Aarto. Diesmal mit röhrendem Motor direkt neben sich.

»Kannst du was nachschauen?«, schreit er gegen den Lärm an.

Ich halte das Handy vom Ohr weg. »Was?«, brülle ich genauso laut zurück.

»Liegt in der Kommode ein Schlüssel mit einem Schiffsanhänger?«

Ich reiße die Schublade auf. »Nein.«

Ein finnischer Fluch, und Aarto legt auf.

»Gern geschehen«, murmle ich. Langsam reicht es mir mit ihm. Ich pfeffere das Handy auf mein Sofa und nehme mir meine Auszeit unter Wasser. Aber kaum bin ich nass, klingelt es wieder, so nervtötend lange, dass ich schließlich doch zurückgaloppiere.

»Was denn noch?«, sage ich statt einer Begrüßung.

Atmosphärisch knisternde Atemstille.

»Aarto?«

Dann fällt mir auf, dass das Motorengeräusch fehlt. *Knack*. Aufgelegt. Und es war nicht Aartos Nummer. *Hat vielleicht Sanna einen Kontrollanruf gemacht?* Ich überlege, ob ich Aarto vorwarnen soll, aber nach der Charme-Offensive eben beschließe ich, dass es seine Sache ist, Sanna zu erklären, warum ich an sein Handy gehe.

Eine Ewigkeit lasse ich Wärme über mein Gesicht strömen. Ich ertappe mich dabei, wie ich unter der Dusche eines meiner finnischen Lieder summe und fast versäume, das Wasser auf kalt zu drehen. Und als ich den beschlagenen

Spiegel freiwische, überrascht mich das Mädchen darin mit einem Lächeln.

*

Natürlich hat Aino ihren Schlüssel nicht mitgenommen. Und auch diesmal klingelt sie so heftig Sturm, dass mir fast der Föhn aus der Hand fällt. Ich lehne die Tür an und lausche auf das Geräusch des Fahrstuhls, aber meine Alte lässt sich wohl Zeit. Umso überraschter bin ich, als es noch einmal klingelt, diesmal an der Wohnungstür.

»Komm rein, es ist offen!«, rufe ich aus dem Bad. Es klingelt weiter, und schließlich gehe ich zur Tür und reiße sie auf. Ich schaue nach unten, auf die Höhe, wo Ainos Gesicht ist, wenn sie im Rollstuhl sitzt. Aber da sind nur Röhrenjeans – und zornweiße Fäuste. *O nein.* Sannas Blick schweift über meine nackten Beine – über Aartos T-Shirt mit dem brennenden Zombieschädel und mein nasses Haar. Im Bruchteil der Sekunde, bevor sie Luft holt, sehe ich ihren Film vor mir ablaufen. *Fuck-off-Bunny*, frisch aus Aartos Bett gekrochen, hat sich den Sex vom Körper gewaschen und trägt sein Lieblingsshirt.

Ich hebe die Hände. »Sanna, nein! Warte!«

›Es ist nicht so, wie du denkst, ich kann alles erklären …‹ Das wäre mein Text in einer Liebeskomödie. Aber im realen Leben bleibt keine Zeit für Geplänkel. Sannas Mund verzerrt sich, während sie mich beschimpft, weil sie nicht weinen will und ihr trotzdem die Tränen in die Augen schießen. Fingernägel kratzen über meine Rippen, als sie mich grob am T-Shirt packt und versucht, mich aus der Wohnung zu zerren. »He!«, rufe ich. Gegenüber gehen zwei Türen auf, Nachbarn lugen ins Treppenhaus, keiner rührt sich. Es gelingt mir, mich aus Sannas Griff zu winden und sie auf Abstand zu bringen. Nicht weit genug. Ich sehe, wie sie ausholt, aber

meine Reflexe hinken hinterher. Der Schlag explodiert an meinem Ohr, ein scharfer, brennender Schmerz. Die Wucht lässt mich nach links taumeln. Und dann schaltet sich irgendetwas in meinem Gehirn aus. Reflexe, die sich in Bruchteilen von Sekunden aneinanderreihen. Eine Bewegung, die mich aus den Knien hochschießen lässt – und Sanna stürzt mit wehendem Haar. Schlagartig bin ich wieder da. Mein Handrücken brennt, mein Herz rast, und als ich blinzle, sehe ich Nachbarn mit offenen Mündern, in den Augen die Faszination von Gaffern an einer Unfallstelle. Und dann wird mir klar, dass ich tatsächlich zurückgeschlagen habe.

Sanna rappelt sich benommen vom Boden in eine sitzende Position auf, die Hand an der Wange. Wimperntusche fließt mit den Tränen. *Scheiße.*

»*I'm sorry*«, sage ich.

Aber es wird noch schlimmer. Hinter ihr – Aarto an der Treppe, mitten im Schritt erstarrt. Zumindest meine Aktion hat er mitbekommen. Fassungslos starrt er erst Sanna, dann mich an. Er stürzt zu Sanna und zieht sie auf die Beine. Ich kann nur ahnen, was sie ihm an den Kopf wirft. Aarto versucht sie zu beruhigen, aber sie ist völlig außer sich, zum Entzücken der Nachbarn. Showtime. Und als Sanna sich von Aarto losreißt und ihn mit einer fuchtelnden Hand auch noch schmerzhaft am Kinn erwischt, wird das Grinsen zum Feixen. Aarto rennt Sanna treppab hinterher. Die Gaffer schauen ihnen nach – und wenden sich mit offenen Mündern wieder mir zu. *O nein, Ende der Vorstellung.*

So schnell habe ich noch nie eine Tür zugeschlagen. Mein Kopf dröhnt immer noch, als ich mit weichen Knien zu meinem Schlafsofa wanke. Abendrosa füllt das Zimmer. Sanna ist Linkshänderin, meine rechte Gesichtshälfte pocht. Aber schlimmer noch ist das Brennen auf meinem Handrücken. Die Tür fliegt auf, Aarto kommt ins Zimmer. »Was sollte das denn eben?«

Was soll ich sagen? *Sie hat angefangen?*

»Das wollte ich nicht. Und es tut mir leid – es war nur … sie hat mich völlig überrumpelt.«

»Herrgott, Mo, sie ist halb so groß wie du. Und du hast zugeschlagen wie ein Kerl!«

Liegt bei uns in der Familie. Aber ich sage nichts. Es gibt keine Entschuldigung.

Es tut weh, dass er mich anschaut, als wäre ich ein Psycho. Und dann sagt er zu allem Überfluss auch noch: »*What's wrong with you?*«

Ich fahre zu ihm herum. »Es ist deine Sache, ihr den Unterschied zwischen einem Gast und einer Affäre zu erklären. Und wenn du weißt, dass sie mir deine T-Shirts mit den Zähnen vom Leib fetzt, dann leih mir keins!« Er starrt auf mein Schlagmal, das er jetzt erst sieht. »*So, what's wrong with you?*«, setze ich nach.

Die Stille ist ohrenbetäubend.

Aarto holt tief Luft. »*I fall in love with crazy blondes.*« Es fühlt sich an, als wäre ich gegen eine Tür gerannt, die plötzlich von selbst aufgeht. Meine ganze Wut verpufft. Ich kann ihn nur anstarren. Er zuckt mit den Schultern. *Du hast gefragt*, sagt diese Geste.

»Und?«, fragt er, und ich verstehe, dass er immer noch auf meine Antwort wartet.

»*I … fall in love with families.*«

Noch während ich es ausspreche, könnte ich mir auf die Zunge beißen. Eindeutig zu viel Haut. So ehrlich wollte ich nie sein. Nicht einmal zu mir selbst. Fieberhaft suche ich nach einem ironischen Dreh, mit dem ich alles noch abbiegen könnte. Aber dazu ist es zu wahr. »Ein bisschen tot« gibt es nicht.

»Dann habe ich wohl Glück«, sagt Aarto nur trocken. »Keine Gefahr, dass du dich jemals in mich verlieben könntest.«

»Keine Sorge«, antworte ich. *»Never ever.«*

Ich hatte gehofft, dass die Ironie uns wieder einschwingen würde, aber Aarto greift nur in seine ARGO-Jacke und zieht eine DVD heraus. *Lupaus* steht auf dem Cover. *Das Versprechen.* Auf dem Titelbild ist ein Mädchen in grauer Lotta-Uniform zu sehen. Er wirft die DVD aufs Sofa und stürmt ohne ein Wort an Aino vorbei, die mit ihrer Tasche auf dem Schoß und Sonnenwärme auf den Wangen ins Wohnzimmer rollt. Sekunden später knallt die Haustür zu.

»Was ist denn mit Aarto los?«, fragt Aino verwundert.

»Ich habe Sanna niedergeschlagen.«

»Oh«, sagt sie. »Ach so. Deshalb heult sie unten im Auto.«

Ihre Miene hellt sich auf, als sie die DVD entdeckt. Sie packt sie auf ihre Tasche und wendet den Rollstuhl. An der Tür stoppt sie noch einmal.

»Was macht eigentlich dein Karton? Immer noch ungeküsst unter dem Sofa?«

Ich bin so überrascht, dass ich gar nichts sage. Jetzt erst fällt mir nämlich auf, dass ich seit zwei Tagen nicht mehr daran gedacht habe.

»Habe auch nichts anderes erwartet«, sagt Aino lakonisch und rollt davon.

*

Ich nehme an, dass der Buschfunk hierzulande auf einer anderen Zeitfrequenz läuft als das große Schweigen. Feige, wie ich bin, schalte ich also vorsichtshalber das Handy aus, bevor mich auch noch Karin fragt, ob ich noch ganz dicht bin. Innerlich zittere ich immer noch, und mein Handrücken ist wie elektrisiert.

Die Schlafzimmertür steht offen, Ainos Zeichen, dass ich reinkommen kann, wenn ich will. Im Zimmer ist es inzwischen dunkel geworden, Fernsehlicht flackert mir entgegen, die DVD läuft schon eine halbe Stunde. Aino sitzt im Bademantel auf dem Bett, auf dem Schoß die Fernbedienung und Aartos gemalte Anleitung für Dummies.

»Rutsch rüber«, sage ich. Aino wendet kaum den Blick vom Bildschirm, aber sie rückt auf die rechte Seite und reicht mir die Fernbedienung. »Stell die englischen Untertitel selber ein.« Sie deutet auf den Bildschirm. »Die kleine Blonde links heißt Mona Moisio. Gerade hat sie in der Kirche ihren Schwur als Lotta geleistet. Ihre Schwester ist auch schon in Uniform – das ist die Dunkelhaarige. Und dann gibt es noch eine zweite Blonde, Ruth.«

Es tut gut, aus meinem eigenen Leben zu verschwinden und in Ainos Vergangenheit einzutauchen. Ruth erinnert mich nämlich an sie. Sie ist zäh und tapfer und willigt sogar ein, die Leichen der Gefallenen so herzurichten, dass die Angehörigen sie würdig in Empfang nehmen und begraben können. Sie zerbricht nicht einmal dann, als sie ihren eigenen Liebsten in den Sarg betten muss.

Ohne mich anzusehen, reicht Aino mir die Kleenex-Box von ihrem Nachttisch. Eigentlich ist sie es, die heulen müsste, aber ihre Miene ist so versteinert, als wäre sie mit den Gedanken in einem ganz anderen Film.

In der Küche rumpelt es, der Kühlschrank klappt zu. Dann taucht Aarto an der Tür auf, in der Hand eine Bierdose. Ich habe nicht gehört, wann er nach Hause gekommen ist. Jetzt kann ich mich kaum noch konzentrieren. An die Tür gelehnt, schaut er mit uns den Film an. Verstohlen mustere ich ihn. Auch er scheint in Gedanken weit fort zu sein, hier und doch nicht bei uns, wie immer auf der Schwelle zwischen drinnen und draußen, nicht greifbar und bereit, sich jederzeit wie eine Fata Morgana wieder aufzulösen. Nachdem ich genug Mut gesammelt habe, wage ich es einfach und rutsche etwas näher zu Aino. Aarto zögert ganze zehn Minuten, als müsste er gegen eine Strömung ankämpfen, aber dann gibt er sich einen Ruck und lässt sich neben mir nieder. Den linken Fuß noch am Boden, aber eindeutig an Bord. Noch nie habe ich so nah neben ihm gesessen. Es fühlt sich ungewohnt an. Um ehrlich zu sein, sogar wirklich gut. Eine ganze Stunde lang verfolgen wir das Schicksal der drei Mädchen. Irgendwann reicht Aarto mir seine Bierdose, ohne den Blick vom Fernseher zu wenden, ebenso automatisch nehme ich sie, trinke einen Schluck und gebe sie ihm zurück.

Es ist diese Selbstverständlichkeit, die mich aus dem Film in meine eigene Zeit zurückkatapultiert. Jetzt sehe ich den Film nicht mehr, mein eigener reicht mir vollkommen. Das heißt, es sind mehrere, die sich überlagern. Verschiedene Zeiten und verschiedene Orte. Aber immer dasselbe Herzklopfen und heimelige Flirren, das mich auch jetzt durchrieselt. Das kenne ich nur zu gut. Nicht nur von den Fernsehnachmittagen und Mensch-ärgere-dich-nicht-Runden mit Beatas Familie.

Das Wohnhaus von Aidans Familie ist genau neben dem Hostel, in dem ich schon seit zwei Tagen mit Backpackern und anderen Touristen übernachte und mir die Dusche teile. Langsam gewöhne ich mich an mein helles, kurzes Haar, und ich reagiere darauf, wenn mich jemand Franziska nennt – oder wenn Aidan mich Franny ruft. Er ruft es ziemlich oft, er mag mich. Aber er ist immer noch hässlich, und ein paar der Backpacker machen sich gerne über sein betont cooles Gehabe lustig. Doch ich hoffe, er wird mir helfen, wenn mein Geld alle ist. Eine Weile wird es noch reichen, ich habe Suzanas Geheimversteck geplündert, aber irgendwann muss ich mir überlegen, wie es weitergeht. Bis dahin verzehre ich mich vor Heimweh, ohne zu wissen, wo das genau sein soll. Wenn ich nicht auf meinem Hostelbett kauere und versuche, Danaes Worte zu vergessen, indem ich

Vokabeln lerne, irre ich wie ein Streuner am Sandstrand zwischen steilen Klippen und rundgeschliffenen Felsen herum und starre auf den kalten Atlantik, als hätten die Wellen eine Antwort für mich. Es ist ein Abend, an dem die Touristen schon abgezogen sind und ich allein mit den Wellen und dem toten Schaf bin. Es ist schon gestern von der Klippenkante gestürzt und liegt zwischen den Felsen, halb unter angewehtem Sand begraben, und so ähnlich fühle ich mich auch. Als ich Aidan meinen Namen rufe höre, ist meine Reaktion: O nein, nicht der schon wieder! Ich überlege, ob ich aufspringen und gehen soll, vorgebend, ich hätte ihn nicht gehört, aber als ich andere Stimmen höre, drehe ich mich doch um. Die ganze Familie ist da. Sein Vater, seine Mutter und seine zwei Schwestern, sogar sein Onkel und dessen Frau, die im Hostel putzt. Sie lassen sich weit genug vom Schaf entfernt nieder, mit Isomatten und einer Kühltasche. Die Männer beginnen eine Feuerstelle im Sand zu graben. »Birthday beer!« Aidan winkt mich heran, und ich folge diesem Sirenenruf wie in Trance. Aidan drückt mir eine Flasche Guinness in die Hand. Ich gratuliere ihm zu seinem neunzehnten Geburtstag und setze mich neben ihn auf die Isomatte. Das Feuer wird entfacht, Aidans Mutter packt Kuchen und Fleisch aus, Teller klappern um die Wette, und die Stimmen beginnen mich zu umspülen wie eine warme Flut. Ich betrachte Aidans Familie, die lachenden Münder, genieße ihre Nähe und komme mir vor wie ein Idiot, weil mir nie aufgefallen ist, dass Aidan überhaupt nicht so hässlich ist. Wir singen ein Geburtstagslied und stoßen alle zusammen an, perfekter Gleichklang – und als wir die Flaschen wieder absetzen und Aidan mir von der Seite zulächelt, fühle ich mich wie ein Puzzleteil, das endlich am richtigen Platz eingerastet ist. Ich lächle zurück, im Mund noch den Bittergeschmack des Biers und Schmetterlinge im Bauch, und weiß, dass ich mich soeben unsterblich verliebt habe.

Verstohlen linse ich nach rechts zu Aino, die nun mit versteinertem Gesicht und verschränkten Armen völlig vom Film gefangen ist. Und dann, mit etwas mehr Mut, auch nach links zu Aarto, der ebenso ernst und konzentriert auf den Bildschirm schaut. Ich wage kaum zu atmen vor Angst, das zu zerstören, was gerade ist. Und wenn es nicht so traurig wäre, dann müsste man wohl darüber lachen. Aino würde es tun. *What's wrong with me?* Tja, inzwischen reicht mir wohl schon die reine Illusion einer Familienvertrautheit, damit ich Herz- und Schmetterlingsflattern bekomme.

»Wo willst du hin?«, fragt Aino.

»Ich bin müde.«

Aarto und Aino runzeln zwar beide die Stirn, aber keiner der beiden hält mich zurück, als ich hastig vom Bett krieche und die Flucht ergreife.

TRIPTYCHON

In Helsinki ist die Spätsommernacht nur ein grobgestricktes Tuch, nicht dicht genug, um das Licht ganz abzuschirmen. Aarto und Aino haschen nach jedem Zipfel Helligkeit, ich weiß, dass sie bei geöffneten Vorhängen schlafen, um nicht einmal die nächtliche Notbeleuchtung der Baustelle zu verpassen. Ich dagegen nehme auch heute das löchrige Tuch Dunkelheit und hülle mich darin ein wie ein Kind, das sich unter die Bettdecke verkriecht, um den Gespenstern zu entkommen.

Aber heute Nacht finden sie mich.

Als ich hochschrecke, ist es drei Uhr morgens, die Zeit der Ängste, wenn die Seele hautlos und die Welt drei Nummern zu groß ist. Mir ist heiß, und mein Puls pocht durch jeden Zentimeter Haut.

Ich rolle vom Sofa, streife Nacht und Decke ab und tappe zum Tisch, den ich mir an das Fenster gestellt hatte. Ostseewind kühlt meine verschwitzte Kopfhaut und den Hals, als ich das Fenster öffne. Die Kräne an der Baustelle sind schlafende Giraffen, die Notbeleuchtung glüht savannengelb.

Aartos Laptop erwacht mit einem wehleidigen Piepsen. Ich setze die Kopfhörer auf, tauche in flimmernde Bilder ein. Manche Menschen brauchen Videos von Welpen und Kätzchen, um wieder Boden unter den Füßen zu bekommen und die Illusion, dass die Welt ein sicherer Ort ist. Mir reichen Fische. Klick für Klick tauche ich in Unterwasserwelten ein, untermalt von Rauschen oder sphärischer Musik. Haie schwimmen an mir vorbei, ein Oktopus betastet neugierig die Kamera. Ich treibe durch Blau, begleite Barrakudas und Schwärme von Quallen. Und finde gelbes Silikon. Es ist eine Schwanzflosse, durch die sich wie Knochenhöcker zwei Fersen drücken, lange Beine stecken in dem Kostüm. Elegante Delphinbewegungen sollen kaschieren, dass die Schöne dort nur eine Schwimmerin im Nixenkostüm ist. Ich würde weiterklicken, wenn mich das schwarze Haar von *»Samantha The Real Mermaid!«* und ihr weißer Rücken nicht an Kim erinnern würden.

Samanthas Video hat über eine Million Klicks, aber bei weitem nicht so viele Likes. *»FAKE!!! But loved it«*, prangt als neuester Kommentar darunter. Andere Beiträge strotzen vor Empörung, als wäre es wirklich eine Option zu entscheiden, ob es Nixen wirklich gibt oder nicht. Aber vielleicht verschwimmen um drei Uhr morgens die Grenzen, vermischen sich Ängste, Erinnerungen und Ahnungen. Vielleicht bringt diese Stunde Gewissheiten hervor, die bei Tag nicht mehr gelten. Im Geiste sehe ich bleich angeleuchtete Gespenster wie mich vor Laptops kauern. Über die Welt verstreut, betrachten wir gerade prüfend Malibu-Schönheiten mit Push-up-BHs und Flossen, wider jegliche Vernunft hoffend, dass der nächste Klick das Echte enthüllt und beweist, dass die Nacht recht hat und der Tag nur Illusionen verkauft.

Als ich *»Silverton Casino/Lodge Playful Mermaid«* öffne, verharrt meine Hand auf der Maus. Sirrende Sirenenmusik sägt sich durch die Kopfhörer. Ein künstliches Korallenriff erhebt sich in einem Riesenaquarium, vor dem sich die Scherenschnitt-Silhouetten von Kindern abzeichnen. Die Kamera zoomt näher und fängt einen kleinen Jungen mit dunklen Locken ein, vielleicht sieben Jahre alt. Er steht mit dem Rücken zur Kamera, die Hände wie ein kleiner Gecko an das Glas geklebt, und betrachtet die Fische. Auftritt *Mermaid Kathy*. Mit Schwimmbrille und Silikonflosse taucht sie zwischen Rochen hindurch, macht Überschläge, bei denen ihre Knie mit scharfem Knick die Optik des Fischschwanzes zerstören. Ein Atemschlauch mit einem grellroten Mundstück wartet im Sand, von Zeit zu Zeit nimmt sie es, atmet tief ein und malt für die Kinder sprudelnde, vergängliche Herzen aus Luftblasen an die Aquariumwand.

Fake! Der Aufschrei rauscht wie eine Welle durch die Kommentare. Doch der Vater des kleinen Lockenkopfes hat das Video nicht eingestellt, weil er an Märchen glaubt. Das hat er eindeutig hinter sich. Die Wunder, die er sucht, sind bescheidener: *»Seit mein Sohn seine Mutter verloren hat, reagiert er kaum, wenn eine Frau ihm Zuwendung zeigt«*, steht auf Englisch in der Beschreibung. *»Es war wundervoll, ihn hier mit Freude reagieren zu sehen – 2:07 – 3:07 my favorite moment :)«*

Der Lockenkopf schaut über die Schulter in die Kamera, und obwohl es Unsinn ist, zucke ich zusammen, als würde er mich und nicht seinen Vater ansehen, wissend, dass wir gleich sind.

Mermaid Kathy pustet ein weiteres Luftblasenherz, ihr blondes Haar wallt in Zeitlupe. Dann schwebt sie auf den kleinen Jungen zu.

Minute 2:10 … 2:11 …

Anmutig, halb aufgerichtet, das sanfte Gesicht dem Kind zugewendet, treibt sie der Glaswand entgegen. Und etwas Seltsames geschieht: Ihre Bewegung verliert alles Einstudierte. Mit zum Kuss gespitzten Lippen gleitet sie auf den Jungen zu. Völlig echt, völlig hingegeben an diese Begegnung.

… 2:13 … 2:14 … 2:15 …

Ich halte den Atem an. Doch dieser Kuss geschieht nicht. Der Junge dreht sich zu seinem Vater um, lächelt unsicher, aber mit leuchtenden Augen. Die Nixe treibt zurück und lacht, nimmt sich Luft aus dem Atemschlauch, zeigt ihre Kunststücke. Der Moment ist vergangen.

Sie verfehlen sich, und ich ertrage es nicht.

Klick-Stop. Zurück auf 2:09. *Klick-Play.*

Ich warte die Sekunde ab, in der sie ihn fast erreicht hat, 2:15, *Klick-Pause.*

Totenstille im Kopfhörer. Eingefrorener Kuss hinter Glas, zugewandt, hingegeben an dieses fremde Kind. Und mir ist so, als würde ich in diesem Kuss meine Mutter sehen, sehnsuchtsvoll, ihr Herz verletzlich wie eine offene Muschel, aber unerreichbar. Und ich könnte schwören, dass der Junge kein Junge mehr ist, sondern ein siebenjähriges Mädchen. Es ist dünn, aber es hat nichts Zierliches. Es steht da, die Hände nicht ans Glas gepresst, sondern in zu langen Ärmeln verborgen, und starrt die Frau hinter dem Glas an, ungläubig, sehnsuchtsvoll, wie in einem Traum, der noch schön ist und erst beim Erwachen ein Alptraum sein wird.

Der Vorhang bauscht sich. Kalte Windlinien streifen bis zu meinem Kinnbogen wie eine Liebkosung von Totenfingern, aber es sind nur Tränen, die abkühlen. Ich drücke die Handballen in die Augenhöhlen.

Das, was Suzanas Griff in meinem Nacken nicht geschafft hat, Mermaid Kathy ist es gelungen. Jahre sind wie ausgeknipst, und ich stehe auf dem Balkon unserer Wohnung in der Lilienallee. Dani lümmelt sich im vergilbten Rattanstuhl. Sie spielt mit ihrem Rubik's-Zauberwürfel vom Flohmarkt herum. Die bloßen Füße hat sie gegen das rostige Balkongeländer gestemmt, ihr Rock ist hochgerutscht, sie hat Gänsehaut an den Beinen. Die Sonne scheint zwar, aber es ist ein kalter Mai. Ich dagegen bin viel zu warm angezogen. Als ich mich betrachte, sieben Jahre alt, spröde und ungelenk, mit hochgezogenen Schultern, erkenne ich den dunkelgrünen Pullover wieder, der mir bis zu den Oberschenkeln reicht. Unsere Mutter hat ihn für Danae gestrickt, aber sie zieht ihn nicht mehr an, niemand in ihrer Klasse trägt noch Pullis, die keine modischen Fledermausärmel haben. Danae wächst schnell und streift dabei ihre Kleidung ab wie eine Schlange ihre zu klein gewordene Haut. Unsere Mutter erwartet, dass ich die verwaisten Kleider fülle, obwohl ich mich darin verliere. Wir müssen sparen, lautet die Begründung, aber mir ist klar, dass ich immer nur Danis zweite Haut sein werde. Doch an diesem Maitag bin ich versöhnt, und es ist gut, dass die Ärmel zu lang sind, weil ich sie über die Fingerspitzen ziehen und die Bündchen in meinen Händen zusammenknüllen kann. Von hinten betrachtet, sieht meine Mädchengestalt aus wie ein schmaler grüner Pinguin, die Flügel leicht abgespreizt. Es tut mir weh zu sehen, wie der Schmerz im rechten Oberarm sich in der Spannung der hochgezogenen Schulter spiegelt. Aber damals spürte ich ihn nicht, ich war einfach nur glücklich.

Unten auf der Lilienallee läuft meine Mutter. Meine, nicht »unsere«, denn hier, in diesem Balkon-Moment, gehört sie endlich einmal nur mir. Zumindest hoffe ich das so sehr, dass ich es fast flüstere. Wie immer verabschiedet sie sich mit einem hektischen Winken und geht davon, spät dran, auch heute. Für Dani ist diese Geste nur ein beiläufiges Abschiedszeichen, sie vertieft sich sofort wieder in ihr Spiel, aber mein Herz schlägt schneller, und ich knülle die Ärmelbündchen fest in meinen Händen, als versuchte ich, mich an dem Versprechen, das meine Mutter mir gestern Nacht gegeben hat, festzukrallen. »Ab jetzt wird alles anders zwischen uns, Moira. Alles wird gut.« Doch irgendetwas in mir traut dieser neuen Gewissheit noch nicht ganz.

Ich schaue meiner Mutter nach, bis sie am Ende der Straße ist, heute geht sie nicht kraftlos und beinahe schlurfend wie sonst, wenn sie zu ihrer Spätschicht im Fastfood-Restaurant aufbricht. Diesmal geht sie aufrecht und sehr entschlossen, was sie fremd wirken lässt. Als würde sie meinen verunsicherten Blick spüren, schaut sie im Gehen noch einmal über die Schulter zurück und lächelt mir zu – nur mir!

Ich winke zurück, nein, eigentlich hebe ich nur beide Hände. Sie schickt mir eine Kusshand und hebt die Hand zu einem kleinen Finger-Klavierspiel in der Luft, ein Zwischending zwischen Winken und Zeigen. Das Zeichen unseres Versprechens glitzert in der Sonne, und ich bin nur noch warmes, atemloses Glück. Dieser Moment der Gewissheit durchglüht mich sogar jetzt noch. Es ist die 2:15 meiner Kindheit, die Sekunde, auf die es ankommt und die alles überstrahlt.

Aber Gewissheiten sind flüchtig, sie lassen sich nicht festhalten, sosehr man auch die Finger darum krampft, das lerne ich bald. Später wird mich die Frage quälen, ob ich mir nicht alles nur eingebildet habe, auch das Gespräch und die Umarmung in der Nacht. Der Beweis fehlt. Als ich Dani Jahre später danach gefragt habe, wusste sie zwar noch, wie das Wetter an diesem Tag war, aber nichts von einem Glitzern an der Hand unserer Mutter. Und als Suzana mich zwang, die Augen doch noch zu öffnen und auf gestochen scharfes Schwarzweiß zu starren, war es, als hätte sie mir damit auch den letzten Glanz meiner Kindheit geraubt. Manchmal denke ich heute noch, ich habe das Gespräch in der Nacht tatsächlich nur geträumt, wieder und wieder, bis ich es selbst glaubte. *False Memory Effect*, der Wunschtraum eines Kindes, das sich eine brennende Wange und einen Bluterguss am Oberarm schönredet, Seesterne fühlen keinen Schmerz – oder doch? Zumindest eines ist real: das Gefühl, einen Handrücken ins Gesicht zu kriegen. Härter als eine normale Ohrfeige. Und zumindest bei den ersten Malen überraschender, weil der Schlag von der falschen Seite kommt. Mich hat er zur Seite geschleudert, mit dem Oberarm direkt gegen die Kante des Türrahmens.

Meine Augen pochen, so fest drücke ich meine Handballen darauf, aber dennoch drängen weitere Erinnerungen aus dem Dunkel wie ungeliebte Kinder, die sich nicht länger aussperren lassen.

Jener Tag, als ich von draußen in den Flur und direkt in die Küche renne, ohne meine Sandalen auszuziehen. Zu spät merke ich, dass ich mitten in ein Gewitter laufe. Ich hätte wissen müssen, dass es zu still ist, weil niemand spricht. Danae und unser Vater sind erstarrt, aber Danaes Herz schlägt so heftig, dass ich ihren Brustkorb beben sehe. Unser Vater hält ihr Handgelenk so fest umklammert, dass ich denke, es wird jeden Moment zerbrechen wie eine Salzstange.

»Setz dich hin!«, zischt er, aber Danae, der vor Wut die Tränen in den Augen stehen, gibt keinen Deut nach.

»Nein!« Jetzt klinge ich auch wie Papas Quietscheentchen. »Lass sie los!« Ich habe Angst, er wird Dani wieder ohrfeigen, doch er schnaubt nur und stößt sie so heftig von sich, dass sie gegen den Kühlschrank prallt. Ich stehe nur da, unfähig zu atmen, als hätte ich den Stoß selbst abbekommen.

Als er mir im Hinausgehen beruhigend über den Kopf streichen will, zucke ich zurück. Danae steht am Kühlschrank und reibt sich das Handgelenk. Ihre Augen sind blaues, schwimmendes Eis.

Sie wartet, bis sie das Klappen der Arbeitszimmertür hört, dann stürzt sie an mir vorbei hinaus.

Sie kommt erst spät in der Nacht nach Hause. Erst fürchte ich, es ist unser Vater, doch die Vorsicht, mit der sich der Schlüssel im Schloss dreht, lässt mich aufatmen.

»Dani!«

»Sei still.« Ihre Stimme hört sich verschnupft an. »Mach kein Licht.«

»Weinst du?«

»Nö«, erwidert sie schroff. Sie tastet sich im Dunkeln zum Sofa, bis sie auf meine ausgestreckte Hand stößt. Ihre Finger sind trotz der Sommerhitze klamm. Sie lässt sich neben mich fallen. Aber wir sind zu dritt: Ein lauer Geruch von Leder und ein Hauch von Aftershave bringt den Jungen, mit dem

sie unterwegs war, zu uns auf das Sofa. Eine Weile hören wir den Fröschen im Gartenteich zu.

»Weißt du noch, wie wir letzten Sommer mit Mama mit dem Fahrrad rausgefahren sind?«, fragt sie schließlich leise.

»Klar, nach Neudorf. In den Wald.«

»Und an den See.«

»Ja, an den See.«

»Schon komisch, dass ausgerechnet Mama hingefallen und ertrunken ist, oder?«

Die elektrische Hummel erwacht, stößt gegen mein Zwerchfell. Ich mache das Licht an.

Danae sieht mich an, ernst, zerzaust, einen Sonnenbrand im Gesicht. Langsam wie in Trance greift sie zum Schalter und knipst das Licht wieder aus. Es wird schwärzer als zuvor. Sie nimmt mich in den Arm, zieht mich zu sich.

»Ich muss dir was erzählen.«

»Was?«

»Sch! Hör einfach zu.«

Sie legt die Lippen an mein Ohr. »Als du sagen solltest, dass ich auf dem Klassenausflug war, war ich in Wirklichkeit am See und habe mir die Stelle angeschaut. Dario hat mich mit dem Mofa hingefahren. Man sieht es, da, wo das Geländer mit neuem Holz ausgebessert ist. Mama ist tausendmal mit mir über diese Brücke gelaufen, und sie ist immer langsamer geworden an der Stelle, weil es rutschig war. Aber wieso ist sie dann an dem Tag genau an der Stelle gerannt?«

Ich sage nichts, ich konzentriere mich darauf, meine Herzschläge zu zählen, während ich die Luft anhalte.

»Scarface ist so sauer auf mich, weil er rausgefunden hat, dass ich am See war«, flüstert Danae. »Und außerdem habe ich was gefunden. Ganz unten in seinem Schrank, unter dem Briefpapier versteckt. Eine Rechnung von Ikea. Für unsere Möbel.«

»Na und?«

»Ich habe die Rechnung zwischen meinen Binden versteckt, aber heute war sie weg. Scarface hat sie verschwinden lassen.«

»Warum?«

Danae holt Luft. »Wann war das mit Mama?«

Mein Kopf schwirrt, die schwüle Luft drückt mir aufs Gesicht wie ein Kissen.

»Am neunundzwanzigsten Mai«, flüstere ich.

Ich kann Danaes Nicken spüren. »Ja. Komisch, dass er die Rechnung am vierzehnten Mai bezahlt hat. Als hätte er gewusst, dass sie sterben würde. Und warum war sie am See und nicht bei ihrer Schicht? Er hat sie hingelockt, wetten? Unser Vater hat sie umgebracht, um uns zu bekommen!«

Die elektrische Hummel schießt – ssssst! – hinauf in meinen Kopf und explodiert direkt hinter meinen Augen.

Hier reißt der Faden der Erinnerung wie ein alter Film, hinterlässt nur ein weißes Brandloch, das sich nach außen frisst, bis alles nur noch gleißt. Die nächste Sequenz ist wieder dunkel, nur das Mondlicht zeichnet eine Schwarzweißwelt.

Als die Frösche im Gartenteich sich melden, liege ich immer noch wach und denke an den Traum, den ich hatte, als ich noch nicht in der Schule war: Mama schwimmt in einem grünblauen Meer. Das Meerwasser ist so dunkel, dass ich ihre Füße nicht sehen kann. Lachend streckt sie die Hand aus. »Komm schwimmen, Kleine! Das Wasser ist so schön.« Aber dann gerät sie zwischen die Wasserpflanzen. Meine Mutter lacht, ihr Haar klebt am Kopf, ihr Gesicht ist nass, und die Wasserpflanzen mit den langen Ranken sind dicht unter der Wasseroberfläche. Sie schlingen sich um sie und ziehen sie in die Tiefe. Unter Wasser kämpft sie einen Schattenkampf. Einmal kommt sie noch nach oben, zweimal, ich sehe ihren blassen Arm, der über das Wasser schlägt, dann verschwindet sie in der blaugrünen Dunkelheit.

Damals weinte ich so laut, dass meine Mutter ins Zimmer kam, müde von der langen Schicht in der Spülküche des Restaurants. Ihr Haar roch nach Pommesfett und Schnitzelpanade, ihre Hand auf meiner Stirn fühlte sich lauwarm und schlaff an. Ich sprudelte meinen Traum hervor. Doch sie rollte genervt mit den Augen und fuhr mich so grob an, dass ich mich unter der Decke zusammenzog. »Du hast nur Blödsinn im Kopf, Moira! Schlaf endlich und geh mir nicht auf die Nerven.« Doch ich sah immer noch diese andere Mutter vor mir, die Mutter im Meer, die von den Schlingpflanzen erbeutet wird. Die Mutter, die ich liebe.

Als ich die Handballen von den Augen nehme, rast mein Herz. Als Anwältin lacht Danae heute selbst über ihren Verdacht von damals und erklärt, dass unsere Eltern mitten in einem Sorgerechtsstreit steckten und Vater fest damit rechnete, vor Gericht zu gewinnen. Es waren Vorbereitungen, uns zu sich zu holen, nichts weiter. Aber als Kind habe ich nach dieser Nacht unseren Vater nie wieder ohne Misstrauen betrachten können. Und wie lange hatte ich den Traum von meiner schwimmenden Mutter vergessen? Jetzt erinnere ich mich jedenfalls, wie verwundert ich als kleines Mädchen war, dass meine echte unberechenbare Mutter und die zärtliche Schwimmerin aus dem Traum so verschieden wirkten. Und daran, dass ich mich fragte, ob unser Vater auch aus zwei Männern besteht.

Vor mir schwebt die eingefrorene Kathy mit dem Jungen. Woran wird er sich wohl erinnern? Dass eine sanfte Meerfrau ihn geküsst hat, als er so verloren war, dass er den Umarmungen von Frauen lieber auswich, aus Angst, dass sie fortgehen könnten wie seine Mutter? Vielleicht hat er ja Glück, und sein Vater löscht das Video und damit den Beweis, dass der Kuss ihn in Wirklichkeit verfehlt hat. Beweise können nützlich sein, das Narbenmädchen Kim hat es richtig erkannt. Aber manchmal sind sie auch grausam, und das weiß niemand besser als ich. Ich weiß schon, warum ich den verfluchten Karton nicht anfasse.

Ich breche den Bann und lasse das Video weiterlaufen mit Sirenenmusik, Lachen und Animationsspielchen hinter Glas. Am Ende der Show winkt Kathy den Kindern zu. Sie winkt und winkt von Minute 3:07 bis 3:18. Zeit genug, um zu verstehen, wie mein eigenes Triptychon aussieht und warum ich seit Tagen fast nur noch Hände fotografiere: In der Mitte meines Triptychons ist Danae in der Pose der gemalten jungen Aino, wie sie mit dem alten Mann in dem Boot spielt und ihm feixend entwischt, die Linke übermütig in den Himmel gereckt. Der Mann ähnelt meinem Vater, aber diesmal verfehlt seine Ohrfeige Danae. Auf dem linken Flügel ist die schöne Havis Amanda abgebildet, die sich ein letztes Mal nach dem Meer umsieht. Auf dem rechten Flügel prangt wie ihre Zwillingsgestalt meine Mutter. Auch ihr Blick ist über die Schulter nach hinten gerichtet, ihre Linke wie bei Havis Amanda ebenfalls zum Abschiedsgruß erhoben, aber die Wege der beiden Frauen führen in entgegengesetzte Richtungen: Amanda verlässt für immer die Ostsee und betritt die Welt der Menschen. Meine Mutter verlässt mich und wandert zum Ufer des Sees, sinkt hinunter zu den Armleuchteralgen und wird als unsterbliche Undine eins mit den Wellen.

Der Schweiß auf meiner Haut ist getrocknet, jetzt friere ich, und mir ist übel. Ich nehme den Kopfhörer ab und reibe mir mit beiden Händen über die Wangen, atme tief durch. Die Stille des Zimmers holt mich zurück in die hundeeinsame, leere Gegenwart. *Fakten, Mo.* Meine Mutter starb durch einen Unfall, als ich sieben war. Schlimm, ja. Aber kein Einzelfall auf dieser Welt und außerdem längst Vergangenheit. Ich bin froh, dass Leon nicht hier ist. Er würde über meinen Alptraum lachen und irgendeinen Witz über

Mermaid Kathy machen, vermutlich würde er unsere Körbchengrößen vergleichen als Ausrede, seine Hand unter mein Unterhemd schieben zu können. Ich verstehe nicht, warum er mir trotzdem fehlt – trotz seiner pubertären Witze, sogar trotz Danae. Mein Schlaf-T-Shirt klebt feucht und eiskalt an meinen Brüsten und dem Bauch. Ich muss das Fenster zumachen.

Als ich dem Bürostuhl Schwung gebe und mich mit ihm drehe, hätte ich um ein Haar eine Tasse vom Tischrand gefegt. Es ist Myy, und im ersten Augenblick denke ich, ich habe sie gestern Abend hier stehenlassen, aber dann sehe ich heißen Dampf aufsteigen. Jetzt bemerke ich auch den Duft. Und neben der vollen Tasse einen nassen Ring, die letzte Spur einer zweiten Tasse. Meine Wangen glühen, obwohl ich immer noch friere. Wie lange stand Aarto hinter mir? Hat er mir die ganze Zeit über die Schulter geschaut, während ich in meiner Kopfhörerwelt war?

Draußen beginnt ein Vogel zu singen, so lange also war ich auf Tauchstation? Auch meine Tasse hinterlässt einen nassen Ring auf dem Tisch. Trotz allem muss ich darüber lächeln. Die Tasse ist heiß und brennt in meinen Händen, aber ich umschließe sie dankbar, atme den Duft ein und lasse mich von Aarto Schluck für Schluck auf sicheren Grund zurückführen.

LILJANKUKKA

Ich weiß nicht, wovon Aino geträumt hat, aber diesen Tag beginnen wir beide schweigsam und mit kleinen Augen, bedrückt und jede in ihre Gedanken vertieft. Auf dem Tisch liegt ein Zettel von Aarto, auf dem er Namen und Adresse eines Lokals notiert hat und eine Uhrzeit.

»Hast du mein Kleid?«, fragt Aino.

»Ja, es wird dir gefallen.«

Aber ich täusche mich. Auf ihrer Stirn zieht ein Gewitter auf, als sie den schimmernden Samt begutachtet. »Ich sagte, ich will etwas in Grau!«

»Das ist anthrazit, dunkelgrau.«

»Ich meinte aber ein normales Steingrau«, schimpft sie. »Und ich sagte ausdrücklich, es soll ein schlichtes Kleid sein. Grau und schlicht, ist das so schwer zu verstehen?«

Langsam reicht es mir. »Wenn du eine Lotta-Uniform willst, hättest du das gleich sagen können!« Aino zuckt zusammen, aber sie macht den Mund wieder zu und nimmt das Kleid nun widerwillig an sich.

»Und hier, die Stola passt gut dazu und wird dich wärmen.« Ich hole das weiße Fuchsfell aus der Tasche. »Ein Erbstück von Karins Oma, aber sie leiht es dir gerne.« Eigentlich dachte ich, Aino würde sich darüber freuen, aber sie schnaubt nur und nickt ein knappes *Von mir aus*.

»Bist du wenigstens mit dem Lippenstift zufrieden?« Ich lege ihr die goldene Hülse hin. *Red Drama* heißt der Farbton. *Genau deine Farbe.*

»Wird schon gehen«, knurrt Aino. Tanzstimmung ist etwas anderes.

»Das hat übrigens Aarto für dich dagelassen.« Sie schiebt mir eine Tüte vom Bäcker über den Tisch. *Soulfood*, steht in Aartos Schrift darauf. *See you later, buddy*.

Als ich an der Tüte zupfe, rutscht eine Zimtschnecke heraus. *Korvapuusti. Ohrfeige.*

Aino kann sich jetzt doch ein Grinsen nicht verkneifen.

»Haha«, sage ich. »Nicht lustig.«

»Finde ich schon«, sagt Aino.

Finde ich auch – irgendwie. Es ist seltsam. Einerseits bin ich erleichtert, dass Aarto und ich wieder ein Team sind, was auch immer das bei uns heißt. Aber andererseits klingt dieses flapsige *Buddy*, als wären unsere Kontinente weiter voneinander entfernt als je zuvor.

*

In einer amerikanischen Serie würde dieser Lastenaufzug in die Rechtsmedizin führen, aber er riecht nicht nach Desinfektionsmittel, sondern nach frisch verschüttetem Bier. Der graue Lack ist rostpockig und neben den Türen abgestoßen, dort, wo vermutlich seit Jahrzehnten die Kanten von Getränkekästen und Metallwagen dagegenrumpeln. Der abrupte Stopp lässt die Kabine leicht schwingen. Ainos Rollstuhl ruckt unter meinen Händen. Ein paar Sekunden zu lange müssen wir warten, bis das Metallmaul uns schräg hinter einer langen Theke ausspuckt, direkt neben Klotüren. Jetzt erst merke ich, wie selbstverständlich ich so etwas wie das romantische Café Engel erwartet habe, nur mit Tango statt mit Kännchen. Im ersten Moment bin ich einfach nur sauer. Das stellt sich Aarto also unter einem nostalgischen Tangoabend vor. Von Nostalgie keine Spur, das hier ist eher ein typischer Abschleppkeller. Aus den Lautsprechern wummert seichter Discobeat mit zu viel Bass. Rotlicht spiegelt sich auf der polierten Theke, auf der feuchte Putzschlieren ihre verschlungenen Bahnen ziehen. Über der Bar wartet eine illuminierte Batterie von Schnapsflaschen auf ihren Einsatz. Alles ist in Braun gehalten, und auf einer kleinen Bühne hockt eine Art DJ mit Bauchansatz und 70er-Jahre-Pullover und sortiert lustlos CDs. An der Bar prostet sich eine Gruppe von aufgedrehten Frauen mit Wodka in – ich schwöre es – Zahnputzgläsern zu.

»Bist du sicher, dass du hierbleiben willst?«, rufe ich gegen das Wummern an. »Wenn du mich fragst, hat Aarto einfach die erste Kaschemme aus dem Telefonbuch rausgepickt, um seine Ruhe vor uns zu haben.«

Aino gibt ihr bestes nervöses Husten zum Besten. »Wir bleiben«, bestimmt sie und rückt die Pelzstola zurecht. Okay, dann nehmen wir mal wieder den direkten Weg. Ich senke den Kopf und schiebe den Rollstuhl stur mitten über die Tanzfläche zu einem freien Tisch. Das Licht einer altmodischen Diskokugel lässt die Führungsringe an den Rollstuhlrädern aufblitzen. Jetzt fallen wir den Leuten auf. Das Publikum ist gemischt, erstaunlich alt und erstaunlich jung, alles ist vertreten. Ein paar Solotänzerinnen lassen uns höflich vorbei, Fragen erscheinen auf gerunzelten Stirnen. *Großmutter und Enkelin? Exzentrische Reiche und Pflegerin?* Die Fragen werden wagemutiger, als die Blicke Ainos Schuhe finden – knallrote Pumps mit strassgeschmückten Riemchen. *Alte Todgeweihte mit Blind Date? Eine Aktion von »Last wishes«?*

Ich platziere Ainos Gefährt am Tisch so, dass sie freie Sicht auf die Tanzfläche hat.

»Cola«, sagt sie und sieht sich blinzelnd um. Wohlwollendes Lächeln einiger Damen antwortet ihr, aber sie ist geblendet wie ein Igel auf der Autobahn und nimmt es nicht wahr. Als wäre die Cola ein Stichwort gewesen, verstummt der

Agropop abrupt. Der DJ legt eine neue CD ein. Stimmungswechsel. Schmalzige Geigenmusik erklingt, ein langsamer Walzer. Der DJ latscht von der Bühne und verschwindet in einem Nebenraum. Über dem Tresen leuchtet eine Neonschrift auf. Offenbar ist das der offizielle Startschuss. Stuhlbeine schaben über abgewetztes Parkett, Gummisohlen quietschen. Fred Astaire mit Gesundheitsschuhen wandert an uns vorbei. An der anderen Front werden Röcke über Pobacken glattgezogen und Locken hinter Ohren gestrichen.

Jemand rempelt gegen meine Schulter, Cola schwappt. Dann umfasst eine Hand meine Rechte samt Glas. Ausgerechnet Aarto versucht ein Getränk davor zu retten, dass es verschüttet wird. Zu spät. Das Zeug klebt an meinen Fingern und rinnt mir bis zum Ellenbogen. Aarto ist außer Atem und sieht aus, als wäre er direkt vom Hafen hierher gerannt. Sein schwarzes Haar klebt ihm nass an der Stirn. Er riecht eindeutig anders als sonst: Altherrenduft von Zeder und Tabak.

»Sorry«, sagt er und lässt mich wieder los. Er sieht mich kaum an, sondern sucht sofort nach Aino, um dann Kurs auf sie zu nehmen. Ein Tänzer weicht ihm aus und raunzt ihn an, und jetzt sehe ich, dass Aarto sich nicht umgezogen hat, sondern seine Werkzeugtasche über der Schulter hat und seine Lederjacke trägt. Ainos großer Abend, und er stolpert hier rein wie direkt von der Baustelle! Großes Kino. Ich habe mich von Karin immerhin zu einem armfreien blauen Oberteil überreden lassen und roten Lippenstift und Kajal aufgelegt.

Ein paar Tänzerinnen sind angetan von Aarto. Die Blicke, die ihm folgen, wären ein Foto wert. Phantasien werden wach, als er sich neben Aino auf den Stuhl fallen lässt. Er streckt seine langen Beine unter dem Tisch aus und kämmt sich mit den Fingern die Haare nach hinten. Jetzt erkenne ich, warum sie so nass aussehen. Er hat Pomade verwendet wie anno dazumal die Fünfziger-Jahre-Männer. Vermutlich duftet dieses Zeug nach Zeder. Seine Piercings glänzen im Rotlicht. Jetzt muss sogar ich zugeben, dass es ein Millionenbild ist: Bad-boy-Gigolo neben einer exzentrischen Millionärin, die gerade die weiße Pelzstola zurechtrückt und ein Schmuckstück enthüllt: den Rosenanhänger, der dank Aarto wieder silbern funkelt. Ich bin stolz auf unser Werk: Alles an ihr passt heute perfekt, von den hübsch zurechtgemachten weißen Locken bis hin zum leuchtenden Lippenstift. Ich hatte erwartet, dass sie enttäuscht sein würde von Aartos Outfit, aber sie mustert ihn nur kurz und ohne jegliche Reaktion. Offenbar kennt sie ihn bereits gut genug, um keine Erwartungen zu haben.

»Du weißt schon, dass das heute kein Speed-Metal-Konzert ist?«, raune ich ihm zu, als ich mich neben ihn setze.

»*Don't hit me*«, kontert er mit einem ironischen Augenblitzen.

»*Don't ask for it*«, antworte ich.

Er mustert mein hochgeschlossenes Oberteil. »Wo ist dein Tanzkleid?«

»Ich bin nicht zum Tanzen hier.«

»Ja, das sieht man.« Betont langsam schält er sich aus der Lederjacke. Jetzt bin ich doch verblüfft. Darunter trägt er nicht eines seiner üblichen T-Shirts, sondern ein graues Hemd, das ihm allerdings zu weit ist. Der Kragen ist leicht abgewetzt, als hätte er viele Jahre einen bulligeren Hals eingeschnürt. Vermutlich gehört das Kleidungsstück Onnis Vater – wie die Haarpomade wohl auch.

Nur noch wenige Leute beachten uns, als Aarto wieder aufsteht und zum Tresen schlendert. Es gibt anderes, was nun die Aufmerksamkeit fängt. Erwartung liegt in der Luft. Der Walzer ist verklungen, manche Paare fließen auseinander wie Quecksilbertropfen, zwischen die man gepustet hat. Andere scheinen sich bereits zaghaft gefunden zu haben und harren eng beieinanderstehend auf das nächste Lied. Der nächste Song startet und wird jäh abgewürgt, Gemurmel geht in vereinzelten Applaus über, als die Tür aufklappt und der DJ wieder die Bühne betritt, ein Akkordeon vor der Brust und zwei weitere Musiker im Schlepptau, beide zwischen fünfzig und sechzig. Sie tragen ebenfalls Pullover und Jeans. Stühle werden auf die Bühne geholt, der Saxophonist hustet rasselnd und setzt sich zurecht. Nummer drei platziert sein Cello. Ein Mikro pfeift, Testlauf auf Saxophontasten. Der DJ dreht die Lautstärke auf. Aarto kommt zurück, eine Flasche unter dem Arm und drei Gläser in den Händen. Währenddessen stellt sich die Band vor. »Tanko laulu« nennt sie sich, *Tangolied*. Der DJ heißt Erik, und offenbar erkennen ihn seine Groupies nur mit Akkordeon, denn als er jetzt loslegt, klatschen die Frauen, als hätte Elvis die Bühne betreten.

Der erste Tango dieses Abends erklingt, und Aino und ich atmen beide erleichtert auf. Mir wird klar, dass sie ebenfalls bis zu diesem Moment Zweifel hatte, ob Aarto wirklich weiß, was er tut. Aber jetzt dämmert mir, dass er vielleicht doch ein Gespür für Ganz-oder-gar-nicht hat. Und was für ein Tango es ist! *Satumaa – Märchenland*. Die finnische Hymne füllt den Raum bis in den letzten Winkel. Das Déjà-vu bringt mich zum Lächeln: der verregnete Tag unserer Ankunft und ein Flashmob in einer Busstation. Die Frau, die mit der Einkaufstüte tanzt, aus der eine Gurke ragt, und der Typ im Jogginganzug.

Aarto drückt mir ein halbvolles Glas in die Hand, und diesmal schenke ich ihm ein Lächeln. *»Kippis«*, sage ich. *Prost*. Er versteht, was es in Wirklichkeit bedeutet: *Danke*. Er zwinkert mir zu und trinkt. Aino nippt nur mit spitzen Lippen, entspannt sich und sinkt in ihren Rollstuhl zurück. Über die Schulter wirft sie mir ein Lächeln zu, so strahlend, wie ich es an ihr noch nie gesehen habe. Wir stoßen noch einmal an, nur Aino und ich, und trinken aus, obwohl uns die Augen tränen. Ich betrachte meine Alte, das rote Reflexlicht auf ihren weißen Locken und ihre Augen, immer noch blau und heute sehr klar und wach. In dem Streiflicht einer Diskokugel wirken sie dunkler als sonst und schön in diesem fremden Lächeln. Wie ein Abglanz des jungen Mädchens, tanzend im Bombenhagel ohne ein Morgen. Verliebt in einen jungen Schwarzhändler mit sanften Händen. Mikaels schattiges, leicht verschwommenes Gesicht erscheint vor mir. Die Hälfte des Paares, die nicht leben durfte.

Tänzer treiben auf weichen Mollakkorden an uns vorbei, gestreichelt von Lichtflecken. Das hier hat nichts mit dem gemeinsam, was ich bisher unter Tango verstand. Keine dramatisch geworfenen Beine, kein Duell der Geschlechter. Dieser Tanz hier ist wie das träge, sinnliche Ineinanderfließen von Öl, ein katzenhaftes Schleichen, Wiegen und Schieben, Körper an Körper, mit genau gesetzten Schritten, weich und verzögert. Die getanzte Erlaubnis, einander zu spüren. Niemand lacht. Nähe ist eine ernste Angelegenheit.

Ein schlankes Paar gleitet direkt vor Aino vorbei. Die Frau hat ein asketisches Gesicht und wirkt zart wie eine Ballerina. Sie ist zu groß für Stöckelschuhe und trägt Sneakers mit Swarovski-Steinchen zum langen Rock, ihre Schritte sind Pantherschleichen. Ihr Partner birgt ihre rechte Hand auf seiner Brust, und ich bemerke, dass sein Daumen wie beiläufig über die zarte Haut an den Ansätzen ihrer Fingernägel streicht. Ich stelle mein Glas auf den Tisch und hole meine Kamera hervor, keine Sekunde zu früh. Den Bildausschnitt suchen und abdrücken ist eins. Und dann habe ich es eingefangen: zwei Hände, zwei Augenpaare und zwischen ihnen, wie das Flimmern eines elektrischen Impulses, das Versprechen einer Nacht. Nur aus dem Augenwinkel nehme ich wahr, dass Aino mich von der Seite mustert. Als ich zum Glas greife, ist es wieder kühl und halb voll, und ich nehme, beseelt vom Triumph des Tangofotos, noch einen tiefen Schluck.

Das Lied klingt aus. DJ Erik gähnt, streckt seinen Rücken durch und hält Kriegsrat mit Cello. Und wie vor jedem Liedanfang richtet sich Aino kerzengerade auf, hebt ihr Kinn voller Erwartung. Und diesmal wird sie nicht enttäuscht. *Liljankukka.* Sogar ich erkenne den Klassiker schon nach drei Noten, auch wenn das Sax die schmachtende Geige des Originals ersetzt. Eine Bewegung geht durch den Raum. Wer Pause gemacht hat, kippt sich hastig den Rest seines Getränks in die Kehle und eilt auf die Tanzfläche zurück.

»*Liljankukka lumivalkoinen …*« – Lilienblüte, weiß wie Schnee …

Der Song müsste mir zum Hals heraushängen, so oft hat Aino ihn heute rauf und runter gehört, aber ich mag das wehmütige Lied und auch den Text, den ich mir in der Übersetzung im Internet angeschaut habe. Auch wenn Erik und seine Band eine sehr eigene Coverversion haben – mehr Tempo, verjazzt, ohne die marschartige, treibende Melancholie des Originals. Erik muss die Melodie schräg anschneiden, um auf diesem Umweg bei den richtigen Tönen zu landen. Vielleicht ist dieses Tauchen zu den Tonfolgen sein spezieller Stil, möglicherweise aber auch nur das eine Bier zu viel. Unter dem Tisch tappt Aartos Fuß den Takt, und auch mir geht zum ersten Mal an diesem Abend die Musik bis in den Körper. Aino schaut zu mir. Ich hatte wohl eine Zugabe des Lächelns von vorhin erwartet, aber zu meiner Bestürzung blicke ich in eine Gewittermiene. Sie spuckt ein Wort aus. Ich kann es nicht hören, zu laut ist das Saxophonsolo, aber ich erkenne das empörte Nein, noch bevor sie wütend den Kopf schüttelt und den Mund zu einem roten Strich zusammenpresst. Mit einem Ruck dreht sie den Rollstuhl zum Tisch und beginnt hektisch ihre Tasche auszuräumen. Aarto und ich wechseln einen verdutzten Blick. Stifte, Zuckertütchen und ihr Inhalator landen zwischen klebrigen Colaringen. Dann Ainos Rollei. Die Flasche kippt unter ihren fahrigen

Händen, und ich kann im letzten Moment Ainos Kamera in Sicherheit bringen, während Aarto die Flasche fängt. Haarscharf.

»Was suchst du denn?«, rufe ich, aber natürlich hört sie mir nicht zu, sondern wühlt weiter. Dann findet sie endlich, was sie so dringend haben muss – einen Briefumschlag, in den sie CDs gestopft hat. Papier reißt, die Scheiben entgleiten ihr und ergießen sich als silberne Kaskade auf den Boden, überschlagen sich und hüpfen wie die springenden Fische auf Ainos Triptychon davon.

Aarto und ich springen auf und sammeln sie ein, die Pantherlady fängt mit einem geschmeidigen Satz eine rollende Scheibe und bringt uns die Beute. Es scheint die CD zu sein, nach der Aino gesucht hat. Sie winkt Aarto zu sich und redet auf ihn ein. Als Kontrapunkt zur Musik entspinnt sich eine Diskussion zwischen ihnen, ein anderer Tanz, der vor allem beinhaltet, dass Aarto den Kopf schüttelt und Aino mit der CD vor ihm herumfuchtelt. Ich ahne langsam, worum es geht. Erik wird begeistert sein. Aber Aarto nimmt die CD schließlich mit einer Miene, als hätte Aino ihm befohlen, die Plastikscheibe zu schlucken. Vermutlich flucht er, als er sich an der Menge vorbeischiebt – zur Bühne.

»Was soll das?«, rufe ich gegen den Jazztango an. »Sie spielen doch dein Lied, sogar live!«

»Das ist nicht mein Tango«, schnappt sie. »Und dieser fette Flegel ist nicht mein Sänger.«

Und ich Idiot dachte, sie würde einmal, ein einziges Mal, zufrieden sein.

Aarto steigt auf die Bühne, sobald Applaus die Band belohnt. Eine Verhandlung zwischen Erik und ihm entspinnt sich, eine träge Pantomime aus Kopfschütteln, CD-Zeigen und Abwinken. Erik lässt sich sein Programm nicht vorschreiben, natürlich nicht. Aber Aarto lässt nicht locker. Keine Ahnung, was er sich aus den Fingern saugt. Ich wüsste, was ich erzählen würde. Irgendetwas von hundertstem Geburtstag oder nur noch eine Woche zu leben. Aarto deutet mit einem knappen Kinnrucken zu Aino. Alle drei Musiker schauen finster zu uns herüber. Wir haben keine Fans, so viel ist klar. Unwilliges Murmeln füllt den Saal, Augen werden gerollt, die Tänzer scharren. Aber Aarto geht nicht, sondern wartet einfach, ernst und schweigend. Und dann geschieht etwas, ein unschlüssiges Atemholen, ein Zögern der Musiker, lange genug für ein »Warum nicht?«. Cello und Sax geben sich gleichzeitig einen Ruck, zucken mit den Schultern, stehen auf und gehen auf ein Pausenbier zum Tresen. Erik wuchtet das Akkordeon von den Schultern und reanimiert mit einem genervten Fingerhieb den CD-Player. Ainos Scheibe wird vom Player verschluckt. Das Schellack-Knistern einer alten Schallplatte füllt den Raum, Geigen spielen auf, im selben Moment, als Aino dem Rollstuhl einen energischen Schub gibt. Die Leute, die schon zu tanzen begonnen haben, weichen ihr überrascht aus. Sie bremst abrupt in der Mitte der Tanzfläche, die knotigen Hände um die Führungsschienen gekrallt. Dann stemmt sie sich hoch und steht auf. Niemand hält den Rollstuhl an, als er davonrollt, diskret wie ein Diener, der sich rückwärts zurückzieht. Ein Tanzpaar stolpert, auch andere kommen aus dem Takt. Mir war nicht bewusst, dass es für die Leute im Raum eine richtige Lazarus-Nummer ist. Sicher dachten sie, Aino sei querschnittsgelähmt. Aber nun steht sie aufrecht in der Mitte der Tanzfläche und sieht sich erwartungsvoll um, während Henry Theels Stimme den Raum durchglüht. Endlich begreife auch ich, was hier läuft. Sie wartet darauf, dass jemand sie auffordert – oder sucht sie sich den Tanzpartner aus? Jetzt haben es auch die Männer kapiert. Blicke rutschen ab, als wäre Aino plötzlich in einer gläsernen Tarnkugel eingeschlossen. Schlagartig ist Aino unsichtbar geworden. Das einzige übriggebliebene Mädchen im Tanzkurs. Paare umfließen sie und halten dabei beiläufig einen Sicherheitsabstand. Jetzt möchte ich sie nur noch wegholen. Ihr Lächeln ist erloschen, ihre Unterlippe zittert mit ihrem Kinn um die Wette, und plötzlich wirkt ihr roter Lippenstift nur noch wie eine Wunde. Ihre Schuhe hängen zu groß an ihren Füßen, und in dem nostalgischen zu weiten Kleid wirkt sie wie eine Figur aus einem alten Vampirfilm, die weniger und weniger wird, während das Scheinwerferlicht sie schmelzen lässt, bis nur noch Stoff übrig bleiben wird. Ich springe auf und will zu ihr stürzen, sie in Sicherheit bringen vor diesen Nicht-Blicken, die sie auslöschen werden.

Aber Aarto ist schneller. Ohne Hast schiebt er sich durch die Paare, dann ist er schon in Ainos Bannmeile. Ich erwarte, dass er sie am Ellenbogen fassen wird, um sie wegzuführen, und ich mache mich schon auf Ainos Wutausbruch gefasst. Aber er bleibt nur direkt vor ihr stehen und streckt ihr die linke Hand entgegen. Die Hälse am Rand der Tanzfläche sind plötzlich nicht mehr lang genug. Aber ich staune wohl am meisten von allen. *Aarto?* Er meint es tatsächlich ernst. Er muss sich ein wenig krumm machen, damit sie ihm ihre Linke auf die Schulter legen kann. An der Spannung ihres Schildkrötenhalses kann ich erkennen, wie nervös sie ist. Sogar die Band hat den Atem angehalten, als Aino behutsam den ersten Schritt setzt, auf wackligen Füßen in den Schuhen ihres jungen Ichs. Keine Ahnung, ob Aarto ein guter Tänzer ist, dafür ist das Ganze zu sehr Andeutung, aber er führt sie behutsam, mit winzigen Schritten, und sie folgt ihm mit eckiger Eleganz, kantig gehauen vom Alter, aber immer noch mit Anmut. Ja, sie tanzen tatsächlich! Mein Herz flattert, während ich Stoßgebet um Stoßgebet losschicke. *Bitte lass sie nicht stolpern oder umknicken. Bitte lass niemanden lachen.* Aber dafür sind die Leute noch zu sprachlos.

Mit jedem Schritt nähern die beiden sich einander mehr an, fließen zusammen, zwei Zeiten und zwei Welten, bis

Aino schließlich mit geschlossenen Augen an Aarto gelehnt dasteht, die Schläfe an sein Schlüsselbein geschmiegt, als würde sie nicht der Musik, sondern nur seinem Herzschlag lauschen. Voller Ernst und Konzentration tanzt Aarto, als gäbe es nichts Wichtigeres auf der Welt.

Erst jetzt fällt mir auf, dass sie die einzigen Tänzer sind. Was eben noch ein Bannkreis war, ist zur Arena geworden. Hundert Augen sind auf das Paar gerichtet. Niemand lacht, im Gegenteil, Zähne ruhen andächtig auf Unterlippen, Köpfe sind zur Seite geneigt, Arme locker um Taillen gelegt, manch einer umarmt sich im Takt wiegend selbst.

»Lilienblüte, weiß wie Schnee, ich pflückte dich einst ...«

Und das ist Aino wirklich. Eine bleiche Blume aus Pergamentseide. Ihre Augen sind immer noch geschlossen, und ich bin sicher, sie liegt gerade in Mikaels Armen.

Das Saxophon setzt ein und Eriks Akkordeon, Live-Begleitung für den Klassiker. Cello-Küsse, voll und weich, bringen mein Zwerchfell zum Schwingen. Ich wage es nicht, den Zauber zu stören, indem ich mein Versprechen breche und die Kamera hervorhole. Meine Nägel drücken sich in die Handflächen, so fest balle ich die Hände zu Fäusten, im kindischen Versuch, mich in diesen Moment hineinzukrallen, damit er nicht entflieht. Aber die Bilder rinnen mir jetzt schon durch die Finger wie Wasser.

Diesmal stelle ich alles manuell ein, die kleinste Blendenzahl, die längste Belichtung, die jede Bewegung weich machen wird und den Hintergrund unscharf. Ein Blitzlicht und Automatikeinstellungen wären Frevel, ein grober Anachronismus wie Aartos Piercings, die bei dieser Blende hoffentlich nur als Lichtreflexe erkennbar sein werden.

Gerade beugt sich Aino in seinem Arm etwas zur Seite, dreht das Kinn zur Schulter. Ich brauche nur eine Sekunde, um die Pose ins Bild zu rücken. Aber dann erstarrt mein Finger auf dem Auslöser. Ich friere ein, als wäre ich selbst ein Motiv, festgenagelt in einem Blitzlicht, das mir mitten ins Gesicht flasht.

»*… immer noch sehne ich mich, und die Sehnsucht wird niemals vergehen*«, singt Theel.

Durch den Sucher erkenne ich es gestochen scharf: Die Haltung, in der Aarto in der verzögerten Pause zwischen zwei Takten, zwei Strophen verharrt. Den Schwung seiner Augenbraue. Eine Strähne, die sich über seine Stirn wölbt und in einem ganz bestimmten Winkel auf dem Jochbein aufsetzt. Noch nie ist mir aufgefallen, dass er Matilda in einem bestimmten Winkel betrachtet tatsächlich ein wenig ähnlich sieht. Aber das hier ist noch viel mehr: eine passgenaue Doppelbelichtung. Aarto – aber auch Matilda, die sich als junges Mädchen über die Rose beugt, in genau dieser Pose, mit genau diesem Semilächeln, das kaum wahrnehmbar ist, und sogar mit demselben Strähnenwinkel.

»*Liljankukka, arvannetko tuon …*«

Es ist die deutsche Übersetzung, die ich nun zu hören glaube, gesungen von Henry Theels Stimme. »*Lilienblüte, wirst du je gewahr: An dich allein nur denk' ich immerdar. Niemals wieder finde ich – jemanden wie dich. Mein Herz, das nahmst du mit dir, als du fortgegangen bist.*«

Es ist das erste Mal, dass ich den Text wirklich verstehe. Dass ich überhaupt etwas verstehe: die rote Rose so nah an Matildas Lippen, als wollte sie sie küssen, ihr Blick in die Kamera eine Antwort, die sie dem Fotografen gibt, umrahmt von der Strähne und der leicht gehobenen Augenbraue. Weitere Fragmente finden sich zusammen. Onervas Gedichte von Leidenschaft und Lust. Ainos Silberrose, die sie niemals ablegt. Und natürlich das Bild, das Matilda von Aino gezeichnet hat, die Kohleskizze eines nackten Mädchenkörpers.

War es gar nicht Mikael? Ich weiß nicht, ob ich es nur denke oder ausspreche.

Jetzt sehe ich ein anderes Bild: Vor mir tanzen zwei Mädchen, eng umschlungen, während draußen die Welt untergeht. Staub und Sand rieseln aus den Ritzen an der Decke. Vielleicht ist der Mann, der für sie singt oder auf der Mundharmonika spielt, Mikael, vielleicht auch nicht. Plötzlich ist es nicht mehr wichtig. Das Zentrum dieses Bildes sind zwei Lilienblüten. Sie wiegen sich, einen Tanzschritt vom Tod entfernt, und ihre Schatten sind eins im Licht einer flackernden Taschenlampe.

Ich schlucke, meine Kehle ist trocken. *Lilienhautanhautanhaut*, hallt es wie ein Refrain in mir. Applaus brandet auf, noch bevor die letzte Note ausklingt. Die Pantherfrau wischt sich verstohlen über die Wange und lächelt. Aino sieht sich blinzelnd um, als sei sie eben erst aufgewacht, während Erik eine kleine Ansprache durchs Mikro schickt. Offenbar gratuliert er ihr zum Geburtstag. Neuer Applaus und Glückwünsche. Jemand schiebt eilfertig den Rollstuhl herbei, in den Aino sich setzt, seltsam spannungslos, als wäre sie leergetanzt. Aber ihr Herz, das kann ich sehen, ist noch anderswo.

»Never trust your own eyes, hm?« Aarto lässt sich auf seinen Stuhl fallen. Erst jetzt bemerke ich, dass ich meine Kamera immer noch vor dem Gesicht halte. Hastig lasse ich sie unter der Tischkante verschwinden. Ich habe kein einziges Foto gemacht. Keine Ahnung, warum ich mich dennoch so ertappt fühle. Eigentlich müsste ich glücklich sein. Noch nie hat sich mir ein Geheimnis offenbart, ohne dass ich es auf Fotostrecken mühsam einkreisen und aus einem Bild lösen musste, isoliert und seziert mit Zoomdetails und schärferen Kontrasten. Aber jetzt wird mir auch klar, wie sorgfältig Aino versucht hat, mich auf der falschen Fährte zu halten, wie geschickt sie jedes Mal den Namen Mikael als Platzhalter gesetzt hat. Ich greife zum Glas und trinke, bis mir die Augen tränen. *Kippis auf Matilda*, denke ich. *Wahnsinn.*

Aarto sieht mich aus zusammengekniffenen Augen an.

»Alles in Ordnung?«

Wenn ich das wüsste. Darf ich wirklich so enttäuscht sein, dass Aino mich so sorgfältig hinters Licht geführt hat? Ausgerechnet ich, die Königin der Lügen? Sogar jetzt gebe ich vor, unter dem Tisch meine Kamera in der Fototasche verstauen zu müssen.

»Warum kannst du denn Tango tanzen?«, wechsle ich das Thema.

»Habe es mal gelernt. Für ein Mädchen.«

»O klar. Warum frage ich?« Das müsste ihm jetzt einen ironischen Konter entlocken. Aber er beugt sich zu mir unter den Tisch und streckt mir die Hand hin. »*Wanna try?*«

Ich schieße hoch. Das ist nicht Teil des Spiels. Oder macht er sich über mich lustig? Aber da ist keine Ironie, nicht ein Funke davon.

Die Band legt wieder los, neben dem ersten Neonschild an der Theke leuchtet ein zweites auf. Offenbar bedeutet Inschrift Nummer zwei so viel wie »Damenwahl«. Und es scheint, als hätten alle Damen diesmal ein Ziel: Aarto. Ich weiß nicht, warum mein Herz stolpert, als ich aufspringe und den Frauen nur zu gerne Platz mache. Jetzt erst bemerke ich, dass Aino nicht mehr da ist. Sogar ihre Tasche ist weg, ich habe verpasst, dass sie die Tasche geschnappt hat. Sie hatte es erstaunlich eilig, der größte Teil des Inhalts liegt noch auf der Tischplatte verstreut.

Die Leute kennen uns bunte Hunde nun, Finger weisen mir den Weg zu den Toiletten. Mir ist schwindelig, eindeutig zu viel *Finlandia*. Ainos Rollei drückt gegen meinen Hüftknochen. Wann habe ich die kleine Kamera in meine Jeanstasche gezwängt?

Grünliches Kunstlicht flutet mir entgegen und der penetrante Blütenduft einer billigen Seife. Ich atme auf. Insgeheim hatte ich wohl befürchtet, dass Aino weinen würde.

Aber sie steht seelenruhig vor dem Waschbecken und tupft sich mit nassem Klopapier die Stirn ab. Ihr Rollstuhl wartet hinter ihr mit geöffneten Armen darauf, sie aufzufangen.

»Siehst du? *Das* war mein Lied«, sagt sie statt einer Begrüßung. »Und mein Sänger. Nicht schlecht für einen letzten Tango, oder?«

»Mit deiner Tanzpartnerin?« Nicht die beste Eröffnung, aber sie ist mir rausgerutscht, so fassungslos bin ich noch von der Entdeckung, benommen und hellwach zugleich.

Im Spiegel treffen sich unsere Blicke. »Wovon zum Teufel sprichst du?«

O nein, meine Alte, so einfach wirst du mich heute nicht los.

»Ich dachte, wir wollten einander keine Lügen erzählen. Ich rede von deinem Tanz im verschütteten Keller. Ich glaube, du hast ihn gar nicht mit Mikael getanzt. Sondern mit Matilda.«

Ich kann nicht sagen, ob sie wütend auf mich ist. Sie knüllt nur das nasse Klopapier in Zeitlupe zu einem Klumpen und setzt sich in den Rollstuhl.

»Ach ja? Wie kommst du darauf?« Jetzt ist sie ganz die genervte Grande Dame, aber ich kenne sie inzwischen viel zu gut. Ich habe mit meiner Vermutung einen Treffer gelandet. Es ist dünnes Eis, auf dem wir uns nun bewegen. *Geh raus, Mo*, mahnt eine innere Stimme. Wer so sorgfältig mit jedem Satz darauf achtet, mir Mikael als Liebhaber zu verkaufen, will die Wahrheit nicht preisgeben. Kein Grund, deswegen enttäuscht zu sein. *Welches Recht hättest du auf ihre Geheimnisse? Lass sie allein mit ihren Erinnerungen.* Aber ich kann einfach nicht. »Euer Tanz eben hat es verraten«, antworte ich. »›*Der Tango ist weich, heiß und zärtlich. Das, was du nicht sagen kannst, zeigst du in diesem Tanz*‹ – so hast du es mir selbst erklärt. Seit dem Krieg trägst du den Silberanhänger wie eine Kopie von Matildas Rose. Und ihr beide habt diese Zeilen von Onerva besonders geliebt: ›*Blutrot ist ihr Blatt, purpurn ihre Lippe. Ihr Duft berauschend wie der Wind der Frühlingssteppe. Brich die Feuerblume, ihren heißen Nektar trinke, lebe jetzt, genieße jetzt, und dann herniedersinke.*‹ Ihr hattet eine ganz eigene Bedeutung hineingelegt. Die Rose war so etwas wie ein Code zwischen euch. Eure Feuerblume.«

Aino schweigt eisern, und ich taste mich weiter vor.

»Ich glaube, Matildas Porträt stammt nicht von einem unbekannten Fotografen. Du hast es gemacht. Ich glaube, du ... hast Matilda geliebt und nicht Mikael.«

Das war ein Schritt zu viel. Das Eis knackt. Aino wird stocksteif. Ihre Hände krampfen sich um ihre Tasche, als wollte sie sie packen und mir an den Kopf werfen. Aber zu meiner Bestürzung wird sie blass, blinzelt ein paarmal zu oft, als würde sie den Halt verlieren. Dann starrt sie mich an und schweigt so lange, dass ich mich schon frage, ob sie jemals wieder mit mir reden wird. Und als sie mir antwortet, wäre es mir fast lieber, sie hätte mit der Tasche ausgeholt.

»Ich wünschte, du würdest endlich damit aufhören«, sagt sie mit belegter Stimme und wendet sich zum Spiegel.

Jetzt bin ich schlagartig stocknüchtern. *Was tue ich hier?* Eigentlich sollte niemand besser verstehen als ich, warum sie geschwiegen hat. Heimliche Liebe verlangt nach heimlicher Erinnerung. *Zu weit gegangen, Mo.* Jetzt komme ich mir schäbig vor.

»Aino ...«, sage ich. »Ich wollte nicht ... ich habe nur gesehen ...«

»*Gesehen?*«, stößt sie hervor. Ihre Kiefer mahlen, rote Flecken erscheinen auf ihren Wangen. »*Was* siehst du? Du hast keine Ahnung, was Sehen bedeutet. Sogar deine Kamera ist für dich nur eine Waffe, um das Leben in deinen Besitz zu bringen. Aber du machst nur Bilder. Wertlose, lächerliche, tote Bilder.«

Diese Breitseite trifft mich trotz allem völlig aus dem Nichts. »Das ... ist nicht fair, Aino.«

»*Fair?* Bist *du* fair? Ich kenne deine Fotos. Du plünderst nur. Und das weißt du genau.«

»Ich zeige nur, was ist!«

»Ach ja, *raukka*? Und wenn du wirklich aufs Sehen aus bist, fang bei dir selbst an, statt das Leben anderer auszuweiden. Schau endlich in deinen verdammten Karton!«

Ich schlucke. »Aino, es reicht ...«

»Du starrst durch den Sucher wie Platons Höhlenmensch an seine Wand und denkst, die Schatten, die vor dir tanzen, sind die Wirklichkeit«, schleudert sie mir entgegen. »Aber das sind sie nicht. Mach die Augen auf!«

Jetzt bin ich es, die auf knackendem Eis steht. Das Echo von Suzanas Befehl hallt von den Kacheln wider. Jetzt will ich nur fliehen vor Ainos Fintango und Finwodka und dem, was sie für Finwahrheit hält. Aino schluckt und hustet, sucht verärgert in der Tasche.

»Dein Inhalator liegt noch auf dem Tisch. Ich hole ihn.«

»Bleib hier!«, schreit sie.

Meine Hand verharrt auf der Klinke, aber ich lasse sie heruntergedrückt. Die Botschaft ist klar: Ein Wort noch, und ich knalle diese Tür zwischen uns zu. Mir ist schwindelig, und als ich mich im Spiegel anschaue, sehe ich eine Frau mit zu roten Wangen, die die Klinke umklammert wie eine Betrunkene.

Aino fängt sich, atmet tief durch, gibt sich sichtlich einen Ruck. Das kalte Neonlicht lässt ihre Haut wächsern aussehen. »Na gut, du hast recht«, sagt sie nach einer Weile. »Vielleicht sind wir wirklich darüber hinaus, uns etwas vorzumachen.«

Ich lasse die Klinke nur zögernd los. Immerhin, für Ainos Verhältnisse war das gerade mehr als eine Entschuldigung. Eher ein Kniefall.

Sie räuspert sich. »Ja, ich habe in jener letzten Nacht nicht mit Mikael getanzt. Aber die Rose war kein Code, jedenfalls nicht unserer. Mikael hat sie Matilda geschenkt. Und er war es auch, der das Foto gemacht hat. Ich habe ihm nur gezeigt, wie er die Kamera bedienen muss. Auf dem Foto sieht Matilda ihn an. Tja, so sieht es aus: Sie liebte Mikael. Und ich … liebte sie.« Sie betrachtet sich im Spiegel, seltsam sachlich, ohne den Weichzeichner von Wehmut. »So ist das Leben. Aber sie war meine erste Liebe. Und meine letzte. Bist du jetzt zufrieden?«

Wir beide wissen, dass es Worte sind, die zum ersten und zum letzten Mal gesprochen wurden. Ich erschrecke, so müde sieht sie plötzlich aus. Leergetanzt oder leergeliebt, ich kann es nicht sagen. Und wäre sie nicht Aino, würde ich zu ihr gehen und sie umarmen.

»Ist dir schon einmal aufgefallen, dass eine Sternschnuppe fast nur in der Erinnerung existiert?«, fährt sie leise fort. »Man hat kaum eine Chance, sie bewusst zu sehen. Erst wenn sie schon fast verglüht ist, nimmst du sie wirklich wahr, aber da ist der Lichtstreif bereits nur noch eine Spur auf deiner Netzhaut. Das ist die traurige Wahrheit, Mo: Du hast die beste Zeit deines Lebens, und du weißt es nicht. Du wirst es erst viel später begreifen, wenn du dich zurücksehnst, in jedem neuen Kuss, jeder Berührung diesen Funken suchst, der unwiederbringlich verloren ist.«

Ich mag ein Idiot sein, aber ich weiß genau, wovon Aino spricht. *Minute 2:15*. Mermaid Kathys Kuss. Ein Winken für das Mädchen im grünen Pullover.

Und dann fällt mir ein, was die Wahrheit über Matilda noch bedeutet. »Dann ist … Mikael Aartos Großvater!«

»Wer sonst?«, erwidert Aino.

»Wusstest du, dass sie schwanger war?«

Aino schüttelt den Kopf. »Nein, ich wusste nur, dass sie einmal miteinander geschlafen hatten, kurz bevor Mikael starb.«

Je mehr ich erfahre, desto verwirrter bin ich. Und ehrlich gesagt bin ich auch enttäuscht. »Warum spielst du mir dann die ganze Zeit etwas vor? Die ganze Suche nach den angeblichen Vätern, was sollte das?«

»Ich brauche sie. Alle hatten sie mehr mit Matildas Familie zu tun als ich. Ich will einfach wissen, wie ihre letzten Tage waren.«

»Aber warum hast du mir nicht die Wahrheit gesagt?«

»Hättest du es an meiner Stelle getan?«

Ich habe nur eine Antwort darauf, und die brauche ich nicht auszusprechen.

»Eben«, sagt Aino trocken.

»Zumindest weiß ich jetzt, was du auf dieser Reise wiederfinden wolltest«, sage ich leise.

Aino runzelt die Stirn. »Was soll ich hier wiederfinden?«

»Diese heimliche Liebe. Matilda.«

Sie lacht trocken auf. »Ach, du lieber Gott, hast du zu viele Schmonzetten gesehen? Die kauzige Alte im Weichzeichner? Rückblenden voller Geigen. Sentimentale Schafsgesichter, die einer über Achtzigjährigen beim Tanzen zuschauen? Meine Güte, Mo, ich mag dich wirklich, bis zum Grund meines vertrockneten Herzens, aber manchmal bist du ein Idiot. Du glaubst im Ernst, ich komme her, um in die Asche längst erloschener Feuer zu starren? Nein. Matilda ist tot. Und Tote verlieren wir für immer.«

Ich muss mich an die Tür lehnen. Zu viel Wahrheit für mich.

»Warum bist du dann immer noch in Helsinki?«

Sie rückt ihre Tasche auf dem Schoß zurecht und umschlingt sie mit den Armen wie ein Kind, das beschützt werden muss. *Oder das sie in Besitz nimmt.* Irgendetwas an dieser Geste stört mich, aber ich kann nicht sagen, was es ist.

»Lass es gut sein«, erwidert sie nach einer Weile. »Du verstehst es nicht.«

»Dann erkläre es mir!«

In diesem Moment fällt ihr die kantige Beule in meiner Jeanstasche auf. Sie bekommt schmale Augen. »Musst du dich auch noch an meiner Kamera vergreifen, du Elster? Gib sie her!«

Das Blut schießt mir in die Wangen. Ich beeile mich, die Rollei hervorzuziehen. »Ich habe kein Foto damit gemacht.«

»Das will ich auch hoffen!« Aino betastet das Gehäuse, als hätte ich damit Hockey gespielt, prüft kritisch, ob ich ihr auch wirklich kein Foto geraubt habe. Dann lässt sie die Rollei in die Tasche gleiten und sieht mich scharf an. »Ich meinte es ernst, als ich sagte, du sollst damit aufhören«, sagt sie mit Nachdruck. »Du hast im Leben nämlich nur einen wichtigen Moment. Einen einzigen, der zählt, der dich ausmacht, der alles erklärt, alles an seinen Platz rückt und alles vollendet. Alles, was danach kommt, ist nur noch Abglanz, wertlos, unwichtig. Und kein Foto der Welt ist es wert, ihn zu verpassen.«

Ihre Worte scheinen in ihrer Nüchternheit kalt wie das Neonlicht zu sein. Aber mir wird mit einem Mal siedend heiß. Im Spiegel steht mir ohne Vorwarnung das Mädchen in Danaes grünem Pullover gegenüber.

»Das ist nicht wahr. Kein Leben ist nur ein Moment. Und wie kannst du behaupten, dass danach alles wertlos war? Was ist mit deiner Familie, mit Leon und …«

Es erschreckt mich, wie entschieden sie abwinkt.

»Warte es ab!« Sie lächelt wie eine grimmige Sphinx. »Und bete, dass du deinen Moment nicht schon verpasst hast.« Sie wendet sich so brüsk von mir ab, als hätte sie mir die Tür vor der Nase zugeschlagen. Jetzt bekomme ich Angst. Davor, dass sie recht haben könnte.

Mit gezierter Geste zupft sie sich das Haar zurecht und zückt ihren Lippenstift. »Ich könnte noch eine Cola vertragen«, sagt sie im Plauderton zu ihrem Spiegelbild.

»Du könntest ein paar Antidepressiva vertragen«, erwidere ich.

Sie lacht nur. Aber sie wäre nicht Aino, wenn sie mir das letzte Wort überlassen würde. Als ich schon aus der Tür bin, erreicht mich ihr Ruf wie eine kalte Dusche. »Du kannst so viele Bilder machen, wie du willst, du kannst nichts festhalten. Nichts, Moira!«

STYX

Die körpergetränkte Hitze flutet mich ebenso wie die Musik. Vor mir schwimmt der Raum, als wäre ich unter Wasser, und ähnlich schwer fällt es mir, vorwärtszukommen. Ich rede mir ein, dass es der Alkohol ist, aber heute bin ich eine miserable Lügnerin. Nicht einmal ich selbst glaube mir. Ich hoffe, dass Aarto tanzt und ich eine Minute für mich habe. Aber er ist keine Beute der Damenwahl geworden, sondern sitzt am Tisch und klopft mit den Fingern auf dem Rand einer Kaffeetasse den Takt mit. Also ziehe ich mich zur Treppe zurück, setze mich auf halber Höhe auf eine Stufe, dorthin, wo mich niemand sehen kann. Zugluft streicht über mein glühendes Gesicht. *Du hast nur einen Moment im Leben. Mach die Augen auf. Schau endlich in den verdammten Karton.* Diesmal hat Aino mich wirklich erwischt. Selbst schuld. Geheimnisse sind wie Wespennester. Man sticht nicht hinein.

Ich bin froh, dass sie nicht am Tisch sitzt, als ich zurückkomme. Offenbar will auch sie mich erst einmal auf Abstand halten: Zwischen den Tanzenden erhasche ich einen Blick auf ein halbvolles Colaglas auf dem Tresen.

»Hey«, begrüßt mich Aarto und schiebt mir nach einem prüfenden Seitenblick seine Tasse zu. Hat mein roter Kaninchenblick mich verraten? Dankbar nehme ich das Angebot an. Es ist eindeutig sein Kaffee, schwarz wie Zuckerrübensirup und ebenso klebrig süß. Und auch heute ist seine Tasse in meinen Händen so etwas wie ein Anker. Über den Tassenrand hinweg mustere ich Aarto, suche nach der Ähnlichkeit von vorhin. Aber Matilda ist verschwunden. Jetzt sind es nur noch allgemeinere Spuren, die an sie erinnern. Genetische Codes für Farbe und Formen, per Zufallsgenerator weiterverteilt an die nächsten Generationen. Ich versuche auch die Ähnlichkeit mit Mikael zu finden, und vielleicht – ja – ist es das Lächeln. Aber noch zögere ich, Aarto zu erzählen, was Aino enthüllt hat, zu aufgewühlt bin ich selbst noch und zu groß ist die Wahrscheinlichkeit, dass Aarto nur cool mit den Schultern zuckt. Er würde vermutlich dasselbe sagen wie Aino: *Die Toten sind tot.* Heute bin ich es, die den Kaffee verschüttet, als ich die Tasse zu hart aufsetze. Genau in diesem Augenblick fällt mir auf, dass Aino mir meine Frage gar nicht beantwortet hat.

»Mo?« Aarto reißt mich aus meinen Gedanken. »*Wanna dance now?*« Verdutzt schaue ich auf seine Hand, die er mir hinstreckt, als wären wir Figuren in einem Film, in dem jemand nur die Pausentaste gedrückt hatte. Einen bizarren Moment kommt es mir so vor, als hätte ich mir das Gespräch mit Aino nur eingebildet.

Ich schüttle den Kopf. »Nein.«

»Warum nicht?«

»Ich … kann nicht tanzen.«

»Ich zeige es dir. Drei einfache Regeln.«

»Drei zu viel für mich.«

Aartos Augen funkeln spöttisch auf, auch wenn seine Mundwinkel stumm bleiben. »*Jänishousu?*«

Hasenhose. Es ist zwar ein netteres Wort für Feigling als »*raukka*«, aber für heute reicht es mir.

»Ist ›nein‹ ein Wort, das es im Finnischen nicht gibt?«, schnappe ich und zerre meine Jacke von der Lehne.

»*Hey, it's not about sex*«, sagt Aarto. »*It's about dancing.*«

Sehr witzig. Und Zeit zu gehen.

Ich will schon nach meiner Fototasche greifen und verschwinden, als ich das Paar entdecke. Ein kahler Mann

Marke Danny DeVito und eine grell gefärbte Rothaarige, die weit über fünfzig ist. Ihr Lockenspray hat sein Werbeversprechen nicht erfüllt, der Concealer ist weggeschwommen, verwischte Wimperntusche verpasst ihr einen Waschbärenlook. Aber das ist alles nicht wichtig. So, wie sie ist, ist sie perfekt. Sie hat die Augen geschlossen und schmilzt in den Arm ihres Tanzpartners wie Kupfer, das eine neue Form füllt. Sie scheint einfach nur glücklich zu sein, hingegeben an den Augenblick. Ganz von selbst gleitet meine Hand in die Kameratasche. Allerdings stößt sie nur auf verwaisten Polsterstoff. Mein Herz macht einen schmerzhaften Satz, bevor das nackte Erschrecken kommt. Und als ich die Tasche hochreiße und einen Zettel mit Ainos Handschrift darin entdecke, weiß ich beim besten Willen nicht, ob ich wirklich erleichtert sein soll, dass meine Kamera nicht von einem Fremden gestohlen wurde.

»Das darf doch nicht wahr sein!« Ich schieße einen Blick in Richtung Tresen, aber Aino ist nicht dort. Und das Colaglas, das ich für ihres hielt, trinkt gerade ein Mann leer. Ich kann sie nirgendwo im Raum entdecken.

»Wo ist sie?«, wende ich mich an Aarto.

»Nach Hause gegangen, als du weg warst.«

»Und du hast sie gehen lassen?«

Er schaut mich an, als hätte ich einen üblen Flashback. Tja, kein Wunder, ich schreie.

»Sie war müde.« Er deutet meine Miene völlig falsch. »Sie ist doch nur alt, nicht behindert. Sie kommt klar.«

Allerdings, Einstein. »Und warum zur Hölle gibst du ihr meine Kamera?«

»Warum zur Hölle soll ich der Babysitter für deine Kamera sein?« Bei Aarto ist wirklich jede Handlung ein Statement. Auch die Art, wie er jetzt unwillig einen Schluck Kaffee nimmt und sich mit verschränkten Armen in den Stuhl zurücklehnt, um finster die Band zu mustern. Ich mache mir heute keine Freunde. Widerwillig betrachte ich die Nachricht, die wie ein Entführerschreiben neben dem Ersatzakku liegt. Ja, Aino läuft nicht weg, Aino hat immer einen Plan. Ich habe ihr Geheimnis, sie meine Kamera, das soll vermutlich eine Lektion an: *So fühlt es sich an, beraubt zu werden, Monika!* Ich kann nur hoffen, dass sie ihre dünnen Hexenfinger wenigstens von meinem Datenspeicher lässt. Auf dem Zettel prangen ein paar Zeilen auf Deutsch in Ainos Makrogekrakel.

Ich will keinen von euch beiden vor dem Frühstück sehen. Wenn du heimkommst, bleib aus meinem Zimmer, ich will alleine sein. Respektiere wenigstens das!

Ich bin also nicht die Einzige, die von unserem Gespräch angeschossen ist. Ich müsste wütend auf sie sein, aber vielleicht sind wir uns doch ähnlicher, als sie und ich es zugeben würden. Und warum fühle ich mich jetzt auch noch wie ein stehengelassenes Date? *Weil du dich viel zu schnell daran gewöhnt hast, dich auf zwei Rollstuhlgriffe zu stützen?* Die Vorstellung, dass vielleicht ich es bin, die den Rollstuhl weitaus mehr brauchen könnte als Aino mich, gefällt mir überhaupt nicht.

Aarto starrt immer noch missmutig auf die Bühne. Aber seine Finger klopfen den Takt mit. Ich schlucke.

»Aarto?«

»Was?«

Ich muss zugeben, dass ich erleichtert bin, weil er noch mit mir spricht.

»Warum wolltest du mit mir tanzen?«

»Weil wir ohnehin hier sind.«

»*Come on!* Das war Ainos Idee, oder?«

»Und wennschon.«

»Heißt das ja?«

»Sagen wir, sie hat es vorgeschlagen.«

»Ich dachte, du magst nur Metal-Musik.«

»Ich mag *Musik.*«

Pause.

»Verschluck dich nicht an so vielen Worten.«

Sein typisches Schulterzucken antwortet mir. »Was erwartest du? Der finnische Mann spricht, lacht und küsst nicht.«

»Was?«

»Ist eine Redensart.« Um Aartos Mundwinkel schleicht sich sein spöttisches Lächeln ein.

Und trotz allem muss ich plötzlich lachen. Aarto hat recht, wir sind hier, zumindest das, wenn schon Aino mich stehenlässt. Und Aino hin oder her: Ich habe zu viel getrunken, meine Kamera ist weg, ich habe nicht die geringste Lust auf das Schlafsofa der Hölle – und zumindest heute habe ich nichts mehr zu verlieren.

Ich stehe auf. »Okay.«

Er ist so überrumpelt, dass sein Taktgetrommel an der Tasse einfriert. Ich würde es verstehen, wenn er mir jetzt eine Abfuhr erteilen würde, aber er trinkt nur den Rest des Kaffees aus und steht ebenfalls auf. Doch statt meine Hand zu nehmen, greift er in seine Hosentaschen, räumt Schlüssel, Handy, ein paar Kabelbinder und ein Pfund Kleingeld aus.

»Regel Nummer eins: Alle harten Gegenstände aus den Hosentaschen entfernen. Schützt vor Missverständnissen wegen Regel Nummer zwei …« Bei diesen Worten hat er mich ohne Vorwarnung an sich gezogen. »Getanzt wird nämlich so eng wie möglich.«

Er riecht nach Kaffee und Zeder. Sein linkes Knie berührt meine, und sein Arm presst meinen Körper gegen seinen. Zu nah. Mein Herz flattert, als hätte ich ohne Kostüm und Text eine Bühne betreten. *Komm runter, Mo. Das ist doch nur Aarto.*

Sein halbes Lächeln erlischt. Im ersten Moment fürchte ich, ich habe den letzten Satz laut gesagt. Aber dann begreife ich, dass sein Pokerface Teil des Programms ist. »Nummer drei: Nicht lächeln. Tangotanzen muss man ernst nehmen.«

Ja, deine Großmutter könnte dir dazu einiges erzählen.

Das Saxophon übernimmt, und Aarto schiebt mich in die Schritte. Zweimal lang, zweimal kurz. Keine Chance. Ich bin nervös und komme aus dem Takt, als ich auf unsere Fußspitzen schiele. Selten habe ich mich ohne das Gewicht meiner Kamera so aus der Balance gefühlt. Meine Hand schwitzt in Aartos, und ich trete ihm auf den Fuß, als er abrupt stoppt.

»Sorry …«, beginne ich. Aber er schüttelt nur stumm den Kopf. Statt mich loszulassen, kommt er mir noch näher, zieht mich so eng an sich, dass ich gar keine Chance mehr habe, nach unten zu sehen. Ich versuche mir nicht anmerken zu lassen, dass ich plötzlich weiche Knie habe und dass diese Nähe mich mehr verwirrt, als ich zugeben will. *It's not about sex?* Auf jeden Fall ist es für mich eindeutig *about Aarto.*

Seine Wange berührt meine, und als er mir etwas zuflüstert, streift sein Atem mein Ohr. »Nicht hinschauen.« Sein Bein schiebt sich zwischen meine Knie, und ich gebe einfach nach, weiche in einen Schritt zurück und stelle fest, dass es tatsächlich funktioniert. Schritt, Schritt. Wiegen, drehen, Atem an meinem Ohr, Licht, das mich blendet, so dass ich tatsächlich die Augen schließe.

»Kaipaan kahta sanaa …« Jetzt erkenne ich einen der Klassiker: *»Nach zwei Worten sehne ich mich.«*

Aber ich höre nur Aartos Atem und noch etwas, was darin mitschwingt. Er summt die Melodie mit, mit einer selbstvergessenen Hingabe, die mich unwillkürlich lächeln lässt. Etwas Seltsames geschieht. Getragen von Aartos Armen und der Melodie seines Atems, höre ich auf, mir in Gedanken selbst dabei zuzusehen, wie ich unbeholfen über das Parkett stakse. Hinter meinen geschlossenen Lidern pulsiert Rot, fast kann ich die Lichtflecken der Diskokugel über mein Gesicht huschen fühlen. Die Musik wird zu Wasser, in dem ich schwerelos werde. Für einige Sekunden vergesse ich alles und spüre nur noch die Wärme seiner Wange und das Summen, das in seiner Brust vibriert. Ich öffne die Augen erst wieder, als ich merke, dass die Musik nicht mehr spielt. Wir stehen, meine Hand liegt auf seiner Brust, geborgen unter seiner Hand.

Die Band holt unter den Stühlen geparkte Gläser hervor und trinkt in aller Ruhe. Aber Aarto macht keine Anstalten, mich loszulassen.

»*Not so bad*«, sagt er so ernst, als würde immer noch Regel Nummer drei gelten. Seine Augen weichen nicht aus, obwohl wir uns so nahe sind, dass ein Blick schon fast so intim wie ein Kuss ist. Sein Atem streift meine Lippen, und ich muss schlucken. Zum ersten Mal fällt mir auf, dass ich in den vergangenen Tagen jedes Detail an ihm mit fotografischer Genauigkeit abgespeichert habe – den widerspenstigen Wirbel, der sein Haar stets zu einer Seite fallen lässt. Seine Piercings und die Linie seiner Narbe. Aber noch nie war mir so bewusst, dass ich nichts von ihm besitze als Momentaufnahmen: sein Profilbild bei Facebook, Mumintassen und zu süßer Kaffee. Ich weiß, dass er hässliche Motto-T-Shirts und *puuro* mit Früchten und Honig mag, durchgeknallten blonden Furien verfällt und dass seine eigene Musik so klingt, als würde jemand ein Werkzeuglager sprengen. Würde ich von ihm erzählen, jeder würde glauben, dass ich ihn gut kenne. Aber Fakt ist: Ich habe keine Ahnung, wer vor mir steht. Im Augenblick weiß ich nur, dass ich seinen Mund anstarre, der angeblich nicht küsst.

»Das würde Sanna nicht gefallen.« Es rutscht mir zu laut heraus. Und vermutlich meine ich meine eigenen Gedanken damit.

Chapeau für die Rothaarige von eben. Mo Hasenhose ergreift die Flucht. Ich versuche auf sicheres Terrain zu kommen, aber Aarto entlässt mich nicht in den Sicherheitsabstand. Seine Finger umschließen meine Rechte eine Spur fester. »Es gefällt *mir*«, sagt er ruhig.

Unter meiner Handfläche spüre ich seinen Herzschlag, etwas zu schnell für den langsamen Tanz, den wir geteilt haben. Wie aus weiter Ferne höre ich das nächste Lied. Vielleicht sind die Fakten über Mo ebenso wertlos wie die über Aarto, denn so kenne ich mich nicht: Ich schließe die Augen, und wir fließen wieder zusammen, schmiegen uns aneinander in den Schutz von Lichtflecken und einem Lied, das vermutlich davon erzählt, wie kurz und flüchtig der Sommer ist und dass Liebe schneller schmilzt als Schnee an einem Frühlingstag.

*

Langsam gehe ich als Finnin in Ausbildung durch: Drei Kaffeetassen und diverse leere Gläser drängen sich auf dem Tisch, als die Band sich verabschiedet. Erik nimmt den letzten Applaus seiner Groupies entgegen und streift mit dem Akkordeon sein Elvis-Ego ab. Die Paare sind längst gegangen. Der Rest packt jetzt zusammen. Aarto schultert seine Werkzeugtasche, und wir folgen dem Strom die Treppe hinauf. Ich dachte, ich hätte mich gut gehalten, aber die frische Luft, die uns vom Meer entgegenweht, setzt in meinem Kopf ein Karussell in Gang. Taxis starten mit verlöschenden Bremslichtern. Aarto und ich bleiben als Letzte zurück, Strandgut der Nacht. Ohne die Musik sind wir sprachlos geworden, planlos, verlegen, obwohl wir keinen Grund dafür haben. Es gab keinen Kuss, kein Versprechen, das wir am nächsten Tag zurücknehmen müssten.

Aarto ist es, der dieses schwebende »*Und jetzt?*« entschärft.

»Tja, zu mir oder zu dir?«, fragt er und verzieht ironisch den Mund.

Ich bin erleichtert, einfach loslachen zu können. Erst jetzt lösen wir uns aus dem Tanz. Aber noch bin ich nicht bereit, zurückzukehren, nicht zu Suzanas Karton und schon gar nicht zu Aino. Vielleicht betrachtet sie noch Fotos von Matilda, vielleicht starrt sie nur aus dem Fenster. Aber der Himmel sieht nicht nach Sternschnuppen aus.

»Sollen wir uns noch eine Bar suchen?«

Ich schüttle den Kopf. »Lass uns spazieren gehen«, sage ich. Das heißt, ich hoffe, dass ich das sage, ich fühle mich, als hätte ich eine Kartoffel auf der Zunge, und als ich loslaufen will, scheinen meine Knie vergessen zu haben, wofür sie da sind. Aarto bringt mich mit einem Griff um die Taille wieder auf Kurs. *»Boy, you're drunk!«*

»I'm not a boy!«

Gehen im Doppelpack funktioniert noch, ziemlich gut sogar. Wir überqueren den Senatsplatz, über dem der Dom hell wie der bloße Geist eines Gebäudes aufragt. Motten und Mücken bilden einen Heiligenschein um die Laternen am Zarendenkmal. Es ist eindeutig der Wodka, aber ich könnte schwören, dass der Zar uns von seinem Sockel aus beobachtet. Das Zwielicht zwischen Nacht und Mottenaura gaukelt mir Vergangenheit vor. Auf dem Senatsplatz erahne ich einen Berg von Stühlen, das gerettete Mobiliar, hektisch übereinandergestapelt bei der ausgebrannten, ausgebombten Universität anno 1942. Im Café Engel entlarve ich zwei Schatten im Fenster als zwei junge Frauen. Aino beugt sich über den Tisch und streicht ihrer Freundin eine Locke zurecht, die sich aus der Frisur gelöst hat. Gestohlene Liebkosung einer heimlich Liebenden. Wir überholen ein paar Nachtschwärmer mit Rapper-Mützen, die auf zwei verschiedenen Seiten der Straße entlangtorkeln, damit sie sich besser brüllend beschimpfen können. Mit einem von ihnen wackelt Ainos Großmutter dicht an der Wand entlang, wild entschlossen, auch den nächsten Fliegerangriff zu überleben. Ihren Talisman gegen den Tod – den Kochtopf aus Aluminium – hat sie mit einem Schal fest um Kopf und Kinn geschnürt.

Eine Weile lasse ich meine Wahrnehmung einfach verrücktspielen, aber als wir das Ende der Sofiankatu erreichen, bin ich schlagartig ernüchtert.

Im Gegensatz zu einem Betrunkenen, der sich im Straßenbahnrondell die Seele aus dem Leib reihert, haben die Seehunde am Nixenbrunnen Speipause. Aber meine Mutter hält in Gestalt von Havis Amanda die Stellung, ein dunkler Schattenriss vor der blassen Schutzplane eines Baugerüsts. Ich mache auf dem Absatz kehrt und ziehe Aarto mit.

»Kein Besuch bei Manta?«

Auf seltsame Art berührt es mich, dass er Havis Amanda bei ihrem Kosenamen nennt, den Helsinkis Bewohner für sie gefunden haben.

»Nein.«

»Ich dachte, du magst Meermädchen.«

Ich bleibe stehen. Das ist das erste Mal, dass er mich auf gestern Nacht anspricht. Ohne zu fragen, lässt er es zu, dass ich mich entziehe.

»Schon möglich. Aber diese mag ich nicht«, sage ich aus einer Armlänge Entfernung. »Und außerdem: Sie ist überhaupt keine echte Meerjungfrau.« Das ist die Wahrheit. Meine Mutter war eine gute Schwimmerin, aber das reicht nun mal nicht, um unter Wasser zu atmen.

Leon hätte mich damit aufgezogen, dass ich wirres Zeug rede, aber Aarto schiebt nur die Hände in seine Jackentaschen und studiert seine Schuhspitzen. Nach einer Weile hebt er den Kopf und fragt völlig ernst: »*Wanna see a real one?*«

*

In diesem schmalen Hinterhof hat niemand für Beleuchtung gesorgt. Aarto muss sein Smartphone als Taschenlampe benutzen, um das Schlüsselloch zu finden. Jetzt kann man auch erkennen, dass das hier ein Kippenfriedhof ist, ein beeindruckendes Mahnmal verschwendeter Pausenzeit. Punkt drei Uhr morgens, sagt das Display. Die Stunde der Wunder. Tja, da haben wir den Grund, warum ich wider besseres Wissen aufgeregt und neugierig bin.

Ein Piepsen ertönt, die Melodie eines eingetippten Codes und ein Klacken. Hat Aarto eine Alarmanlage ausgemacht?

»Wo sind wir hier?«

»Hintereingang zum Stadtmuseum.«

»Was? Woher hast du den Schlüssel?«

»Elmo arbeitet hier in der Verwaltung.«

»Das ist nicht dein Ernst.« Elmo ist der martialische Sänger mit mehr Tattoos als freier Haut. Ausgerechnet Louhis finsterster Sohn hat also einen braven Bürojob.

»Doch«, sagt Aarto. »Ich soll den Treppenlift reparieren. Elmo hat mich engagiert.«

Fürs Einbrechen mitten in der Nacht? Langsam ist mir doch mulmig zumute. Aber Aarto gibt mir einen kumpelhaften Schubs zwischen die Schulterblätter. Kopfsteinpflaster buckelt unter meinen Sohlen und wirft mich über der Türschwelle ab. Das Displaylicht warnt mich vor Treppen. Der glatte Boden verpasst meinen Absätzen einen Hall. Dann stehen wir vor der nächsten Tür. Auf dem Glas schwimmen Öffnungszeiten.

»Ab hier musst du die Augen zumachen«, flüstert Aarto. »Sicherheitsvorschrift beim Erstkontakt mit Nixen. Sie haben Laseraugen.«

»Haha«, sage ich. Aber komischerweise werde ich nervös, als ich die Lider schließe.

Die Tür schnappt auf. Es riecht nach Bohnerwachs und ungelüfteten Räumen. Wie in einem neuen Tanz, diesmal

Seite an Seite, lasse ich mich führen. Aarto platziert mich. So etwas wie eine Klimaanlage geht an, nein, es erinnert eher an das Rattern eines alten Projektors. *Super 8?* Es wird tatsächlich heller hinter meinen Lidern. Dann streift Atem meine Wange und jagt mir einen kleinen Schauer über den Nacken.

»Jetzt«, raunt Aarto.

Vor mir befindet sich eine Jahrmarktsbude. Echte Wurfbälle liegen herum. Aber die Rückwand der Bude ist Illusion, ein stotternder Stummfilm aus den Fünfzigern. Mädchen mit onduliertem Haar und Spitzbusen-Bikinis marschieren ins Bild und strahlen ihr Schwarzweißlächeln in die Kamera.

Insgeheim lache ich mich selbst dafür aus, dass ich wider jegliche Logik ein wenig enttäuscht bin. *Was hast du erwartet? Eine geheime Forschungsstation mit der Sensation des Jahrtausends?*

Schnitt. Wir schauen Jahrmarktsbesuchern über die Schultern, die Bälle auf eine Zielscheibe abfeuern. Zwei der Mädchen liegen elegant drapiert auf Brettern, die an der Rückwand der Bude befestigt sind. Ein Mechanismus lässt bei einem Treffer das Brett kippen. Eine Bikinischönheit nach der anderen landet lachend im Wasser, Schnitt für Schnitt.

»Das war die berühmte *Mermaid Hall* im *Linnanmäki*-Freizeitpark«, erklärt Aarto. »Für die weiblichen Besucher gab es angeblich auch Meermänner. Und für geschlossene Gesellschaften auch Abende ohne Bikinis. Aber in den Sechzigern wurde die Wurfbude abgeschafft. Zu frauenfeindlich.«

Ich muss lachen. »Nett. Aber Fake.« Beim Gedanken daran, dass Tausende von YouTube-Nutzern exakt im selben Moment dasselbe Urteil unter Mermaid-Videos tippen, muss ich noch mehr lachen.

»Eine ist echt«, widerspricht Aarto todernst.

Der Film ist am Ende und beginnt von vorn. Wieder die Prozession der Schönen. Aber sosehr ich mich auch anstrenge, ich komme nicht darauf, was Aarto meint. »Keine Ahnung. Alle sind hübsch, alle fallen ins Wasser. Und definitiv alle haben Beine.«

Aarto nickt, seltsam ernst und völlig versunken in die flackernden Gesichter. Dann zeigt er auf ein Mädchen in geblümtem Bikini.

Die Schöne hat ein herzförmiges Gesicht, umrahmt von hellen Locken. Nicht richtig blond, schätze ich, wahrscheinlich nussbraun oder kupferfarben.

»*Don't get it*«, sage ich. »Warum sie und keine der anderen?«

Aarto schweigt, kaut auf seiner Unterlippe herum, sieht ihr wie hypnotisiert dabei zu, wie sie ins Wasser fällt. Irgendetwas liegt in der Luft.

Ich schaue mich um. Ein Karussellpferd mit Holzgebiss grinst eindeutig niederträchtig. Klassischer Fall von Drei-Uhr-morgens-Paranoia.

Aarto holt Luft und schüttelt den Kopf. »Vielleicht ist sie es ja gar nicht. Lass uns verschwinden.«

Er geht zur Kassentheke und schnappt sich seine Tasche. Werkzeug klirrt.

»Was ist los?« Meine Stimme hallt in dem Raum.

»Nichts. Komm mit.«

»Wohin diesmal? Zum einzig echten Werwolf von Helsinki?«

Finlandia und ich haben es tatsächlich geschafft: Aarto muss lachen. Ich wusste nicht, dass er das kann, und ehrlich gesagt steht es ihm gar nicht schlecht. Die Narbe spannt sich und wird für einen Moment so gut wie unsichtbar. »Gute Idee«, sagt Aarto. »Ich habe nämlich noch einen Schlüssel.«

*

Ich hätte mir denken können, dass der Weg zu den Anlegern am Nordhafen führt. Aarto sperrt das Gittertor am letzten

Steg auf und geht voraus bis zum Ende des Anlegers. Dort ist er mit einem Satz in einem Motorboot, das gerade mal zwei Leuten Platz bietet.

»Wem gehört das?«, frage ich. »Onni oder Harri?«

»Keinem von der Band. Das ist das Technik-Einsatzboot von ARGO.«

Aarto nimmt mir die leere Fototasche ab und verstaut sie unter dem Sitz. Unter seinen Bewegungen schwankt das Boot und verwandelt das Wasser in ein Kaleidoskop schwarzer Spiegelscherben. Aber diesmal bin ich auf der Hut vor Erinnerungen und kälter werdenden Wasserschichten. Nein, heute können mir Nixenkraut und Armleuchteralgen gestohlen bleiben.

»Darf man in Finnland betrunken Boot fahren?«

»Keine Ahnung. Ich bin nicht betrunken.«

»Klar, und ich bin blond.«

Blöderweise erinnert mich meine Antwort an Sanna.

»Hast du etwa Angst?«, spottet Aarto.

Ja, vor deiner Blonden. Ein Schnappschuss von Aarto, wie er nun einen Fuß gegen den Bootsrand stützt und mir beide Arme entgegenstreckt, würde jedenfalls genügen, dass sie einen Kurs in Kickboxen belegt.

»Komm schon, du fällst nicht ins Wasser, ich fange dich auf.« Vielleicht ist es dieser Satz. Irgendetwas in meinem Hinterkopf hält es für eine sehr schlechte Idee, aber einen Schritt später bin ich auf dem Boot, genauer gesagt in Aartos Armen, auf schwankendem Grund.

Und Aino hat recht, ich habe eindeutig zu viele Schmonzetten gesehen, denn vor meinen Augen spielt sich der Film ab, wie wir uns aneinanderdrängen und küssen, und ohne dass ich es will, reagiert mein Körper mit einer kleinen heißen Welle, die vom Nacken bis ins Becken schwappt. Die Onerva-Seite in mir fragt sich unwillkürlich, wie sich Aartos Narbe wohl beim Küssen anfühlt. ›*Wozu noch länger euch verstellen, auch ihr wollt einem Mann gefallen und werdet vom Triebe geführt!‹* Na toll, die Dichterin verfolgt mich wie der Geist der zukünftigen Weihnacht.

»Ich glaube, *ich* bin betrunken«, murmle ich. »Ziemlich sogar.«

»Wer noch Englisch sprechen kann, ist nicht betrunken genug. Oder ... willst du nach Hause?«

Wo soll das sein? Diese Frage hätte ich beinahe laut ausgesprochen, aber dann fällt mir ein, dass er ja den Ort damit meint, wo Suzana und Aino auf mich warten. Nein danke.

»Nein, fahren wir.«

Aarto atmet sichtlich auf, und zum ersten Mal dämmert mir, dass ich vielleicht nicht die Einzige bin, die um keinen Preis nach Hause will. Er verfrachtet mich auf die Sitzbank im vorderen Teil und nimmt selbst neben dem Motor Platz.

»Halt dich fest, es ist nicht weit.«

»Was heißt nicht weit? Sankt Petersburg?«

»Korkeasaari.« Er wirft den Motor an.

Die Zooinsel. Ich erinnere mich an das Bestiarium in den U-Bahnen, Tiger und Bären auf Werbeplakaten, und ich frage mich, ob die Raubtiere nachts mit Alarmanlagen gesichert werden.

Der Schub drückt mich nach hinten, dann fegen wir über die glänzende Haut des Hafens. Die Eisbrecherschiffe liegen wie schlafende Wale im Wasser und lassen sich nicht davon stören, dass wir an ihnen vorbeirasen. Gischt trifft meine Stirn, mir ist kalt, aber es tut gut, dass der Fahrtwind den Wodka vertreibt. Aarto nimmt Kurs auf die Zooinsel, die selbst wie ein zotteliges Tier mit rundem Rücken auf dem Wasser schläft, eine längliche Nebeninsel wie ein müdes Bein von sich gestreckt. Auf halber Strecke gibt er richtig Gas, und eine Weile fliegen wir nur auf der seifenblasenfeinen Haut, die Luft und Wasser trennt, dahin. Mitten im Schwung verstummt der Motor. Aarto klappt den Außenborder hoch. Wir surfen fast lautlos, werden langsamer, bis dem Boot die Puste ausgeht und wir nur noch treiben. Punktgenau stranden wir in einer Miniaturbucht zwischen Felsen und runden Steinen. Sand knirscht unter dem Bug. Enten fühlen sich in ihrem Schlaf gestört. Vereinzeltes ungnädiges Quaken erklingt, als Aarto auf einen Felsen springt und das Boot festmacht. Er bewegt sich in einer wohl oft geprobten Choreographie, springt und balanciert mühelos über die Steine, ich folge nach Art der Nilpferde. Als ich am Ufer ankomme, ist mein rechter Schuh voller Wasser. Aarto setzt sich auf einen der hellen Strandfelsen, die Ellenbogen auf die Knie gestützt.

»Gehen wir nicht zu den Tieren?«

Er deutet mit dem Daumen über die Schulter. »Wenn du da hinten hochgehst, landest du beim Rentiergehege. Ich bleibe hier.«

Er sieht mich nicht an, als ich mich neben ihn setze, sondern betrachtet die fernen Stadtlichter.

»Warum wolltest du hierher?«

Ein schattiges Schulterzucken. »Ist mein Lieblingsplatz. Ich war schon als Kind gerne hier. Und nachts hat man Ruhe.«

Einleuchtend. Eine ganze Weile schweigen wir, das ist leicht mit ihm. Aber jetzt, im Schweigen, fehlt mir meine Kamera mehr denn je. Ich forme Daumen und Zeigefinger zu einem Sucherrechteck und fixiere den Horizont. Die meisten Nachtaufnahmen sind in Wirklichkeit kurz nach Sonnenuntergang gemacht, zur »blauen Stunde«. Jeder Tourismusverband setzt auf dieses ätherische Blau der Romantiker. Ein wirklicher Nachthimmel ist nämlich keine passende Tapete hinter Sehnsuchtsmotiven, sondern nur schlichtweg ein schwarzes Loch. Aber dieser Helsinki-Himmel trägt sogar jetzt Farbe. Mit der richtigen Belichtung wäre er eine Kuppel aus Lapislazuli.

»Was machst du?«, will Aarto wissen.

»Ich suche den besten Ausschnitt für eine Langzeitbelichtung. Je nachdem, wie man den Horizont setzt, hat das Bild eine andere Stimmung, siehst du? Setzt du ihn weit nach unten, entsteht der Eindruck von Weite. Ein bildfüllender Himmel ist Sehnsucht, Freiheit, Möglichkeiten. Ideal für Reiseprospekt-Fotos. Und ein hoher Horizont, der über der Mittellinie liegt ...« *Lenkt den Fokus auf Untiefen, Bedrohungen, Sinken von Leben zu Tod.* »... ist eher was für Naturfotografen.« Beinahe hätte ich »Tatortfotografen« gesagt. Zwischen meinen Fingern scheint sich das Wasser zu bewegen, als würde ein Körper darunter treiben, dicht unter der Oberfläche. Hastig nehme ich die Hände runter. Jetzt bin ich es, die an Aarto heranrückt, ohne zu fragen. Diesmal ist es keine Trunkenheit und keine Onerva, hier in Aartos Armen kann das schwarze Wasser des Styx mir nichts anhaben. Er zögert kurz, aber dann legt er den Arm um mich. Es ist komisch, ihm so nahe zu sein, ohne zu tanzen, aber auf eine Art selbstverständlich, die ich nicht einordnen kann.

»Mir gefällt der Horizont in der Mitte am besten«, sagt Aarto nach einer Weile.

Ich schlucke. »Der ... ist nur bei symmetrischen Spiegelungen interessant.«

»Eben. Der doppelte Umriss der Stadt an der Mittellinie sieht aus wie eine Tonspur.«

»Oh. Tatsächlich.«

Seine Hand streicht mein zerzaustes Haar glatt. Irgendetwas geschieht mit uns, wenn wir einander berühren. Die Worte machen sich davon und brauchen eine Ewigkeit, um wieder zu uns zu finden.

Aarto räuspert sich. »Was ist das genau mit dir und deiner Kamera?«

Sie ist mein one-eyed lover. Leons Definition liegt mir schon auf der Zunge. Aber mir selbst fällt keine Antwort ein. Was sind Fotos für mich? Schatten an der Wand? Oder Beweise für die Wirklichkeit? *Geh heim und schau nach, dann bist du schlauer.* Fast kann ich Ainos Stimme hören.

»Ich weiß es nicht.« Im Moment kommt das der Wahrheit sogar ziemlich nahe.

Aarto fragt auch diesmal nicht weiter. Und ich stelle fest, dass es genau das ist, was ich so sehr an ihm mag. Sein Respekt vor Antworten, wie auch immer sie ausfallen.

»Und was ist das genau mit dir und der Blonden?«, frage ich.

Lange Pause.

»Schwer zu erklären.«

»Sex?« *O Mann, lass es, Mo!*

Aarto wendet den Blick nicht von seiner Helsinki-Tonspur. »Sex kann keine Antwort sein«, sagt er. »Immer nur eine Frage.«

Noch so ein Satz, bei dem man fast übersehen könnte, dass es keine Antwort auf das ist, was ich wissen wollte. *Bist du sicher, dass du nicht in Wirklichkeit mit Aino verwandt bist?* Das liegt mir schon fast auf der Zunge. Aber bevor ich irgendetwas sagen kann, wendet er den Kopf und sieht mir in die Augen. Wir sind uns so nah, dass sein Atem meine Lippen wärmt. Und dann küsst Aarto mich. Erst vorsichtig, fragend, und zu meiner eigenen Überraschung antworte ich ihm mit meinem Mund. Jetzt weiß ich, wie sich die Narbe an seiner Oberlippe anfühlt, wow. Aarto zieht scharf die Luft durch die Nase ein, dann zieht er mich an sich, und mir wird schwindelig. In weiter Ferne beschweren sich Enten, aber ich sinke nur tiefer in diesen Kuss, der ein Statement ist wie alle von Aartos Handlungen. *Wir beide, hier und jetzt, nicht schauen, einfach tanzen.* Ich weiß nicht, wie viel Zeit vergangen ist. Aber lange kann es nicht gewesen sein, denn als ich atemlos und mit glühendem Gesicht auftauche, mosert immer noch dieselbe Ente. Der Horizont ist ins unterste

Fünftel des Bildschnitts gerutscht, der Fels drückt gegen meine Schulter, und mein Herz rast. *Was war das?* Jedenfalls ist es nicht fair Sanna gegenüber. Auch wenn sie mich geohrfeigt hat, das hat sie nicht verdient. Niemand hat verdient, betrogen zu werden. Aber wer spricht von betrügen? Bis jetzt geht es als trunkener Kuss zwischen Freunden durch. Passiert. Alkohol plus blaue Stunde. *Oder nicht?*

Ich müsste mich aufsetzen, seine Arme verlassen, aber aus irgendeinem Grund ist das absolut unmöglich. »Deshalb hast du mich also hergebracht.« *Lahmer Scherz, Mo.*

»Klar«, antwortet Aarto lakonisch. »Und bevor du fragst: Ja, es war Ainos Idee.«

Ich muss lachen. *»Senkin idiottii!«*

Wieder seine Hand, die diesmal wie beiläufig über meinen Nacken streicht. Onerva hätte dazu einiges zu sagen gehabt.

»Ich wollte dir einfach diesen Platz zeigen«, sagt Aarto.

»Kennt ihn Sanna auch?«

»Ja«, sagt er ohne jede Verlegenheit. Ich versuche den Stich zu ignorieren.

»Ich war mit jedem hier, der mir wichtig ist«, fährt Aarto fort. »Deshalb ist es ja mein Lieblingsplatz. Mit der Band komme ich jeden Sommer her.«

»Ist das so etwas wie eine finnische Liebeserklärung?«

»Sort of.«

Zum ersten Mal ist Schweigen zwischen uns beunruhigend. Freunde schweigen einander jedenfalls nicht auf diese Weise an. Der Fahrtwind hat die Zeder verweht, jetzt ist nur noch der fremde und doch vertraute Duft seiner Haut übrig. Seine Hände hören nicht auf zu fragen. Und dann kann ich nicht länger widerstehen. Ich dränge mich an ihn, küsse ihn, suche nach dem kleinen Schauer, der mich durchfährt, wenn meine Zunge über seine Oberlippe tastet. Unsere Beine verschlingen sich, mein nasser Schuh rutscht mir vom Fuß. Seine Finger sind sehr viel sanfter als an der

Gitarre und bringen alles in mir zum Schwingen. Sie finden unter mein Shirt, zeichnen zart den äußersten Bogen meiner Brüste nach, und ich vergesse sogar Sanna. Aino kennt mich wohl doch besser, als ich wahrhaben will. Ja, ich bin eine, die in fremden Leben wildert. Und ich bin weder fair noch politisch korrekt, denn ich stehle, obwohl ich genau weiß, wie es sich auf der Seite der Beraubten anfühlt.

Unter dem grauen Hemd trägt Aarto eines seiner T-Shirts und ein paar Sekunden später nichts mehr. Danae würde sagen, ich bin keinen Deut besser als sie. Und sie hätte recht. Dabei ist es völlig unlogisch. Bei Aarto finde ich nichts, was sonst untrennbar mit Küssen und Verliebtheit verbunden ist, keinen Plan, kein Nest für meine Kuckucksseele, weder jetzt noch in Zukunft. Er hat nichts zum Tausch anzubieten. *Na und?*, flüstert es in mir.

Es ist kein Sternschnuppenmoment, weit entfernt. Wir sind füreinander geübtere Tanzpartner als Liebhaber. Es gibt Lachen und Irritationen, denn Aarto hat recht. Zumindest dieser Sex ist mehr Frage als alles andere: Spricht es für oder gegen ihn, dass er Kondome dabeihat? (Vernunft sagt: für). Ist er noch an anderen Stellen gepierct? (Nein.) O Gott, das macht er nicht wirklich? (O doch!) Oben oder unten? (Oben, schnell!) Ist Sex auf einem Felsen eine gute Idee? (Au.) Jetzt? (Ja!)

MEMORY

Ich weiß nicht, wie viele Enten wir vertrieben haben. Der Himmel wird bereits transparenter und heller, der Morgen schleicht sich an. Aber noch sind wir geborgen im Schlaf der Stadt. Meine Knie sind böse aufgeschürft, was ich erst merke, als ich meine Jeans wieder anziehe und versuche, mich neben Aarto zu setzen. Als er den Arm um meine Schulter legt, stelle ich fest, dass auch am Rücken so einiges brennt. Komischerweise hat dieser Schmerz nichts Ernüchterndes, fast ist er mir willkommen. Als würde mir diese Nacht verlorengehen, wenn ich nicht immer noch einen Nachhall spüren würde. *Vermutlich müsste ich Fotos von meinen Blessuren machen, um Aarto und mich nicht zu verlieren.*

»Alles okay?«, fragt Aarto. Ich nicke nur und schmiege mich dichter an ihn, wühle die Hand in sein Haar, das immer noch verschwitzt ist. Aarto bemerkt die plötzliche Gänsehaut an meinen Armen, reibt mich warm. Dann greift er tatsächlich nach seiner Lederjacke und legt sie um meine Schultern. Im Kino hätte ich gelacht und etwas von *Hollywood-Klischee* gemurmelt. Aber hier berührt mich die Geste mehr, als ich zugeben will. Ich fürchte, er wird gleich sagen, dass wir aufbrechen müssen, aber offenbar hat er es noch weniger eilig als ich. Er küsst meine Lider, meine Nasenspitze, als hätten wir alle Zeit der Welt. *Als würde das Wasser nicht auf mich warten.* Jetzt ist mir trotz seiner Jacke kalt.

»Aarto? Warum war es die Frau im geblümten Bikini?«

»Was?«

»*The real one.*«

»Ach das!« Er schnaubt ein leises Lachen. »Mein Vater kannte das Mädchen. Sie hieß Ada, war eine schwedische Studentin, die sich auf dem Volksfest was dazuverdiente. Aber wenn er von ihr erzählte, nannte er sie immer Mantas Tochter.«

Unwillkürlich richte ich mich auf. »Du kanntest deinen Vater? Ich dachte, du hast ihn nie gesehen?«

»Nur einmal«, antwortet Aarto zu betont gleichgültig. »Meine Oma hat ihn natürlich über mich auf dem Laufenden gehalten. Aber er hat sich nie gemeldet. Aber vor ein paar Jahren habe ich ihn besucht. Da hatte er einen Schlaganfall und lag im Krankenhaus. Er wusste nicht mehr, wer ich war. Aber an Ada die Schwedin hat er sich erinnert.«

Normalerweise ist es Aino, die mir die Sprache verschlägt.

»Mach nicht so ein Gesicht«, sagt Aarto. »Das war in Ordnung. Hauptsache, ich weiß, wer ich bin, und die Jungs erkennen mich wieder.«

Ich weiß nicht, ob er mir ausweicht, als er jetzt zum Horizont schaut. »Jedenfalls ... als er Ada kennenlernte, war er noch ein ganz junger Kerl. Er arbeitete als Hilfskraft auf Baustellen. Die freie Zeit vertrieb er sich auf dem Jahrmarkt. Als Ada dort anfing, stand er nur noch an der Wurfbude und kaufte anderen Besuchern die Bälle weg, sobald sie dran war. Er war ein guter Schütze, aber er warf immer mit Absicht daneben. Manchmal hat er seinen ganzen Wochenlohn dafür ausgegeben, Ada zu verfehlen. Er brauchte drei Monate, bis er sich traute, sie zu fragen, ob sie ihm ausgehen will. Tja, und da machte sie ihm klar, dass er sich seine Art der Liebeserklärung an den Hut stecken kann. Sie sagte, sie wolle keinen Mann, der sein Ziel verfehlt.« Aarto verzieht den Mund zu einem schiefen Lächeln. »Er war völlig aus der Fassung, als er davon sprach – Jahrzehnte später. Jede Krankenschwester musste sich die Geschichte fünfmal am Tag anhören, und mir hat er sie auch erzählt. ›*Die anderen Mädchen mochten es nicht, abgeschossen zu werden*‹, sagte er. ›*Aber sie* wollte *ins Wasser. Und weißt du, warum? Weil sie Mantas Tochter war. Und ich Idiot habe das nicht erkannt.*‹ Er war fest überzeugt, er hätte sie rumgekriegt, wenn er sie damals ins Wasser befördert hätte, statt sie zu schonen.«

Es sind mehr Worte, als ich von Aarto jemals am Stück gehört habe. Es ist seltsam, als wären wir ein Stück näher zusammengerückt. Ich habe den Verdacht, dass er Sanna diese Geschichte niemals erzählt hat. Und noch etwas irritiert mich: Es ist gegen jede Logik und jedes Wissen, aber mit einem Mal bin ich trotzdem eifersüchtig auf sie.

»Und dann?«

Aarto hebt die Schultern. »Mein Vater war nie wieder auf dem Jahrmarkt. Zehn Jahre später hat er meine Mutter getroffen, sie wurde schwanger, er ließ sie sitzen, den Rest kennst du. Aber als die Schießbude hier im Museum aufgebaut wurde, hatte er plötzlich die fixe Idee, dass das Mädchen im Blumenbikini Ada war. Vielleicht war sie es ja auch, vielleicht sah das Mädchen ihr aber auch nur ähnlich. Jedenfalls ging er die zwei Jahre vor seinem Schlaganfall ständig ins Stadtmuseum und stand vor der Wurfbude. Schaute völlig verbittert eine Million Mal zu, wie sie ihn anlachte und dann ins Wasser fiel. Verrückt, oder?«

»Finde ich nicht«, sage ich leise. *Jedenfalls nicht verrückter als ein Mädchen, das seit über zwanzig Jahren von einem Balkon starrt.*

Wir schweigen. Es wird heller, die Ostsee bekommt eine Gänsehaut vom Frühmorgenwind. Ich kenne die Panik, die nun gegen mein Zwerchfell pocht, mit jedem Herzschlag nachdrücklicher. Aber jetzt kann ich nicht mehr ausweichen. Sonst ende ich wie Aartos Vater. Auf eine Kiste starrend, bis ich tot bin.

»Ich muss zurück.«

Ich kann spüren, wie sich sein Rücken versteift. »Jetzt gleich?«

»Ja.« Ich springe auf und will zum Wasser gehen, aber Aarto fasst mich am Handgelenk.

»Warum?«

»Weil mich sonst der Mut verlässt.«

»Der Mut wofür? Das hier zu vergessen?«

Ich bin wirklich ein Idiot. Zumindest dann, wenn ich nicht merke, wonach das, was ich tue, für andere aussieht.

»Es hat nichts mit uns zu tun.« *Was auch immer das mit uns ist und war.* Aber darüber muss ich später nachdenken.

»Womit dann?« Aarto ist aufgestanden, aber er lässt mich immer noch nicht los. Und ein Teil von mir möchte sich einfach nur an ihn schmiegen.

»Mit dem Karton, den ich mitgebracht habe. Er steht unter dem Sofa, und es wird Zeit, dass ich ihn öffne.«

Behutsam entwinde ich ihm mein Handgelenk, und diesmal lässt er mich gehen, obwohl ich ihm ansehe, dass er überhaupt nichts versteht. Das Wasser gluckert, als ich mich ins Boot hangle. Der Boden schwankt so sacht unter mir, als würde der Ruhepuls der Ostsee mich tragen. Die Spiegelungen sind zu Quecksilber geworden. Der Morgen zieht herauf, und in der Ferne hört man ersten Motorenlärm. Aarto ist mir nur zögernd gefolgt. Er schiebt das Boot an und springt hinein. Als wir ins tiefere Wasser treiben, nimmt er den Platz am Steuer ein. Aber er startet nicht.

»Nur damit ich es verstehe. Du willst hier so schnell weg, weil du ausgerechnet jetzt wissen willst, was in irgendeinem Karton ist – der schon seit mehr als einer Woche zu Hause herumsteht?«

»Ich weiß, was darin ist.« Der Satz verhallt auf dem Wasser. Auch die Enten sind verstummt, und hier, ohne festen Grund, ist es plötzlich leicht, es auszusprechen. »Ein Foto, das die Polizei von meiner toten Mutter gemacht macht. Ich muss es noch einmal sehen, damit ... es endlich ein Ende hat.«

Aarto schweigt, und ich bin sicher, er atmet auch nicht, fünf, zehn Sekunden lang. Dann wirft er den Außenborder an und jagt das Boot mit einem Kickdown auf dem Gas dem weißen Dom entgegen.

*

Wir haben uns reingeschlichen, um Aino nicht zu wecken. Nun sitzen wir beide auf dem Boden im Wohnzimmer, zwischen uns der Karton. Eine einsame Wollmaus hat meine Säuberungsaktion und den Untergang ihrer Artgenossen überlebt. Sie hat sich am Foto auf dem Kartondeckel festgekrallt wie an einer treibenden Planke. Ich sollte sie abzupfen, aber selbst damit zögere ich noch.

»Soll ich wirklich nicht rausgehen?«, fragt Aarto nach zwei weiteren Ewigkeiten.

Ich schüttle den Kopf. *Auf keinen Fall.*

Meine Hände fühlen sich seltsam wolkig an, auf eine taube Art schwerelos. Der Deckel löst sich mit einem Schaben, aber ich schaffe es nicht, hinzuschauen. Stattdessen schließe ich die Augen, nehme alles, was ich greifen kann, und wuchte den Packen auf den Boden. Dann erst wage ich die Augen wieder aufzumachen. Da liegt das Polizeifoto auf der Vorderseite, und darauf türmen sich andere Papiere, kleinere Fotos – ein dicker Briefumschlag, Plastiktütchen, Geschenkbänder. Meine Schätze, vermischt mit denen von Danae und Suzana. Ich streiche das Sammelsurium auseinander, verteile es fächerförmig, ein Memoryspiel meiner Kindheit. Das erste Bild ist schon umgedreht: der Kartondeckel, auf dem meine Mutter als Schülerin den Sieg bei dem Schwimmwettkampf feiert. Und auch der zerknitterte Brief, *den ich damals Danae unter die Nase gehalten habe.*

Ich habe geahnt, dass er in dem Karton sein würde, und trotzdem durchfährt mich ein Schreck. Ich frage mich, ob Suzana den Brief jemals gelesen hat, aber wahrscheinlich ist es nicht. Er trägt die schräge Linkshänderschrift meiner Mutter. Das eigentliche Wunder ist, dass Suzana ihn nicht verbrannt hat. Das kleine Foto, das dazugehört, ist aus der Büroklammer gerutscht. Ich erkenne es auch von hinten, das Muster der Risse und die schon gelb gewordenen Tesafilmstreifen verraten es.

Meine Hände zittern wie die von Aino, als ich das geklebte Porträt wieder mit der Klammer am Brief fixiere und mit dem Kartondeckel zur Seite lege.

»Wer hat das Foto zerrissen?«, fragt Aarto.

»Meine Schwester. Ist lange her.«

Zu behaupten, dass ich weiß, wie Danae sich damals bei der Horrorshow mit dem Brief gefühlt haben muss, wäre vermessen. Aber mit dem Blick auf die Rückseite des Polizeifotos wage ich zu sagen, ich bekomme langsam eine Ahnung.

»Du hast eine Schwester?«, fragt Aarto.

Es ist komisch. Manchmal vergesse ich, dass wir nach wie vor kaum etwas voneinander wissen.

»Sie heißt Danae«, sage ich. »*Crazy blonde* – du würdest sie mögen.«

Der Witz zündet heute nicht. Aarto runzelt nur die Stirn, und ich beiße mir auf die Unterlippe.

Aber dann merke ich, dass er auf etwas ganz anderes konzentriert ist. Er nimmt den Brief und studiert das geklebte Porträt, zieht es unter der Büroklammer hervor und legt es auf den Kartondeckel neben das Foto der Schwimmwettkämpfer. *»The same guy.«* Er tippt erst auf das Porträt und dann auf den Schüler mit der Startnummer sieben. Mir fällt die Kinnlade nach unten. Ich bin Fotografin, aber es ist Aarto, der den Demaskierungsblick hat. So, wie er in Aino sofort das Fuchsmädchen erkannte, hat er nun zwei weitere Gesichter abgeglichen. Es ist mir damals nicht aufgefallen, aber jetzt springt es mir auch ins Auge, obwohl der Junge aus Mamas Klasse noch viel schmaler und kleiner ist als die Erwachsenenversion. Er wirkt fast noch kindlich mit seinen sechzehn oder siebzehn Jahren. Und noch etwas sehe ich zum ersten Mal: Die anderen Schwimmer schauen in die Kamera, nur er blickt zu meiner Mutter, die am Startblock ihren Sieg feiert. »*See?*«, sagt Aarto. Ich nicke. Ja, ich sehe. *Besser spät als nie.*

Vorsichtig drehe ich die nächsten Memorykarten um. Auf dem Umschlag Suzanas Schrift und der zackige Befehl in Filzstift: *An: Moira Mátai* persönlich! Er ist leicht zu öffnen, und der Inhalt rutscht mir entgegen. Ein Plastiktütchen fällt mir durch die Finger. Darin ist etwas in ein zerknülltes Stück Papiertaschentuch gewickelt. Als ich es aufhebe, erspüre ich ein Stück harten Bogen. Ich verzichte darauf, es mir genauer anzuschauen. Ihr Verlobungsring als stumme Anklage an mich. *Als wäre ich diejenige, die das Versprechen gebrochen hat.*

In dem Umschlag sind auch die gestellten Weihnachtsfotos, die sie 1992 im Studio machen ließ. Nur ich und sie, dort, wo eine Familie sein sollte: mein Vater mit Ehering, ihre zwei Stieftöchter (Dani und Mo) und vielleicht (hoffentlich und heiß ersehnt) ein neues Kind. Keines unserer traurigen Duo-Bilder fehlt, auch nicht die, aus denen ich mich selbst ausgeschnitten habe. Suzana wirkt alleingelassen mit ihrem Lächeln, die Hand mit dem ewigen Verlobungsring auf die Schulter eines Gespenstes ohne Kopf gelegt. Es tut weh, diese verstümmelten Fotos zu betrachten. Auf manchen Fotos fehlt nur mein Gesicht, auf anderen meine Gestalt bis zur Brust, weil ich die Beine nicht brauchte. Mit einem Teppichmesser habe ich damals Suzanas Sehnsüchte amputiert, mich wegseziert. Fotos sind nicht nur Beweise, sie können auch Spiegelbilder von Beziehungen sein.

Ich nehme Aartos ruhiges Atmen neben mir wahr, dann entfalte ich Suzanas Brief an mich. *Lange Jahre habe ich mir eingeredet, dass dein Vater das Schlimmste ist, was mir je passiert ist. Aber heute weiß ich, das warst du. Ihr seid beide nichts wert, aber du, du bist noch schlimmer als er. Ihr habt mich ins Unglück gestürzt …*

Ich falte den Brief wieder zusammen und muss Luft holen. Dann lege ich ihn zur Seite. *Später.*

Das Album, das ich der Familie Pritzius gestohlen habe, hat Suzana nicht aufgehoben. Aber eine Seite hat sie grob herausgerissen. Als ich sie umdrehe, bin ich froh, dass nicht Aino hier mit mir sitzt und triumphierend »Wusste ich es doch!« ruft.

Es ist der Sommergeburtstag von Beatas jüngerem Bruder Felix. Der, welcher mich mal heiraten wollte. Auf dem Foto grinst er hinter seiner Geburtstagstorte, und um ihn herum fächert sich die Familie auf. So schlimm hatte ich es nicht in Erinnerung. Mit den Jahren habe ich tatsächlich geglaubt, ich hätte meine Weihnachtsgestalt lediglich dazugeklebt, aber zumindest auf diesem Foto habe ich Beata ausgelöscht und bin an ihre Stelle getreten. Mein Gesicht ist mit Uhu auf ihres geklebt wie eine Maske. Aus der Distanz von Jahren schäme ich mich abgrundtief. Jetzt kann ich nachfühlen, wie es für Suzana gewesen sein muss, mich in diesem Album wiederzufinden, das ich nicht gut genug versteckt hatte.

»Das ist nicht deine Familie«, stellt Aarto fest.

»Nein.« Das ist wie ein Eingeständnis.

»Was bedeutet das überklebte Foto?«

»Dass es amtlich ist«, flüstere ich. »Ich bin wirklich ein Freak.«

Tja, so ist es. Leider nützt jetzt kein Leugnen mehr, kein empörtes Kopfschütteln, nicht einmal Weglaufen. Aarto wartet auf eine Erklärung, und ich zögere voller Scham, aber dann beginne ich zu erzählen, stockend, leise, vom

Tod meiner Mutter und von Suzana. Von dem Verbot, mich Beata und dem Haus ihrer Familie noch einmal zu nähern. Von dem Album, das ich schon vorher hatte mitgehen lassen und seit Monaten zu meinem machte. Und von dem Tag, als Suzana das Album fand und mich büßen ließ.

»*Rough time for you*«, sagt Aarto nach einer Weile. Seine Stimme klingt rau und belegt und einen Moment habe ich Angst, dass er aufstehen und gehen wird. Weil er Psychos nicht ertragen kann. Und damit meine ich nicht Suzana.

Aber er bleibt, also ziehe ich endlich das Polizeifoto unter dem Stapel hervor. Auf der Rückseite prangt ein Stempel der Polizeidienststelle und der Name des Kriminalbeamten, der den Fall prüfte. Schon beim Gedanken an die andere Seite des Bildes schäumt Übelkeit in mir hoch. Jetzt weiß ich, warum sie mich seit meiner Ankunft in Helsinki verfolgt. Nein, ich bin nicht schwanger, ich bin ein Feigling, ich taste nach Aartos Hand und schinde Zeit.

»Sie haben zwei Tage gebraucht, um meine Mutter zu finden«, sage ich. »Sie ist im See ertrunken, bei einer Holzbrücke, die rutschig vom Regen war. Sie muss gerannt und gegen das Geländer gestolpert sein, es brach an einer morschen Stelle, und sie ist gestürzt und hat sich den Kopf angeschlagen. Und deshalb fiel sie bewusstlos ins Wasser und …«

Aarto umschließt meine Finger so fest, dass es fast schmerzt.

»*Ready?*«, fragt er.

Ich nicke und drehe das Bild um.

*

Manche Bilder haben die Macht, ein Kinderleben mit einem tiefen Schnitt zu teilen: in eine Zeit, bevor man dieses eine Bild kannte, und die Zeit danach. Die Essayistin Susan Sontag erlebte diesen Einschnitt beim zufälligen Blick auf ein Foto, als sie zwölf Jahre war. *»Eine Grenze war erreicht.«* So beschrieb sie diesen Moment. *»Etwas starb in mir. Etwas weint noch immer.«*

Ich war dreizehn, als ein Bild mein Leben teilte. Nun liegt es vor mir, meine Tränen von damals rauen die Hochglanzoberfläche an einigen Stellen auf. Ich hatte geweint, noch bevor ich die Augen geöffnet hatte, aber nicht aus Trauer, sondern aus Wut über Suzana, die viel schwerer und stärker war als ich. Sie hatte mir den Arm grob auf den Rücken gedreht, ihre Rechte lag in meinem Nacken und drückte mich über die Tischkante in Richtung des Bildes.

»Mach die Augen auf!«, befiehlt sie mir. Ihr Gewicht in meinem Rücken nimmt mir den Atem. Meine Schulter schmerzt, so heftig reißt sie meinen verdrehten Arm zwischen meinen Schulterblättern nach oben. »Schau endlich hin!«

Ich weiß nicht mehr, wann ich aufgebe. Wann ich hinschaue.

»Das hier war deine Mutter«, schreit Suzana. »Nicht die verdammte Pritzius. Deine Mutter ist tot, schau sie dir an. Deine Schwester will nichts mehr von dir wissen, und dein Vater ist ein verdammter Hurenbock, der uns beide im Stich gelassen hat. Und die Pritzius hält dich für eine kleine Irre, kapier das endlich. Hast dich wie eine Zecke bei denen eingenistet. Sie hat mich selbst angerufen, damit ich dich abholen komme. Du hast nur noch mich!«

Natürlich bin ich kein Grundschulkind mehr, das sich einredet, eine unsterbliche Märchenmutter zu haben. Ich weiß, dass sie tot ist. Mein Mund hat es sogar ausgesprochen, als ich elf war und Dorothee Pritzius mich in die Arme nahm. Aber ich habe in meinem ganzen Leben noch keine Tote gesehen.

Woher hatte Suzana das Polizeifoto eigentlich?, denke ich. *Hat mein Vater es in einer Schublade aufbewahrt?* Es ist, als würden die Zeiten ineinanderfließen. Eine Doppelbelichtung von heute und damals. Ich betrachte die weiße leblose Hand, von der ich träume, seit Aino den Karton geholt hat. Die Hand meiner Mutter. Ihr Körper liegt halb auf Kies und halb auf Gras, mit derselben Spannungslosigkeit wie der Leichnam am Totenfluss auf Gallen-Kallelas Gemälde. Kein Wunder, dass mir im Ateneum schlecht geworden ist. Taucher haben meine Mutter geborgen und an Land gebracht. Auf dem Foto trägt sie noch die Kleidung, in der wir sie davongehen sahen. Jetzt ist der Stoff nass und klebt an ihrem Körper. Der wadenlange Rock, der ihre Beine umschließt, könnte Undinenhaut sein. Ihr linker Arm liegt angewinkelt neben ihrem Kopf, genauso, wie sie mir zum Abschied zugewinkt hat. Ihr Gesicht, dem Fotografen zugewandt, sieht fremd aus, als wäre sie immer noch unter Wasser, breiter, schlaffer, irgendwie unscharf. Die Lider sind halb geöffnet, und ihr Blick geht ins Leere, leicht schielend und milde erstaunt.

Aarto legt mir die Arme um den Körper, und ich bin froh, dass er mich hält. Sonst würde ich mich lösen wie der Luftballon vom Baum und davontrudeln, so haltlos fühle ich mich.

Zumindest kann ich jetzt damit aufhören, wie besessen Hände zu fotografieren. Der Bann ist gebrochen. *Minute 2:15?* Es gab sie tatsächlich nicht. Ich habe mich damals bei Suzanas Aktion nicht vor lauter Tränen und Schock verguckt. Am linken Ringfinger meiner Mutter steckt auch heute kein Ring.

Natürlich gab es ihn. Er war billig und etwas zu scharfkantig, und ich musste viele Kaugummis aus dem Automaten ziehen, bis endlich die Plastikkugel mit ihm in den Spender rutschte. Aber es war genau der Ring, den ich meiner Mutter schenken wollte. Silber mit weißen Glitzersteinchen. Ich malte mir aus, wie meine Mutter mich für dieses Geschenk umarmen würde. Ich könnte immer noch schwören, dass sie den Ring über den Knöchel zwingen musste, weil er etwas zu klein war. Aber es ist nie geschehen, *false memory effect*. Der Wunschtraum eines Kindes, das dachte, ein Seestern tauge als Tauschobjekt für Liebe. Mir wird klar, dass ich tatsächlich bis zu diesem Moment noch gehofft habe, dass die Erinnerung an das Foto mich trügt.

Ich zucke zusammen, als eine Hand sich auf meinen Nacken legt, doch es ist nicht Suzana, sondern Aartos warme Berührung. Sein Daumen streicht sanft über meine Haut. »*I'm sorry*«, sagt er leise.

Ich nicke und lehne den Kopf an seine Schulter. »Ja. Aber jetzt ist es vorbei.« Die einzige wirkliche Überraschung ist, dass es nicht so schlimm ist, wie ich dachte. Ich fühle mich leer, aber nichts hört auf. Die Zeit tickt einfach weiter.

»Ich ... brauche ein paar Minuten«, sage ich zu Aarto. »Für mich.«

Aino wird aufwachen, aber sogar das ist mir jetzt egal. Ich ziehe mich aus und drehe die Dusche auf, so heiß, dass meine Haut kribbelt und die rotgescheuerten Stellen an den Knien pochen. Es tut gut, die Augen zu schließen, auch wenn ich die Bilder nicht länger aussperren kann. Es gibt Erinnerungen, die sind zu kostbar, um sie preiszugeben – und andere, die ich nicht einmal Aarto erzählen werde.

Ich bin dreizehn und sitze vor dem Fernseher in einer Trance- und Wattewelt, aus der mich seit dem Blick auf das Totenfoto nichts und niemand mehr herauslocken kann. Aber nicht einmal die Werbung ist noch eine Heimat. Suzana hat mich abgetrennt von meinem Leben, alles ist noch unwirklicher als an dem Tag, an dem meine Mutter gefunden wurde. Nachts verfolgt mich ihr schielender, toter Blick.

In der Fernsehwerbung flüstert eine hohlwangige Kate Moss »Obsession« in die Kamera. Gruselige Windgeräusche im Hintergrund. Sie läuft an einem gleißenden Strand entlang und sieht aus, als hätte sie nasses Haar. Ich hechte vom Sofa und verbringe die nächste halbe Stunde kotzend im Bad. Danach kann ich nicht einmal mehr Fernsehen schauen, und sobald ich ein Werbeplakat für Obsession for Men *sehe, muss ich weglaufen, den Blick stur auf den Boden gerichtet.*

Aber auch an anderen Orten bin ich nicht mehr länger sicher. Die Welt ist eine brüchige Angelegenheit geworden. Arglos höre ich zu, als die Lehrerin anfängt, ein Gedicht von Gottfried Benn vorzulesen, das wir im Deutschunterricht analysieren sollen. Es heißt »Kleine Aster«, und niemand warnt mich, dass es um einen Ertrunkenen geht. Wie ein Reh im Licht der Scheinwerfer kann ich nur erstarrt dasitzen, während die Bilder in mich einsickern. Erst bei der vorletzten Zeile reagiere ich. Die Lehrerin bricht ab, als mein Stuhl mit einem Knall umfällt. Sie ruft mich zurück, aber ich stürze schon aus dem Klassenzimmer. Gerade noch rechtzeitig, um mich im Mädchenklo zu übergeben und nicht schon auf dem Flur. Dann lehne ich an der Wand neben dem Waschbecken und halte mir den Bauch, so übel ist mir immer noch. Schritte klappern mir entgegen. Ich mache mich auf eine Tirade gefasst. Aber als die Lehrerin mich sieht, fragt sie nur mitfühlend: »Hast du deine Periode?« Nein, nur eine Menge Wut im Bauch und Astern in der Brust. Und den festen Entschluss, mich an Suzana zu rächen.

»Alles okay bei dir?« Aartos Stimme hinter dem Duschvorhang schreckt mich auf.

»Ja«, rufe ich. Ich schließe die Augen wieder, taste nach dem Temperaturregler und lasse mich zum einzig sicheren Ort sinken, den ich nach Tag X noch hatte. Durch Wasserschichten bis ganz unten an den kalten Grund des Sees. Stelle mir vor, wie ich auf dem Rücken liege, ohne atmen zu müssen, über mir die andere Seite des Spiegels. Aber heute hilft es nicht. Es ist verrückt, dass es immer Bilder sind, die mich aus meinen kleinen Paradiesen vertreiben.

PARABELLUM

Die Schürfstellen brennen, als ich mich abtrockne. Ich warte darauf, dass Aino aus dem Schlafzimmer schlurft, aber die Wohnung ist gespenstisch still. Nicht einmal Aartos Tür klappt, und auch die Kaffeemaschine brodelt nicht. Ich betrachte das Waschbecken, wo noch Ainos Schminkzeug von gestern liegt und auch die neue Zahnpasta, die ich ihr hingelegt habe. Aber vielleicht liegt es nur an mir, dass alles verschoben scheint, fremd. Und dann fällt mir siedend heiß ein, dass ich Aarto immer noch nicht von Mikael erzählt habe.

Er steht in der Küche und schaut nachdenklich auf die Baustelle. »Aarto?«, sage ich leise. »Ich weiß, du glaubst nicht an den ganzen Familienkram, aber Aino hat mir verraten, wer dein Großvater ist.«

Er dreht sich zu mir um, und ich kann nicht anders, als wieder in seine Arme zu fließen, mit nassem Haar und ins Handtuch gewickelt.

»Das Model, stimmt's?«, fragt er und küsst mich auf die Schläfe. »Habe ich meine Wette mit Harri gewonnen?«

Ich schüttle den Kopf. »Niemand hat gewonnen. Ich zeige ihn dir. Du wirst überrascht sein.«

Doch als ich meine Kamera suche, finde ich weitere kleine, irritierende Fehler in der Matrix. Meine Kamera liegt weder in der Küche noch im Flur auf der Kommode und auch nicht im Wohnzimmer. Aino hätte sie mir hingelegt. Plötzlich stutze ich. *Und ... sie hätte auch im Bad aufgeräumt.* Vor der Tür keine Tanzschuhe. An der Garderobe kein Mantel. Und die Zahnpasta ist unbenutzt, die Versiegelung auf der Öffnung ist noch unberührt.

Heute klopfe ich nicht an, ich stürme einfach in ihr Schlafzimmer, auf das Schlimmste gefasst – und finde das Bett genauso vor, wie sie es gestern verlassen hat. Kein Rollstuhl. Dafür ein Zettel, den sie hingelegt haben muss, als sie gestern noch kurz ins Zimmer zurückgekehrt ist, um ihren Inhalator zu holen. Ich lese die Zeilen mehrfach, während ich auf das Bett sinke und mein Herz zu rasen beginnt. *Die Kerze, die im letzten Zimmer brennt, der letzte Tango – der Augenblick im Leben, auf den es ankommt. Verglühte Sternschnuppen* ... Plötzlich bekommt alles einen völlig neuen Sinn.

*

»Reg dich nicht auf«, sagt Aarto schon zum fünften Mal. »Das sagt doch gar nichts.«

Ich weiß nicht, wie er so ruhig bleiben kann. Ich klinge vermutlich wie Sanna. »Sie schreibt: *Für alles, was war: Ich danke dir für deine Hilfe, Moira.*«

»Das heißt noch lange nicht, dass sie sich mit dem Rollstuhl in die Ostsee stürzt.«

»Hast du nicht zugehört? Aino, die freiwillig danke sagt? Wir müssen sofort die Polizei rufen!«

»Vielleicht wollte sie einfach alleine sein«, sagt Aarto allen Ernstes. »Schau!« Er greift zu der Metalldose auf der Anrichte. Auch das gehörte zur Vertrautheit der vergangenen Tage: Aino hatte alles Geld, das sie noch besaß, einfach in die Dose gestopft, damit ich sie nicht vor jedem Einkauf um Geld bitten musste. Aarto nimmt den Deckel ab. »Leer! Warum sollte sie so viel Geld mitnehmen? Um den Fährmann auf dem Totenfluss zu bezahlen?« Er schüttelt den Kopf und greift zu seinem Handy. »Wir finden sie schon.«

»Wen rufst du an?«

»Sie hat mit dem Barkeeper gesprochen, bevor sie ging.«

Aber egal, wie cool er tut, ich bemerke doch, dass er sich vor Nervosität vertippt. Die nächsten zehn Minuten verbringe ich damit, zu warten, während Aarto in vier Telefonaten knappe Sätze und viel »Hm« von sich gibt und mit einem Kugelschreiber Notizen auf die leere Papiertüte vom Bäcker kritzelt. Keine Ahnung, wie er die Nummer des Barkeepers rausbekommen und wen er dafür aus dem Bett geklingelt hat, aber als er auflegt, nickt er. »Der Typ an der Bar hat für sie ein Taxi gerufen. Sie hat ihm die Nummer eines Taxifahrers hingelegt, aber er weiß nur noch, dass es die Taxigesellschaft *Lähitaksi* war.«

Plötzlich fühle ich mich um Zentner leichter.

»Das muss Lenni Kivi sein. Der Taxifahrer, der uns letzte Woche zu dir gefahren hat. Sie hatte seine Visitenkarte mitgenommen.«

Drei Nachfragen später hat Aarto seine Nummer. Lenni hat schon lange Dienstschluss, und seine Frau ist nicht begeistert, dass wir ihn aus seinem Schichtschlaf holen. Ich höre die lautstarke Diskussion der Eheleute, als würde ich selbst und nicht Aarto das Telefon am Ohr haben. Aber Lenni erinnert sich an die Alte mit Fuchsstola und Rollstuhl und auch an ihr Ziel. Aarto notiert wieder etwas auf der Tüte und runzelt die Stirn, was mich sofort wieder nervös macht.

»*Ruikutje*-Straße«, sagt er. »*Uusimaa.* Zehn Kilometer stadtauswärts. Er hat sie an der Bushaltestelle abgesetzt.«

Ich springe bereits bei den letzten Worten auf. »Wir brauchen ein Taxi. Wie viel Geld haben wir noch?«

Aarto schüttelt den Kopf und greift nach seinen Schlüsseln. »Onnis Auto parkt nur zwei Straßen weiter.«

*

Ich hoffe, Onni wird nie erfahren, wie Aarto mit seinem Auto umgeht. Auf dem umgeklappten Rücksitz ist das Schlagzeug in den Kurven polternd mit Technikzubehör und Verstärkerboxen zusammengerutscht, und ich kralle meine Fingernägel in den speckigen Autositz, so schnell rast Aarto auf einer birkengesäumten Landstraße dahin. Die ersten Pendler sind zur Arbeit unterwegs, einer hupt uns nach Aartos Überholmanöver empört hinterher. Dann biegt Aarto endlich in eine kleinere Straße ein. Die Bushaltestelle liegt direkt vor einem Wendehammer. Sackgasse in einem Wohngebiet, das aus stylischen Einfamilienhäuschen aus rotgestrichenem Holz hinter xenophobisch hohen Hecken besteht.

Aarto lässt das Auto am Wendehammer stehen, und wir sehen uns um. Vorstadtidylle mit Birken – und keine Aino weit und breit. Als ich nach ihr rufe, wird meine Stimme fast verschluckt von all dem Grün. *Und vielleicht würde sie mir gar nicht antworten?*, schießt es mir durch den Kopf.

»Du nach rechts, ich nach links«, sagt Aarto. Ich renne los, eine Straße, zwei weitere, aber die Bewohner wissen, was ein guter Sichtschutz ist. Es ist wie in einem Labyrinth aus Büschen. Gerade will ich wieder nach Aino rufen, als ich fast über den Rollstuhl falle. Er steht an einer Ecke, halb in eine Hecke geschoben, ihr Mantel liegt über der Lehne. Und dann entdecke ich sie durch einen Spalt in dieser Hecke – zwei Vorgärten weiter. Zwar sehe ich sie nur schräg von hinten zwischen Grün, aber ich erkenne, dass sie sitzt und ohne Hast die Spangen aus ihrem Haar zupft. Ich müsste losrennen, aber meine Knie sind zu weich und ich bin einfach nur erleichtert. Also lasse ich mich erst einmal in den Rollstuhl fallen. Aarto ist sofort am Telefon.

»Hab sie«, sage ich atemlos. »Vierte Straße links hinter der Haltestelle, letztes Haus in der Reihe.«

Aarto atmet auf. »Ich räume den Rücksitz um und hole euch ab.«

Den Rollstuhl nehme ich gleich mit. Aino hat einen langen Weg zu Fuß in Kauf genommen, ich muss um das Heckenkarree, um zu den Häuschen zu kommen. Sie sind identisch, nur das letzte tanzt ein wenig aus der Reihe. Zum Beispiel mit dem Zierbaum, unter dem Aino auf einer kleinen Bank sitzt, in ihrem Tanzkleid und mit dem Fuchspelz um die Schultern. Ihre Tasche hat sie neben sich platziert, und wie immer, wenn sie aufgeregt ist, hat sie die Rechte darin vergraben. Sogar aus der Entfernung kann ich sehen, dass Ainos Lippenstift frisch ist und ihre Wangen rot sind, als hätte sie Rouge aufgelegt. *Als würde sie auf ein Date warten*, denke ich verwundert. *Hat sie den letzten Mann auf ihrer Liste gefunden?* Das wäre der Schönling, der Matilda Modell gestanden hat.

Ich bin etwa noch sechs Meter vom Tor entfernt, als ich stutze. Ich weiß nicht, was mich innehalten lässt. Eine Bewegung am Rand meines Sichtfeldes. Oder die Tatsache, dass im Haus das Licht angeht und Aino sich ruckartig aufrechter hinsetzt. Unwillkürlich gehe ich in Deckung und spähe an der Hecke vorbei.

Die Tür geht auf, und ein alter Mann schlurft aus dem Haus. Er geht an einer Krücke, so gebeugt, dass ich erst nur eine von Altersflecken gesprenkelte Glatze sehe. Er ist gleichzeitig klapprig und sehr dick, seine Finger sind ungesund geschwollen. Eine verfilzte braune Strickjacke hängt über seinem Fassbauch. Schnaufend schiebt er sich Schritt für Schritt den Weg entlang. Aino rührt sich nicht, und er blickt nur auf den Weg. Aino schaut mit bebendem Kinn und zusammengepressten Lippen zu, wie er am Briefkasten stehen bleibt, schwer atmend, als hätte er einen Hundertmeterlauf hinter sich. Der Briefkasten ist in dieser Straße der einzige seiner Art, hergebeamt aus einem amerikanischen Film. Ein schneeweißer, auf einem Pfosten steckender Behälter mit einer wimpelbestückten Klappe. Sie ist offen, eine

Tageszeitung ragt heraus und darunter irgendeine Werbebeilage, die fast herausgerutscht ist und im Wind winkt. Das war die Bewegung, die mir aufgefallen ist. Der Alte hebt den Kopf und blinzelt in Richtung Tor. Halbprofil. Wenn das Matildas Schönling sein sollte, dann war die Zeit grausam zu ihm. Seine Lippen sind so blutleer, dass sie bläulich wirken, und sein Gesicht ist aufgeschwemmt. Kleine, müde Augen und Tränensäcke wie Schwimmringe. Wenn er nach links schauen würde, könnte er mich im Schatten der Hecke stehen sehen, aber er packt die Zeitung, ungelenk, als wäre auch das eine Anstrengung. Und dann stoppt er mitten in der Bewegung. Die Zeitung fällt herunter. Nur der Flyer bleibt hängen. Er klebt an der Box, fixiert mit einem Streifen silbernen Klebebands, wie es Techniker verwenden. Und es ist kein Flyer, es ist ein DIN-A4-Ausdruck. Als der Wind das Blatt für eine Sekunde in meine Richtung dreht, blicke ich in Mikaels Gesicht. Jetzt verstehe ich gar nichts mehr.

Ich sollte endlich aus der Deckung treten, aber ich kann nur völlig paralysiert zuschauen, wie der Alte Mikael anstarrt. Die Farbe verschwindet aus seinem Gesicht, als hätte bei Photoshop jemand auf Schwarzweiß geswitcht. Kein Zweifel, er hat Mikael sofort erkannt. *Oder ist er es selbst?* Für einen bizarren Augenblick konstruiert sich in mir diese Version. Aber warum sollte er dann solche Panik bekommen? Ich kapiere es im selben Moment, als in meinem Kopf die Dominoreihe *Mailbox, Amerika, Colorado* losklackert und ich Ainos Augen sehe, schmal und kalt wie gefrostetes Glas.

»Aki!«, ruft sie.

Meine Hände krampfen sich fester um die Griffe des Rollstuhls. Diesen Tonfall und diese tiefe, raue Stimme kenne ich an ihr nicht. *Aki – Matildas Bruder?*, denke ich noch. Und dann geschieht alles gleichzeitig, unendlich langsam und unendlich schnell. Aki Johnson, der sich tapsend wie ein

Tanzbär zu Aino umdreht. Aino, die gleichzeitig aufsteht, mit aller Entschlossenheit und Kraft, von der ich nicht weiß, woher sie sie nimmt. Ich brauche genauso lange wie Aki, um zu begreifen, was ich da sehe. Der meerblaue Seidenschal löst sich von dem, was er die ganze Zeit in der Tasche verhüllt hatte, und flattert ins Gras. Und übrig bleibt, wie ein schrecklicher metallener Zeigefinger, der sich anklagend auf Aki richtet, eine Pistole mit langem, dünnem Lauf. Aino lässt ihren Stock fallen und umfasst den Pistolengriff mit beiden Händen. Sie zittert, aber auf die Entfernung kann sie Aki gar nicht verfehlen. Er stößt einen heiseren Schrei aus und torkelt zurück, seine Krücke fällt ins Gras, er versucht sich mit erhobenen Händen zu schützen. *Nein!*, schreit es in mir – oder vielleicht habe ich laut geschrien. Irgendwo rast ein Rollstuhl in eine Hecke, und ich renne, so schnell, dass die Umgebung neben mir verschwimmt. Das Einzige, was ich am Ende meines Tunnels gestochen scharf wahrnehme, sind diese zwei zitternden Hände und der bleifarbene Glanz der Waffe. Aber es ist wie in einem Traum, in dem ich nicht vom Fleck komme. Ich sehe das Erkennen in Akis Gesicht, die Todesangst in seinen aufgerissenen Augen und Ainos unkontrolliert zuckendes Gesicht, umweht von weißem, offenem Haar. Und während ich vom Boden hochschnelle und über das Gartentor springe – drückt sie ab.

Ich nehme es im Fallen wahr und noch während ich im Gras lande. Akis Mund klafft auf, sein Einatmen ist ein gurgelnder, implodierender Schrei. Er wirft den Kopf zurück und fällt wie ein Baum, hintenüber, kerzengerade ins Gras, beide Hände auf die Brust gepresst. Ich höre das dumpfe Kartoffelsackgeräusch seines aufschlagenden Körpers in dem Moment, als ich Aino zu Boden reiße. *Zu spät*, gellt es in meinem Kopf. Wie durch einen Nebel sehe ich die Pistole unter die Bank schlittern und gegen den Zierbaum prallen. Eine knotige Hand fuchtelt und trifft meine Schulter, krallt sich dann an meiner Jacke fest. Fuchsfell klebt an meinem Mund. Irgendwo in einer anderen Dimension hechtet Aarto in den Garten, fällt neben dem Reglosen auf die Knie und schlittert ein Stück durchs Gras. Ich sehe die Tür aufgehen und eine Frau aus dem Haus stürzen, im Morgenmantel, blinzelnd, offenbar aufgeweckt durch meinen Schrei. Sie reagiert mit der Professionalität einer Pflegerin, als sie die Situation erkennt, und rennt zurück ins Haus, in den Flur zum Telefon. Ich fange reflexartig den Autoschlüssel auf, den Aarto mir zuwirft. »Bring sie heim!«, schreit er mir zu. Dann beugt er sich über Aki, packt sein Kinn und startet mit einer Mund-zu-Mund-Beatmung. Ich fühle nichts, ich funktioniere nur. Panik-Modus. Als Aino aufstöhnt, denke ich: *Oberschenkelhalsbruch?* Aber sie bewegt beide Beine, versucht sich aufzurichten. Der nächste Gedanke ist: *Mordwaffe. Beweisstück.* Ich krieche halb unter die Bank, umschließe das kalte Metall mit der Rechten, über die ich meinen Ärmel gezogen habe, und lasse die Waffe in der Tasche verschwinden. Keine Ahnung, wie ich es schaffe, Aino und ihre Tasche gleichzeitig zu stemmen und an Aarto vorbeizuschleppen. Er bearbeitet Akis Brust inzwischen mit seinem ganzen Gewicht, beide Fäuste gegen das Brustbein gedrückt. *Kein Blut*, denke ich. *Keine Verletzung?* Im Nachbarhaus geht ein Fenster auf, Späher auch in anderen Gärten, Rufe über den Gartenzaun hinweg. Dann sitzt Aino endlich im Rollstuhl, und ich schiebe sie, so schnell ich kann.

*

Aarto hat die Rückbank halb freigeräumt, aber ich ruiniere sicher jede Menge Technik, als ich den Rollstuhl mehr ins Auto werfe als lege. Aino lässt sich willenlos wie eine Puppe auf den Beifahrersitz bugsieren. Ich starte den Wagen, zeitgleich mit dem Bus, der uns zusammenhupt, weil ich mit dem Auto den Wendehammer versperre. Ich weiß nicht, wie wir auf die Straße gekommen sind, irgendwann heult die Sirene eines Notarztwagens an uns vorbei, Felsen und Birken driften in die andere Richtung. Wir kommen mit einem Ruck zum Stehen, der Aino nach vorne wirft. Der Motor stottert und wird abgewürgt. Wir stehen auf einem Grünstreifen neben einem Felsen. Mein Fuß zittert auf der Bremse, und das Blut rauscht in meinen Ohren. Ich weiß nicht, wie lange wir schweigen, mir kommt es vor wie eine Stunde, in der sich mit grausamer Präzision Detailaufnahmen zu einem ganzen Bild zusammenfinden. *Ainos Tasche, die sie sogar ins Badezimmer mitnimmt, die ständige Panik, jemand könnte sie kontrollieren, und auch die besitzergreifende Art, mit der sie gestern die Tasche an sich gedrückt hatte, als ich sie fragte, was sie wirklich in Helsinki sucht.*

»Es ging die ganze Zeit darum, Aki Johnson abzuknallen?« Meine Stimme klingt fremd, unnatürlich hoch.

Aino wirkt genauso geschockt wie ich, wenn auch aus einem anderen Grund. »Ich habe es nicht geschafft«, flüstert sie. Jetzt fällt auch mir auf, dass nichts zusammenpasst: Aki Johnson ist zwar umgefallen, aber er hatte keine Wunde. Es ist kein Schuss gefallen. Ich würde alles dafür geben, wenn Aino sagen würde, dass sie es sich anders überlegt hat, es einfach nicht tun konnte und ihr alles leidtut, aber sie setzt fassungslos hinzu: »Die verdammte Waffe hatte Ladehemmung.«

Sie klappt nach vorne und will in die Tasche greifen, die ich einfach in den Fußraum gepfeffert habe. Sie steht noch offen, die Pistole liegt zwischen Inhalator, aufgerissenen Medikamentenpackungen, Krimskrams und – meiner Kamera. Wange an Wange mit dem Mordwerkzeug. Mir stehen auf der Stelle die Haare zu Berge.

»Fass das Ding nicht an!«, schreie ich. Aino zuckt zusammen, als ich sie grob packe und zurückreiße. Sie entwindet mir ihr Handgelenk, reibt es und schaut mich dabei an, als wäre ich hier die Verrückte.

»Bist du wahnsinnig?«, stoße ich hervor.

Immerhin schluckt sie. »Ich erwarte nicht, dass du es verstehst«, sagt sie heiser.

Zumindest verstehe ich jetzt mehr, als mir lieb ist. Zum Beispiel, dass die ganze Aktion von langer Hand geplant war. Ein Blick auf ihre vom Tau durchweichten Tanzschuhe, in denen Beine in ebenso durchnässten Nylonstrümpfen stecken, zeigt, dass sie die halbe Nacht auf Aki gewartet hat. *Und sich auch selbst den Tod holen wird.*

»Zieh die nassen Schuhe aus«, befehle ich. Als sie nicht reagiert, beuge ich mich hinüber und zerre sie ihr von den Füßen. Ich schnappe ihren Mantel und wickle ihn um ihre Beine und ziehe auch noch meine Jacke aus. Sie ist warm von meiner Haut, und ich lege sie ihr über den Körper wie eine Decke. Es ist völlig abstrus: Sie ist eine Fremde, und trotzdem ist sie immer noch Aino, um die ich mir Sorgen mache. Weitere Details finden ihren Platz in dem ganzen Plan. Ich begreife, dass sie Aarto und mich nur deshalb zum Tanzen geschickt hat, um uns loszuwerden. Dann die vielen Telefonate, angeblich mit der Dame vom Meldeamt. *In Wirklichkeit hat sie Aki eingekreist.* Und all die Finten und Lügen, die ich erst jetzt in ihrer ganzen Tragweite durchschaue. *Schwöre bei deiner toten Mutter, dass wir ehrlich sind?* Komischerweise schmerzt die Enttäuschung am meisten.

»Ich habe dir geglaubt«, sage ich. »Sogar die Sterbender-Schwan-Nummer, als du behauptet hast, von Akis Tod erfahren zu haben. In Wirklichkeit hattest du an dem Tag seine Adresse herausbekommen, stimmt's? Und alles andere war Beschäftigungstherapie, um mich abzulenken. Vermutlich wolltest du nicht, dass ich selbst nach Aki suche, deshalb sollte ich mich um die zwei Ausländer kümmern. Nur dass die beiden mit der ganzen Sache gar nichts zu tun hatten.«

Aino hüstelt nervös und räuspert sich. »Ich wollte dich nur raushalten.«

»Raushalten?« Ich habe das Gefühl, dass mein Kopf gleich explodiert.

»Hör auf, mich anzuschreien!«, platzt Aino heraus. »Ich musste es tun. Aki hat ... er hat Mikael ermordet.« Ihre Schultern sacken nach unten, ihr ganzes Gesicht bebt und zuckt, und sie krallt sich in den Stoff des Mantels, um die Hände und Arme ruhig zu halten. »Er hat ihn erschossen. Mit genau dieser Parabellum-Pistole. Vor meinen Augen! Weißt du, wie viele Jahre ich das mit mir herumgetragen habe? Weißt du, wie ...«

»Sei still!«

Vermutlich sollte ich jetzt innehalten, fragen, alle Seiten hören, aber mein Kopf schwirrt, und plötzlich habe ich noch mehr Angst. *Ermordet?* Und ein weiterer Satz zündet ein neues Feuerwerk von Entsetzen in mir. *Vor meinen Augen.* Plötzlich erinnere ich mich daran, wie oft sie die rechte Hand in der Tasche hatte. Zum Beispiel auf Hilke Schmitts Parkplatz, als sie mich dazu bringen wollte, sie nach Travemünde zu fahren. Der Moment, in dem sie unschlüssig schien und dann doch die Hand wieder hervorzog – *und mir statt einer auf mich gerichteten Knarre fünfzig Euro Bestechungsgeld anbot. Und als wir bei all den Syvävesis klingelten ...*

Ich bin froh, dass wir stehen, jetzt würde ich das Auto garantiert in den Graben fahren.

»Du hast gedacht, A. Syvävesi wäre Aki«, sage ich tonlos.

Aino schluckt. »Ich wusste, dass er ausgewandert war und einen neuen Namen hatte, aber ich konnte nicht herausfinden, welchen. Er war einfach verschwunden. Doch als ich dann Matildas Bild in dem Magazin sah, da war mir klar, dass nur Aki ihr Bild aus der Klinik besitzen kann. Und ich wusste, so kann ich ihn endlich finden. Es klang sogar logisch, dass er einen Namen wie Syvävesi angenommen hatte. Von Matildas Kind hatte ich ja keine Ahnung und …«

»Wenn irgendeiner von den Syvävesis Aki gewesen wäre, dann … hättest du mich zuschauen lassen, wie du abdrückst! Und ich habe dich auch noch im Rollstuhl hingeschoben. Zivi für eine Mörderin.«

»Ich habe dich gebeten, draußen zu bleiben und zur Seite zu gehen.«

»Das macht es besser?« Alte Leute schlägt man nicht, aber jetzt wünsche ich mir, ich hätte sie damals in der Dusche an Bord der Fähre verschimmeln lassen.

Sie ist knallrot und schwitzt, ein einziges Husten und Beben, aber mein Mitleid hält sich in Grenzen.

»Und wie kannst du Aarto so etwas antun? Sein einziger noch lebender Verwandter …«

»Er wollte ihn doch gar nicht kennenlernen! Und glaub mir, ich habe mir die Entscheidung nicht leichtgemacht. Ich habe die letzten Tage damit gehadert und Aarto immer wieder gefragt, ob er sich wünschen würde, Aki zu begegnen. Und er sagte nein, selbst wenn er wüsste, dass er am Ende der Straße wohnt, würde er nicht bei ihm klingeln.«

Das glaube ich zur Abwechslung sogar. Aber stimmt es wirklich? *Das hätte er vor zwei Jahren sicher auch noch über seinen leiblichen Vater gesagt.*

»Ich … musste es tun«, beharrt Aino stur. »Und … ich brauchte deine Hilfe. Und was hättest du gemacht, wenn du herausgefunden hättest, was ich vorhabe? Gesagt: ›Oh, natürlich, Aino. Gerne. Hübsche Waffe. Ich bringe dich dann mal zu Aki‹? Nein, du hättest meinen Sohn angerufen – oder gleich die Polizei. Wenn es darauf ankommt, bist du ein Feigling, das wissen wir beide.«

Jetzt könnte ich sie wirklich schlagen. »Fick dich, Aino!«

»Fick die Wahrheit, Moira. Das kannst du doch noch besser als ich.«

Sie schlägt beide Hände vor das Gesicht und krümmt sich. *Ja, heul nur*, denke ich grimmig. Aber dann merke ich, dass es ein Hustenanfall ist, den sie zu unterdrücken versucht. Es gelingt ihr nicht. Ich zerre ein schon halbverfilztes Taschentuch aus der Jeanstasche hervor. Besser als nichts. Aber als sie die Hände herunternimmt, um es nach Luft ringend zu nehmen, bin ich es, die wie Aki von einer Sekunde auf die andere keine Farbe mehr im Gesicht hat. *Lippenstift*, denke ich. *Bitte, lass es nur Red Drama sein.* Aber als Aino irritiert blinzelnd ihre Handflächen betrachtet und noch einmal husten muss, sprenkeln rote Spritzer auch mein Taschentuch.

MIKAEL

Das einzig Gute ist, dass ich nach Ainos Allergie-Attacke die Adressen aller Ambulanzen auswendig gelernt habe wie sie als Mädchen früher die Standorte der Luftschutzbunker. *Nur dass es nach einer Nacht im Freien keine Allergie mehr ist.*

Aino ist bereits von der Schwingtür verschluckt worden. Atemnot und die Blutflecken am Kinn haben fürs Erste die Auslandsversicherungskarte in die Warteschleife geschickt, aber jetzt stehe ich mit dem Aufnahmeformular am Empfang, englische Version. Es ist ein kleiner Schock, als mir klar wird, wie wenig ich noch immer über Aino weiß. Punkt 1 ist der einzige, den ich wirklich mit Sicherheit richtig beantworten kann: *Name.*

»Ich setze mich da drüben hin«, sage ich zu der Frau an der Anmeldung. Aber im Foyer verziehe ich mich sofort in die Toilette und schließe mich in einer Kabine ein. Es kostet mich allen Mut, die Tasche zu öffnen. Als Erstes bringe ich meine Kamera in Sicherheit und halte sie für ein paar Sekunden fest an meinen Bauch gedrückt, bevor ich sie umhänge. Mit ihrem vertrauten Gewicht fühle ich mich sofort besser. Die Waffe liegt ganz unten in der Tasche, fast verborgen unter Krimskrams. Das Asthmaspray natürlich, die CDs, diverse Geldbeutel von Olga & Co., Zettel, Stadtplan – aber auch Dutzende von aufgerissenen und geleerten Tütchen und Blisterpackungen von Tabletten. Ich komme mir vor, als würde ich in Suzanas letzte Hausapotheke starren. Viele

Päckchen haben finnische Aufschriften, aber ein Blick auf die Inhaltsstoffe reicht. Fiebersenker Paracetamol. Hustenstiller. Irgendwas mit Codein. Zinktabletten. Und eine fast leere Flasche mit einem Grippe- und Erkältungssaft. Derselbe, den Nyagi ab und zu schluckt, um trotz schlimmer Grippe symptomfrei, hellwach und klar durch einen wichtigen Arbeitstag zu kommen. Mit der Betonung auf *einen*. Doch Aino hält sich der Menge nach zu urteilen seit mindestens fünf Tagen damit über Wasser. *Und ich habe mich noch gefreut, weil es ihr wieder gutging und sie kein Fieber hatte.* Ich könnte heulen, weil ich sie nicht mit Gewalt zum Arzt gezwungen habe. *Dann würde Aki jetzt nicht irgendwo um sein Leben kämpfen.* Zumindest hoffe ich, dass er noch lebt. Ich schlucke die aufsteigenden Tränen mühsam hinunter und suche weiter. Aber Aino hat wirklich alles in Deutschland zurückgelassen, auch ihren eigenen Personalausweis. Zum ersten Mal frage ich mich, ob sie überhaupt jemals geplant hat, wieder zurückzugehen. In meiner Hosentasche klingelt das Handy. Aarto.

»Ich bin zu Hause. Wo seid ihr?«

»Im Krankenhaus.«

»Welches?«

Ich lese die Adresse vom Formular ab.

»Hast du die Waffe mitgenommen?«

Ich nicke, dann fällt mir ein, dass ich sprechen muss. »Ja.«

»Zeig sie niemandem, klar?«

Ich kann wieder nur nicken. Gerade noch rechtzeitig merke ich, dass Aarto gleich auflegen wird. »Warte!« Meine Stimme hallt in dem gekachelten Raum. »Was ist ... mit Aki?«

Die Pause gibt mir einen Stich mitten ins Herz.

»Hat es nicht geschafft«, sagt Aarto mit belegter Stimme. »Seine Pflegerin sagt, er war schwer herzkrank, er hätte gar nicht mehr aufstehen dürfen, aber er hat es wohl immer wieder getan, wenn sie noch geschlafen hat. Zu stur, um sich die Zeitung holen zu lassen.«

Ich habe Aki nicht gekannt, aber trotzdem passt es zu ihm. Zu stolz, um mit seiner Schwäche zu leben. Lieber tot umfallen als untauglich sein. Aber gleichzeitig hallt auch ein Satz von Aino in meinem Kopf. *Er hat Mikael ermordet.*

»*Game over*«, sagt Aarto mit rauer Stimme. »Du musst Ainos Familie anrufen.«

»Ja, ich weiß.«

Das Schweigen dehnt sich.

»Wie geht es dir?«, frage ich leise.

»Vermutlich nicht besser als dir«, sagt Aarto nach einer langen Weile.

»Hast du gewusst, dass Aki in Helsinki lebt?«

»*Nope*«, sagt er zu betont cool. »Bis gleich.«

Ich lehne mich gegen die Tür und sinke zu Boden, bette die Kamera auf meinen Schoß, ziehe mich um sie zusammen, um all die Momente der letzten Tage. Und ich könnte Aino wieder schlagen – diesmal dafür, dass sie Aartos letzten leiblichen Verwandten erledigt hat. Der Gedanke hilft mir, mich weniger als Verräterin zu fühlen, als ich die Geldbeutel von Ainos Familie nach ihren Telefonnummern durchsuche. Ich finde zwar Fotos vom ganzen Clan (allerdings kein einziges von Aino), doch keine Nummer. Der letzte Geldbeutel gehört Olga. *Jede Mutter hat ihr Lieblingskind*, denke ich. Im Fotofach prangt ein Foto von Inna. Sie lacht und sieht dabei aus wie Aino, das Fuchsmädchen. Und auf irgendeine Art bricht es mir das Herz.

*

Eine Telefonnummer kann ich auswendig. Und Danae ist so schnell dran, als hätte sie neben dem Telefon gesessen. »Mo! O Gott sei Dank!« Ich bin überrascht, wie erleichtert sie klingt. Und mir schnürt es übergangslos die Kehle zu, so froh bin ich, ihre Stimme zu hören. »Wo bist du? Was ist das für eine Vorwahl?«

»Finnland. Helsinki.«

Ein Aufatmen. »Dann hatte Michael also doch recht mit seiner letzten Vermutung«, sprudelt sie los. »Aber wir hatten alle Fluggesellschaften in der Mangel, und eure Namen waren auf keiner Passagierliste. Nicht mal bei Lufthansa – und dabei sagte mir Michael, seine Mutter hat den Tick, mit keiner anderen Gesellschaft zu fliegen ...«

Na prima. Sogar Ainos Weigerung, in ein Flugzeug zu steigen, passt jetzt logisch ins Bild. Ihre Lunge explodiert? Angst vor dem Fliegen wegen Kriegs-Flashbacks? Nein, nur Angst vor der Sicherheitskontrolle.

»Mo?«

»Ja?«

Ich mache mich auf eine Tirade gefasst, auf Vorwürfe und sogar Drohungen, aber meine Schwester fragt mich wie ein Echo meines Telefonats eben mit banger Stimme: »Ist alles in Ordnung mit dir?«

Ich bin irritiert. Noch nie habe ich sie so besorgt erlebt.

»Mit mir schon, aber Aino ist krank. Verdacht auf Lungenentzündung. Ich habe sie ins Krankenhaus gebracht, aber ich habe die Nummer von Leons Eltern nicht. Sie müssen es erfahren, und das Krankenhaus braucht ihre Versicherungsdaten ...«

»Und dir ist wirklich nichts passiert?«

Du meinst, außer Leon und dir? Es ist völlig unpassend, aber der Gedanke blitzt auf und kommt mir im selben Moment schon albern vor. Eine Streiterei aus ferner Vergangenheit. Wann genau ist mir Leon so gleichgültig geworden?

»Nein, warum?«

Ihre Stimme überschlägt sich fast. »Hast du meine letzten

Mails nicht gelesen? Hilke Schmitt hat Anzeige erstattet, weil Aino sie mit einer Pistole bedroht hat.«

Das ist wie eine kalte Dusche. Ich schiele zur Tasche, und obwohl es völlig sinnlos ist, schließe ich sie.

»Pistole?«, frage ich lahm.

»Ja. Aino hat Frau Schmitt gezwungen, deinen Karton herauszugeben. Und danach hat sie sie im fensterlosen Bad eingesperrt. Es hat einen halben Tag gedauert, bis Frau Schmitt sich bei den Nachbarn bemerkbar machen konnte. Erst hat sie nichts gesagt, aber vorgestern ist sie dann doch zur Polizei gegangen.«

Ich kann mir lebhaft vorstellen, wie die alte Dame fünf Tage in Schockstarre verharrte, und möchte lieber gar nicht wissen, was Aino zu ihr gesagt hat. Aber ich erinnere mich nur zu gut, wie eilig es Aino hatte, nachdem sie in erstaunlich kurzer Zeit mit dem Karton zurückkam. ›*Großmütter haben eine gemeinsame Sprache. Wie Wale.*‹

Ja klar, und sie brauchen ein Fluchtauto.

»Du ... hast wirklich nichts davon gewusst?«, fragt Danae in die Pause. »Gar nichts?«

»Nein.« Als direkte Antwort auf diese Frage spreche ich die reine Wahrheit.

»Wenigstens etwas!« Meine Schwester klingt, als sei ihr eine Ladung Juristenlexika vom Herzen gekippt.

Wenn ich nicht schon sitzen würde, jetzt bekäme ich weiche Knie. Weil mir klarwird, was dieses *wenigstens* bedeutet. Wenn Aino aus diesem Krankenhaus jemals wieder rauskommt, dann war das in diesem Leben wirklich ihr letzter Tango jenseits von Psychiatrie und Polizeigewahrsam.

»Ach, Moment, warte mal!«, höre ich mich sagen. »Aino hatte eine Spielzeugpistole in der Tasche, die sie für Marten und Mattis gekauft hatte. Vielleicht hat Frau Schmitt sie mit einer echten Waffe verwechselt?«

Ich bin selbst erstaunt, wie echt ich klinge. Im Geiste entschuldige ich mich bei der armen Katzenlady. Aber ich habe leider vergessen, dass am Ende der Leitung Danae sitzt.

Eine Weile höre ich nur sehr beherrschtes Atmen, dann sagt meine Schwester gefährlich leise: »Verarsch jemand anderen, Momo.«

Ich sacke noch mehr in mich zusammen. Das Schweigen dehnt sich, ich suche fieberhaft nach Worten, Erklärungen, einer besseren Lüge. Aber ich habe verloren. *Was auch immer das für Aino bedeuten wird.*

Ein Kugelschreiber klickert. »Gib mir alle Nummern vom Krankenhaus, ich sorge dafür, dass Michael alles Nötige durchfaxt.« Danae verfällt übergangslos in ihren strengen Anwaltston. »Und was auch immer da bei euch läuft – du hältst die Klappe, ja? Kein Wort von einer Waffe. Ohne mich sagst du überhaupt nichts mehr, zu niemandem, verstanden? Ich rufe dich wieder an.«

Pause.

»Du ... gehst doch ran?«

Zweite Pause, in der ich vergeblich versuche, nicht vor Erleichterung zu zittern.

»Mo!«

»Ja, versprochen«, flüstere ich. »Und ... danke, Dani.«

*

Die Spalte mit der Frage nach Medikamenten habe ich bis über den Rand ausgefüllt. Zur Sicherheit habe ich noch alle Beipackzettel zusammengesucht. »Die restlichen Daten von Frau Kuznetsow kommen gleich per Fax«, sage ich und schiebe das Formular über die Empfangstheke. Aino Frau Kuznetsow zu nennen hört sich furchtbar falsch an. »Darf ich zu ihr?«

Die Dame runzelt die Stirn.

»Ich will ihr nur ihre Sachen geben.« Ich hebe die Tasche

hoch. *Waffenlieferung für Frau Kuznetsow.* Ich hoffe, die Frau sieht nicht, dass ich schwitze.

Sie zögert, aber dann schaut sie auf ihren Monitor und nickt schließlich. »Aber bitte nur ein paar Minuten, sie wird gleich zur Computertomographie abgeholt. Und ... Sie sind doch eine Verwandte?«

Mein Herz stolpert, als mir bewusst wird, dass der Countdown läuft. Unsere gemeinsame Zeit wird enden – sobald Danae Ainos Familie erreicht hat und Michael und Olga dafür sorgen werden, dass ich Hausverbot bekomme.

»Aber natürlich«, sage ich und lächle. »Sie ist meine *Mummi.*«

Finnen machen aus allem einen Wettbewerb? Nun, bei Danae habe ich keine Chance, aber hierzulande könnte ich bei zwei finnischen Disziplinen mühelos mithalten: bei der jährlichen Weltmeisterschaft im Handyweitwurf und der Weltmeisterschaft im Lügen.

Trotz allem, was geschehen ist, bin ich erleichtert. Aino liegt nicht im Koma, sie sitzt halb aufgerichtet auf einer Liege, eine Infusion im Arm und eine Sauerstoffmaske über der Nase. An ihrem Zeigefinger klemmt ein Infrarot-Clip, und auf einem Monitor leuchtet der Prozentwert der Sauerstoffsättigung. Sie hat die Augen geschlossen. Ihr offenes Haar ist zerstrubbelt und lässt sie noch zerbrechlicher als sonst wirken. Jemand hat ihr das Gesicht abgewischt. Kein Blut und kein *Red Drama* mehr, nur ihre Wangen sind immer noch rot. Es ist kein Rouge gewesen, wie ich vorhin gedacht habe. Es war Fieber von einer Nacht im Freien, das auch mit Paracetamol nicht mehr zu bändigen war.

»Hey, Anusch.« Ich berühre ihre Hand. Es ist immer noch eine Elfenhand, pergamentzart und schlaff wie welkes Laub. Fast kann ich es nicht mehr glauben, wie fest sie die Pistole umklammert hat. Aino macht die Augen auf und zieht die Maske vom Gesicht. »Monika!«

Es schneidet mir ins Herz, dass sie sich wirklich freut.

»Du hast es doch geschafft«, sage ich leise. »Der Schreck hat genügt. Sein Herz hat ihn umgebracht.«

Ich hoffe, wenigstens jetzt einen Funken Reue zu sehen, aber Aino schüttelt nur den Kopf. »Unwahrscheinlich«, sagt sie mit belegter Stimme. »Aki hatte kein Herz.«

»Aino, verdammt!«

Das war dumm. Ich wollte sie nicht aufregen. Sie holt mühsam Luft, und ich bedeute ihr, dass sie bloß nicht sprechen soll. »Wir reden später. Setz die Maske wieder auf!« Aber es ist zu spät. Sie packt mich, zieht mich zu sich heran und lässt meine Hand nicht los. Auch das ist neu, und es verunsichert mich mehr, als ich zugeben will.

»Ich weiß, du verstehst es nicht«, flüstert sie. »Und ja, ich weiß, dass Aki auch ein armer Teufel war, der sich selbst nicht ertragen konnte. Aber er hat zwei Leben zerstört, ohne Mitleid. Und meines zähle ich dabei nicht mit.«

»Aino, du sollst nicht ...«

»Halt die Klappe und hör zu! Du musst wissen, was damals geschehen ist. Nicht meinetwegen, sondern wegen Aarto. Du hast recht, ich habe ihm viel zu viel verschwiegen. Deshalb musst du es ihm sagen. Machst du das?«

Ich kann nur nicken. Ich kenne sie. Wenn ich jetzt widerspreche, wird sie sich noch viel mehr aufregen. Sie leckt sich über die trockenen Lippen und schaut hektisch zur Tür. Und da weiß ich, dass auch Aino unseren Countdown zählt.

»Es war im verschütteten Keller. Ich hatte Mikael und Matilda gesagt, dass ich noch einmal nach einem Ausgang suchen wollte, aber wir alle wussten, dass es natürlich darum ging, ihnen Zeit zu schenken. Wenn man liebt, gibt es Dinge, die man nur dem anderen sagen will, vor allem, wenn man sich sicher ist, die Nacht nicht zu überleben. Ich hörte sie flüstern, ohne etwas zu verstehen. Und irgendwann waren sie still, und ich wusste, dass sie sich küssen.

Ich hockte einfach weiter in meinem Winkel, die Taschenlampe auf den Knien, ohne sie anzumachen. Irgendwann bin ich eingeschlafen. Und dann weckte mich Gepolter.« Sie holt Luft. »Das Licht einer Lampe schweifte in meine Richtung. Da waren Männerstimmen, und ich begriff, dass wir gerettet waren. Ich sprang auf, als ich Matildas Namen hörte, gebrüllt von einem Mann. Und ich erkannte ihn sofort. Er hatte mich noch nie gesehen, ich ihn schon, auf der Straße vor Matildas Haus.« Aino schielt wieder zur Tür. Sie spricht leise und konzentriert, und ihre Finger graben sich wie Klammern in meine Hand. »Ich blinzelte nach links, und da sah ich sie – Matilda und Mikael. In der plötzlichen Helligkeit drängten sie sich zusammen, geblendet und völlig überrascht. Im Licht gleißende Handflächen, die sie vor die Gesichter gehoben hatten. Und ebenso gleißend hell Matildas Brüste, ihre nackten Beine – und Mikaels Körper. Die beiden hatten sich auf Mikaels Mantel zusammengekauert und starrten den Leuten entgegen, die durch das freigeräumte Loch in den Raum gekommen waren. Der Mann, der nach Matilda gerufen hatte, das war Aki. Und der andere ... Pettar.« Aino schluckt. »Ich konnte Akis Gedanken sehen wie einen Film. Erst die Angst um seine Schwester, die Gewissheit, dass ein Fremder sie vergewaltigt hatte. Und dann Irritation, Zweifel, die Erkenntnis, dass Matilda und Mikael sich umfasst hielten wie Liebende. Und dann – maßlose Enttäuschung und Zorn. Pettar stürzte zurück zum freigeräumten Durchgang und brüllte nach draußen: ›Wir haben sie! Sie lebt. Bleibt oben, wir bringen sie hoch!‹

Als Mikaels Blick kurz meinen fand, begriff ich, dass Aki mich noch gar nicht bemerkt hatte. Ich blieb in der Deckung, fieberhaft überlegend, wie Mikael entkommen könnte. Akis Lippen waren blau, er taumelte zurück und stützte sich an dem Durchgang ab. Und dann sagte er mit sehr ruhiger Stimme: ›Elias ist gefallen.‹ Jetzt wusste ich, warum Pettars Gesicht so verquollen war, er hatte geweint. Er, Aki und Elias waren wie Brüder gewesen. Matilda schrie auf. Noch nie hatte ich einen solchen Laut aus ihrem Mund gehört. Und ich wusste nicht, ob sie um Elias weinte oder um ihr eigenes Leben.

›Ich wusste es doch‹, stieß Aki hervor. ›Ich wusste immer, dass du … eine Hure bist.‹ Als er unter seinen Mantel griff, dachte ich erst, dass es ein Herzanfall ist. Aber dann … sah ich die Pistole.« Ihre Stimme wird noch leiser, aber sie denkt nicht daran, eine Pause zu machen. Und ich wage nicht, sie zu unterbrechen, so konzentriert und ernst ist sie. »Mikael warf sich über Matilda und schützte sie mit seinem Körper. Auch ich wusste nicht, auf wen Aki in diesem Moment zielte. Ich … sprang einfach los und riss ihn um. Der Schuss löste sich, Steinsplitter pfiffen durch den Raum. Akis Taschenlampe rollte über den Boden. Ich sah Matildas Gesicht – und Mikael, der auf ihr lag und sie zu Boden drückte. Beide waren unverletzt. Es war eine Sekunde, in der ich einfach nur glücklich war. Die zwei Menschen, die ich am meisten liebte, lebten.

Ich drückte Aki zu Boden und wollte ihm die Waffe entwinden, aber dann packte mich jemand und riss mich hoch, schleuderte mich zwischen die Trümmer. Das war Pettar. Matilda schrie. Ich stürzte und schlug mir den Kopf an. Dann war alles schwarz. Keine Ahnung, wie lange ich weg war. Als ich die Augen wieder aufmachte, war es still, und nur noch Mikael und Aki waren im Raum. Mikael lehnte benommen an der Wand, nackt und wehrlos. Er war niedergeschlagen worden, seine Lippe war aufgesprungen. Vermutlich hatte Pettar ihn erledigt, bevor er Matilda hinausgebracht hatte. Und Aki …« Aino schluckt mehrmals. Rasselt und pfeift beim Atmen. »Er … hielt die Waffe sehr ruhig auf Mikael gerichtet. Ich dachte, er würde ihn nur in Schach halten, bis Pettar wiederkam. Aber dann … drückte er einfach ab.«

Draußen klirrt ein Wagen vorbei. Türen surren automatisch auf und wieder zu, aber wir schweigen. Meine Kehle ist eng und die Übelkeit so schlimm, dass ich die Kamera umklammere und sie in den Magen drücke, um es auszuhalten.

»Ich ... konnte nur noch zu Mikael kriechen und ihn in die Arme nehmen. Sein Hals war zerfetzt, niemand konnte ihm mehr helfen. Bis zum Ende sah er mir in die Augen. Und Aki stand nur da, schwankend vor Schwäche, aber mit erhobenem Kopf. Ich war nie an der Front. Ich habe nie die Augen von Menschen gesehen, die töten. Ich habe mir vorgestellt, dass auch Verzweiflung darin liegt, Angst und das Wissen, keine Wahl zu haben, wenn ein anderer auf dich zielt. Aber Aki hatte eine Wahl, und er hat sie bewusst getroffen. Und sehr gut gezielt.

›Dafür bringe ich dich um!‹, hörte ich mich sagen. ›Ich schwöre dir, dafür bringe ich dich um!‹

Der Bergungstrupp kam in den Raum. ›Der Kerl wollte meine Schwester vergewaltigen‹, sagte Aki zu den Männern. ›Und er hat mich angegriffen.‹ Dann brach er zusammen. Der übliche Schwächeanfall, wenn sein Herz zu viel mitmachte. Aber vielleicht habe ich ihm ja damals schon einen Heidenschrecken eingejagt.«

Aino schaut auf ihre Hände – oder vielleicht auch auf meine, ich halte ihre Linke inzwischen in beiden Händen geborgen. Ihre zuckt wie ein Fisch im Netz. »Es war das letzte Mal, dass ich Matilda sah«, fährt Aino mit einem heiseren Flüstern fort. »Später sollte ich erfahren, dass es der Bekannte war, dem sie bei unserer Flucht in den Keller auf der Straße zugerufen hatte, der am Morgen nach dem Angriff zu Aki geeilt war und ihm gesagt hatte, wo seine Schwester vermutlich verschüttet war. Pettar war bei ihm. Er war am Tag zuvor von der Front gekommen und hatte Aki die Nachricht von Elias' Tod überbracht. Matilda hatte er um wenige Minuten verpasst. Und so waren es an diesem Tag die beiden, die den Bergungstrupp organisierten.«

»Und … die Waffe?«

»Die war Aki aus der Hand gefallen, zwischen die Trümmer. In dem Chaos habe ich sie mir geschnappt und sie unter dem Kleid versteckt. Seitdem hat sie mich nie verlassen – und ich glaube, Aki wusste, dass sie irgendwo auf ihn wartet.« Sie lächelt müde. »Warum hätte er sonst so überstürzt auswandern sollen.«

»Hast du den Mord nicht angezeigt?«

Aino lacht, hustet schwach, schließt die Augen. »Natürlich habe ich das getan! Aber das Gericht beschloss, dass es Notwehr gewesen war. Pettar war nur zu bereit, für Aki einzustehen. Und auch er schwor, dass Akis Schwester knapp einer Vergewaltigung entgangen ist. Er habe ja Mikael schließlich niederschlagen müssen.«

»Aber du warst Zeugin, und Matilda muss doch ausgesagt haben …«

»Sei doch nicht immer so naiv. Menschen glauben an das, was sie sehen, nicht an das, was jemand sagt. Gerade du als Fotografin müsstest das doch wissen. Vor Gericht schworen einige der Männer, sie hätten noch beobachtet, wie Mikael sich auf Aki stürzen wollte. Und ich bin sicher, sie glaubten es sogar. Und was hatten sie noch gesehen? Pettar, der eine junge Frau aus einem verschütteten Keller rettete. Matilda schrie und weinte, und sie war nackt. Außerdem war sie verlobt mit einem gefallenen Helden, ihrer Liebe aus Kindertagen, wer hätte glauben sollen, dass sie sich in irgendeinen fußlahmen Schurken verliebt? Sie durfte nicht einmal vor Gericht aussagen. Irgendein Nervenarzt sagte aus, dass sie verwirrt sei und nicht wisse, was sie rede.«

»Was?«

Aino lächelt schwach. »Es waren andere Zeiten, Moira. Frauen galten noch schnell als hysterisch, und ihnen wurde weniger geglaubt als dem Wort eines Mannes. Tja, und dann gab es ja auch ein weiteres Bild, das seine eigene Sprache sprach: mich. Vor Gericht trug ich zwar hochgeschlossene Kleidung und anständig hochgestecktes Haar. Aber jeder der Männer hatte im Keller etwas ganz anderes gesehen: ein Mädchen in Lotta-Uniform, ein Symbol für Anstand – aber Pettar hatte so sehr an dem Stoff gerissen, dass Knöpfe abgerissen waren und mein Busen mir halb aus dem Kleid hing. Ich hatte Tanzschuhe an den Füßen, offenes Haar und trug roten Lippenstift. Matilda hatte ihn mir aufgelegt. Ich weinte um einen Vergewaltiger. Und der Text unter dieser Szene waren die Zeugenaussagen zweier aufrechter junger Männer, die um ihren gefallenen Freund trauerten und dessen Verlobte gerettet hatten. Das ist die Bildsprache der Helden: zwei Ritter, die eine Jungfrau vor dem Drachen retten. Tja, und noch schlimmer wurde es, als herauskam, wer dieser Drache war.« Sie schüttelt den Kopf. »Das Komische ist, ich hatte mich schon gefragt, ob Mikael vielleicht ein russischer Deserteur war. Tja, zur Hälfte stimmte das. Mikael Jerschow hatte zwar einen russischen Großvater, aber bis auf seinen Nachnamen war er ein waschechter Finne. Und somit war er auch ein finnischer Deserteur. Nach dem Krieg hätte ich es mir auch zusammenreimen können. Liljankukka, Mikaels Tango, wurde 1943 an der karelischen Front geschrieben. Aber im Radio gespielt und veröffentlicht wurde er erst 1945. Mikael war mit Toivo Kärki an der Front gewesen – und als guter Dieb hatte er das Lied mitgenommen. Matilda und ich waren die Ersten, die zu Liljankukka getanzt hatten, im Glauben, es sei Mikaels Lied ...«

Aino lächelt traurig. »Tja, aber ein Deserteur aus den eigenen Reihen war bei uns so etwas wie ein schwarzes Einhorn, etwas, was es zweifach nicht gab, nicht geben durfte. Bis heute wird dieses Kapitel unseres Weltkriegs totgeschwiegen. Wir waren ja die guten, die tapferen, die unbeugsamen

Finnen. Also redeten außerhalb des Gerichts plötzlich alle nur noch vom russischen Spion. Da siehst du, dass die Wahrheit auch immer eine Hure ihrer Zeit ist: Wahr ist nur das, was wahr sein darf. Aber die einzige Wahrheit ist: In jedem Krieg gibt es Männer, die vor dem Grauen flüchten. Und Mikael – ja, er war einer davon. Aber ich liebte ihn deswegen nicht weniger, auch wenn das vielleicht schwer zu verstehen ist. In Helsinki war Aki nun der Held, der einen Spion zur Strecke gebracht hat. Und ich ... wurde auch berühmt, auf andere Weise. Mehr als einmal wurde ich auf der Straße bespuckt und bedroht. Wohin ich auch ging, irgendwann war ich immer die Verräterin, die einen Spion gedeckt hatte, obwohl es dafür keine Beweise gab.«

»Jetzt verstehe ich, warum du nie jemandem etwas erzählt hast«, sage ich leise.

Und auch, warum es Mikaels Sohn einfach nicht geben durfte und Aki alles dafür tat, Rikhards Existenz zu vertuschen. Sogar vor sich selbst.

Aino nickt bitter. »Aber ich hatte auch Glück«, sagt sie nach einer Weile. »Es hielten zwar nicht viele Leute zu mir, aber es gab welche. Einer der Ärzte, bei dem ich meine Sanitäterausbildung für meinen Lotta-Dienst absolviert hatte, brachte mich trotz allem als Schwesternschülerin in einem Krankenhaus unter. Weit oben im Norden, in einem Kaff, in dem mich niemand kannte. Ich wurde also Krankenschwester – und irgendwann ging ich im Rahmen eines der ersten Freundschaftsprogramme nach dem Krieg nach Leningrad und lernte dort meinen Mann kennen. Ich bekam meinen Sohn und nannte ihn Michael, so wie ich eine Tochter Matilda genannt hätte. Tja, und dann ... Wenn du Kinder hast, verändert sich alles. Ich hatte ein ganz neues Leben. Heller, ruhiger, und ich selbst war eine andere geworden. Nach und nach verblasste sogar die Erinnerung an Matilda und an Aki. Ich ließ es zu, und zwar so gründlich, dass ich tatsächlich ein halbes Leben lang nicht mehr an die Waffe dachte, die gut versteckt in einem Möbelstück auf mich wartete. Ich dachte, ich wäre nicht mehr die Aino von damals. Aber dann ... schaut mich vor zwei Jahren plötzlich Matilda in einer Zeitschrift an. Es war wie ein Hilferuf aus der Vergangenheit. Eine Anklage.« Sie schluckt und starrt auf ihre Hand, oder vielleicht auch auf meine. »Ich wusste nicht, dass sie damals in eine psychiatrische Anstalt gebracht worden war. Aber mir war klar, dass Aki ihr noch mehr Furchtbares angetan haben musste. Es reichte der Blick in ihr gemaltes Gesicht. Alles holte mich wieder ein, in dieser Sekunde. Es war, als hätte ich viele Jahre einen schönen Traum von einer Welt ohne Mörder geträumt. Und nun wachte ich auf – über achtzig Jahre alt und mit dem Bewusstsein, Matilda im Stich gelassen zu haben. Lange, viel zu lange war ich feige und habe überlegt, was ich tun soll. Und als wir beide Aarto fanden, da habe ich wieder gezögert – bis vorgestern.« Sie hebt den Kopf und sieht mich an. »Und ja, ich weiß, dass ich schuldig bin, auch wenn die Kugel Aki heute nicht getroffen hat. Ich erwarte auch nicht, dass du es billigst oder verstehst. Aber ich konnte einen Mörder nicht davonkommen lassen. Es war meine Entscheidung, und mit ihr muss ich leben und sterben.«

Vor allem aber Aarto, denke ich.

Aber wir sagen beide nichts mehr, während die quietschenden, eiligen Schritte, die sich auf die Tür zubewegen, unseren Countdown zu Ende zählen.

*

Ainos Rollstuhl steht noch im Foyer. Und genau dort wartet Aarto auf mich. Und nicht nur er. Onni schlappt gerade herbei und balanciert dabei vier Plastikbecher in den Händen. Als er mich entdeckt, verschüttet er fast den Kaffee. Er ruft mir ein begeistertes »Hey, Mo!« zu und ändert sofort den Kurs. Im nächsten Moment halte ich schon einen der Becher in den Händen, und Onni strahlt mich an, als wäre ich sein Date. Ich wusste gar nicht, dass ich einen Fan habe. *Sollte es bei dieser Band nicht umgekehrt sein?* Dann verteilt er den Rest und eilt noch einmal zum Kaffeeautomaten, um sich auch noch ein Getränk zu holen. Harri prostet mir zu, und Aarto versucht sich an einem schiefen Hallo-Lächeln, das ihm nicht gelingt. Ich würde mich gerne neben ihn setzen und ihm den Arm um die Schulter legen, so fertig sieht er aus. Seine ohnehin umschatteten Augen wirken, als hätte er zwei Nächte durchgemacht. Aber beide Plätze neben ihm sind schon besetzt. Harri und Elmo flankieren ihn wie eine Eskorte. Elmo mustert mich ebenso prüfend wie ich ihn. Es ist ungewohnt, Louhis finstersten Sohn in Hemd und Sakko zu sehen. Er muss direkt von der Arbeit gekommen sein. Als Sänger auf der Bühne wirkt er einfach nur martialisch und durchgeknallt, aber jetzt ist die blondierte Stachelfrisur glattgekämmt. Doch die Tattoos scheinen durch den Hemdstoff hindurch, als er das Sakko auszieht. Alle mustern mich schweigend, bis endlich Onni mit seinem Kaffee zurückkommt und sich auf einen der Sitze fallen lässt. *Boarding completed.*

»Wie geht es Calamity Jane?«, fragt Aarto. Ich stutze. Die Jungs wissen also Bescheid. In Aartos Kosmos ist es ganz logisch: Niemals allein, keine Geheimnisse. Onnis Grinsen nach zu urteilen, hat auch die Sanna-Geschichte bereits die Runde gemacht.

»Aino ist gerade im CT«, antworte ich. *Und mich hat man aus ihrem Zimmer geworfen, auf telefonischen Befehl von Leons Vater.* Interessante Erfahrung, dass man sich neben einem leeren Rollstuhl so verwaist fühlen kann. Vorsichtig stelle ich Ainos Tasche auf der Sitzfläche ab.

»Ich habe das Foto entsorgt, das noch bei Aki im Garten

lag«, sagt Aarto. »Ist besser, wenn es verschwindet. Jeder denkt, es war ein einfaches Herzversagen.« Er muss wirklich ziemlich fertig sein, wenn er so viel am Stück redet. Auch Harri schaut ihn besorgt von der Seite an.

»Der Mann auf dem Foto war dein Großvater«, sage ich.

Schweigen.

Ich wecke die Kamera, die auf meinen Knien liegt, und lasse mir Zeit beim Suchen. Dann reiche ich sie Aarto.

Louhis Söhne beugen sich wie ein Mann vor und betrachten Mikaels Porträt auf dem Display.

»Ainos Loverboy?« Aarto runzelt zweifelnd die Stirn. *»We're not talking about a threesome or something?«*

Ich bin froh, dass er seinen Galgenhumor noch hat.

»Ei«, antworte ich. Onni grinst, und Elmo legt Aarto die Hand auf die Schulter und drückt sie kurz. Ich weiß nicht, warum, aber plötzlich ist die Welt wieder ein sicherer Ort.

Aarto gibt mir die Kamera zurück und stützt die Ellenbogen auf die Knie. »Also?«, fragt er.

Alle vier Jungs schauen mich erwartungsvoll an.

Die Wahrheit? Hier? Jetzt? Einfach so? Aber ich muss wirklich noch viel lernen. Zum Beispiel, dass es manchmal leichter wird, wenn man Geheimnisse preisgibt, so traurig und beängstigend sie auch sein mögen. Und dass wirklich niemand allein ist, der seine Geschichten auf diese Weise zu einer gemeinsamen Vergangenheit verwebt.

WEISSE LÜGEN

Wir warten, bis es dunkel genug ist. Onni setzt uns am Hafen ab, und zehn Minuten später sitzen Aarto und ich in dem Motorboot, das uns gestern noch zur Zooinsel getragen hat. Es scheint Jahrzehnte her zu sein, unwirklich, ein schöner Traum. Nur Aartos Hand in meinem Nacken hält den letzten Rest unserer Realität fest, gefangen in der Wärme zwischen Haut und Haut, jederzeit bereit, mit dem kalten Nachtwind zu entwischen.

Danae hat durchgegeben, dass Michael bereits am Nachmittag in den Flieger nach Helsinki gestiegen ist und dass ich Aino auf Weisung ihrer Familie nicht besuchen darf, aber ich bezweifle, dass meine Alte sich da etwas vorschreiben lässt. Doch wie befürchtet, hat sie mit Hilfe der Medikamente eine aufziehende Bronchitis so lange verschleppt, bis sie zu einer Lungenentzündung wurde.

Aarto scheint meine Gedanken zu erraten. »Mach dir keine Sorgen. Sie ist zäh, sie kommt durch.«

Klar, wofür gibt es sisu?, denke ich. Aber es ist eher Ironie als Optimismus.

Heute geht die Fahrt ein ganzes Stück weiter hinaus auf See. Die Stadt bleibt zurück, bis sie nur noch ein fernes Leuchten am Horizont ist. Der Motor röhrt und verstummt dann abrupt. Aartos Hand löst sich, lässt meine Haut im Wind zurück, und wir treiben. Das Wasser ist nicht so ruhig wie gestern. Als wollte es uns abwerfen, buckeln die Wellen unter uns und schlagen gegen den Bug. Es ist seltsam, dass ich das Meer heute betrachten kann, ohne meine Mutter zu sehen. Es ist, als wäre Suzanas Foto durch mich hindurchgeglitten und hätte sich aufgelöst.

»Hier ist eine gute Stelle«, sagt Aarto. »Und denke daran: keine Beweisfotos.«

Ich lächle. Natürlich habe ich meine Kamera mitgenommen, aber ich habe nicht vor, mich an diesen Moment zu erinnern. Aarto holt die Plastiktüte aus der Gitarrentasche. Der Umriss der Waffe zeichnet sich deutlich ab, und Aarto achtet darauf, dass die Mündung von uns wegzeigt. Es ist nur eine Geste. Elmo, der Waffennarr und Elchjäger, hat die Patronen in Aartos Küche fachmännisch entfernt. Ich bin nun im Bilde, dass es sich bei der Waffe um eine »Luger« alias »Pistole 08« handelt, ein deutsches Fabrikat, das auch in der finnischen Armee Verwendung fand. Und dass gerade dieses Modell dafür bekannt ist, schon mal im falschen Moment Ladehemmungen zu haben. Besonders, wenn es sehr lange nicht benutzt wurde. Glück für Aino. *Trotzdem Pech für Aki.*

»Willst du?«, fragt Aarto.

Ich schüttle heftig den Kopf.

Ich habe bestimmt keine Ansprache erwartet, aber als Aarto die Tüte achtlos an einer Ecke packt und sie einfach ins Wasser plumpsen lässt, zucke ich doch zusammen. Aarto deutet mein Luftschnappen wohl falsch.

»Valkoinen valhe«, sagt er. *Weiße Lüge.* Schwindeln für einen guten Zweck. Hört sich schöner an als Entsorgung einer illegalen Waffe. *Tatwaffe*, denke ich. *Alles eine Sache der Perspektive.* Meine weiße Lüge habe ich bereits im Foyer des Krankenhauses ausgesprochen – indem ich das Geheimnis von Ainos heimlicher Liebe zu Matilda bewahrt habe.

»Ich hoffe, Aino weiß das zu schätzen«, sage ich.

In der Dunkelheit erahne ich Aartos Züge nur, doch seine Piercings glänzen auf wie Fischsilber, das gleich wieder wegtaucht. Das unwillige Kopfschütteln erkenne ich als Silhouettenspiel vor dem fernen Stadtglühen.

»Ich mache das doch nicht für Aino«, sagt er verärgert. »Sondern für dich. Du hast auch so schon genug Probleme am Hals.«

Statt einer Antwort taste ich nach seiner Hand, und er zieht mich an sich. Ich vergrabe meine Nase an seinem Hals, spüre seine Lippen sanft über meinen Nacken streifen, genau dort, wo die Gänsehaut sitzt. So halten wir einander, während das Boot in einer Unterströmung leicht wippend um die eigene Achse kreiselt.

»Wirst du zu Akis Beerdigung gehen?«, frage ich nach einer Weile.

Aarto entzieht sich mir. »Wozu?«

Ich verstehe, dass er wütend auf Aino ist. Viel wütender als ich.

»Mir geht es nicht darum, dass Aki tot ist«, bricht es plötzlich aus ihm heraus. »Oder darum, dass er ein Mörder war, mein Großvater ein Deserteur und mein Vater ein Herumtreiber mit fixen Ideen, der Meerfrauen nachjagte. Das alles kann ich nicht ändern, und es sagt nichts über mich aus. Und nein, ich hätte nicht nach Aki gesucht. Aber dieser kleine, dürre Fuchs hat es die ganze Zeit gewusst – und ich hätte verdammt noch mal einfach gerne die Wahl gehabt!«

Wenn Harri hier wäre, würde er jetzt wieder sehr besorgt schauen.

»Ich weiß«, sage ich. »Tut mir leid.«

Ich rücke wieder zu ihm heran, fahre ihm durchs Haar. Er erwidert meinen Kuss, zieht mich an sich und hält mich so fest, dass wir im schaukelnden Boot ein Körper sind. Irgendwo unter uns sinkt die Waffe vielleicht immer noch in unser Schweigen hinein.

»Da unten liegt sicher jede Menge von dem Zeug«, murmelt Aarto nach einer Weile.

Ja, die Welt ist voller Mörder. Der Satz von Aino beschäftigt mich immer noch. Tickt irgendetwas in mir an.

»Was hättest du Aki gefragt? Wenn ihr euch begegnet wärt?«

»Keine Ahnung. Vielleicht nur, welche Musik er mag.«

»Das ist leicht«, sage ich. »*Murder Ballads* von Nick Cave.«

Ich spüre sein Lächeln.

»Queen – *Bohemian Rhapsody*«, erwidert er lakonisch.

»*I shot the sheriff*«, schlage ich vor.

»*Murder on the dancefloor.*«

»Oder einfach Tango«, sage ich. »Vielleicht liebte er *Liljankukka* genauso wie Aino.«

Wieder habe ich das Bild der zwei tanzenden Mädchen vor mir. Wer hätte gedacht, dass eines von ihnen ebenso wie Aki zu einem Mord fähig sein könnte? *Du hast im Leben nur einen wichtigen Moment.* Das hat Aino gesagt. *Einen einzigen, der zählt, der dich ausmacht, der alles erklärt, alles an seinen Platz rückt und alles vollendet.* Tja, wie man sich irren kann. Ich dachte, sie meinte den Tanz mit Matilda.

Ich sehe Aino im Vorgarten, ein gealtertes Dornröschen, aus seinem schönen Traum vom heilen Leben erwacht. Aino würde den Kopf schütteln und »Unsinn« sagen, aber sie ist eine weitaus bessere Fotografin als ich. Sie weiß um die Macht der Bilder, um den Voodoo-Zauber, den ich immer noch nicht ganz wahrhaben will. Graues Kleid, Tanzschuhe, roter Lippenstift und offenes Haar. Die Ikonographie der Rache.

»Mo?«

»Hm?«

»Vergiss nicht – Ainos Geschichte ist nicht deine.«

Aarto klingt besorgt, und ich weiß genau, was er meint.

»Ich weiß«, sage ich. »Aber es ist deine.«

Er wirft den Motor an und schweigt den ganzen Weg zurück. Und als wir beim Haus ankommen, bleibt er auf der Schwelle stehen und zieht mich noch einmal an sich. Sein Kuss hat eine raue Leidenschaft, und ich erschrecke – weil er auch ein wenig nach Abschied schmeckt. Und tatsächlich lässt Aarto mich los und tritt von der Schwelle zurück, vergräbt die Hände in den Jackentaschen. »*Time-out*«, sagt er knapp. »*Sorry, but ... it's too much.*«

Ich muss schlucken, aber ich halte ihn nicht zurück. Schaue ihm nur nach, bis er am Ende der Straße abbiegt. Ich würde ihm gerne sagen, dass man manchen Dingen nicht davonlaufen kann. Denn es ist eine Sache, nicht an Familien zu glauben, aber eine ganz andere, sie zu verlieren.

*

Als ich aufwache, flutet die Sonne die Wohnung. Ich bin noch angezogen, und an meiner Oberlippe klebt Papier – Ausdrucke, die ich noch bei Karin gemacht hatte. Es ist schon fast zwei Uhr. Ich versuche zu rekonstruieren, wann ich ins Koma gefallen bin – oder viel eher zusammengeklappt, so, wie man in Filmen mit dem Kopf in den Spaghettiteller kippt, sobald man die Cola mit K.-o.-Tropfen getrunken hat. Jetzt bin ich heilfroh, wach zu sein. Im letzten Traum habe ich versucht zu rennen, weil ein Mörder auf mich zielte. Ich glaube, es war Freddy Mercury. Noch jetzt rast mein Herz vom vergeblichen Versuch, wegzulaufen. *Willkommen in meiner Welt.*

Der Laptop ist noch an, und für einen Moment hoffe ich, Aarto war hier, aber ich finde keine Nachricht, keinen neuen Song-Link, nicht einmal Nachrichten von Sanna.

Seine Matratze ist unberührt, und in der Küche ist noch alles so, wie die Jungs es gestern hinterlassen haben. Die Gläser stehen halb gefüllt da, auch die angebrochene *Finlandia*-Flasche, die Harri mitgebracht hat. Die zerknitterte

Zeitung, auf der die Luger lag, als Elmo die Munition entfernte, ist unberührt. Ich lasse tunlichst meine Finger vom Handy und versuche mir nicht auszumalen, dass Aarto wieder bei Sanna ist. *Aber selbst wenn es so ist, Mo. Hast du ein Recht, eifersüchtig zu sein?* Nein, habe ich nicht.

Und bin es trotzdem.

Auf dem Tisch liegt auch noch die Bäckertüte mit Aartos Notizen. Der Anblick gibt mir sofort einen Angststich in den Magen. Ich hole das Telefon. Aber Michael und Olga haben gut dafür gesorgt, dass ich auf Abstand bleibe. Die Klinik hat sich in Fort Kuznetsow verwandelt. Strikte Anweisung, nur Familienmitglieder durchzustellen. Man will mir nicht einmal sagen, ob es ihr besser- oder schlechtergeht. Aber die Thekenfrau spricht von Aino im Präsens, zumindest das beruhigt mich.

Vor dem Sofa liegt immer noch das Memoryspiel meiner Kindheit. Ich raffe alles zusammen, nehme auch den Laptop mit und setze mich in die Küche. Zwischen den verwaisten Gläsern ist es ein wenig so, als würde die Band noch um mich sein. Ich tue es schon wieder: nach Vertrautheit und fremden Leben suchen.

Ich war lange auf Tauchstation. Meike hat Kim ihre Fotos gegeben und mailt mir nun, dass Leon meine Sachen bei ihr abgeliefert hat. *Das Kuckucksnest gehört dir, solange du es brauchst*, schreibt sie. *Falls du zurückkommen willst.* Ich muss schlucken. So heißt das Zimmer unter dem Dach, in dem Jugendliche eine Woche überbrücken können, bis sie einen Platz in einem Heim oder in einer betreuten WG bekommen. Ein Unterschlupf für Heimatlose, die nicht zu ihren Familien zurückwollen oder -können. So wie ich damals mit sechzehn Jahren.

Danke, schreibe ich zurück. *Melde mich bald.*

Das *gmx*-Postfach läuft von Danaes Nachrichten der letzten Tage über. Man könnte meinen, sie bereite einen amerikanischen Mordprozess vor, so detailliert schreibt sie mir, was ich sagen und tun soll und was nicht. Aber das Wichtigste ist ihre Mail von heute Nacht.

Eine gute und eine schlechte Nachricht. Die gute: Aino hat gestern mit Michael auch über dich gesprochen. Ich weiß nicht, was sie ihm erzählt hat, aber du bist aus der Schusslinie. Die Kuznetsows lassen dich davonkommen, ohne Anzeige und Schadensersatzforderungen. Du musst den Rollstuhl auf eigene Kosten in das Stift zurückbringen und Ainos Sachen zurückgeben – ihre Kleidung, ihre Tasche, jedes Schmuckstück und das Restgeld. Gib die Sachen noch heute an der Rezeption des Hotels Abalon ab, man weiß dort schon Bescheid. Und du darfst dich keinem aus der Familie jemals wieder nähern. Keine Kontaktaufnahme, keine Telefonate. Wenn du einem von ihnen zufällig in der Stadt begegnest, gehst du auf die andere Straßenseite. Das gilt besonders für Aino.

Tja, was soll ich sagen? Ein weiterer glanzvoller Meilenstein in meiner Stalker-Karriere.

Und die schlechte Nachricht: Aino hatte leider einen Sekretstau, bekommt nun hochdosierte Antibiotika und wird beatmet, damit die Lunge funktionsfähig bleibt. Ich halte dich auf dem Laufenden.

Ich brauche ein ganzes Glas *Finlandia*, um selbst wieder Luft zu bekommen. Und als ich die Kamera nehme und durch das Fenster das Meer heranzoome, wird mir bewusst, dass der Blick durch das Objektiv mir genauso viel Halt gibt, wie Ainos Rollstuhlgriffe zu umfassen.

*

Ainos schwarzes Traueroutfit für Helga »Röschen« Roos hängt wie eine abgestreifte Schlangenhaut auf einem Bügel an der Tür. Es fällt mir schwer, die Spuren ihres Daseins in dieser Wohnung zu tilgen, aber ich räume alles sorgfältig gefaltet in Ainos Tasche, während ihre Tangos im Hintergrund laufen. Aartos CDs nehme ich heraus und auch den blauen Schal, denn er trägt Spuren von altem Waffenöl. Und dann halte ich die Rollei in der Hand. Zu meiner Überraschung ist der Film bis zum letzten Bild belichtet. Sechsunddreißig Aufnahmen – aber ich habe Aino nie fotografieren sehen. Eine Weile zögere ich, aber dann spule ich den Film zurück, nehme ihn aus der Kamera und stecke ihn ein. Als ich die Tasche schließe, sind nur noch Suzana und ich hier. Diesmal schütte ich den Karton ganz aus, mitten auf die Zeitungsunterlage. Passt ja, schließlich können Fotos auch Waffen sein. Ich sortiere die zerschnittenen Bilder aus, meine alte Taucherbrille, Haarspangen, Bänder, Überraschungseierfiguren und anderen Schnickschnack: rechte Seite = wegwerfen.

Danaes alten Zauberwürfel, das Polizeifoto und den Brief: linke Tischseite = behalten. Fürs Erste zumindest.

Ich stoße auf eine unserer uralten Einwegkameras aus den achtziger Jahren. Danae und ich hatten sie von unserer Mutter geschenkt bekommen, aber ich hatte meine sofort aus Schusseligkeit in der Schule liegenlassen. Danaes Film ist zum Teil verknipst, aber es ist unwahrscheinlich, dass man nach so langer Zeit noch etwas erkennen wird. Trotzdem – linke Seite. Zwischen weiterem Kram stoße ich auf eine braune Versandtasche. Wieder die windschiefen Linkshänderbuchstaben meiner Mutter. Dieses Päckchen habe ich damals in der Innentasche ihres Wintermantels gefunden. In der ersten Nacht, in der sie verschwunden war, hatte ich ihn aus dem Schrank geholt und mich damit zugedeckt, ganz umhüllt von dem Duft ihres *Nonchalance*-Parfüms und ihres Haarsprays am Kragen. In den Taschen waren ihr Lippenstift, Kleingeld, eine Nasenklammer zum Schwimmen – und der Umschlag. Danaes Brief steckte auch darin, und jetzt kehrt die Erinnerung beim Betasten den Inhalts zurück.

Es waren weitere Papiere gewesen, zusammengefaltete Dokumente mit Stempeln. Fürs Erste lege ich das ganze Paket nach links und versuche es noch einmal mit Suzanas Brief. Nach all dem, was ich ihr mit den Fotos angetan habe, bin ich es ihr schuldig, wenigstens ihre letzten Worte an mich zu lesen.

Du bist das Schlimmste, was mir je passiert ist …

Ja, so weit war ich schon. Ich brauche noch ein halbes Glas Wodka, um weiterzulesen. Doch es ist schwer, den Blick nicht abzuwenden, so viel Wut und Kummer schwappen mir entgegen.

Du hast mich zerstört, schreibt Suzana. *Ich hätte glücklich werden können mit einem eigenen Kind und einem Mann, der ein gutes Herz hat. Stattdessen habe ich mit dir meine besten Jahre verschwendet. Mit dir und ihm. Glaub nicht, ich weiß nicht, dass du mit seinen Schlampen gemeinsame Sache gemacht hast. Ich weiß, wer mir die anonymen Briefe in den Briefkasten geworfen hat. Habt ihr euch gut amüsiert, wenn ihr über mich gelacht habt? Die dumme, treue Suzana, die nicht wusste, dass sie betrogen wurde.*

Ich muss den Brief sinken lassen und durchatmen. *Doch, du wusstest es*, denke ich. *Von Anfang an. Das war deine weiße Lüge, Suzana – und auch, dass alles, was du getan hast, nur Notwehr war.*

Wenn ich sterbe, lese ich weiter, *habt ihr mich umgebracht – dein Vater und du. Gib ihm die Beweise für seine Hurengeschichten zurück, sie waren nicht schwer zu finden. Die Taschen seines Mantels waren an der Naht aufgegangen. Oder vielleicht hat er wirklich gedacht, ich würde im Futter nicht suchen, aber da kannte er mich schlecht. Du kannst ihm schöne Grüße von mir bestellen. Und seiner gekauften Kinderbraut auch. Sie wird sich noch wundern.*

Die Tirade geht weiter und weiter, drei Seiten lang, und ich muss mich mehrmals aufraffen, bei einem Absatz wieder anzufangen. *Ich wünsche dir kein Glück*, schließt Suzana. *Nur dass es dir einmal genauso geht wie mir.*

Meine Hände sind fahrig, als ich die Gegenstände aus Vaters Manteltasche sichte. Ja, es sind Beweise für fremde Haut und fremde Lippen. Uralte Hotelrechnungen, zum Teil zerknittert und klein gefaltet, in Jahren zusammengeklaubt aus Taschen, Geldbörsen und Papierkörben. Rechnungen für geschenkte Dessous und Schuhe. Ein einzelner Ohrring, der sicher nicht Suzanas Stil war. Ich lege alles auf die rechte Seite. Dann fällt mir ein, dass auch das kleine Plastiktütchen mit ihrem Verlobungsring aus Suzanas Briefumschlag stammt, und ich will es ebenfalls nach rechts legen. Aber dann stutze ich. Gestern ist mir nicht aufgefallen, wie leicht Suzanas Ring ist. *Zu leicht.* Mit spitzen Fingern hole ich das Papiertaschentuchknäuel heraus und zupfe es auseinander. Und plötzlich habe ich keinen Boden mehr unter den Füßen, ich sitze auf einem schwankenden Boot, das sich um sich selbst dreht. Es ist nicht Suzanas schlichter Verlobungsring. Dieser hier glitzert. Jetzt verstehe ich gar nichts mehr. Das Handy klingelt, aber ich brauche eine Ewigkeit, bis es zu mir durchdringt. Ohne den Blick vom Ring zu wenden, taste ich nach dem Telefon.

»Mo?«, höre ich Danae sagen.

»Ja?« *Der Seestern. Es ist der Seesternring! Aber warum ist er verbogen?*

»Atme mal tief durch«, sagt Danae. »Sitzt du?«

Jetzt bin ich schlagartig zurück. »Was ist passiert?«

Aber ich weiß es längst, bevor Danae es ausspricht. »Michael hat gerade angerufen. Es tut mir leid. Ich weiß, du mochtest Leons Oma. Aber sie … sie ist gerade gestorben.«

GESCHWISTER

Die finnischen Durchsagen am Flughafen verstehe ich zum Teil und auch die Gespräche der Leute, die auf den Flieger aus Hamburg warten. Lächelnde Gesichter voller Vorfreude. Ein Mann mit einem Blumenstrauß, Familien mit Leerstellen, die gleich ihr fehlendes Puzzlestück in Empfang nehmen. Aarto hat den Arm um mich gelegt – locker genug, um mich jederzeit loslassen zu können. Aber fest genug, dass ich weiß, er ist da, was auch immer wir füreinander sind. Wir stehen, obwohl alle Sitzplätze neben der Tür frei sind. Bei jeder unserer Bewegungen witscht hinter uns die automatische Schiebetür wieder auf.

»Und du bist sicher, dass du nicht bleiben willst?«, fragt er.

»Ich kann nicht.« Dabei würde ich nichts lieber tun, als zurückzugehen in die Wohnung, die schon meine ist, zu Karin und Tiina und Aartos Jungs, sogar zu Havis Amanda. Vor allem aber – zu Aarto. Aber ich kenne mich und deshalb traue ich mir nicht, zu gut erinnere ich mich an unseren gemeinsamen Filmabend. Würde ich bleiben, um diese Vertrautheit und Aino nicht ganz zu verlieren? Wäre es nicht einfach nur die nächste Flucht? Nein, Aino hatte recht. Es wird Zeit für mich, die Augen zu öffnen und die Realität zu sehen. Dazu gehört auch, sich einzugestehen, dass Ainos Tod Aarto und mich wie nach einem Schiffbruch auf zwei verschiedene Inseln gespült hat. Die vergangenen zwei Tage haben daran nichts geändert. Es ist, als würde Aartos »*Time-out*« immer noch gelten. Auch für mich.

»Ist das deine Schwester?«

Er hat Danae sofort erkannt. Ich entdecke auf den ersten Blick nur eine bildschöne Anwältin in dunkelblauem Kostüm, das Haar streng hochgesteckt. Sie hat sogar ihre Kanzleibrille aufgesetzt. Männer schauen sich nach ihr um, ohne dass sie es beachtet. *Sirene*, denke ich.

»Ja, das ist Danae.«

Aarto wirft nur einen kurzen Blick auf sie, dann dreht er sich zu mir um, legt mir die Hände um das Gesicht, ich spüre seine Fingerspitzen an meinem Haaransatz und schließe die Augen, als er mich küsst, so vorsichtig, als wären meine Lippen filigran wie Schmetterlingsflügel.

»Really sure?«, fragt er ernst.

Ich nicke, obwohl ich mich dabei elend fühle. Aber ich bin am Meer angekommen, am Wasser, jetzt kann ich nur noch zurück. »Ich ... melde mich. Danke für alles!« Dann schultere ich meinen Rucksack und gehe meiner Schwester entgegen. Als sie mich entdeckt, bleibt sie abrupt stehen. Ihr Lächeln ist der Balkonmoment, den ich immer noch so sehr liebe, und obwohl ich mich zusammenreißen wollte, steigen mir jetzt die Tränen in die Augen, vielleicht wegen Dani und Momo, vielleicht wegen Aino. Vielleicht aber auch, weil ich Aarto zurücklasse. Danae ist völlig überrumpelt, als ich sie einfach umarme. »Mo?«, sagt sie leise. Aber ich halte sie fest, obwohl sie sich versteift, und schließlich legt sie zögernd auch die Arme um mich, nur für eine unbehagliche Sekunde. Dann schiebt sie mich von sich weg und prüft, ob ihre Frisur noch sitzt.

»Ist das der Mensch, bei dem ihr gewohnt habt?«, fragt sie.

Ich schaue zurück. Aarto steht tatsächlich immer noch da, aber jetzt hebt er die Hand zum Abschied und geht. Jetzt ist mir noch viel mehr zum Heulen zumute.

»Er heißt Aarto«, sage ich leise. »Aarto Syvävesi.«

Danae runzelt die Stirn. »Irgendeine Chance, dass ich jemals erfahre, was in der Woche hier wirklich los war?«

Damit sind wir im unbehaglichen Schweigen angelangt.

»Na schön.« Sie seufzt und schaut sich um wie eine Schauspielerin, die ihren Text sucht – und findet ihn auf der Anzeigetafel. »Unser Flieger zurück geht schon in einer Stunde. Am besten, wir checken sofort ein. Wir kommen um vierzehn Uhr an. Du musst noch eine Aussage bei der Polizei machen, wegen Hilke Schmitt. Und jetzt gib mir deinen Ausweis. Ich hole deine Bordkarte.«

Ein bisschen komme ich mir vor wie ein Mandant, bei dem man fürchtet, er könnte noch abhauen, aber ich bin einfach nur froh, dass Danae sich um alles gekümmert hat.

Ich gebe ihr den Ausweis und … entdecke Leon. Irgendwann im Nebel der letzten zwei Tage hat Danae mir zwar mitgeteilt, dass sie mit demselben Flieger ankommt wie Ainos Familie, aber anscheinend war mir nicht klar, dass sie vor der Landung nicht mit dem Fallschirm über Helsinki abspringen würden. Allerkleinster Familienkreis – Leon, Olga, Inna. Nicht einmal die Exekutive Jutta ist dabei. Olga trägt als Einzige Schwarz. Sie geht entschlossen wie ein Feldwebel voran, Leon und Inna schlendern hinterher. Inna daddelt auf ihrem Smartphone herum. Ich versuche das Fuchsmädchen in ihr zu finden, aber heute sind die Ähnlichkeiten nur flüchtig. Nichts erinnert an Ainos Anmut und ihren Ernst. Die Geschwister wirken beide einfach nur schlaksig und locker, fast wie Teenager. Inna kichert über irgendeine SMS und zeigt sie Leon, der ebenfalls amüsiert ist. *Nachricht von Kanga?*, denke ich. Auch Olga wirkt nicht traurig, nur fest entschlossen, das Ganze hinter sich zu bringen. Vielleicht tue ich ihr unrecht, aber vermutlich ist sie froh, den Kosten- und Pflegefaktor Schwiegermutter los zu sein.

Leon hat mich entdeckt und bleibt wie angewurzelt stehen. Es ist interessant, welche Wirkung ich auf ihn habe.

Inna ruft ihrer Mutter etwas auf Russisch zu. Und jetzt starren mich alle drei an, als hätte sich Godzilla aus der Ostsee erhoben. Leon löst sich von der Truppe und kommt mit wiegenden Schritten auf mich zu, so cool und entschlossen, dass ich fast müde gelächelt hätte.

»Mach jetzt bloß nichts kaputt, ich warne dich!«, flüstert Danae und geht zum Schalter.

»Hi.« Leon bleibt vor mir stehen, die Hände in den Taschen.

»*Hasta la vista, baby*«, sage ich. Es ist wirklich lustig, wie leicht er zu irritieren ist. Er wirkt wie eine Feder im Wind – beweglich in jedem Luftzug, unruhig, kaum greifbar. *War er schon immer so?*

»Das ist überhaupt nicht witzig, Mo«, erwidert er mit dem strengen Tonfall eines Erwachsenen, der ein kleines Kind zurechtweist.

»Finde ich auch nicht«, sage ich ruhig.

Er nickt mit finsterem Gesicht. Sehr bemüht versucht er, nicht zu Danae zu blicken, die nun ein paar Meter weiter am Schalter ansteht und mit dem Rücken zu uns telefoniert.

»Wann ist die Beerdigung?«, frage ich.

Das kleine Aufblitzen von Angst in seinem Blick verrät ihn.

»Keine Panik.« Ich deute mit dem Daumen zu Danae. »Ich werde nicht reinplatzen. Der Officer holt gerade mein Rückflugticket.«

Leon schluckt. »Morgen Vormittag. Feuerbestattung.« *Und schuld daran bist du.* Das sagt er nicht, aber sein Tonfall ist mit Bedacht gewählt.

»Schön, dass ihr Aino in Helsinki beerdigt. Das hätte sie sich gewünscht.«

Leon runzelt die Stirn, als wäre es ein Fauxpas, seine Großmutter bei ihrem richtigen Namen zu nennen. Immer noch suche ich vergeblich nach so etwas wie Trauer oder Niedergeschlagenheit in seiner Miene – aber ich finde nichts. Nicht einmal eine Ähnlichkeit mit Aino. »Dazu sage ich jetzt besser nichts, Mo.« Das klingt sehr richterlich, gekränkt und gönnerhaft. »Deine Sachen habe ich übrigens ins Jugendhaus gebracht.« Er streckt mir die Hand hin. Im ersten Augenblick frage ich mich, ob er sich allen Ernstes mit einem förmlichen Handschlag von mir verabschieden will, aber dann komme ich darauf, dass er lediglich den Wohnungsschlüssel zurückhaben will. Trotz allem gibt es mir einen Stich. Ich muss tief in der vorderen Tasche meines Rucksacks graben, um ihn zu finden.

»Hier! An deiner Stelle hätte ich zwar das Schloss auswechseln lassen, aber ... bitte schön!« Leon zuckt leicht zurück, als sich unsere Hände bei der Übergabe berühren. *Hör auf, Mo.* Aber ich kann nicht anders. »Katharina wohnt doch wieder bei dir, nicht wahr?«

»Das geht dich überhaupt nichts an!«

Stimmt, ich wollte nur sehen, ob du rot oder blass wirst. Die Antwort ist: rot. Und außerdem wirkt er plötzlich fahrig und kann mir nicht in die Augen sehen.

»Du hast wirklich ein ernstes Problem«, sagt er. »Lass dir helfen, Mo. Und ich meine damit professionelle Hilfe.«

Stimmt. Ich habe vermutlich ein Problem. Eines, dessen wahres Gewicht ich noch gar nicht ermessen kann.

»Tja dann«, sagt Leon knapp. »Bis irgendwann mal – vielleicht.«

Wahrscheinlich kommt er sich sehr souverän vor.

»Leon?«

Er verharrt nur zögernd, unwillig, auf dem Sprung.

»Das Fotoalbum, das in deinem DVD-Regal steht – Aino hat diese Bilder gemacht, nicht wahr?«

Er muss angestrengt darüber nachgrübeln, von welchem Album ich spreche, aber dann nickt er vorsichtig. »Warum willst du das wissen?«

Ich betrachte ihn und versuche wiederzufinden, was mir an ihm gefallen hat. Er sieht sehr gut aus, ja, aber noch nie ist mir aufgefallen, wie jung er wirkt, zappelig mit seinen zu schnellen, unbestimmten Gesten. Ein bisschen erinnert er mich an einen der Luftballons im Esplanade-Park, der sich vom Baum losgerissen hat und trudelt, wohin der Wind ihn trägt. Inna hebt gerade ihr Smartphone und lichtet uns zusammen ab. Beweisfotos für die Facebook-Meute. *Schaut mal, das ist die Verrückte, die erst Charlie und dann meine arme alte Oma gekillt hat. Votet jetzt, wie ihr das findet.* Plötzlich kommt mir das alles nur noch auf traurige Weise oberflächlich vor, substanzlos, flüchtig wie Rauch. *Wird wirklich Zeit, dass ich aufhöre, mich in Papier und Stammbäume zu verlieben.*

»Hat mich einfach nur interessiert«, antworte ich. »Leb wohl, Leonid.«

*

Zwanzig Minuten, und Danae ist immer noch nicht zurück. Ich stütze die Ellenbogen auf die Knie und drücke die Handballen in die Augen. Das letzte Mal, als ich an einem Flughafen abgeholt wurde, war ich fünfzehn. In dem Schwarz tanzen Funken und Bilder. Und wieder einmal höre ich Aartos Satz: »Und du weißt so viel mehr über deinen Vater?«

Ich weiß immerhin, dass er aus Ungarn stammt und genug Ehrgeiz hatte, sich aus kleinsten Verhältnissen hochzukämpfen und Arzt zu werden. Dass er ein guter Chirurg ist, ein ehrgeiziger Mediziner, ein Choleriker und charismatischer Frauenfänger. Aber am besten weiß ich, dass er ein großer Erzähler pädagogischer Geschichten ist. Zumindest war er das noch, als er mich damals am Flughafen in Dublin in Empfang nahm.

»Hey«, sagt eine muntere Stimme. »Na, so was!«

Ich lasse die Hände sinken und blicke auf Sneakers neben einem Rucksack.

O nein, bitte nicht. Aber es ist wirklich das Backpacker-Mädchen von der Fähre. Sommersprossen und Zungenpiercing.

»Hi«, sage ich.

Sie schaut sich um, aber da Virenschleuder Aino nicht in der Nähe ist, wagt sie es, sich neben mich zu setzen. »Alles klar?«, fragt sie. »Ist deine Oma auf dem Klo?«

Ja. Runtergespült vom Universum. Ich kann nicht antworten, und als ich sie ansehe und den Kopf schüttle, kann ich beobachten, wie ein Groschen in Zeitlupe fällt und mit donnerndem Echo aufkommt. Sie hört sogar auf, Kaugummi zu kauen. »Oh, Scheiße! Sie hat's nicht geschafft?«

O doch, und wie sie es geschafft hat. »Nein.« Es ist komisch, dass ich immer noch so zornig auf Aino werden kann. Meine Hände sind zu Fäusten geballt, und das Mädchen sieht einfach nur betroffen aus.

»Wann hat sie ... äh ... wann ist sie ... Ich meine ...«

»Vorgestern.«

In Gedanken zählt sie Ainos Countdown seit Travemünde herunter. Ich kann den Satz »*Wenigstens noch eine Woche ...*« schon fast hören und wappne mich gegen eine Litanei, in der die Worte *wirklich* und *sehr, sehr leid* vorkommen werden, aber sie springt auf und läuft einfach weg. Im ersten Moment denke ich, sie hat die Flucht ergriffen, aber ihr Rucksack steht noch da. Als sie atemlos zurückkommt, hat sie zwei kleine To-go-Becher in den Händen. Ich muss meine Faust lösen, um den Becher zu nehmen, den sie mir hinhält. Er ist kalt. Das Mädchen hat uns Milchshakes gekauft, vanilleweiß mit kleinen braunen Sprenkeln, wie ihre Haut.

»Ich hoffe, du magst Vanille?«

Eigentlich nicht. »Ähm, ja, danke.«

»Dann trinken wir jetzt auf deine Oma, ja?«

Ich bin zu überrumpelt, um nicht zu nicken. Sie setzt sich neben mich, Schulter an Schulter.

Und dann überrascht sie mich. »Auf das Leben«, sagt sie feierlich. Wir schlürfen die dichte Süße. Und zu meiner Überraschung kühlt und lindert sie tatsächlich. Plötzlich bin ich nur noch müde, und als das Mädchen mir mit Milchshakebart mitfühlend zulächelt, ertappe ich mich bei dem Wunsch, meinen Kopf an ihre Schulter zu lehnen. Auf irgendeine Art gebe ich auf, und das tut gut. Wenn Aarto der Typ für Lebensmottos wäre, dann wäre es wohl so was in der Art: *You'll never walk alone. Frag nicht. Trink ihre Milchshakes.*

»Kelly!«, brüllt jemand. Meine Fee schreckt auf.

Ihr weißbeiniger Bruder steht am Eingang zur Sicherheitskontrolle und winkt ungeduldig.

»Ich muss los«, sagt sie entschuldigend.

»Klar. Gute Reise.«

»Ich wünsche dir *alles, alles* Gute!« Sie umarmt mich zum Abschied so fest, dass ich ein paar Sekunden nur Shampoo atme. »Und es tut mir *so* leid. Aber wenigstens hatte sie ja noch ein paar schöne Tage.«

»Danke«, sage ich. Und diesmal meine ich es ernst.

*

Die Maschine ist halb leer, Danae und ich können also einen Sitz zwischen uns frei lassen. Und wir machen es auch, ohne uns abzusprechen, die Gewohnheit eines Sicherheitsabstands zwischen uns, die mir heute besonders auffällt. Als wir abheben, blicke ich zu meiner Schwester hinüber. Natürlich nimmt sie es wahr, aber sie hebt den Blick nicht vom Bordmagazin. Ich frage mich, ob sie sich mir ausgeliefert fühlt, so hoch über den Wolken, ohne Zigarette, Handy und den Schutz ihres Terminkalenders. Aber ich kann nur für mich sprechen. Die Rollstuhlgriffe fehlen mir, meine Kamera, ein Dazwischen als Pufferzone zwischen mir und der Welt.

Kaum haben wir die Reiseflughöhe erreicht, ziehe ich meinen Rucksack unter dem Vordersitz hervor und halte ihn an mich gedrückt. Ich muss aussehen wie Aino, den Schoß voller Geheimnisse. Gerne würde ich mir einreden, dass sie nicht tot ist, sondern einfach verschwunden, untergetaucht im Meer, das wir gerade überfliegen, zurückgekehrt zu den Fischen in die Arme der Göttin Vellamo. Aber wenn mich Aino eines gelehrt hat, dann das: Die Toten sind tot. Und nichts holt sie zurück.

»Hier.« Danae reicht mir über den leeren Sitz hinweg ein Taschentuch. Wann werde ich es schaffen, nicht mehr zu heulen, wenn ich an Aino denke?

Danae sieht mich wieder an wie eine Fremde, die sie nicht so recht einschätzen kann. Und vielleicht bin ich ihr wirklich fremd. Seit sie mich abgeholt hat, hatte ich schließlich noch kein einziges Mal die Kamera in der Hand. Aber als ich nun den Rucksack öffne, versenkt sie sich wieder in ihr Magazin.

Es sieht aus, als hätte sich der Rucksack an meiner Schatztruhe verschluckt. An ihr und – *einem Ballen Zeitungspapier*? Es ist ein lose zusammengeknülltes Päckchen. Und als ich es vorsichtig herausziehe und die Schwere spüre, durchläuft mich ein warmer Freudenschreck. Aarto ist kein begnadeter Geschenke-Einpacker. Und ich bin keine Aino, die ihre Tasche gut genug im Auge behält. Wann hat er das Päckchen hineingeschmuggelt? Das zerknitterte Papier öffnet sich fast von selbst in meiner Hand. Dann fällt mir schon etwas Glattes, Kühles entgegen. Mein Trollmädchen. *Dafür bringt Onnis Mama dich um, Aarto*. Aber das ist noch nicht alles. In der Tasse steckt ein zusammengefaltetes Blatt Papier. *»Keep on kicking, Myy«*, hat Aarto daraufgeschrieben. Als ich das Blatt entfalte, könnte ich lachen und gleichzeitig heulen. Es ist kein Brief. Und nur Aarto bringt es fertig, eine Originalzeichnung zusammenzufalten. Der Falz geht quer über die Brust, einmal vertikal, einmal horizontal. Die Linien treffen sich genau über dem Herzen des Fuchsmädchens. Jetzt weine und lache ich wirklich gleichzeitig.

Danae rutscht tiefer in den Sitz und schaut noch angestrengter in das Magazin. Aber in ihrer Nackenlinie erkenne ich die Spannung. Im Profil sieht sie aus wie damals, als sie auf dem Campus absichtlich wegschaute. Aus heutiger Sicht kann ich es verstehen. Mit meinem Grunge-Look und den langen schwarzen Haaren, die vom Glätteisen ganz stumpf geworden waren und mir immer zu sehr ins Gesicht hingen, muss ich auf sie gewirkt haben wie das Horrormädchen, das im Film »The Ring« aus dem Fernseher kriecht, um die Lebenden mitten in ihrem eigenen Wohnzimmer zu ertränken. *Na ja, bis auf die Frisur hat sich an diesem Effekt wohl nicht viel geändert.*

»*In gewisser Weise sind wir unsere Erinnerungen.*« Fast kann ich es Aino wieder sagen hören.

Und außerdem leben wir so lange gefangen in unseren Echos, bis wir aufhören zu rufen, setze ich hinzu.

Dabei wäre nichts leichter, als einfach stillzuhalten und wieder einmal zu warten. Bis wir zu Hause sind, bis Danae wieder in den Schutz ihres Terminkalenders wegtauchen kann. Warten auf den richtigen Augenblick, eine Chance, mehr Mut, mehr Feigheit …

Aber ich weiß, was Aino sagen würde. Ich habe keine Zeit zu verlieren. Jetzt oder nie. *Falls unsere Lungen hier oben im Flugzeug explodieren.* Man weiß nie. Und immerhin kann Danae hier nicht aus dem Flugzeug springen.

»Dani?« Dieses Echo aus der Kindheit schreckt sie auf. Ihre Hände krampfen sich fester um das Magazin. Ich weiß, dass sie immer noch auf eine Frage zu der Sache mit Leon wartet, und sie hat garantiert schon eine Verteidigungsrede parat. Aber als ich den Rucksack weiter aufmache, entdeckt sie den Karton. Ich bin sicher, sie erkennt das Foto unserer Mutter beim Schwimmwettkampf sofort wieder.

»Was machst du da?«

»Auspacken.«

Ich zücke ihren Rubik's Cube. Er ist halb fertiggedreht. So, wie Dani ihn damals auf dem Balkon hat liegen lassen. Erinnerungen können wie Blitzlichter sein, und diese hier flasht ihr mitten ins Gesicht. Ihr Mund klappt auf, und für einen Moment sieht sie trotz der Schminke wieder aus wie zwölf. Ich bin sicher, sie erkennt sogar die Anordnung der Farbflächen, und wahrscheinlich macht ihr Gehirn völlig automatisch die noch fehlenden Züge, die seit Jahren in der Warteschleife irgendeiner Windung hängen. »Den hatte ich doch verloren!«

»Nein, den habe ich dir gestohlen. Er war in dieser Kiste, die Hilke Schmitt von Suzana bekommen hat. Früher hat sie mir gehört. Aino hat sie für mich geholt …«

… à la Bonnie & Clyde.

Ich muss mich räuspern. »… und auch einige andere Sachen darin gehören dir.«

Ich fische noch ihr Frotteehaargummi heraus, das sie damals lange gesucht hatte.

Sie runzelt die Stirn. »Und was soll das jetzt?«

Echos haben einen großen Nachteil. Sie bringen auch Resonanzkörper zum Schwingen, die gar nicht gemeint waren. Und jetzt sehe ich meine Schwester und höre nicht den Satz, den sie sagt, sondern die Worte, die sie mir damals im Wohnheimzimmer entgegengeschleudert hatte. *»Soll ich dir sagen, was du bist, Momo? Ein mieser, schleimiger Psycho. Ein Freak!«*

Aber komischerweise trifft es mich nicht mehr. Es juckt nur noch ein wenig wie eine geheilte Wunde. Das, was noch sticht wie am ersten Tag, ist der zweite Satz, den Danae damals sagte: »*Du lügst! Weil er mich liebt und nicht dich. Niemand liebt dich.*«

Danae ist alarmiert, als ich anfange, in dem Karton zu kramen.

»Weißt du noch, als ich dich im Campus-Internat besucht habe?«, sage ich. »1995, dein erstes Semester dort. Stipendium in London, große Chance.«

»Können wir das nicht zu Hause besprechen?« Unbehaglich verlagert sie ihr Gewicht. Wenn sie könnte, würde sie laufen, so weit sie kann.

»Nein. Du bist schon im deutschen Internat immer seltener zu Besuch gekommen. Aber Vater hat dich immer öfter besucht, wenn er auf einem Kongress in deiner Nähe war. Er zeigte mir Fotos von dir, das Schmuckstück an seiner Seite, die strahlende junge Tochter, die eine große Zukunft vor sich hatte …«

»Falls es dich interessiert, das war nicht sein Verdienst«, sagt sie frostig. »Ich weiß, du denkst, mir wurde alles hinterhergeworfen. Aber das stimmt nicht. Das erste Internat hat er von Mamas Lebensversicherung bezahlt. Und jedes Stipendium habe ich mir mit harter Arbeit verdient.«

Ich hole tief Luft. Von einer Lebensversicherung wusste ich nichts. Aber traurigerweise passt auch das ins Bild.

»Darauf wollte ich gar nicht hinaus. Ich … Suzana stellte ein Foto von euch beiden auf die Kommode. Es war in einem Restaurant aufgenommen. Du hast in die Kamera gestrahlt wie Miss Germany. Ich konnte dich betrachten, aber mir kam es vor, als wärst du eine Flaschenpost, die irgendwo in den Gezeiten treibt. Manchmal konnte ich sie aus der Ferne sehen, aber egal, wie schnell ich schwamm, die Strömung war stärker. Und seit du in London warst, warst du endgültig verloren, weggezogen vom Golfstrom.«

»Tja, aber du hast mich ja gefunden!«

Das Komische ist, dass ich mich an diese Reise nach

London kaum noch erinnere. Nur daran, wie müde ich war, als ich auf den Campus kam. Und daran, dass ich meine Schwester in der Gruppe von glatthaarigen Studentinnen auf den ersten Blick gar nicht erkannte, so sehr hatte sie sich verändert. Aber ihren frierenden Blick, als sie sich auf meinen Ruf hin umdrehte und eins und eins zusammenzählte, erkannte ich sofort wieder. Und auch den Griff um meinen Arm, als sie mich von den ganzen Fragezeichen in den Augen der anderen fortzog und mich auf ihr Zimmer brachte.

»Du hast dich vor deinen Freundinnen für mich geschämt«, fahre ich fort. »So sehr, dass du einigen von ihnen gesagt hast, ich sei gar nicht deine Schwester.«

»Mo …«

»Lass mich ausreden …«

»Nein! Wie lange willst du noch auf dieser alten Geschichte herumreiten? Ja, okay, es war mies von mir. Aber … zum ersten Mal lief etwas gut für mich. Seit Mama gestorben war und auch schon vorher … warst da immer du. Immer! Niemand fragte mich, ob ich mich um dich kümmern wollte, während sie auf Schicht war und später bei Papa, der nie da war. Ich hatte dich einfach am Hals, und du hast dich an mich geklammert und mich fast erstickt.«

»Ich hatte niemanden sonst.«

»Doch, du hattest Suzana! Ich war so erleichtert, als sie zu Papa und dir zog.«

»Du hast sie Quietscheentchen genannt und dich über sie lustig gemacht.«

»Weil sie nicht unsere Mutter war. Aber ich hatte endlich mal Luft, verstehst du? Ich war so gottfroh, Mo, so froh, diese Verantwortung los zu sein. Dieses Chaos, diese ganzen Kämpfe. Ich habe unseren Vater anfangs dafür gehasst, dass er mich auf das Internat geschickt hat. Ich fühlte mich abgeschoben, aber dann merkte ich, dass das Leben für mich plötzlich besser wurde. Alles änderte sich. Endlich war ich mal frei. Und als ich das Stipendium in London bekam, lief es sogar plötzlich mit Papa besser. Zum ersten Mal war er wirklich stolz auf mich. Im Restaurant redete er mit mir wie mit einer Erwachsenen über seinen Plan mit der Schönheitsklinik. Er wollte, dass ich mich auf Medizinrecht spezialisiere. Es ging einmal nicht um dich und die ganzen Probleme, die Suzana mit dir hatte. Nein, ich war eine ganz normale Studentin, die mit ihrem Daddy im Restaurant saß. Ich war so dicht dran, endlich ein normales Leben zu haben. So dicht! Und dann ... platzt du wieder bei mir rein mit wirren Geschichten und der Eröffnung, dass du bei mir bleiben willst und nie wieder zu Suzana zurückgehst.«

So, wie sie das erzählt, habe sogar ich den Impuls, diesem Mädchen die Tür vor der Nase zuzuschlagen.

»Ja, ich habe gesagt, dass ich dich nicht kenne«, sagt Danae. »Weil ich es mir ... in diesem Augenblick einfach gewünscht habe. Wie ein Zauberspruch, weißt du? Du machst die Augen zu, und wenn du etwas nicht siehst, ist es nicht da.«

Es tut weh, das aus ihrem Mund zu hören.

»Aber ich war da«, sage ich leise. »Und ich war tief verletzt und wütend und habe dir diesen Brief gegeben.«

Danae bekommt Eisaugen. »O nein!«, sagt sie warnend und stemmt sich gegen den Sitz. »Nein, nein, nein, nein!«

Aber ich habe das Schreiben schon hervorgezogen und zwischen uns gelegt. Das Papier ist etwas gelb geworden, aber man kann die Schrift unserer Mutter lesen.

»Schluss jetzt, Mo!«, fährt Danae mich an. »Und jetzt erzähl mir nicht ...«

»Er ist echt, Danae.«

»Nein, das ist er nicht! Du hast ihn gefälscht – wie alles andere. Suzana hat mir erzählt, dass du ihre Schrift perfekt nachmachen konntest ...«

»... und Vater hat nur gelacht, als du ihm von dem Brief

und dem Foto erzählt hast, ich weiß. Und er hat dich beruhigt und dir gesagt, dass es ein Foto von jemandem aus Beatas Familie war. Ich war ja der Freak, der ein Fotoalbum von Familie Pritzius geklaut hatte. Was stimmte, wie wir alle wissen. Und ja, ich konnte Suzanas Schrift perfekt imitieren und habe mir selbst Entschuldigungen für die Schule geschrieben. Na ja, zumindest noch am Anfang, später schwänzte ich einfach so den Unterricht. Und weißt du, warum? Damit ich Zeit hatte, mit der Kamera auf die Pirsch zu gehen. Ich trampte ein paarmal nach Hamburg. Ich folgte meinem Vater, passte ihn ab, fotografierte, wie er eine andere Frau küsste, und lief ihnen nach, als sie in der Mittagspause in ihre Wohnung gingen. Die Frau wohnte im Erdgeschoss, es war leicht für mich. Ich lernte damals zu zoomen. Diese Beweisfotos für seine Affären spielte ich Suzana zu. Ich bin nicht stolz darauf, aber so war es. Ich war gemein, hinterhältig, verlogen. Ich war rachsüchtig, aber vor allem war ich einsam und zerrissen.«

»Und sieh dich nun an«, sagt Danae mit eisigem Sarkasmus. »Du kommst immer durch.«

»Ich komme nicht durch!«

»So? Dann sitzt du nicht in einem Flugzeug, für das ich das Ticket bezahlt habe?«

»*Can I help?*« Eine Stewardess steht neben uns. Erst jetzt bemerke ich, dass wir laut geworden sind. Ein paar andere Passagiere werfen tadelnde Blicke über die Sitzreihen.

»Nein«, rufen Danae und ich wie aus einem Mund. Der Frau verrutscht das Lächeln, aber sie tritt den Rückzug an.

»Du wolltest mir mit Absicht weh tun«, zischt Danae. »Und dafür hast du dir diesen Brief aus den Fingern gesogen, in dem Mama irgendeinen Fremden um Geld für einen Anwalt bittet und behauptet, ich sei nicht die Tochter meines Vaters.«

Jetzt muss ich doch Luft holen. Es ist nicht einfach, weiterzusprechen, aber diesmal fährt Danae mir nicht dazwischen. Und auch in diesem Schweigen schwingt ein Echo mit. Worte, deren Nicht-Klang wie weißes Rauschen im Radio sind, unerträglich, unvollendet, ein Dazwischen, das sich wie ein Riss anfühlt.

»Ja, ich habe dir den Brief gezeigt, um dir weh zu tun«, sage ich leise.

Danae verschränkt die Arme. Ich weiß, wogegen sie sich damit wappnet. Gegen das, was sie schon so oft gehört hat und was ich noch vor wenigen Tagen gesagt habe. *Aber ich wusste nicht, was ich tat. Ich war noch fast ein Kind. Ich konnte doch nicht wissen …*

Doch es ist Zeit, dass ich aufhöre, auf verminderte Zurechnungsfähigkeit zu plädieren.

»Und nein, ich war kein Kind mehr. Jedenfalls nicht in dieser Hinsicht. Ich wusste ganz genau, was ich tat.«

Danae schluckt.

»Du hast mit fast allem recht, was du über mich sagst«, sage ich. »Und es tut mir leid. Ich entschuldige mich, auch wenn es nichts mehr hilft. Ich benutze meine Kamera als Waffe, ja, ich habe es schon bei Suzana getan. Aber ich … habe nicht gelogen. Zumindest diesmal nicht.«

Ich hole den Kartondeckel mit dem Foto hervor und lege ihn auf den freien Sitz. »Erinnerst du dich daran, dass du das Foto aus der Schublade im Arbeitszimmer gestohlen hattest?«

Danae beißt sich auf die Unterlippe.

»Das war die Schulklasse unserer Mutter. Sieh dir den Jungen mit der Startnummer sieben an. Du hast mir damals erzählt, dass er Béla heißt. *Wie Béla B. von den Ärzten.*«

Meine Hand zittert ein wenig, als ich das Porträtfoto dazulege, das Danae damals in ihrem Campus-Zimmer zerrissen hatte. *The same guy*, höre ich Aarto sagen. Und es stimmt.

Nummer sieben wird kein Muskelprotz werden, das erkennt man bereits auf dem Klassenbild an seinen feinen Zügen und den schlanken, fast zierlichen Gliedern. Die Bestätigung ist der Blick auf das Porträtfoto. »Und so sah er aus, als Mama und er ein Liebespaar waren.« Halbprofil von links, vielleicht fünf Jahre später gemacht. Der blonde Mann mit den hübschen Zügen, eindeutig die Erwachsenenversion von Nummer sieben. Dem Danae schockierend ähnlich sieht. Ich drehe das Foto um. Und auf der Rückseite steht in der Schrift unserer Mutter: *Béla, München 1975.*

Danae öffnet den Mund und schließt ihn wieder. Für einen Moment tut sie mir leid. Ich habe sie in die Ecke getrieben.

»Ich habe den Brief nicht gefälscht. Ich habe ihn nur gefunden bei den Sachen unserer Mutter. Ich wusste damit nichts anzufangen, erst Jahre später habe ich verstanden, was er bedeutete. Sie war von Béla schwanger, aber sie hat sich für András Mátai entschieden. Ich weiß nicht, wann mein Vater merkte, dass nur ich sein Kind bin. Vielleicht war das ein Grund für die Trennung, keine Ahnung. Jedenfalls hat unsere Mutter diesen Brief an Béla aufgesetzt, weil sie ihm die Wahrheit sagen wollte und hoffte, dass er sie unterstützen würde. Zumindest, was das Sorgerecht für dich betrifft. Sie hat den Brief nie zu Ende geschrieben und ihn auch nicht abgeschickt. Béla weiß wohl bis heute nicht, dass er eine Tochter hat.«

»Na toll«, sagt Danae tonlos. »Und was soll ich jetzt damit machen?«

»Was du willst. Dein Brief, dein Foto.« *Dein Vater.*

Fast erwarte ich, dass sie alles zerknüllen und wegwerfen wird, aber sie faltet den Brief vorsichtig zusammen und verstaut ihn in ihrer Tasche.

Jetzt bereue ich es, dass ich schon am Anfang des Fluges davon angefangen habe. Wir sind nicht abgestürzt und haben noch zwei Stunden Flug vor uns. Und Schweigen kann schwer wiegen. Sehr schwer. Als Danae nach einer halben Stunde aufhört, aus dem Fenster zu starren, und wieder anfängt zu sprechen, zucke ich zusammen.

»Ich dachte wirklich, du wärst an der Tür gestolpert«, sagt sie kaum hörbar. »Oder … vom Fahrrad gefallen. Das hat Mama mir erzählt.«

Ich kann ihr nicht verübeln, dass sie mir meine Version bis heute nicht geglaubt hat.

»Sie hat mich wirklich geschlagen. Nicht oft, aber dann, als es mit dem Trennungsstreit immer schlimmer wurde. Sie hat mich nie so geliebt wie dich – weil ich András' Tochter bin. Irgendwann war ich nur noch die Fessel. Sie sagte mir einmal, wenn es mich nicht gäbe, könnte sie mit dir weggehen. Ich habe damals natürlich nicht verstanden, was sie meinte. Und bei dir war es umgekehrt. Mein Vater liebte dich nicht, weil du … Bélas Tochter bist. Du hast versucht, ihm zu gefallen, aber du hattest nie eine richtige Chance.«

Danae schluckt. »Das mit den Prügeln wusste ich nicht. Ich wusste es wirklich nicht, Mo. Ich dachte, du …«

… *lügst.*

Sie spricht es nicht aus.

»Was ich aber nicht verstehe«, sagt Danae nach einer Weile. »Er hat Himmel und Hölle in Bewegung gesetzt, um uns nach der Trennung zu bekommen. Und kaum war Mama tot … Warum hat er das Interesse an uns beiden verloren?«

Ich kann das Gewicht des Rings fast fühlen, obwohl er fast nichts wiegt.

»Keine Ahnung«, sage ich. *Noch nicht.*

Wir reden nicht mehr, auch nach der Landung gehen wir schweigend Seite an Seite ins Terminal-Foyer. Danae bleibt hinter dem Ausgang stehen und kramt die Zigarettenpackung heraus. Hier trennen sich unsere Wege. Aber ich bleibe stehen, während sie sich die Zigarette ansteckt.

»Alex und ich haben eine Auszeit«, sagt sie plötzlich. Sie sieht mich dabei nicht an.

»Er wohnt schon seit drei Monaten bei seinen Eltern in der Einliegerwohnung, bis wir wissen, wie es weitergeht. Es ist komisch. Wir arbeiten in der Kanzlei zusammen, und dann geht jeder zurück in seine Wohnung. Und Max ist der Wanderpokal.«

»Tut mir leid«, sage ich.

Sie zuckt mit den Schultern und lächelt ohne Wärme. »Er hatte was mit der Anwaltsgehilfin und gibt es nicht zu, der Feigling. Diese Woche hat sie gekündigt. Besser für sie.« Sie nimmt noch einen nervösen Zug und tritt die Zigarette aus. »Nicht dass du denkst, das sei eine Entschuldigung wegen der Sache mit Leon«, sagt sie dann. »Das … habe ich getan, um dich fertigzumachen.«

Sogar die Geste der offenen Arme, mit der Meike mich empfängt, ist dieselbe wie damals, als ich am Morgen meines sechzehnten Geburtstags vor der Tür einer anderen pädagogischen Einrichtung stand, mit dem Irland-Rucksack, den ich nicht einmal ausgepackt hatte. Meike war noch nicht Jugendhausleiterin, sondern Sozialarbeiterin bei einem Notfallcenter für Jugendliche, die nicht länger bei ihren Eltern leben wollten. Und auch wenn Meikes Hände heute vernarbt sind und ihre Haare grau, fühlt es sich genauso an wie damals, in ihre Umarmung zu fallen. Sie zerquetscht mich fast und klopft mir mit beiden Händen fest auf den Rücken, als wäre ich ein Pony, das zum Zirkus zurückgekehrt ist. *Im Grunde stimmt das ja auch.* »Gut, dass du es noch rechtzeitig zum Septemberworkshop geschafft hast«, sagt sie. »Fünfzehn Kinder haben sich eingetragen. Die Liste habe ich dir oben im Kuckucksnest auf den Tisch gelegt.«

Das ist Meike. Sie fragt nicht, und im Zweifelsfall konzentriert sie sich auf die Zukunft. In gewisser Weise ähnelt sie darin Aarto. Der Gedanke an ihn gibt mir einen heißen, sehnsüchtigen Stich. Er fehlt mir, viel mehr als Aino.

Im Zimmer unter dem Dach warten meine Sachen, die Leon hier abgeladen hat. Mein Laptop liegt eingestöpselt auf dem Bett, und Meike hat sogar meine Kleidung auf dem Tisch gestapelt. Und sobald ich meine *Myy*-Tasse auf den Tisch stelle, habe ich beides: Heimat und schreckliches Heimweh zugleich.

Karin hat mir eine ganze Ladung *korvapuusti* eingepackt, die Meike und ich alle im Laufe des Abends verspeisen. Ich warte, bis sie müde von meinen Geschichten und Fotos ist, randvoll mit Eindrücken und all dem, was an die Oberfläche darf. Aber dann tauche ich ab – mitten in der Nacht, über die Treppe ins Erdgeschoss und von dort aus in den Keller, wo mich der stechende Duft nach chemiegetränktem Gemäuer und stickigen Laborräumen schon erwartet. Meike nennt die drei Fotolabore, die ich hier für die Workshops eingerichtet habe, nur *die Kammern des Hades*. Und heute werde ich tatsächlich mit genau getakteten Lichtintervallen die Schatten der Toten auf Fotopapier zu mir rufen: Ainos Aufnahmen. Und vielleicht hole ich noch ein paar verwischte Motive aus der kleinen Wegwerfkamera aus Danaes und meinem früheren Leben heraus. Aber zuerst betrachte ich den Seesternring. Immer noch habe ich ihn nicht berührt, und auch jetzt zupfe ich nur vorsichtig das Papier in der Tüte auf und leuchte mit einer Taschenlampe hinein. Der Seestern funkelt in seinem Schneewittchensarg aus Plastik. Aber er ist nicht in Anmut gestorben. Zwei seiner Arme sind verbogen. Glitzersteine fehlen, die Fassungen sind mit altem, verkrustetem Schmutz gefüllt. Es sieht aus, als wäre da etwas eingetrocknet, das nun fast schwarz geworden ist, aber noch wage ich nicht, an Blut zu denken. Auch der Ring selbst ist verbogen und aus der kleinen, billigen Lötstelle gerissen, als hätte ihn jemand nur mit Gewalt vom Finger herunterbekommen. *Das heißt aber, jemand hat ihn getragen. Aber wann?* Vorsichtig mache ich das Tütchen wieder zu und lege es neben das Foto meiner toten Mutter. Dann schalte ich auf Rotlicht und mache mich daran, Danis Wegwerfkamera zu knacken. Der Film ist überraschend gut erhalten, Suzana hat der Karton also all die Jahre über in einem kühlen und dunklen Versteck aufbewahrt, nachdem sie ihn mir heimlich weggenommen hatte. In Farbe abgezogen, wird man auf den Fotos wahrscheinlich nur noch verblasste Grüntöne erkennen. Aber anders als im wirklichen Leben ist Schwarzweiß hier manchmal die Lösung für das Problem. Sobald der Farbfilm im Luftstrom der Düsen getrocknet ist, lege ich die zerschnittenen Streifen direkt auf das Fotopapier und belichte es. Die ersten Versuche im Entwicklerbad werden zu dunkel, aber schließlich erscheinen auf diesem Kontaktabzug briefmarkengroße Bilder. Es sind nur acht Stück, und als ich zur Lupe greife und sie bereits in der Entwicklerflüssigkeit betrachte, werde ich so zittrig, dass ich mich abstützen muss. Ich mache gar nicht erst mit dem Fixierbad weiter, sondern spanne mit fliegenden Fingern das Negativ Nummer drei in das Gerät ein. Format dreizehn mal achtzehn. Mein Herz setzt einen Schlag aus. In Negativschrift erkenne ich den Namen des Zeitungskiosks in der Lilienallee. *Und einen winzigen schwarzen Punkt.* Mein Sichtfeld verschwimmt vor Tränen und wird wieder scharf, zeitgleich mit dem Foto, als die letzten Kontraste im Entwicklerbad nachdunkeln. Ich warte auch diesmal nicht, bis auch noch der Fixierer sein Werk getan hat, sondern hebe das Foto heraus und schalte das Licht an. Es sind wirklich die Toten, die mich hier unten besuchen. Es ist, als stünde ich wieder auf dem Balkon und schaute meiner Mutter hinterher, während Dani den Zauberwürfel dreht. Nur, dass ein Detail nicht stimmt – nein, es sind zwei. Erstens: Es war kein Zauberwürfel in Danis Händen, der lag nämlich in ihrem Schoß. Aber sie probierte damals ihre Einwegkamera aus. Sie hatte eine ruhige Hand. Denn unter der Lupe erkenne ich Detail Nummer zwei ganz deutlich. Meine Mutter, die sich noch einmal zum Balkon umschaut und jemandem zuwinkt. Nicht Danae, sondern mir, der Blickwinkel verrät es. Und an ihrem Ringfinger, unter der Lupe ganz deutlich zu sehen: mein Seestern. Meine Sekunde. Es gab sie.

False memory … war der Zauberwürfel?, denke ich fassungslos.

Ich weiß nicht, wie lange ich meine Mutter anstarre. Dann beginne ich mechanisch, die restlichen Bilder abzuziehen, in der Reihenfolge, in der Dani sie damals aufgenommen hat. Nach meiner Mutter ihre eigenen Füße am Balkongeländer. Später unsere Nachbarin, bei der wir übernachtet hatten, als unsere Mutter nicht nach Hause kam. Nachbars Katze. Ein Polizeibeamter mit einem Telefonhörer am Ohr. Und – auf dem letzten Bild – unser Vater vor seinem Auto, als er unsere Sachen in den Kofferraum packt, um uns mitzunehmen. Mir wird kalt und kribbelig, als hätte ich Fieber. Er sieht sogar im Profil unglaublich jung aus, und offenbar bemerkt er nicht, dass er fotografiert wird.

In der Kammer gibt es keinen Stuhl, also lasse ich mich auf den Boden sinken und ziehe die Beine an den Körper, rolle mich zusammen, den Rücken an den Schrank mit den Chemikalienkanistern gelehnt, um nicht ganz den Halt zu verlieren. Trotzdem fühle ich mich, als würde ich fallen. *Es ist noch lange kein Beweis.* Aber Aino würde jetzt lachen. Ich kann ihre Stimme hören, die mich auffordert, nicht so naiv zu sein und endlich hinzusehen.

Mein Vater, der mich in Dublin abholt, einen Tag vor meinem sechzehnten Geburtstag. Ich erkenne ihn sofort, schon an der Körperhaltung verhaltener Wut, lange bevor er sich zu mir und Aidans Mutter umdreht. Grace ist die Einzige, die mich zum Flughafen begleiten wollte. Und jetzt schubst sie mich meinem Vater entgegen, froh, mich los zu sein. Ich bin für sie eine Fremde, seit ich nicht mehr Franziska heiße und nicht 1976 geboren wurde, wie es auf Franziskas Studentenausweis steht. Ich bin selbst schuld an dem Verhängnis. Warum war ich auch so dumm, meinen eigenen Pass nicht in der Dingle-Bucht zu versenken, als noch Zeit dafür war? Jetzt erkenne ich, dass es nur eine Frage der Zeit war, bis jemand ihn finden würde. Damit endeten meine vier Monate als Teil der Familie Connor mit einer gewaltigen Explosion. Dabei ging es gar nicht um den gestohlenen Namen. Sondern um drei Jahre – der Unterschied zwischen einvernehmlichem Sex zwischen zwei Volljährigen und der Verführung einer Minderjährigen, weil Aidan neunzehn war und ich in Wirklichkeit erst fünfzehn. Und blöderweise hatte Aidan nicht die Klappe gehalten, sondern in der Stadt Kondome gekauft und bei seinen Kumpels damit angegeben, dass wir miteinander schliefen. Natürlich hatte seine katholische Familie irgendwann Verdacht geschöpft. Das allein hätte für einen Riesenkrach gereicht, aber leider kam es noch schlimmer, weil Grace Connor in meinem Rucksack geschnüffelt hatte und meinen richtigen Ausweis fand. Aidan hatte sich nicht verabschiedet, als sein Vater ihn in einen Bus zu Verwandten in Connemara setzte. Es gab Telefonate mit meinem Vater und Termine bei einem befreundeten Anwalt, weil mein Vater den Connors die Hölle heißmachen wollte. Rotgeweinte Augen, Gebrüll und hasserfüllte Blicke in meine Richtung. Ich wurde ausquartiert in die Stadt, zu irgendeiner Tante von Aidan, die mich zwei Tage lang bewachte wie einen tollwütigen Hund. Ich war zum Paria geworden, eine Pestkranke wie im Mittelalter, durch deren bloße Berührung und Gegenwart sich ganze Familien mit drohenden Prozessen und Gefängnisstrafen infizieren. Oder zumindest sehr viel Geld verlieren. Sogar ich habe verstanden, was der Deal war. Der Sex zwischen mir und Aidan hat offiziell niemals stattgefunden, aber mein Vater ist nicht blöd. Das wissen auch die Connors. Aber er wird keine Anzeige gegen Aidan erstatten, das wird die Connors allerdings so einiges kosten. Was es mich kosten wird, ist noch nicht entschieden.

Ich hasse meinen Vater aus vollem Herzen, als wir im Flugzeug sitzen und dem entgegenfliegen, was meine neue Heimat werden soll. Denn Suzana will mich nicht mehr, was bedeutet, dass mein Vater plötzlich eine Tochter hat, die bei ihm leben soll. Er ist zornig, aber er schweigt die ganze Zeit über, seine Nase in ein Buch gesteckt. Die Kennedys *lese ich auf dem Titel. Erst nachdem wir gelandet sind und in einem Mietwagen sitzen, richtet er das Wort an mich.*

»Hast du Hunger?« Ich schüttle den Kopf. Mein Haar ist inzwischen nachgewachsen und scheckig. Weiß an den Spitzen, dunkel am Ansatz, was mir bei Aidan den Spitznamen Zebra einbrachte. Ich vermisse ihn so sehr, dass es weh tut, vermisse alles, was ich endlich hatte. Mein Vater fährt auf einen Rasthausparkplatz und bremst so scharf, dass es mich in die Gurte wirft. Dann sieht er mich an. Ich war noch nie gern mit ihm allein. Suzana konnte ich einschätzen, aber bei ihm weiß ich nie, woran ich bin. Aber heute ist es besonders schlimm. Sein Gesicht wirkt auf eine glatte Art freundlich, die Mundwinkel haben einen leichten Schwung nach oben, was manche Leute denken lässt, er lächle mehr als es Männer normalerweise tun.

»Weißt du, wer Rosemary Kennedy war?« Die Frage überrumpelt mich, und gleichzeitig rast mein Herz. Scarface fragt nie ohne Grund.

»Nein«, antworte ich leise.

Er holt tief Luft und atmet noch länger aus, so wie vor seinen Judo-Übungen. Das ist gut. Das zeigt, er wird mich nicht anbrüllen. Stattdessen legt er seine Hand fast zärtlich auf das Buch, das er auf der Mittelkonsole abgelegt hat. »Sie war die Schwester von John F. Kennedy, dem Präsidenten. Sie war hübsch, sie hätte ein gutes Leben haben können, aber was machte sie schon als Minderjährige? Sie trieb sich herum und hatte nur Männer im Kopf.«

Und du nur Frauen, *denke ich. Aber längst habe ich Angst. Es ist klar, dass es eine seiner Exempelgeschichten sein wird. Und mit Rosemary bin ich gemeint, auch wenn er das jederzeit mit einem Lachen leugnen würde.*

»Sie war leicht zu haben«, fährt mein Vater mit seiner sanften, verbindlichen Stimme fort. »Impulsiv und kindlich, unreif und triebgesteuert. Ohne Einsicht. Sie war dabei, das Ansehen der Familie zu zerstören. Sie gehorchte ihrem Vater nicht, sondern benahm sich weiterhin wie eine läufige Hündin. Und da beschloss ihr Vater, dass es genug war. Er kannte einen guten Arzt, er liebte seine Tochter und gab sie nur in beste Hände. Er brachte sie zu ihm – ohne ihrer Mutter oder sonst jemandem davon zu erzählen. Rosemarys Mutter war zu weich, zu nachgiebig, sie wäre dagegen gewesen. Aber Joseph Kennedy wusste, seine Tochter brauchte klare Regeln. Und Klarheit in ihrem eigenen Kopf. Er sagte ihr nicht, was mit ihr geschehen würde. Und sobald sie narkotisiert war, da machte der Arzt einen Schnitt in ihrem Gehirn. Man nennt es Lobotomie. Es geht ganz einfach. Du stichst eine scharfkantige Nadel direkt ins weiche Gewebe zwischen Nasenwurzel und Auge und führst die Nadel ins Gehirn. Dort schneidest du, durchtrennst Verbindungen. Es tut nicht weh, das Gehirn hat keine Schmerzrezeptoren. Und danach – ist dein Patient ein ruhigerer Mensch. Ausgeglichen, nicht mehr triebhaft oder aggressiv. Zumindest glaubte man das, als diese Behandlung noch üblich war. Heute ist sie natürlich streng verboten. Denn es gab viele Menschen, die zu sabbernden Idioten wurden. Aber der Punkt ist: Rosemary Kennedy hat ihrem Vater nie wieder Kummer gemacht, indem sie sich wie eine Hündin benahm. Und sie hat nie wieder für jeden dahergelaufenen Jungen die Beine breit gemacht.«

Er schaut mich erwartungsvoll an. Ich hasse mich dafür, dass ich blass bin und so verstört, dass meine Stimme kiekst. »Joseph Kennedy gehört erschossen«, sage ich.

Mein Vater zuckt die Schultern. »Mag sein. Aber er tat nur das, was er für das Beste für seine Tochter hielt. Und ein Vater hat nun mal das Recht, zu intervenieren, wenn er sieht, dass seine Tochter nicht das Richtige tut. Rosemary Kennedy hätte nicht als Behinderte enden müssen, wenn sie ihm gehorcht hätte. Denk mal darüber nach.«

Das tue ich, und meine Gedanken sirren im Panik-Modus. Ich versuche mir zu sagen, dass es nur wieder eine seiner Storys ist, dass er einfach stinksauer auf mich ist und mir Angst machen will. Aber gleichzeitig denke ich daran, dass seine Wohnung über seiner Praxis liegt, fünf Räume voller Instrumente und Narkosemittel. Ich denke die ganze Fahrt über daran, und mein Vater schweigt und lässt das Gesagte für sich sprechen. Ich sehe ihm an, dass er zufrieden mit dem Effekt ist. Aber er hätte besser Suzana fragen sollen, wie man mich zum Stillhalten bekommt. Das ist nämlich der falsche Weg. Es ist mein Vorteil, dass er mich so schlecht kennt und sich für einen großartigen Dompteur hält. Sonst wäre er niemals so leichtsinnig gewesen, mich im Auto allein zu lassen, während er sich an einer der nächsten Raststätten einen Kaffee holt.

Mein Herz schlägt so schnell wie damals, und ich bin benommen von dem Geruch des giftigen Wassers in den Chemikalienbehältern. Ich frage mich, was mein Vater seiner neuen Frau über mich erzählt hat. Was seine Version ist, warum ich damals sofort wieder davonlief, und diesmal endgültig. Wie erklärt er, dass Meike alles in Bewegung setzte, bis ich schließlich die Zeit bis zu meiner Volljährigkeit bei Pflegeeltern und in Jugendheimen leben durfte?

Aber das ist nicht der Punkt, wie mein Vater sagen würde. Ich habe oft seine Disziplinierungsparabeln ertragen müssen, und Danae hat schon damals die Schultern gezuckt und gesagt: Lass ihn doch labern. Der Punkt ist nicht Rosemarys Geschichte. Sondern die Tatsache, dass ich ihm eine solche Tat schon damals zugetraut habe, obwohl er mir nie etwas getan hat. Ich traute es ihm so eindeutig und ohne Frage zu, dass ich noch am selben Tag aus dem Auto sprang und um mein Leben lief.

Und vielleicht habe ich ja bis heute nicht damit aufgehört.

Gibt es wirklich Echos?, denke ich. *Hallen Morde und andere Gewalttaten wirklich über Generationen nach, wie Aino glaubte?* Dann hätte ich schon als Kind und Jugendliche etwas aufgefangen, was niemand wissen durfte.

Traue ich es ihm heute noch zu?

Die Antwort schwingt bereits viel zu deutlich in mir. Und auch Danaes Frage, die sie sich über den Wolken stellte. *Warum wollte er uns haben und verlor nach dem Tod unserer Mutter das Interesse?*

Mir wird schwindelig, als ich aufstehe, der Kreislauf sackt ab. Lichtblitze tanzen vor meinen Augen. Diesmal lege ich nichts zur Seite. Ich zerpflücke jeden Briefumschlag und jeden Fetzen Papier aus Suzanas Karton, drehe jedes Foto dreimal um. Und als ich die braune Versandtasche aus dem Mantel meiner Mutter aufreiße und die Dokumente ausbreite, beginne ich langsam zu verstehen. Als Kind hatte ich nur den Brief an Béla interessant gefunden, mit gestempelten Dokumenten wusste ich nichts anzufangen. Schon gar nicht mit denen, die in einer anderen Sprache verfasst waren. Ich kann bis heute nur ein paar Sätze Ungarisch, aber ich erkenne, dass das kleine Heft in meiner Hand ein alter Pass ist, lange vor der Ära der Plastikausweise. Und als ich ihn aufklappe, das Passbild darin studiere und den dazugehörigen Namen lese, klickt das letzte Puzzlestück an seinen Platz.

*

Ich warte keine siebenundsechzig Jahre wie Aino, aber doch drei Wochen, bevor ich am Sonntagmorgen Danaes Nummer wähle. Eine solche Wahrheit hat ihr eigenes Tempo. Sie fliegt nicht aus der Vergangenheit hierher, sie geht Schritt für

Schritt, mühsam und schwer von der Last ihres eigenen Gewichts. Und oft bin ich mit ihr zusammen stehen geblieben, habe gezweifelt, nach Gegenbeweisen gesucht und wollte umkehren. Ein paarmal spielte ich tatsächlich mit dem Gedanken, alles wieder zurück in Suzanas Karton zu stopfen und zu vergessen, aber so läuft das mit Pandora nicht.

Es ist eine neue Erfahrung, dass es ein zweites Leben geben kann, das diese Untiefen überlagert. Bei mir ist es der Workshop, der Alltag im Jugendhaus, außerdem die Gespräche mit Meike, die Suche nach einem Zimmer oder einer billigen Wohnung und einem weiteren Job, weil Nyagi mir nur sechs Stunden pro Woche regulär bezahlen kann.

Aber die Unterströmung ist da, ein ständiger Sog, der an meiner Seele zerrt. Vielleicht hat Aino ihn die ganzen Jahre über auch gespürt?

Meine Schwester braucht eine Weile, bis sie am Telefon ist.

»Ich bin's«, sage ich.

Früher hätte das für ein abwehrendes »Was ist passiert?« gereicht, aber heute sagt Danae nur müde: »Hallo, Mo.«

»Habe ich dich geweckt?« Ein Blick auf die Uhr zeigt sieben. Aber Max betrachtet Durch- und Ausschlafen ja ohnehin nur als interessante Theorie.

»Bin schon wach«, murmelt Danae. »Du bist nicht die Erste, die mich heute rausklingelt.«

»Schläft Max noch?«

»Ich hoffe nicht. Er ist bei Alex und seinen Eltern.«

Pause. *Wo fange ich nur an?*

»Ich habe ihn gefunden«, sagt Danae dann.

Jetzt sitze ich kerzengerade. »Béla?«

»Béla Alexander Nachtmann. Ich habe in den Schülerverzeichnissen von Mamas alter Schule gesucht. Und dann über das Internet. Er ist Mathelehrer an einer Berufsschule und lebt in Wiesbaden.«

»Hast du ihn schon angerufen?«

Danae atmet tief durch. »Und wie geht es dir so?«, fragt sie statt einer Antwort. »Schon einen neuen Job gefunden, um deine ganzen Schulden bei mir und Merles Eltern zu bezahlen?«

Das wird eine Weile dauern. Vor allem, nachdem ich gestern noch einen Brief von Danaes Kanzlei bekommen habe, in dem sie mir tatsächlich ihre Stunden in Rechnung stellt, die sie in Sachen Merle, Hilke Schmitt und Michael vertelefoniert hat.

»Ich muss mit dir reden, Dani. Können wir uns irgendwo treffen?«

Die Pause dehnt sich, und zum ersten Mal, seit wir Schwestern sind, weiß ich nicht, was ich von ihr zu erwarten habe. Aber diesmal verblüfft sie mich wirklich.

»Komm vorbei, ich bin zu Hause«, sagt Danae und legt auf.

Ich bin so nervös wie vor einem Vorstellungsgespräch, als ich in ihre Küche trete. Barfuß aus finnischer Gewohnheit, die Schuhe an der Haustür abzustreifen. Ich frage mich, ob ich Danae als Erwachsene jemals so gesehen habe. Sie läuft noch im Bademantel zwischen Max' Spielsachen herum. Mit zerzaustem, offenem Haar macht sie uns Kaffee und kickt dabei eine Gummigiraffe aus dem Weg. Die Morgensonne lässt ihr Haar leuchten, und noch nie erschien sie mir so gleißend schön wie heute.

Wir sind beide nervös, so fremd ist diese Choreographie einer ganz normalen Schwesternbegegnung. Danae verschüttet den Kaffee wie Aarto, aber dann sitzen wir am Küchentisch. Neben dem Zuckerstreuer liegt das Telefon und ein Zettel mit Bélas Telefonnummer.

»Ich habe ihn immer noch nicht angerufen«, sagt Danae. »Ich … weiß überhaupt nicht, was ich ihm sagen soll.«

Frag ihn nach seinem Lieblingssong. Das würde Aarto vorschlagen.

Heute, denke ich. *Wenn ich das alles hier hinter mir habe, dann beende ich das Time-out und rufe ihn an. Und wenn Aino sich doch geirrt hat und er wieder mit Sanna zusammen ist, dann werde ich damit leben.* Klingt schön und vernünftig, wenn man es so sagt. In Wirklichkeit bekomme ich gerade Angst. *Wieder mal.*

»Wie geht es Aarto?«, fragt Danae plötzlich. Mir fällt fast die Tasse aus der Hand.

»Wie kommst du auf Aarto?« Ich nutze sogar die Gelegenheit, seinen Namen laut auszusprechen.

Danae lächelt kühl. »Du stehst doch auf ihn.«

»Woher willst du das wissen?«

»Ich habe doch gesehen, wie du ihm am Flughafen nachgeschaut hast.«

Einen Moment überlege ich, ob sie im Jugendhaus war und heimlich in meinen Sachen gewühlt hat, aber die Fotos, die Aino mit ihrer Rollei gemacht hat, habe ich viel zu tief vergraben – unter Archivabzügen aus früheren Workshops, als wollte ich sie vor mir selbst verbergen.

»Gib es zu, du warst mit ihm im Bett.«

»Nein«, erwidere ich. Was ja die reine Wahrheit ist.

Aber Danae lächelt nur süffisant und trinkt ihren Kaffee. »Also, was gibt es so Dringendes am Sonntagmorgen?«

Ich dachte nicht, dass es so schwer werden wird, mein Mund ist ganz trocken und mein Herz rast wieder wie vor drei Wochen unten im Hades.

»Ich ... habe auch etwas gefunden. Erinnerst du dich noch daran, wie du mit zwölf behauptet hast, dass unsere Mutter keinen Unfall hatte?«

Danae wird schlagartig ernst. Und ihre Augen werden schmaler, so konzentriert hört sie mir zu. Es hat sich wirklich viel verändert.

»Du hattest recht«, sage ich vorsichtig. »Und ich ... habe die Beweise.«

Sie zieht den Bademantel enger um sich, als ich meine Fototasche hervorhole. Heute ist keine Kamera darin, nur die Gegenstände, eingeschlossen in neue Plastikhüllen, als wären sie schon bei der Polizei katalogisiert worden. Das Foto unserer Mutter lege ich mit der Vorderseite nach unten hin. Daneben reihe ich Danaes Fotos auf.

»Großer Gott, Mo«, murmelt Danae. »Das ist ja die Lilienallee. Und ist das … Mama?«

»Ja, die Fotos hast du mit deiner Einwegkamera gemacht. An ihrem Todestag. Und in den zwei Tagen danach.«

»Oh, das hatte ich ja völlig vergessen! Und die Kamera hatte ich beim Umzug verloren.«

»Erinnerst du dich, wie oft ich dich nach einem Seesternring gefragt habe?«

Sie nickt langsam.

»Ich habe ihn unserer Mutter geschenkt, in der Nacht vor ihrem Tod. Wir hatten einen Streit gehabt. Und sie … hatte mir eine Ohrfeige verpasst. Daher stammte der Bluterguss am rechten Oberarm. Ich fiel gegen den Türrahmen.« Ich sehe, wie unbehaglich Danae zumute ist. Die Vorstellung ist für sie schwerer zu ertragen als für mich. Ihre Mutter war eine andere als die, die ich hatte. Manchmal kommt es eben nur auf die Perspektive an, denn dasselbe hätten Gold- und Pechmarie im Märchen auch gesagt.

»Sie war Linkshänderin, und wenn sie im Affekt zuschlug, dann … war es keine weibliche Ohrfeige, sondern ein Schlag mit dem Handrücken, so, wie die harten Kerle es in den alten Agentenfilmen machen.«

»Ja, genauso wie du, wenn du dich auf dem Pausenhof mit den Jungs geprügelt hast«, murmelt Danae.

Tja, manchmal vererben unsere Eltern uns sehr schräge Sachen.

»Ganz spät am Abend, als sie von ihrer Schicht zurück war, kam sie in unser Zimmer«, fahre ich fort. »Du hast schon geschlafen, und sie machte das Licht nicht an. Ich habe sie trotzdem gesehen, in der Straßenbeleuchtung. Sie nahm mich in den Arm und sagte, es tue ihr leid. Und als ich ihr den Ring schenkte, da fing sie an zu weinen und steckte ihn an. Sie bekam ihn kaum über den Finger, aber sie sagte, sie würde ihn ab jetzt immer tragen, als Zeichen, dass wir neu anfangen und dass sie mich nie wieder schlagen würde. Ab jetzt würde alles anders zwischen uns.«

Ich deute auf Foto Nummer drei aus der Einwegkamera. Ich habe es auf DIN A4 vergrößert und nachgeschärft, und man sieht wirklich alles. Unsere Mutter und den Ring – und an der Straße den Zeitungskiosk, an dem sie gerade vorbeigeht. Man kann sogar auf diversen Zeitungen die Schlagzeile des Tages lesen: Matthias Rust landet auf dem Roten Platz in Moskau. »Sie hat den Ring getragen, als sie an dem Morgen wegging. Aber sie hatte keinen Ring am Finger, als sie aus dem See gezogen wurde.«

Danae starrt bereits auf das umgedrehte Foto beziehungsweise auf den Stempel der Polizeidienststelle. Ich habe lange überlegt, ob ich ihr zumuten soll, was mich so lange Jahre verfolgt hat, aber es ist auch ihre Mutter. »Das Foto von der Bergung ihrer Leiche«, sage ich. »Schau es dir nicht an, wenn du dir nicht absolut sicher bist, dass du es ertragen kannst.«

Aber Danae wäre nicht Danae, wenn sie wegschauen würde. Natürlich schluckt sie schwer. Aber sie ist nicht dreizehn. *Und sie hatte die Wahl.*

»Kein Ring«, sagt sie mit nur leicht bebender Stimme. »Und weiter?«

Ich öffne das Tütchen und lasse sie hineinsehen. »Der Ring war jahrelang verschwunden, aber er ist wiederaufgetaucht. Bei Suzana. Sie hat ihn in irgendeiner Manteltasche unseres Vaters gefunden, als sie nach Beweisen für seine Affären suchte. Das Tütchen war wohl ins Futter gerutscht.

Der Ring ist verbogen, zwei Spitzen des Seesterns sind fast umgeknickt. Und unter den Spitzen klebt noch getrocknetes Blut, vielleicht sogar noch Haut.« Danae blinzelt und schüttelt den Kopf. Aber als ich auf ihr Bild meines Vaters deute, wird sie sehr ruhig. »Das Foto hast du gemacht, als er unsere Sachen ins Auto gepackt hat, um uns von der Lilienallee wegzubringen«, erkläre ich. »Er hat ein frisches Pflaster an seiner linken Schläfe. Mama war Linkshänderin. Sie schlug im Affekt mit dem Handrücken. Und wenn ein Seesternring an dieser Hand steckt, dann sieht die Narbe einer solchen Verletzung so aus.« Ich lege das letzte Foto dazu. Mein Vater auf dem Tauffoto seines Sohnes, lächelnd mit zu weißen Zähnen. Die Wunde ist schon lange verheilt, aber im Zoom erkennt man an der linken Schläfe noch die zwei blassen Narbenlinien, die ihm bei Danae früher den Namen Scarface eingebracht hatten. »Die Verletzung stammte nicht vom Kampfsport. Sondern von den zwei Armen des Seesterns. Ich bin kein Forensiker, aber ich wette, wenn einer von ihnen die Proportionen angleicht und die Abstände vergleicht, wie ich es gestern am Computer gemacht habe, dann kommt er zum selben Ergebnis. Doch wahrscheinlich reicht heutzutage auch schon eine DNA-Analyse des getrockneten Blutes am Ring aus, um einen Täter zu überführen.«

Danae hat keine Farbe mehr im Gesicht, und sie umklammert ihre Tasse so fest, dass ich fürchte, sie wird zerspringen. »Dann … dann hat er sie …«

»Getötet«, sage ich leise. Es tut gut, es auszusprechen. Es ist, als würde etwas in mir aufbrechen, sich lösen, zu fließen beginnen. Irgendeine Kapsel in meiner Kehle, an der ich schon so viele Jahre fast ersticke. Sogar meine Stimme klingt anders, als ich wieder zu sprechen beginne. Fester, klangvoller, mit mehr Raum.

»Ich weiß nicht, was genau passiert ist. Vielleicht war es zum Teil ein Unfall. Vielleicht hat er unserer Mutter gedroht, und sie ist weggerannt, nachdem sie ihn geschlagen hatte, und dann ist sie gestürzt und ohnmächtig geworden. Vielleicht hat er sie gestoßen. Die Antwort kennt nur András Mátai. Aber eines ist klar: Er hat ihr den Ring vom Finger gezogen, als sie bereits ohnmächtig gewesen sein muss. Weil der Ring ein Beweis war. Er war verbogen, und sein Blut haftete daran. In den achtziger Jahren hätte er sich zwar noch nicht vor einem DNA-Test fürchten müssen. Diese Möglichkeit der Analyse gab es noch nicht. Aber die Wunde an der Stirn hätte ihn vielleicht zusammen mit dem Beweisstück verraten. Und dann … hat er unsere bewusstlose Mutter von der Brücke ins Wasser gestoßen. Vielleicht hat er sogar noch gewartet, für den Fall, dass sie … wieder zu sich kommt.«

Die Übelkeit schäumt wieder hoch. Trotz allem und heftiger denn je. Und auch Danae schnappt nach Luft. Aber vielleicht klingen die Echos ja auch in ihr. Denn ich hatte angenommen, sie würde überraschter sein. Sehr viel überraschter. *Kinder und Hunde wissen alles.* Den Satz hat Meike damals zu mir gesagt, als ich Angst hatte, sie würde mich auch für eine Lügnerin halten. Und vielleicht ist es so, und Danae und ich haben es instinktiv immer gewusst. Warum sonst hätte Danae schon als Zwölfjährige diesen Verdacht hegen sollen?

»Warum hat er es getan?«, haucht sie.

Ich atme tief durch und lege den Stapel mit den Dokumenten auf den Tisch. »Mama hat mir noch etwas gesagt in der Nacht, als sie sich den Ring ansteckte. Ich hatte es vergessen, bis ich diese Dokumente wiederfand. Sie sagte: ›*Ich habe etwas gegen ihn in der Hand. Von jetzt an wird er uns in Ruhe lassen. Wir müssen nie wieder Angst haben, dass er euch mir wegnehmen kann.*‹ Als Kind konnte ich keine Verbindung herstellen, aber jetzt weiß ich, was sie meinte. Damit hätte er tatsächlich jeden Sorgerechtsstreit verloren. Nur wäre das sein geringstes Problem gewesen.«

Ich breite die Dokumente zu einem Fächer aus. »András Mátai hat unsere Mutter geheiratet, als sie von Béla schwanger war. Mein Vater dachte, du seist sein Kind. Er hatte sein Studium in Ungarn gerade abgeschlossen, und jetzt machte er die Facharztausbildung in Deutschland. Er bekam seinen deutschen Pass, weil er lange genug mit einer Deutschen verheiratet war. Er machte langsam Karriere, und dann kam ich, aber die Ehe war schon längst am Ende. Mama verließ ihn, und von da an haben wir unser Wanderleben geführt. Streit vor Gericht, Umzüge, die ständige Angst, dass er uns doch bekommt. Eine Weile schien er die besseren Karten zu haben: Geld, seine Praxis, geordnete Verhältnisse und sogar eine neue Verlobte, die nur zu gerne unsere Stiefmutter wäre. Und auf der anderen Seite unsere unstete Mutter, die uns mit ihren Jobs als Küchenhilfe durchbrachte, völlig überfordert und mit den Nerven am Ende. Aber dann stieß sie auf ein Dokument aus seiner Studentenzeit. Sie forschte weiter und wurde fündig.« Ich tippe auf einen ungarischen Schrieb der Stadtverwaltung in Sopron. Ich habe ihn handschriftlich nur in Stichworten übersetzt beziehungsweise übersetzen lassen. »In dem Formular bestätigt mein Vater, seinen Pass verloren zu haben. Er hatte einen neuen beantragt. Und er bekam ihn. Nur dass er den alten Pass noch besaß.«

Ich klappe das Ausweisheft auf.

Danae runzelt die Stirn und betrachtet das Foto. »Das … ist er nicht.«

»Stimmt. Weil es gar nicht sein Pass war.« Es ist ein ähnliches, aber doch fremdes Gesicht. Aber der Name darunter passt. »Der richtige Name meines Vaters lautet Rodion Mátai. András war ein Cousin von ihm. Sie studierten gemeinsam Medizin, nur dass Rodion nach wenigen Semestern eine der wichtigsten Prüfungen nicht schaffte und ihm das Geld ausging. Doch er war ehrgeizig, er blieb in der Stadt, lieh sich die Bücher seines Cousins und lernte weiter. Aber irgendwann musste er aufgeben und nach Hause zurückkehren. Als András nach seinem Abschluss Leukämie bekam, witterte Rodion wohl seine Chance. Ich weiß nicht, wie er an die Dokumente kam, aber sein neuer Pass trug sein Foto und den Namen seines Cousins. Als er nach Deutschland kam, war sein Cousin schon tot, und er besaß die Geburtsurkunde von András und weitere Papiere. Und damit war es leicht, in Deutschland ein anderer zu werden – zumindest damals ging es noch, als die Verwaltung noch mit Schreibmaschine und Karteikarten lief, ohne Computer und Plastikausweise mit gescannten Fotos.«

Danae hat in ihren Anwaltsmodus geschaltet. Ihre Augen sind plötzlich kühl und hart. »Das heißt, er ist mit einer fremden Identität nach Deutschland gekommen. Ohne eigenen medizinischen Abschluss und gültige Approbation der ungarischen Fakultät. Und trotzdem behandelt er seit Jahrzehnten schon Leute, die davon nichts wissen.«

Tja, Fotografen können als Autodidakten Karriere machen. Ihre Berufsbezeichnung ist kein juristisch geschützter Begriff. Arzt dagegen schon.

»Unsere Mutter hat es herausgefunden«, sage ich. »Aber sie ist nicht gleich zur Polizei gegangen, sondern hat sich mit ihm getroffen. Vielleicht im Café am See. Vielleicht hat er sie auf dem Hinweg bei der Brücke abgepasst, und sie wollte wegrennen …« *Und vielleicht hat sie es ihm auch im Streit an den Kopf geworfen. Vielleicht fühlte sie sich zu stark und machte den Fehler, ihre Karten zu früh auszuspielen.*

»Nach ihrem Tod hat er lange die Papiere gesucht. Deshalb hat er alle Sachen aus der Lilienallee mitgenommen und sie im Keller weggesperrt. Er wusste nicht, dass ich die Dokumente längst in ihrem Mantel gefunden hatte. Als Suzana kam und wir das erste Mal umgezogen sind, fand ich die Möbel und Kartons aus der Lilienallee in dem bestellten

Müllcontainer vor dem Haus. Sie waren zerstört, sogar die Polster von Omas Sessel waren aufgeschnitten.«

Und ich dachte, Suzana hätte das getan, um unsere Mutter zu vertreiben.

Meine Schwester stützt den Kopf in die Hände und starrt die Dokumente an.

»Bringst du irgend-irgendwann auch einmal gute Nachrichten, Mo?«, murmelt sie.

»Nicht heute«, erwidere ich.

Wir schweigen eine ganze Weile, und das ist ein Echo, das sehr lange nicht verhallen wird: das Geräusch einer Existenz, die bereits knackt und bricht wie ein Gebäude, das von einem Einschlag getroffen wurde.

THE REAL ONES

Es ist eine neue Erfahrung, ohne Kameratasche unterwegs zu sein. Ohne das Gewicht meines Bilderdiebs, vor allem aber ohne die Beweise. Ich wusste nicht, wie schwer Worte auf Papier wiegen können. Es ist spät geworden, die Sonne steht schon tief, aber ich habe es nicht eilig. Es kommt mir vor, als wäre ich schon viel zu lange gerannt. Ein kalter Herbstwind zupft an meinem Kragen, und ich gehe langsam und lasse mich von ihm treiben.

Eine Gruppe von Mädchen kommt mir aus dem Jugendhaus entgegen. Sie lachen über irgendeinen Witz und schubsen sich gegenseitig, trudeln vom Bürgersteig auf die Straße und wieder zurück. Sie rufen mir »Hey, Mo« zu und flattern unbeschwert weiter.

Und als sie an mir vorbei sind, weiß ich, wer Danae heute Morgen vor mir aus dem Bett geklingelt hat.

Er sitzt auf dem Bürgersteig gegenüber vom Jugendhaus, seinen Rucksack neben sich, die langen Beine aufgestützt und die Ellenbogen auf den Knien. Ich bleibe stehen, aber es kommt mir so vor, als würde die Straße zwischen uns sich bewegen wie ein grauer Fluss, mit allen Untiefen und Strömungen. Aarto steht nicht auf, aber als er mich sieht, geht in seinem Gesicht die Sonne auf. Er will gerade den Rucksack schultern und zu mir kommen, aber ich laufe schon los, renne über die Straße, ohne nach rechts und links nach Autos zu schauen. Ich habe Glück, niemand überfährt mich und ich sinke auch nicht.

In einem amerikanischen Film würde ich Aarto jetzt in die Arme fallen und die Musik und der Abspann würden einsetzen, aber diese Art von Filmen mögen weder er noch ich. Also setze ich mich neben ihn auf den Bürgersteig, leiste ihm Gesellschaft auf der Schwelle.

»Wo ist deine Kamera?«, fragt er.

»Wo ist deine Band?«

Sein Lächeln bringt alles in mir zum Flirren.

»Deine Schwester ist ein ganz schön harter Brocken«, sagt er. »Sie wollte mir erst nicht sagen, wo du gerade wohnst. Hat mich ausgefragt, ich dachte, ich spreche mit deiner Mom.«

»Willkommen in meiner Familie. Woher hast du das Geld für die Reise?«

»Frag Danae, die kann es dir genau vorrechnen.« Aber dann wird er ernst. »Ich habe Onervas Aquarell von Matilda ans Museum verkauft.«

Jetzt wird mir wirklich heiß. Wenn das keine finnische Liebeserklärung ist. *Sort of*.

Eine Weile sehen wir einander nur an. Im schrägen Nachmittagslicht sind seine Augen transparent wie graugrünes Glas. Wenn ich nicht sitzen würde, bekäme ich spätestens jetzt weiche Knie. Aino würde mir jetzt spöttisch zulächeln, aber für mich ist es neu: Zum ersten Mal *sehe* ich ihn. Aber so ganz traue ich Ainos Botschaft wohl immer noch nicht.

»Was ist mit Sanna?«

»*Off*«, sagt er. Und in diesem Wort schwingt alles mit. Die Endgültigkeit, aber auch das Bedauern über eine vergangene Liebe. Und auch das schätze ich an ihm. Dass er sich seine Entscheidungen nicht zu leicht macht.

»Ich habe etwas für dich.« Er kramt in seinem Rucksack und drückt mir ein kleines Fotoalbum in die Hand. Ich klappe es auf – und schaue auf das Bild von Elin und Rikhard,

Aartos Eltern. Ich blättere weiter, und da sind alle Fotos aus dem Koffer seines Vaters, inklusive Patty und Aki, und auch ein paar, die ich noch nicht kenne. Vermutlich seine Großmutter und ihr Lebensgefährte, ein paar Bilder seiner Mutter und Aarto als Kind. Die Bilder folgen keiner Chronologie, und sie sind nicht sorgfältig eingeklebt. Viele von ihnen sind schief, als wären sie beim Kleben verrutscht, und dann stoße ich auch noch eindeutig auf den Abdruck von Kinderfinger-Patschern. In Marmeladenrot.

Ich runzle die Stirn.

»Sag mal, hat etwa Tiina das Album geklebt?«

Aarto schnalzt tadelnd mit der Zunge. »Lass das Karin nicht hören. Sie hat sich wirklich Mühe gegeben.«

»Du lässt deine Freunde dafür schuften, dass du dich bei mir als Familienmensch präsentieren kannst?«

Aarto zuckt die Schultern. »*Whatever it takes.*« Er wendet sich mir zu.

»Also, was sagst du?« Er legt die Hand auf seine Brust. »*Dead-family guy …*« Er deutet auf mich. »*Crazy brunette …*« Er greift noch einmal in den Rucksack, zückt eine schmucklose Metalldose und stellt sie mit seinem Statement-Klack zwischen uns auf den Bürgersteig. »Aber immerhin verbinden uns gemeinsame Freunde.«

Mein Herz macht einen Satz. Wenn ich es nicht besser wüsste, würde ich denken, Aarto hat eine Urne geklaut, aber dazu ist das Ding zu klein. Und dennoch …

»Nein, das … das hast du nicht getan! Oder doch?«

»Was?«

»Ihre Asche?«

Aarto verzieht keine Miene. »Elmos Schwager arbeitet im Krematorium. Ich dachte, du würdest dich freuen.«

Ich kann es nicht fassen. »Schau ruhig rein«, sagt Aarto. »Aino beißt nicht.«

Jetzt bin ich noch schockierter. »Meinst du das ernst?«

Aarto nimmt die Dose, dreht den Deckel auf und hält sie mir hin. »*Say hello to our best friend.*«

Jetzt komme ich mir vor wie ein Idiot. Es ist nur Kaffee. Aarto grinst. »Du schaust entschieden zu viele Filme, Myy!«

»Das ist nicht witzig«, fahre ich ihn an. Aarto fängt meine Hand, als ich ihm in die Schulter boxen will, und zieht mich an sich, so fest, dass mir die Luft wegbleibt.

Die Dose kippt um, aber das nehme ich nur am Rand wahr. Alles in mir ist Wärme und Flirren, der Kaffeeduft vermischt sich mit unserem Kuss, der halb Lachen und halb Leidenschaft ist. Auf jeden Fall aber die Ahnung von Land.

*

Noch ist es dämmrig, obwohl ein paar Amseln singen. Aarto schläft fast ohne Atem. Ich kann seine Lippen unter der Spitze meines Zeigefingers fühlen, sein Haar an meiner Schläfe und den Herzschlag an meiner Brust. Auch an diesem Morgen öffne ich die Augen noch nicht, sondern lausche. Seinem leisen Atem, den Amseln und den ungewohnten Geräuschen der Stadt, die früher meine Welt war. Seit zwei Tagen sind wir hier. Nicht in der Lilienallee, sondern einige Straßen weiter, in einer Pension, nicht weit vom See entfernt. Wir hatten keine Asche, die wir im See hätten verstreuen können, aber dafür haben wir gestern Lilien für jede meiner Toten dem Wasser übergeben.

Aber ich bin noch nicht fertig mit alldem. Ohne Aarto zu wecken, stehe ich auf. Ich lasse die Jacke liegen, heute brauche ich sie nicht. Streife nur den Pullover über nackte Haut, ziehe die Jeans an. Dann laufe ich durch oktoberkalte Luft meinem Atem hinterher.

Der See trägt einen Schleier aus Morgennebel. Das Gras knirscht leise, der erste Frost kommt früh in diesem Jahr. Ich klappere mit den Zähnen, aber trotzdem ziehe ich mich aus, ganz. Ich bekomme Gänsehaut, als ich in das Wasser wate. Eisiges Grau umschließt meine Schultern, eine vertraute Umarmung. Ich nehme meinen ganzen Mut zusammen und mache den letzten Schritt. Wie oft habe ich unter der Dusche diesen Moment wiederholt? Das Ritual des Sinkens, Schicht für Schicht. Ich lasse mich fallen in die Arme des Sees, öffne den Mund, koste die Ahnung von Moder und Algen. Meine Zähne pochen schmerzhaft in der Kälte, die Gesichtshaut scheint losgelöst von mir zu sein, eine Maske, die nur lose auf meinem Gesicht liegt. Ich denke an Aino. Und an meine Mutter. Und dann weine ich zum ersten Mal wirklich um sie, krampfhaft, mich krümmend, vermischt mit den weichen Tangobewegungen der Wellen. Ich rolle mich zusammen und spüre, wie mein Herzschlag, meine Bewegungen den See zum Schwingen bringen, einen anderen Takt schaffen. Ertrinkende zucken, das habe ich gelesen. Es ist ein bizarrer Tanz, wie das Winden von Fischen an Land, die sich gegen die Luft wehren, bis sie ermatten. Wo gehöre ich hin? Wogegen wehre ich mich? Luft oder Wasser?

Ich weine unter Wasser, um meine Mutter, um Aino, sogar um Suzana. Aber auch um Danae und mich, um die Kinder, die wir waren. Um alles, was uns entzweit, und das, was uns immer noch verbindet. Es ist ein Moment der Entscheidung. Ich entscheide mich. Ein Endpunkt im Kampf. Ich gebe auf und sinke.

Hier unten gibt es nur Erinnerungen. Da oben sind Mörder. Der Schmerz. Echos von Leben, die genommen und zerstört werden. Die Verzweiflung. Aber auch etwas anderes. Ainos Geschenk. Die Bilder aus ihrer Rollei, die mich nun zu umgeben scheinen. Es sind Fotos durch angelehnte Türen, beiläufige Bilder, heimlich geschossen. Aarto und ich im Flur, vor dem Haus, im Wohnzimmer auf dem Sofa, mit Leningrad Cowboys auf dem Fernsehmonitor. Und immer wieder in der Küche. Ich sitze zerzaust am Tisch, er steht wie immer an die Tür gelehnt, die Kaffeetasse in der Hand. Ich habe nie wahrgenommen, wie oft er mich angesehen hat. Er betrachtet mich auf jedem einzelnen Bild. Ich sehe seine Augen, das leichte Lächeln im Mundwinkel, die Sehnsucht und Zartheit darin, die mir gilt. Aber Aino hat noch mehr entdeckt: Aarto und ich schwingen miteinander wie zwei Gitarrensaiten. Wir haben den Gleichklang von Verliebten, die noch nicht wissen, dass sie es sind. Ich sehe nun meine Gesten, die Weichheit, wenn er neben mir steht. Ich habe mich nie selbst betrachtet. Wie heimatlos und gehetzt ich wirke, eine einzige Maske. Ich musste erst Ainos Bilder sehen, aufgenommen auf meine Art, um zu verstehen, was ich von mir preisgebe, ohne es zu wissen. Und auch, um zu sehen, wer ich wirklich bin.

»Mach die Augen auf.«

Heute kann ich sogar Suzana zuhören.

Ich öffne unter Wasser die Augen, im selben Moment, als mein Körper auf Grund sinkt. Ich lege mich nicht zu den Algen wie vor so vielen Jahren meine Mutter. Ich sinke auf Kies, lasse los. Liege auf diesem harten Bett, schwebe halb. Mein Unterleib ist schwerer, sinkt tiefer. Die Arme treiben wie Wasserpflanzen. Es fühlt sich an, als würde der See mich umarmen. Das Schwarz vor meinen Augen ist wie ein styxschwarzes Fotoalbum.

»Ab morgen wird alles anders.« Ich höre, wie meine Mutter mir dieses Versprechen gibt. »Wir zwei fangen neu an. Alles wird gut.«

Sie hatte recht. Niemand wird mich mehr verletzen. Kims Bild erscheint, und auch das bin ich. Es sind Suzanas Spuren auf meinem Rücken, die mir ihre Liebe einprügeln wollte.

Denn ja, geliebt hat sie mich, auf eine verdrehte Art. Dann erscheint Danae. Und immer wieder Aino und Matilda, tanzend im Wirbel von Fotos, die meiner Mutter gehörten: Meine Mutter als junges Mädchen im rotweißen Sommerkleid. Im Badeanzug. Ernst lächelnd auf ihrem Hochzeitsfoto und mit uns, ihren Töchtern. *Mantas Töchter*, denke ich. *Das sind wir wirklich. The real ones.*

Die Luft wird knapp, der Druck in meinen Ohren pocht schmerzhaft. Aber ich entspanne mich, harre bei meiner Mutter aus wie schon so lange.

Eine fremde Liebe, eine Lüge, ein falscher Name im Pass. Ich bestimme Schicksale. Ich werde Normalität zerstören. Ich vertusche einen Mord und verrate einen anderen. Ich stelle mir meinen Vater vor. Seine neue Frau, meinen kleinen Halbbruder Jonah-Marcel. Ich stelle mir vor, wie die Polizei an der Tür klingeln wird. Wird er sich herausreden können, es abschütteln können? Werden die Beweise reichen?

Wovon träumst du nachts, Rodion Mátai? Woran hast du damals gedacht, als du jeden Morgen zwei Stunden in der Wanne warst? War es deine Art der Reue? Lagst du im Wasser und hast dir vorgestellt, wie sie kämpfte und ertrank? Oder war es doch nur der Versuch, die Schuld abzuwaschen?

Meine Lunge rebelliert, zuckt, es tut weh, die Luft noch länger anzuhalten.

Ich muss nicht länger tapfer sein. Ich darf gehen. Dreiundzwanzig Jahre unter Wasser sind genug, ich bin schon zu lange am Grund, harre bei meiner Mutter aus.

Schwimm mit mir. Für immer und immer und immer?

Nein.

Ich tauche auf, prustend, zähneklappernd, taub vor Kälte. Meine Füße spüre ich kaum, als ich an Land stolpere. Ein Spaziergänger mit einem Hund sieht mich aus dem Wasser waten. Er bleibt abrupt stehen, dann dreht er sich um und läuft fort, den widerspenstigen Hund hinter sich herziehend wie einen Papierdrachen. Ich dachte, Seen haben keine Strömungen, aber mich hat es ein ganzes Stück nach links getrieben. Meine Jeans und mein Pullover liegen weiter entfernt.

Ich will rennen, aber mein Körper ist unendlich schwer, meine Beine scheinen nicht zu mir zu gehören, und meine Zähne klappern, obwohl ich die Kälte kaum noch spüre.

Dann entdecke ich Aarto. Mitten im Lauf ist er stehengeblieben. Seine Jacke liegt hinter ihm auf dem Frostgras, die Schuhe hat er schon vorher beim Rennen abgestreift, sie liegen meterweit auseinander, als wäre er in Siebenmeilenschritten zum See gerannt. Aber ich erkenne seine Spuren im Gras, dort, wo seine bloßen Füße die Frostschicht verletzt haben. Er keucht vom schnellen Lauf, ist halbnackt, sein Oberkörper leuchtet blass in der Morgendämmerung. Sein Gesicht ist so weiß wie eine Maske, aber es zeichnet sich eine solche nackte Erleichterung darin ab, dass ich ein schlechtes Gewissen bekomme. Er läuft zu seiner Jacke zurück, schnappt sie und rennt zu mir, legt sie mir um. Sie hat seine Körperwärme gehalten, seine Hände fahren unter die Jacke, reiben meinen Rücken.

Sein Atem vor seinem Gesicht. »*You wanna see me drop dead like Aki?*«, stößt er hervor.

»*I'm sorry*«, sage ich.

Das meine ich ernst. Er ist immer noch zu Tode erschrocken, ich sehe es ihm an. Er küsst mich, streicht mir die nassen Haare aus der Stirn, legt seine warmen Hände an meine Wangen, als wäre unser Kuss eine Flamme, die er vor dem Wind schützen will. Seine Lippen auf meinen eiskalten. Ich schaue ihn an und bin glücklich. Mein ganzes Leben lief auf diesen Punkt hinaus: sehen lernen.

Ich sehe auch, wie in diesem Moment Danae schlaflos an ihrem Küchentisch sitzt und Bilder betrachtet. Das Telefon liegt vor ihr. Ich weiß nicht, welche Nummer sie zuerst wählen wird – die meines Vaters, ihres Vaters oder die der Polizei. Ich sehe, wie mein Vater schläft, den Schlaf eines Mörders, schläft er ruhig? Ich sehe, wie Leon gerade schlafen geht, nach einer durchspielten Nacht oder vielleicht mit dem Kuss eines Mädchens auf den Lippen. Möglicherweise ist es Katharina. Aber das spielt alles keine Rolle mehr. Nur Aarto und ich sind wichtig. Und der Moment. *Nicht schauen, nur tanzen.*

»*Let's go, Mantagirl!*«, sagt er.

Ich lache und schmiege mich an ihn. Spüre den Arm um meine Taille, seine nackte Haut unter meinen Fingern. Seite an Seite lassen wir den See hinter uns, Schritt für Schritt für Schritt.

Und ich schaue mich nicht um.

ENDE

NACHWORT

Hier bleibt mir eigentlich nur noch, ein ganz herzliches und inniges *»Kiitos!«* auszusprechen – an so viele Menschen, die mich in Finnland und in Deutschland während der Entstehung dieses Buches begleitet haben. Einen ganz besonderen Dank an Adriana, bei der ich in Helsinki wohnen durfte und die geduldig abendelang mit mir auf dem Sofa saß und finnische Fachliteratur übersetzte. Als Psychologin gab sie mir zudem einen sehr spannenden Einblick in finnische Zerrissenheiten vor, während und nach dem Zweiten Weltkrieg. Durch sie fand ich zu den Aufzeichnungen der Schriftstellerin Leena Krohn, aus deren Familiengeschichte ich mir den Kochtopf-Helm für Ainos Großmutter geliehen habe. Eine weitere Schriftstellerin lieh der großen Onerva ihre deutsche Stimme: Cornelia H. E. Kiaupa. Onervas Textzeilen und viele weitere Infos finden sich auf www.finn-land.net. Von Catalin Dorian Florescu leihe ich mir auf Seite 349 seine kluge Betrachtung über Fluchten ans Meer.

Danke an Martin Schneider für medizinisches Fachwissen!

Danke an Mia aus Helsinki – und Julia Walke für Matildas Schmetterling, für viele Fotos aus ihrer Zeit in Finnland – und für Alltagswortschatz. Danke an Jukka (nein, er sieht nicht so aus wie Jukka im Buch, aber er kennt sich genauso gut mit Musik und Tanzlokalen aus!). Die Klassiker und finnischen Hymnen, die ich im Buch erwähne, kann man übrigens z. B. auf YouTube hören, darunter einen Live-Mitschnitt des Liedes »*Rakkaus on lumivalkoinen*« der Gruppe Yö auf einem Open-Air-Konzert. Wer einen Ohrwurm fürs Leben sucht, der ist mit dem Klassiker »*Ievan Polkka*« bestens beraten (und ich hatte gewarnt!). Und wenn wir schon bei Musik sind: Die drei eisernen Regeln für den Tangotanz habe ich nicht erfunden. Jeder finnische Tanzschüler lernt sie schon in der ersten Stunde. Åke Blomquist, der Fred Astaire unter Helsinkis Tanzlehrern, ist zwar leider im Jahr 2013 im Alter von 87 Jahren verstorben, aber sein Zitat über das Wesen des Fintango wird sicher unsterblich sein: »Bei unserem Tango kommt es den Männern auf die Frauen an. Und auf viel Gefühl. Ich unterrichte Gefühl.« Wobei ich schon beim Thema finnische Männer bin: Stimmt es, dass sie »nicht reden, nicht lachen und nicht küssen«? Das erfährt man auf wunderbar augenzwinkernde Weise im Buch »Die spinnen, die Finnen« von Dieter Hermann Schmitz. Auf seine Abhandlung über »Sisu«, seine Übersetzung der Liedzeilen »Schneeweiß ist die Liebe …« sowie seine Erfahrungen mit langen Karaoke-Nächten habe ich in einigen Szenen zurückgegriffen. Denn so dicht ich Mo, Aino, Jukka und den anderen Figuren auch auf der Spur war, zum Karaokesingen konnte ich mich dann doch nicht aufraffen. Lieber bin ich Mos Spuren durch Helsinki gefolgt und habe versucht, mit ihrem fotografischen Blick zu sehen (der zum Teil auch der Blick von Susan Sontag ist, deren Essay »Über Fotografie« sehr erhellend war). Alles, was im Roman beschrieben ist, ist auch tatsächlich in Helsinki zu finden. Im Stadtmuseum zum Beispiel kann man die Wurfbude mit den Meerjungfrauen bewundern und auch viele der Fotos, die ich Aino »untergeschoben« habe, darunter die jungen Leute, die im vereisten See schwimmen (schon das Anschauen macht Gänsehaut). Und natürlich durften bei der Recherche viele Besuche im Ateneum nicht fehlen: Ainos Triptychon und zahlreiche andere Gemälde finnischer Meister haben mich völlig in den Bann geschlagen. Die Ausstellung über die Schriftstellerin Onerva im Jahr 2010 hat mich zu Matilda gebracht und die Jubiläumsausstellung zu Tove Janssons hundertstem Geburtstag im Jahr 2014 zum Mumin-Faible von Onnis Mutter. Beim museumseigenen Mumincharakter-Test durfte ich übrigens feststellen, dass ich *»Tuutikky«* wäre, eine Frau, die den Winter gerne gemütlich in der Sauna verbringt. Und hätte man mich gelassen, hätte ich noch viel mehr Beschreibungen von den Mumins, von finnischen Gemälden und wundervollen Orten in der ganzen Stadt eingefügt. An dieser Stelle auch einen ganz innigen Dank an meine Lektorin Julia Wagner, für ihre Begeisterung und den Raum, den sie mir und den Figuren gab. Und für kluge Kürzungen!

Wer sich für die »Outtakes« interessiert, findet sie auf meiner Homepage *www.ninablazon.de*. Dort sind auch alle Fotos der Rechercherereisen und ergänzende Infos gesammelt – sozusagen ein Blick in Mos Fotoalbum und das Tagebuch ihres Finnland-Abenteuers.

In diesem Sinne: *Nähdään!* – Bis bald!

Nina Blazon